LAS HUELLAS DE DIOS

LAS HUELLAS DE DIOS

Greg Iles

ViaMagna
EDICIONES

Título original: The Footprints of God
Traducción: Beatriz Iglesias Lamas

Primera edición: Abril 2006
Segunda edición: Abril 2006

Depósito Legal: B-13534-06

Impreso en España / Printed in Spain

Impresión: Novoprint
Fotocomposición: gama, sl

ESPAÑA
Editorial ViaMagna
Avenida Diagonal 640, 6ª Planta
Barcelona 08017
www.editorialviamagna.com
email: editorial@editorialviamagna.com
ISBN: 84-934679-7-9

No debemos convertir en Dios nuestro intelecto.

ALBERT EINSTEIN

Si todas las cosas regresan a la Unidad,
¿adónde regresa la Unidad?

ZEN KOAN

CAPÍTULO 1

«Me llamo David Tennant. Soy médico. Doy clases de ética en la Facultad de Medicina de la Universidad de Virginia, y si alguien ve esta cinta es que estoy muerto.»

Respiré hondo y pensé lo que iba a decir. No quería echar un sermón. Había montado mi videocámara Sony en un trípode y tenía girada la pantalla de cristal líquido para verme mientras hablaba. Había perdido peso en las últimas semanas. Con los ojos rojos por el cansancio y las órbitas brillando en la oscuridad, parecía más un criminal buscado por la justicia que no un amigo de luto.

«No sé muy bien por dónde empezar. Sigo viendo a Andrew tendido en el suelo. Y sé que ellos lo han asesinado. Pero... me estoy adelantando a los acontecimientos. Y lo que necesito son hechos. Nací en 1961 en Los Álamos, Nuevo México. Soy hijo de James Howard Tennant, el físico nuclear, y de Ann Tennant, pediatra. Grabo esta cinta en estado sobrio, y en cuanto termine la dejaré en manos de mi abogado, con la condición de que se divulgue sólo si, por alguna circunstancia, muero.

Hace seis horas hallaron a mi colega, el doctor Andrew Fielding, muerto al lado de su escritorio, víctima de lo que parecía ser un derrame cerebral. No lo puedo probar, pero sé que Fielding fue asesinado. Los dos últimos años, él y yo habíamos formado parte de un equipo fundado por la Agencia de Seguridad Nacional (ASN) y la DARPA, la agencia gubernamental que creó Internet en la década de 1970. A ese equipo y su trabajo, ambos de alta seguridad, se les conoce con el nombre de Proyecto Trinity.»

Bajé la vista a la Smith & Wesson del calibre 38 que tenía en el regazo. Me había asegurado que la pistola no saliera en la grabación, pero era reconfortante tenerla a mano. Ahora que estaba más calmado, volví a mirar fijamente la luz roja.

«Hace dos años, Peter Godin, fundador de la sociedad anónima Godin Supercomputing, tuvo una epifanía muy similar al mítico momento en que una manzana cayó sobre la cabeza de Isaac Newton. Esta vez fue un sueño. Sin razón aparente, un hombre de setenta años visualizó la más revolucionaria posibilidad en la historia de la ciencia. Cuando se despertó, Godin llamó por teléfono a John Skow, director adjunto de la ASN, en Fort Meade, Maryland. A las seis de la mañana, los dos hombres ya habían redactado y enviado una carta al presidente de Estados Unidos. Esa carta hizo estremecer los cimientos de la Casa Blanca; lo sé porque el presidente era el mejor amigo de mi hermano en la facultad. Mi hermano murió hace tres años, pero gracias a él el presidente llegó a conocer mi trabajo; por eso me he visto involucrado en todo lo que vino después.»

Froté el frío metal de la calibre 38, preguntándome qué decir y qué no decir. «No te dejes nada», decía una voz en mi interior. La voz de mi padre. Cincuenta años atrás había tenido su propio lugar en la historia secreta de Estados Unidos, y esa carga había acortado enormemente sus días. Mi padre murió en 1988, angustiado, convencido de que la Guerra Fría en la que había malgastado la energía de su juventud acabaría destruyendo la civilización, con toda la facilidad del mundo. «No te dejes nada.»

«El memorando de Godin –proseguí–, surtió el mismo efecto que la carta que Albert Einstein había enviado al presidente Roosevelt a principios de la segunda guerra mundial, para darle una idea del potencial de la bomba atómica y comunicarle la posibilidad de que la Alemania nazi pudiera desarrollar una. La carta de Einstein sirvió de acicate para el Proyecto Manhattan, la búsqueda secreta para cerciorarse de que Estados Unidos sería el primero en poseer armas nucleares. La carta de Godin se plasmó en un proyecto de alcance similar pero de ambición infinitamente mayor. El «Proyecto Trinity» nació tras los muros de la principal sociedad anónima de la ASN, en el Research Triangle Park de Carolina del Norte. Sólo seis personas en todo el mundo conocen los pormenores de Trinity. Ahora que Andrew Fielding está muerto, quedan cinco. Yo soy una de ellas. Las otras cuatro son Peter Godin, John Skow, Ravi Nara...»

Me levanté de un brinco con la calibre 38 en la mano. Alguien llamaba a la puerta de mi casa. Por entre las delgadas cortinas divisé una furgoneta de Federal Express aparcada al pie de la acera. Lo que no alcancé a ver fue el espacio que había justo delante de la puerta.

–¿Quién es? –pregunté.

–FedEx –respondió una apagada voz masculina–. Necesito una firma.

Yo no esperaba ningún paquete.

–¿Es una carta o un paquete?

–Una carta.

–¿Quién la envía?

–Esto... Lewis Carroll.

Me estremecí. ¿Una carta de un hombre muerto? Sólo una persona me escribiría con remite del autor de *Alicia en el país de las maravillas*. Andrew Fielding. ¿Acaso me había enviado algo la víspera de su muerte? Fielding llevaba semanas investigando a conciencia los laboratorios de Trinity, tanto los ordenadores como el espacio físico. Tal vez había encontrado algo. Y tal vez lo que encontró fue lo que acabó con su vida. Ayer noté algo extraño en el comportamiento de Fielding, lo cual no es tan fácil en un hombre célebre por sus excentricidades; pero esta mañana parecía volver a ser el mismo de siempre.

–¿Quiere esto o no? –preguntó el repartidor.

Amartillé la pistola y me acerqué a la puerta. Había pasado la cadena al llegar a casa. Con la mano izquierda, abrí la puerta hasta que hizo tope con la cadena. A través de la rendija, vi la cara de un veinteañero uniformado y con el pelo recogido en una pequeña coleta.

–Pásame el bloc con la carta. Firmaré y te lo devolveré.

–Es una PDA. No se la puedo dar.

–Entonces aguántala.

–Paranoico –rezongó, pero acercó una gruesa PDA naranja a la rendija de la puerta.

Cogí el lápiz óptico que colgaba del cordel y garabateé mi nombre en la pantalla táctil.

–Vale.

La PDA desapareció, y por la rendija asomó un sobre de FedEx. Lo cogí y lo arrojé al sofá, luego cerré la puerta con llave y esperé hasta oír que la furgoneta se alejaba de la acera.

Recogí el sobre y eché un vistazo a la etiqueta. «Lewis Carroll» estaba escrito con los trazos delgados e inseguros de Fielding. Cuando saqué la hoja del sobre, un granulado blanco y grasiento se me derramó sobre los dedos. En el preciso instante en que mis ojos percibieron el color, una parte de mi cerebro susurró «ántrax». Las probabilidades de que lo fuera eran pocas, pero mi mejor amigo acababa de morir en extrañas circunstancias. Tenía motivos para estar paranoico.

Corrí a la cocina y me restregué las manos con agua y lavavajillas. Luego saqué un maletín negro del armario; dentro había la farmacopea propia de un médico: analgésicos, antibióticos, eméticos, crema esteroidea. Encontré lo que buscaba en un bolsillo: un blíster de *Cipro*, un potente antibiótico de amplio espectro. Me tragué un comprimido con agua del grifo, y luego me puse un par de guantes de látex que llevaba en el maletín. Como última precaución, cogí una camiseta sucia del cesto de la ropa y me la até alrededor de la boca y la nariz. Después doblé el sobre y la carta de FedEx y los metí en diferentes bolsas *Ziploc*, que luego sellé y dejé sobre la encimera de la cocina.

Por mucho que quisiera leer la carta, una parte de mí se resistía. Fielding podría haber muerto por lo que había escrito en la carta; y, aun cuando no fuera así, leerla no me haría ningún bien.

Aspiré cuidadosamente los gránulos blancos que había esparcidos por la alfombra del salón, y mientras tanto me preguntaba si sería un error pensar que a Fielding lo habían asesinado. Él y yo llevábamos semanas trabajando con recelo, pero entonces teníamos razones para hacerlo. El momento era de lo más oportuno. En vez de volver a poner la aspiradora en el armario, me dirigí a la puerta trasera y arrojé la máquina al patio. Siempre podía comprar una nueva.

Era consciente de que la carta estaba en la encimera de la cocina y eso me inquietaba. Me sentía como la esposa de un soldado que se niega a abrir un telegrama. Pero yo ya sabía que mi amigo estaba muerto. ¿De qué tenía miedo, pues?

«El porqué», respondió una voz en mi interior. Era Fielding el que hablaba. «Nadie quiere sacar la cabeza del agujero. Es el pasatiempo nacional de Estados Unidos...»

Más que irritado por descubrir que los muertos podían ser tan pesados como los vivos, recogí la bolsa *Ziploc* que contenía la carta y la llevé al salón. La nota era breve y estaba escrita a mano.

> David:
>
> Tenemos que volver a vernos. Al fin he podido encararme con Godin y hablarle de mis sospechas. Su reacción me sorprendió. No quiero poner nada por escrito, pero sé que estoy en lo cierto. Lu Li y yo iremos al lugar azul el sábado por la noche. Por favor, acompáñanos. Está muy cerca, pero es discreto. Tal vez sea hora de que te pongas en contacto con el amigo de tu difunto hermano, aunque me pregunto si podrá hacer algo llegados a este punto. Cosas como ésta tienen un empuje mayor que el de cualquier individuo; me temo que incluso mayor que el de la humanidad. Si me ocurriera algo, no olvides esa cosita de oro que un día te pedí que me guardaras. Malos tiempos, colega. Nos vemos el sábado.

Debajo de la nota no había firma, sólo la cabeza de un conejo y la esfera de un reloj dibujados. El Conejo Blanco, un apelativo cariñoso con el que lo conocían en Cambridge sus estudiantes de física. Fielding siempre llevaba un reloj de oro de bolsillo, y ésa era la «cosita de oro» que un día me había pedido que le guardara.

Nos cruzamos en el pasillo cuando me puso el reloj y la cadena en la mano. «¿Te importa quedártelo una hora?», me había murmurado. «Estupendo». Luego se había ido. Al cabo de una hora se había pasado por mi despacho para recogerlo, y me explicaba que no había querido llevar el reloj consigo al laboratorio de IRM, porque se habría podido golpear contra la unidad de IRM debido a los enormes campos magnéticos de las máquinas. Pero Fielding visitaba el laboratorio de IRM a todas horas, y nunca antes me había dado su reloj de bolsillo. Tampoco volvió a hacerlo nunca más. Debía de llevarlo en el bolsillo cuando murió. Entonces, ¿en qué andaba metido ese día?

Repasé la nota. «Lu Li y yo iremos al lugar azul el sábado por la noche.» Lu Li era la nueva esposa china de Fielding. El «lugar azul» tenía que ser un código para referirse a un bungalow de Nags Head, en los Outer Banks de Carolina del Norte. Tres meses antes, cuando Fielding me había pedido que le recomendara un lugar para pasar la luna de miel, yo le había sugerido el bungalow de Nags Head, a pocas horas de allí. A Fielding y su esposa les había encantado aquel lugar, y al parecer el inglés había pensado en él como un lugar seguro para hablar de sus miedos.

Me temblaban las manos. El hombre que había escrito esta nota estaba ahora tan frío como la mesa del depósito de cadáveres en la que yacía, si es que se hallaba en una morgue. Nadie había podido (o querido) decirme a dónde llevarían el cuerpo de mi amigo. Y ahora el polvo blanco. ¿Habría puesto Fielding los polvos en el sobre y olvidado mencionarlo en la carta? De no ser así, ¿quién lo había hecho? ¿Quién sino la persona que lo había asesinado?

Dejé la carta en el sofá, me quité los guantes de látex y rebobiné la cinta de vídeo hasta el punto en el que había tenido que ir a abrir la puerta. Había decidido grabar esta cinta porque temía que me pudieran asesinar antes de contar al presidente lo que sabía. La carta de Fielding no cambiaba nada. Sin embargo, al clavar la mirada en el objetivo dejé volar mi imaginación. Me había adelantado al consejo que Fielding me daba de llamar al «amigo de mi difunto hermano». En el preciso instante en que vi el cadáver de Fielding en el suelo de su despacho, supe que tenía que llamar al presidente. Pero el presidente estaba en China. Aún así, nada más salir del laboratorio Trinity había llamado a la Casa Blanca desde el teléfono público del restaurante Shoney's, un teléfono «seguro» del que Fielding me había hablado. No podía ser captado por los equipos de vigilancia motorizados, y la geometría del interior del restaurante dificultaba la escucha con un micrófono parabólico desde cierta distancia.

Cuando mencioné el «Proyecto Trinity», el operador de la Casa Blanca pasó mi llamada a un hombre que me pidió bruscamente que le expusiera el asunto. Le pedí que me pusiera con Ewan McCaskell, el jefe del estado mayor del presidente, a quien había conocido en mi visita al Despacho Oval. McCaskell estaba en China con el presidente. Solicité que comunicaran al presidente que David Tennant necesitaba hablar urgentemente con él sobre el Proyecto Trinity, y que no pusieran al corriente a ninguna otra persona relacionada con el mismo. Aquel hombre me dijo que le harían llegar mi mensaje y luego colgó.

Trece horas separaban Carolina del Norte y Pekín. Eso hacía que en China fuera por la mañana. De día. Pero ya habían transcurrido cuatro horas desde mi llamada, y seguía sin tener noticias. ¿Le habrían hecho llegar mi mensaje a China, dada la naturaleza crítica de la cumbre? No había manera de saberlo. Yo sólo sabía que si alguien de Trinity tuviera antes conocimiento de mi llamada, podría acabar como Fielding antes de hablar con el presidente.

Pulsé el botón START en el mando a distancia y volví a hablar para la cámara.

«En los seis últimos meses, había pasado de sentirme parte de un noble esfuerzo científico a preguntarme si realmente vivía en Estados Unidos. He visto que los premios Nobel abandonan todo principio en busca de...»

Me quedé inmóvil. Algo había pasado por delante de una de mis ventanas. Un rostro. Muy cerca, como escudriñando el interior. Lo había visto a través de las finas cortinas, pero estaba seguro. Un rostro delimitado por una media melena. Tenía la impresión de que los rasgos eran femeninos, aunque...

Cuando me disponía a levantarme, me quedé clavado en el sofá. Los dientes me vibraban con un dolor eléctrico como si me hubieran introducido papel de aluminio en los empastes. Los párpados me pesaban demasiado para mantenerlos abiertos. «Ahora no –pensé, registrándome el bolsillo con la mano en busca del frasco que me habían recetado–. Por Dios, ahora no.» Cada uno de los integrantes del equipo Trinity había contraído enfermedades neurológicas, todas ellas diferentes. En mi caso se trataba de narcolepsia. Narcolepsia y sueños. En casa, solía dar rienda suelta al sueño como si cayera en estado de trance. Pero cuando necesitaba romper el hechizo, en Trinity o para conducir, sólo las anfetaminas detenían el irresistible sopor.

Saqué mi frasco con receta médica y lo agité. «Vacío.» Ayer me había tomado el último comprimido. Las anfetas me las había dado Ravi Nara, el neurólogo de Trinity, pero Nara y yo habíamos dejado de hablarnos. Intenté levantarme, pensando en llamar a una farmacia y prescribírmelas a mí mismo, pero eso era ridículo. Ni siquiera podía ponerme de pie. Una plomiza pesadez se había apoderado de mis piernas. La cara me ardía y los ojos se me cerraban.

El merodeador volvía a estar en la ventana. Mentalmente, levantaba la pistola y apuntaba con ella; pero luego vi que tenía el arma en el regazo. Ni siquiera el instinto de supervivencia podía disipar la niebla que me ofuscaba el cerebro. Volví a mirar hacia la ventana. El rostro había desaparecido. «Un rostro de mujer.» Estaba seguro. ¿Utilizarían a una mujer para matarme? Por supuesto. Eran pragmáticos; utilizaban aquello que funcionaba.

Algo arañaba el pomo de mi puerta. Aturdido, me esforcé por apuntar a la puerta con la pistola. Algo golpeaba la madera. Puse el dedo en el gatillo, aunque cuando mi cerebro aletargado dio la orden de apretarlo, el sueño aniquiló la conciencia como los dedos que apagan la llama de una vela.

* * *

Andrew Fielding estaba sentado tras la mesa de su despacho, solo, fumando ansiosamente un cigarrillo. Las manos le temblaban después del careo con Godin. Había sido el día anterior, pero Fielding tenía la costumbre de revivir escenas como ésa en su mente, de dar vueltas a lo mal que había expuesto el caso y murmurar réplicas que debería haber hecho en el momento.

El careo había sido el resultado de semanas de frustración. A Fielding no le gustaban las discusiones, en cualquier caso no las que se salían del campo de la física. Había pospuesto la reunión hasta el último momento posible. Se pasó el día merodeando por su despacho, cavilando sobre uno de los principales enigmas de la física cuántica: cómo dos partículas disparadas simultáneamente desde la misma fuente podían llegar al mismo tiempo al mismo destino, aun cuando una tuviera que recorrer diez veces la misma distancia que la otra. Como dos 747 que volaban de Nueva York a Los Ángeles; aunque uno iba directo y el otro tenía que bajar hasta Miami antes de girar al oeste rumbo a Los Ángeles, ambos aterrizaban al mismo tiempo en el aeropuerto internacional de Los Ángeles. El vuelo directo 747 se desplazaba a la velocidad de la luz, pero aun así el avión que se desviaba por Miami llegaba a Los Ángeles al mismo tiempo. Lo cual significaba que el segundo avión había rebasado la velocidad de la luz y que, por lo tanto, la teoría de Einstein sobre la Relatividad era una falacia. Tal vez. Fielding se pasó un buen rato dándole vueltas al problema.

Encendió otro cigarrillo y pensó en la carta que había enviado a David Tennant por medio de FedEx. No decía gran cosa. Ni con mucho. Sin embargo, bastaría con eso hasta que se reunieran en Nags Head. Tennant se pasaba toda la tarde trabajando unos escalones más arriba que él, pero era como si estuviera en Fiji. No había ni un centímetro cuadrado en el complejo Trinity que no dispusiera de sistemas de vigilancia y escucha. Y Tennant recibiría la carta esa misma tarde, si nadie la interceptaba. Para evitarlo, Fielding había dicho a su esposa que la depositara en un buzón de FedEx, en la oficina de correos de Durham, lejos de la vista de quien la siguiera a distancia. La vigilancia de las esposas se solía hacer desde un coche y de manera aleatoria; pero nunca se sabía...

Tennant era la única esperanza de Fielding. Conocía al presidente; al menos, había asistido a cócteles en la Casa Blanca. En cambio, Fielding había ganado el premio Nobel en 1998, y sin embargo nunca lo habían invitado al 10 de Downing Street; seguramente, nunca lo harían. Había estrechado la mano del Primer Ministro en una recepción, pero no era lo mismo. Para nada.

Dio una calada al cigarrillo y bajó la mirada al escritorio. Allí había una ecuación, un colapso de la función ondulatoria, irresoluble utilizando las matemáticas actuales. Ni los superordenadores más potentes del mundo podían resolver un colapso de la función ondulatoria. Existía una máquina sobre la faz de la Tierra que podría hacer progresos con el problema (o al menos él creía que existía) y, si estaba en lo cierto, el término superordenador pronto se quedaría tan obsoleto y arcaico como 'abacus'. *Pero la máquina que podría resolver un colapso de la función ondulatoria sería capaz de mucho más que de una mera computación; sería todo lo que Peter Godin había prometido a los jerarcas de Washington, y más. Ese «más» era lo que asustaba a Fielding. Lo aterraba. Porque nadie podía predecir las inesperadas consecuencias de semejante creación. «Trinity».*

Pensaba regresar temprano a casa cuando algo le cegó el ojo izquierdo. No sintió dolor. A continuación el campo visual de ese ojo se le nubló, y pareció notar una explosión en el lóbulo frontal izquierdo del cerebro. «Un derrame –pensó con objetividad clínica–.

Tengo un derrame cerebral.» Por extraño que parezca, cogió tranquilamente el teléfono para llamar al 911; luego recordó que el neurólogo más eminente del mundo trabajaba en el despacho que había cuatro puertas más allá de la suya.

Llamarlo por teléfono sería más rápido que ir a pie. Tenía el auricular en la mano, pero el acontecimiento que estaba teniendo lugar en el interior de su cráneo hizo gala de su mortífero poder. Se le formó un coágulo, o le dio un ataque, y el ojo izquierdo se le puso negro. Después un dolor punzante le atravesó la base del cerebro, el centro neurálgico de las funciones vitales. Mientras caía al suelo, Fielding volvía a pensar en esa partícula fugaz que había rebasado la velocidad de la luz, que había demostrado la falsedad del argumento de Einstein al atravesar el espacio como si éste no existiera. Se planteó un experimento del pensamiento: Si Andrew Fielding podía moverse tan rápido como aquella partícula, ¿llegaría hasta Ravi Nara a tiempo para salvar la vida?

Respuesta: No. Ahora ya nada podía salvarlo.

Su último pensamiento coherente fue una oración, la callada esperanza de que en el desconocido mundo cuántico la conciencia existiera más allá de lo que los humanos llamaban muerte. Para Fielding, la religión era una ilusión; pero en los albores del siglo veintiuno, el Proyecto Trinity había alumbrado la esperanza de una nueva inmortalidad. Y no era el monstruoso Rube Goldberg lo que pretendían construir a cien metros de la puerta de su despacho.

Impactar contra el suelo fue como impactar contra el agua.

* * *

Me desperté sobresaltado y agarré la pistola. Alguien golpeaba sin parar la puerta principal contra la cadena de seguridad. Intenté levantarme, pero el sueño me había desorientado; su lucidez había superado lo experimentado hasta el momento. Sentía que estaba muerto, que *era* Andrew Fielding en el momento de su muerte...

–¿Doctor Tennant? –gritó la voz de una mujer–. ¿David? ¿Estás ahí?

«¿Mi psiquiatra?» Me puse la mano en la frente y me esforcé en volver a la realidad.

–¿Doctora Weiss? ¿Rachel? ¿Eres tú?

–¡Sí! ¡Quita la cadena!

–Voy –murmuré–. ¿Estás sola?

–¡Sí! Abre la puerta.

Escondí la pistola entre los cojines del sofá y fui a trompicones hacia la puerta. Cuando alargué la mano para descorrer la cadena, se me ocurrió que nunca había dicho a mi psiquiatra dónde vivía.

CAPÍTULO 2

Rachel Weiss tenía el pelo negro azabache, la piel aceitunada y los ojos de ónice. Hacía once semanas, al acudir a su consulta para mi primera sesión, me había recordado a la Rebecca de *Ivanhoe*, de Sir Walter Scott. Sólo que, en la novela, Rebecca irradiaba una especie de belleza salvaje y desmedida; mientras que Rachel Weiss proyectaba una austeridad concentrada que neutralizaba su aspecto físico y su atuendo, como si quisiera ocultar atributos que la presentarían como algo más que la extraordinaria profesional que era.

–¿Qué es eso? –preguntó, señalando al cojín del sofá donde yo había escondido la pistola–. ¿Has vuelto a automedicarte?

–No. ¿Cómo sabías dónde vivo?

–Conozco a una mujer que trabaja en el departamento de personal de la Universidad de Virginia. Faltaste a dos sesiones consecutivas, pero al menos llamaste antes para cancelarlas. ¿Y hoy vas y me dejas allí sentada sin tan sólo una llamada? Teniendo en cuenta tu estado mental, ¿qué esperabas que hiciera? –Los ojos de Rachel se posaron en la videocámara–: Oh, David... ¿no habrás vuelto a las andadas? Pensaba que lo habías dejado hace años.

–No es lo que piensas.

No parecía muy convencida. Hace cinco años, un conductor ebrio precipitó el coche de mi esposa a un estanque que había al borde de la carretera. No era muy hondo, pero tanto Karen como mi hija Zooey se ahogaron antes de que llegara el equipo de rescate. Yo trabajaba en el hospital al que fueron trasladadas después del accidente. Observar cómo el personal de urgencias intentaba en vano resucitar a mi hija de cuatro años me destrozó. Entonces empecé a pasarme horas en casa delante de la televisión, pasando una y otra vez vídeos de Zooey aprendiendo a caminar, riéndose en los brazos de Karen, abrazándome en la fiesta de su tercer cumpleaños. Mi consultorio médico fue a menos y luego dejó de existir, y yo caí en una depresión clínica. Éste era el único aspecto de mi vida privada que había explicado en detalle a mi psiquiatra, y sólo porque después de tres sesiones ella me había contado que la leucemia se había llevado a su único hijo el año anterior.

La psiquiatra me confesó aquello, porque creía que mis pesadillas eran fruto de la trágica pérdida de mi familia y quería hacerme saber que ella había sentido la misma clase de dolor. Rachel también había perdido algo más que un hijo. Incapaz de sobrellevar los devastadores efectos de aquella enfermedad, su marido abogado la había abandonado para regresar a Nueva York. Al igual que yo, Rachel había descendido al infierno de la depresión del que tuvo la suerte de salir. La terapia y los medicamentos habían sido su salvación. Pero yo siempre he sido extremadamente discreto, como mi padre, y me he esforzado por volver al paraíso de la soledad. No pasaba ni un solo día sin que echara de menos a mi esposa y mi hija; sin embargo, las lágrimas de cuando miraba sin cesar imágenes del pasado ya se han secado.

–Esto no tiene nada que ver con Karen y Zooey –le dije a Rachel–. Haz el favor de cerrar la puerta.

Ella se quedó en el umbral de la puerta con las llaves del coche en la mano; era evidente que quería creerme, aunque igual de evidente era su escepticismo:

–¿Entonces qué es?

–Trabajo. Anda, cierra la puerta.

Rachel vaciló, luego cerró la puerta y se me quedó mirando fijamente a los ojos:

–Va siendo hora de que me hables de tu trabajo.

Esto llevaba mucho tiempo siendo motivo de discusión entre nosotros. Rachel consideraba la confidencialidad doctor/paciente tan sagrada como la confesional, y mi falta de confianza la ofendía. Ella creía que mi demanda de secretismo y mis advertencias de peligro insinuaban una falsa realidad que yo había creado para proteger mi psique de un riguroso análisis. No la culpaba de ello. A petición de la ASN, había concertado mi primera cita en su consulta con un seudónimo. Pero diez minutos después de habernos estrechado la mano, ella me reconoció por la foto que aparecía en la sobrecubierta de mi libro. Asumió que mi táctica era fingir la paranoia de una eminencia médica, y yo no hice nada por evitarlo. Sin embargo, al cabo de unas semanas, mi negativa a divulgar los detalles sobre el trabajo (y mi obsesión por «protegerla») la habían llevado a sospechar que podría ser un esquizofrénico.

Lo que Rachel no sabía era que sólo se me había permitido acudir a ella tras salir airoso de una brutal discusión con John Skow, el director del Proyecto Trinity. Padecía narcolepsia como resultado de mi trabajo en Trinity, y necesitaba la ayuda de un profesional para entender los sueños que se le atribuían.

Primero la ASN me envió un loquero de Fort Meade, un psiquiatra farmacológico cuyos principales pacientes eran técnicos afectados de estrés crónico o depresión. Quería atiborrarme de tranquilizantes y averiguar cómo convertirse en un médico de fama internacional como yo. Luego me trajeron una mujer, una experta en el tratamiento de las neurosis que se generan cuando las personas se ven obligadas a trabajar en secreto durante largos períodos de tiempo. Su conocimiento del simbolismo onírico se limitaba a «unas cuantas lecturas históricas» de cuando hacía el MIR. Al igual que su colega, quería iniciarme en un régimen a base de antidepresivos y antipsicóticos. Lo que yo necesitaba era un psicoanalista con experiencia en análisis onírico, y la ASN no disponía de ninguno.

Llamé a algunos amigos que tenía en la Facultad de Medicina de la Universidad de Virginia y descubrí que Rachel Weiss, la eminente psicoanalista jungiana del país, trabajaba en la Facultad de Medicina de la Universidad de Duke, a menos de veinticinco kilómetros del edificio Trinity. Skow trató de impedir que fuera a verla, pero al final le dije que tendría que arrestarme para conseguirlo, y le aconsejé que antes de hacerlo llamara al presidente, quien me había designado para el proyecto.

–Algo va mal –dijo Rachel–. ¿Qué pasa? ¿Han vuelto a cambiar las alucinaciones?

«Alucinaciones –pensé amargamente–. Nunca sueños.»

–¿Se han intensificado? ¿Se han vuelto más personales? ¿Tienes miedo?

–Andrew Fielding está muerto –dije con monotonía.

Rachel parpadeó:

–¿Quién es Andrew Fielding?

–Era físico.

Los ojos se le abrieron de par en par:

–¿El físico Andrew Fielding está muerto?

Daba una idea de la reputación de Fielding el hecho de que un doctor poco ducho en física cuántica conociera su nombre. Pero eso no me sorprendió. También había niños de seis años que habían oído hablar del «Conejo Blanco». El hombre que había resuelto buena parte del enigma de la materia oscura del universo quedaba sólo por detrás de su amigo Stephen Hawking en el firmamento astrofísico.

–Murió de un derrame cerebral –respondí–. O eso dicen.

–¿Quién lo dice?

–La gente con la que trabajo.

–¿Trabajas con Andrew Fielding?

–Llevaba dos años trabajando con él.

Rachel meneó la cabeza con asombro. ¿Y tú no crees que haya muerto de un derrame cerebral?

–No.

–¿Le hiciste un reconocimiento?

–Un reconocimiento superficial. Sufrió un colapso en su despacho. Otro médico acudió en su ayuda antes de morir; dijo que Fielding tenía el lado izquierdo paralizado y la pupila del ojo izquierdo destrozada, pero...

–¿Qué?

–No me lo creo. Fielding murió demasiado rápido para tratarse de un derrame cerebral. En cuestión de cuatro o cinco minutos.

Rachel frunció la boca:

–A veces pasa. Sobre todo en el caso de hemorragias graves.

–Sí, pero es relativamente poco frecuente, y no se suele ver la pupila reventada. –Estaba en lo cierto, aunque no era lo que yo pensaba en aquel momento. Para mí Rachel era una psiquiatra, y por buena que fuera no tenía mis dieciséis años de experiencia en medicina interna. Uno llega a tener presentimientos respecto a determinados casos y determinadas personas. Un sexto sentido. Fielding no era paciente mío, pero en aquellos dos años me había explicado muchas cosas sobre su enfermedad y no me parecía acertado el argumento de una fuerte hemorragia–: Mira, no sé dónde está su cadáver, y diría que tampoco se le va a practicar la autopsia, así que...

–¿Y por qué no se le iba a practicar la autopsia? –interrumpió Rachel.

–Porque creo que fue un asesinato.

–Me dijiste que había muerto en su despacho.

–Así es.

–¿Crees que lo asesinaron en el trabajo? ¿Violencia laboral? Ella todavía no lo había captado.

–Te estoy hablando de homicidio premeditado. De un crimen planeado con esmero y ejecutado por una mano experta.

–Pero... ¿por qué iba alguien a asesinar a Andrew Fielding? Ya era mayor, ¿no?

–Sesenta y tres años. –Al recordar el cuerpo de Fielding tendido sobre el suelo de su despacho, con la boca abierta y los ojos sin vida clavados en el techo, sentí un repentino impulso de contárselo todo a Rachel. Pero un vistazo a la ventana reprimió aquel impulso. Podía haber un micrófono parabólico en el cristal.

–Eso es todo lo que te puedo decir. Lo siento. Tienes que irte, Rachel.

Avanzó dos pasos hacia mí, con expresión decidida:

–No me voy a ir a ninguna parte. Mira, si *alguien* murió en este estado sin la supervisión de un médico, hay que hacerle una autopsia. Y sobre todo en posibles casos de violencia criminal; lo dicta la ley.

Me reí de su ingenuidad:

–No habrá autopsia. Y si la hay, no se hará pública.

–David...

–No puedo decirte nada más. Ya he hablado demasiado. Sólo quería que supieras... que todo esto es real.

–¿Por qué no me puedes decir nada más? –alzó una mano pequeña y grácil– No, deja que responda yo a eso. Porque si me dieras más información me pondrías en peligro. ¿Sí o no?

–Sí.

Puso los ojos en blanco:

–David, desde el principio me has hecho extraordinarias peticiones de confidencialidad. Y las he cumplido. He dicho a mis colegas que las horas que pasas en mi consulta forman parte de un trabajo de investigación para tu segundo libro, y no lo que realmente son.

–Y tú sabes que yo te lo agradezco. Pero si no me equivoco respecto a Fielding, *cualquier* cosa que te diga ahora podría poner tu vida en peligro. ¿Lo entiendes?

–No, nunca lo he entendido. ¿Qué tipo de trabajo podría resultar tan peligroso?

Negué con la cabeza.

–Esto es como un chiste malo –rió de una manera extraña–. El típico pensamiento de un paranoico: «Podría decirte algo más, pero entonces tendría que matarte.»

–¿De verdad crees que me estoy inventando todo esto?

Rachel respondió con cautela:

–Creo que *tú te* crees todo lo que me has explicado.

–Entonces sigo delirando.

–Reconocerás que ya llevas un tiempo sufriendo alucinaciones. Algunas de las recientes son típicas visiones religiosas.

–Pero la mayoría no lo son –le recordé–. Además, soy ateo. ¿*Eso* es típico?

–No, lo admito. Pero tú también te has negado a un reconocimiento médico por lo de tu narcolepsia. O epilepsia. Y, en realidad, hasta te has negado a un chequeo para comprobar el nivel de glucosa.

«Me ha tratado el mejor neurólogo del mundo.»

–Eso es lo que están investigando en el trabajo.

–¿Quién, Andrew Fielding? No era médico, ¿verdad?

Decidí ir más lejos:

–Ravi Nara lleva mi caso.

Se quedó boquiabierta:

–¿Ravi *Nara*? ¿El premio Nobel de Medicina?

–El mismo –dije con desagrado.

–¿Trabajas con Ravi Nara?

–Sí. Es un gilipollas. Nara fue quien dijo que Fielding había muerto de un derrame cerebral.

Rachel estaba desconcertada:

–David, no sé qué decir. ¿De veras trabajas con estas eminencias?

–¿Tanto cuesta creerlo? Yo también soy bastante famoso.

–Sí, pero... no de la misma manera. ¿Por qué iban esos hombres a trabajar juntos si pertenecen a campos totalmente diferentes?

–Eso era hasta hace dos años.

–¿Qué quieres decir?

–Vuelve a tu consulta, Rachel.

–He anulado la visita de mi último paciente para venir aquí.

–Ya me pasarás factura por el tiempo perdido.

Ella se sonrojó:

–No hace falta que me ofendas. Dime lo que pasa, por favor. Estoy cansado de oírte hablar sólo de tus visiones.

–Sueños.

–Lo que sea. No son material suficiente para trabajar.

–No para lo que *tú* quieres. Pero tú y yo tenemos objetivos diferentes. Siempre los hemos tenido. Tú intentas resolver el enigma de David Tennant y yo el de mis sueños.

–¡Pero las respuestas están en ti! ¡Los sueños no son independientes del resto de tu cerebro! Tú...

El timbre del teléfono la interrumpió. Yo me levanté y me dirigí a la cocina para responder, con un extraño repiqueteo en el pecho. Puede que llamara el presidente de Estados Unidos.

–Doctor Tennant –dije por inercia.

–¿Doctor David? –gritó una histérica voz de mujer con acento asiático. Era Lu Li, la esposa china de Fielding. O la viuda...

–Soy David, Lu Li. Siento no haberte llamado antes. –Buscaba la expresión adecuada, pero sólo hallé un cliché–: No tengo palabras para expresar el dolor que siento por la muerte de Andrew...

Una ráfaga de cantonés salpicado de inglés recorrió la línea. No tenía que entenderlo todo para darme cuenta de que escuchaba a una viuda consternada a punto de venirse abajo. Dios sabía lo que los encargados de seguridad de Trinity habían contado a Lu Li, o lo que ella había entendido. Sólo llevaba tres meses en Estados Unidos; el Departamento de Estado había agilizado los trámites para su inmigración, tras haber recibido una llamada motivadora y no demasiado sutil de la Casa Blanca.

–Sé que has tenido un día terrible –dije con voz reconfortante–. Pero necesito que te calmes.

Lu Li jadeaba.

–Respira hondo –le aconsejé, tratando de discernir qué postura debía adoptar. Lo más seguro era usar la tapadera de la empresa en la que tanto había insistido la ASN desde un principio. En cuanto a las demás empresas del parque tecnológico, la sociedad anónima Argus Optical desarrollaba componentes de ordenadores ópticos destinados a proyectos de defensa gubernamental. Y seguramente eso era todo lo que Lu Li sabía.

–¿Qué te han dicho en la empresa? –pregunté con cautela.

–¡Andy muerto! –gritó Lu Li–. Dicen que murió de una hemorragia cerebral, pero no sé nada. No sé qué hacer.

Yo no ganaba nada preocupando aún más a la viuda de Fielding con mis teorías de asesinato:

–Lu Li, Andrew tenía sesenta y tres años, y no estaba muy bien de salud. Hay muchas probabilidades de sufrir un derrame cerebral en esas condiciones.

–¡Tú no entiendes, doctor David! Andy me avisó de esto.

Noté que la mano se me tensaba alrededor del teléfono:

–¿A qué te refieres?

La línea me trajo otra ráfaga de cantonés, pero luego Lu Li se acabó pasando a un inglés más entrecortado:

–Andy dice esto podía pasar. Él dice: «Si algo me ocurriera, llama al doctor David. David sabe qué hacer.»

Un profundo dolor se apoderó de mi corazón. El hecho de que Fielding hubiera depositado tanta confianza en mí...

–¿Qué quieres que haga?

–Ven aquí. Por favor. Habla conmigo. Dime por qué ocurrió esto a Andy.

Titubeé. Seguramente la ASN estaría interviniendo esta llamada. Ir a casa de Lu Li sólo nos pondría en peligro, a ella y a mí. ¿Pero qué otra cosa podía hacer? No podía fallar a mi amigo.

–Estaré ahí en veinte minutos.

–¡Gracias, gracias, David! Por favor, gracias.

Colgué el teléfono y volví al salón. Raquel estaba de pie junto a la puerta de la cocina.

–Tengo que irme –le dije–. Te agradezco que hayas venido a ver cómo estoy. No tenías por qué hacerlo.

–Voy contigo. He oído parte de la conversación, y voy a acompañarte.

–Ni hablar.

–¿Por qué?

–No tienes ningún motivo para hacerlo. No formas parte de esto.

Ella se cruzó de brazos:

–Para mí es muy sencillo, ¿vale? Si dices la verdad, la consternada viuda de Andrew Fielding estará esperando a pocos kilómetros de aquí. Y ella confirmará todo lo que me acabas de explicar.

–No necesariamente. No sé cuánto confiaba Fielding en ella. Y Lu Li apenas habla inglés.

–¿Andrew Fielding no enseñaba inglés a su propia esposa?

–Él hablaba un cantonés fluido. Más otras ocho lenguas. Y ella tan sólo lleva unos meses aquí.

Rachel se alisó la falda con la palma de la mano:

–Tu reacción me dice que sabes que expondré tu historia como un delirio.

La ira se apoderó de mí:

–Tengo la tentación de dejar que me acompañes, sólo por eso. Pero tú no sabes dónde está el peligro. Podrías *morir*. Esta misma noche.

–No lo creo.

Recogí la bolsa *Ziploc* que contenía el polvo blanco y el sobre de FedEx, y se la ofrecí:

–Hace unos minutos recibí una carta de Fielding. Este polvo estaba en el interior del sobre.

Se encogió de hombros:

–Parece arena. ¿Qué es?

–No tengo ni idea. Pero podría ser ántrax. O lo que quiera que mató a Fielding.

Cogió la bolsa. Al principio pensaba que estaba examinando el polvo, pero lo que hacía era leer la etiqueta en el sobre de FedEx.

–Aquí dice que el remitente es Lewis Carroll.

–Está en clave. Fielding no se arriesgaría a introducir su nombre en el sistema informático de FedEx. La ASN enseguida lo sabría. Usaba «Lewis Carroll» porque su apodo era «Conejo Blanco». Lo habrás oído, ¿no?

Rachel parecía esforzarse por recordarlo:

–Pues no te sabría decir. ¿Dónde está la carta?

Me dirigí hacia el salón:

–En la bolsa plástica que hay sobre el sofá. No la abras.

Se inclinó sobre la nota y la leyó de un vistazo:

–No está firmada.

–Claro que no. Fielding no sabía quién la vería. Ese dibujo del conejo es su firma.

Me miró incrédula:

–Llévame contigo, David. Si lo que vea confirma todo lo que me has explicado, me tomaré todas tus advertencias en serio desde ahora. Salgamos de dudas.

–Eso es como arrojarte al mar para ver si hay tiburones. Para cuando lo compruebes, será demasiado tarde.

–Siempre pasa con este tipo de fantasías.

Fui a coger las llaves que estaban en la encimera de la cocina, con Rachel a la zaga:

–De acuerdo, ¿quieres venir? Pues sígueme en tu coche.

Ella meneó la cabeza:

–De eso nada. Me perderías de vista en el primer semáforo.

–Tus colegas te dirían que es peligroso acompañar a un paciente que persigue una fantasía paranoica. Sobre todo si el paciente es narcoléptico.

–Mis colegas no te conocen. En cuanto a la narcolepsia, todavía no te has matado.

Rebusqué bajo el cojín del sofá, saqué la pistola y me la metí en la pretina:

–Tú tampoco me conoces.

Ella analizó la culata de la pistola y luego me miró a los ojos:

–Creo que sí. Y quiero ayudarte.

Si sólo fuera mi psiquiatra, la habría dejado allí mismo. Pero durante nuestras largas sesiones habíamos reconocido algo el uno en el otro, un sentimiento tácito compartido por dos personas que habían experimentado una gran pérdida. Aunque ahora pensara que podía estar enfermo, cuidaba de mí como nadie lo había hecho en mucho tiempo. Llevármela conmigo sería egoísta, pero la pura verdad era que no quería ir solo.

CAPÍTULO 3

Geli Bauer estaba sentada en las oscuras entrañas del edificio Trinity, un complejo subterráneo iluminado sólo por el resplandor de monitores de ordenador y cámaras de vigilancia. Desde allí, los filamentos electrónicos se desplegaban para controlar a las personas y la planta física del Proyecto Trinity. Pero ése no era más que el núcleo de sus dominios. Con sólo accionar una tecla, Geli podía conectar con los superordenadores que la ASN tenía en Fort Meade y escuchar conversaciones y otros eventos al otro lado del planeta. Aunque ya había ejercido muchos tipos de poder en sus treinta y dos años de vida, nunca antes había sabido lo que era manipular el mundo computerizado con un solo dedo.

En teoría, Geli trabajaba para Godin Supercomputing, con sede en Mountain View, California. Pero fue la relación cuasi gubernamental de su empresa con la ASN lo que la había elevado a la estratosfera de poder. Si declaraba el estado de excepción, podía detener trenes, cerrar aeropuertos internacionales, reorientar los satélites de vigilancia, o enviar helicópteros armados al cielo de Estados Unidos y darles orden de abrir fuego. Ninguna otra mujer moderna había ostentado semejante poder (de hecho, en algunos aspectos su autoridad rivalizaba con la de su padre), y Geli no tenía intención de renunciar a él.

–Sólo pude oír la conversación de la cocina –dijo–. Esto no

tiene sentido. Él y la doctora Weiss tenían que hablar en algún otro lugar.

–A lo mejor estaban haciendo otra cosa.

–Lo habríamos oído. Eso pasa con los discretos y Weiss tiene pinta de escandalosa.

–¿Qué hago?

–Entra ahí y comprueba los micros.

Geli pulsó una tecla del panel frontal y conectó con un joven operador ex Delta llamado Thomas Corelli, que cubría la casa de Andrew Fielding.

–¿Oyes algo, Thomas?

–Ruido de fondo normal. La televisión. Golpes y repiqueteos.

–¿Has oído el final de la conversación telefónica con la señora Fielding?

–Sí, pero cuesta entender ese acento chino.

–¿Pueden verte?

–No. Estoy aparcado junto a la entrada de unos vecinos.

–Tennant pasará por tu posición dentro de cinco minutos. Lo acompaña una mujer, la doctora Rachel Weiss. No cambies de línea.

Geli volvió a pulsar la tecla y luego dijo con voz clara: «JPEG. Weiss, Rachel.»

Una fotografía digital de Rachel Weiss apareció en pantalla. Era de medio cuerpo y la habían tomado cuando la psiquiatra abandonaba el hospital de la Universidad de Duke. Rachel era tres años mayor que Geli, pero Geli conocía a las de su clase. Había convivido con chicas así en un internado de Suiza. Luchadoras. La mayoría judías. Habría sabido que Weiss era judía sin siquiera oír su nombre o ver su expediente. Pese a su moderno *look* rizado, Rachel Weiss parecía llevar sobre los hombros el peso de la historia. Tenía los oscuros ojos de mártir y las prematuras arrugas en la comisura de la boca. Era una de las mejores psicoanalistas jungianas del mundo, y uno no alcanzaba ese nivel si no se obsesionaba con su trabajo.

Geli no había querido involucrar a Weiss. Fue Skow quien lo permitió. La teoría de Skow era que si uno apretaba demasiado la correa, se buscaba problemas. Pero era la cabeza de Geli la que rodaría si peligraba el sistema de seguridad. Para evitarlo, ésta recibió las transcripciones de las sesiones de Tennant con Weiss y las grabaciones de todas y cada una de las llamadas telefónicas que la psiquiatra había realizado. Una vez por semana, uno de sus agentes se deslizaba en el despacho de Weiss y fotocopiaba el historial de Tennant, para asegurarse de que nada escapaba al control de Geli.

Ése era el tipo de complicación que suponía tratar con civiles. Lo mismo había ocurrido en Los Álamos, con el Proyecto Manhattan. En ambos casos el gobierno había procurado controlar a un grupo de talentosos científicos civiles que por ignorancia, obstinación o ideología representaban la mayor amenaza a su propio trabajo. Cuando uno reclutaba a las mentes más brillantes del mundo, trataba con chiflados.

Tennant era un chiflado. Como Fielding y como Ravi Nara, el premio Nobel neurocientífico del proyecto. Los seis cerebros de Trinity habían firmado contratos de lo más leonino en materia de seguridad y confidencialidad, pero seguían creyendo que podían hacer lo que les viniera en gana. Para ellos el mundo era Disneyland. Y los médicos eran los peores. Las reglas no parecían aplicárseles ni siquiera en el ejército. Sin embargo, esta noche Tennant iba a rebasar la línea lo suficiente para cavar su propia sepultura.

Le pitaron los auriculares. Abrió la línea al agente que estaba en casa de Tennant:

–Dime.

–Estoy dentro. No se lo va a creer. Alguien ha puesto masilla de pintor en los agujeros de los micros.

Geli sintió un extraño hormigueo en el pecho:

–¿Cómo iba a saber Tennant dónde estaban?

–Imposible sin un escáner.

–¿Y con una lupa?

–Sólo si supiera dónde encontrarlos. Pero eso le llevaría horas, y nunca podría estar seguro de que los tuviera todos.

«Un escáner. ¿Dónde demonios lo conseguiría un internista?» Luego cayó en la cuenta. «Fielding.»

–Tennant recogió ese envío de FedEx. ¿Ves algún sobre?

–No.

–Se lo habrá llevado. ¿Qué más ves? ¿Algo fuera de lo normal?

–Hay una videocámara montada sobre un trípode.

«Mierda.»

–¿Dentro tiene alguna cinta?

–Lo comprobaré. No hay cinta.

–¿Qué más?

–Una aspiradora en el patio trasero.

«¿Qué diablos...?»

–¿Una aspiradora? Sácale la bolsa y tráemela. La facturaremos a Fort Meade para que la analicen. ¿Qué más?

–Nada.

–Echa un último vistazo y sal de ahí.

Geli pulsó de nuevo la tecla y dijo: «Skow: casa.» El ordenador marcó el número de teléfono de la residencia que el director administrativo del Proyecto Trinity tenía en Raleigh.

–¿Geli? –dijo Skow–. ¿Qué ocurre?

Bauer siempre pensaba en Kennedy cuando oía la voz de John Skow. Skow era un brahmán bostoniano el doble de inteligente que los de su calaña. En lugar de la tradicional formación en materia de humanidades y derecho, Skow poseía estudios superiores en astronomía y matemáticas y llevaba ocho años trabajando como director adjunto de proyectos especiales en la ASN. Allí era el máximo responsable del centro de investigación secreta con superordenadores. Estrictamente hablando, Skow era el superior de Geli, pero su relación siempre había sido incómoda. Geli, que no era de este mundo, tenía plena responsabilidad sobre la seguridad del Proyecto Trinity. Tenía este poder porque Peter Godin había solicitado formar su propio equipo para proteger Trinity, aduciendo fallos de seguridad en laboratorios del gobierno.

El anciano la había conocido justo cuando ella abandonaba el ejército. Geli creía a pies juntillas en la cultura guerrera, aunque no pudo soportar por más tiempo la burocracia retrógrada y abotargada del cuerpo militar, ni los pésimos niveles de calidad que ofrecía a los nuevos reclutas. Cuando conoció a Godin, éste le ofreció el trabajo que siempre había querido y que ni se imaginaba que existía.

Percibiría 700.000 dólares anuales por trabajar como jefe de seguridad de proyectos especiales para Godin Supercomputing. El salario era descomunal, pero Godin era multimillonario y se lo podía permitir. Las condiciones de trabajo eran únicas: acataría cualquier orden que le diera, sin preguntas y sin tener en cuenta la legalidad; no revelaría información de ningún tipo sobre su patrón, su empresa o su trabajo. Si lo hacía, moriría. Geli contrataría a sus propios agentes, pero éstos tendrían que aceptar las mismas condiciones y la misma pena, que ella misma ejecutaría. Le sorprendía que un personaje público como Godin se atreviera a establecer semejantes condiciones. Luego supo que Godin la había encontrado gracias a su padre. Eso explicaba muchas cosas. Geli llevaba años sin apenas hablar con su padre, pero él estaba en condiciones de saberlo todo sobre ella; y se atrevía a decir que Godin también sabía algo sobre ella, a juzgar por cómo la miraba. Seguramente las historias que había filtrado de Irak tras la operación Tormenta del Desierto. Peter Godin buscaba a un experto en materia de seguridad, pero también buscaba a un asesino. Y Geli era ambas cosas.

En cambio, John Skow sería incapaz de matar. A diferencia de Godin, que de joven había luchado en Corea con los marines, Skow era un guerrero teórico. Aquel hombre de la ASN nunca había visto sangre en sus manos, aunque a veces delante de Geli actuaba como quien sujeta a un pitbull con una correa.

–¿Geli? –repitió Skow–. ¿Está ahí?

–La doctora Weiss fue a casa de Tennant –dijo Geli a través de su auricular.

–¿Para qué?

–No lo sé. Apenas tenemos constancia de la conversación que mantuvieron. Ahora van de camino a casa de Fielding. Lu Li Fielding lo llamó por teléfono. Estaba disgustada.

Skow guardó un momento de silencio.

–¿Va a reconfortar a la desconsolada viuda?

–Seguro. –Geli quería tantear el nivel de preocupación de Skow antes de facilitarle más detalles–: ¿Lo dejamos entrar?

–Por supuesto. Podrá oír todo lo que dicen, ¿verdad?

–Tal vez no. Ha habido un problema con los micrófonos en casa de Tennant.

–¿Qué clase de problema?

–Tennant tapó los micros con masilla. En la casa había una videocámara colocada sobre un trípode. Sin cinta –dejó caer Geli–. O bien pretendía decir algo en la cinta que no quería que oyéramos, o bien intentaba hablar con la doctora Weiss sin que nosotros lo supiéramos. En cualquier caso, son malas noticias.

Por un momento oyó la respiración de Skow.

–Está bien –dijo al fin–. Vamos a salir de ésta.

–Usted sabe algo que yo no sé, señor.

Skow se rió ante el desprecio con el que ella había pronunciado aquel «señor». El de la ASN era un tipo duro a su manera. Poseía la indiferente frialdad de la inteligencia matemática:

–Las ventajas de la directiva, Geli. Por cierto, me ha sorprendido lo bien que lo hizo esta mañana.

Geli volvió al cadáver de Fielding. Había tenido una muerte efectiva, pero dar aquel paso había sido un error. También deberían haberse librado de Tennant. Ella misma podría haber metido a los dos hombres en el mismo vehículo, y después de eso... cuestión de logística. Un accidente de tráfico. Y ahora el proyecto no correría peligro.

–¿Tennant ha hablado con el presidente, señor?

–No lo sé. Así que mantenga las distancias. Limítese a controlar la situación.

–También recibió un envío de FedEx. Una carta. Sea lo que sea, lo lleva encima. Necesitamos averiguar de qué se trata.

–Sólo si puede echarle un vistazo sin que él lo sepa. De lo contrario, llame a FedEx y averigüe quién lo envió.

–En eso estamos.

–Bien. Pero no...

Geli oyó que la esposa de Skow lo llamaba por su nombre.

–Manténgame informado –dijo, y colgó.

Geli cerró los ojos y respiró hondo. Había expuesto a Godin sus argumentos para librarse de Tennant y Fielding a un tiempo, pero el anciano se había resistido. No obstante, Godin reconoció que Tennant había infringido las normas de seguridad para ver a Fielding fuera del complejo. Sí, Tennant había respaldado el esfuerzo de Fielding por suspender el proyecto. Y era el vínculo de Tennant con el presidente lo que había hecho de aquella suspensión una realidad. Pero no había pruebas de que Tennant participara en la campaña del inglés para sabotear el proyecto, o de que conociera la peligrosa información que Fielding poseía. Puesto que Geli no estaba al corriente de dicha información, no podía valorar el riesgo que suponía dejar a Tennant con vida. Había recordado a Godin aquello de «más vale prevenir que curar», pero Godin no transigía. Aunque lo haría. Y pronto.

Geli dijo: «JPEG, Fielding, Lu Li.» La imagen de una mujer asiática de pelo oscuro apareció en pantalla. De soltera Lu Li Cheng, criada en el Cantón de la China comunista. Cuarenta años de edad. Estudios superiores en física aplicada.

–Otro error –murmuró Geli. A Lu Li Cheng no se le había perdido nada en Estados Unidos, y mucho menos en el círculo cerrado del proyecto científico más confidencial del país. Geli pulsó la tecla que la conectaba con Thomas Corelli, apostado en el coche de vigilancia junto a la casa de Fielding–: ¿Ves algo raro?

–No.

–¿Con qué facilidad podrías registrar el coche de Tennant cuando llegue?

–Depende de dónde aparque.

–Si ves un sobre de FedEx en el coche, entra, lee lo que pone y luego déjalo en su sitio. Y quiero un vídeo de la llegada.

–No hay problema. ¿Qué buscamos?

–No estoy segura. Pero haz lo que te he dicho.

Geli sacó un paquete de Gauloises de la mesa, cogió un cigarrillo y le arrancó el filtro. Con la llamarada de la cerilla se vio reflejada en la pantalla del ordenador. Un velo de pelo rubio, pómulos marcados, ojos azul acerado y una horrible quemadura. Ella consideraba el feo costurón en la mejilla izquierda parte de su rostro, tanto como los ojos o la boca. En una ocasión un cirujano plástico se había ofrecido a eliminarle aquella marca amarillenta sin pedirle nada a cambio, pero ella se había negado. Las cicatrices tienen una función: hacer que su portador recuerde las heridas. Y la que le había dejado aquella cicatriz jamás la olvidaría.

Pulsó una tecla y desvió las señales de los micrófonos que había en casa de Fielding a sus auriculares. Luego dio una buena calada al cigarrillo, se recostó en la silla y exhaló una columna de humo espeso hacia el techo. Geli Bauer odiaba muchas cosas, sobre todo la espera.

CAPÍTULO 4

Conducíamos en silencio; el Honda se desplazaba rápidamente al anochecer. A esas horas de la tarde, mi casa quedaba a escasa distancia en coche de la de Andrew Fielding, próxima a la Universidad de Carolina del Norte, en Chapel Hill. Rachel no entendió que le exigiera guardar silencio, aunque tampoco esperaba que lo hiciera. Cuando pasé a formar parte de Trinity, me sorprendió el nivel xenófobo de seguridad. Los otros científicos (Fielding incluido) habían trabajado antes en proyectos relacionados con la defensa del país y aceptaron las inesperadas medidas de seguridad como una incomodidad necesaria. Pero al final, hasta los veteranos se quejaban de tolerar algo sin precedentes. La vigilancia era excesiva y sobrepasaba los confines del complejo experimental. Las protestas toparon con un frío recordatorio de que los científicos del Proyecto Manhattan se habían visto obligados a vivir tras una alambrada para velar por la seguridad del «dispositivo». La libertad de la que nosotros disfrutábamos tenía un precio; o eso decía la línea de partido.

Fielding no la compró. Las pruebas de polígrafo «aleatorias» tenían lugar casi cada semana, y la vigilancia se extendía incluso a nuestros hogares. Hoy, antes de empezar a grabarme con la videocámara, había tenido que tapar unos agujeritos en las paredes que ocultaban micrófonos. Fielding los detectaba con un escáner especial improvisado, y marcaba los micrófonos con diminutos alfileres. En su caso, burlar la vigilancia de Trinity se había convertido en todo un pasatiempo. Me advirtió que hablar confidencialmente en un coche era imposible. Era muy sencillo colocar micrófonos ocultos en los automóviles, y con micrófonos de alta tecnología incluso se podía cubrir coches limpios a cierta distancia. A veces me divertía ver cómo el inglés jugaba al gato y el ratón con la ASN; pero no cabía duda sobre quién reía último.

Miré a Rachel. Me resultaba extraño estar con ella en un coche. En los cinco años que habían pasado desde la muerte de mi esposa, había mantenido relaciones con dos mujeres; y en ambos casos, antes de empezar a ejercer mis funciones en Trinity. El tiempo que pasaba con Rachel no era una «relación» en el sentido romántico de la palabra. En los tres últimos meses, me había sentado con ella en una consulta dos horas por semana para hablar sobre el aspecto más perturbador de mi vida: mis sueños. Con sus preguntas e interpretaciones, seguramente me había revelado más sobre sí misma de lo que ella había descubierto sobre mi persona, aunque todavía quedaba mucho oculto.

Rachel había venido del Hospital Presbiteriano de Nueva York para formar parte del cuerpo docente de la Universidad de Duke, donde impartía a un pequeño grupo de psiquiatras residentes clases de psicoanálisis jungiano, un arte que se estaba perdiendo en el mundo de la psiquiatría farmacológica moderna. Al mismo tiempo atendía a particulares en su consulta privada y llevaba a cabo trabajos de investigación psiquiátrica. Después de dos años de trabajar para Trinity en virtual soledad, el contacto con cualquier mujer inteligente me resultaba provocativo. No obstante, Rachel, además de inteligencia, tenía mucho más para ofrecer. Sentada en su sillón de cuero, impecablemente vestida y con el pelo oscuro recogido en una trenza francesa, me miraba sin pestañear, como escrutando esas profundidades de mi mente que ni siquiera yo había sondeado. A veces su rostro, y en especial sus ojos, se convertían en todo mi universo. Eran el espacio que ocupaba, el público en el que confiaba, la sentencia que esperaba. Sin embargo, esos ojos tardaban en emitir su veredicto, al menos al principio: ella me interrogaba sobre determinadas imágenes, y luego ponía en duda las respuestas que yo le daba. En ocasiones hacía interpretaciones de mis sueños; pero, a diferencia de los psiquiatras de la ASN que me habían tratado, nunca me hablaba con un tono de infalibilidad. Parecía buscar conmigo un significado, incitarme a que interpretara yo mismo las imágenes.

–David, no tienes por qué conducir toda la noche –dijo–. No voy a usar esto en tu contra.

«Vale –pensé–. ¿Qué hay de malo en tener visiones de una conspiración secreta contra el gobierno?»

–Paciencia –le contesté–. No queda mucho.

Me miró en la penumbra, con escepticismo:

–¿Cuál es la asignación monetaria de un premio Nobel?

–Cerca de un millón de dólares. Fielding recibió algo menos que Ravi Nara, porque... –callé al percatarme de que sólo me estaba tanteando y de que buscaba hacer mella en mi «visión».

Me centré en la carretera, consciente de que en unos minutos tendría que reconocer que mi paranoia estaba fundada en hechos, al menos en parte. ¿Y entonces qué pensaría? ¿Abriría su mente a la interpretación que yo hacía de mis propios sueños, por muy irracional que le pudiera parecer?

Desde nuestra primera sesión, Rachel había sostenido que no podía hacer interpretaciones válidas de mis «visiones» sin conocer los detalles íntimos de mi pasado y mi trabajo. Sin embargo, yo no podía decirle gran cosa. Fielding me había advertido de que la ASN consideraría a cualquiera que supiera algo sobre Trinity o sus cerebros un peligro potencial. Aparte de esto, tenía la impresión de que lo que veía en mis episodios narcolépticos no tenía relación con el pasado. Las imágenes parecían venir de *fuera* de mi mente. No en el sentido de oír voces extrañas, lo cual era indicador de esquizofrenia; sino en el sentido clásico de tener visiones. Visiones *reveladas*, como las descritas por profetas. Para un hombre que había dejado de creer en Dios cuando era un muchacho, aquella era una situación especialmente perturbadora.

Mis sueños no habían empezado con los primeros ataques de narcolepsia. Los primeros episodios eran auténticas lagunas. Agujeros en mi vida. Lapsos de tiempo, perdidos para siempre. Estaba trabajando en el ordenador de mi despacho y, de repente, notaba una poderosa vibración en todo el cuerpo. Al principio era general, y se acababa localizando en los dientes. Era un clásico síntoma inicial de narcolepsia. Entonces empezaba a sentirme adormilado, hasta despertar sobresaltado en la silla y comprobar que habían transcurrido cuarenta minutos. Era como estar bajo los efectos de la anestesia. No recordaba nada.

Tras una semana de lagunas, llegaron los sueños. El primero siempre era el mismo, una pesadilla recurrente que me espantaba aún más que las lagunas. Recuerdo lo intrigada que estaba Rachel la primera vez que se lo conté, y lo inusitadamente segura que estaba de haber entendido la imagen. Me senté en el sillón acolchado que había delante de su mesa, cerré los ojos y describí lo que tantas veces había visto.

«Estoy sentado en un cuarto oscuro. No hay ninguna luz. No se oye ningún ruido. Me toco los ojos y las orejas con los dedos, pero no veo ni oigo nada. No recuerdo nada. No tengo pasado. Simplemente existo. Esa es mi realidad. EXISTO. Me siento como la víctima de un derrame cerebral prisionera en un cuerpo y un cerebro que han dejado de funcionar. Pienso, pero en ninguna imagen en concreto. Más que pensar, siento. Y lo que siento es: ¿Quién soy? ¿De dónde vengo? ¿Por qué estoy solo? ¿Siempre he estado aquí? ¿Siempre lo estaré? Estos pensamientos no sólo ocupan mi mente; *son* mi mente. El tiempo tal como lo conocemos no existe; sólo las preguntas que van cambiando. Al final, las preguntas se reducen a un único mantra: ¿De dónde vengo? ¿De dónde vengo? Soy un hombre con una lesión cerebral que se pasa la eternidad sentado en una habitación, haciendo una pregunta en la oscuridad.»

–¿Es que no lo ves? –había dicho Rachel– No has logrado

superar las muertes de tu hija y tu esposa. Su pérdida te ha alejado del mundo, y de ti mismo. Estás traumatizado. Estás dolido. El hombre que camina por el mundo de la luz actúa. Y el auténtico David Tennant está sentado en ese cuarto oscuro, incapaz de pensar y sentir. Nadie siente su pena y su dolor.

–No es eso –le expliqué–. Por el amor de Dios, que hice una rotación por psiquiatría. Esto no es un trauma.

Ella suspiró y meneó la cabeza:

–Los médicos siempre son los peores pacientes.

Una semana más tarde, le dije que el sueño había cambiado.

–Ahora en la habitación hay algo más conmigo.

–¿Qué es?

–No lo sé. No lo puedo ver.

–¿Pero sabes que está ahí?

–Sí.

–¿Es una persona?

–No. Es muy pequeño. Una esfera, y flota en el espacio. Una pelota negra de golf flotando en la oscuridad.

–¿Y cómo sabes que está ahí?

–Es como una oscuridad más intensa en el centro de lo oscuro. Y me arrastra.

–¿Cómo te arrastra?

–No lo sé. Como la gravedad. Gravedad emocional. Pero es algo que conozco. Y sabe cuál es la respuesta a mi pregunta. Sabe quién soy y por qué estoy sumido en ese cuarto oscuro.

Y así siguió el tema, con pequeñas variaciones, hasta que el sueño volvió a cambiar. Cuando lo hizo, fue de manera radical. Una noche, mientras leía en casa, me quedé «dormido» como de costumbre. Me vi a mí mismo sentado en el consabido cuarto sin luz, preguntándome por la bola negra. Luego, sin avisar, la bola irradió una claridad cegadora. Después de tanta oscuridad, encender una cerilla habría parecido una explosión, pero aquello no era una cerilla. Explosionó en todas direcciones con la magnitud de una bomba de hidrógeno; sólo que luego no aspiraba los restos ni generaba una nube en forma de hongo. Se expandía con infinita potencia y velocidad, y yo tenía la horrible sensación de estar siendo engullido, engullido pero no destruido. Cuando aquella luz cegadora consumió la oscuridad, que era yo, en cierto modo sabía que podría hacerlo durante miles de años sin destruirme por completo. Pero aun así tenía miedo.

Rachel no sabía cómo interpretar este sueño. En el transcurso de las tres semanas siguientes, me escuchaba mientras yo describía el nacimiento de las estrellas y las galaxias, sus vidas y sus muertes: agujeros negros, supernovas, destellos de nebulosas como polvo de diamantes arrojado a la oscuridad, planetas que nacían y morían. Parecía ver de un extremo al otro del universo, todos ellos objetos que se precipitaban sobre mí a la velocidad de la luz.

–¿Habías visto antes imágenes como éstas? –preguntó– ¿Estando despierto?

–¿Cómo iba a hacerlo?

–¿Has visto fotografías realizadas por el telescopio espacial Hubble?

–Por supuesto.

–Son muy parecidas a lo que describes.

La frustración se apoderó de mi voz:

–¿No lo entiendes? No es que vea todo esto; es que también lo *siento*. Como lo que podría sentir al ver niños, un combate o una pareja de enamorados. No es una mera presentación visual.

–Continúa.

Eso era lo que siempre me decía. Cerré los ojos y me sumergí en el más reciente de mis sueños.

–Veo un planeta. Floto sobre él. Hay nubes, pero no como las que conocemos. Son verdes como el ácido, y amenazan tormenta. Ahora desciendo en picado por entre las nubes, como la imagen de un satélite que se acerca vertiginosamente al suelo. Bajo mis pies hay un océano, pero no es azul; es rojo, y está hirviendo. Me zambullo en él, en las profundidades de sus aguas rojas. Busco algo que no encuentro. El océano está vacío.

–Se me ocurrían muchas cosas cuando describías todo esto –dijo Rachel–. En primer lugar, la imaginería del color: el rojo podría ser importante. Por otro lado, el océano vacío simboliza la esterilidad, lo cual expresa tu estado de duelo. –Titubeó–: ¿Qué buscas en ese océano?

–No lo sé.

–Yo diría que sí.

–No busco a Karen ni a Zooey.

–David –en su voz percibí un dejo de irritación–. Si no crees que estas imágenes simbolicen algo, ¿por qué estás aquí?

Abrí los ojos y contemplé su rostro sereno. Una cortina de profesionalismo camuflaba su empatía, pero yo vi la verdad: estaba proyectando en mí la pérdida de su propia familia.

–Si estoy aquí es porque no consigo obtener una respuesta –dije–. Porque he leído montañas de libros, y no me han servido de nada.

Asintió con gravedad:

–¿Cómo puedes recordar las visiones con tanto detalle? ¿Tomas nota cuando te despiertas?

–No. No son como sueños normales, que cuanto más tratas de recordar, menos lo consigues. Éstos son imborrables. ¿No es característico de los sueños narcolépticos?

–Sí –respondió en voz baja–. Veamos. Tanto Karen como Zooey murieron ahogadas. Es muy posible que Karen perdiera mucha sangre por las manos y por la herida que se hizo al golpearse la cabeza contra el volante. Eso nos lleva al agua roja. –Rachel se reclinó en el sillón y miró hacia el techo–: En estas visiones no hay personas, y sin embargo tú experimentas fuertes reacciones emocionales. Mencionabas un combate. ¿Alguna vez has librado combate?

–No.

–Pero sabes que Karen luchó para salvar a Zooey. Luchó para sobrevivir. Tú mismo me lo dijiste.

Cerré los ojos. No quería pensar en aquello, aunque a veces no podía evitarlo. Cuando el coche de Karen se precipitó al estanque, dio una vuelta de campana y se hundió en un pie de lodo. Las ventanillas eléctricas y las puertas se bloquearon. Los huesos rotos en las manos y los pies de Karen atestiguaban el furor con el que había luchado por romper los cristales. Pese a ser una mujer menuda sin apenas fuerza física, no se había rendido. Un paramédico que había acudido al lugar del accidente me explicó que cuando por fin extrajeron el coche del lodazal y abrieron las puertas, la hallaron en el asiento de atrás; un brazo estrechaba fuertemente a Zooey y el otro flotaba en libertad, con la mano destrozada y llena de heridas a la altura de los nudillos.

Lo que había ocurrido estaba claro. Cuando el agua empezaba a anegar el coche y Karen luchaba por romper las ventanillas, Zooey fue presa del pánico. Le podría haber pasado a cualquiera, sobre todo a una niña. En ese momento, unas madres habrían continuado luchando por sobrevivir, mientras su criatura gritaba aterrorizada; otras la habrían consolado y rezado para que vinieran a ayudarlas. En cambio, Karen había abrazado fuertemente a Zooey, le había prometido que todo iba a salir bien y luego, con los pies, había luchado hasta el final para huir de aquel ataúd acuático. En su caso, aferrarse a Zooey mientras agonizaba de anoxia demostraba que el amor había sido más fuerte que el terror, y el hecho de saberlo me había procurado algo de paz.

–Las nubes verdes y el océano rojo no tienen nada que ver con un accidente de coche ocurrido hace cinco años –dije.

–¿Ah, no? Entonces creo que deberías explicarme más detalles sobre tu infancia.

–No es relevante.

–Eso tú no lo puedes saber –insistió Rachel.

–Lo sé.

–Entonces háblame de tu trabajo.

–Imparto clases de ética médica.

–Pediste un curso de excedencia hace cosa de un año.

Acerqué mi cabeza a la suya y abrí los ojos:

–¿Cómo lo sabes?

–Lo oí en el hospital.

–¿Quién te lo dijo?

–No lo recuerdo. No pude evitar escucharlo. Eres muy conocido en la comunidad médica. Los médicos de Duke no dejan de citar tu libro. También lo hacían en el Hospital Presbiteriano de Nueva York. Entonces, ¿es cierto? ¿Pediste una excedencia de la escuela de medicina?

–Ciñámonos a los sueños, ¿vale? Es lo más seguro para los dos.

–¿En qué sentido?

No respondí.

En la consulta de la semana siguiente, los sueños habían vuelto a cambiar.

–Estoy mirando a la Tierra. Suspendido en el espacio. Es lo más bello que he visto en mi vida. Azul y verde, con nubes blancas que se arremolinan. Es un ente vivo, un perfecto sistema cerrado. Desciendo en picado por entre las nubes, un salto del ángel de cientos de kilómetros hasta las profundidades del océano azul. Está lleno de vida. Moléculas gigantes, criaturas multicelulares, medusas, calamares, serpientes, tiburones. La tierra también rebosa vida. Es una tupida jungla. Una sinfonía de verde. En la orilla, los peces dan coletazos lejos de las olas y desarrollan patas. Unos extraños cangrejos se entierran en la arena y se transforman en otros animales que en mi vida había visto. El tiempo avanza rápido, como si un proyector fuera pasando todas las etapas de la evolución a millones de veces la velocidad real. Los dinosaurios se convierten en pájaros, los roedores en mamíferos. Los primates pierden su pelaje. Las placas de hielo cubren las junglas y luego se funden en una sabana. Veinte mil años pasan en un suspiro...

–Tómatelo con calma –le aconsejó Rachel–. Te estás alterando.

–¿Cómo podía ver todo eso?

–Tú tienes la respuesta. Tu mente puede crear cualquier imagen imaginable y hacerla realidad. Esa fotografía de la Tierra tomada desde el espacio es un icono de la cultura moderna. Emociona a todo el que la ve, y tú la habrás visto unas cincuenta veces desde pequeño.

–¿Mi mente puede crear animales que jamás he visto? ¿Animales que parecen reales?

–Desde luego. Ya has visto las pinturas del Bosco. Yo también he visto en televisión el tipo de imágenes a intervalos prefijados que describes. En los viejos tiempos, la revista *Life* publicaba cosas así, como «La ascendencia del hombre». La cuestión es, *¿por qué* ves estas cosas?

–Precisamente por eso estoy aquí, para averiguarlo.

–¿Tú apareces en este paisaje surreal?

–No.

–¿Y qué sientes?

–Sigo buscando algo.

–¿El qué?

–No lo sé. Soy como un pájaro que explora la tierra y el mar en busca de... algo.

–¿En el sueño eres un pájaro?

Parecía esperanzada. Los pájaros deben de significar algo en el léxico de la interpretación de los sueños.

–No.

–¿Qué eres?

–Nada. Un par de ojos.

–Un observador.

–Sí. Un observador incorpóreo. T.J. Eckleburg.

–¿Quién?

–Nada. Algo de Scott Fitzgerald.

–Ah, ya me acuerdo –se puso la punta del bolígrafo en la boca y la mordió. Un gesto impropio de ella–. ¿Tienes idea de por qué ves todo esto?

–Sí. –Sabía que las siguientes palabras la sorprenderían–: Creo que alguien me lo está mostrando.

Los ojos se le abrieron como platos, algo prácticamente histriónico viniendo de Rachel Weiss:

–¿En serio?

–Sí.

–¿Y quién te lo está mostrando?

–No tengo la menor idea. ¿Por qué crees *tú* que tengo estas visiones?

Meneó la cabeza de un lado a otro. Casi podía ver cómo se le disparaban las neuronas, al procesar mis palabras a través de los filtros que la educación y la experiencia le habían instalado en el cerebro.

–La evolución es cambio –dijo–. Estás viendo el cambio a velocidad irreal. El cambio incontrolable. Tengo la impresión de que esto podría tener algo que ver con tu trabajo.

«A lo mejor tienes razón», pensé; pero no dije nada. Me limité a cambiar de tema. Mi silencio era su única protección. En el fondo, aquello no importaba, porque el tema de la evolución quedó desfasado, y lo que pasó a dominar mi mente durmiente me horrorizó.

En mis nuevos sueños había personas. No me veían, y yo sólo podía ver destellos de ellas. Era como mirar tiras dañadas de película empalmadas sin ton ni son. Una mujer paseándose con un bebé en brazos. Un hombre extrayendo agua de un pozo. Un soldado uniformado con una daga, el *gladius* que conocí en octavo, en la clase de latín de la señora Whaley. Un soldado *romano*. Ésa fue la auténtica primera pista de que no se trataba de una serie aleatoria de imágenes, sino de escenas de una era concreta. Veía bueyes tirando de arados, una joven vendiendo su cuerpo en la calle, hombres haciendo intercambio de dinero; monedas de oro y cobre grabadas con el perfil soberbio de un emperador. Y un nombre: *Tiberius*. El nombre despertó algo en mi mente, por eso lo consulté en Internet. Tiberio, sucesor de Augusto, fue un ex comandante de legiones que había pasado buena parte de su reinado dirigiendo campañas militares en Germania. En retrospectiva, uno de los pocos hechos destacables de su reinado fue la ejecución de un campesino judío que según se cuenta afirmaba ser el rey de los judíos.

–¿Tu padre era muy religioso? –preguntó Rachel, al oír hablar de estas nuevas imágenes.

–No. Él era... iba a la esencia de las cosas.

–¿A qué te refieres?

–No viene al caso.

Un suspiro exasperado:

–¿Tu madre sí?

–Ella tenía fe en algo más grande que la humanidad, no en la religión jerarquizada.

–¿De niño no recibiste adoctrinamiento religioso?

–Durante un par de años fui a catecismo los domingos. No cuajó.

–¿De qué confesión?

–Metodista. Era la iglesia más cercana a casa.

–¿Te enseñaron películas sobre la vida de Jesús?

–Tal vez. No lo recuerdo.

–Te criaste en Oak Ridge, Tennessee, ¿verdad? Es lo más probable. Y claro que todos nosotros hemos visto las magníficas superproducciones de los años cincuenta. *Los diez mandamientos*. *Ben-Hur*. Esa clase de cosas.

–¿Qué me estás diciendo?

–Simplemente que los detalles de esas visiones llevan años en tu subconsciente. Están en el de todos nosotros. Pero tus sueños parecen inclinarse hacia algo. Y ese algo podría ser Jesús de Nazaret.

–¿Alguna vez has oído hablar de sueños como éste? –pregunté.

–Claro. Muchas personas sueñan con Jesús. Interaccionan con él, reciben mensajes suyos. Sin embargo, la progresión de tu sueño sigue cierta lógica y tiene un tono naturalista más que el absurdo de la obsesiva fantasía. Además, te declaras ateo; o, al menos, agnóstico. Tengo curiosidad por saber adónde nos lleva todo esto.

Yo apreciaba su interés, aunque estaba cansado de esperar una respuesta.

–¿Pero tú qué crees que *significa*?

Frunció los labios y luego meneó la cabeza:

–Ahora no me parece que esto tenga algo que ver con la pérdida de tu mujer y tu hija. Pero la verdad es que no conozco lo bastante de tu vida como para hacer una evaluación bien fundada.

Estábamos en un *impasse*. Yo todavía no creía que mi pasado tuviera relación con mis sueños. Sin embargo, con el paso de los días, las tiras rayadas de película iban apareciendo en mi mente con total claridad, y determinados personajes oníricos empezaban a repetirse. Las caras que veía me resultaban familiares, como las de mis amigos. Luego pasaron a ser más familiares que las de mis amigos. Empezaba a tener la sensación de *recordar* esas caras, y no sólo de otros sueños. Se las describí a Rachel lo mejor que pude.

«Estoy sentado en medio de un círculo, y unos rostros barbudos me miran embelesados. Sé que estoy hablando, porque no hay duda de que me están escuchando; sin embargo, no puedo oír mis propias palabras.

Veo el rostro de una mujer, angelical aunque corriente, y un par de ojos que me recuerdan a los de mi madre. No son los de mi madre, la madre que me crió en Old Ridge; pero me miran con puro amor. Detrás de ella hay un hombre con barba que me mira con orgullo de padre. Sólo que mi padre nunca se dejó barba ni bigote...

Veo asnos... una palmera datilera. Niños desnudos. Un río turbio. Siento el impacto frío y molesto de la inmersión, el compás de mis pies sobre la arena. Veo una hermosa joven de pelo oscuro que se me acerca para darme un beso; luego se ruboriza y se aleja. Camino entre adultos. Sus rostros dicen: "Este niño no es como los demás." Un hombre de ojos desorbitados está en pie con el agua a la cintura; una hilera de hombres y mujeres esperan su turno de inmersión, mientras otros salen del agua tosiendo y resoplando con los ojos abiertos de par en par.»

A veces los sueños no respondían a una lógica, sino que eran sólo fragmentos inconexos. Cuando por fin volvía a reinar la lógica, me espantaba.

* * *

Estoy sentado junto a la cama de un niño. No se puede mover. Tiene los ojos cerrados. Lleva dos días paralítico. Su madre y su tía están sentadas a mi lado. Traen comida, agua fresca y aceite para ungir al pequeño. Yo le susurro al oído y digo a las mujeres que lo tomen de la mano. Luego me inclino y pronuncio su nombre. Los ojos, bien cerrados, le segregan mucosidad; pero entonces se le abren y se iluminan al reconocer a su propia madre, que jadea y luego grita que a su hijo se le ha movido una mano. Ella lo alza y él la abraza. Las mujeres lloran de felicidad...

Estoy comiendo con un grupo de mujeres. Pan y aceitunas. Algunas mujeres no me miran a los ojos. Después de comer, me llevan a una habitación donde hay una joven encamada. Me cuentan que el bebé lleva demasiado tiempo en su vientre. La muchacha no tiene contracciones y temen que la criatura esté muerta. Pido a las mujeres que me dejen a solas con ella. La joven madre está asustada. Yo la calmo con palabras dulces, luego levanto la manta y cubro su vientre con mis manos. Está dilatado, tirante como la piel de un tambor. Dejo las manos allí durante un buen rato, haciéndole ruegos y hablándole con dulzura. No entiendo lo que le digo, es como un suave canto. Al cabo de un rato, abre la boca. Ha notado una patada. Grita a las otras mujeres: «¡Mi bebé está vivo!» Las mujeres me acercan sus manos para tocarme, como si yo poseyera algún poder invisible. «¡Es él!», dicen.

* * *

–Son historias de la Biblia –dijo Rachel–, conocidas por millones de escolares. No tienen nada de particular.

–Me he estado leyendo el Nuevo Testamento –le repliqué–. No hay constancia de que Jesús curara la parálisis de un niño.

Tampoco se menciona que asista a un banquete acompañado únicamente de mujeres, y que después provoque un parto.

–Pero ésas son imágenes de *sanación*. Y tú eres médico. El subconsciente parece proyectar a Jesús en tu mente. O viceversa. Tal vez el verdadero problema sea tu trabajo. ¿Has ido más allá del campo de la medicina? Conozco a doctores que cayeron en una depresión después de dejar la medicina práctica por la investigación pura y dura. ¿A lo mejor es tu caso?

No se había equivocado respecto al alejamiento de la medicina práctica, pero mis lúcidos sueños no eran una extraña manifestación de la nostalgia por mis días de bata blanca.

–Existe otra posibilidad –sugirió–. Una más en la línea de mi interpretación inicial. Estas imágenes de curación divina podrían responder al deseo subconsciente de revivir a Karen y Zooey. Piénsalo. ¿Cuáles fueron dos de los mayores milagros de Dios?

Asentí de mala gana:

–Hacer resucitar a Lázaro de entre los muertos.

–Sí. Y si no me equivoco, también resucitó a una niña.

–Sí. Pero no creo que ése sea el significado de estos sueños.

Rachel sonrió con infinita paciencia:

–Bueno, una cosa es cierta. Tu subconsciente acabará dejando claro el mensaje.

Ésa resultó ser nuestra última sesión. Porque aquella misma noche mis sueños volvieron a cambiar y no tenía intención de explicarle a Rachel en qué sentido.

El nuevo sueño era más claro que ninguno, y aunque yo hablaba una lengua extranjera esta vez sabía lo que decía. Caminaba por un sendero arenoso. Llegué a un pozo. Había poca agua, y yo no tenía con qué cogerla. Al cabo de un rato, apareció una mujer con un cubo enganchado a una cuerda. Le pedí que me sacara un poco de agua. Pareció sorprenderse de que me dirigiera a ella, y tuve la impresión de que pertenecíamos a clanes diferentes. Le dije que el agua del pozo no saciaría su sed. Ella habló por un momento y me miró llena de curiosidad.

–Debes de ser un profeta –dijo–. Ves cosas que los demás no ven.

–Yo no soy profeta –le dije.

Por un instante me miró en silencio. Luego dijo:

–Hablan de un Mesías que algún día vendrá para revelarnos cosas. ¿Qué te parece?

Miré al suelo, pero de mí brotaron palabras de profunda convicción. Levanté la vista y dije a la mujer:

–Yo soy el Mesías.

La mujer no se rió ante semejante afirmación. Se arrodilló, me tocó la rodilla y a continuación se fue sin perderme de vista.

Cuando me desperté de aquel sueño, estaba empapado en sudor. No levanté el auricular del teléfono para pedir a Rachel una visita urgente. No tenía sentido. Ya no creía que ninguna interpretación de los sueños me pudiera ayudar, porque no soñaba. *Recordaba.*

* * *

–¿En qué piensas? –preguntó Rachel desde el asiento del pasajero.

Nos acercábamos al recinto de la Universidad de Carolina del Norte:

–¿Por qué has venido?

Ella se movió inquieta en el asiento y me dedicó una mirada de preocupación:

–He venido porque has faltado a tres sesiones, y no lo habrías hecho si las cosas no hubieran ido a peor. Creo que tus alucinaciones han vuelto a cambiar, y te ha entrado el pánico.

Sujeté el volante con más fuerza, pero guardé silencio. Desde algún lugar, la ASN seguía la conversación.

–¿Por qué no me lo explicas? ¿Qué riesgo iba a correr yo?

–Éste no es el momento. Ni el lugar.

El auditorio de la Universidad de Carolina del Norte estaba arriba a la izquierda. A nuestra derecha, el anfiteatro Forest quedaba entre los árboles que había carretera abajo. Di un volantazo brusco hacia la derecha y avancé por la pista de una oscura colina que discurría entre dos hileras de casas señoriales, un vecindario con una sola entrada que albergaba a profesores titulares y profesionales jóvenes y acomodados. Fielding vivía en una casa pequeña de dos plantas bastante alejada de la calle principal. Era perfecta para él y la esposa china que esperaba traer a Estados Unidos.

–¿Dónde estamos? –preguntó Rachel.

–La casa de Fielding está justo ahí.

Miré en la dirección de la casa, pero sólo vi oscuridad. Esperaba encontrarme el lugar rebosante de luz, como la mía justo después de perder a Karen y Zooey. Tuve un momento de pánico, el presentimiento de haberme metido en una de esas películas de intriga de los años setenta en las que te acercas a la casa de un conocido y la encuentras vacía. O peor aún, habitada por una familia totalmente nueva.

Una luz del porche se encendió cuando estábamos a escasos treinta metros de la casa. Lu Li debía de estar mirando desde una ventana a oscuras. Volví la cabeza para comprobar que no había vehículos sospechosos en la calle. Solía detectar los coches de vigilancia que la ASN me asignaba. Una de dos, o a los equipos de vigilancia no les importaba que los descubriera o, lo que es más probable, querían que nos sintiéramos observados. Aquella noche no vi nada sospechoso, pero tuve la sensación de que algo iba mal. Tal vez hubiera vigilantes que no querían ser descubiertos. Dirigimos nuestros pasos hacia la casa de Fielding hasta llegar a la puerta cerrada del garaje.

–¿Aquí vive un premio Nobel? –inquirió Rachel, señalando la modesta casa.

–Vivía –corregí–. Espérame aquí. Voy a acercarme a la puerta.

–Por amor de Dios –me espetó–. Esto es ridículo. ¿Por qué no admites que todo esto es una farsa y nos vamos a tomar un café mientras hablamos de ello?

La agarré del brazo y la miré fijamente a los ojos:

–*Escúchame*, maldita sea. Seguramente no hay peligro, pero por si acaso vamos a hacer lo siguiente: Cuando no haya moros en la costa, te silbaré para que vengas.

Caminé hasta la puerta principal de la casa de mi difunto amigo, con las manos a la vista y la mente en el calibre 38 que llevaba en el bolsillo.

CAPÍTULO 5

Geli Bauer escuchaba atentamente lo que Corelli le retransmitía desde la casa de Fielding.

–Ahora se dirigen a la entrada. Tennant va delante; la loquera queda a la espera. Ahora va ella. Espere... Creo que el doctor lleva algo.

–¿Qué doctor?

–Ah. Tennant. Lleva una pistola en el bolsillo. Apunta al frente.

–¿Ves la culata?

–No, pero parece un revólver.

«¿Qué demonios se cree Tennant?» Se oyeron interferencias.

–¿Qué quiere que haga? –preguntó Corelli.

–Que te mantengas alerta y te asegures que los micrófonos funcionan.

–La viuda acaba de salir a abrir la puerta. Los invita a pasar.

–Mantenme informada.

Geli interrumpió la conexión con Corelli. Si Tennant llevaba una pistola, es que temía por su vida. Debía de pensar que alguien había asesinado a Fielding. ¿Pero por qué? La droga que había matado a Fielding le había provocado una fuerte hemorragia cerebral, un auténtico derrame. Sin una autopsia, no era posible demostrar que se trataba de un asesinato. Y no habría autopsia. Tennant debía de saber más de lo que Godin creía. Si la carta que le había traído FedEx era de Fielding, seguramente contenía algún tipo de prueba.

Geli tocó el micrófono del auricular y dijo:

–Skow. Casa. –El ordenador llamó a casa de John Skow, en Raleigh.

–¿Qué pasa ahora? –dijo Skow transcurridos dos tonos.

–Tennant y Weiss apenas hablaron de camino a casa de Fielding.

–¿Y?

–No era normal. Procuraban no hablar.

–Tennant sabe que está bajo vigilancia. Siempre ha querido que todos ellos lo tuvieran presente.

–Sí, pero Tennant nunca se ha mostrado tan evasivo. Algo trama.

–Está un poco asustado; es normal.

–Lleva una pistola.

Se hizo una pausa.

–Claro, está asustado. Sabíamos que tenía una en su casa.

–Pero no es lo mismo que llevarla encima.

Skow se rió entre dientes:

–Ése es el tipo de reacción que despierta usted en las personas, Geli. En serio, debe calmarse. Todo sigue su curso. Ya sabemos que Tennant sospechaba algo. Su mejor amigo ha muerto hoy, es normal que esté paranoico. Lo que no interesa es infundirle *más* sospechas.

Le hubiera gustado hablar con Godin. Había intentado localizarlo en el teléfono móvil, pero él no había respondido ni había devuelto la llamada. Era la primera vez que le pasaba.

–Mire, pienso que...

–Sé lo que piensa –dijo Skow–. No haga nada sin mi permiso.

–Capullo –contestó Geli, pero Skow ya había colgado.

Pulsó un botón que la ponía con el cuartel general de la ASN, en Fort Meade. Su contacto allí era un joven llamado Conklin.

–Hola, señorita Bauer –dijo–. ¿Es sobre lo de FedEx?

–¿Tú qué crees?

–Tengo lo que busca. El paquete pasó por el buzón de una oficina de correos de Durham, Carolina del Norte. El remitente se registró como Lewis Carroll.

De manera que Fielding *había* enviado algo a Tennant. Sabía que él no lo había llevado a correos en persona, pero su esposa casi seguro que sí. Geli volvió a pulsar la tecla y se reclinó en la silla, mientras analizaba la situación.

Siete horas antes había asesinado a un hombre siguiendo las órdenes de Godin, sin saber exactamente el porqué. Pero no había problema. Fielding representaba una amenaza para el proyecto y, bajo las condiciones de su contrato, para ella era razón más que suficiente. En caso de necesitar una justificación moral, el Proyecto Trinity era crucial para la seguridad nacional de Estados Unidos. Ejecutar a Fielding era como matar a un espía sorprendido en acto de traición. Sin embargo, ella tenía cierta curiosidad respecto al móvil. Godin le había dicho que Fielding estaba saboteando el proyecto y robando datos de Trinity. Se habían adoptado rigurosas precauciones para prevenir el sabotaje. Físicamente, nadie podía introducir ni extraer datos del edificio. En cuanto al robo electrónico, con la tecnología de la ASN Skow se había asegurado de que ni un solo electrón abandonaba el edificio sin que él lo supiera.

Entonces, ¿por qué Fielding tenía que morir? Seis semanas antes, él y Tennant habían mantenido el proyecto en suspenso al dar la voz de alarma en cuestiones médicas y éticas. Si ése había sido el motivo, entonces ¿por qué esperar para asesinar a Fielding? ¿Y por qué matarlo sólo a él? Peter Godin parecía casi desesperado cuando visitó anoche a Geli. Y ella nunca antes había visto a Godin desesperado. ¿Tan ansioso estaba por reanudar el proyecto? Ella sabía poco sobre el aspecto técnico de la investigación Trinity, pero sabía que estaba muy lejos de alcanzar el éxito; lo podía leer en los rostros de los científicos e ingenieros que cada día trabajaban en ello.

El Proyecto Trinity construía, o procuraba construir, un superordenador. No un superordenador convencional como el Cray o el Godin, sino un ordenador dedicado a desarrollar inteligencia artificial; una auténtica máquina de pensar. Ella no sabía por qué este hipotético ordenador era tan difícil de construir, pero Godin le había explicado brevemente la génesis del proyecto.

En 1994, un científico de los laboratorios Bell había especulado que un ordenador decodificador infinitamente potente se podía llegar a construir acogiéndose a los principios de la física cuántica. Geli sabía poco de física cuántica, pero entendía por qué un ordenador cuántico sería algo revolucionario. El moderno cifrado digital, empleado por bancos, empresas y gobiernos, se basaba en la descomposición factorial de enormes números primos. Los superordenadores convencionales como los que utilizaba la ASN descifraban esos códigos probando una clave tras otra de una secuencia, como quien prueba llaves en una cerradura. Descifrar un código de esta manera podía llevar cientos de horas; sin embargo, en teoría, un ordenador cuántico podía probar todas las claves posibles de manera simultánea. Las claves erróneas se anularían mutuamente, dejando sólo la que descifra el código. Y este proceso no tardaría horas, ni siquiera minutos en completarse. Un ordenador cuántico podría descifrar códigos digitales *de manera instantánea.* Una máquina así haría que el cifrado actual resultara obsoleto y proporcionaría al país que la tuviera en su poder una sorprendente ventaja estratégica sobre cualquier otra nación del mundo.

Dado el valor potencial de semejante máquina, la ASN había realizado un enorme esfuerzo secreto por diseñar y construir un ordenador cuántico. Denominado Proyecto Spooky, por la descripción que Albert Einstein había hecho de la acción de ciertas partículas cuánticas («acción inmediata a distancia»), se puso a las órdenes de John Skow, director del Centro de Investigación con Superordenadores de la ASN. Después de haber invertido siete años y 600 millones de dólares negros de la ASN, el equipo de Skow no había logrado desarrollar un prototipo capaz de rivalizar con el funcionamiento de una Palm Pilot.

Seguramente faltaban días para el cese de Skow cuando éste recibió una llamada de Peter Godin, que llevaba años construyendo superordenadores convencionales para la ASN. Godin proponía una máquina tan revolucionaria como el ordenador cuántico, pero con una cualidad muy atrayente para el gobierno: se podía crear aprovechando los avances de la tecnología actual. Además, tras una conversación mantenida con Andrew Fielding, el físico cuántico al que ya había reclutado para trabajar en su máquina, Godin creía que había muchas posibilidades de que su ordenador tuviera capacidades cuánticas.

Godin tentó al presidente con esta serie de cosas y consiguió casi todas las concesiones que pidió: un complejo dedicado a trabajar en su nueva máquina; fondos gubernamentales prácticamente ilimitados para pagar una campaña intensiva inspirada en el Proyecto Manhattan; el derecho a contratar y despedir a sus propios científicos. Para supervisar el proyecto seleccionó a John Skow, a quien años antes había puesto en un compromiso sobornándolo para que se decantara por los ordenadores de Godin y no por los de Cray para el Centro de Investigación con Superordenadores. El presidente solamente había exigido que se llevara a cabo un seguimiento ético *in situ*; y éste se materializó en la persona de David Tennant, que al principio sólo parecía estorbo de poca monta. Todo parecía perfecto.

Pero ya habían pasado dos años desde entonces. Casi se habían gastado mil millones de dólares, y todavía no había un prototipo Trinity activo. En los corredores secretos de la Cripto City de la ASN empezaban a establecerse paralelismos con el fallido Proyecto Spooky. La diferencia, por supuesto, era Peter Godin. Hasta sus enemigos reconocían que nunca había faltado a su palabra, aunque también rumoreaban que esta vez había querido abarcar demasiado. A lo mejor la inteligencia artificial no era tan teórica como la informática cuántica, pero más de una empresa había quebrado por comprometerse a trabajar con ella.

Precisamente por esta razón Geli no alcanzaba a entender la muerte necesaria de Fielding. Al parecer, Godin había considerado al brillante inglés imprescindible para el éxito del Proyecto Trinity hasta la víspera del asesinato. Y, de repente, podía prescindir de él. ¿Qué había cambiado?

Sin pararse a pensar, Geli dio un puñetazo sobre el teclado y procuró recordar mentalmente una lista con todos los efectos personales de Fielding que había hecho tras su muerte a petición de Godin. El despacho de Fielding era un revoltijo de rarezas y objetos de interés, más parecido al de un profesor de universidad que al de un físico en activo.

Había libros, por descontado: una copia de las Upanishads en sánscrito original; un volumen de poesía de W.B. Yeats; tres novelas de Raymond Chandler ya muy manoseadas; una copia de *Alicia a través del espejo*; varios libros de texto y tratados científicos. Los demás objetos eran si cabe más extraños: cuatro pares de dados, uno de ellos lastrado; un diente de cobra; una copia intacta de la revista *Penthouse*; la lengüeta de un saxofón; un cuenco tibetano de oración; un calendario de pared con los dibujos de M. C. Escher; un póster del Club-a-Go-Go de Newcastle (Inglaterra) donde Jimi Hendrix había tocado en 1967, firmado por el guitarrista; una carta enmarcada en la que Stephen Hawking admitía perder la apuesta que ambos habían hecho sobre la naturaleza de la materia negra; y también los discos compactos que se había comprado de Van Morrison, John Coltrane y Miles Davis. La lista de objetos era interminable, pero todo parecía bastante inofensivo. La propia Geli había hojeado los libros, y un técnico escuchaba todas y cada una de las pistas de los CD para asegurarse de que no eran falsos ni contenían datos robados. Aparte de los trastos que Fielding tenía en el despacho, estaban su cartera, su ropa y sus escasas joyas: una alianza de oro y un reloj de bolsillo en oro con cadena y leontina de cristal en el extremo.

Mientras repasaba la lista, de pronto Geli se preguntó si todas sus pertenencias seguían en el almacén donde aquella misma tarde las había guardado bajo llave. Se lo preguntaba porque John Skow tenía acceso a aquel cuartucho. ¿Y si Fielding había muerto por algo que obrara en su poder? Tal vez por eso habían querido que muriera en su despacho; para asegurarse de encontrar lo que buscaban. De ser así, tendría que tratarse de algo que llevara consigo; si no, bastaba con sustraerlo de su despacho. Geli se disponía a ir al almacén cuando los auriculares le volvieron a pitar.

–Creo que tenemos un problema –dijo Corelli.

–¿Qué?

–Igual que en casa de Tennant. Están dentro, pero no oigo ninguna conversación. Sólo ecos débiles, como el ruido de fondo que los micrófonos captan de una habitación alejada.

–Mierda. –Geli desvió la señal de casa de Fielding a sus auriculares. Sólo oía silencio–: Algo va mal –murmuró–. ¿Qué más llevas?

–Una parabólica; pero no va bien cuando hay paredes de por medio y, con las ventanas, pierde toda su eficacia. Necesito el equipo de láser.

–Está aquí –hizo una relación mental de sus recursos–. Lo tendrás en doce minutos.

–Para entonces ya se habrán ido.

–¿Qué me dices de la visión nocturna?

–No esperaba nada táctico.

«¡Maldita sea!»

–Todo está de camino. Busca ese sobre de FedEx en el coche de Tennant. Y dame tus coordenadas.

Geli tomó nota, luego apretó un botón que hizo sonar una alarma en una habitación trasera del complejo subterráneo. Allí había camas, para cuando los agentes tuvieran que trabajar las veinticuatro horas del día. Al cabo de treinta segundos, un hombre alto con una larga melena rubia se fue tambaleando medio dormido hasta la centralita.

–¿*Was ist...*? –preguntó.

–Estamos en alerta –dijo Geli, señalando una cafetera que había empotrada en la pared–. Tómate uno.

Ritter Brock era alemán, y el único miembro del equipo que Peter Godin había seleccionado. Ritter, ex comando GSG-9, había trabajado para un servicio privado de seguridad de elite que facilitaba guardaespaldas a Godin cuando éste viajaba a Europa y los Países del Este. Godin había contratado a Ritter de manera indefinida después de que el ex comando frustrara el intento de secuestro del multimillonario. Este hombre de veintinueve años, despiadado, hábil y diestro en campos ajenos a su especialidad contraterrorista, había resultado ser el mejor agente de Geli. Y como ella había pasado los veranos de su tierna infancia en Alemania, la lengua dejaba de suponerle un problema.

Ritter bebía a sorbos el café humeante al tiempo que miraba a Geli por encima de la taza. Tenía los ametralladores ojos grises de los chicos por los que se había sentido atraída de adolescente, cuando su padre tenía destino en Alemania.

–Necesito que le lleves el equipo de láser a Corelli –añadió–. Está aparcado a la entrada de una casa, junto al campus de la Universidad de Carolina del Norte.

Luego arrancó la primera hoja del bloc y la dejó sobre el escritorio que tenía al lado.

Ritter resopló y asintió. Odiaba ejercer de recadero, pero nunca se quejaba. Hacía el trabajo sucio y esperaba con paciencia trabajos para los que estaba hecho.

–¿El láser está en el depósito? –preguntó.

–Sí. Llévate también cuatro equipos de visión nocturna.

Apuró el café humeante, luego cogió la dirección de encima de la mesa y se fue sin mediar palabra. A Geli le gustaba aquello. Los estadounidenses creían que había que llenar cada silencio, como si el silencio fuera algo temible. Ritter no malgastaba esfuerzo alguno, ni en la conversación ni en la acción, y esto lo convertía en alguien muy valioso. Unas veces trabajaban juntos, y otras dormían juntos. De momento, eso no les había causado problemas. Ella había hecho lo mismo en el ejército, procurarse placer allí donde podía encontrarlo. Como en el internado de Suiza. Siempre se corrían riesgos. Sólo había que saber tratar a hombres o mujeres agresivos y sobrellevar las secuelas que pudieran quedar una vez finalizada la relación. Y ella estaba acostumbrada a hacer ambas cosas.

–¿Corelli? –dijo Geli–. ¿Qué oyes ahora?

–De momento, nada. Ruido de fondo. Incomprensible.

–He dado la alerta. Ritter está de camino.

Sólo interferencias y silencio. Geli sonrió. Ritter hacía que los demás se sintieran incómodos.

–¿Me has oído?

–Afirmativo. Ahora estoy en el coche de Tennant.

–¿Y qué ves?

–No hay ningún sobre de FeEdx. Debe de llevarlo encima.

–Vale.

–¿Qué hago?

–Vuelve al coche y espera a que llegue Ritter.

–De acuerdo.

Geli cortó y volvió a recordar los efectos personales de Fielding que habían guardado en el almacén. Tenía la impresión de que algo faltaba, y sus instintos no la solían traicionar. Pero ahora no quería abandonar la centralita. En cuanto Ritter llegara al lugar de los hechos, las cosas podían acelerarse.

CAPÍTULO 6

Empujé a Rachel hacia el recibidor de la casa de Fielding. La puerta se cerró de inmediato a nuestras espaldas, y nos volvimos para encontrarnos cara a cara con una mujer asiática de menos de metro cincuenta. Lu Li Fielding había vivido buena parte de sus cuarenta años en la China comunista. Entendía bastante bien el inglés, pero sólo lo chapurreaba.

–¿Esta mujer quién? –preguntó, señalando a Rachel–. No casado, ¿no, doctor David?

–Rachel Weiss, una buena amiga mía. También es médico.

La sospecha anidó en los ojos de Li Lu:

–¿Trabaja para la empresa?

–¿Te refieres a Argus Optical?

–*Tlinity* –dijo, reemplazando la *r* por una *l*.

–No, no. Es profesora en la Facultad de Medicina de la Universidad de Duke.

Lu Li inspeccionó a Rachel por unos instantes:

–Entonces entre también. Por favor. Rápido, por favor.

Lu Li hizo una reverencia y nos dejó entrar en su guarida, que giraba en torno a la cocina. Sonreí con tristeza. Cuando Fielding vivía solo en aquella casa, siempre parecía que un tornado acabara de pasar por allí. Libros y papeles desparramados por todas partes, docenas de tazas de café, litronas y ceniceros rebosantes sobre cada superficie plana. Con la llegada de Lu Li, la casa se había convertido en un espacio Zen de orden y limpieza. Aquella noche olía a cera y limón en vez de a cigarrillos y cerveza pasada.

–Siéntense, por favor –invitó Lu Li.

Rachel y yo nos sentamos el uno al lado del otro en un sofá mullido. Lu Li se sentó en el borde de una vieja silla tapizada que había frente a nosotros. Se centró en Rachel, la cual miraba fijamente una placa que colgaba de la pared justo detrás de la silla de Lu Li.

–¿Ése es el premio Nobel? –preguntó Rachel en bajo.

Lu Li asintió, no sin orgullo:

–Andy ganó el Nobel en 1988. Entonces yo estaba en China, pero allí conocíamos su trabajo. Todos los físicos asombrados.

–Debe de estar muy orgullosa de él –confesó Rachel, con una calma que sus enormes ojos no dejaban traslucir–. ¿Cómo se conocieron?

Mientras Lu Li respondía en su inglés chapurreado, yo me maravillaba con la unión de aquella mujer y mi querido amigo. Fielding había conocido a Lu Li cuando daba una conferencia en Pekín como parte de una iniciativa diplomática chino-británica. Ella enseñaba física en la Universidad de Pekín, y en cada una de las nueve ponencias de Fielding se había sentado en primera fila. Los burócratas partidistas habían celebrado varias recepciones durante el ciclo de conferencias, y Lu Li asistía a todas. Fielding y ella enseguida congeniaron, y para cuando llegó el momento de la despedida, ambos supieron que estaban profundamente enamorados el uno del otro. Siguieron dos años y medio de separación, en los que Fielding trató desesperadamente de conseguirle un visado de tránsito. Le costó lo suyo, aun con el supuesto apoyo de los mandamases de la ASN. Al final, llegó un punto en que le rondaba la idea de pagar a agentes ilegales para sacar a Lu Li clandestinamente del país; pero yo lo convencí de que era demasiado arriesgado.

Todo cambió cuando Fielding empezó a retrasar el Proyecto Trinity con sus sospechas sobre los efectos secundarios que todos estábamos padeciendo. Como por arte de magia, los trámites se aceleraron y Lu Li se vio sentada en un avión rumbo a Washington. Fielding sabía que a su prometida sólo la habían traído a Estados Unidos para distraerlo, pero eso le daba igual. Su llegada tampoco había surtido el efecto deseado; el inglés seguía investigando a fondo cada acontecimiento negativo que tenía lugar en el laboratorio Trinity, y los otros científicos llegaron a odiarlo por ello.

–Lu Li –dije aprovechando una pausa–, primero déjame darte el pésame por la muerte de Andrew.

La física meneó la cabeza:

–No por eso le pedí venir aquí. Quiero saber de esta mañana. ¿Qué pasó a mi Andy?

Yo no sabía si hablar abiertamente en la casa. Al verme cara de preocupado, se dirigió hacia la chimenea, se arrodilló y rebuscó en el tiro hasta encontrar una caja de cartón tiznada, que luego colocó sobre la mesa de centro. No era la primera vez que la veía. Contenía varios componentes electrónicos caseros que me recordaban a los proyectos Heathkit en los que mi padre y yo habíamos trabajado cuando tan sólo era un niño. Lu Li sacó algo parecido a un lector óptico de metal.

–Andy pasó esto por la casa la mañana antes del trabajo –dijo–. Tapó todos los micros. Ahora podemos hablar.

Eché una mirada a Rachel. El trasfondo estaba claro. Lu Li sabía lo de Trinity, o al menos conocía las tácticas de seguridad de la ASN. Geli Bauer se habría ensañado con esta casa en cuanto Lu Li saliera a la tienda o a la tintorería. Me sorprendió que hubiera esperado tanto tiempo.

–¿Has salido en todo el día? –pregunté.

–No –respondió Lu Li–. No me dicen el hospital a donde llevaron a Andy.

Yo dudaba que Fielding hubiera sido trasladado a un hospital. Lo habrían llevado en avión al cuartel general de la ASN, en Fort Meade (Maryland), seguramente a alguna unidad médica especial para realizarle una autopsia o algo peor. El gobierno británico podría reclamarlo más tarde, pero de eso ya se encargaría el Departamento de Estado, no la ASN. Además los británicos, artífices de la Ley de Secretos de Estado y del Sistema de Consejos sobre Defensa, acataban la política de Estados Unidos en materia de seguridad nacional.

–Insisto en que deberíamos hablar bajo –murmuré, señalando a aquella especie de lector óptico–. Y también creo que debería llevarme esa caja cuando me vaya. Me temo que la A... –me interrumpí a mí mismo–, los de la empresa de seguridad registrarán esta casa en cuanto te vean salir. Y no querrás que la encuentren.

Lu Li se había criado en un país comunista, con una implacable policía de seguridad. Tenía profundamente arraigada cierta predisposición a creer siempre lo peor.

–¿Mi Andy asesinado? –susurró.

–Espero que no. Dada la salud de Andrew, su edad y sus hábitos, existía la posibilidad de que sufriera un ictus. Sin embargo... yo no creo que eso lo matara. ¿Qué te hace pensar en el asesinato?

Lu Li cerró los ojos, haciendo que se le saltaran las lágrimas:

–Andy sabía que algo podía pasar. Lo dijo.

–¿Lo dijo una vez? ¿O muchas veces?

–Estas dos semanas, muchas veces.

Inspiré profunda y lentamente:

–¿Sabes por qué Andrew me quería ver en Nags Head?

–Para hablar contigo. No sé más. Estaba preocupado por el trabajo. Por Trinity. Por...

–¿Qué?

–Godin.

Algo me decía que tenía que ser Godin. Era fácil odiar a John Skow, un arrogante tecnócrata sin sentido moral; aunque no inspiraba mucho miedo. En cambio, Godin solía caer bien porque era un genio, un patriota en el mejor sentido de la palabra, un hombre de convicciones; y sin embargo, al llevar un tiempo trabajando con él, uno tenía la sensación de que irradiaba una inquietante vibración, un ansia como la de Fausto por *saber* que traspasaba todo límite e ignoraba toda frontera. Una cosa estaba clara: cualquier cosa o persona que se interpusiera entre Godin y su meta tenía los días contados.

Godin y Fielding se habían llevado bien al principio. Pertenecían aproximadamente a la misma generación, y Godin tenía el don de Robert Oppenheimer para motivar a los científicos con talento: una combinación de halagos y honda perspectiva. Pero la luna de miel no duró lo suficiente. Para Godin, Trinity era una misión, y él la perseguía con celo apostólico. Fielding era diferente. El inglés no creía que porque algo fuera posible habría que materializarlo; como tampoco creía que el más noble de los fines justificara todos los medios.

–¿Andy me iba a enseñar algún documento? –pregunté esperanzado.

–No lo creo. Todas las tardes tomaba notas, pero antes de dormir –señalaba a la chimenea– siempre quemaba. Andy muy secreto. Siempre quería protegerme. Siempre protegerme.

«Hizo lo mismo por mí», pensé. De pronto recordé unas palabras en la carta de Fielding.

–¿Andrew llevó hoy el reloj de bolsillo al trabajo?

Lu Li no vaciló:

–Lo llevaba cada día. ¿Hoy no?

–No. Pero estoy seguro de que te lo devolverán junto con sus efectos personales.

El labio de abajo le empezó a temblar, y yo percibí otra inminente oleada de lágrimas que no llegó. Al contemplar el estoicismo de Lu Li sentí una fuerte punzada de dolor, que me resultaba familiar y en cierto modo también desconocida. Ya sabía lo que era estar de luto por alguien, pero lo que ahora sentía era diferente de lo que había sentido tras la muerte de mi esposa y mi hija. Andrew Fielding era uno de los pocos hombres de su siglo que podría haber respondido a algunas de las preguntas fundamentales sobre la existencia humana. Saber que una mente así se había ido de este mundo me dejaba con una sensación de vacío, como si mi especie se viera mermada de manera profunda e irrecuperable.

–¿Y ahora yo, qué? –preguntó Lu Li en voz baja– ¿Vuelvo a China?

«Ni hablar», pensé. Una razón para el secretismo de Trinity era que en ciertos ámbitos existía la creencia de que otros países podrían estar desarrollando un dispositivo similar. La China comunista, con su historial de agresivos robos tecnológicos, encabezaba la lista. La ASN jamás permitiría que una física china regresara a su tierra natal si había estado tan cerca del proyecto. Pero poco podía hacer yo para protegerla hasta hablar con el presidente.

–Tranquila, no te pueden repatriar –le aseguré–.

–Andy decía «el gobierno hace lo que quiere».

Estaba a punto de responderle cuando las luces de un coche iluminaron el recibidor. Un coche pasaba despacio por delante de la casa.

–Eso no es cierto –desmentí–. Lu Li, no está bien que lo diga, pero lo mejor que puedes hacer ahora mismo es cooperar con la ASN. Cuantos menos problemas les des, menos te verán como una amenaza. ¿Lo entiendes?

El rostro se le crispó.

–¿Que ahora tengo que dejarlos matar a mi Andy y no decir nada? ¿No hacer nada?

–No sabemos si a Andy lo han *asesinado*. Además, ahora mismo hay muy pocas cosas que puedas hacer en persona. Quiero que lo dejes todo en mis manos. He llamado al presidente, y podría tener noticias suyas de un momento a otro. Precisamente ahora está en China. En Pekín.

De repente, y pese a su angustia, Lu Li sonrió:

–Andy era un buen hombre. Un hombre amable y divertido. Inteligente.

–Muy inteligente –asentí, aunque palabras como *inteligente* decían bien poco cuando se aplicaban a hombres como Andrew Fielding. Fielding había sido miembro de una de las comunidades más pequeñas del planeta, la de quienes verdaderamente entendían los misterios de la física cuántica; un campo reservado, como los alumnos que Fielding tenía en Cambridge solían bromear, para los estudiantes «demasiado inteligentes para ser doctores».

Rachel dio un chillido de sorpresa cuando una bola blanca de pelo entró corriendo en la habitación y saltó al regazo de Lu Li. Aquella bola de pelo era un perrito, un *bichon frise*. Lu Li sonrió y le dio una fuerte palmada en el cuello.

–Maya, maya –susurró, y luego canturreó en cantonés.

Aunque el *bichon* parecía nervioso en presencia de extraños, no ladró. Sus ojitos marrones se posaron en mí.

–¿Conoce a Maya, doctor David?

–Sí. Ya nos hemos visto antes.

–Andy la compró para mí. Hace seis semanas. Maya era mi bebé; mi bebé hasta que Andy y yo...

Cuando Lu Li guardó silencio, caí en la cuenta de que mi amigo de sesenta y tres años había estado intentando tener hijos con su esposa de cuarenta.

–Lo siento –dije en vano–. Lo siento mucho.

Era como si Rachel quisiera hablar, pero había ocasiones en las que ni el psiquiatra más experimentado encontraba las palabras. Y cuando Lu Li se quedó mirando al vacío, mi preocupación fue en aumento. Si Fielding sospechaba que lo iban a asesinar y había expresado ese miedo a su esposa, en la ASN podrían saber que lo había hecho. Y casi seguro que sabrían también dónde me encontraba ahora. Si estaban ahí fuera, era muy posible que hubieran fotografiado a Rachel y que estuvieran intentando averiguar qué pintaba ella en todo esto.

–Parece que Maya quiere ir a dar un paseo –dije alegremente.

Lu Li salió del trance.

–Será un placer sacarla a pasear –añadí.

–No. Maya no necesita...

La interrumpí con una mano en alto:

–Creo que a los dos nos convendría un poco de aire fresco.

Lu Li se me quedó mirando unos instantes.

–Sí –dijo al fin–. Buena idea. Estamos en casa todo el día.

Mientras buscaba algo con lo que escribir, vi un bloc de notas junto al teléfono. Me dirigí hacia él y anoté: «¿Tienes una grabadora portátil?». Luego arranqué la hoja y escribí mi número de teléfono móvil en la siguiente.

Cuando Lu Li leyó mi pregunta, fue al despacho de Fielding y volvió con una grabadora de microcasete Sony, de las que usan para hacer dictados. Me la metí en el bolsillo y acompañé a ambas mujeres hasta las puertas de cristal que daban al patio.

Maya nos seguía sin separarse de Lu Li, que ató una correa al cuello de la perra. Unos cien metros bosque adentro se hallaba el anfiteatro al aire libre de la Universidad de Carolina del Norte. En otras dos ocasiones, Fielding me había llevado hasta allí para hablar.

–Ya sé que Andrew hizo un barrido de la casa –le susurré a Lu Li–, pero sigo sin sentirme seguro hablando dentro. Necesito hablar con Rachel a solas unos minutos. Quiero que vuelvas dentro. Cierra las puertas con llave, pero deja a Maya con nosotros. Vamos a pasear por el bosque hasta el anfiteatro. Volveremos enseguida. Llevo el móvil conmigo; te he dejado el número en el bloc de notas. En cuanto veas algo raro, llámame.

El desconcierto y la preocupación arrugaron el rostro de Lu Li:

–¿Necesita a Maya?

–Es la tapadera. ¿Entiendes? Una excusa para salir de aquí.

Ella asintió levemente, luego se arrodilló, dijo algo al oído de la perra y se adentró en la casa. Yo cogí al *bichon* quejumbroso y atravesé rápidamente el patio hasta llegar a un estrecho sendero que se internaba en el bosque. Rachel seguía adelante como podía cuando las ramas empezaban a engancharsele en la ropa.

–¿Qué vamos a hacer? –dijo entre dientes.

–Silencio. Tengo que hablar contigo y no creo que vaya para largo.

No estaba seguro de cuál era el origen de aquel miedo, pero sabía que estaba muy arraigado. Sin darme cuenta, había pasado la correa de la perra a la mano izquierda para desenfundar la pistola con la derecha.

CAPÍTULO 7

–Ritter ha llegado –dijo Corelli, con una voz que sonaba tensa en los auriculares de Geli–. Ya tiene el láser enfocado hacia la ventana principal.

–¿Qué oyes?

–Sonidos concretos, pero nada de conversación. Como una persona que se mueve de un lado a otro de la casa. Podrían estar en una de las habitaciones de atrás.

–Cambiad de posición e instalad el láser en una ventana de la parte de atrás. Rápido.

–Vale.

Geli apenas se podía quedar quieta en la silla. Algo pasaba en casa de Fielding, y ella sólo tenía una manera de saber qué era. Pasado un minuto, la voz más grave de Ritter dijo: «*Nichts*».

–¿No se oye nada en la parte de atrás? –preguntó.

–*Nein*.

–Saben dónde están los micros, y los han tapado.

–¡Ah! –dijo Ritter–. ¿Cómo iban a saberlo?

–Fielding.

–Ese bastardo –dijo Corelli–. Siempre con sus jueguecitos.

Geli asintió. En Trinity, Fielding había interpretado el papel de profesor despistado; pero, en realidad, era el hijo de puta más listo del lugar.

–Seguramente han salido de la casa –dijo Geli–. Fielding y

Tennant ya lo hicieron en dos ocasiones. Mientras paseaban al perro de Fielding. Voy a apostar un equipo en el bosque.

–*Nein* –dijo Ritter–. Tennant los oirá.

–¿Se te ocurre algo mejor?

–Iré yo solo.

–Vale, pero tendré la zona acordonada. Tennant podría intentar salir corriendo.

–No lo creo. Salir corriendo es una estupidez. Y Tennant no es estúpido.

–¿Y por qué es una estupidez?

–Cuando sales corriendo, no llevas a una mujer contigo. Te mueves rápido y ligero.

Geli se sonrió.

–Tennant no es como tú, *Liebchen*.

Ritter soltó una carcajada:

–Es un hombre, ¿no?

–Es un estadounidense criado en el sur. Conocí a tipos como él en el ejército. Héroes natos. Tenían esta vena romántica que a muchos les acarrea la muerte.

–¿Cómo al inglés? –preguntó Ritter.

Geli pensó en Andrew Fielding:

–Algo así. Ahora sigue con lo tuyo. Dile a Corelli que cubra la entrada.

–*Ja*.

Geli se levantó de la silla y echó a caminar por el estrecho corredor entre hileras de componentes electrónicos. Pensó en llamar de nuevo a John Skow, pero Skow no quería que lo molestaran. Bien. Lo llamaría cuando Tennant saliera corriendo, y entonces a ver qué diría el bastardo arrogante de no apretar demasiado la correa.

CAPÍTULO 8

Me moví en silencio por entre los árboles oscuros. Rachel parecía un oso ciego siguiéndome a tumbos. En una calle de Manhattan seguramente se manejaba como un *half-back* profesional, pero el bosque era algo ajeno a ella. Reduje la marcha hasta que ella me alcanzó, luego le aconsejé que se me agarrara al cinturón. Y así lo hizo.

Cuando estábamos a unos cincuenta metros de la casa, le pregunté:

–¿Crees ahora lo que te decía de Fielding?

–Lo que creo es que tú trabajabas con él –contestó Rachel–. No estoy segura de que alguien lo haya asesinado. Y me parece que tú tampoco.

Esquivé un tronco caído, y luego la ayudé a salvarlo.

–Sé que fue un asesinato. Sólo dos personas del Proyecto Trinity estaban en contra de lo que allí se hacía. Fielding era una de ellas, y ahora está muerto. Yo soy la otra.

–¿Vas a hablarme de Trinity de una vez por todas?

–Sólo si estás dispuesta a escuchar. Pienso que ahora entiendes lo peligroso que podría resultar para ti.

Aguantó la respiración cuando las zarzas le raspaban el brazo.

–Continúa.

–Cuando viniste hoy a mi casa, estaba grabando una cinta para entregársela a mi abogado. La tenía que desprecintar si algo me pasaba. Pero nunca la terminé. Y la verdad es que me preocupa no llegar a ver amanecer.

Rachel se detuvo en el camino lleno de maleza:

–¿Y por qué no llamas a la policía? Lu Li comparte claramente tus sospechas, y creo que hay suficientes pruebas circunstanciales para...

–La policía local no puede investigar a la ASN, que es quien supervisa el Proyecto Trinity.

–Entonces llama al FBI.

–Eso es como llamar al FBI para que investigue a la CIA. Esas agencias se tienen tanta ojeriza que tardarían semanas en resolver algo así. Si de verdad quieres ayudar, conviértete en mi cinta de vídeo. Escucha lo que tengo que decirte, vuelve a casa y guarda el secreto.

–¿Y si algo te ocurriera?

–Llama a la CNN y al *New York Times* y cuéntales todo lo que sepas. Cuando antes lo hagas, más segura te sentirás.

–¿Y por qué no lo haces *tú mismo*? ¿Esta noche?

–Porque no estoy completamente seguro. Porque el presidente podría intentar localizarme mientras hablo con los medios de comunicación. Y porque, por infantil que pueda parecer, se trata de un asunto de seguridad nacional.

Mientras sostenía al *bichon* de Lu Li en el brazo izquierdo, guardé la pistola en el bolsillo e hice pasar a Rachel delante. Al cabo de unos cuarenta metros, vi que el camino se hacía aún más oscuro. Los árboles iban desapareciendo como decrecientes hileras de soldados hasta que una pared artificial nos paró en seco. Cuando los ojos se me adaptaron a la oscuridad, vi la puerta cuya existencia ya conocía. La abrí con la mano que tenía libre y luego hice pasar a Rachel. Fuimos a parar a una hondonada iluminada por la luna y recubierta de piedra tallada.

–Dios mío –dijo Rachel.

Parecía como si el anfiteatro hubiera sido transportado por arte de magia desde Grecia hasta los bosques de Carolina. A nuestra derecha había un escenario elevado y, a la izquierda, unas escaleras de piedra que conducían a los asientos de tribuna. No mucho más arriba se hallaba la carretera del club de campo. La vista desde la carretera quedaba prácticamente tapada por pinos y árboles de madera noble; en cambio, desde el anfiteatro se vislumbraban los faros de los coches que pasaban muy por encima de nosotros.

Cogí a Rachel de la mano, pisé el suelo de piedra y la llevé hasta el borde del escenario. A continuación até la correa de Maya a un poste bajo de la luz. Y mientras el perro olfateaba un rastro invisible, coloqué la grabadora al borde del escenario y apreté el botón *RECORD*.

«Soy el doctor David Tennant –dije–. Me dirijo a la doctora Rachel Weiss, de la Facultad de Medicina de la Universidad de Duke.»

El *play-back* reproducía mis palabras con poco dinamismo. Miré el reloj:

–Tenemos que hacer esto en menos de diez minutos.

Rachel se encogió de hombros, con los ojos llenos de curiosidad.

«Llevo los dos últimos años trabajando en un proyecto especial para la Agencia de Seguridad Nacional. Se le conoce como Proyecto Trinity, y tiene su base en un edificio del Research Triangle Park, a unos veinte kilómetros de aquí. El Trinity constituye un gran esfuerzo financiado por el gobierno para construir un superordenador capaz de desarrollar inteligencia artificial. Un ordenador que piense.»

Aquello le resultó poco convincente:

–¿Pero no existen ya ordenadores así?

Me sorprendió que ella tuviera un concepto equivocado; aunque ni yo mismo sabía mucho al respecto cuando empecé a trabajar en Trinity. Tanto escritores de ciencia ficción como directores de cine llevan cincuenta años recreando escenas de «gigantes cerebros electrónicos» que se apoderan del mundo. HAL, el ordenador que habla en *2001: Una Odisea del espacio*, quedó firmemente arraigado en la conciencia popular el año

1968. En los treinta y cinco años posteriores, asistimos a semejante revolución informática digital que el ciudadano de a pie llegó a creer en la futura existencia de «un ordenador pensante», si es que no estaba ya dentro de nuestras posibilidades. Nada más lejos de la realidad. No tenía tiempo de entrar en lo complejo de las redes neuronales o en lo poderoso de la Inteligencia Artificial; Rachel sólo necesitaba una base y los hechos sobre Trinity.

–¿Has oído hablar de un hombre llamado Alan Turing? –pregunté–. Es uno de los hombres que durante la segunda guerra mundial logró descifrar el código Enigma de los alemanes.

–¿Turing? –Rachel parecía preocupada–. Creo haber oído hablar del test de Turing.

–Es el clásico test de inteligencia artificial. Turing decía que la inteligencia automática se alcanzaría cuando un ser humano se sentara a un lado de una pared divisoria, introdujera preguntas en un teclado y, al leer las respuestas en pantalla, estuviera seguro de que otro ser humano le contestaba desde el otro lado de la pared. Turing calculaba que eso ocurriría a finales del siglo veinte, pero ningún ordenador ha pasado el test ni por asomo. Y utilizando la tecnología convencional, es muy posible que todavía queden otros cincuenta años para conseguirlo.

–¿Pero no hay ya un ordenador IBM que ha ganado una partida de ajedrez a Gary Kaspárov? Lo he leído en alguna parte.

–¿El *Deep Blue*? –me reí, y el sonido retumbó de manera extraña en el anfiteatro–. Sí. Pero ganó usando lo que los científicos llaman la fuerza bruta. Su memoria contiene todas las partidas de ajedrez de la historia, y procesa millones de probabilidades cada vez que realiza un movimiento. Juega muy bien al ajedrez, pero no *entiende* lo que hace. Como buen ser humano, Gary Kaspárov nunca tiene en cuenta los miles de millones de alternativas (muchas de ellas terriblemente sencillas) que considera el ordenador. El conocimiento adquirido permite a Kaspárov hacer movimientos intuitivos y aprender cada vez que lo hace. Juega por instinto, y nadie entiende lo que ello implica.

Rachel se sentó al borde del escenario:

–¿Y qué me quieres decir con eso?

–Que los ordenadores no piensan como seres humanos. De hecho, ni siquiera piensan; simplemente ejecutan instrucciones. ¿Y todos esos anuncios que hablan de «software que piensa»? Tonterías. Los investigadores serios de Inteligencia Artificial ya temen incluso emplear el término *inteligencia artificial.*

–Vale. ¿Entonces qué es el Proyecto Trinity?

–El Santo Grial.

–¿A qué te refieres?

–Todo el mundo quiere construir un ordenador que funcione como el cerebro humano, pero todavía no se sabe cómo funciona el cerebro. Y eso también lo reconoce todo el mundo. Bueno... pues hace dos años, a un hombre se le ocurrió que éste no tenía por qué ser el impedimento que todos creían que era; que podíamos *copiar* el cerebro sin acabar de entender lo que estábamos haciendo. Con ayuda de la tecnología ya existente.

–¿Y quién era ese hombre?

–Peter Godin. El multimillonario.

–¿De Godin Supercomputing?

Ahora me había sorprendido ella a mí:

–Exacto.

–Tienen un superordenador Godin Four en un sótano de la TUNL, el laboratorio de alta energía de la Universidad de Duke.

–Bueno, Godin es el artífice del Proyecto Trinity.

Parecía como si los detalles que se iban acumulando empezaran a surtir efecto en Rachel.

–¿Qué clase de tecnología ya existente puede copiar el cerebro?

–IRM.

–¿Imagen por resonancia magnética?

–Sí. Tú pides escáneres cada semana, ¿no?

–Claro.

–Y esos aparatos contienen mucha información, ¿verdad?

–Más de la que a veces puedo interpretar.

–Pues Rachel, yo he visto escáneres de IRM con mil veces la información y resolución de los que pasan por tus manos cada día.

Rachel se turbó:

–¿Pero cómo puede ser? ¿Qué más puedes ver?

–He visto reacciones entre sinapsis nerviosas del individuo, congeladas en el tiempo. He visto cómo el cerebro humano funcionaba a nivel molecular.

–Tonterías.

Cualquier doctor habría dicho lo mismo.

–No. La máquina existe. Se encuentra en una sala a menos de veinte kilómetros de donde estamos ahora. Sólo que nadie lo sabe.

Rachel meneaba la cabeza:

–Eso no tiene sentido. ¿Por qué una empresa iba a mantener algo así en secreto?

–Porque el gobierno los obliga por ley.

–Pero una IRM así reportaría cientos de millones de dólares al que la desarrollara. Podría detectar células cancerígenas mucho antes de que se convirtieran en masas tumorales.

–Tienes razón. Ése ha sido el principal problema que he tenido con este proyecto. No es ético ocultar esa máquina a pacientes con cáncer. Pero, de momento, sólo admite que existe una máquina de IRM que puede producir modelos del cerebro en tres dimensiones, con resolución a nivel molecular.

–Instantáneas moleculares del cerebro.

–Básicamente. Ravi Nara las llama «neuromodelos».

–Neuromodelos. Vale.

–Rachel, ¿sabes lo que es un neuromodelo?

–Sé que con sólo uno de ellos se revolucionaría el universo de la neurociencia. Pero me parece que no te refieres a eso.

–Un neuromodelo es la persona de la que se ha obtenido. Literalmente. Sus ideas, recuerdos, temores... todo.

–Pero... no es más que un escáner, ¿verdad? Un mapa del cerebro en alta resolución.

–No. Es un facsímil cifrado de cada molécula del cerebro, en perfecta armonía espacial y electroquímica. Lo cual significa que...

–Espera. ¿Vas a decirme que es posible cargar uno de estos neuromodelos en un ordenador?

–No. Pero para eso han estado trabajando dos días consecutivos. Godin calculó que les llevaría entre quince y veinte años, pero en *diecinueve meses* tuvieron medio camino recorrido. Nunca he visto nada igual. De hecho, el único precedente histórico es el Proyecto Manhattan, puesto en marcha durante la segunda guerra mundial.

Rachel se disponía a hablar, pero yo levanté la mano. Más arriba, un par de faros se desplazaban a menos velocidad de la acostumbrada. Redujeron aún más la marcha, luego aceleraron y desaparecieron.

–Hay que darse prisa.

–Si Trinity es todo lo que me dices que es –dijo Rachel–, entonces ¿por qué demonios iba a tener la base en Carolina del Norte?

Esto no me lo esperaba.

–¿No eres la mejor psicoanalista jungiana del mundo?

–Bueno... una de ellas.

–¿Por qué *has venido* a Carolina del Norte?

Frunció el entrecejo:

–Porque la Universidad de Duke está aquí. Que es diferente.

–No es tan diferente. Peter Godin quería que Trinity estuviera en su laboratorio I + D de Mountain View, California. La ASN es quien paga, y allí querían que la base estuviera en Fort Meade, Maryland. El Research Triangle Park era la última alternativa. Alta tecnología, pero en un lugar apartado.

–¿Cuál es aquí el verdadero objetivo? ¿Qué pretende la ASN con el Proyecto Trinity?

–Nuestro gobierno ve casi todas las revoluciones científicas en función del potencial armamentístico. Y si es posible construir una máquina de estas características, nuestro gobierno quiere ser el primero en hacerlo.

–¿Qué clase de arma sería este ordenador?

–Piensa en la Operación Tormenta del Desierto, Afganistán, Irak. Todo está informatizado en la guerra moderna. Descodificadores, ensayos con armamento nuclear, guerra informática, sistemas de estrategia. Pero un Trinity no sólo supondría un paso adelante; haría que los superordenadores del hoy se quedaran tan obsoletos como el modelo FORDTS. Y si Fielding no se equivocaba respecto a sus capacidades cuánticas... el cifrado actual ha pasado a la historia. Por eso la ASN se ha gastado cerca de mil millones de dólares en el proyecto.

Rachel iba asimilando lo que yo le acababa de decir.

–Pero éste no es sólo un superordenador más rápido, sino un ordenador que piensa como una persona.

Meneé la cabeza:

–No podemos construir un ordenador que piense *como* una persona. Estamos hablando de copiar el cerebro de un ser humano; de crear una entidad digital que *sea* una persona a todos los efectos, con sus funciones cognitivas, sus recuerdos, esperanzas, sueños... todo excepto un cuerpo. Sólo que funcionaría a la velocidad de un ordenador digital: un millón de veces más rápido que un circuito biológico.

Rachel casi hablaba sola:

–Por eso Andrew Fielding y Ravi Nara trabajaban juntos.

–Exacto. Los premios Nobel de física cuántica y neurociencia, respectivamente. Peter Godin los juntó –comprobé que los cabezales de la cinta seguían girando–. Pero ésta sólo es una parte del potencial de Trinity. En cuanto tu neuromodelo se introduce en el ordenador como Rachel Weiss, la velocidad no es la única ventaja que tendrá sobre ti, sobre el original.

–¿A qué te refieres?

–Digamos que decido aprender a tocar el piano. Me lleva tres años de estudio intensivo. Eso te impresiona y tú también quieres aprender. También te llevará unos tres años. Ése es el inconveniente del cerebro humano. Cada uno tiene aproximadamente la misma curva de aprendizaje. Pero el modelo informatizado de tu cerebro no tiene ese problema. La suma total de teoría musical se puede digitalizar y descargar a su memoria (*tu* memoria) en unos tres segundos. Desaparece la curva de aprendizaje.

Rachel meneó la cabeza.

–¿Estás diciendo que podrías descargar la totalidad del conocimiento humano en este ordenador, es decir en mí, en unas cuantas horas?

–En teoría, sí.

–David, estás hablando de algo muy parecido a... un Dios, o casi.

–Nada de casi. Porque ese modelo de ordenador no sólo sería Rachel Weiss; sería *la eterna* Rachel Weiss. Se podría almacenar y hacérsele una copia de seguridad, o descargarlo en otro ordenador Trinity. Jamás moriría.

Rachel frunció la boca para hablar, pero no le salieron las palabras.

–¿Ahora empiezas a creerme?

–¿Cuál es *tu* misión en Trinity?

–El presidente me nombró para evaluar cualquier dilema ético que pudiera surgir. Durante el Proyecto Manhattan, algunos científicos se volvieron en contra de la bomba atómica por razones morales, pero no pudieron pronunciarse. El presidente quería restar importancia a la polémica que se desataría si Trinity se hacía realidad. Conoció a mi hermano en la universidad, y había leído mi libro sobre ética médica o, lo más seguro, había visto la serie NOVA inspirada en él. Por eso me había elegido para el proyecto. Así de simple.

Rachel desvió la mirada hacia los árboles oscuros.

–Esto es más complejo de lo que parece. De hecho, es una locura –se volvió hacia mí, con los ojos brillantes–. Dijiste que en diecinueve meses Trinity ya tenía medio camino recorrido. ¿Qué le espera en la segunda mitad?

–Construir un ordenador con potencia suficiente para albergar un neuromodelo completo en su sistema de circuitos. El cerebro humano es bastante lento en cuanto a velocidad, pero enormemente paralelo. Contiene más de cien trillones de posibles conexiones, todas ellas capaces de realizar cálculos simultáneos; y eso sólo para procesar información. Además tiene el equivalente a mil doscientos terabytes de memoria computerizada.

Rachel se encogió de hombros:

–Eso no me dice nada.

–Seis millones de años del *Wall Street Journal*.

Se quedó con la boca abierta.

–Cuando el Proyecto Trinity se puso en marcha, ningún ordenador en todo el mundo tenía esa clase de capacidad. Internet lo hace de manera global, pero está demasiado dispersa y es demasiado inestable para poderla controlar.

–¿Y ahora?

–IBM está construyendo un ordenador llamado *Blue Gene* que rivalizará con el poder de procesamiento del cerebro; pero todavía es incapaz de hacer lo que cualquier niño de cinco años.

–¿Y Trinity es diferente?

–Podría decirse que sí. *Blue Gene* ocupará una sala de quince metros cuadrados y necesitará trescientas toneladas de aire acondicionado sólo para ponerse en marcha. Trinity tendrá el tamaño aproximado de un Volkswagen Beetle. Y Godin cree que aún es demasiado grande. No para de decir que el cerebro humano pesa un kilo trescientos gramos y consume sólo diez vatios de electricidad. Está convencido de que las soluciones a los grandes problemas deben ser hermosas. Elegantes.

Rachel levantó la mirada hacia la pendiente de asientos de piedra, procurando captar un futuro que se abalanzaba precipitadamente sobre el presente.

–¿Falta mucho para que Trinity se haga realidad?

Pensé en la masa negra de carbón y cristal que crecía casi como una criatura en el laboratorio subterráneo del edificio Trinity:

–Ahora mismo tenemos un prototipo en el laboratorio con ciento veinticinco trillones de conexiones y una memoria prácticamente ilimitada.

–¿Y funciona?

–No.

–¿Por qué no?

–Porque aunque consigas cargar un neuromodelo en el ordenador, ¿cómo te comunicas con él? El cerebro humano interactúa con el mundo a través de un cuerpo biológico con cinco sentidos. Imagina que tu cerebro se descargara en una caja: sería sordo, mudo, ciego y paralítico. Una estremecedora masa de miedo. Y doy gracias a Dios por ello. Porque el día que una máquina así *hable*, escuche y actúe, no se sabe lo que podría llegar a hacer.

Rachel me miró con interés:

–¿Qué podría hacer?

–¿Te acuerdas de HAL, en *2001: La Odisea del espacio*?

–Claro. El ordenador más fiable de la historia. Urbana, Illinois, ¿verdad?

Me reí entre dientes.

–Lo era hasta que asesinó a la tripulación de su nave espacial. Pues imagínate lo que HAL podría hacer si estuviera conectado a Internet.

–Dímelo tú.

–Un ordenador Trinity conectado a una línea telefónica podría tomar al mundo industrializado como rehén. Podría crear problemas en el suministro de electricidad, en las vías de ferrocarril, en el control del tráfico aéreo, en los sistemas de misiles, en NORAD, en Wall Street. Podría pedir a cambio lo que quisiera.

Rachel meneó la cabeza confundida.

–¿Pero qué iba a *querer*?

–¿Qué quiere un ente inteligente? ¿En especial uno fundamentalmente humano?

–¿Poder?

–Exacto. –Me sobresalté con el sonido del móvil. El identificador de llamada decía «Andrew Fielding». Pulsé CONTESTAR–: ¿Lu Li? ¿Ocurre algo?

–Nada –respondió Lu Li con voz temblorosa–. Me preocupa Maya. Hay ruidos fuera. Tráigamela doctor David.

El *bichon* dejó de olfatear el suelo, me miró y ladeó la cabeza como si estuviera escuchando.

–Ahora vamos.

–¿Está bien? –preguntó Rachel cuando colgué.

–Sí. Quiere que volvamos, pero vamos a esperar un poco más.

–¿Por qué?

–Porque la ASN ha intervenido la llamada. Si tienen agentes en el bosque, es posible que los movilicen. Y si esperamos los oiremos.

Rachel miró con preocupación al muro que nos separaba de los árboles:

–¿De veras crees que hay alguien ahí fuera?

–Eso no es lo que te asusta –contesté–. Lo que te asusta es que ahora *tú* crees que podría haber alguien.

Rachel se bajó del escenario y clavó la mirada en la puerta por la que habíamos entrado. Era fácil imaginarse a alguien esperando al otro lado.

–Dices que Fielding fue asesinado porque él y tú os opusisteis al proyecto. ¿Cómo exactamente?

–No sólo nos opusimos al proyecto. Lo frenamos en seco. Lo suspendimos. Fielding era el impulsor, pero necesitaba que yo hablara con el presidente para conseguirlo. Era como intentar detener el trabajo con la bomba atómica en la segunda guerra mundial.

–¿Por qué queríais detenerlo?

–No sé muy bien cuáles eran los motivos de Fielding. Creo que me ocultó muchas cosas; eso sí, para protegerme. En cambio, mis razones eran sencillas.

»Hace seis meses, probamos la máquina de Super-IRM. Al principio usamos animales, y no hubo ningún problema. Los primeros humanos que escaneamos fuimos los seis miembros del proyecto. En cuestión de una semana, todos nosotros presentamos extraños síntomas neuronales. Efectos secundarios de la exposición a la máquina. Fielding creía...

–La IRM no tiene efectos secundarios –interrumpió Rachel.

–Las máquinas que tú utilizas, no. Pero los campos magnéticos generados por las resonancias de Trinity son exponencialmente más intensos que las de las máquinas actuales. Utilizan materiales superconductores que permiten impulsos masivos...

Maya gruñía desde sus entrañas y miraba gradería arriba. Yo no había oído nada que viniera del bosque, pero tal vez el perro sí. Guardé la grabadora en el bolsillo, cogí a Maya en brazos, luego saqué la pistola y salí con Rachel por la puerta del escenario.

La oscuridad nos envolvía.

–Quédate justo detrás de mí –dije, escondiéndome bajo una rama.

–¿Has oído algo?

–No.

De no haber llevado a Rachel conmigo, me habría hecho invisible para llegar a la casa sano y salvo. Sin embargo, ahora la rapidez era la única alternativa. Me abrí camino con dificultad a través de la maleza, avisando a Rachel cuando apartaba ramas que podían volverse y darle con fuerza en la cara. Gritó dos veces y tropezó una, pero se recompuso como pudo y logró pisarme los talones. Cuando nos acercábamos a la casa, vi el cuadrado amarillo en las puertas del patio de Fielding. La silueta de Lu Li se dibujaba en su interior, el blanco perfecto. Aquella imagen me produjo escalofríos.

Cuando abrió la puerta de par en par, la empujé hacia el interior de la casa. Maya ladró como loca hasta que Lu Li se agachó y le tendió los brazos. La perrita se abalanzó sobre ellos mientras Rachel cerraba la puerta de cristal.

–Llama a un taxi –susurré por encima del hombro.

Rachel se dirigió al teléfono.

Los ojos de Lu Li estaban húmedos. Le rocé el codo y el perro me quiso morder.

–Ojalá pudiera pasar la noche aquí –dije en bajo–, pero eso despertaría más sospechas que si me marcho a casa. Mañana iré a trabajar e intentaré obtener respuestas, por eso quiero que todo parezca todo lo normal posible. ¿Entiendes?

–Sí.

–Me llevaré la caja de juguetes de Andrew. No quiero que nadie la encuentre aquí. ¿Te parece bien?

Lu Li asintió, acariciando a la *bichon* con tanto cariño como a un niño.

–Voy a meterme en el garaje cuando salga, así nadie me verá coger la caja. Si alguien te pregunta qué estaba haciendo yo aquí, diles que era una visita de pésame. Si hubieran llegado a oír parte de nuestra conversación, limítate a actuar como lo que eres: una consternada viuda.

–¿Qué significa consternada?

–Desconsolada. Apenada.

Lu Li sonrió valientemente:

–No necesito actuar.

Le puse las manos sobre los hombros y la apreté, luego hablé de forma casi inaudible:

–En la carta que Andy me envió por FedEx había polvo blanco. Parecía arena. Está en las bolsas plásticas que he dejado en el sofá. ¿Sabes algo?

La mirada del Lu Li se posó en el sofá, y frunció el ceño en un mar de confusión:

–No. Nada.

–¿Lo metiste tú en el sobre de FedEx?

–Sí. ¿Cómo lo sabes?

–Eso no importa. –Sabía que Lu Li lo había metido en el sobre porque en mi último sueño había estado en la mente de Fielding. De repente sentí el impulso de abandonar la casa–: ¿Rachel? ¿Y el taxi?

–Llegará de un momento a otro –dijo desde detrás de mí.

–Quiero que vayas al garaje –dije a Lu Li–. Cuando me oigas pitar, ábreme la puerta. Cuando haya entrado, cierra la puerta.

–Vale –se fue sin decir nada.

Recogí las *Ziploc*, y luego acompañé a Rachel al salón en penumbra, donde un amplio ventanal daba a la calle. Dejé las *Ziploc* sobre una silla y me senté en un sofá que había frente a la ventana mientras esperaba el taxi.

–¿El taxi es para mí? –susurró Rachel, que estaba sentada a mi lado.

–Sí.

–Pero tengo el coche aparcado en tu casa.

–No querrás volver a mi casa. Si quieres, puedes pasarte mañana por la mañana. Preferiría que fueras en taxi al trabajo.

–¿Antes le has dicho a Lu Li que mañana volverías al trabajo?

–Si no tengo noticias del presidente, sí.

–*¿Por qué?* Si mataron a Fielding, ¿por qué no te iban a matar a ti también?

Su pregunta me dio una perversa satisfacción.

–Parece que por fin aceptas mi delirante teoría.

Rachel apretó los labios, y vi que estaba realmente asustada.

–Mira, si de verdad quieren matarme, ya estoy muerto. Y si deciden matarme antes de mañana, nada los detendrá. Pero creo que están demasiado preocupados por la reacción del presidente. Si sigo con vida mañana por la mañana, no habrá inconveniente en que vaya a trabajar.

Rachel suspiró y se frotó las sienes con los dedos.

–No sé lo que va a ocurrir –murmuré–. Si alguien te pregunta, diles todo lo que sepas. Viniste a mi casa porque yo había faltado a tres sesiones. Me llamó la esposa de un amigo que murió hoy. Ella no tenía familia aquí y tú te ofreciste a darle consuelo. La reconfortamos y le sacamos el perro a pasear. Eso es todo lo que sabes.

Rachel escrutó mi rostro en la penumbra:

–No es lo que me esperaba.

–Lo sé. Pensabas que estaba loco.

Se mordió el labio, en un gesto casi infantil:

–Supongo que sí. Una parte de mí esperaba que me equivocara. Y ahora estoy espantada. Conozco los problemas psiquiátricos; pero esto no tiene nada que ver.

Me acerqué a ella y le hablé al oído:

–Quiero que lo olvides todo. A no ser que me pase algo. Entonces quiero que lo recuerdes; que lo recuerdes y clames al cielo –me aparté y la miré a los ojos–. No volveré a tu consulta.

Se me quedó mirando como si le hubiera dicho «Nunca más nos volveremos a ver», que en el fondo era lo que yo sentía.

–David...

–Aquí está tu taxi. –Me puse en pie cuando los faros se detuvieron delante de la casa, sin perderlo de vista para asegurarme que llevaba una luz de taxi en el techo.

Rachel meneaba la cabeza, en un gesto casi de impotencia.

–No te preocupes –dije–. Estaré bien. Me has ayudado mucho.

–Yo no he hecho nada por ti.

La aparté de la ventana; luego saqué la grabadora del bolsillo, le extraje la cinta y se la puse en la mano.

–Si me quieres ayudar, ésta es tu oportunidad –empezaba a despedirme, y luego me lo pensé mejor–. Hay otra cosa que puedes hacer.

–Dime.

Señalé a las bolsas *Ziploc* que había encima de la silla:

–¿Hay alguien en Duke a quien puedas confiar el análisis de ese polvo por si contiene agentes infecciosos y venenos?

–Por supuesto. Allí hay tipos que viven para esa clase de cosas.

Uno de los cojines del sofá tenía funda. Se la saqué, luego la rellené con las *Ziploc* y se la di.

–Ten mucho cuidado con esto.

–No gastes tu saliva.

Le apreté el brazo:

–Gracias. Y ahora, vete.

No se fue. Se puso de puntillas y me besó con dulzura en los labios.

–Ten cuidado. Por favor, ten mucho cuidado.

Mientras la miraba de hito en hito, Rachel escondió la funda bajo la blusa y luego se dirigió al recibidor. Oí que la puerta principal se cerraba suavemente. Desde la ventana vi cómo se metía en el taxi, que maniobró delante de la casa antes de desaparecer calle Gimghoul arriba.

Yo fui hasta mi coche, lo metí en el garaje de Fielding y toqué la bocina. Lu Li abrió la puerta desde dentro y después la cerró detrás de mí.

A continuación abrió la puerta del copiloto y colocó en el asiento la caja de cartón de su marido. La cogí desde el asiento del conductor y a ella la agarré de la muñeca, mirándola fijamente a los ojos.

–Dime la verdad, Lu Li. ¿Sabes qué están intentando construir en Trinity?

Transcurridos unos segundos de contacto visual, asintió una sola vez.

–No se lo digas a nadie –le advertí–. *Nunca.*

–Yo china, David. Saber qué puede pasar.

Por un instante se me pasó por la cabeza su silueta tras las puertas del patio, el blanco que espera a su asesino.

–Ven conmigo –le dije de repente–. Ahora mismo. Ve a buscar a tu perrita y nos vamos. Os pondré a salvo.

Sus labios esbozaron una triste sonrisa:

–Hombre bueno. Como Andrew. No se preocupe. Ya tengo mis planes.

«¿Planes?» No me podía imaginar cuáles eran. No sabía que conociera a alguien en Estados Unidos. ¿Cuáles serían?

Meneó la cabeza:

–Mejor no saberlo. ¿Sí? Todo está bien.

Por alguna razón, le creía. La revelación de que la pérdida de su marido no dejaba a Lu Li indefensa me llevó a hacerle una nueva pregunta:

–En su carta, Andy me dijo que, si algo le ocurriera, pensara en su reloj de bolsillo. ¿Qué tiene ese reloj de especial?

Lu Li me estudió los ojos durante lo que pareció un buen rato. Luego, en un susurro casi inaudible, me dijo:

–Reloj no. Leontina.

–¿Leontina?

–Leontina de reloj.

Cerré los ojos y me imaginé el reloj de Fielding. Era una reliquia llena de marcas pero de valor incalculable, y en el extremo de la cadena tenía un pequeño cristal en forma de diamante.

–¿El cristal? –pregunté.

Lu Li sonrió:

–Hombre listo. Busque la respuesta.

CAPÍTULO 9

Geli Bauer estaba de pie, marcando el ritmo de la centralita y gritando por los auriculares a John Skow. Antes nunca le había hecho perder la paciencia, pero sin el respaldo de Godin Skow se le antojaba condenadamente obstinado.

–¿Ha oído una palabra de lo que le dije? ¿No ve lo que está sucediendo?

Skow respondió en tono condescendiente:

–Esto es lo que me dijo: El doctor Tennant y la doctora Weiss fueron a hacer una visita a la apenada viuda y le sacaron el perro a pasear. La doctora Weiss besó a Tennant y luego se marchó en un taxi.

Geli cerró los ojos y trató de contenerse.

–Tennant se metió en el garaje y cerró la puerta antes de abandonar la casa de Fielding. Sin duda se llevó algo que no quería que viéramos.

–Es posible –dijo Skow–. Pero por lo que me dice, ahora está de camino a casa. ¿Cuál es el problema?

–¡Que no pudimos oír ni una maldita palabra! Taparon los micros, igual que en casa de Tennant. Y Weiss dejó su Saab en casa de Tennant, en lugar de acercarse en taxi hasta allí para recogerlo. ¿Por qué iba a hacerlo? Tennant podría estar planeando huir o darlo todo a conocer. O ambas cosas a la vez.

–Creo que está proyectando su propia paranoia en él.

–Ritter los oyó hablar sobre los efectos secundarios de la IRM.

–Eso no es nada. Claro que usted no lo podía saber. La unidad de Super-IRM es la gran preocupación ética de Tennant, y no tiene nada que ver con todo lo demás.

–Pero antes de eso estuvieron hablando diez minutos. Y a Ritter le pareció ver una grabadora.

Skow suspiró.

–¿Y qué quiere que haga yo?

–Que los quite de en medio.

El hombre de la ASN se quedó sin respiración:

–¿He oído bien?

–Sabe que sí. Debemos asumir que Weiss conoce todos los detalles sobre Trinity y sobre las sospechas de Tennant respecto a la muerte de Fielding.

–La doctora Weiss es un particular que no ha infringido la ley.

–Y si no los va a quitar de en medio, entonces hágales un interrogatorio con perjuicio de sus derechos.

El silencio que siguió al comentario parecía interminable. Hasta que Skow preguntó:

–¿Alguien sigue al taxi de la doctora Weiss?

Ritter cubría a Weiss.

–El mejor de mis agentes. No tendría inconveniente en preparar un accidente.

La voz que llegó de Skow parecía hielo en virutas:

–Escúcheme bien, Geli. Su agente seguirá al taxi hasta la residencia de la doctora Weiss y luego interrumpirá la conexión. No se dejará ver. Ni siquiera podrá resollar en su dirección.

–¿Qué?

–Retire a su hombre. El equipo que se encargue del doctor Tennant también lo seguirá hasta su casa; sólo que establecerá un puesto permanente de vigilancia, como venía siendo habitual.

Geli apenas podía controlar la voz:

–La seguridad del proyecto está en peligro. Dejando que las cosas sigan su curso, perderemos el control de la situación; si es que no lo hemos perdido ya.

–Señora Bauer, mañana el presidente de Estados Unidos podría pedir que David Tennant se personara en el Despacho Oval. ¿Lo entiende? Quizá *ya hayan hablado*. Así que haga lo posible por calmarse. Tómese un tranquilizante. Échese un polvo. Detesto la ordinariez, pero ésa es la consigna. Ahora, si me disculpa... estoy con la familia. No me moleste, a no ser que Tennant intente ponerse en contacto con el presidente o dispare a alguien en un lugar público.

–Quiero dejar constancia de que me opongo a esta decisión.

–Muy bien.

–Quiero hablar con Godin.

–Imposible. Ahora mismo está incomunicado.

–¿Dónde está?

–En Mountain View, recuperándose de una crisis.

–Pero si hoy a mediodía aún estaba en la ciudad.

–Peter no se compró un G5 para dejarlo en el hangar.

De fondo, Geli oía discutir a los hijos adolescentes de Skow y el mecánico murmullo de una televisión.

–Me temo que no acepto su valoración de los hechos. Yo no puedo dejar de lado mis responsabilidades porque usted no tenga las pelotas de hacer lo que haga falta para defender el Proyecto Trinity.

–¿Está fuera de sus cabales? Esta tarde he hablado con Peter en dos ocasiones. Sé lo que quiere que se haga y se deje de hacer. Y si usted decide actuar por su cuenta... ni su padre podrá protegerla.

Antes a Geli no le caía bien Skow, pero ahora lo odiaba.

Colgó y clavó su mirada en la pantalla del ordenador, donde todavía figuraba la lista de los efectos personales de Fielding. ¿Por qué demonios iba a alguien a conservar un diente de cobra? Tenía la intención de ir al almacén y cotejar los objetos reales con la lista, pero no estaba de humor para hacerlo.

En Trinity siempre había trabajado con información incompleta. Tampoco le preocupaba demasiado. El ejército era un buen entrenamiento para esa clase de cosas: podías pasarte las veinticuatro horas del día vigilando un edificio sin saber si contenía bombas nucleares o cajas de ropa interior. Sin embargo, ahora había muchas cosas que no sabía. El misterio de Trinity se estaba apoderando de todos y todo a su alrededor. Pero ella no podía hacer nada; tenía que hablar con Godin y estaba incomunicado.

Ante semejante *impasse*, llamó a Ritter Bock, el taciturno joven alemán, y le dijo que interrumpiera la comunicación con Weiss porque reclamaban su presencia en la centralita. Skow le había ordenado que se calmara, y Geli sólo conocía una manera de hacerlo: recibiendo órdenes en lugar de darlas.

CAPÍTULO 10

El sueño apacible se desvaneció con un torrente de sangre y el cuerpo sin vida de Fielding tendido en su despacho. La luz del sol penetró por un resquicio de las cortinas. Había sobrevivido a la noche, pero aun así metí la mano bajo la almohada para coger mi pistola del 38. Sólo entonces di una palmada al reloj despertador para matar la alarma.

El teléfono no había sonado en toda la noche, señal que el presidente no había intentado ponerse en contacto conmigo. Comprobé el contestador automático por si me había quedado dormido mientras llamaban, pero no había ningún mensaje. Procurando no pensar en las implicaciones de esto, marqué el número de casa de Lu Li Fielding. Me salió el contestador. El mensaje grabado todavía conservaba la voz de Andrew, rebosante de humor. Con la esperanza de que en aquel momento Lu Li estuviera a cientos de kilómetros de Chapel Hill, colgué; luego me llevé la pistola al cuarto de baño y cerré la puerta detrás de mí.

Me afeité rápidamente. Cuando volví de casa de Fielding la noche anterior, vi que había un coche de vigilancia aparcado fuera. Al acercarme, se fue. Después de haber sacado del maletero los instrumentos de gran precisión, llamé a Rachel para asegurarme que estaba en casa. Luego me mantuve despierto un par de horas, atento a ver si oía ruidos de intrusos y pensando en el reloj de bolsillo de Fielding. Tenía una caja de un dorado mate, desgastado por el roce, y una esfera amarillenta con números romanos. «Reloj no –había dicho Lu Li–. Leontina.» En cierta ocasión había preguntado a Fielding por el cristal de la leontina. Me explicó que un monje tibetano se la había dado cerca de Lhasa, con la promesa de que le garantizaría una memoria infalible. Fielding se reía a carcajadas mientras me contaba aquella anécdota, pero entonces yo no le había visto la gracia. Ahora caía en la cuenta.

Una nueva tecnología informática que el equipo de Trinity perfeccionaba era el almacenamiento holográfico de memoria. Más que comprimir datos en microchips, los ingenieros de Trinity los almacenaban en forma de hologramas dentro de las moléculas de cristales estables. Leían e introducían datos con la ayuda del láser, por lo que podían almacenar enormes cantidades de información en los átomos de cristal simétricamente dispuestos. Los cristales que había en el laboratorio holográfico de Trinity eran del tamaño de un balón de la NFL, pero no veía por qué no se podía usar un formato más pequeño. Como el de la leontina de Fielding.

De alguna manera, el inglés había estado descargando datos de Trinity a su leontina de cristal. Y puesto que nadie ajeno al reducido grupo de científicos e ingenieros de Trinity sabían que esto fuera remotamente posible, Fielding podía entrar y salir cada día del edificio sin levantar sospechas.

Pero *¿por qué* iba a robar él información? ¿Para venderla al mejor postor? Fielding era de la vieja escuela: aunque estuviera desesperado por conseguir dinero, era la última persona que sospecharía implicada en espionaje industrial. ¿Acaso había abrazado en secreto alguna ideología? ¿O la había abandonado? ¿Era un científico políticamente ingenuo que creía que todas las naciones deberían compartir el acceso a la tecnología punta? Puede. Pero no creo que le gustara que una nación de delincuentes poseyera algo tan poderoso como un ordenador Trinity. De hecho, oyendo hablar a Fielding en alguna ocasión, daba la impresión de que no quería que *ninguna* nación tuviera uno en su poder.

¿Y entonces cuál era el motivo? ¿Había estado trabajando para impedir que Trinity se hiciera realidad? Parecía lo más probable; sin embargo, no disponía de suficiente información para emitir un juicio acertado. Y sin el reloj no podría demostrar nada.

Me duché en agua casi hirviendo, luego me enfundé unos pantalones caqui y una americana y fui a por el coche a paso ligero, tratando de no dar demasiadas vueltas a lo que hacía. Mi objetivo principal era volver a Trinity para encontrar el reloj de bolsillo de Fielding, aunque en realidad tampoco lo veía muy claro. Quedarme en casa sólo invitaría a la ASN a someterme a un análisis más riguroso, y huir (como esperaba que Lu Li hubiera hecho), haría que la agencia desplegara todos sus recursos sobre mi persona. No obstante, si pudiera mantener la impresión de normalidad un poco más (hasta que el presidente se pusiera en contacto conmigo), tal vez lograra vengar la muerte de Fielding.

En un día de tránsito fluido, el complejo Trinity estaba a veinte minutos en coche de mi casa, en el Chapel Hill residencial. El Research Triangle Park, refugio acicalado de la investigación industrial conocido en la zona como el RTP, quedaba a medio camino entre Raleigh y Durham y tomaba su nombre del triángulo formado por la Universidad de Duke, la Universidad de Carolina del Norte en Chapel Hill y la estatal en Raleigh. Sus tranquilos pasillos atravesaban amplias extensiones de césped que recordaban a un exclusivo club de campo; sólo que las casi tres mil hectáreas del RTP contaban con laboratorios propiedad de DuPont, 3M, Merck, Biogen, Lockheed y docenas de nombres de primera. Cuarenta y cinco mil personas trabajaban cada día en sus dominios; pero, de ellas, menos de trescientas sabían lo que ocultaban los muros del edificio Trinity. Conducía despacio, esperando con cierto entusiasmo infantil no llegar nunca a mi destino.

El laboratorio Trinity, por su parte, estaba unos doscientos metros antes de llegar a una discreta señal que rezaba ARGUS OPTICAL. El imponente bloque de cinco plantas de acero y cristal oscuro descansaba sobre veinticinco hectáreas de madera con amplios subsótanos y un helipuerto. La estructura de acero y cristal era mera fachada. Un revestimiento de cobre de alta tecnología con el nombre clave de «Tempest» bañaba el interior del edificio, para aislarlo de las radiaciones electromagnéticas. Este mismo material protegía, en Fort Meade, el centro de operaciones de la ASN.

Puesto que el edificio ocupaba una especie de hondonada, las dos primeras plantas quedaban escondidas. La entrada principal se hallaba en la tercera planta; para acceder a ella, el personal tenía que cruzar una galería de casi cuarenta metros de largo. Al fondo, un arco fortificado los conducía a un pasadizo custodiado por un agente de seguridad y surcado de precisos detectores de metal, sensores electrónicos para la detección de bombas y máquinas radioscópicas. La entrada autorizada requería identificación óptica y dactilar y un registro obligatorio de todo tipo de bolsas.

Un centinela abrió la puerta del arco y yo me dirigí al control de seguridad, sin dar a entender la preocupación que sentía.

–Buenos días, doctor –dijo un guardia de mediana edad llamado Henry.

A veces pensaba que a Henry lo había seleccionado el departamento de contratación de actores. Los demás integrantes del equipo de seguridad rondaban todos la treintena, hombres y mujeres jóvenes y esbeltos con rostros de piel tersa, ojos aviarios y cero materia grasa. Sólo Henry, el portero, saludaba.

–Buenos días, Henry –contesté.

–A las nueve hay una reunión en la sala de juntas.

–Gracias.

–Tienes cuatro minutos.

Miré el reloj y asentí.

–Me cuesta creer lo del profesor Fielding –comentó Henry–. Parece ser que ya estaba muerto cuando la ambulancia llegó.

Suspiré con prudencia. Había cámaras ocultas grabando la conversación.

–Es lo que tienen los derrames.

–Una buena manera de irse. Rápida, quiero decir.

Esbocé una sonrisa forzada, luego coloqué el pulgar derecho sobre un pequeño escáner para proceder al reconocimiento dactilar. Después de que la unidad me identificara, me sometí al acoso de los detectores y subí por las escaleras hasta la quinta planta, que albergaba las oficinas administrativas y la sala de juntas.

La cinta amarilla de la policía acordonaba la puerta cerrada por la que se accedía al despacho de Fielding. ¿Quién la habría puesto allí? Seguramente la ASN no había dejado que la policía local o la estatal entraran en el complejo. Tras mirar a un lado y a otro del pasillo desierto, probé a accionar el pomo de la puerta. Cerrada; y no con un mecanismo cualquiera de ferretería. Si el reloj de bolsillo de Fielding estaba en su despacho, no había manera de recuperarlo.

Caminé unas puertas más allá hasta llegar a mi propio despacho, cerré la puerta y me senté ante el ordenador principal. Como parte de una red que utilizaban sólo los científicos de Trinity, no disponía de conexión alguna con el mundo exterior. Para acceder a Internet, tenía que usar un ordenador secundario sin puertos ni *drives* mediante los que exportar archivos del edificio.

La pantalla principal mostraba un correo electrónico interno: un recordatorio de la reunión prevista para dentro de dos minutos en la sala de juntas. Me recorrió un macabro escalofrío al percatarme de que medio esperaba un gracioso mensaje de Fielding. Solía enviarme pequeños chistes o citas irónicas de difuntos científicos o filósofos, del tipo: *¡Los científicos de más de 60 hacen más mal que bien!* T.H. Huxley. Pero hoy no había mensaje. Y nunca más lo habría. Contemplé mi despacho con una gran sensación de vacío. Fielding se había ido, y yo estaba profundamente desorientado. Juntos habíamos logrado parar el Proyecto Trinity durante seis tensas semanas y también enojar a nuestros colegas, mientras buscábamos en vano la manera de descubrir por qué la IRM producía efectos secundarios en los seis encargados de Trinity. A día de hoy la cuestión seguía sin resolver.

Fue una tontería haberme prestado voluntario para ser explorado por la unidad de Super-IRM. La teoría era simple: puesto que el *Homo sapiens* había evolucionado en el campo magnético de la Tierra, ninguna energía magnética de la IRM representaba un riesgo para la salud. Lo habían demostrado infinidad de veces las máquinas convencionales de IRM, que generaban campos treinta mil veces más potentes que los de la Tierra. Sin embargo, la Super-IRM desarrollada en Trinity, con ayuda de la superconductividad y de imanes colosales, generaba campos hasta ochocientas mil veces el de la Tierra. Graves efectos secundarios como el calentamiento de los tejidos se habían superado gracias a la experimentación en animales; pero en cuestión de días, después de habernos sometido a nuestros «superescáneres», todos nosotros habíamos empezado a notar alarmantes síntomas neurológicos.

Jutta Klein, la diseñadora de la Super-IRM, perdió la memoria a corto plazo. Ravi Nara sufría compulsiones sexuales extremas (lo habían sorprendido varias veces masturbándose en el despacho y en el servicio). John Skow padecía temblor esencial y, el propio Godin, ataques epilépticos. Fielding contrajo, entre otras cosas, una especie de síndrome de Tourette que a menudo le hacía soltar palabras o frases fuera de lugar. Y yo tenía narcolepsia.

Como nuestro premio Nobel de Neurología Ravi Nara no hallaba explicación médica para esta repentina oleada de síntomas, toda actividad con la Super-IRM se había suspendido temporalmente. No obstante, el trabajo en el ordenador Trinity continuaba; aunque, sin la Super-IRM, los ingenieros de Godin sólo podían trabajar desde los seis escáneres originales, y nadie sabía si tenían la suficiente resolución para «dar el salto» al ordenador prototipo. Ante el desconcierto de Nara, Fielding empezó a investigar los efectos secundarios en sus ratos libres. Al cabo de seis semanas, sugirió que los había desencadenado una alteración de procesos cuánticos en nuestros cerebros; y respaldó su teoría con veinte páginas de matemática compleja. Nara argumentó que nada en la historia de la neurociencia indicaba que el cerebro humano realizara procesos cuánticos. Pese a que sólo unos cuantos físicos se mostraron de acuerdo con su teoría *New Age* del conocimiento (Roger Penrose entre ellos), Fielding siguió adelante, tratando de demostrar su teoría.

En un principio, Peter Godin apoyó a Fielding; pero al poco tiempo retomó su investigación sobre los efectos de la IRM en primates. Ni chimpancés ni orangutanes sufrieron reacciones adversas. Fielding alegaba que los primates no eran conscientes en el sentido humano, y que por lo tanto no había procesos cuánticos que alterar. Godin no le hizo caso. Entonces fue cuando comuniqué las sospechas de Fielding al presidente, que oficialmente suspendió el proyecto en espera de una exhaustiva investigación de los efectos secundarios.

Eso fue hace seis semanas. Desde entonces, Fielding y yo nos pasamos casi las veinticuatro horas del día intentando demostrar esta teoría de la alteración cuántica. Me sentía como el ayudante de Albert Einstein, afilando lápices y tomando notas mientras el genio trabajaba a mi lado. Sin embargo, y pese a su formidable inteligencia, Fielding no halló la manera de probarla. Demasiados misterios sobre el cerebro humano permanecían sin resolver. Ahora que él había muerto sin dejar un vínculo demostrable entre la unidad de IRM y nuestros «efectos secundarios», no esperaba frenar la oleada colectiva de voluntades puestas en la continuidad del proyecto. Sin pruebas que demostraran la existencia de actos delictivos, Trinity seguiría adelante.

La batalla daría comienzo en unos minutos, tras vacías palabras de pésame sobre la «reciente desaparición» de Fielding. Cuando me dirigía a la puerta de la sala de juntas el sudor me empapaba la cara.

No había nadie en la sala.

Nunca había llegado el primero a una reunión. Los demás eran siempre compulsivamente puntuales. Me serví café del termo que había sobre el aparador, luego me senté en una punta de la mesa y procuré mantener la calma.

¿Dónde diablos se habían metido? ¿Acaso me observaban desde la sala de seguridad? ¿Dónde tendrían escondida la cámara? ¿Detrás de un cuadro? Colgado a mi derecha había una singular fotografía en blanco y negro de los principales físicos del Proyecto Manhattan: Oppenheimer, Szilard, Fermi, Wigner, Edward Teller. Formaban una amistosa piña ante las montañas Oscura de Nuevo México; gigantes de la ciencia, según se mire predestinados todos ellos a la fama o la infamia. Algunos, como el duro Teller, habían acabado envueltos en gloria y patria; otros, en cambio, no fueron tan afortunados. A Oppy, hombres de menor valía lo despojaron de la acreditación que necesitaba para trabajar, y su vida no fue más que una sombra de lo que podría haber sido. Pero en 1944 posaban juntos: sus oscuros trajes europeos contrastaban con la blanquísima arena del desierto. Presidían la mesa de las negociaciones de Trinity como patronos, con ojos que transmitían una inescrutable combinación de humor, humildad y sabiduría ganada a pulso. El único científico de Trinity que hacía gala de estas cualidades había fallecido la víspera en el suelo de su despacho.

Unas voces procedentes del pasillo se filtraron en la sala de juntas. Me puse derecho en la silla cuando mis colegas empezaron a entrar a cuentagotas con un aire forzado de tranquilidad. Tenía la sensación de que acababan de levantar una sesión privada cuyo único orden del día era «cómo tratar» conmigo.

Encabezaba la comitiva Jutta Klein, la única mujer del equipo. Como principal investigadora de la alemana Siemens Corporation, la canosa Klein (también premio Nobel de Física) había sido traspasada a Trinity mientras durase el proyecto. Con la ayuda de Fielding y un equipo de ingenieros de General Electric, había diseñado y construido la máquina Super-IRM de cuarta generación. Ahora supervisaba la cómoda operación del temperamental Behemot.[1]

–*Guten Morgen* –dijo con frialdad, y se sentó a mi derecha, con su inescrutable rostro matronil.

–*Morgen* –respondí.

Después de Klein entró Ravi Nara, que se sentó tres sillas más allá para recalcar la distancia que recientemente había caracterizado nuestra relación. El joven neurólogo indio de tez morena llevaba un donut de chocolate en la mano izquierda, mientras que la derecha le asomaba por una escayola. Contuve una sonrisa. Hace cosa de cuatro días, había entrado con una taza de café parcialmente metálica en la sala de Super-IRM y la había dejado sobre un mostrador. Cuando Klein activó la máquina para probarla con un chimpancé, la taza había salido disparada por los aires para acabar golpeando el brazo de Nara contra la caja protectora de la máquina, lo cual le dejó el cúbito hecho añicos. Klein le dijo que se considerara afortunado. El día en que la Super-IRM entró en funcionamiento, una técnica cedida por Siemens había muerto porque el carro metálico de un ECG le había aplastado el cráneo contra la máquina.

–Buenos días, David.

Levanté la mirada para ver que la esbelta figura de John Skow enfundada en un traje de Brooks Brothers tomaba asiento a la cabeza de la mesa. Como director adjunto de la ASN, Skow era la principal autoridad en materia de guerra informática y el director nominal del Proyecto Trinity. Sin embargo, era Peter Godin quien determinaba el rumbo y el ritmo de la investigación en Trinity. La relación entre Skow y Godin era un reflejo de la existente entre la general Leslie Groves y Robert Oppenheimer en Los Álamos. Groves era una implacable tirana, pero sin la cooperación de Oppenheimer nunca habría po-

1. Animal mitológico de grandes dimensiones descrito en la Biblia (Job 40, 15-24).

dido crear la bomba atómica. De manera que la última palabra había correspondido al científico civil, y no a la soldado.

–Skow –dije, sin siquiera esbozar una sonrisa.

–Ayer todos nosotros recibimos un duro golpe –entonó con su aristocrático acento bostoniano, sin apenas mover los labios–. En especial tú, David.

–Peter no tardará en llegar –dijo–. Supongo que a partir de ahora será el rezagado del grupo.

Sonreí para mis adentros. Antes, Fielding siempre llegaba el último; y eso cuando se molestaba en hacer acto de presencia. Algunos días se ausentaba sin permiso y entonces me tocaba ir a buscarlo. Lo solía encontrar en su despacho, enfrascado en ecuaciones.

Una maldición apenas perceptible se coló por la puerta abierta para anunciar la proximidad de Peter Godin. El principal científico de Trinity padecía artrosis, y había días en que el mero hecho de caminar se convertía en un auténtico suplicio. Con setenta y un años, Godin era el mejor científico decano del proyecto. Cuando él nació, ni siquiera existían los tubos de vacío; sin embargo, el «viejo» de Trinity había llevado la informática digital mucho más lejos y mucho más rápido que cualquier genio catódico recién salido de Silicon Valley.

Al igual que Seymour Cray, el padre del superordenador, Godin había sido uno de los primeros ingenieros en Control Data Systems a principios de los años cincuenta. En 1957 él y Seymour abandonaron la empresa para fundar Cray Research. Godin había formado parte de los equipos creadores del famoso 6600 y de Cray 1; pero cuando Cray empezó a perder las riendas del soberbio proyecto Cray 2, Godin decidió que había llegado el momento de dejar de vivir a la sombra de su mentor. Pasó por multitud de bancos de negocios, recaudó 6 millones de dólares y, al cabo de sesenta días, abrió las puertas de Godin Supercomputing en Mountain View, California. Mientras que Seymour ponía todo su empeño en crear la revolucionaria Cray 2, Godin y un reducido equipo desarrollaron una máquina elegante y fiable de cuatro procesadores que superaba al Cray 1 con un factor seis de velocidad. No representaba un avance revolucionario, pero era una de las armas gubernamentales por las que los laboratorios estaban dispuestos a pagar. A 8 millones de dólares por máquina, Godin no tardó en saldar deudas y ponerse a diseñar el superordenador de sus sueños.

Al competir con los gobiernos de varias naciones y con el propio Seymour, Peter Godin había logrado introducirse en el mundo de la superinformática, y desde entonces nunca más echó la vista atrás. Cuando el final de la Guerra Fría estuvo a punto de hundir el negocio de la superinformática, Godin se pasó a la tecnología del procesamiento en paralelo, y para mediados de los noventa sus ordenadores ya ampliaban o suplantaban a las máquinas Cray en NORAD, la ASN, el Pentágono, Los Álamos, Lawrence Livermore, y también en los silos de todo el país. En su día, Peter Godin había sido tanto pionero como continuador; pero, ante todo y sobre todo, era un superviviente.

Todo el mundo levantó la mirada cuando el anciano entró en la sala de juntas, pero yo casi me puse en pie. Cuando pasé a formar parte de su equipo hace dos años, Godin parecía apenas mayor que Andrew Fielding, que entonces contaba sesenta y uno. Pero esos dos años al frente del equipo Trinity habían envejecido a Godin a pasos agigantados. Unas veces, su rostro hinchado parecía el de un paciente canceroso tratado con esteroides; otras, en cambio, presentaba una delgadez de proporciones esqueléticas que acompañaba a una pérdida casi total de pelo. Hoy parecía que fuera a sufrir un colapso antes de llegar a la mesa. Me había explicado que en tiempos de estrés creativo, su cuerpo siempre experimentaba cambios físicos. Godin solía trabajar cincuenta o sesenta horas seguidas y, aunque sabía que eso le estaba robando años de vida, pensaba que era el precio que le tocaba pagar por todo lo que había conseguido en todos aquellos años.

Recorrió la sala con sus ojos azul claro, parándose en mí más que en el resto. Luego asintió con la cabeza y se acomodó en la silla vacía que había junto a Skow.

–Ahora que estamos todos aquí reunidos –dijo Skow con un aire ceremonioso–, sería negligente por mi parte no dar comienzo a esta reunión sin dedicar unas palabras a la terrible pérdida que sufrimos ayer, tanto nosotros como este proyecto. Tras una autopsia total, el patólogo ha confirmado que el doctor Fielding murió debido a una fuerte hemorragia cerebral. Él...

–¿El patólogo? –interrumpí–. ¿El médico forense estatal?

Skow me miró con tolerancia.

–David, ya sabes que la nuestra no es una situación convencional de seguridad. No podemos implicar a las autoridades locales. Un patólogo de la ASN determinó, en Fort Meade, la causa de la muerte del doctor Fielding.

–¿La ASN tiene un patólogo? –Entendía por qué la agencia podría necesitar psiquiatras. La del descifrador de códigos era una profesión altamente estresante. ¿Pero un patólogo?

–La agencia tiene acceso a toda una sección de médicos especialistas –dijo Skow con voz de guía turístico del gobierno–. Unos están en plantilla, otros son consultores sometidos a una estrecha vigilancia. –Echó una mirada a Godin, que tenía los ojos cerrados–: ¿Tienes alguna duda sobre qué fue lo que mató a Andrew, David?

Eso es. Me arrojó el guante sobre la mesa.

»Después de todo –añadió Skow en tono condescendiente–, tú *eres* un especialista en medicina interna. A lo mejor viste algo que no encajaba.

Se respiraba tensión en el ambiente. Todos esperaban que hablara; sobre todo Nara, que había diagnosticado el ictus cuando Fielding se estaba muriendo.

–No –dije al fin–. Ravi explicó lo que él había observado: parálisis, impedimento del habla y una pupila destrozada justo antes de morir. Coincide con los síntomas de un ictus. Sólo que... suele llevar algún tiempo morir de una hemorragia. Me sorprendió tanta brusquedad.

Era como si se hubiera desinflado un balón. Dejé caer los

hombros con enorme alivio, cambié de posición en la silla y empecé a tamborilear con los dedos en la mesa.

–Bueno, por supuesto –dijo Skow con generosidad–. Nos cogió a todos desprevenidos. Y Andrew era sencillamente irreemplazable.

Me entraban ganas de estrangular a Skow. Se había pasado los seis últimos meses procurando reemplazar a Fielding, pero no había logrado encontrar a nadie tan remotamente cualificado como el inglés.

»Y para que veas que hablo muy en serio –añadió Skow– no vamos a reemplazarlo.

Sólo Jutta Klein parecía tan sorprendida como yo. Aparte de Godin, nadie sabía más que Fielding acerca del Proyecto Trinity. Nos había metido en un enorme cuello de botella docenas de ocasiones. Los problemas que durante semanas habían tenido en vilo a ingenieros de software y material no eran más que puzzles para el excéntrico inglés, algo que solucionar en un cuarto de hora. En este sentido, Fielding era realmente irreemplazable. Pero no se podían ignorar los aspectos cuánticos del Proyecto Trinity. En mi mente, la física cuántica era similar a la alquimia (alquimia que funcionaba) y sería una locura seguir adelante sin alguien cualificado para resolver problemas como el caos cuántico y la apertura de túneles no deseados.

–¿Pero qué piensas hacer respecto a los efectos secundarios de la IRM que hemos estado estudiando? –pregunté–. Como sabes, Fielding creía que eran el resultado de alteraciones cuánticas en el cerebro.

–*Menuda ridiculez* –espetó Nara–. No hay pruebas que demuestren la existencia de procesos cuánticos en el cerebro humano. ¡Nunca las ha habido y nunca las habrá!

–Doctor Nara –dijo Skow.

Miré al neurólogo con desdén:

–No parecías tan seguro cuando estabas con Fielding en el despacho.

Nara me lanzó una silenciosa mirada asesina.

Skow, por su parte, me dedicó una paciente sonrisa:

–David, tanto Peter como yo pensamos que Ravi y tú estáis bastante capacitados para continuar explorando las anomalías médicas. Contratar a un nuevo físico a estas alturas supondría correr un riesgo innecesario en materia de seguridad.

Eso no se lo iba a discutir; reservaría todos mis esfuerzos para el presidente.

–¿Entregarán el cuerpo de Fielding y sus efectos personales a la viuda?

Skow se aclaró la voz.

–Al parecer, es imposible dar con el paradero de la señora Fielding. Así que los restos mortales de Andrew serán incinerados según su voluntad.

«Junto con cualquier prueba de asesinato.» Me esforcé por permanecer impasible. Entonces Lu Li se había dado a la fuga. Por otro lado, ¿qué dirían si la hubieran detenido o asesinado?

Godin agarró a Skow de la muñeca.

–¿Tienes algo más que añadir, Peter? –preguntó Skow.

Godin se frotó la calva bajo las luces veladas. Se sentaba con una concentración budista, sin hacer perceptible más movimiento que el de sus ojos azules. Hablaba poco; pero cuando lo hacía, el mundo entero lo escuchaba.

–Éste no es el mejor momento para hablar de cosas intrascendentes –dijo.

»Ayer perdimos a un gigante. Había muchas ideas que Andrew Fielding y yo no compartíamos, pero lo respetaba más que a ningún hombre con el que haya trabajado jamás.

Yo no podía ocultar mi sorpresa. Todo el mundo en la mesa se inclinó hacia delante, para no perder ni una palabra. Aquellos hipnóticos ojos azules convirtieron rápidamente la sala en un circuito. Luego Godin prosiguió, en voz baja pero a la vez profunda y potente.

»Desde los albores de la historia, la guerra ha dado impulso a la ciencia. Si estuviera hoy aquí, Fielding me lo discutiría. Diría que es la curiosidad innata del hombre la que ha motivado el auge de la ciencia. Pero no es más que una ilusión. El conflicto humano es lo que ha determinado los grandes avances tecnológicos. Una lamentable realidad que todo el mundo debe admitir. Vivimos en un mundo de hechos, no de filosofía. Los filósofos ponen en duda la realidad del universo, y luego parecen sorprenderse cuando les das una patada y les preguntas si han sentido *esa* realidad.

Ravi Nara se rió por lo bajo, pero Godin lo fulminó con la mirada.

–Andy Fielding no era de esa clase –Godin asintió hacia la foto en blanco y negro que colgaba de la pared–. Al igual que Robert Oppenheimer, Andy tenía algo de místico; aunque, en el fondo, era un teórico de talento con una enorme aptitud práctica.

Godin se apartó un mechón de pelo blanco de la oreja y recorrió la mesa con la mirada:

–Dotar a la ciencia de armas es el primer paso inevitable que trae consigo innumerables épocas de paz. Los esfuerzos sobrehumanos de Oppenheimer para crear la bomba marcaron el final de la segunda guerra mundial y proporcionaron al mundo energía nuclear segura. Los cinco que quedamos hacemos frente a una tarea no menos importante. En nuestro caso no se trata, como a veces sugería Fielding, de ocupar el lugar de Dios. Dios es tan sólo una parte del cerebro humano, un mecanismo evolutivo de defensa desarrollado para hacer soportable la conciencia de nuestra propia muerte. Cuando por fin logremos cargar el primer neuromodelo en nuestro prototipo y comunicarnos con él, tendremos que tratar con esa parte del cerebro como con cualquier otra; para quienes prefieran las expresiones antropomórficas, tendremos que tratar con *Él*. Sin embargo, preveo que Dios no se mostrará tan problemático como cualquier otro elemento rudimentario del cerebro. Porque la finalización de Trinity hará que ese concreto mecanismo evolutivo resulte innecesario. Nuestro trabajo pondrá fin al dominio de la muerte sobre la humanidad. Y no puede haber objetivo más noble que ése.

Godin puso sus retorcidas manos encima de la mesa:

–Pero hoy... hoy lamentamos la muerte de un hombre con el coraje de sus convicciones. Mientras que nosotros, por pura necesidad, nos centrábamos en las posibilidades secretas y militares que suponía tener un prototipo Trinity operativo, Fielding esperaba la llegada del día en que pudiera plantear al ordenador las preguntas más universales: «¿Cómo empezó la vida? ¿Por qué estamos aquí? ¿Cuál será el fin del universo?» A los sesenta y tres años de edad, Andy Fielding conservaba el entusiasmo de un niño, y no se avergonzaba de ello; aunque tampoco tenía por qué hacerlo –Godin asintió con seriedad–. Y yo, por lo pronto, lo echaré de menos.

Noté calor en la cara. De John Skow ya me esperaba lágrimas de cocodrilo y una repentina vuelta a la investigación y el desarrollo de envergadura. Pero Peter Godin tenía más estilo. Sus palabras demostraban que conocía bien a su adversario.

–En cuanto descubramos la causa de nuestros síntomas neurológicos –concluyó Godin– reanudaremos el proyecto. Y si necesitamos otro físico cuántico, contrataremos a uno. Lo que *no* haremos será seguir adelante sin conocer los riesgos. Fielding me enseñó lo importante de la prudencia.

Godin se masajeó cuidadosamente la mano derecha con los dedos de la izquierda.

»Todos hemos sufrido un duro golpe. Quiero que todo el mundo se tome tres días enteros de descanso, contando a partir de la hora del almuerzo. Nos veremos en esta sala el martes por la mañana. Durante este período se tomarán todas las precauciones habituales en materia de seguridad externa.

Se hizo un silencio total. ¿El hombre que más se exigía a sí mismo recomendaba tomarse unos días? Semejantes «vacaciones» iban tan en contra de la naturaleza de Godin que nadie sabía qué decir.

Al final Skow se aclaró la voz:

–Bueno, yo, por lo pronto, podría pasar algún tiempo en

casa. Mi esposa está pensando en divorciarse de mí por las horas que paso aquí.

Godin frunció el entrecejo y volvió a cerrar los ojos.

–¿Se levanta la sesión? –preguntó Skow, echando una mirada a Godin.

El anciano se puso en pie vacilante y se fue sin decir ni una palabra más.

–Bien, pues –dijo Skow sin necesidad.

Me levanté y regresé a mi despacho, con los ojos clavados en la espalda de Peter Godin. La reunión no había ido según lo esperado. Delante de mí, Godin se disponía a dar la vuelta a la esquina; sin embargo, se detuvo y se volvió hacia mí. Me acerqué a él.

–Usted y Fielding eran muy buenos amigos –dijo–. ¿Verdad?

–Me caía bien. Además, lo admiraba.

Godin asintió con la cabeza:

–Leí su libro hace un par de noches. Es usted más realista de lo que pensaba. Comparto sus opiniones sobre el aborto, la investigación con tejido fetal, la clonación, los gastos originados por el cuidado de enfermos terminales, la eutanasia..., de la primera a la última.

Me costaba creer que Peter Godin llevaba dos años trabajando conmigo y no había leído el libro que me había traído hasta Trinity. Desvió la mirada un instante por encima de mi hombro y luego la volvió a posar en mi cara.

–Se me ocurrió algo durante la reunión –dijo–. ¿Conoce la vieja hipótesis sobre la historia? Si pudiera retroceder en el tiempo, y tuviera la oportunidad de matar a Hitler, ¿lo haría?

Sonreí.

–No es una formulación muy realista.

–No esté tan seguro. Naturalmente, la pregunta sobre Hitler es sencilla. Se lo plantearé de otra manera: si pudiera retroceder hasta 1948, y supiera que Nathuram Godse iba a asesinar a Gandhi... ¿lo mataría para evitar el crimen?

Me lo pensé dos veces antes de responder:

–Me está preguntando lo lejos que retrocedería en la cadena de acontecimientos. ¿Mataría usted a la madre de Hitler?

Le tocaba sonreír a Godin.

–Exacto. Y mi respuesta es sí.

–En realidad, creo que su pregunta tiene más que ver con la causalidad. ¿Asesinar a la madre de Hitler habría impedido que estallara la segunda guerra mundial? ¿O algún otro don nadie habría salido de las masas descontentas para materializar el resentimiento alemán hacia el Tratado de Versalles?

Godin se lo pensó:

–Es muy posible. Muy bien, pues. Estamos en 1952 y sabe que un técnico de laboratorio va a arruinar con su torpeza los cultivos celulares de Jonas Salk. La cura para la poliomielitis se retrasará enormemente, quizá años. ¿Mataría usted a ese inocente técnico?

Empecé a notar un extraño zumbido en mi cabeza. Tenía la sensación de que Godin estaba jugando conmigo, aunque Peter Godin nunca perdía el tiempo con jueguecitos.

–Afortunadamente, la vida real no nos plantea esos dilemas –dije–. Solamente la sabiduría que da la experiencia nos permite formularlos.

Sonrió con frialdad.

–No esté tan seguro de ello, doctor. Habría sido posible detener a Hitler en Munich. –Godin alargó la mano y me dio una palmadita en el brazo–: En cualquier caso, nos sirve de reflexión.

Se giró y con cuidado se dispuso a dar vuelta a la esquina.

Me quedé de pie en el pasillo, intentando leer entre las líneas que acababa de oír. Godin siempre era parco en palabras. No estaba reflexionando en vano sobre la historia o la moralidad. Hablaba con sinceridad respecto al concepto de homicidio; en su opinión, homicidio justificado. Yo meneaba la cabeza sin dar crédito. Godin hablaba de Fielding.

«El asesinato de Fielding era necesario –decía–. Fielding era inocente; pero entorpecía una buena causa, y había que eliminarlo.»

De regreso a mi despacho, me percaté de que estaba temblando. Nadie me había preguntado por qué había llamado a Washington. Nadie había mencionado mi visita a la casa de Fielding. Ni una palabra sobre Rachel Weiss. Y tres días libres me daban tiempo de sobra para hablar con el presidente; incluso para volar rumbo a Washington. ¿Qué diablos estaba pasando?

Me quedé inmóvil ante la puerta de mi despacho. Una mujer alta, rubia y fibrosa, con electrizantes ojos azules y una cicatriz en el pómulo izquierdo estaba sentada en mi sillón, mirando la pantalla de mi ordenador. Geli Bauer. Si alguien de este edificio había asesinado a Andrew Fielding, no podía ser otra.

–Hola, doctor –dijo, esbozando una sonrisa en sus labios–. Parece sorprendido. Pensaba que me estaría esperando.

CAPÍTULO 11

Enmudecí en la entrada de mi despacho. En menos de un segundo, el alivio se había convertido en paralizante ansiedad; y el hecho de que Geli Bauer fuera una mujer no logró desacelerarme el pulso. Al igual que sus escogidos subordinados, era delgada y fría, con un brillo predador en la mirada. Irradiaba la gélida confianza de un alpinista de talla mundial. Me la imaginaba colgada de un precipicio durante horas, con nada más que las yemas de los dedos sosteniendo el peso de su cuerpo. Su inteligencia era difícil de evaluar en una incubadora llena de genios, pero sabía por previas conversaciones que era muy rápida. A excepción de los científicos de Trinity, trataba a todo el mundo como presos trabajando bajo coacción, lo cual achacaba a que era la hija de un poderoso general del ejército. Ravi Nara la había llamado cruelmente «Terminator con tetas», pero yo más bien la veía como un Terminator con sesos.

–¿La puedo ayudar en algo? –pregunté por fin.

–Necesito que me responda a un par de preguntas –contestó–. Pura rutina.

«¿Rutina?» Geli Bauer había venido a mi despacho una docena de veces en dos años. Casi siempre la veía a través de un vidrio, analizando el detector de mentiras al que me veía azarosamente sometido.

–Godin nos acaba de dar tres días libres –expliqué–. ¿Por qué no lo dejamos para la vuelta?

–Me temo que esto no puede esperar. –Tenía el acento apátrida de las elitistas escuelas internacionales.

–Ha dicho que era algo rutinario.

Me dedicó una sonrisa de plástico:

–¿Por qué no se sienta, doctor?

–Mi sillón está ocupado.

Geli no se inmutó. Se desenvolvía mejor en las situaciones conflictivas.

–No suele hacer esta clase de cosas en persona –dije–. ¿A qué debo el honor?

–La muerte del doctor Fielding ha creado una situación fuera de lo corriente. Debemos averiguar todo lo posible sobre las circunstancias en las que se produjo.

–El doctor Fielding murió de un derrame cerebral.

Me observó un momento en silencio. La cicatriz en el pómulo izquierdo me recordaba a las de algunos veteranos del Vietnam que se sometían a reconocimiento médico. Los veteranos relataban cómo la metralla de una granada fosforosa se le quemaba bajo la piel y luego se cauterizaba, sólo para volver a activarse al entrar en contacto con el aire y herir a los cirujanos de la sala de operaciones cuando éstos intentaban extraer los fragmentos. Los soldados vivían aterrorizados, y Geli Bauer parecía haber tenido una experiencia similar. Aquella cicatriz despertaba en mí cierta simpatía hacia su persona; seguramente una mujer hermosa marcada por algo así había ganado una perspectiva de la vida que pocas de sus hermanas tenían. Pero mis encuentros con Geli me habían convencido de que el infierno al que había podido sobrevivir sólo le había inculcado resentimiento.

–Me interesa su relación con el doctor Fielding –dijo.

Geli siempre utilizaba el «yo», nunca el burocrático «nosotros»; como si se sintiera personalmente responsable de la seguridad de todo el proyecto.

–¿En serio? –contesté, como sorprendido.

–¿Cómo calificaría su relación?

–Éramos amigos.

–Se veían y hablaban fuera del complejo.

Reconocerlo era admitir que violábamos las normas de seguridad de Trinity. Pero seguramente Geli lo tenía todo grabado.

–Sí.

–Ésa es una clara violación del protocolo de seguridad.

Puse los ojos en blanco:

–Demándeme.

–Podría ir a la cárcel.

«Mierda.»

–Ayudaría a mantener en secreto la existencia de este lugar.

Se pasó los largos dedos por el pelo rubio. Me recordó a un halcón arreglándose las plumas con el pico:

–Usted podría perder su puesto aquí, doctor.

–Ahora lo entiendo. Ha venido a despedirme.

Ella esbozó una sonrisa:

–No hay por qué ponerse dramáticos. Intento averiguar lo que puedo de la situación del doctor Fielding.

–¿Su situación? Ha muerto. Fallecido. Nos ha dejado.

–¿De qué hablaban ustedes dos fuera del trabajo?

–De fútbol.

–¿Fútbol?

–Fielding lo llamaba así. En sus propias palabras, era un «fanático del fútbol». Era seguidor del Arsenal, un equipo inglés. El tema me aburría hasta la saciedad, pero me gustaba hablar con él.

–No me está siendo sincero, doctor.

–¿Ah, no?

–Tanto usted como el doctor Fielding se oponían a seguir adelante con este proyecto.

–No. Yo tenía motivos éticos sobre un aspecto en concreto. Fielding tenía sus propios motivos.

–Él quería abortar el proyecto.

–Sólo hasta determinar la causa de los efectos secundarios neurológicos que todos nosotros experimentábamos.

–¿Habló de esos efectos secundarios con alguien no autorizado a recibir información sobre Trinity?

–No tengo ni idea.

–¿Con su mujer, por ejemplo?

Hice un gran esfuerzo para mantenerme impasible:

–Me imagino que no lo hizo.

Geli arqueó una ceja:

–Anoche pasó casi una hora con ella.

Así que lo habían estado espiando. Claro que sí. Acababan de asesinar a Fielding, y necesitaban saber cómo reaccionaría su mejor amigo. Lo cual quería decir que estaban al tanto de Rachel.

–La llamé para darle el pésame.

–Compartió información confidencial de Trinity con Lu Li Fielding. Una física china.

–Ni por asomo –pensaba que al casarse con Fielding Lu Li se había convertido en ciudadana británica, pero ahora no quería entrar en discusiones.

–La señora Fielding se ha esfumado y tenemos que hablar con ella.

–Cualquiera diría que se trata de algo personal.

Geli hizo caso omiso del sarcasmo:

–Si usted la ha ayudado a huir, podría acusársele de traición.

–¿Lu Li ha cometido un crimen?

El rostro de Geli no decía nada:

–Eso todavía está por determinar. Puede haber sido cómplice en la traición.

«El cristal –pensé de repente–. Esto tiene que ver con el reloj de Fielding.»

–Así que ahora los dos Fielding han desaparecido. Es lamentable, ¿no?

Geli no parecía lamentarlo; de hecho, ni siquiera parecía afectarle.

–Anoche Lu Li me dijo que no sabía nada sobre el cadáver de su marido –dije–. Estaba muy disgustada.

–Eso no me compete.

–¿Y qué me dice de los efectos personales de Fielding? Lu Li destacó un reloj de bolsillo de oro. Una reliquia.

Geli frunció la boca, y luego meneó la cabeza:

–No recuerdo haber visto un reloj de bolsillo. Pero en cuanto la señora Fielding aparezca, todo este asunto se resolverá.

Geli mentía. En los dos años que llevaba trabajando aquí tenía que haber visto ese reloj cientos de veces.

–Esta mañana vamos a necesitar un detector de mentiras –dijo.

Yo empezaba a notar un sudor frío en la espalda.

–Lo siento; no para mí.

Frunció el ceño. Era la primera vez en mi vida que me negaba a semejante petición.

–¿Por qué motivo?

–Acabo de perder a un buen amigo. No he dormido bien. Me encuentro fatal. Mi perro se comió los deberes.

–Doctor Tennant...

–Y hoy no me apetece someterme a sus gilipolleces fascistas. ¿Entiende?

Ella se reclinó en mi sillón y me observó con creciente interés:

–El contrato de trabajo que usted firmó permite que se le someta a una prueba de polígrafo en cualquier momento. Así que ya ha dado su consentimiento.

La comezón que sentía en la barriga hizo que le diera un puñetazo en la cara. Siempre había vivido con una extraordinaria cantidad de libertad. Como especialista en medicina interna, había sido dueño y señor de mi propia profesión. Como autor, sólo me he visto limitado por mi propia persona. Pero en la opresiva atmósfera de Trinity, había desarrollado una especie de claustrofobia espiritual.

Mi padre había experimentado sentimientos similares cuando trabajaba con armas nucleares en Los Álamos y Oak Ridge. Y en su día se había sometido a pruebas de polígrafo. Pero los tiempos habían cambiado desde la Guerra Fría. Hoy en día la ASN tenía detectores de mentiras basados en tecnología IRM, y a diferencia de los polígrafos convencionales, eran precisos el cien por cien de las veces.

El principio en el que se inspiraban era bien sencillo: hacían falta más neuronas para mentir que para decir la verdad. Incluso un mentiroso compulsivo pensaba en la respuesta verdadera antes de inventar o recitar su mentira cuando se le hacía una pregunta. Esa actividad iluminaba el cerebro del mentiroso como las luces de Navidad, y el detector de IRM mostraba y grababa el resultado para sus interrogadores. Fielding era el que había suspendido las sesiones de polígrafo con representación óptica por resonancia, alegando que nuestros extraños síntomas se podían ver agravados debido a una mayor exposición a IRM. Era una victoria en la batalla de Fielding contra la invasión de nuestra privacidad, aunque las pruebas convencionales de polígrafo ya eran bastante desconcertantes. El hecho de someterse a ellas por sorpresa daba la sensación de estar viviendo una distopía orwelliana, sobre todo cuando había algo que ocultar.

–¿Va a sedarme? –pregunté–. ¿Atarme?

Parecía como si Geli así lo quisiera.

–¿No? Entonces olvídelo.

Levantó un dedo y se tocó la cicatriz sin darse cuenta:

–No sé por qué está usted tan a la defensiva, doctor.

–Claro que lo sabe.

–Me oculta algo.

–En caso afirmativo, ya seríamos dos.

–Está intentando malograr este proyecto.

–¿Cómo iba a hacerlo? ¿Y por qué? El proyecto ya se ha postergado.

Geli se observó las uñas, y dos de ellas las tenía mordisqueadas hasta la carne. En el fondo tal vez no era tan imperturbable.

–Haciéndose *público* –dijo por fin.

Ahí estaba: el temor más profundo de la paranoica mente militar.

–Yo no he hecho eso.
–¿Se lo está planteando?
–No.
–¿Ha hablado con el presidente?
–¿En toda mi vida?
Al fin la irritación se empezó a notar en su voz:
–Desde la muerte del señor Fielding.
–No.
–Ayer dejó usted un mensaje en la Casa Blanca.
Noté que enrojecía:
–Sí.
–Llamó desde una cabina.
–¿Y?
–¿Por qué?
–Mi móvil se quedó sin batería. –Una mentira fácil, que resultaba imposible verificar.
–¿Por qué no esperó a llamar desde casa?
–Me apetecía en aquel momento.
–¿Qué le apetecía hablar con el presidente de Estados Unidos?
–Eso es.
–¿Sobre la muerte del doctor Fielding?
–Entre otras cosas.
Parecía medir cuidadosamente sus palabras antes de hablar:
–Usted solicitó a la Casa Blanca que no pusieran al corriente de su llamada a ninguna otra persona relacionada con Trinity.

Me dio un bajón de tensión. «¿Cómo sabían lo que había dicho en mi conversación desde la cabina?» Tenía que tratarse de escuchas telefónicas, y no precisamente las que realizan la policía local o el FBI. La ASN grababa millones de conversaciones privadas cada día, en los sótanos de Fort Meade las disqueteras se activaban al registrar palabras como *plástico*, *Al Qaeda*, *buen cifrado*, *RDX*, o incluso *Trinity*. Recordé haber dicho «Trinity» nada más oír a la telefonista de la Casa Blanca, para que me pasara con la persona adecuada. Seguramente la ASN tenía mi conversación grabada a partir de aquel momento.

Me erguí y miré a Geli a los ojos:

–El presidente en persona me designó para este proyecto. No la ASN ni John Skow, y ni siquiera Peter Godin. Yo estoy aquí para evaluar cuestiones éticas. Si considero que hay algún problema, doy parte al presidente. Y nadie tiene nada que decir al respecto.

Se terminaron las contemplaciones. En el complejo Trinity acababa de trazar una línea entre mí y el resto.

Geli se inclinó hacia delante, desafiándome con sus ojos azules:

–¿Cuántos teléfonos móviles tiene, doctor Tennant?

–Uno.

–¿Tiene algún otro en su poder?

La claridad se instaló en mi cabeza como si de un acorde se tratara. Sabían que había llamado a la Casa Blanca, pero *no sabían* si el presidente se había puesto en contacto conmigo. Tenían mis teléfonos intervenidos (al menos, los que habían descubierto), pero les preocupaban los canales de comunicación clandestinos. Y si eso les preocupaba, para colmo no tenían acceso al presidente desde dentro; así que aún cabía la posibilidad de convencerlo de mis sospechas.

–Rachel Weiss tiene un teléfono móvil –dijo Bauer, con los ojos alerta ante la menor reacción por mi parte.

Inspiré lentamente sin alterar la voz:

–No conozco a ningún doctor que no lo tenga.

–Pero usted conoce a la doctora Weiss bastante mejor que a ningún otro.

–Es mi psiquiatra, si eso es a lo que se refiere.

–Es la única persona ajena a Trinity con la que ha intercambiado más de cincuenta palabras en los dos últimos meses.

Me preguntaba si eso era cierto.

»Lo mismo se aplica a la doctora Weiss –añadió Geli.

–¿Qué quiere decir con eso?

–Ella no sale con nadie. Su hijo murió de cáncer el año pasado. Tras la muerte de su hijo, su marido la abandonó para regresar a Nueva York. Hace seis meses, la doctora Weiss empezó a citarse ocasionalmente con colegas de profesión. Una cena, una película, cosas por el estilo. Nunca pasó de la segunda cita. Hace un par de meses que no queda con ningún hombre.

Esto no me sorprendió. Rachel era una mujer profunda, y no me imaginaba que muchos hombres respondieran a sus expectativas.

–¿Y? –pregunté.

–Diría que usted es el motivo, doctor. Creo que la doctora Weiss está enamorada.

Me eché a reír, a reír sin parar, por primera vez desde que había visto el cuerpo de Fielding.

–La doctora Weiss cree que deliro, señorita Bauer; y que podría padecer esquizofrenia.

Geli ni se inmutó:

–Anoche lo besó. En casa de Fielding.

–Por empatía. La muerte de Fielding me había dejado destrozado.

Geli hizo caso omiso del comentario:

–¿Qué le ha dicho a la doctora Weiss sobre el Proyecto Trinity?

–Como bien sabe, nada. Estoy seguro que ya se ha encargado de grabar todas y cada una de mis sesiones.

Me sorprendió al reconocerlo mediante un ligero asentimiento con la cabeza:

–Pero los enamorados tienen sus recursos. Puede que hayan conseguido ponerse en contacto sin autorización. Como anoche.

–Anoche era la primera vez que veía a Rachel Weiss fuera de su consulta –me crucé de brazos–. Y me niego a seguir hablando sobre esto. Ella no tiene nada que ver con este proyecto. Está invadiendo la intimidad de una ciudadana americana que no ha firmado ningún contrato en el que renuncie a sus derechos.

Esta vez, cuando Geli sonrió dejó entrever un pequeño atisbo de crueldad.

–En lo que concierne al Proyecto Trinity, la privacidad pierde importancia. Según la Directriz 173 de Seguridad Nacional, la doctora Weiss puede permanecer cuarenta y ocho horas detenida sin derecho a una llamada.

Mi frustración era desbordante:

–Geli, ¿sabe lo que *es* el Proyecto Trinity?

El hecho de emplear su nombre de pila le borró la sonrisa de la cara, y mi pregunta la puso directamente a la defensiva. Admitir que no conocía los secretos más recónditos de Trinity acabaría con ella; pero decir lo contrario le podría costar su puesto de trabajo. Mantenía el ceño fruncido sin decir palabra.

Di un paso hacia ella.

»Bueno, pues yo *lo sé*. Y mientras usted no lo sepa (y entienda perfectamente sus implicaciones), deje de mostrarse tan ansiosa por acatar órdenes como las buenas alemanitas.

El insulto dio en el blanco. Geli se tensó en la silla como si estuviera a punto de tirárseme al cuello. Yo retrocedí, lamentando enseguida mis palabras. No ganaba nada con la enemistad de Geli Bauer. De hecho, era una mala idea. Seguramente ella misma había asesinado a Fielding. «Y por eso la estoy provocando», comprendí.

–Listos –dije, mientras sacaba del bolsillo las llaves del coche–. Volveré el martes por la mañana. Hasta entonces mantenga a sus dóbermans humanos lejos de mí.

Le volví la espalda.

–¿Doctor Tennant?

Seguí caminando.

–¡Tennant!

Llamé el ascensor. Cuando la puerta se abrió, entré; pero enseguida salí. Geli podía convertir aquel cubículo en una celda con sólo accionar un botón. Aunque podía acordonar todo el edificio con la misma facilidad, bajé por las escaleras.

Cuando llegué al rellano de la cuarta planta, la imagen de Fielding sentado en una nube de humo ocupó mi mente. El inglés fumaba como un carretero, si bien tenían prohibido fumar en todos los rincones del complejo Trinity hasta los científicos más destacados. Esto no tenía nada que ver con los reglamentos federales, sino con el hecho de que Peter Godin no soportaba que hubiera rastro de humo en el aire. Fielding, siempre lleno de recursos, había hallado un lugar en el que dar rienda suelta a su hábito. En el laboratorio de materiales de la cuarta planta había una gran cámara de vacío, destinada a analizar las propiedades de los nanotubos de carbón durante las primeras etapas del proyecto. A diferencia del laboratorio, la cámara de vacío no tenía detectores de humo. Y Fielding había logrado apilar alrededor de la cámara el suficiente número de cajas para que casi todo el mundo olvidara su existencia. Cuando no lo podía localizar, sabía que siempre lo encontraría allí.

«Si Fielding estaba en el edificio Trinity y temía por su vida –pensé–, ¿por qué no habría intentado mantenerse alejado de la leontina de cristal? No la iba a esconder en su despacho, que sin duda registrarían. Sin embargo, la cámara de vacío quedaba sólo un piso más arriba, y podía estar bastante seguro de que yo acabaría inspeccionando su santuario.

Abandoné el hueco de la escalera y recorrí el pasillo hasta llegar al laboratorio de materiales. Dos ingenieros de Sun Microsystems salieron del laboratorio y me abrieron paso al cruzarse conmigo, para luego dirigirse a los ascensores. Esbocé una sonrisa forzada y aminoré la marcha para entrar en el laboratorio de materiales cuando hubieran doblado la esquina detrás de mí.

El laboratorio estaba vacío. Me deslicé rápidamente hasta la pila de cajas tras la que se escondía la cámara de vacío y empecé a destapar la puerta. La máquina prohibida era como una gran cámara de descompresión para submarinistas, con un ojo de buey y una enorme rueda de hierro incrustada en la puerta a modo de escotilla. Giré la rueda que abría la escotilla. Las luces se encendieron de manera automática.

Al entrar me dio un vuelco el corazón. Recordaba unas amplias estanterías atiborradas de instrumentos varios, pinzas y viejos trocitos de carbón. Ahora no había nada. Hasta las estanterías habían desaparecido. Parecía que habían vaporizado toda la cámara.

«Geli Bauer», suspiré.

Si Fielding había escondido aquí el reloj de bolsillo, ahora obraba en poder de Geli. Me apresuré a salir de la cámara, medio esperando encontrármela en el laboratorio. Pero el laboratorio seguía vacío, igual que el pasillo. Salí corriendo hacia las escaleras y, una vez allí, bajé a la tercera planta y me encaminé al mostrador de seguridad, donde Henry me esperaba.

Al salir de Trinity, el personal tenía que someterse a un cacheo para demostrar que no intentaban sacar disquetes o documentos del edificio. Cómo se habría reído Fielding para sus adentros cada vez que Henry lo dejaba pasar sin reparar en su leontina de cristal. Cuando me acercaba al mostrador, vi que Henry estaba hablando por la radio que llevaba colgada del cuello.

–¿Todo bien, Henry? –pregunté, haciendo una pausa en espera de su palmada.

–Un minuto, doctor.

El pulso se me aceleró. Me imaginaba a Geli Bauer dándole órdenes: «No deje que Tennant abandone el edificio...»

–Hoy llevo mucha prisa –me anticipé–. Tengo una cita.

Henry me miró y luego dijo por el micrófono:

–Está aquí.

«Dios.» Cuando Geli le preguntaba si estaba en la puerta es que no me estaba viendo por la cámara que tenía en la oficina de seguridad. Seguramente venía de camino. Mi sistema límbico me decía que echara a correr como un loco, pero ¿llegaría lejos? El Henry de aspecto inofensivo iba armado con una automática Glock de 9 milímetros. Aun así, suponía un acto de suprema voluntad no salir corriendo hacia la puerta.

Henry escuchaba atentamente lo que le decía el auricular y parecía confundido:

–¿Seguro? –preguntó–. De acuerdo.

Vino al mostrador, y entonces me di cuenta de que si Henry sacaba la pistola, el instinto de supervivencia determinaría los próximos segundos. Cuando dejó caer las manos, me preparé para pasar a la acción; pero luego se agachó y empezó el cacheo habitual por las perneras del pantalón.

Geli había decidido dejarme ir. ¿Por qué? «Porque no tiene manera de saber si he hablado con el presidente.»

–Ya se puede ir, doctor –dijo Henry, dándome palmaditas en la espalda–. Por un segundo pensé que ella, mejor dicho *ellos*, querían que lo retuviera aquí.

Cuando miré a Henry a la cara, vi algo en sus ojos que sólo alcancé a entender con el tiempo. Geli Bauer no le caía mejor que a mí; de hecho, la temía.

Nada más cruzar las puertas de cristal reforzado, el móvil empezó a sonar. Pulsé CONTESTAR y me acerqué el teléfono al oído.

–¿Hola?

–¡*David*! ¿Dónde diablos has estado?

–No digas tu nombre –dije bruscamente, al reconocer la voz de Rachel.

–¡Llevo una hora intentando localizarte!

En el edificio Trinity, ninguna comunicación por telefonía móvil podía traspasar el revestimiento de cobre.

–Sólo dime cuál es el problema.

–¿Has venido a mi consulta esta mañana?

–¿A tu consulta? Claro que no. ¿Por qué?

–Porque alguien me la destrozó. Falta tu historial y todo está patas arriba.

Aspiré una bocanada de aire y tuve que obligarme a seguir caminando hacia el coche:

–Hoy ni siquiera me he acercado a tu consulta. ¿Por qué iba yo a hacer algo así?

–¡Para hacerme partícipe de tus visiones! ¡Para hacerme creer que son reales!

Parecía al borde de un ataque de histeria. ¿Acaso no había entendido nada de lo ocurrido anoche?

–Tenemos que hablar. Pero no por teléfono. ¿Ahora estás en la consulta?

–No, estoy en la 15.

Rachel cogía la 15 para ir del hospital de la Universidad de Duke a Chapel Hill.

–¿Estás en un taxi?

–No. Fui a recoger mi coche esta misma mañana.

–Quedamos donde me viste grabando la cinta.

–Te refieres a...

–Ya sabes dónde. Estoy de camino. Y ahora cuelga.

Eso fue lo que hizo Rachel.

Necesité una buena dosis de autocontrol para no echar a correr cuando ya estaba a punto de llegar al coche.

CAPÍTULO 12

El Saab blanco de Rachel estaba aparcado delante de mi casa. Ella me esperaba sentada en las escaleras delanteras, con el mentón apoyado en las manos como una estudiante que espera a que la clase dé comienzo. En lugar de llevar la blusa de seda y la falda de costumbre, lucía unos vaqueros y una camiseta blanca de algodón. Le pité. Levantó la vista, con expresión adusta. La saludé una vez con la mano, metí el coche en el garaje y entré en casa para abrir la puerta de la calle.

–Siento haberte hecho esperar –dije, echando un vistazo a la calle en busca de vehículos sospechosos.

Tenía los ojos rojos de tanto llorar. Entró en el salón; pero no se sentó, sino que se paseó por entre mis escasos muebles, incapaz de quedarse quieta.

–Cuéntame qué pasó –dije.

Hizo una pausa el tiempo suficiente para echarme una mirada, y luego continuó paseándose.

–Yo estaba en el hospital, haciendo un reconocimiento general a un paciente que había intentado suicidarse hacía un par de días.

–¿Y?

–Decidí pasarme un momento por mi consulta a redactar unos informes. Al llegar supe que alguien más había estado allí; la consulta estaba cerrada, pero yo ya lo sabía.

–Dijiste que la consulta estaba destrozada.

Rachel apartó la mirada:

–No exactamente. Pero había muchas cosas fuera de su sitio. Lo sé porque me gusta tener las cosas a mi manera: los libros ordenados de menor a mayor tamaño, los documentos apilados... en fin, ¿qué más da?

–Eres una neurótica.

Los ojos oscuros le relampagueaban:

–Hay cosas peores que la neurosis obsesivo-compulsiva.

–Sin duda. ¿Dices que faltaba mi historial?

–Sí.

–¿Y el de algún otro paciente?

–No.

–Entonces ya está. Lo que no entiendo es por qué robarían mi historial. ¿No lo podían fotocopiar? Estoy seguro de que ya lo habían leído antes; de hecho, seguramente lo hacían cada semana.

Rachel dejó de pasearse y me miró incrédula:

–¿Cómo iban a hacerlo?

–Metiendo a alguien en tu consulta sin levantar sospechas. Probablemente mis días de visita por la noche.

–¿Por qué no me di cuenta antes?

–A lo mejor esta vez tenían prisa.

–¿Por qué?

–Tenían miedo.

–¿De qué?

–De mí. De lo que he hecho. De lo que sería capaz.

Rachel se sentó en el borde del sofá como para serenarse.

–Necesito salir de dudas, David. ¿A quién te refieres con *ellos*? ¿A la ASN?

–Sí y no. Ellos son quienes velan por la seguridad del Proyecto Trinity, fundado por la ASN.

–¿Y dices que son los responsables del asesinato de Fielding?

–Sí.

Rachel cerró los ojos:

–Dije a una amiga del hospital que analizara ese polvo blanco que me diste. No está contaminado de ántrax o de algún otro agente tóxico o patógeno. –Abrió los ojos y se vio reflejada en los míos–: Es arena, David. Yeso. Arena blanca. No representa una amenaza para nadie.

La cabeza empezó a darme vueltas ante la posible importancia de aquello. Los microchips estaban hechos de silicio, una especie de arena. ¿Acaso era el yeso la base de algún nuevo semiconductor que Godin había descubierto? Tal vez eso era lo que Fielding me estaba insinuando...

–¿Has probado a ponerte de nuevo en contacto con el presidente? –preguntó Rachel.

Abrí la boca sorprendido.

–¿Qué?

–Perdona. Olvidé mirar si había mensajes en el contestador.

Fui a la cocina. El LED de la máquina indicaba que había un mensaje en espera. Cuando presioné el botón, una voz con acento de Nueva Inglaterra chisporroteaba desde el diminuto altavoz:

–¿Doctor Tennant? Soy Ewan McCaskell, el jefe del estado mayor del presidente. Recuerdo que vino a visitarnos hace un par de años. Acabo de recibir su mensaje. Estoy convencido de que entiende lo atareados que estamos en estos momentos. Por lo que a mí respecta, no podré dar parte al presidente hasta saber de qué se trata exactamente; pero quisiera hablar con usted tan pronto como me sea posible. Le ruego que conserve este número para poderlo llamar de nuevo cuando disponga de tiempo.

El alivio que sentí fue casi abrumador. Puse la mano sobre la encimera para recobrar el equilibrio. La pantalla de identificación de llamadas indicaba que McCaskell había efectuado la suya hacía veinte minutos.

–¿Quién era? –preguntó Rachel.

Le volví a pasar el mensaje.

–Debo admitir –dijo– que se parecía a Ewan McCaskell.

–¿Que se le parecía? *Era* él. ¿Es que no has entendido nada de lo que viste anoche?

Rachel corrió una silla de la mesa de la cocina y se sentó frente a mí:

–Escúchame, David. ¿Sabes por qué estoy aquí? ¿Por qué anoche te ayudé?

–Dime por qué.

–Tu libro.

–¿Mi libro?

–Sí. Cada día en el hospital veo cosas de las que nunca me hablaron en la Facultad de Medicina. Casos que se mueven entre la realidad y la legalidad. Dilemas a los que el gobierno no tiene agallas de enfrentarse. Yo hago lo que puedo al respecto... a lo mejor incluso me quejo a otro médico, pero eso es todo. En cambio, tú escribiste un libro para que el mundo lo leyera, sin importarte lo que pudiera pasar luego. Aborto. Cuidado de enfermos terminales frente a cuidado prenatal. Eutanasia. Por Dios, escribiste sobre ayudar a tu propio hermano a morir.

Cerré los ojos y vi la imagen de mi hermano mayor, que sólo podía mover los párpados debido a los estragos de la ALS y, al final, ya ni eso. Habíamos hecho un pacto: llegados a tal extremo, yo le ayudaría a acabar con lo que le quedaba de vida.

–Estuve a punto de omitir ese capítulo –dije.

Me agarró del antebrazo:

–Pero no lo hiciste. Asumiste el riesgo y con eso ayudaste a infinidad de personas. Personas a las que tú nunca llegarás a conocer, aunque ellas sí te conozcan. Yo te conozco. Y sé que *estás* enfermo. Hace meses que necesitas ayuda, y la terapia convencional no te estaba sirviendo de nada. Me resultaba imposible franquear los muros que habías levantado. –La mano se le tensó en mi brazo, y sonrió alentadoramente–: Creo que andas metido en un tipo de trabajo especial, ¿vale? Pero dime una cosa: si el ordenador Trinity es todo lo que dices que es, ¿por qué te eligieron a ti? ¿Sabes? Escribiste un libro estupendo. El presidente conocía a tu hermano. ¿Pero eso te faculta para emitir juicios sobre el tipo de ciencia de la que me has hablado?

Rachel tenía razón. Eso no era todo. Había mantenido mi

pasado tanto tiempo en secreto que hablar de él ahora requería un sorprendente acto de voluntad.

–Mi padre era físico nuclear –dije en voz baja–. Trabajó en Los Álamos durante la guerra. Era el físico más joven del Proyecto Manhattan.

Los ojos oscuros le centelleaban:

–Continúa.

–Soy licenciado en física teórica. Por el MIT.

–Dios mío. En verdad no sé nada sobre ti.

Le rocé el hombro.

–Claro que sí. Mira, mi padre formaba parte del grupo que empezó a protestar utilizando la bomba como medio disuasorio. Leo Szilard, Eugene Wigner y otros. Los alemanes se habían rendido, y los japoneses no tenían los recursos necesarios para construir una bomba atómica. El grupo de mi padre quería hacer una demostración con la bomba para el ejército japonés, no emplearla sobre la población civil. No se hizo caso de su disconformidad, e Hiroshima pasó a la historia.

»Pero el mundo en el que vivimos ahora es diferente. Cuando el presidente comprendió las implicaciones de Trinity, y estamos hablando de liberar la inteligencia humana del cuerpo, supo que sería políticamente vulnerable si el público se enteraba de que había seguido adelante sin reparar en la ética o la moralidad. Mira la locura que existe en torno a la clonación y la investigación con tejido fetal. Por eso exigió que se realizara un seguimiento ético. Conocía mi libro, sabía que el público confiaba en mí, y él mismo confiaba en mí porque conocía a mi hermano. Además, mi linaje de objetores de conciencia se remontaba a mi padre y el Proyecto Manhattan. De manera que quién mejor que yo.

Rachel meneaba la cabeza:

–¿Por qué acabaste siendo médico y no físico?

No dejaba de ser psiquiatra. O tal vez sólo se comportaba como una mujer:

–Después de Hiroshima, mi padre llevó una vida turbulenta. Edward Teller se preparaba para construir la superbomba de hidrógeno. Oppenheimer se oponía; como mi padre, que solicitó el traslado. El general Groves no estaba dispuesto a eximirlo del trabajo armamentístico, pero finalmente se acordó asignarle un puesto más técnico, algo más alejado de las cabezas nucleares. Lo trasladaron al laboratorio nacional de Oak Ridge, en Tennessee.

–¿Y por qué no dimitió?

–Al final lo hizo. Pero aquello era la Guerra Fría, y entonces existían diferentes tipos de presión. Oppenheimer fue perseguido durante años por su oposición a la bomba de hidrógeno. Además, mi padre conoció a mi madre en Oak Ridge y juntos tuvieron a mi hermano. Allí las cosas iban mejor. Yo nací mucho más tarde; en realidad, fui un accidente –sonreí al recordar el día en que mis padres me lo hicieron saber–. Me crié en Oak Ridge; pero cuando me hice adolescente mi padre dejó la física nuclear y nos mudamos con él a Huntsville, Alabama, donde trabajaría en el programa espacial.

–Sigo sin ver la relación con la medicina.

–Mi madre era pediatra en Oak Ridge. Hizo mucho bien. No había que ser un genio para ver que ella disfrutaba mucho más con su trabajo que mi padre. Eso me marcó.

Bajé la vista al teléfono, con la esperanza de que volviera a sonar.

–Anoche te conté sólo una verdad a medias. Cuando el presidente me ofreció este puesto, curiosamente parecía hacerse justicia. Me estaban brindando la oportunidad que mi padre nunca había tenido en Los Álamos. La oportunidad de ejercer algún control sobre una gran empresa que seguramente cambiaría el mundo por siempre jamás. Para bien o para mal. Tuve esa sensación el día que fui de visita al Despacho Oval; y eso es lo que me ha traído hasta aquí.

Rachel respiró hondo y luego fue dejando que el aire saliera lentamente:

–Es cierto, ¿no? Me refiero a lo de Trinity.

–Sí. Y me alegro enormemente de que McCaskell me devolviera la llamada. Necesitamos contar con el presidente.

Me puse en pie, como queriendo volver a escuchar el mensaje de McCaskell, y de repente me anegó una oleada de fatiga. Esperaba que fuera debido al cansancio, pero entonces empecé a notar un zumbido familiar en las muelas. Como recordaba que me había quedado sin anfetaminas, cogí una lata de Mountain Dew de la nevera, la abrí y me la bebí de un sorbo por la cafeína.

–¿David? –Rachel me miraba extrañada–. ¿Estás bien? Pareces decaído.

–Me estoy quedando grogui –dije, bebiendo otro trago de refresco.

–¿Grogui? –abrió los ojos como platos–. ¿Narcolepsia?

Nunca había presenciado uno de mis episodios. Mientras asentía, una sombra parecía nublarme la vista. Me dejó una vaga sensación de amenaza, como si alguien estuviera en casa con nosotros y nadie lo pudiera ver.

–Se me escapa algo –pensé en voz alta.

–¿De qué estás hablando?

La imagen de Geli Bauer acudió a mi mente:

–Corremos peligro.

Rachel parecía preocupada, más por mí que por cualquier amenaza exterior.

–¿Qué clase de peligro?

–Hay algo en el rumbo que están tomando los acontecimientos. Godin nos concede unos días libres... roban mi historial de tu consulta... la llamada de McCaskell. Se me escapa algo, pero estoy demasiado agotado para pensar qué es.

–Pensaba que la llamada de McCaskell era algo bueno.

–Lo es. Pero... –adormilado como estaba, sentía la desesperada necesidad de tener la pistola entre las manos–. Quiero que me hagas un favor. Espera un par de minutos.

–¿Qué? –la preocupación le ensombreció la mirada–. ¿Adónde vas?

–A casa del vecino –corrí hacia la puerta trasera.

–¡David! ¿Y si pierdes el conocimiento?

–¡No abras la puerta! –grité–. Pero si suena el teléfono, cógelo y di que vuelvo enseguida.

Salí corriendo y salté el tupido seto que bordeaba los patios traseros del vecindario. Esprinté hasta pasados los patios de tres casas, y luego atajé por el seto que había tras el lavadero de un vecino. Anoche había salido de casa sin que me vieran hacia las 2 a.m. y había escondido la caja de Fielding justo debajo. Dentro de la caja estaban todos los aparatos electrónicos de Fielding, mi cinta a medio grabar, la carta de Fielding y mi pistola. Me puse de rodillas y recuperé la caja; a continuación retrocedí a gatas por donde había venido y volví corriendo al patio de mi casa. Para cuando llegué, me sentía como un borracho que va corriendo por una ciudad desconocida.

Rachel esperaba en la puerta de atrás:

–Ésas son las cosas de anoche –dijo–. ¿Por qué las necesitas?

Incliné la caja para que pudiera ver la pistola. Y ella retrocedió:

–David, no me asustes.

–Tienes que salir de aquí. Estarás a salvo mientras yo cuento a McCaskell mi versión de la historia. –Dejé la caja en el suelo, me coloqué la pistola en el cinturón y luego la acompañé hasta la puerta–: Pásate el resto del día en un lugar público: un centro comercial, por ejemplo. No vuelvas a casa hasta que tengas noticias mías.

Rachel giró sobre sus talones, resistiéndose a que la empujara hacia la puerta. La seguridad que tenía en sí misma parecía confrontarnos:

–¡Déjalo ya! Ahora mismo estás tan fuera de ti que podrías pegarte un tiro por accidente.

Me disponía a responder, pero mis palabras empezaron a dar vueltas en los oscuros rincones de mi mente. Perdería el conocimiento en menos de un minuto.

–Estoy a punto de...

Rachel me agarró del brazo y me arrastró hasta la entrada, buscando un lugar en el que estirarme. Señalé la puerta de la habitación de invitados. Al percatarse de que estaba a punto de desfallecer, cruzó conmigo la puerta a toda prisa y me dejó caer bocabajo en el colchón.

–¿Tienes pastillas?

–Se me han acabado.

Oí el ruido de sus pasos, las puertas de los armarios que se golpeaban y la voz de Rachel que hablaba consigo misma. Cuando la voz parecía más cercana, logré ponerme boca arriba. En el umbral de la puerta había una oscura silueta.

–El café se está haciendo –dijo Rachel–. ¿Sigues despierto?

–Algo así.

Me miraba como quien observa un animal durante un experimento:

–No hay comida en la cocina. Sólo unas galletas saladas duras como piedras. ¿Cuándo fue la última vez que fuiste al mercado?

No lo recordaba. Las últimas semanas habían sido un interminable desfile de horas de trabajo con Fielding en experimentos que apenas entendía.

Rachel se sentó en la cama y me puso los dedos sobre la arteria carótida. Tenía las yemas frías.

–Yo estuve un tiempo así –dijo, mirando el reloj. Movía ligeramente los labios mientras contaba las pulsaciones–. Después de perder a mi hijo. No iba al mercado, no pagaba las facturas, no me bañaba. Supongo que a un hombre le lleva más tiempo recuperarse de esta clase de cosas. Al final, utilicé esos quehaceres de la casa para imponer un orden en mi vida; con ello evitaba volverme completamente loca.

Noté una sonrisa en los labios. Me gustaba que no se dejara influir por la psiquiatría en el uso de palabras como *loca*. También me gustaba sentir sus dedos en el cuello. Quería decirle algo sobre su manera de tocar; me recordaba a la de alguien, no sabría decir quién...

–¿Cuándo es tu cumpleaños? –me preguntó.

No lo recordaba.

–¿David?

Una ola negra me arrolló, sumiéndome en la oscuridad.

* * *

Camino por la acera de un barrio residencial, mientras observo las casas perfectas en sus perfectas hileras. La calle Willow. Vivo en Willow o, al menos, sueño con ello; pero tiene muy poco que ver con la calle en la que vivía de niño. Apenas conozco a los vecinos de la calle Willow y, de hecho, a algunos no los conozco de nada. La ASN me dijo que no hiciera amigos, lo cual me ha resultado fácil. En la calle Willow nadie hace el menor esfuerzo por intimar. En Oak Ridge las casas eran más pequeñas, pero podría decir el nombre de todas las personas que las habitaban. Mi pequeño vecindario era todo un mundo, lleno de rostros que conocía como si fueran de la familia. En la calle Willow los niños viven más dentro de casa que fuera. Los padres no cortan el césped, sino que contratan a otros para que lo hagan por ellos. En Oak Ridge, los padres de familia cuidaban de sus parterres como si fueran pequeños feudos, y pasaban horas hablando los unos con los otros de cortacéspedes y fertilizantes.

Hago una curva caminando y veo mi propia casa. Blanca con molduras verdes. Desde el exterior parece un hogar, pero yo nunca la he considerado como tal. Un Labrador negro viene trotando por la calle sin dueño, algo raro por estos lares. Se acerca un Lexus, aminorando la marcha al pasar. Saludo al conductor, una mujer alta e imperiosa que se me queda mirando como si yo fuera un peligroso intruso. Cruzo la calle y me dirijo a la entrada de mi casa.

Meto la mano en el bolsillo para coger la llave y luego la apoyo en el tirador. Introduzco algo en la cerradura, pero… no es la llave. Es delgado y metálico, como una ganzúa. Lo muevo en el interior de la cerradura. Tras oponer un momento de resistencia, la cerradura cede. Abro la puerta, entro y cierro tras de mí.

Meto la otra mano en el bolsillo y toco algo frío. Los dedos atrapan un objeto de madera; cuando saco la mano, ésta empuña la culata de una pistola, una automática. No reconozco el arma. Del otro bolsillo sale un silenciador perforado que enrosco lentamente en el cañón de la pistola. Encaja de manera tajante. Desde la entrada oigo un tintineo de cristal. Hay alguien en la cocina. Doy un paso adelante con mucho cuidado para tantear las tablas del suelo, y luego empiezo a caminar...

* * *

Me desperté bruscamente, presa del pánico, y de un tirón saqué la pistola del cinto. Era un revólver, no una automática. Y no tenía silenciador. Quería llamar a Rachel a gritos, pero contuve las ganas. Con un solo gesto me giré en la cama, fui a caer de pie y a continuación me dirigí a la puerta de la habitación.

Al principio no oía más que un suave murmullo con voz de mujer. La melodía sonaba como el *California* de Joni Mitchell.

El suelo de madera noble que había en la entrada crujió.

Suspiré en silencio y luego aguanté la respiración.

El suelo volvió a crujir. Alguien se paseaba ante la puerta de mi habitación de derecha a izquierda. Cerré los ojos y esperé. Otro crujido. Conté despacio hasta diez. Después alargué la mano que tenía libre e hice girar lentamente el tirador. Cuando ya había girado lo suficiente, abrí la puerta y de un brinco pasé al recibidor apuntando hacia la izquierda con mi calibre 38.

A casi dos metros había un hombre con una melena rubia que extendía los brazos ante la puerta de la cocina. No alcancé a verle las manos, pero sabía que llevaba una pistola.

Apreté el gatillo.

Ni explosión ni retroceso. Había olvidado amartillar el percutor y el gatillo de doble acción se quedó a medio camino. El tiro me salió por la culata, el hombre rubio reaccionó rápidamente, y vi que sacaba una automática con silenciador y un negro cañón sin fondo. Entonces se me accionó el gatillo y un fogonazo naranja iluminó la entrada. Parpadeé y, al abrir los ojos, el hombre rubio había desaparecido.

Una mujer gritaba hasta reventarme los tímpanos.

Bajé la mirada. El hombre rubio estaba tendido en el suelo, y de su cráneo salía un reguero de sangre. Me adelanté para pisar la muñeca de la mano que sostenía la pistola. Los gritos no cesaban. Miré a mi derecha. Rachel estaba en pie de espaldas al fregadero, con el rostro lívido y la boca abierta de par en par.

–¡Basta ya! –grité–. ¡Basta!

Seguía con la boca abierta, pero había enmudecido.

Aparté la automática de la mano de aquel hombre rubio y después le tomé el pulso braquial. Débil. La bala le había impactado en el cráneo, justo encima de la oreja derecha. Tenía los ojos grises vidriosos, con ambas pupilas inmóviles y dilatadas. Al agacharme, vi que había materia gris al descubierto. No duraría ni cinco minutos.

Más que ver, noté que Rachel se movía. Cuando levanté la mirada, observé que tenía el teléfono de la cocina en las manos y que estaba a punto de marcar.

–Cuelga.

–¡Estoy llamando a una ambulancia!

–No saldrá de ésta.

–¡Eso tú no lo sabes!

–Claro que lo sé. Examínalo tú misma, si no me crees –me incorporé–. Y aunque así fuera, no nos podemos arriesgar.

–¿*Qué*? ¿Qué insinúas?

–¿Quién crees que es? ¿Algún gamberro de la calle? ¿Un adicto al crack que entra a robar en mi casa a plena luz del día? Échale un vistazo.

Rachel bajó la mirada por cuestión de un segundo:

–No sé quién es. ¿Tú lo conoces?

Al mirar con detenimiento el joven rostro desfigurado, caí en la cuenta de que así era. Al menos lo había visto antes. No con demasiada frecuencia, pero me había cruzado con él en el aparcamiento de Trinity: un rubio alto y desgarbado, con la mirada de alguien a quien habrías podido conocer haciendo montañismo en Europa. Al igual que Geli Bauer, tenía el físico de un escalador, o un soldado de elite.

–Sí que lo conozco. Trabaja para Geli Bauer.

Rachel entrecerró los ojos confusa:

–¿Y quién es Geli Bauer?

–Es Trinity. Es Godin. Es la ASN –dejé ambas pistolas sobre la encimera de la cocina–. Alguien le dio órdenes de acabar conmigo. Y parece ser que contigo también.

Algo en mi interior se oponía a la idea de que Peter Godin hubiera ordenado mi asesinato. Sin embargo, nada se hacía en Trinity sin su consentimiento.

–Tenemos que llamar a la policía –dijo Rachel–. No pasa nada. Este individuo ha estado a punto de dispararme. Fue en defensa propia, homicidio justificado o como quiera que lo llamen.

–¿La policía? No puedes llamar a la policía para que investigue a la ASN. Ya te lo dije.

–¿Por qué no? Iba a matarme. Es delito de estado.

Casi me echo a reír:

–La ASN es la agencia de inteligencia más grande y secreta. *Todo lo que hacen* es confidencial. Haría falta una orden judicial para que un agente de policía pasara de la entrada en Fort Meade.

–Esto no es Fort Meade.

–Para la ASN, sí. Mira, hasta que consiga hablar con el presidente, estamos solos. ¿Entiendes?

Rachel bajó la mirada al creciente charco de sangre.

–A lo mejor *es* un gamberro de la calle.

–¿Es que no lo entiendes? ¡Por eso robaron mi historial de tu consulta!

–¿Qué?

–Ya sabían que iban a matarte.

Abrió la boca sin decir nada.

»De lo contrario, habrían fotocopiado el informe y luego lo habrían dejado en su lugar. No querían dejar nada en tu consulta para que la policía de Durham te pudiera relacionar con el proyecto.

Rachel meneaba la cabeza, pero no era fácil rebatir mi lógica. Me metí la automática en el cinturón y cogí mi pistola de calibre 38.

–Tenemos que salir de aquí. Ya. Podría haber más como él.

Los ojos se le abrieron de par en par:

–¿*Otros*?

De repente lo vi claro:

–La ASN tiene mis teléfonos intervenidos. Al oír que McCaskell había dejado un mensaje, sabían que todavía no había hablado con el presidente. Eso es todo lo que estaban esperando. Yo estaba demasiado ansioso por ver cuáles serían las consecuencias.

Le agarré la mano. Estaba fría y flácida.

–Tenemos que irnos, Rachel. Enseguida. Si no, moriremos aquí.

–¿Ir a dónde?

–A cualquier parte. A ninguna parte. Tenemos que desaparecer.

–No. No hemos hecho nada malo.

–Eso no importa –señalé al hombre que yacía en el suelo y vi que había dejado de respirar–. ¿Crees que ese cadáver es una de mis alucinaciones?

–Lo has matado –dijo con voz de niña.

–Y volvería a hacerlo. Ha estado a punto de meterte una bala en la cabeza.

Se tambaleó. La sujeté y luego la llevé a la habitación de invitados en la que yo había permanecido inconsciente hacía sólo un par de minutos.

–Quédate aquí. Tengo que ir a buscar una cosa –traté de ponerle la calibre 38 en la mano, pero me rehuyó–. Cógela –insistí, cerrándole los dedos alrededor de la culata–. Si sales sola de esta casa, te matarán.

Rachel me miró con los ojos hundidos.

Saqué la automática silenciada del cinturón y comprobé que no tuviera el seguro echado.

–Prométeme que no te irás.

–No me iré –dijo sin ánimo.

Abandoné la habitación de invitados y corrí escaleras arriba. Mi habitación estaba en el ala izquierda del rellano. A la derecha había un cuarto trastero. Arrastré una silla vieja hasta el armario del trastero y me subí a ella. Con los brazos estirados, alcancé el panel de contrachapado que comunicaba con el desván. Moví a empujones la trampilla de madera y a continuación me di impulso para introducir mi cuerpo por el hueco.

Manteniéndome medio erguido para esquivar las puntas que sobresalían del tejado, me balanceé sobre dos vigas y procuré orientarme. La luz que se filtraba por entre los aleros y el intradós era más que suficiente para mostrarme el camino. Me arrastré unos seis metros a la izquierda y me puse de rodillas. Allí mismo tenía envueltos en fibra de vidrio rosa un martillo y una barra de hierro que había dejado allí hacía cuatro semanas como de manera descuidada. Los recogí y avancé rápidamente hacia una zona con un contrachapado de medio centímetro de grosor.

Metí la barra en una juntura que había entre dos tacos de madera, la aseguré bien con el martillo y luego me incliné sobre ella con todo mi peso. El contrachapado se astilló. Introduje el extremo de la barra por el hueco resultante, y después hice palanca con ella para abrir en la madera una sección de cinco centímetros de grosor. De la oscura cavidad que apareció bajo mis pies saqué una pequeña bolsa de deporte en nailon y le abrí la cremallera. La luz que se filtraba por los aleros iluminaba los contornos rectangulares de un pasaporte y dos fajos gruesos con billetes de cien dólares. Un total de veinte mil dólares.

Cinco semanas atrás, cuando Fielding me había aconsejado que ocultara una bolsa así, me había reído de él. Pero él sabía que este día llegaría. Con la bolsa abierta, atravesé las vigas como un cangrejo hasta llegar a la trampilla de acceso, desde donde dejé caer la bolsa al suelo del armario. Cuando bajé a la silla y volví a tapar el agujero de entrada con la placa de contrachapado, los brazos me temblaban del esfuerzo.

Nada más tocar el suelo, acudió a mi mente una imagen de Rachel abandonando la casa despavorida. Agarré la bolsa y bajé las escaleras corriendo.

Rachel seguía sentada en la cama, en estado de shock.

–Es hora de irse –le dije–. ¿Estás lista?

Parpadeó en silencio. Yo la cogí de la mano que tenía desocupada y la ayudé a ponerse en pie.

–Necesito que aguantes cinco minutos más. Después te puedes desplomar si quieres. Vamos.

La conduje por el recibidor y la cocina hasta el lavadero, que daba al garaje. La dejé allí, a continuación recogí la caja de Fielding que había dejado junto a la puerta de atrás, volví y le quité la calibre 38 de la mano.

–Aguántame esto –dije, mientras le daba la caja–. Espera aquí hasta que te llame.

Sin detenerme lo suficiente para que el miedo se apoderara de mí, abrí la puerta de la casa que comunicaba con el garaje, moviéndome de derecha a izquierda para cubrir con la automática todos los ángulos de tiro.

El garaje parecía desierto.

Hice un puente en mi Honda, luego me puse de rodillas y miré por debajo:

–¡Venga! –grité–. ¡Rápido!

Los zapatos de Rachel silbaron sobre el cemento. Le abrí la puerta del copiloto, cogí la caja de Fielding y la puse en el asiento de atrás.

–Si algo malo va a ocurrir, será ahora mismo –dije, poniéndome al volante–. Agáchate.

Rachel se deslizó hasta tocar el suelo. La punta de la cabeza le asomaba por encima del marco de la puerta; se la bajé, arranqué el coche y metí la marcha atrás.

–No te muevas.

Accioné el mando a distancia que llevaba enganchado en la visera. El motor de la puerta del garaje chirrió sobre nuestras cabezas y el portón blanco empezó a elevarse. Aferrado a la pistola del asesino, buscaba la silueta de unas piernas en el creciente rectángulo de luz.

No vi nada.

En cuanto la puerta del garaje dejó vía libre, pisé a fondo el acelerador. El Honda salió disparado marcha atrás sobre el cemento hacia la cegadora luz del sol. Bajé la puerta del garaje con el mando y torcí a la izquierda. No toqué el freno hasta que nos desviamos hacia la calle Willow.

–¿Qué pasa? –gritó Rachel, alarmada por una brusca parada.

–¡No te levantes!

Tenía pensado conducir tranquilamente si la calle estaba despejada; pero al parar casi podía sentir cómo nos apuntaba un francotirador invisible. Puse el coche en marcha, pisé a fondo el acelerador y coleamos calle arriba, dejando atrás marcas de derrape de unos dos metros.

CAPÍTULO 13

En el centro de control del edificio Trinity, Geli Bauer hablaba por los auriculares sin inmutarse.

–Oímos un disparo. En la casa de Tennant.

–¿No es eso lo que esperaba? –preguntó Skow.

«Idiota», pensó Geli.

–No. Ritter llevaba silenciador.

–Y anoche Tennant iba armado.

–Exacto.

Skow interpretó la respuesta en silencio.

–Eso no quiere decir que Ritter haya fallado.

–No. De hecho, no me imagino la escena.

–Bien. ¿Y qué quiere hacer?

Geli siempre había visto en Skow un guerrero teórico que recurría a ella cuando las balas silbaban.

–He retirado mis otras bazas para no levantar sospechas. Pero si dentro de cinco minutos no me confirman que la operación se ha completado con éxito, enviaré un equipo de reconocimiento.

–¿Y la tapadera?

–Un camión de limpieza de alfombras.

–¿Cabe la posibilidad de que alguien haya dado parte del disparo a la policía local?

–En efecto. Y si aparece una patrulla antes de que hayamos despejado la escena del crimen...

–Utilice las credenciales de la ASN para poner la casa en cuarentena –concluyó Skow, demostrando por fin tenerlos bien puestos–. Luego contacte conmigo de inmediato.

–De acuerdo.

–Ahora tengo que irme.

–Espere.

–¿Qué pasa ahora?

Geli estaba cansada de permanecer en la sombra:

–Tennant me preguntó por el reloj de bolsillo.

–¿Qué reloj de bolsillo?

La pregunta colmó la medida en el detector de tonterías de Geli.

–Esta mañana fui al almacén. Para revisar los efectos personales de Fielding. Todo seguía allí, menos su reloj de bolsillo.

Por un instante, Skow guardó silencio. Luego habló casi para sus adentros:

–Fielding debe de haberle dicho algo.

–¿Quiere explicarme el qué?

–No necesita esa información para cumplir con su trabajo.

La ira se apoderó de ella:

–Si está en la mente de Tennant, puede que sea importante.

–Es importante. Pero no para usted. Manténgame al corriente de la situación en la casa.

Entonces Skow cortó la comunicación.

Geli estaba sentada en su sillón. Odiaba que la trataran como un acólito, pero ése era el principio rector en los servicios de inteligencia. *Mantener a los agentes en la sombra y proporcionarles datos irrelevantes*. Ella comprendía el valor de compartimentar conocimientos. Y en los dos últimos años no había tenido verdadera necesidad de saber en qué trabajaban los científicos. Pero las cosas habían cambiado. Desde la suspensión del proyecto, Peter Godin había pasado buena parte del tiempo fuera, supuestamente de visita en su cuartel general de California. A veces Godin llevaba consigo a Ravi Nara, lo cual carecía de sentido. Nara no tenía nada que ver con Godin Supercomputing, y el neurólogo ni siquiera caía en gracia al propio Godin.

Ahora Godin había desaparecido de la faz de la tierra. ¿Acaso el reloj de bolsillo se había ido con él? ¿Cómo podía un reloj ser tan importante? Cuando Fielding vino a trabajar a Trinity por primera vez, un ingeniero de la ASN había desmontado el reloj de bolsillo para asegurarse de que no contenía ningún dispositivo de grabación de datos. El reloj estaba limpio. Este año lo volvieron a desmontar, un día elegido al azar. El reloj volvía a estar limpio. ¿Y entonces por qué había desaparecido del almacén? Geli recreó el reloj en su mente: una esfera de oro y un cristal en el extremo de la leontina. Pero el cristal era transparente y no se podía esconder nada en el interior; al menos, nada de lo que ella conocía.

Se encendió la luz roja de línea directa con la ASN. Desvió la llamada a sus auriculares:

–Bauer.

–Jim Conklin al habla. –Concklin era su principal contacto en Crypto City, Fort Meade.

–¿Alguna novedad?

–Seguimos teniendo intervenidos los teléfonos públicos que rodean la casa de Andrew Fielding. Todos los teléfonos públicos en cinco kilómetros a la redonda, las veinticuatro horas del día. Nunca has revocado la orden.

–Y nunca he tenido intención de hacerlo.

–Bueno, con todas las grabaciones que estamos haciendo para la campaña antiterrorista, llevamos unos días de retraso en el reconocimiento de voz.

A Geli se le aceleró el pulso:

–¿Tienes algo?

–Hace cuatro días Andrew Fielding hizo una llamada desde una estación de servicio. Seguramente querrás oír lo que dijo.

–¿Me puedes enviar el archivo de audio?

–Claro. Usaré el Webworld. –Webworld era la intranet segura de la ASN, y Geli una de las pocas intrusas conectadas a ella–: ¿Quieres los espectrogramas de los patrones de voz?

–No. Conozco la voz de Fielding.

–Dame un par de minutos.

Geli pulsó una tecla, miró el reloj y dijo: «JPEG, Fielding, Andrew.» Una foto de Fielding apareció en pantalla. El inglés de pelo cano tenía un bello rostro angular de mejillas sonrosadas. Fielding le daba a la ginebra. Pero eran sus ojos azul chispeante los que cautivaban: transmitían una pillería infantil que casi impedía profundizar en la gran inteligencia que escondían. Mientras Geli miraba esos ojos, caía en la cuenta del formidable adversario que era Fielding. Puede que estuviera muerto, pero seguía controlando el devenir de los acontecimientos.

El icono de un archivo de audio apareció en la esquina de la pantalla; la ASN era muy eficaz. Geli estaba a punto de abrirlo cuando los auriculares emitieron un pitido: el código de alerta del equipo que iba en el camión de limpieza de alfombras.

–¿Qué pasa?

–Se acerca una patrulla de la policía. Alguien habrá dado parte del disparo.

Geli cerró los ojos. Tendría que acogerse a su autoridad federal y poner en cuarentena la casa de Tennant. La policía municipal estaba a punto de descubrir la presencia de la ASN en Chapel Hill.

–Voy para allá.

–Nosotros nos vamos.

Geli pulsó el botón de alarma que tenía sobre la mesa para poner sobre aviso a todos los miembros de su equipo de seguridad, estuvieran dentro del edificio, de guardia o durmiendo en sus respectivas casas. En cuestión de dos minutos, una red cercaría la casa de David Tennant desde todas direcciones.

CAPÍTULO 14

Iba a abandonar en coche mi parcela cuando me percaté de que estaba cometiendo un error. La carretera que se abría ante mis ojos parecía la escapatoria ideal, pero en realidad no lo era. Conocía muy bien a Geli Bauer. Giré el volante a la izquierda de un tirón, describí 180 grados en plena calle Hickory y regresé a Elm.

–¿Por qué das la vuelta? –Preguntó Rachel agazapada a los pies del asiento del pasajero.

–¿Alguna vez has ido a cazar conejos?

Rachel parpadeó confusa:

–¿Conejos? Soy de Nueva York.

Una mujer en bicicleta de montaña nos pasó y saludó, con un bebé sentado en una silla sobre el guardabarros trasero. Dadas las circunstancias, era una imagen surrealista.

–Cuando un conejo echa a correr para salvar la vida, se desplaza como un rayo en zigzag. Pero siempre vuelve al lugar de partida. Es una buena estrategia de huida. Claro que los cazadores de conejos lo saben; por eso usan perros. Los perros persiguen al conejo mientras el cazador se queda allí plantado esperando a que vuelva para dispararle.

Por la expresión, Rachel parecía disgustada:

–¡Qué cruel!

–Te trae la comida a la mesa. La cuestión es que nuestros cazadores esperan que huyamos como humanos. Pero vamos a seguir el ejemplo del conejo.

–¿Y qué ganamos haciéndolo?

–Para empezar, un coche. Con éste no avanzaríamos ni ocho kilómetros. Con el tuyo, tampoco.

–¿Y qué coche vamos a coger?

–Tú no te muevas.

La calle Elm circunnavegaba mi parcela. Cuando llegué a la entrada este de la calle Oak, que discurría paralela a la calle Willow, torcí a la izquierda. Mientras conducía, miré entre las casas para ver los tejados de mi calle. Cuando divisé el de la mía, me puse a recorrer con la vista los céspedes que había un poco más allá. Unos cien metros calle Oak arriba, hallé lo que buscaba: un letrero azul y blanco que decía EN VENTA. La casa que lo exhibía tenía una gran entrada curvilínea con dos coches aparcados. Metí el coche hacia la entrada, lo saqué rápidamente del cemento y lo aparqué tras una gruesa mata de bojas.

–Sígueme –dije, mientras salía del coche.

Rachel se incorporó y abrió la puerta. Tenía la cara pálida y le temblaban las manos. El tiroteo en mi casa la había dejado en estado de shock. Aunque yo también había perdido la calma. Ya había matado antes; había inyectado a mi propio hermano narcóticos y potasio, y luego había visto salir de sus ojos la última chispa de vida. Pero otra cosa era volarle a un hombre la tapa de los sesos. Y cuando Geli Bauer sepa que había matado a uno de los suyos, removería cielo y tierra para vengarse.

Caminé hacia Rachel y la acerqué a mí, abrazándola como sólo había abrazado a mi esposa y mi hija:

–Estaremos bien –dije, sin acabar de creérmelo. El olor que desprendía su pelo me era familiar. Mi esposa usaba el mismo champú–. Pero tenemos que darnos prisa. ¿Entiendes?

Rachel asintió con la cabeza hundida en mi pecho. Le sacudí el pelo, sin acabar de creer lo que me había ocurrido. Hacía treinta minutos pensaba que la pesadilla había terminado: Ewan McCaskell volvería a llamar, y el presidente se haría con el control de Trinity. Ahora esa esperanza se había ido al infierno.

»Vamos a caminar un poco –añadí–, y después vamos a tomar prestado un coche. Nadie nos molestará. Con la caja de Fielding, parecerá que venimos vendiendo algo. ¿Podrás disimular?

Rachel asintió.

Saqué la caja de Fielding del coche y eché a caminar por la calle Oak, con Rachel a mi lado.

–Hay un seto en esos patios traseros que va siguiendo los solares de mi calle. Lo verás en un minuto. Vamos a atajar para ir a mi calle; ya te diré cuándo.

Yendo por la acera, no tardamos en retroceder los casi cien metros que nos separaban de mi tejado. Caminé con Rachel hasta dos parterres más allá y a continuación le dije:

–Justo aquí. Métete por entre las casas.

Una valla de madera ocupaba el espacio entre las dos casas que yo había elegido, concediendo algo más de intimidad.

–Si la verja está cerrada, la saltaremos –dije.

–¿Y si hay alguien en el patio?

–Le plantaré cara.

La verja se abrió sin oponer resistencia. En el patio había columpios de plástico y un cortacésped, pero no personas. Puse la mano sobre la espalda menuda de Rachel y la ayudé a cruzar el patio. No había ninguna verja al otro lado de la valla, así que me agaché y entrelacé las manos para elevarla; después me subí yo y me dejé caer con ella al otro lado.

El espacio entre la valla y el seto hacía menos de un metro de ancho. Me arrastré por un hueco que había a los pies de los arbustos y luego me puse en pie tras el lavadero donde antes había escondido la caja de Fielding. Rachel me siguió, me agarró de la mano y se incorporó. Yo no sabía cómo se ganaba la vida el dueño del lavadero; pero di por sentado que tendría algún negocio de ventas, porque rara vez estaba en casa.

El interior era oscuro, y apestaba a ratón muerto y gasóleo. Una hilera de herramientas colgaba de un tablero. Yo buscaba una barra como la que había en mi desván, pero no vi nada parecido. De rodillas, recorrí con la mirada el espacio que quedaba bajo las estanterías: el dueño guardaba allí el aparejo de pesca, pero nada lo bastante pesado para mi propósito.

–Estoy mareada –dijo Rachel.

–Es este olor. Vete de aquí.

Cuando Rachel se iba, vi un mazo de cinco kilos apoyado en la esquina. Lo cogí y salí. Rachel estaba inclinada con las manos sobre las rodillas.

–¿Para qué es eso? –preguntó.

–No te separes de mí.

Fui trotando hacia la puerta trasera de la casa, levanté el mazo y lo dejé caer sobre la cerradura. La puerta cedió. Dejé el mazo a un lado y pasé al oscuro interior, con Rachel en la retaguardia. No oí ninguna alarma, pero bien podría ser silenciosa; de las que entran en contacto directo con un servicio de seguridad.

–Buscamos la cocina –le dije a Rachel.

–Por aquí. Huele a sopa y a ajo.

–Busca ganchos en la pared. Necesitamos las llaves de un coche.

–Sería más fácil si encendieras las luces.

Toqué un interruptor e inundé la cocina de luz. Aquello era un parque de atracciones, con artilugios vikingos profesionales de acero inoxidable por todos los rincones. Mientras Rachel registraba las paredes en busca de ganchos, yo abría cajones. Uno descolgaba trapos; otro lanzaba vales por los aires, lo cual resultaba extraño. Alguien que podía permitirse tener artilugios vikingos no necesitaba ir recortando vales.

–¡Una llave! –gritó Rachel, cogiendo algo de la encimera.

Cogí la llave y la examiné:

–Es la del cortacésped. Sigue buscando.

En el siguiente cajón había botes con puntas, tornillos, pegamento en barra y clips. Ninguna llave.

–¿Por qué has elegido esta casa? –preguntó.

–El propietario es soltero y siempre está fuera, pero sé que tiene dos coches.

–¡La tengo! –cogió una llave negra y cuadrada que había colgada bajo un armario– Es de un Audi.

–¡Bingo!

Al igual que en mi casa, para ir al garaje había que pasar por el lavadero. Seguramente ambas eran obra del mismo constructor.

–¿Cómo sabías que la llave era de un Audi?

–Mi ex marido tenía uno.

Abrí la puerta que daba al garaje y vi un A8 plateado esperando allí como caído del cielo. También había un Honda Accord. Seguramente cogía el Honda para ir al aeropuerto y dejarlo en el aparcamiento, y el Audi lo reservaba para los viajes por carretera.

–Quien tenga un coche de ochenta mil dólares tiene también un sistema de seguridad en su casa –dijo Rachel por encima de mi hombro.

–Sin duda, la policía está de camino. ¿La llave?

Me la puso en la palma de la mano como una enfermera que pasa el bisturí a un cirujano, y al cabo de veinte segundos, mientras la puerta del garaje se cerraba a nuestro paso, salíamos a la calle Willow. Miré a ambos lados de la calle, procurando no torcerme demasiado hacia la derecha al mirar hacia mi casa. No había un alma, ni siquiera un jardinero.

–¿Qué sentido tiene robar este coche si la policía viene a comprobar por qué ha saltado la alarma de ese tipo? –preguntó Rachel.

–La policía no sabrá lo que falta. No saben si el coche estaba allí. Tendrán que buscar al propietario, que seguramente estará en un viaje de negocios Dios sabe dónde.

Di dos volantazos y me metí en Kinsdale, para dirigirme luego al este rumbo a la Interestatal 40. El tráfico era bastante denso y me alegraba de ello.

–¿Adónde vamos ahora?

Alargué el brazo hacia el asiento de atrás y de la caja saqué la bolsa *Ziploc* con la carta de Fielding en el interior, para dejársela a Rachel en el regazo. Le señalé la línea que decía: «Lu Li y yo iremos al lugar azul el sábado por la noche.»

–¿El lugar azul?

Mientras aguantaba el volante con la rodilla, revolví en el salpicadero del Audi hasta encontrar un bolígrafo. A continuación saqué la carta de la bolsa *Ziploc* y escribí «Nags Head/Outer Banks» bajo el Conejo Blanco que Fielding había dibujado.

–¿Por qué no me lo puedes decir en voz alta?

Garabateé: «Podrían estar escuchando.»

Rachel cogió el bolígrafo y escribió: «¿CÓMO? ¡SI ACABAMOS DE ROBAR ESTE COCHE!»

–Confía en mí –susurré–. Es posible.

Ella meneó la cabeza y luego escribió: «¿Hay algo en Nags Head? ¿Alguna prueba?»

Una imagen del reloj de bolsillo de Fielding acudió a mi mente. Volví a coger el bolígrafo y anoté: «Eso espero.»

Rachel escribió: «Teléfono móvil en mi bolsillo. ¿Llamas al Presidente?»

Cogí el bolígrafo y escribí: «Ahora no es tan sencillo.»

–¿Por qué no?

No había manera de anotar todo lo que necesitaba decirle. La acerqué a mí y le susurré al oído:

–En cuanto oyeron el mensaje de Ewan McCaskell, supieron que podían eliminarme y decirle al presidente lo que quisieran para justificar mi muerte. La tuya, también.

–¿Qué clase de mentira la justificaría?

–Una bien sencilla. De momento, el presidente sabe que mis alucinaciones han degenerado en una psicosis. Ravi Nara redactará un diagnóstico oficial. Dirá que me he vuelto peligrosamente paranoico, y que creo que Andrew Fielding fue asesinado cuando claramente murió por causas naturales. Los informes de tu propia consulta revelan que he estado sufriendo alucinaciones y que podría ser esquizofrénico; de hecho, los usarán para respaldar la postura de Nara. –Levanté los ojos de la carretera y los clavé en ella–: ¿Crees que eso sería tan complicado?

Rachel apartó la mirada.

–No es un panorama muy alentador, ¿verdad?

–No. Pero tienes que sacártelo de la cabeza por unos minutos. Vas conduciendo. Si te empeñas en conducir, debes calmarte.

–Ahora mismo eso no es lo que me preocupa.

–¿Entonces qué es?

Si respondía a esto con franqueza, me buscaría problemas; pero no quería callármelo ni un minuto más:

–Lo vi.

–¿El qué?

–Al tipo que te iba a matar.

–Pues claro que lo viste. Para dispararle tenías que haberlo visto.

Entré por la vía de acceso a la I-40 y me perdí entre los coches que circulaban hacia la RTP y Raleigh.

–No me refiero a eso. Lo vi caminando por la calle; por la calle Willow. Mucho antes de que nosotros entráramos en la casa. Iba caminando justo hasta la puerta.

–¿Qué quieres decir?

–Lo soñé, Rachel.

Se me quedó mirando fijamente. Nunca me había acompañado cuando había sufrido alguna de mis visiones.

–¿*Cómo* lo viste? ¿Como si fuera una de tus visiones religiosas? ¿O una película? ¿Qué?

–Lo vi como quien ve lo que el asesino o el monstruo ve en las películas de serie B. Lo vi a través de *sus* ojos.

Rachel se recostó en el asiento:

–Dime exactamente lo que viste.

–Las casas de mi calle. Mis pies al caminar. Un perro que pasaba trotando a mi lado. Pensaba que estaba soñando conmigo mismo. Pero cuando llegué a mi casa y metí la mano en el bolsillo... en lugar de la llave, saqué una ganzúa.

–Continúa.

–Pasé al interior con ayuda de la ganzúa. Te oí en la cocina, y entonces saqué una pistola.

Rachel se quedó mirando a través del parabrisas, pero su mente estaba en otro lugar.

–Eso no tiene nada que ver –dijo al fin–. Soñar que se invade la casa o la habitación de alguien es algo casi universal en pacientes narcolépticos. Y aunque tú no fueras narcoléptico, ése sería un sueño prototípico, una distorsión de la realidad producto de la ansiedad.

–No. Demasiadas coincidencias. Vi una amenaza en mi sueño, y cuando me desperté, la amenaza estaba en el mundo real. Tal y como yo la había visto.

Rachel me apretó el hombro:

–Escúchame. Estás acostumbrado a los ruidos de tu propia casa. Ya te notabas inquieto. Oíste algo raro, algo que desató el miedo a un intruso. La puerta principal o una ventana que se abre. Una tabla que cruje. En respuesta a dicho estímulo, tu mente forjó el sueño de un intruso. Y eso te espantó tanto que te despertó. Ese sueño fue una reacción a estímulos externos, y no a la inversa.

En efecto, recordé una tabla que crujía. Pero para entonces ya estaba despierto.

–Vi su pistola en el sueño –dije obstinadamente–. Una automática. Llevaba silenciador –tamborileé con los dedos sobre la pistola que tenía en el cinturón–. Igual que ésta.

–Casualidad.

–En mi vida había visto una pistola con silenciador.

–Claro que sí. Has visto cientos de ellas en las películas.

Pensé en ello...

–Tienes razón, pero hay algo más.

–¿Qué?

–No es el primer sueño que he tenido de este tipo. En el que yo era otra persona, alguien del presente. De hecho, tuve uno el día que Fielding murió.

–Descríbemelo.

En los carriles que llevaban hacia el oeste nos cruzamos con una patrulla de la policía de Durham. Me dio un vuelco el corazón, pero la patrulla no redujo ni nos hizo señas con las luces.

–Ayer, mientras grababa la cinta, justo antes de que tú llegaras, soñé que era Fielding antes de y durante su muerte. Era tan real que hasta tenía la sensación de estar *muerto.* No veía... no respiraba. Cuando te fui a abrir la puerta, estaba desorientado.

–Pero Fielding ya había muerto aquella misma mañana.

–¿Y?

Rachel gesticuló como para enfatizar lo evidente:

–¿Es que no lo ves? Soñar con Fielding no *predecía* nada. Bien podía haber sido una reacción a tanto dolor. ¿Has tenido más sueños como ése?

Volví a centrarme en la carretera. Habíamos llegado al Research Triangle Park. La I-40 pasaba justo por delante. A menos de kilómetro y medio, Geli Bauer dirigía la partida para darme caza.

–David, ¿has tenido algún otro sueño parecido?

–Ahora no es momento para hablar de ello.

–¿Habrá un mejor momento? ¿Por qué faltaste a las tres últimas sesiones conmigo?

Meneé la cabeza:

–Tú ya piensas que estoy loco.

–Ése no es el término médico que yo emplearía.

–Pero es muy descriptivo.

Rachel suspiró y a través de la ventanilla contempló el impecable césped verde que había en su lado de la carretera.

–Eso es Trinity –dije–. Estamos llegando.

El laboratorio estaba tan alejado de la carretera que apenas era visible.

–El letrero dice Argus Optical –dijo.

–Es una tapadera.

–Ah. Mira... ¿Qué necesidad hay de ocultarme una visión? ¿Qué parte de ti crees que estás protegiendo?

–Ya hablaremos de eso. –Veía que ella no tenía intención de cambiar de tema–: Necesito medicarme, Rachel. Mientras huyamos, no me puedo pasar inconsciente cinco veces al día.

–¿Qué tomabas? ¿Modafinil? –El modafinil era un fármaco habitual en el tratamiento de la narcolepsia.

–A veces. Normalmente tomo metanfetamina.

–¡David! Ya hablamos de los efectos secundarios de las anfetaminas. Podrían acentuar tus alucinaciones.

–Son lo único que me mantiene despierto. Ravi Nara solía conseguirme Dexedrine.

Rachel suspiró:

–Yo te recetaré Adderall.

–La receta no es el problema; yo mismo podría extenderla. El problema es que saben que lo necesito. Tendrán vigiladas todas las farmacias.

–No pueden cubrir cada farmacia del Triangle.

–Son la ASN, Rachel, y saben que necesito medicamentos. Son quienes, en 1983, grabaron la conversación en cabina de los pilotos rusos que derribaron un avión coreano sobre la isla de Sajalín. Ese incidente, *fruto del azar*, ocurrió hace veinte años. Ahora nos buscan debajo de las piedras. ¿Has leído *1984*?

–Hace veinte años.

–Cuando digo ASN, pienso en el Gran Hermano. En Estados Unidos, la ASN es lo más parecido.

–Aun así, necesitas medicarte.

–Seguro que tú conoces a alguien.

–Podría conseguirte algo en el dispensario del hospital.

–Nos estarán esperando.

–Ya, *mierda*.

Casi nunca la oía jurar. Tal vez fuera cosa de los vaqueros. A lo mejor perdía el recato al despojarse de las faldas y las blusas de seda.

–Conozco a un doctor en North Durham que nos dará unas muestras –dijo.

Durham ya había quedado atrás, y nos dirigíamos rumbo a Raleigh. Conocer a Geli Bauer hacía que me resistiera a permanecer en la zona más tiempo del necesario. Además, por paradójico que resulte, algo en mi interior no quería que cesaran los sueños. El último nos había salvado la vida y, aunque nunca se lo confesaría a Rachel, en cierto modo tenía la sensación de que, por espantosos que fueran mis sueños, aportaban datos sobre nuestra situación: información que de ningún otro modo podría obtener.

–Ahora no vamos a retroceder –dije.

–¿Y si pierdes el conocimiento al volante?

–En la casa ya viste cómo reacciono. No es algo instantáneo.

–Entonces no ibas conduciendo.

–Suelo recibir un aviso un par de minutos antes. Me pararé al primer síntoma.

Era evidente que Rachel no estaba conforme. Como para descargar parte de la ira, puso un pie sobre el salpicadero y, después de desatarse el zapato, lo retiró. Luego hizo lo mismo con el otro. Este ritual compulsivo parecía calmarla.

Tracé la curva que la 440 describía alrededor de Raleigh y fui a parar a la U.S. 64, que nos llevaría directos al Océano Atlántico. La carretera era típicamente sureña: dos extensas franjas de cemento que discurrían por entre pinares y bosques de madera noble. Pasarían dos horas más hasta que la tierra empezara a ceder terreno a los Outer Banks. Si Fielding no hubiera muerto, hoy tendría que estar circulando por esta carretera; una carretera que ya antes había transitado hacia un destino que mi esposa y yo habíamos visitado hacía doce años. Pensamientos de ese tipo me habían demostrado la innecesaria ambigüedad de palabras como *espacio-tiempo*. Cuando una persona cualquiera oía una palabra como ésa, se figuraba que nunca llegaría a captar su significado. Pero era muy sencillo: todos los lugares que hemos visto están vinculados a un momento determinado. El bungalow de Nags Head en el que Fielding y su esposa habían pasado la luna de miel parecía el mismo que mi esposa y yo habíamos frecuentado; pero, en realidad, no lo era. En la coordenada *espacio-tiempo* era totalmente diferente. La facultad que uno visita veinte años después de licenciarse, el campo de fútbol en el que jugaba, las pistas en las que corría... nada de aquello es lo mismo. Si lo fuera, chocaríamos con las generaciones que han pasado por esos lugares antes y después de nosotros. La persona a la que acabamos de besar no es la misma que era hace un minuto, porque en ese minuto han muerto un millón de células subcutáneas que luego han sido reemplazadas por otras nuevas. Las porciones más pequeñas de espacio-tiempo separan el pensamiento de la acción, la vida de la muerte.

–No quisiera empeorar las cosas –dijo Rachel–, pero como ya no puedes llamar al presidente, ¿qué es lo que puedes hacer, exactamente? ¿Adónde podemos ir?

–Espero encontrar algo en el bungalow que me dé una pista. De momento, sólo trato de mantenernos con vida.

–¿Y por qué acudir a la prensa? ¿Por qué no vamos a Atlanta en coche y lo explicamos todo en la CNN?

–Porque la ASN podría decir que miento. ¿Y entonces qué podría demostrar?

Rachel se cruzó de brazos:

–Dime. ¿Un premio Nobel como Ravi Nara juraría en falso para encubrir todo esto?

–Ni se lo pensaría. La seguridad nacional es razón de más para mentir. Y, en cuanto al edificio Trinity, a estas alturas ya podría estar totalmente vacío.

–Lu Li Fielding te respaldaría.

–Lu Li Fielding ha desaparecido.

El rostro de Rachel palideció.

–Por lo pronto, no pienses lo peor. Tenía un plan de huida, pero no tengo ni idea de si lo ha llevado a cabo o no.

–Tienes que saber algo más de todo lo que me estás contando, David.

–¿Sobre Lu Li?

–¡Sobre Trinity!

Estaba en lo cierto.

–Está bien. Hace un par de semanas, Fielding descubrió que la suspensión del proyecto era una simple artimaña para distraer la atención de ambos. Él creía que el verdadero trabajo de

Trinity seguía en algún otro lugar, y que tal vez así había sido desde hacía mucho tiempo.

–¿Y en qué otro lugar se podría estar realizando?

–La apuesta de Fielding eran los laboratorios I+D de Godin Supercomputing, en California. Godin se ha desplazado bastantes veces hasta allí en su jet privado. Nara lo ha acompañado en diversas ocasiones.

–Eso no demuestra nada. Porque, que se sepa, van a Pebble Beach a jugar al golf.

–Esos tipos no juegan al golf; trabajan. Le venderían el alma al diablo por conseguir su propósito. Cuando pienses en Peter Godin, piensa en *Fausto*.

–¿Y cuál es ese propósito?

–Cada uno tiene el suyo. A John Skow lo iban a echar de la ASN cuando Godin pidió que dirigiera el Proyecto Trinity. Eso lo ayudó a relanzar su carrera.

–¿Por qué necesitaba Peter Godin a un hombre como él?

–Creo que Godin tiene algo con Skow. Es como si lo hubiera puesto en un compromiso hace mucho tiempo y tuviera la certeza de que Skow no desvelaría nada de lo que se le dijera. Uno no se hace rico trabajando en la ASN; sin embargo, el hecho de procurar un ordenador Trinity a la agencia sentaría a Skow en la silla del director. Y, después, tendría un valor incalculable para las empresas privadas. Skow haría lo que fuera para hacer de Trinity una realidad.

–¿Y Ravi Nara?

–Nara pedía un millón de dólares por embarcarse en el proyecto. Lo que el gobierno no estaba dispuesto a pagar, Godin lo hizo efectivo. Además, si Nara hacía su aportación a Trinity, tendría el control de otro Nobel; aunque, claro está, tendría que compartirlo con Godin y Jutta Klein. Fielding se merecía el premio más que nadie, pero el comité no concede ningún Nobel póstumo. A esto habría que añadir la concesión de ilimitados fondos en materia de investigación para el resto de su vida, la aparición del nombre de Nara en los libros de historia...

–¿Y esa tal Jutta Klein?

–El caso de Klein es claro. Es una mujer mayor, alemana, que ya en 1994 compartió un Nobel con otros dos alemanes. Siemens la ha cedido a Trinity. Así es como funcionan algunas empresas. Godin buscaba a los mejores del mundo, así que los tomó prestados de las divisiones I+D de las mejores empresas informáticas: Sun, Micro, Silicon Graphics. A cambio, esas empresas obtendrán la licencia sobre determinados componentes de tecnología Trinity cuando deje de ser secreta. *Si es que* deja de ser secreta.

–Si tan claro es el caso de Jutta Klein –dijo Rachel–, tal vez sea la persona más indicada para ayudarnos.

–No podría aunque quisiera. Le tendrán la boca bien cerrada.

Rachel dio un frustrado suspiro:

–¿Y Godin? ¿Qué quiere Godin?

–Godin quiere ser Dios.

–¿Qué?

Me pasé al carril de la izquierda para adelantar a una caravana.

–A Godin le trae sin cuidado que Trinity le reporte algún beneficio. Es multimillonario. Tiene setenta y dos años, y ha sido una estrella desde los cuarenta. Así que olvida que quiera ser el padre de la inteligencia artificial o algo por el estilo. Él quiere ser el primer ser humano, y tal vez el único, al que vacíen la mente en un ordenador Trinity.

Rachel se apartó un pelo negro de los ojos.

–¿Y cómo es? ¿Un ególatra?

–No es tan simple. Godin es un hombre brillante que cree saber qué hay de malo en el mundo. Es como esas personas que uno conoce en la facultad, que creen que *Atlas Shrugged* es la respuesta a los problemas del mundo; sólo que él es un genio y ha hecho grandes contribuciones a la ciencia. Por lo de ahora, Estados Unidos es un lugar mejor porque Peter Godin existe. Sus superordenadores jugaron la baza decisiva en la Guerra Fría.

–Cualquiera diría que lo admiras.

–Es fácil admirarlo. Pero a la vez me asusta. Se está matando prácticamente por construir el ordenador más potente del mundo, y no le importa entender cómo funciona cuando finalmente lo haga. Godin está desarrollando el Trinity para uso propio. Y no sé si hay algo más peligroso que un hombre poderoso obsesionado con crear un mundo a su propia imagen y semejanza.

Cuando alargué la mano para activar el control de crucero del Audi, empezó a nublárseme la vista. Me invadió una oleada de cansancio, y las últimas palabras de Rachel se perdieron en mi mente. La vista se me despejó, pero ya notaba el familiar zumbido agudo en la cabeza. Pisé el freno y viré bruscamente hacia el arcén.

–¿Qué pasa? –preguntó Rachel.

–Conduce tú. Puede que me duerma.

Rachel se puso derecha:

–Vale.

Salí del coche y caminé hasta su lado del coche. Rachel se pasó al del conductor para ponerse al volante. Antes de volver a entrar, miré a ambos lados de la carretera: el tráfico era moderado pero fluido, y ningún conductor mostraba el menor interés en mi persona.

Rachel me observó atentamente:

–¿Estás bien, David?

–No del todo.

Se me acercó y me abrochó el cinturón de seguridad.

–¿Es un episodio?

El zumbido me había bajado hasta las muelas:

–Sí.

–Cierra los ojos. Yo conduzco.

–Sigue conduciendo en dirección este. Nuestro destino está a unas –levanté tres dedos– horas. –En la guantera había un mapa de las Carolinas. Localicé la 64 y señalé Plymouth, cerca de la desembocadura del río Roanoke en la ensenada de Albermale–: Si para cuando lleguemos estoy dormido, despiértame tú.

Rachel engranó el Audi y arrancó en el arcén. Cuando alcanzó los cincuenta por hora, pasó a la carretera y pisó el acelerador.

–¿Va a peor? –preguntó.

En mi interior, le contestaba «estoy bien»; pero una parte de mi cerebro era consciente de que no había movido los labios. Estaba a punto de caer inconsciente. Sentía un hormigueo en las palmas de las manos, y calor en la cara. Rachel me puso una mano en la frente.

–Estás ardiendo. ¿Siempre es así?

Traté de responder, pero tenía la misma sensación que cuando era un niño y en la piscina de Oak Ridge intentaba hablar con mis amigos bajo el agua. Gritábamos cuanto podíamos, pero no lográbamos hacernos entender. La mano de Rachel parecía derretírseme en la frente y, en cierto modo, eso me gustaba. Quería bajar la visera con espejo y ver si su mano se estaba derritiendo realmente; pero no me podía mover. Una mujer me llamaba en la distancia. Cuando le iba a responder, el azul profundo de una ola me arrastró y me hundí, rodando y dando vueltas en la oscuridad.

* * *

Estoy fuera, sentado en un círculo de hombres que duermen apoyados contra la pared. Un montón de brasas resplandece en el centro del círculo. El cielo está estrellado. Un hombre que viste toga y se llama Pedro está a mi lado. Parece contrariado.

–¿Por qué quieres hacerlo? –susurró–. Si vas, sufrirás toda suerte de vejaciones. Aunque el pueblo escuche, sacerdotes y patriarcas te rechazarán. ¿Y qué me dices de los romanos? Te matarán.

Él no nombra el lugar, pero sé que habla de Jerusalén.

–Márchate –le digo–. Tú valoras lo que el perro: el cuerpo, la comida, la vida.

Él me agarra del brazo y lo sacude:

–¡No me apartes así de ti! Lo he visto en un sueño. Si te vas, serás ejecutado.

–Quien quiera salvar su vida la perderá –contesto.

Pedro menea la cabeza, con los ojos rebosantes de confusión.

De repente, la escena cambia. Estoy en lo alto de una montaña, divisando una llanura. Hay tres hombres sentados a mi vera.

–Cuando entráis en los pueblos –pregunto–, ¿quién decís que soy?

–Decimos que eres el elegido.

Meneo la cabeza:

–No digáis tal cosa de mí. Hablad con el corazón de lo que habéis visto. Nada más.

–Sí, Maestro –contesta un hombre llamado Juan, de ojos grandes y marrones como los de una mujer. Éste mira a Pedro y luego se dirige a mí con cautela–: Me han dicho que vas a Jerusalén.

–Sí.

Juan sacude la cabeza:

–Si lo haces, los sacerdotes no sabrán qué hacer contigo. Te temerán, y te condenarán a muerte.

–Me han ofrecido este cáliz. Debo beber de él.

Los hombres guardaron silencio. Mientras contemplo la llanura, el miedo me revuelve el estómago: conocer el milagro de esta vida, de este cuerpo, y luego renunciar a él...

* * *

Me desperté sobresaltado, aferrándome al salpicadero y con los ojos clavados en el remolque del camión que teníamos delante. Rachel me agarró la rodilla:

–¡Tranquilo, David! Estoy aquí.

Me temblaban las manos, y el miedo del sueño todavía era palpable.

–¿Cuánto tiempo llevas conduciendo?

–Una hora y veinte minutos. Acabamos de pasar Plymouth.

–¡Te dije que me despertaras!

–Estabas durmiendo tan profundamente que me daba rabia hacerlo.

–¿Has visto algo sospechoso?

–Hace una hora nos cruzamos con una patrulla de la policía estatal y con un par de agentes de Plymouth, pero ninguno de ellos nos miró dos veces. Creo que estamos bien.

Rachel parecía de todo menos bien. Y, en cuanto alcanzáramos nuestro principal objetivo de huida, perdería la compostura. Yo no era menos. Mi reacción después de haber matado al sicario de Geli Bauer se había visto suavizada por una avalancha de sustancias neuroquímicas segregadas para mi supervivencia. Seguían acudiendo a mi mente imágenes del sueño con destellos de luz y color; en cambio, el miedo se iba disipando, y a su paso sentía una extraña suerte de alivio. Tras meses de vaguedad y misterio, los sueños acabaron localizados en un lugar concreto: Jerusalén. Lógicamente, todo aquello carecía de sentido. Yo nunca había estado en Israel, y de ese país en cuestión conocía poco más que el sangriento conflicto que llevaba años viendo en las noticias de la noche. Pero ¿hasta dónde me había guiado la lógica, por el momento?

–David –dijo Rachel–. A lo mejor podemos pararnos a descansar un momento en...

Le tapé la boca con la mano:

–No. Lo siento, pero ya te lo advertí.

Rachel asintió, y me apartó la mano:

–Si la ASN tiene tanto poder –susurró–, ¿qué hacías grabando una cinta en el salón de tu casa? ¿No te oían?

Extendí la mano hacia el asiento trasero, cogí la caja de Fielding con juguetes electrónicos de fabricación casera, y me la puse en el regazo. De su interior saqué una varita metálica de unos veinticinco centímetros de largo.

–Fielding me enseñó dónde tenían instalados los micrófonos. En diminutos agujeros hechos en el pladur.

–¿Y qué hacía él con dispositivos como ése? ¿No crees que es un poco sospechoso?

–Ya sé lo que parece. Tenías que conocerlo.

Aunque acababa de decirlo, me preguntaba si realmente había conocido al excéntrico inglés. Revolví en la caja, buscando indicios de una agenda secreta. La mayoría de los artilugios de fabricación casera eran como los proyectos de un adolescente que se pasa los fines de semana en RadioShack. Uno de ellos se parecía al viejo juguete View-Master de mi juventud, una carcasa de plástico con lentes tubulares y un botón a la derecha. Me acerqué las improvisadas gafas a los ojos, enfoqué a Rachel y apreté el botón. Una nube ambarina se instaló en mi campo de visión; pero no pasó nada más.

–¿Qué es eso? –indagó Rachel.

–No estoy seguro. –Giré las gafas hacia el parabrisas y enfoqué la carretera.

Se me heló el corazón. Un fino rayo verde de luz rebotaba contra el parabrisas del Audi con un ángulo casi perpendicular al suelo. Era un láser. Había visto muchos como éste en los laboratorios de física del MIT; y fuera de allí, sólo en las escenas de películas en las que aparecían pistolas de rayos láser. ¡Alguien nos estaba apuntando con un láser desde el cielo! Quería gritar y avisar a Rachel, pero se me atragantaron las palabras. Deslicé el pie por el suelo del coche y pisé el freno, haciendo derrapar al Audi.

Rachel gritó y trató de controlar el coche que daba vueltas sin control. Giré las gafas y busqué el láser. Estaba a casi cuarenta metros, persiguiendo al coche como la mano de Dios. El Audi fue dando bandazos hasta detenerse en un arcén cubierto de hierba.

–*¿Por qué demonios has hecho eso?* –chilló Rachel.

Nuestro refugio más próximo era una hilera de árboles a unos cuarenta y cinco metros del arcén. Alguien armado con una automática nos podía abatir fácilmente antes de alcanzar la hilera de árboles. Enfoqué las gafas a los ojos de Rachel.

–¡Alguien va a dispararnos! Métete bajo el salpicadero. Todo lo agachada que puedas.

Mientras ella intentaba agazaparse bajo la columna de dirección, volví a localizar el rayo láser. Esperaba que se desplazara hacia mí, sin embargo permaneció inmóvil en el parabrisas.

El rayo no traspasaba el cristal, sino que moría en la superficie del parabrisas. Dibujando en mi mente la prolongación del láser, me percaté de que éste sólo alcanzaría el salpicadero, y a ninguno de nosotros dos.

–Si quisieran dispararnos –pensaba en voz alta–, lo habrían hecho antes de que me pusiera estas gafas.

–*¿Qué?*

–No es el visor de una pistola.

–*¿De qué estás hablando?*

El láser podría ser una bomba teledirigida, pero ni el menor atisbo de pánico haría que la ASN arrojara una bomba inteligente sobre el arcén de ninguna carretera estadounidense. Entonces lo comprendí: el láser era un dispositivo de vigilancia. Al enfocar el rayo hacia el parabrisas y medir las vibraciones del cristal, desde un avión o un helicóptero era posible escuchar todas y cada una de las palabras que decíamos en el interior.

–¡Levántate! ¡Levántate y conduce!

Rachel volvió como pudo a su asiento, puso el coche en marcha y entró en la carretera. El rayo verde permanecía sujeto a nuestro parabrisas como un arma teledirigida vía satélite. Cogí el mapa del suelo, lo doblé hasta reducirlo a un pequeño rectángulo y di tres golpecitos en un punto determinado para indicar nuestra posición.

Rachel asintió.

Luego seguimos la 64 en dirección este durante un par de minutos, hasta llegar a una pequeña carretera rural que se desviaba hacia la izquierda. Llegados a ese punto escribí: «Coge este desvío.»

Cuando Rachel volvió a asentir con la cabeza, me incliné para decirle al oído:

–Coge el desvío pase lo que pase. ¿Entendido?

–Vale. ¿Lo que viste sigue estando allí?

Miré a través de las gafas y a continuación le apreté el brazo:

–Está allí. Acelera.

Rachel pisó a fondo el acelerador.

CAPÍTULO 15

Geli Bauer estaba sola en la cocina de David Tennant, sola con el cadáver de su amante. El camión de limpieza de alfombras seguía aparcado fuera, con el ruidoso equipo de aspirado en marcha. De acuerdo con cualquier norma operativa, tendría que haber levantado el cadáver de Ritter hacía mucho tiempo; pero no pudo. Quería entender lo ocurrido. Por la herida en la cabeza de Ritter y la manera en que yacía su cuerpo, parecía que le habían disparado de frente o ligeramente de lado. No se imaginaba que un hombre no entrenado pudiera abatir en un tiroteo a un ex miembro de la unidad antiterrorista más selecta de Alemania. Eso dejaba dos alternativas.

Primera: Tennant había cogido a Ritter desprevenido y cuando éste se disponía a abrir fuego, le había disparado muy certeramente.

Segunda: Tennant no era lo que parecía.

Se había criado en la zona rural cercana a Oak Ridge (Tennessee), lo cual podría haberle ayudado a manejar con maestría un rifle de caza, pero no una pistola. ¿Y dónde había aprendido a detectar micrófonos en las habitaciones? ¿Le había enseñado Fielding, o había aprendido en algún otro lugar? Su huida de la escena del crimen había planteado más preguntas. El equipo que iba en la furgoneta de la tintorería acababa de llegar y se había encontrado el Saab de Rachel Weiss aparcado a la entrada del garaje vacío de Tennant. Un segundo equipo había peinado el vecindario y descubierto el Honda de Tennant aparcado calle abajo tras los setos de una casa vacía. La policía de enlace había tardado media hora en descubrir que un Audi A8 plateado había sido robado de la casa.

Sin el dispositivo para el reconocimiento de voz que había descubierto la llamada encubierta de Fielding desde una estación de servicio, Tennant y Weiss podrían habérsele escapado. Pero hace cuatro días, Fielding había reservado un bungalow en Nags Head, Outer Banks, con el nombre de señor Lewis Carroll. Esto, sumado al hecho de que Tennant recibió ayer una carta de Fielding, había bastado para que Geli apostara efectivos aéreos sobre la 64, la carretera que lleva a Nags Head. Y eso había vuelto a poner a Tennant en sus manos.

Cuando contemplaba el cráneo destrozado de Ritter y su pelo enmarañado y apelmazado por la sangre, le sonó el móvil.

–Bauer –dijo.

–Al habla Air One. Saben que los seguimos.

–¿A cuánto voláis?

–A diez mil pies. No pudieron habernos descubierto a simple vista. Tuvieron que ver el rayo.

–Imposible sin un equipo especial.

–Deben de tener uno.

–¿Qué hacen ahora?

Se oyó el chisporroteo de una interferencia.

–Se salieron de la carretera como si hubieran visto el rayo y les hubiera entrado pánico. Por un momento se escondieron bajo el salpicadero, y luego volvieron a la carretera. Ahora circulan a unos ciento cuarenta por hora, todavía en dirección este.

–¿Y qué dicen?

–Nada sobre un destino concreto.

–¿Dónde están nuestras unidades terrestres? –preguntó Geli.

–La más cercana está a quince minutos, más o menos.

–Te volveré a llamar. –Utilizó el marcado rápido para llamar al móvil codificado de Skow, que respondió a los ocho tonos.

–¿Qué ocurre, Geli?

–Tennant ha detectado nuestra vigilancia aérea. Está intentando escabullirse.

–No puede ser. ¿Sus agentes lo han perdido?

–Ahora el avión tiene al Audi, pero lo podría perder en cualquier momento.

–¿Debo suponer que quiere acabar con ellos ya mismo?

Geli sintió el dedo de Skow en la llaga.

–Ésa es la orden que me ha dado.

–La situación ha cambiado.

–La geografía ha cambiado; no la situación.

–No me gusta nada. ¿Cómo lo justificará?

«El mantra del burócrata», pensó Geli con desdén.

–Tennant se volvió psicótico. Asesinó a su guardia de Trinity y secuestró a su psiquiatra. Nosotros intentamos rescatarla.

Se produjo un largo silencio. Luego Skow dijo:

–Peter hizo bien en contratarla. Buena suerte con ese rescate.

–Putas gracias –murmuró Geli, y colgó. Abrió la conexión con el avión y sus unidades terrestres.

–Air One, ¿siguen teniendo el Audi en vuestro campo de visión?

–Afirmativo. Y definitivamente nos tienen localizados. Tennant sacó medio cuerpo por la ventanilla y levantó la mirada hacia arriba.

–Unidades terrestres, una vez allí esperad a que el tráfico sea fluido, luego cerradles el paso y hacedles salir.

–¿Que los hagamos salir? –preguntó una voz con la inquietante calma de un piloto de caza en plena misión.

Geli bajó la mirada al cadáver de Ritter, recordando la pasada noche. Entonces todavía estaba vivo en su interior.

–Puede que Tennant haya secuestrado a su psiquiatra. No estamos seguros. Pero sabemos que es muy inestable, que va armado y que ya ha matado a uno de los nuestros. Ritter Bock, y eso debería deciros algo. Que nadie corra ningún riesgo. Vuestras vidas son lo primero.

Un coro de voces respondió:

–Afirmativo.

–¿Está claro?

El silencio que sobrevino era más revelador que los asentimientos posteriores. Por eso ella contrataba a ex soldados.

–Ah, eso está hecho –dijo una fría voz masculina.

–Mantenme informado, Air One.

–Está bien.

Geli sonrió. Tennant y Weiss no vivirían para contarlo.

CAPÍTULO 16

Cuando el Audi se acercaba con un ruido infernal al desvío rumbo al este, me giré para escudriñar la carretera que íbamos dejando atrás. El vehículo más cercano estaba a unos doscientos metros; parecía una camioneta de reparto. Dudaba que fuera la ASN, pero nunca se sabe. Con la vigilancia aérea, las unidades terrestres no necesitaban seguirnos de cerca. Incluso podían situarse delante de nosotros. Simplemente no había manera de saber quiénes eran o dónde estaban nuestros perseguidores. Y, por suerte, había sido sólo cuestión de minutos descubrir el avión que nos controlaba desde las alturas.

Rachel se estiró y se me acercó lo suficiente para poder hablar en susurros:

–Creo que veo el ramal. ¿Es la autovía 45?

Miré el mapa:

–Sí, pero no es una autovía. Entra.

Rachel redujo a ochenta, y luego giró a la izquierda con un chirrido para entrar en la 45.

–Písale.

Pisó el acelerador y despegó en el asfalto de doble carril a ciento diez por hora. Yo me coloqué las gafas y busqué el láser. Nos había perdido en la maniobra, pero enseguida recuperó la pista de nuestra luneta. Me incliné hacia la oreja de Rachel.

–Vamos a cruzar un puente sobre el río Cashie, en su desembocadura a la ensenada de Albermale. Después coge el primer desvío a la izquierda.

–Ya dirás cuándo.

El A8 devoraba la carretera como un tigre hambriento, desplazándose a toda velocidad sobre el elevado puente que formaba un arco sobre el Cashie. Saqué la cabeza por la ventanilla lo suficiente para escudriñar el cielo. Una avioneta sobrevolaba la carretera a unos cinco mil pies. Me sentí aliviado. Temía que un helicóptero pudiera aterrizar en la carretera y desplegar un equipo SWAT de fuerzas especiales armado con metralletas. Un avión podría aterrizar en una autovía, pero no en una carretera sinuosa por la que pronto circularíamos.

Rachel señaló una intersección justo delante de nosotros. Yo asentí con la cabeza. Redujo lo justo para tomar el desvío, y entró a todo gas en una carretera mucho más pequeña con mucho bosque a ambos márgenes.

–Mira esos árboles –dije, apoyando las manos sobre el salpicadero.

Unos noventa metros más adelante, unos altísimos robles tupían la carretera hasta convertirla en un oscuro túnel. Cuando pasamos por allí, bajé la ventanilla y volví a sacar la cabeza. Al principio sólo veía ramas; después atisbé un avión plateado que descendía a unos dos mil pies sobre la carretera que quedaba atrás.

–¡Venga! –grité–. ¡Los estamos perdiendo!

–Si voy más rápido, perderé el control.

–Lo estás haciendo muy bien.

Para imponer el cumplimiento de la ley se empleaban aviones de vigilancia, porque podían permanecer en el aire más horas que un helicóptero. Hoy pagarían muy caro esa estrategia: un avión no podía entrecruzar el cielo con ajustadas maniobras para mantener el contacto visual sobre una carretera sinuosa tan tupida de árboles.

Los anchos neumáticos del Audi rechinaban cada vez que Rachel tomaba una curva cerrada a más de cien por hora. El hombro derecho se me comprimía contra la puerta. Mientras me esforzaba por mantener el plano estable, buscaba una ruta alternativa. Si torcíamos a la izquierda en el próximo desvío hacia una diminuta carretera rural, volveríamos a cruzar rápidamente el río Cashie, pero no por el puente. En aquel punto, donde el Cashie parecía poco más ancho que un arroyo, había un letrero en bastardilla que decía «Ferry»; lo cual podía significar cualquier cosa desde un barco flotante hasta una barcaza teleférica.

Cogí las gafas y examiné la carretera que se extendía ante nosotros. El rayo láser bailaba erráticamente unos setenta metros por delante del coche, partiéndose y rehaciéndose mientras el operario del avión intentaba lidiar con las ramas que nos protegían desde las alturas.

–Hay un ferry más adelante –dije–. Si llegamos hasta él, puede que logremos despistar a las unidades terrestres.

–De acuerdo.

–Verás un desvío a la izquierda de un momento a otro.

–Vale.

–¡*Ahí*!

Rachel pisó el freno. Pensaba que íbamos a derrapar, pero la tracción a las cuatro ruedas aferró el coche a la calzada, y conseguimos tomar el desvío. A medida que el robledal se hacía más denso, la carretera de un solo carril se iba perdiendo entre lodo y grava, hasta morir en un ángulo poco profundo que indicaba la cercanía del río.

–Cuidado –advertí, temiendo que la grava rascara contra los bajos.

Con el coche a estribor, trazamos la última curva y nos detuvimos tras un antiguo Chevy Nova que estaba aparcado en el medio del camino. Más allá del coche, divisé un río de aguas turbias que discurría lento y con una amplitud de setenta metros.

–No veo ningún ferry –dijo Rachel.

Había una destartalada canoa de aluminio en el techo del Nova, pero nadie a la vista. Cubrí la pistola con el faldón de la camisa, y luego salí del coche para dirigirme hacia el río.

Los acordes de una guitarra acústica me traían a la memoria la canción *Deliverance*. Cuando di la vuelta al Nova, no vi a dos rústicos aldeanos, sino a un par de universitarios sentados en el suelo. Uno era rubio y llevaba un pañuelo en la cabeza; el otro era moreno y rasgueaba una destartalada guitarra Martin. Los saludé con la mano de manera informal y pasé a su lado para acercarme a la orilla del río.

Un ferry pensado para transportar tres o cuatro coches se deslizaba sobre el agua desde el margen opuesto, al tiempo que su estrepitoso motor despedía una negra columna de humo. Una caravana esperaba a la otra orilla, junto a una rampa y una carretera que se perdía en las profundidades del bosque.

–Ya hemos llamado al ferry –dijo uno de los muchachos que tenía detrás.

Me giré y les sonreí. El rubio del pañuelo llevaba una camiseta de la UNC y tenía unos chispeantes ojos verdes. El guitarrista parecía colocado y tenía los hombros quemados por el sol. Pude percibir el inconfundible olor a marihuana.

–Eh, chicos, ¿vais en canoa por los ríos de la zona?

El rubio se echó a reír:

–Nos lo tomamos con calma. Esta mañana bajamos el río Chowan. Ahora volvíamos a casa. A Tarboro. Sólo hemos venido a echar un vistazo al Cashie.

Me puse la mano de visera y miré hacia el cielo. El avión de vigilancia salió zumbando de un cúmulo y sobrevoló el río.

–Está bien –dije al guitarrista, que tocaba suavemente. A continuación regresé sobre mis pasos hacia el Audi y me metí dentro.

–El ferry no tardará en llegar.

–¿El avión sigue ahí arriba? –inquirió Rachel.

–Sí.

Parecía como si ya no lo pudiera soportar más. Mientras miraba la parte de atrás del Nova, tuve una idea.

Ahora vuelvo.

Salí del coche y rodeé el Nova para agacharme frente a los universitarios.

–Os propongo una cosa, chicos.

–¿De qué se trata? –quiso saber el rubio.

–Mi esposa nunca ha ido en canoa. Ha visto la vuestra y se le ha ocurrido hacer una locura. Dice que le gustaría descender el río hasta la ensenada.

El guitarrista dejó de tocar:

–Ahora volvemos a casa.

–Lo sé. A Tarboro. Pero estaba pensando... ¿cuánto me pedís por vuestra canoa? Parece una vieja Grumman.

–Sí –dijo el rubio–. Era de mi tío. Debe de valer unos cuatrocientos pavos.

Todos nos dimos la vuelta cuando la cubierta del ferry tocó la rampa en nuestro margen del río.

Me incorporé y toqué la V invertida de cuerda que amarraba la proa de la canoa al parachoques delantero del coche.

–Doscientos y vas que chutas –dije con una carcajada–. Pero me gusta tener a mi esposa contenta. ¿Qué te parecen quinientos?

El rubio tragó saliva. Estaba calculando cuánta hierba podía comprar con quinientos en efectivo.

–La cuestión es que no quiero dejar aquí el coche. ¿Lo podríais llevar carretera arriba?

–¿Adónde? –preguntó el rubio.

–¿Qué os parece hasta Tarboro?

Parecía confundido:

–¿Pero cómo vais a hacer recoger luego el coche?

–¡Suban a bordo! –gritó el barquero, un larguirucho de pelo cano ataviado con un mono descolorido.

Saqué la cartera y conté diez billetes de 100 dólares.

–¿Y a vosotros qué os importa, por mil dólares?

–Joder –dijo el guitarrista, poniéndose en pie. Echó un vistazo al Nova y al Audi. El rostro de Rachel se veía borroso con el reflejo del sol.

–¿Ése es su coche?

–Ése es.

–¿Qué pasa, tío?

–Pasa que os doy mil pavos por la canoa y un paseíto en coche. ¿Qué me decís?

Los dos muchachos examinaron el Audi, y luego se miraron el uno al otro.

–Mil quinientos –dijo el rubio, volviéndose hacia mí–. Por mil quinientos te llevamos el coche a Tarboro. Considéralo un seguro a todo riesgo.

Sonreí:

–Aquí tenéis los mil quinientos. Pero ahora viene cuando decidimos cómo hacerlo.

* * *

Cargamos los coches en el ferry, y el anciano volvió a guiar el barco a sacudidas por las lentas aguas del río. Según lo acordado, los muchachos se sentaron en su Nova durante el trayecto; Rachel y yo íbamos en el Audi. El avión continuaba en el aire, sobrevolando el río en círculo. Casi podía notar cómo los equipos de vigilancia de Geli Bauer convergían en este rinconcito de Carolina del Norte.

Cuando el ferry alcanzó la otra orilla, el Nova salió lentamente de cubierta y descendió la rampa hasta llegar a la carretera. Rachel lo seguía. De pronto, adelantó al Nova y aceleró bosque adentro como alma que lleva el diablo. En cuanto las ramas de los robles nos cubrieron, frenó y esperó a que el Nova nos alcanzara. Al cabo de veinte segundos, el viejo Chevy trazaba una curva y se detenía detrás de nosotros.

–¡Rápido! –grité a los muchachos cuando salieron del coche.

La canoa descansaba sobre unos cuadrados de espuma que protegían el techo de las regalas de metal. Empecé a desatar las cuerdas que sujetaban la quilla, pero el rubio sacó rápidamente una navaja del bolsillo y cortó las cuerdas a ambos extremos del bote. Yo cogí la proa, el guitarrista la popa; y entre ambos deslizamos la canoa del techo, dándole la vuelta al bajarla al suelo. En el último momento la canoa nos resbaló de las manos y se golpeó contra la grava con un sonoro ¡clonc!

El rubio introdujo medio cuerpo en el asiento de atrás, sacó dos largas palas de madera, y las arrojó al interior de la canoa. Cuando levantó la mirada, clavó los ojos en algo que había detrás de mí, y se sonrojó. Me giré y vi a Rachel con sus vaqueros y su camiseta blanca.

–Eh –dijo ella–, no sabéis cuánto os lo agradezco. –Luego sonrió como nunca antes la había visto sonreír.

–Ah, no hay problema –dijo el rubio.

El guitarrista le hizo adiós con la mano sin decir nada, y entonces vi que Rachel Weiss seguía impresionando a los veinteañeros pese a sus treinta y cinco tacos.

–Tenemos que irnos –dije–, y vosotros también.

Le di al rubio quince billetes de 100 dólares.

–O me estás dando demasiado o menos de lo que deberías –dijo–. Pero ya me está bien. –Señaló a los árboles–: Por ese camino de ahí tenéis el río a unos cincuenta metros.

–Gracias.

Se fue trotando al Audi y se puso al volante. Cuando saqué la caja de Fielding del asiento de atrás, toqué al muchacho en el hombro:

–Si alguien os para en este coche, explicadles exactamente lo que ha pasado. Lo del dinero, todo. No os preocupéis.

Él asintió con la cabeza:

–Y que lo jures.

El motor del Audi volvió a rugir y arrancó para perderse en el túnel de robles. El guitarrista que iba en el Nova soltó una carcajada, meneó la cabeza y se puso lentamente en marcha. Yo metí la caja de Fielding en la canoa, me lié la cuerda de proa alrededor de la mano derecha y empecé a arrastrar el bote hacia los árboles.

–¿Quieres que empuje? –preguntó Rachel.

–Ya puedo yo. Tú vigila las serpientes.

Desde entonces no levantó los ojos del suelo.

Los árboles crecían casi demasiado juntos para arrastrar la canoa entre ellos, y enseguida me puse a sudar. Pero aquel muchacho rubio tenía razón; poco después, empecé a notar cierto olor a plantas en descomposición, y finalmente atisbé el reflejo de un rayo de luz sobre el agua. Quince metros más y me vi empujando la canoa entre los troncos de dos cipreses hasta llegar al río.

–Sube –le dije a Rachel–. Tú delante.

Rachel se subió a popa y se metió cuidadosamente en el asiento de proa. Yo empujé la canoa hasta un lugar más profundo, y luego trepé a popa mientras la canoa se alejaba de la orilla. Me acomodé en la dureza del asiento, cogí una pala y propulsé el bote por la serpenteante ribera.

–Voy a mantener la canoa bajo los árboles –dije–. Tú no pierdas de vista al avión.

Rachel miró hacia arriba y entrecerró los ojos. Yo presté atención mientras remaba, pero sólo oí el suave ruido de la madera cortando el agua.

–¿Ves algo?

Rachel meneó la cabeza.

Miré el lado oscuro y largo del río, flanqueado por frondosos grupos de pinos y cipreses. En este momento, la ASN destinaba todos sus recursos a buscarnos. Pero aquí, esos recursos eran totalmente inútiles. Por primera vez en muchas horas, sentí algo de paz.

–¿Tienes idea de lo que vamos a hacer? –preguntó Rachel.

–No. Pero lo sabré cuando lleguemos.

CAPÍTULO 17

Geli Bauer estaba sentada en el sillón de gravedad cero que tenía en el sótano de seguridad del edificio Trinity, y con la mano derecha apretaba un par de dados lastrados que había cogido del almacén donde permanecían los efectos personales de Fielding para que le trajeran suerte; pero de momento le habían traído bien poca.

En los monitores que tenía a la derecha, docenas de trabajadores de la ASN armados con carretillas elevadoras y plataformas rodantes cargaban material frágil y archivos en camiones aparcados en la parte trasera del edificio. Si Tennant revelaba algo a la prensa, no quería dejar nada allí que algún entrometido miembro del Congreso pudiera descubrir.

–Tennant acaba de detenerse en el arcén –dijo la voz de una mujer por los auriculares. Pertenecía a una ex suboficial de la marina llamada Evans, de la primera unidad terrestre en localizar el Audi.

–¿Ha intentado darse a la fuga? –inquirió Geli.

–Negativo. Cuando vio que lo seguíamos, se detuvo como si hubiera un stop.

Geli no las tenía todas consigo:

–¿Los ves?

–Sólo al hombre.

–¿Tienes un megáfono?

–No lo necesitamos. Acaba de salir del coche con las manos en alto.

–¿El doctor Tennant?

–No lo creo –se oían interferencias–. Parece un chico.

–¿Un chico?

–Un hippie. Un estudiante.

–¡Has parado al coche equivocado!

–No, la matrícula es la correcta. Espera... Deben haber hecho algún tipo de trueque.

–¿Quién?

–En el ferry había dos chicos al volante de un Chevy verde. Tennant y Weiss deben de estar en ese coche.

–¡Interroga al maldito chico! ¡Averiguadlo!

–Espera.

–Geli echó un vistazo a los monitores. Los operarios que realizaban la mudanza colocaban una pila de ordenadores en la plataforma de carga que había en la planta baja. Trasladar todo el equipo era un coñazo. Si la hubieran dejado acabar con Tennant y Fielding a la vez, nada de esto habría pasado.

–Al habla Evans –dijo la voz por los auriculares–. Están en el río.

–¿Que están *qué*?

Los estudiantes llevaban una canoa en el coche. De aluminio sin pintar. Tennant se la compró.

Geli pensaba que le iba a dar algo:

–¡Encontrad el Chevy y detenedlo a toda costa! Y llevad el Audi al depósito.

–De acuerdo.

–Air One, ¿me recibes?

–Afirmativo.

–Haz vuelos rasos sobre el río. Empieza en el ferry y sigue hasta la ensenada de Albermale. Ni el propio Tennant trataría de remontar el río.

–Llegaremos al río en cinco minutos.

–Que las unidades terrestres peinen el río hasta su desembocadura por ambos márgenes.

–Sólo hay carretera en un margen. En la cara norte.

–Dios.

–Nosotros cubriremos el otro margen.

Geli cerró la conexión y dijo «Skow: casa» por el micrófono de los auriculares. Al cabo de un tono, Skow dijo:

–Dígame que los tiene.

–Se nos han escapado.

–¿Qué me está diciendo?

–Que Tennant hizo un trueque en el ferry. Ahora mismo, él y Weiss están en una canoa en algún rincón del río Cashie.

–Maldita sea, Geli. ¿Cómo ha podido cagarla?

A Geli le ardía la cara:

–¿Quiere que le diga quién la cagó primero?

–No sea insubordinada.

–Si Tennant se escabulle ahora, ya se puede ir despidiendo del mando.

–No necesariamente. Espere un momento.

Mientras Skow consideraba la situación, Geli desplegaba en pantalla un mapa de Carolina del Norte. ¿Qué haría Tennant al salir del río? ¿Adónde podría ir? Había ocho kilómetros de agua entre el ferry y la ensenada, y ninguna carretera en la ribera sur desde la que vigilar el río. Si Tennant lo sabía, podía dejar la canoa en cualquier lugar.

–¿Qué necesita? –preguntó Skow.

–Necesito imágenes a tiempo real vía satélite de ese río ahora mismo. La resolución más alta posible. Usted déme la autorización, que yo daré al NRO las coordenadas.

–¿Qué más?

–Más efectivos. No tengo ni la mitad del potencial táctico para llevar a cabo un amplio barrido de la zona en terreno boscoso.

–Eso es un problema. Hasta que no se hable de nosotros en la prensa, nos faltará personal.

–Entonces será mejor que vaya pensando en darse a conocer, y rápido.
–Escuche, Geli, aunque se nos escape esta vez, seguimos teniendo un as en la manga. Le voy a facilitar cierta información que la podría poner en ventaja respecto a Tennant.
Su radar interno la alertó:
–¿Qué clase de información?
–Ya lo verá. Procede de una fuente fiable.
–Eso existe. ¿Se trata de una fuente de la ASN?
–Sí.
–Hasta el momento la agencia no me ha proporcionado ningún dato fiable.
–Eso va a cambiar. Ahora tengo prisa. ¿Lo hemos cubierto todo?
–No. Faltan las reglas del juego.
Skow respiró hondo:
–Doy por bueno su argumento del rescate.
–Apuesto a que sí. Pero necesito una orden de tirar a matar.
Skow no respondió.
Geli sintió que la ira crecía en su interior:
–Mire, hemos esperado...
–Tengo que pensármelo un momento.
–¿Por qué diablos le cuesta tanto decidirse en este asunto?
–Mire... Estamos ante un secuestro. Usted es quien tiene la experiencia táctica, así que tengo que dejar las reglas del juego en sus manos.
Geli meneó la cabeza y farfulló:
–Tenga cuidado con lo que pide, ¿sí?
–El peso del mando, señorita Bauer.
–El mando no es un peso, Skow; es el nirvana. Un peso es el hecho de soportar a burócratas lameculos que cuestionan cada movimiento *a posteriori*.
Skow se rió entre dientes:
–Habla exactamente igual que su padre. Se lo comentaré.
Esta observación dejó a Geli helada:

–Hágalo –dijo, disimulando.

En cuanto Skow colgó, Geli se sentó en silencio, tocándose suavemente la cicatriz del pómulo. Así que Skow y su padre se conocían más que de pasada. La idea no le hacía gracia. Ninguna gracia.

CAPÍTULO 18

Llevaba una hora remando sin parar cuando divisé el embarcadero. Estaba a los pies del elevado puente sobre el río Cashie que habíamos cruzado de camino al ferry. El río se había ensanchado desde donde habíamos tomado el ferry, y tarde o temprano desembocaría en la amplia ensenada de Albermale. En mar abierto resultaría más fácil localizarnos desde el aire. El avión de vigilancia no había dado más señales de existencia, pero eso me servía de limitado consuelo.

Mientras navegábamos a la deriva bajo los árboles que se inclinaban sobre el margen derecho, pensaba en la rampa del embarcadero. Habría algún aparcamiento por allí. Camiones y remolques para los botes. Y seguramente pescadores que regresaran de practicar su afición favorita.

Rachel se giró en su sitio para mirarme de frente y observar atentamente cómo remaba:

–Tú ya has hecho esto antes.

–¿El qué? ¿Huir?

–Llevar una canoa.

Asentí con la cabeza:

–Mi hermano y yo solíamos ir de acampada con mi padre a la zona de Oak Ridge. Cazábamos y pescábamos.

Rachel se fijó en los árboles de la orilla. El sol se mantenía tercamente a nuestras espaldas, pero las sombras que proyectaba entre las ramas empezaban a adquirir un tono azul oscuro.

–¿Estamos a salvo?

–De momento. Quienes nos persiguen dependen de la tecnología. Si estuviéramos en el mundo civilizado, en una ciudad o una carretera, ya nos habrían atrapado. Este terreno de juego es más neutral.

Rachel jugueteaba con una cuerda de nailon azul y blanca que había en la popa.

–¿Quién es esa Geli Bauer de la que me has hablado?

Me sorprendió que recordara el nombre, aunque no tenía por qué. Nunca olvidaba nada de lo que yo le decía.

–Es una asesina, y ahora nos está buscando.

–¿Cómo sabes que es una asesina?

–Pasó un tiempo en el ejército. Geli habla un árabe fluido, y por eso antes de la operación Tormenta del Desierto la destinaron a Irak con otros mandos. Para que interrogara a tropas apresadas de la Guardia Republicana. Ejecutó a dos presos iraquíes porque no podían seguir a su unidad en el frente. Los degolló. Hasta los soldados de la Fuerza Delta se quedaron horrorizados.

–Supongo que las mujeres habéis llegado más lejos de lo que creen las feministas.

–No. Las mujeres asesinas son continuadoras de una antigua tradición. Recuerdo que un día Geli dio a Ravi Nara una conferencia sobre ello.

–Diría que es una sociópata. –Rachel dejó la cuerda de popa y se frotó cansinamente la nuca.

–Habría sido un interesante objeto de estudio para ti.

–¿Crees que ella mató a Fielding?

–Sí. Lo sabía todo sobre drogas capaces de causar la muerte con síntomas similares a los de un ictus, y en Trinity tiene acceso a todo: a la comida, al agua, a todo.

Remé con más brío, y el puente sobre el Cashier enseguida apareció ante nosotros. Rachel inspeccionó por encima del hombro la sólida estructura. Circulaban coches por ella a cada pocos segundos. Ese puente representaba la civilización. Dejé de remar para dar un respiro a los músculos de la espalda que ya estaban agarrotados. El silencio era casi absoluto.

–Escucha los pájaros –dijo Rachel.

Presté atención, pero el sonido que mis oídos captaron en el silencio no era normal. Un zumbido apenas perceptible descendía por el río. Podría tratarse de una lancha motora, pero mi instinto me decía que no lo era.

–¿Qué es eso? –preguntó Rachel? – Pareces asustado.

Recorrí el margen derecho con la mirada, buscando un lugar en el que hacer encallar la canoa. Si una avioneta volaba al ras río abajo, las ramas no nos servirían de cobijo. El motor rugía cada vez más cerca. Ahora incluso Rachel lo oía.

–Parece que se acerca –dijo.

Justo delante, había un árbol enfermo caído en el río. Mitad dentro y mitad fuera del agua, tenía las ramas y hojas muertas desplegadas como fantasmagóricas alas. El espacio que quedaba entre el árbol y la orilla era la clase de lugar donde una serpiente de agua buscaría refugio en el interior de una barca si uno fuera lo bastante estúpido para espantarla buscando peces. Guié la canoa hacia la angosta rampa, sintiéndome un poco como Hawkeye en *El último Mohicano*. Solamente esperaba tener algo de su suerte.

Segundos después de que la proa chocara contra la orilla, el ruido sordo del motor que se acercaba se convirtió en un estruendo. Miré por entre los árboles y vi justo lo que me temía. Una avioneta que sobrevolaba el río seis metros a ras del agua, como un piloto de Vietnam para reforzar la línea de tiro de las tropas ribereñas.

–No pueden vernos, ¿verdad? –indagó Rachel.

–No sin un equipo de captación de imágenes térmicas. Pero puede que dispongan de él. El motor de la avioneta hacía vibrar el revestimiento de aluminio de la canoa. Nos agazapamos en el suelo del bote, esperando a ver si daba la vuelta para echar otro vistazo. No fue así.

Trepé a mi asiento y remé hacia el puente.

–No me lo puedo creer –dijo Rachel–. No me puedo creer

que una mujer a la que no he visto en mi vida intente darme caza y asesinarme. ¿Cómo es posible?

Recordé mi último encuentro con Bauer:

–Ella cree que hemos intimado demasiado; que tú estás enamorada de mí.

Rachel se ruborizó bajo el sol del atardecer:

–¿Por el beso en casa de Lu Li?

–No sólo por eso. Cuando Geli me interrogó ayer, me dijo que no salías con nadie.

–¿Cómo lo sabría?

–Conoce a todos los hombres con los que has salido y sabe cuándo dejaste de ver a cada uno de ellos. Conoce a tu profesor de tercero y sabe que tu madre solía prepararte la comida cuando estabas enferma.

–¿Y cuál fue tu respuesta cuando ella te dijo que yo estaba enamorada de ti?

–Que pensabas que tenía esquizofrenia.

Rachel sonrió, con los ojos llenos de tristeza.

Abarqué con la mirada la enorme amplitud del río, en busca de otra embarcación. No vi ninguna, lo cual tampoco me sorprendió demasiado. Los pescadores compraban grandes motores fueraborda para llegar a lejanas zonas pesqueras todo lo rápidamente posible. Apoyé la pala en el fondo y orienté la canoa hacia el embarcadero.

–¿Nos paramos? –preguntó Rachel, mientras observaba la suave pendiente de la rampa.

–Sí. Cuando orillemos, no te muevas de la canoa. Volveré enseguida.

–¿Qué vas a hacer?

–Echar un vistazo.

Dejé la canoa junto a la rampa, luego salté a aguas poco profundas y fui chapoteando hasta la orilla. El aparcamiento con firme de conchas iba desde el bosque que quedaba a mi derecha hasta los enormes pilares de cemento del puente que tenía a la izquierda. No había ni un alma, sin embargo una hilera de camionetas con remolques para botes esperaba aparcada a unos treinta y cinco metros de la rampa. Me acerqué hasta allí y empecé a moverme entre dos camiones.

Agachado, me dediqué a palpar el lomo de los neumáticos para ver si encontraba algún juego de llaves escondido. No encontré ninguno. Di la vuelta a la camioneta de mi izquierda para comprobar sus otros dos neumáticos. Nada. Tampoco hubo suerte con el siguiente par de camionetas. Le tocaba ahora el turno a un Dodge Ram granate. No había ninguna llave sobre los neumáticos, así que cambié de táctica: agachándome entre la parte de atrás de la camioneta y el remolque vacío que llevaba enganchado, tendí la mano bajo el parachoques y pasé las yemas de los dedos por la cara interna del borde metálico. Algo se movía hacia el guardabarros con un ruido áspero.

Un llavero magnético.

Abrí la cajita negra y encontré una llave para el Dodge y otra para el seguro del remolque. Desenganché rápidamente el remolque de la camioneta, me puse al volante y encendí el motor.

Rachel se agazapó en la canoa cuando me acerqué en la camioneta, sin reparar en el conductor. Giré a la izquierda para que mi ventanilla quedara justo frente a ella.

–¡Trae la caja de Fielding! –grité–. ¡Rápido!

Con la caja de cartón en los brazos, Rachel salió de la canoa y chapoteó por el río. Yo corrí hasta la orilla y agarré un puñado de barro del bajío para embadurnar con él parte de la matrícula de la camioneta. A continuación me lavé la mano en el río, coloqué la caja de Fielding en el asiento trasero y ayudé a Rachel a subirse al asiento del copiloto.

–¿Le has hecho el puente a este monstruo? –preguntó.

–No sabría cómo. Los pescadores son gente honrada. Confían los unos en los otros. Odio tener que robarlo, en serio.

–Rezaré una oración de penitencia. Vamos.

Al salir del aparcamiento, levantamos una nube de polvo blanca.

–¿Todavía nos dirigimos a Nags Head? –preguntó Rachel.

–No. Podrían estar esperándonos allí. Déjame tu móvil.

Rachel sacó un Motorola plateado del bolsillo y me lo dio. Marqué de memoria el número de la Casa Blanca; Fielding me había dicho que lo memorizara hacía mucho tiempo.

–¿A quién llamas? –preguntó Rachel.

–Al presidente, espero.

–Pero tú dijiste...

–Quiero ver qué pasa.

Un telefonista respondió al segundo tono. Dije:

–Proyecto Trinity.

Se hizo un silencio, luego sonó un click, y el hombre con el que había hablado ayer dijo:

–Determine el motivo de su llamada.

–Soy David Tennant. Necesito hablar con el presidente.

–No se retire, por favor.

A continuación se oyó un silencio sibilante, y entonces fui consciente de que cada segundo que pasaba daba más tiempo a la ASN para localizar el móvil de Rachel.

–¿Y bien? –dijo.

–Cuenta hasta cuarenta. En alto.

Iba por el treinta y cinco cuando una voz con acento inglés dijo:

–¿Doctor Tennant?

–Sí.

–Soy Ewan McCaskell. Le hablo desde el Air Force One.

Me dio un vuelco el corazón:

–Señor McCaskell, necesito hablar con el presidente.

–Ahora está reunido con el primer ministro británico. Se pondrá al teléfono dentro de unos cinco minutos.

No me podía quedar cinco minutos sentado al móvil.

–¿Esperará? –preguntó McCaskell–. El presidente sabe que se han producido dudosos acontecimientos en el Proyecto Trinity. Está deseando hablar con usted.

–No puedo esperar. Volveré a llamar a la Casa Blanca dentro de siete minutos.

–Haremos que nos pasen su llamada.

Pulsé *COLGAR*, con el corazón palpitante.

Rachel me tocó el brazo:

–¿Bueno o malo?

–No lo sé. Era McCaskell. Dice que el presidente quiere hablar conmigo. Pero es obvio que alguien ha hablado antes con ellos. Seguramente, John Skow. Sólo saben lo que Godin quiere que sepan.

–¿Ya han vuelto a Estados Unidos?

–Están en el Air Force One.

–¿Vienen de China?

–No. Es un viaje de cinco días, más una escala de un día en Japón. Lo comprobé ayer mismo. Esta cumbre representa una especie de conmemoración de la visita de Nixon en el 72. La misma historia, pero sin la tensión de la Guerra Fría.

–¿Qué vas a decir cuando vuelvas a llamar?

Meneé la cabeza. El presidente Bill Matthews era un veterano senador republicano en Texas cuando se vio arrastrado a la Casa Blanca por una corriente de frustración antidemócrata. A Nadie había sorprendido más que a mi hermano James, que lo conocía desde sus días en Yale. Matthew era una carismática figura, aunque no la flecha más afilada de la aljaba, en palabras de mi hermano. Como senador, había confiado más de la cuenta en sus asesores, y seguía pecando de ello en la Casa Blanca. Sin embargo, la opinión general decía que estaba haciendo una buena labor tanto en política interna como exterior. Había hablado con Matthews una vez en el Despacho Oval, y luego de nuevo en una recepción de Georgetown, cuando rodaba la serie *NOVA* basada en mi libro. ¿Cómo me recordaba él? ¿Como un físico equilibrado con un hermano que le era simpático? ¿O como el paranoico delirante que sin duda Skow le había descrito?

Me limité a conducir por la 64, presa de la ansiedad, hasta que llegó la hora de volver a llamar. Esta vez, al identificarme, la conexión fue casi inmediata.

–¿Doctor Tennant? –dijo el presidente.

–Sí, soy David Tennant.

–Le habla Bill Matthews, David. Sé que ha pasado algún tiempo desde la última vez que nos vimos, pero quiero que sepa que puede confiar en mí. Ahora cuénteme qué ocurre.

Respiré hondo y fui al grano:

–Señor, seguramente ya habrá oído hablar de mi supuesto estado mental. Quiero que sepa que estoy tan cuerdo como el día que nos conocimos en el Despacho Oval. Así que, por favor, escúcheme con imparcialidad. Andrew Fielding murió ayer en su despacho de Trinity. Tengo razones para creer que fue asesinado. Hoy mismo mi vida corría peligro. Un hombre se presentó en mi casa armado con una pistola, y tuve que dispararle en defensa propia. El Proyecto Trinity está completamente fuera de control, y me parece que Peter Godin y John Skow son los culpables.

Se hizo un largo silencio.

–¿Señor Presidente?

–Le oigo, David. Mire, lo primero que debemos hacer es llevarlo a un lugar seguro.

–No hay un lugar seguro.

–Bueno, pues tiene que haberlo, ¿no cree?

–No cuando la ASN intenta asesinarte.

–No se preocupe por la ASN. Puedo hacer que la Policía Secreta lo recoja en algún sitio para que lo trasladen a un lugar seguro mientras espera mi llegada.

Parecía una oferta tentadora, pero sabía que no podía poner en peligro un encuentro así. Llegar al momento con vida sería prácticamente imposible.

–No puedo permitirlo, señor.

–¿No se fía de la Policía Secreta?

–No es eso. La cuestión es que no conozco de vista a ninguno de los agentes de la Policía Secreta.

–Ya. –Silencio–: Bueno, ¿y no podríamos acordar un código, una seña o algo así?

–Con la ASN de por medio, no sería seguro. De hecho, nada de este tipo sería seguro.

–Podríamos hacerlo ahora mismo.

–Debemos suponer que la agencia está escuchando esta conversación. Pueden sacarla del éter que cubre China.

Matthews suspiró:

–Está bien, David. Dime una cosa: ¿confías en Ewan McCaskell?

Me lo pensé dos veces. No habían atentado contra mi vida hasta que McCaskell me devolvió la llamada a casa, lo cual reveló al personal de seguridad de Trinity que yo aún no había hablado con el presidente. Si McCaskell tuviera algún contacto en Trinity, se lo habría hecho saber mucho antes de aquella llamada.

–Confío en él. Pero tendré que mirarle a la cara.

–Bueno... me parece que va a tener que pasar inadvertido hasta que volvamos. Entonces McCaskell y la Policía Secreta irán a recogerlo. ¿Puede venir a Washington dentro de cuatro días?

–Sí. Señor Presidente, ¿le puedo hacer una pregunta?

–Por supuesto.

–¿Cree algo de lo que le he dicho?

Matthews respondió con una voz menos campechana:

–David, le voy a ser sincero. John Skow dice que el doctor Fielding murió por causas naturales, y que usted disparó sin motivo a un agente de seguridad de Trinity fuera de su casa. También dice que usted ha secuestrado a su psiquiatra.

Parpadeé incrédulo. Por fin Skow había cometido un error.

–Espere, señor –le pasé el teléfono a Rachel–. Dile quién eres.

Rachel cogió el teléfono dubitativa y se lo acercó a la oreja:

–Soy la doctora Weiss... Sí... No, señor. Vine con el doctor Tennant por mi propia voluntad... Eso es. Sí, alguien intenta matarnos... Sí, señor. Lo haré.

Me pasó el móvil.

–¿Señor Presidente?

–Estoy aquí, David. Mire, no sé muy bien qué pensar. Pero sé que usted procede de una buena familia, así que me gustaría verlo y hablar con usted.

Sentí que me recorría el primer atisbo de alivio:

–Gracias, señor. Todo lo que pido es un juicio justo.

–Lo tendrá en cuanto vuelva. No levante el trasero del césped, Dave.

Se me rompió una carcajada en el nudo que obstruía la garganta. Ese dicho había salido de boca de mi hermano.

–Gracias, señor Presidente. Nos vemos entonces.

Pulsé *COLGAR*.

Rachel me miraba con expectación:

–¿Qué piensas?

–Pienso que estamos mejor que hace cinco minutos. Dios mío... No me lo puedo creer. ¿Qué vamos a hacer en los próximos cuatro días?

Pisé el acelerador hasta poner el coche en ciento diez por hora.

–Iremos a Oak Ridge.

–¿Tennessee?

–Sí. Conozco un lugar como ninguno en el mundo. A pocos kilómetros de la ciudad, te sientes lejos de la civilización. Sin policía. Sin televisiones que divulguen fotografías de prófugos de la justicia y camionetas robadas. Nada.

–¿A cuánto está de aquí?

–A ocho horas. –Adelanté a un coche que circulaba despacio y volví al carril derecho–: Ponte cómoda y duerme un rato.

–No puedo dormir en un coche.

–Es una camioneta.

–Listo.

Librarse de la avioneta y contactar con el presidente despertaba en ambos cierta sensación de euforia que no duraría demasiado.

–No bromeo sobre lo de dormir. Vas a necesitar hasta la última gota de energía matinal.

–¿Para qué?

–Para las montañas.

CAPÍTULO 19

Geli se nutría de adrenalina, y la persecución le había proporcionado una buena dosis. Entre la caza y captura de Tennant y Weiss y la búsqueda de Lu Li Fielding, había estirado sus recursos al máximo. Pero cuando la falta de efectivos la desconcertaba, pensaba en el desierto de Irak, donde su equipo sólo contaba con ocho comandos Delta Force.

La responsable de su último dolor de cabeza fue Jutta Klein, la alemana experta en IRM. Al parecer, Klein había aprovechado su escasa vigilancia para acercarse en coche hasta Atlanta, donde embarcaría en un vuelo de Lufthansa con destino a Alemania. El gobierno alemán había prometido «ayudar en la medida de lo posible», pero Geli sabía que recibirían a Klein y su nueva competencia con los brazos bien abiertos.

Geli hizo girar el sillón. Alguien con el código de acceso válido para todo el día había atravesado la puerta de control zumbando. John Skow salió de las sombras, enfundado en su sempiterno traje de Brooks Brothers y con los ojos brillantes o del terror o de la emoción.

–¿Qué está haciendo aquí? –le preguntó ella–. ¿Qué ha pasado?

Skow se sentó a horcajadas en una silla que Geli tenía delante y juntó unas manos casi femeninas tras la espalda.

–Tennant acaba de hablar con el presidente. Matthews estaba en el Air Force One, volando de Pekín a Shangai. Nuestras grabaciones rutinarias sobre cielo chino detectaron la conversación, y acabo de descifrar los códigos de comunicación del alto cargo.

Geli se sintió como si hubiera abierto la puerta de un horno caliente. Con razón Skow no había querido hablar por teléfono.

–¿Y qué decían?

–El presidente intentaba convencer a Tennant de que la Policía Secreta lo recogería en algún lugar, pero Tennant no picó.

–¿Matthews se creyó lo que usted le contó? ¿O más bien cree a Tennant?

Skow se mordió una parte del labio inferior, como quien considera diferentes posibilidades.

–Yo diría que se inclina por nosotros. Pero le dijo a Tennant que le conseguiría un juicio justo.

–¿Y cómo va a hacerlo?

–Ewan McCaskell y la Policía Secreta quedarán antes con Tennant y luego pasarán a recogerlo cuando el presidente haya vuelto. Tennant confía en McCaskell.

–¿Cuándo vuelve el presidente?

–Dentro de cuatro días.

–¿Estamos hablando del Distrito de Columbia?

–Sí.

–Perfecto.

–¿Por qué?

Geli ya había previsto que Tennant pudiera dirigirse a Washington.

–El Distrito de Columbia es la excusa perfecta para acabar con Tennant. A partir de ya, pondremos todo nuestro empeño en desacreditarlo al extendernos sobre lo que hemos dicho de él: los efectos secundarios de Tennant se fueron agravando hasta desembocar en una psicosis; mató de un tiro a su guardia de seguridad y secuestró a la doctora Weiss.

–¿Y?

–Ahora ha amenazado de muerte al presidente.

Skow frunció el ceño:

–Pero acaba de hablar con Matthews. Y no le hizo ninguna amenaza.

Geli puso los ojos en blanco:

–Tennant dice lo que sea para acceder al hombre que quiere matar. Si lo pintamos como un asesino perturbado, podremos usar a todos los policías del metro existentes en el Distrito de Columbia para darle caza. Y en cuanto usted le administre el tratamiento Lee Harvey Oswald, la Policía Secreta no dejará que se acerque al presidente.

–Elegante estrategia. ¿Pero qué prueba aportamos?

–Tenemos cientos de horas grabadas de Tennant al teléfono y en casa. ¿El Godin Four sigue arriba?

–No me he fijado. ¿Por qué?

–Con los programas adecuados de la ASN y nuestro Godin Four se podría reconstruir una amenaza verbal al presidente cuya falsedad nadie sería capaz de demostrar.

Skow sonrió en señal de reconocimiento:

–Eso está bien, Geli. Muy bien.

–Por eso estoy aquí. La cuestión es: ¿Tennant irá directamente al Distrito de Columbia o esperará cuatro días más?

–Mi fuente me dice que no –dijo Skow–. Tengo una pequeña lista de lugares en los que Tennant podría buscar refugio, y Washington está entre los últimos.

La ira tensó la mandíbula de Geli:

–¿Quién diablos es su fuente?

–No le puedo facilitar ese tipo de información. Lo siento.

–¿Me está diciendo que Tennant huirá a algún otro lugar que no sea el Distrito de Columbia?

–Sí. ¿No es de sentido común? ¿Por qué iba Tennant a arriesgarse yendo derechito a Washington cuando la reunión tendrá lugar dentro de cuatro días?

–Porque allí tiene contactos con acceso a POTUS: el director general de Salud Pública; el director de los Institutos Nacionales de Salud; los políticos de su estado natal; por el amor de Dios, y el senador Barrett Jackson, que dirige la Comisión Investigadora de los Servicios de Inteligencia. Puede acceder al Despacho Oval con sólo una llamada telefónica. Y si Tennant convence a alguien como Barrett Jackson de que está cuerdo...

–Entiendo. Está bien. Pero no sabemos exactamente *adónde* huirá. Y nuestra versión del asesino nos permitirá contar con otros efectivos federales para que cubran las demás posiciones.

–Bueno. Usted encárguese de los medios de comunicación. También podría hacer llegar un comunicado de seguridad confidencial remitido por la ASN a todo aquel que Tennant conozca en el cinturón. Recalque su inestabilidad mental. ¿Puede hacerlo con elegancia?

Los finos labios de Skow esbozaron algo parecido a una sonrisa:

–Por eso estoy aquí.

Geli asintió, sintiéndose mejor de lo que se había sentido en horas:

–Más vale que suba y compruebe que el Godin Four aún funciona. O bien ordene que nos lo vuelvan a traer de inmediato.

Skow nunca había tocado a Geli, pero alargó la mano y la apoyó sobre su muñeca:

–Tiene cuatro días para acabar con Tennant y Weiss. Pasado ese tiempo, la Policía Secreta llevará a cabo sus propias investigaciones y trabajarán muy duro para atrapar a Tennant más que para asesinarlo.

–Por eso usted se va a asegurar que nadie crea nada de lo que diga.

Skow asintió con la cabeza:

–De acuerdo.

–No se preocupe –Geli le garantizó–. El presidente jamás volverá a ver a Tennant. Dentro de veinticuatro horas estará tan muerto como su hermano.

CAPÍTULO 20

Para cuando llegamos a Raleigh ya era de noche. La 64 se convirtió en I-40, y luego retrocedimos por el Research Triangle Park para desplazarnos al oeste rumbo a Tennessee.

–Mira eso –dijo Rachel, viendo pasar las luces de la zona–. Cuando está tan oscuro, hasta casi creo que tú me podrías acercar a mi casa de Durham y que yo podría entrar a prepararme una taza de té.

–Ahora sabes más de la cuenta.

Me miró durante un buen rato, y después suspiró en la oscuridad.

–Siento haberte metido en todo esto –dije–. Todavía no te he pedido disculpas.

–Yo me metí en esto.

–No. Yo lo hice al elegirte como mi psicoanalista.

La fatiga que denotaba el rostro de Rachel me reveló que estaba acostumbrada a lidiar con el sentimiento de culpa de los demás.

–No trates de entender los caprichos del destino. Si una mariposa hubiera aleteado en Malasia antes de tu llamada, habrías dado con otra persona. Así es la vida.

Antes yo mismo me decía esa clase de cosas, pero no me las creía en casos como éste:

–No. Te busqué porque eres la mejor en lo que haces. Y los psicoanalistas jungianos no son como los psicólogos, que están en todos los rincones. Sé que suena infantil, pero tengo la extraña sensación de que el destino ha querido que te encontrara.

Rachel me miró con ojos infinitamente perspicaces, pero bajo esa perspicacia vi dolor. De alguna manera, había tocado fibra sensible. Cuando habló, lo hizo con una voz carente de emoción.

–Es fácil decirnos a nosotros mismos que lo que nos ocurre es un capricho del destino. Es un consuelo. Así tenemos la impresión de formar parte de algo más grande. Yo pensaba que mi marido y yo estábamos predestinados. Pero no era así; tan sólo se trataba de una mala elección que yo había racionalizado como parte de mi destino. La verdad es que resulta patético.

–¿Patético? Tu hijo fue fruto de ese matrimonio.

–Que murió asustado y lleno de dolor a los cinco años.

El tono en el que hablaba era alarmante. Había visto a muchos niños morir en los años que llevo ejerciendo la medicina, y era consciente de lo mucho que eso afecta a los padres. Podía dejarlos irremediablemente destrozados. Ni siquiera el personal del hospital estaba inmunizado. El exoesqueleto del profesionalismo desaparece fácilmente ante el sufrimiento de un niño. Para mí ese sufrimiento, la agonía de los inocentes, era uno de los principales obstáculos para creer en Dios.

–Tú y tu hijo os disteis el uno al otro cinco años de amor incondicional. ¿Preferirías que nunca hubiera venido a este mundo, para ahorrar a ambos el dolor del final?

Clavó en mí una mirada de indignación:

–Vas a seguir, ¿verdad? No respetas los límites.

–No cuando me he ganado el derecho a sobrepasarlos. –Hablaba de la pérdida de mi propia hija, y ella lo sabía.

Volvió a mirar por la ventanilla:

–No hablemos de ello.

–No tenemos por qué hablar. Pero necesitamos provisiones. Voy a parar en un Wal-Mart veinticuatro horas de Winston-Salem o Asheville. Podrás dormir un par de horas.

–Estoy agotada –reconoció.

–Ven aquí.

–¿Qué?

–Apóyate aquí.

–¿En tu hombro?

–No. Sé valiente. Acurrúcate en el asiento y apoya la cabeza sobre mi regazo.

Rachel meneó la cabeza, pero no a modo de rechazo. Yo no levanté los ojos de la carretera. Al cabo de un rato, ella se sacó los zapatos, luego cruzó las piernas sobre el asiento y apoyó la cabeza sobre mi muslo derecho. Notaba que tenía los ojos abiertos, pero no miré para comprobarlo. Bajé la mano derecha del volante y empecé a acariciarle la frente, peinándole el pelo con los dedos.

–Esto me recuerda a cuando era niña –dijo.

–No estoy hablando contigo. Cierra los ojos.

Al cabo de un rato, lo hizo.

* * *

Llegamos a Asheville a las 10:30 de la noche. Un Wal-Mart alegremente iluminado apareció como un oasis en medio de la oscuridad, y entonces abandonamos la interestatal. La cabeza de Rachel seguía en mi regazo, y yo tenía la pierna derecha casi entumecida. No respondió cuando le hablé. Estuve tentado de dejarla en la camioneta mientras iba a la tienda, pero no quería que se despertara sola en el aparcamiento. También cabía la posibilidad de que la policía local hubiera recibido una orden de búsqueda a raíz de la camioneta robada. Para no caer en la emboscada al salir de la tienda, desperté a Rachel y la aposté justo tras las puertas de cristal, en un lugar del interior desde donde pudiera controlar a cualquiera que mostrara excesivo interés en nuestro Ram granate.

Fui directamente hacia el departamento de deportes y empecé a apilar artículos junto a una caja registradora desatendida: una tienda biplaza, sacos de dormir, mochilas, una linterna Coleman, un hornillo y combustible. En otro pasillo cogí dos monos de camuflaje Silent Shadow, gorros de camuflaje, botas de goma de camuflaje y ropa interior térmica. Un pasillo más allá, cogí un arco compuesto, ocho flechas y una aljaba. Coroné la pila con una brújula, un par de prismáticos, una navaja Gerber, tabletas potabilizadoras de agua, un *Maglite* y dos walkie-talkies a pilas. A continuación, fui en busca de un vendedor para que me cobrara.

La joven mexicana que encontré sospechaba de mi dinero en efectivo. Mientras ella comprobaba la autenticidad de cada billete de cien dólares, yo fui a la sección de perfumería y cogí pasta de dientes, cepillos de dientes y jabón. La compra ascendió a un total de 1429,84 dólares. Después de pagar empujé el carro hasta la entrada de la tienda y lo dejé con Rachel; después llevé otro hasta la sección de ultramarinos y metí en él lo esencial para sobrevivir un par de semanas, más agua embotellada. Cuando me acercaba a la caja, pensé en lo que tenía de increíble abandonar la autovía a altas horas de la noche y en una sola parada equiparme para sobrevivir largo tiempo en el bosque. Ni mi padre se lo habría creído.

Rachel hizo una señal de «okey» con la mano mientras yo pagaba, y respiré un poco más tranquilo. El segurata de la salida me paró, pero sólo para comprobar que mi ticket se correspondía con lo que llevaba en el carro. Diez segundos después nos vimos caminando por el aparcamiento. Lo puse todo detrás del asiento; luego ayudé a Rachel a subir a la camioneta y nos pusimos en marcha rumbo a la I-40.

Justo antes de llegar a la interestatal, giré en el aparcamiento de un motel Best Western y aparqué entre dos camionetas que había en la parte de atrás. Una era una Dodge Ram azul, y llevaba un remolque para caballos. Con la ayuda de un destornillador que cogí en la guantera, saqué la matrícula de Texas de aquel Ram y la cambié por la del nuestro granate. Acto seguido me acerqué con la camioneta hasta la rampa de acceso a la I-40 y me dirigí al oeste hacia la frontera de Tennessee, en algún lugar de los Apalaches que se extendían ante nosotros.

Rachel pronto empezó a roncar suavemente, de nuevo con la cabeza sobre mi regazo. Sintonicé la radio con una emisora en la que sonaba David Gray y dejé que los ojos se me empañaran hasta que todo lo que veían fueran los bordes de la carretera. Conducíamos hacia mi pasado, hacia los bosques de mi juventud, un mundo de extraños contrastes y recuerdos imborrables. El Laboratorio Nacional de Oak Ridge era una de las instalaciones de más alta tecnología del país, aunque estuviera enclavada en medio de una vasta vegetación. Allí había ido al colegio con los hijos más brillantes de hombres y mujeres de Chicago y Nueva York, y también con los de escuálidos hombres y mujeres que nunca habían salido del condado en el que nacieron. Algunos de los científicos hallaron el entorno rural aburrido, por no decir perturbador; sin embargo, para mi familia las montañas boscosas que rodeaban Oak Ridge habían sido una bendición.

Existían varios lugares aislados de Oak Ridge en los que podríamos escondernos, pero uno de ellos era el más indicado para nosotros. El año pasado, un amigo de la infancia me había dicho que el gobierno iba a cerrar el parque estatal Frozen Head por recortes presupuestarios. Mi hermano y yo habíamos acampado allí innumerables veces, y de momento el parque montañoso estaría desierto; de no ser por algunos fanáticos excursionistas, a quienes no importaría que alguien disfrutara del esparcimiento ilícito que ellos mismos buscaban.

Cruzamos la frontera de Tennessee por el extremo sur del parque forestal Pigsah. Después salimos de entre los gigantescos árboles y hacia medianoche íbamos ya por Knoxville. Continué hacia el oeste por la 62 y en menos de media hora atravesábamos Oak Ridge, la «ciudad secreta» estadounidense de la segunda guerra mundial. Hoy día es mundialmente conocida por sus instalaciones nucleares, pero durante la segunda guerra mundial ni siquiera aparecía en los mapas. Entre 1945 y 1975, el año en que me fui a vivir a Alabama, Oak Ridge se había transformado en algo parecido a una ciudad normal de Estados Unidos. Aunque nunca llegó a serlo del todo. En Oak Ridge siempre ha habido un sentimiento compartido de misión, y la prueba del valor de ciudad ha permanecido invisible pero a la vez eternamente presente. Quienes vivíamos allí sabíamos que en caso de que estallara una guerra nuclear, nos evaporaríamos en los primeros minutos. Incluso en la oscuridad era evidente que la ciudad había crecido desde que me había ido. Veía más restaurantes franquiciados en la arteria de salida y más cadenas de tiendas; pero el corazón de la ciudad seguía estando en el laboratorio, y en los montones de uranio que se remontaban a la época de guerra y que llevaba a los turistas curiosos a visitar los instrumentos que habían determinado la victoria contra los japoneses.

Al salir de Oak Ridge por la 62, comprobé que el nuestro era el único vehículo que circulaba por aquella carretera. Faldeamos el pie del monte Big Brushy, sobre cuyo extremo más alejado se erigía la prisión estatal. Tres fronteras convergían en esta zona desolada, un mundo envuelto en una neblina que habitaban descendientes de mineros del carbón y destiladores ilegales. Se aferraban tenazmente a la existencia en las oscuras profundidades y en las minas a cielo abierto que, pese a estar ya abandonadas, habían dejado huella en estas montañas.

Giré al norte por la 116, una angosta carretera que serpenteaba por la aldea de Petros y la prisión, un recinto descarnado y deprimente iluminado por un fuerte resplandor mercúreo y rodeado por un alambrado de cuchillas. Al norte de la prisión, la carretera empezaba a retorcerse como una serpiente herida. Me desvié hacia la izquierda por una pista que no aparecía en el mapa, pero que recordaba perfectamente. Al poco tiempo, me planté en la entrada del parque forestal abandonado, que ahora seguramente estaría cerrado con barricadas.

A unos ochocientos metros de la entrada, reduje y empecé a buscar un claro entre los árboles. Cuando lo encontré, frené y salí de la carretera, y en diez segundos desaparecimos. Seguí conduciendo hasta que el bosque se hizo demasiado espeso y la cuesta demasiado empinada para seguir adelante. Entonces aparqué y apagué el motor.

Rachel ni se había inmutado. Alargué la mano y saqué los sacos de dormir de entre los bártulos que llevábamos detrás del asiento. Cuando los desenrollaba, se despertó sobresaltada y saltó de mi regazo, con los ojos abiertos como platos en la oscuridad.

–*¿Qué haces*?

–Tranquila –dije–. Estás a salvo. Ya hemos llegado.

–¿Adónde? –Intentó mirar por la ventanilla, pero no había luz bajo los árboles. Bien podríamos estar en el interior de una cueva.

–Estamos a las afueras de Oak Ridge, en un lugar llamado Frozen Head. Es un parque estatal abandonado.

–¿Frozen Head?

–Has dormido unas horas.

Rachel meneó la cabeza:

–Yo no puedo dormir en el coche.

–Bueno, tú sigue no durmiendo. Te despertaré justo antes del amanecer.

Rachel parpadeó como saliendo de trance. Luego se puso la mano delante de la boca y bostezó:

–¿Has comprado cepillos de dientes?

–Sí. Pero ya te los limpiarás mañana.

–Tengo ganas de ir al lavabo.

–Tienes todo el bosque para ti sola.

–¿No hay peligro ahí fuera?

Pensaba decirle que tuviera cuidado con las serpientes de cascabel que había en los árboles, pero entonces se habría quedado en el coche:

–Es el lugar más seguro en el que has estado en las últimas veinticuatro horas.

Salió de la camioneta y se alejó de la luz, sin cerrar la puerta que nos iluminaba como una linterna en el bosque. Se tomó su tiempo, y yo ya me estaba preocupando. Pero empezaron a caer gotas de lluvia sobre el parabrisas y la oí chillar. Entonces entró en la camioneta con los vaqueros desabrochados y cerró la puerta de un tirón.

–¡La que está cayendo! –gritó, abrochándose los pantalones.

–La lluvia nos vendrá bien. Amortigua el ruido al caminar por el bosque.

Se tapó con un saco de dormir y se estremeció:

–No es por ofender, pero esto es una mierda. ¿No podríamos pasar la noche en un motel de mala muerte?

–Nadie sabe dónde estamos ahora. Así que nadie puede encontrarnos. De eso se trata. Duérmete.

Rachel asintió y se arrimó contra la puerta.

Yo me quedé escuchando la sinfonía de lluvia, que me recordaban a los amaneceres en vela con mi padre y mi hermano, esperando a que algún pato o algún venado apareciera en nuestro punto de mira. Estaba agotado, pero sabía que me despertaría antes que el sol. Una primigenia parte del cerebro que en mi caso permanecía latente en la ciudad se despertaba lejos de la civilización y me susurraba al oído los ritmos del bosque con infalible precisión. Ese susurro me decía cuándo se acercaba el amanecer, cuándo iba a llover y cuándo se movía la caza. Me arropé con el saco de dormir hasta la barbilla.

–Buenas noches –le dije a Rachel.

La respiración pausada fue su única respuesta.

* * *

Me desperté cuando las primeras tonalidades azul claro asomaban por entre las copas de los árboles. Pestañeé varias veces, para luego inspeccionar el terreno sin mover la cabeza. Al no ver nada, interrumpí con delicadeza el sueño de Rachel. Volvió a levantarse sobresaltada, pero sin dejarse llevar tanto por el pánico como la noche anterior.

–Tenemos que irnos –dije.

–Vale –farfulló, aunque parecía más dispuesta a quedarse durmiendo.

Salí y descargué la vejiga, y luego descargué los bártulos de detrás del asiento. Metí la mayoría de las cosas en mi propia mochila, para que Rachel sólo tuviera que cargar con su propio saco de dormir, comida enlatada y un par de botellas de combustible. Cuando ella se bajó de la camioneta, le di un mono de camuflaje Silent Shadow, calcetines gruesos y unas botas.

Rachel me puso mala cara, pero agarró la ropa y se fue detrás de la camioneta. Mientras ella se cambiaba, yo me ataba la aljaba y el arco compuesto a la mochila. A continuación me enfundé el mono y las botas. Cuando me echaba al hombro la mochila, parecía que el bosque perdiera de repente su frondosidad, y entonces supe que el sol estaba culminando el monte Windrock por el este.

Rachel salió de detrás de la furgoneta con el aspecto de las soldados israelíes de las fotografías. Se puso la mochila al hombro sin demasiadas dificultades y sin dar queja del peso.

–Si te vieran tus amigas –dije, ajustándole un walkie-talkie al cinturón.

–Se partirían.

Le metí ropa de calle en la mochila.

–Mira al suelo. Pisa donde yo piso, y procura no engancharte la ropa en las zarzas. Si nos separamos, usa el walkie-talkie, pero en voz baja.

–Vale.

–Habla sólo cuando sea estrictamente necesario. Si levanto la mano, para. Agárrame del cinturón si avanzo demasiado rápido; no tenemos prisa. Ahí fuera verás animales. Aléjate tranquilamente de las serpientes y no hagas caso del resto.

Asintió:

–¿Adónde nos dirigimos exactamente?

–En esta montaña hay cuevas. Los excursionistas conocen unas cuantas, pero hay una que es prácticamente desconocida. Mi padre y yo la descubrimos cuando yo era niño. Ésa es la que nosotros buscamos.

Rachel sonrió:

–Estoy más preparada que nunca.

Seguimos el sendero marcado por los neumáticos de la camioneta hasta llegar a la carretera; después tapamos con broza el claro. Crucé la carretera y me puse a buscar un manantial afluente del río New, un arroyuelo que se abría camino montaña abajo por un rocoso desfiladero de unos quince metros de fondo. Ese desfiladero sería el camino que seguiríamos montaña arriba. Los forestales habían hecho un cortafuegos que discurría paralelo al arroyo, pero yo no quería correr el riesgo de topar con ningún excursionista. También me preocupaban las gentes del lugar que plantaban marihuana en el recinto del parque abandonado. En momentos de penuria, era toda una tentación para los descendientes de destiladores, que tendían a recelar de los intrusos: ponían bombas en sus terrenos y disparaban sin preguntar.

Pronto encontré el arroyo y, para cuando la luz del día inundaba el bosque, nosotros ya estábamos con el agua hasta las canillas, subiendo por el barranco. Retorcidas raíces de árboles trepaban por las paredes como manos artríticas, y el camino estaba cubierto de rocas como coches. El arroyo era poco profundo y aunque en algunos lugares se ensanchaba, en otros se estrechaba hasta formar gorjeantes canales. Vi huellas y excrementos de venado, y lo que parecían las huellas de un oso. Eso despertó mi inquietud por la cueva. No dejaban de oírse ruidos en la maleza, de conejos y armadillos que salían de cubierto a nuestro paso. A cada pocos minutos me giraba para comprobar que Rachel me seguía, aunque parecía soportar bien el ritmo. Resbaló varias veces sobre roca mojada, pero escalar una montaña en esas condiciones no era apto para principiantes.

Atravesaba una rama anegada, cuando noté que olía a humo. Me detuve sobre mis pasos, esperando que se tratara de la hoguera de algún excursionista. Pero no. Era tabaco del bueno, de Virginia. Levanté la mano, aunque no había necesidad; Rachel se había detenido nada más verme parar.

Sin mover la cabeza, recorrí con la vista las rocas y los árboles que tenía delante. Nada se movía, excepto el agua del arroyo y las gotas de lluvia que resbalaban por las hojas para caer en el suelo. Levanté la mirada y examiné las ramas bajas de la bóveda forestal. Es posible que hubiera un cazador furtivo de venados en un puesto de vigía. Pero un auténtico cazador sabía que el hecho de fumar un cigarrillo, aun fuera de temporada, le ahuyentaría las piezas. No vi nada en los árboles.

Torciendo ligeramente la cabeza, examiné el borde del desfiladero. Primero miré a derecha y luego a izquierda. Nada. Volví a ventear. El olor había desaparecido.

Rachel me tiró del cinturón:

–¿Qué pasa? –susurró.

Me giré y vi el miedo en su cara:

–Tranquila –dije, articulando para que me leyera los labios–. No te muevas.

Rachel asintió.

Otra nube de tabaco flotaba en el aire, de olor más intenso. Me volví lentamente y, por alguna razón, miré hacia arriba. A casi cuarenta metros, un hombre enfundado en un traje negro de nailon balístico se asomó al borde del desfiladero y lanzó al arroyo la colilla de un cigarrillo. El pulso se me aceleró, pero yo ni me moví. La colilla, un destello de blanco sobre verde, cayó dando vueltas en el aire hasta dar en el agua y luego vino flotando hacia nosotros.

El hombre no perdía de vista la colilla. Yo estaba seguro de que nos iba a descubrir, pero de repente el hombre apartó la mirada y se quitó algo del hombro. Un rifle de asalto negro. Un M16. Lo apoyó contra un árbol, se bajó la cremallera y empezó a orinar desde lo alto de aquel pequeño precipicio. Parecía un niño, apuntando con el chorro al arroyo sin alcanzarlo; aunque, en realidad, un niño lo habría logrado. En este caso, se trataba de un cuarentón acorazado.

Rogué a Rachel que no se dejara llevar por el pánico. Puede que aún no hubiera visto al fusilero, pero no se le podía escapar el largo arco dorado que destellaba con la luz del amanecer. El hombre dejó de orinar con desganadas florituras; a continuación se la sacudió, se subió la cremallera y recogió el M16.

Cuando se echaba el rifle al hombro, bajó la mirada al arroyo, justo hacia nosotros.

Aguanté la respiración y esperé a que nuestros ojos se enzarzaran.

La mirada del fusilero nos pasó por encima y luego retrocedió. Entrecerró los ojos al mirar de nuevo arroyo abajo. Eran los trajes y los gorros de camuflaje. No podía distinguirnos entre arroyo y maleza. Lo vi mover la cabeza hacia la derecha de una extraña manera, como si tuviera un tic nervioso; pero entonces caí en la cuenta de que estaba hablando por un micrófono de solapa. Oía el débil graznido metálico de una respuesta, aunque no conseguía discernir las palabras. Entonces el fusilero se giró y se perdió nuevamente entre los árboles.

Incrédulo, me volví hacia Rachel, que me miraba confundida:

–¿Qué pasa? –susurró.

–¿No has visto eso?

–¿El qué?

–Había un tipo ahí arriba ¡meando desde el precipicio!

Rachel abrió los ojos de par en par.

»Tenía un rifle.

–¡Yo no he visto nada! Te estaba mirando a ti. Pensaba que habías visto una serpiente o algo.

–Volvemos a la camioneta. Ya.

Rachel estaba pálida:

–¿Y la cueva?

–Olvídalo. Nos están esperando allá arriba.

–No puede ser.

–Así es. Ese tipo llevaba un M16 y chaleco antibalas. Los cazadores de venado de la zona no tienen precisamente ese aspecto.

–Pero ahora ya casi habíamos llegado.

Un sarpullido recorría mi cuerpo:

–¿Y eso qué importa?

–No. Quiero decir, que la cueva parecía un lugar seguro.

–Pues no lo es.

Una nueva idea se forjaba en las tinieblas de mi mente: «Sabían que veníamos.» Antes de darle más vueltas al asunto, me vi a mí mismo escuchando con toda la atención del mundo. No estaba seguro de lo que había oído, pero era algo. Un movimiento que no encajaba en el ruido habitual del bosque. Maldije en silencio. La lluvia que había silenciado nuestras huellas ahora cubría a nuestros enemigos. ¿O tan sólo eran *mis* enemigos?

Cuando tuve un atisbo de lucidez, otro débil graznido rompió el silencio, y entonces supe que había otro fusilero a unos quince metros de mí. Me coloqué silenciosamente detrás de Rachel, le tapé la boca con una mano y le rodeé el pecho con el otro brazo, sujetándola contra mí con todas mis fuerzas. Intentó gritar, pero ningún sonido traspasó sus labios.

Me quedé inmóvil, y la corriente del arroyo no dejaba de empujarme las piernas. Rachel forcejeaba conmigo. La mochila me impedía sujetarla bien y yo temía que ella me pudiera morder la mano, lo cual no hizo. Era razón suficiente para sospechar que ella había dicho a la ASN dónde encontrarnos.

–Voy a destaparte la boca –susurré–. Si gritas, te corto el cuello.

CAPÍTULO 21

Cuando liberé a Rachel, se tambaleó en el arroyo, con una máscara de rabia y terror por rostro. Luego me vio la navaja en la mano, la Gerber que me había comprado en el Wal-Mart.

–Andando –le ordené–. Río abajo. Ya sabes el camino.

Se me quedó mirando fijamente otro buen rato, luego dio media vuelta y echó a caminar sobre las rocas. Yo guardé la navaja y saqué el arco. Lo llevaba claro contra un hombre armado con un M16; pero si viera yo primero a mi rival, podría dispararle una flecha rápida.

–No te alejes de la pared derecha.

Rachel se movió hacia la derecha, avanzando rápidamente de piedra en piedra. Mientras la seguía barranco abajo, inundaba mi mente un mar de preguntas que debería haberle hecho antes. El primer día, cuando me había despertado de mis sueños sobre la muerte de Fielding... ¿cómo había abierto la puerta? Yo la había cerrado con llave cuando se fue el repartidor de FedEx, y al despertar vi que la puerta se golpeaba contra la cadena mientras Rachel gritaba mi nombre. ¿Y cómo había encontrado mi casa si yo no le había dado la dirección? «Conozco a alguien en el departamento de personal», me había dicho ella. La universidad tendría órdenes de no facilitar información sobre un director del proyecto Trinity. ¿Y la avioneta de vigilancia sobre la autovía? ¿Cómo habrían sabido sobre cuál de entre los miles de coches que circulan entre Chapel Hill y Nags Head enfocar su láser? Mientras yo estaba inconsciente, Rachel podría haberlos llamado por teléfono para informarles sobre el Audi, el bungalow de Nags Head, todo.

Respecto a Oak Ridge, bien podría haberse puesto en contacto con ellos desde el Wal-Mart de Asheville cuando se había quedado junto a la puerta. Entonces no sabía nada sobre Frozen Head, pero llevaba móvil; podría haber llamado a la ASN con muy poco esfuerzo, cuando salió ayer de la camioneta para hacer pis. Por otro lado, todavía recuerdo haber entrado de un brinco en el vestíbulo de mi casa para encontrarme a un asesino apuntando a la espalda de Rachel con una pistola.

Se detuvo al llegar a un profundo canal en el arroyo. Me acerqué a ella por detrás en caso de que cayera o intentara huir. Mientras sorteábamos el canal, recordé cómo la había elegido. Skow se oponía a que acudiera a un psiquiatra ajeno a la ASN; ¿pero hasta qué punto se oponía? Mis amigos de la Universidad de Virginia me habían dicho que Rachel era la mejor psicoanalista jungiana del país. ¿Acaso Geli Bauer me había seguido la pista, hablando con todo el que yo hablaba? ¿Había preparado a Rachel antes de nuestra primera sesión? ¿Cómo habría podido comprometerla Geli? ¿Apelando al patriotismo? ¿Chantajeándola? No había manera de saberlo.

Alargué la mano y agarré a Rachel por la mochila. El arroyo había recuperado su nivel. La carretera no quedaba muy lejos.

–Estamos cerca de la camioneta –dije en voz baja–. Ahora tuerce a la izquierda, y no pises ninguna rama.

Se volvió hacia mí, con los ojos aún llenos de rabia:

–No creas...

Le di una palmada en la espalda:

–Camina.

Siguió su camino por entre los árboles empapados con sorprendente agilidad. Pasados unos treinta y cinco metros, la volví a agarrar por la mochila y a continuación examiné los árboles que tenía delante.

–David, no creas que te he traicionado.

Asentí:

–No hay otra explicación.

–*Tiene que* haberla.

Miré detenidamente por entre los troncos mojados, buscando algo fuera de lo normal:

–Podían haberse figurado lo de Oak Ridge, pero no lo de Frozen Head. Yo podría haber elegido una docena de lugares en estas montañas.

Rachel levantó las manos en un gesto de impotencia:

–No sé qué decirte. Yo no he hablado con nadie.

–¿Y cómo entraste en mi casa aquel día? ¿El primer día?

–¿En tu casa? Con una ganzúa.

–Y una mierda.

–¿Eso crees? Mi padre trabajaba de cerrajero en Brooklyn. Yo me crié en el negocio.

Puede que su explicación fuera una burda mentira, pero parecía la verdad:

–¿Qué es un Chubb? –le pregunté a bote pronto.

–Una cerradura británica de alta calidad. También sé lo que es un extractor tipo espiral con mango. ¿Y tú?

No tenía ni idea:

–Mira hacia delante y sigue caminando. La camioneta está a unos cien metros de aquí.

Rachel se giró y caminó a paso ligero por entre los árboles. En cambio yo, que llevaba el arco en la mano, tenía que ser más prudente. La cuerda del arco parecía atraer a las zarzas, y la punta que sostenía en el astil no dejaba de salpicarme al engancharse en las ramas.

De pronto, oí un *ruido* como de gran venado brincando sobre el follaje húmedo. A continuación, vi un destello negro entre dos árboles.

–¡*Alto*! –gritó una voz masculina.

Rachel se detuvo, dejando la espalda a la vista entre dos troncos relucientes. Delante de ella había un hombre con un traje de nailon negro y un chaleco antibalas. Llevaba una pistola automática, con la que apuntaba a la cara de Rachel.

–¿Dónde está él? –preguntó el pistolero.

–¿Quién?

–Ya lo sabes. El doctor.

Coloqué la flecha en el arco, que levanté lentamente.

–No sé de qué me está hablando –dijo Rachel–. He venido a hacer un reportaje fotográfico sobre la vida salvaje del venado.

La mentira sonaba natural. ¿Estaba señalando al pistolero con la mano?

–¿Y dónde está la cámara?

Tensé la cuerda del arco hasta hacerla tocar mi mejilla derecha y apunté con la mirilla. El cuerpo de Rachel me tapaba parcialmente el punto de mira, y yo tampoco quería cambiar de postura por miedo a hacer ruido.

–Me he perdido en el arroyo –dijo–. ¿Es usted un guardabosque?

–Red Six a Red Leader –dijo el pistolero por la radio que llevaba en la solapa.

–¡Te lo diré! –gritó Rachel.

Me incliné hacia la derecha, a punto de disparar.

El pistolero levantó la mirada de su radio:

–Muy bien. ¿Dónde está?

Algunos chalecos antibalas pararán una bala, pero no la punta de una flecha. Una punta muy afilada debería perforar como un cuchillo; de lo contrario, el rostro de Rachel o el mío desaparecerían en una nube de pólvora roja. Apunté a la escotadura supraesternal, justo encima del cuello de su chaleco.

–¿Qué hará si lo encuentra? –preguntó Rachel.

–Eso no es asunto suyo.

–*Red Six* –chasqueó el receptor de radio que llevaba el hombre en la oreja, lo bastante alto para que nosotros lo oyéramos–. *Al habla Red Leader. Repita su mensaje.*

Cuando se disponía a contestar, Rachel gritó mi nombre y yo lancé la flecha.

El grito de Rachel encubrió el ruido del impacto. Por un momento temí haberle dado a ella. Ella se había caído de rodillas, en cambio aquel hombre seguía en pie y con la pistola en la mano. ¿Por qué no había disparado? ¿No oyó el silbido de la flecha? La cuerda de mi arco guardó silencio. Yo saqué otra flecha de mi aljaba e intenté colocarla con dedos temblorosos.

–*Red Six, aquí Red Leader. Más vale que tengas buenas noticias.*

Esperaba oír un disparo, y no un ruido sordo que enseguida reconocí. Cuando levanté la mirada, el hombre se había desplomado. Los venados hacían el mismo ruido al caer cuando recibían un flechazo en el lomo. Primero se oía el crujido de la cuerda, luego el impacto de las rodillas en el suelo y finalmente un ruido sordo como el de un saco de cemento al desplomarse. Era la demora lo que me había desconcertado. El hombre se había quedado flotando en el aire como una estatua, resistiéndose a morir.

–*Al habla Red Leader, responda inmediatamente.*

Rachel tenía el rostro surcado de lágrimas. Con la adrenalina en mi sistema, la empujé a un lado y bajé la vista. El hombre de negro estaba estirado boca arriba. La punta de la flecha le había perforado la tráquea hasta atravesarle la vértebra cervical. Con esa herida no podía haberse mantenido en pie más de un segundo; lo cual no hacía más que demostrar lo subjetivo que el tiempo resultaba en plena acción.

–Métete en la camioneta –ordené a Rachel.

–¿Y dónde está?

–A unos treinta metros de aquí. ¡*Rápido*!

Rachel se tambaleó sobre el cadáver y desapareció entre los árboles.

–*Red Six, aquí Red Leader, ¿qué diablos pasa?*

Oí que alguien más hablaba entre interferencias:

–*... Malditas radios. Ve a buscar a ese hijo de puta. Dile que aquí hay café. Nunca falla.*

El hombre muerto tenía los ojos abiertos, pero empañados ya como cristal antiguo. Cogí su automática y la guardé en el bolsillo de mi mono. Acto seguido me puse de rodillas y cargué con su cuerpo. Tuve que agarrarme a una rama gruesa para ponerme en pie; pero lo conseguí y eché a caminar hacia la camioneta, no sin dificultad. Cualquiera que me siguiera a cien metros de distancia pensaría que un Bigfoot merodeaba por el bosque.

Rachel esperaba junto a la camioneta, con el rostro casi lívido. Fui tambaleándome hasta el lateral del *pick-up* y descargué allí mismo el cadáver. Cuando ella vino a tirarme de la manga, yo la empujé contra la camioneta y desenrollé el saco de dormir que llevaba en su mochila. Lo abrí y lo arrojé sobre el cuerpo sin vida. A continuación sujeté el saco abierto con dos mochilas que le puse encima.

–Entra –dije bruscamente.

Rachel entró.

Me subí a la plataforma de la camioneta para coger la llave de contacto de mi mochila, luego me puse al volante y di marcha atrás entre los árboles. En dos ocasiones toqué con terrones que creí que nos empantanarían; pero balanceando lentamente la camioneta logré salir del bosque. El equipo SWAT tenía que haber oído ya el motor de la camioneta. Pisé el acelerador y emprendí el regreso hacia la prisión estatal del monte Brushy.

Sólo pasado el primer kilómetro y medio miré a Rachel. Había apoyado la espalda contra la puerta y me miraba como a un paciente violento.

–¿Cuál es tu versión? –pregunté–. ¿Cómo llegaron hasta ti?

Rachel guardó silencio.

Cuando llegamos a la 116, no me desvié hacia la penitenciaría, sino hacia Caryville, donde la carretera se cruzaba con la I-75.

–¿Crees que yo les he dicho dónde estábamos? –inquirió Rachel.

Asentí con la cabeza.

–¿Y por qué iba a hacerlo?

–Nadie más que tú lo sabía.

–Si hubiera querido que te encontraran, podría haberte traicionado hace mucho tiempo.

Empezó a llover de nuevo: unos goterones que se estrellaban como orugas sobre la luna delantera. Puse en marcha los limpiaparabrisas y reduje la marcha.

–A lo mejor no querían capturarme hasta que me sonsacaras toda la información posible. ¿Los llamaste desde el Wal-Mart?

Rachel me miró con desprecio:

–Cuando ese tipo de la pistola me preguntó dónde estabas, le podría haber dicho que estabas justo detrás de mí.

–Sabías que te apuntaba a la espalda con una flecha.

La frustración le tensó los músculos de la cara:

–*Piénsatelo*, David. Podría haberte tirado una piedra a la cabeza ahora mismo, mientras dejabas ese cadáver en la camioneta.

–Me lo pensaré más tarde. Ahora mismo tengo que correr.

Condujimos un rato en silencio, en dirección a la honda línea divisoria que separaba los condados de Morgan y Anderson. Más adelante había un puente. Pese a las lluvias, debajo no corría demasiada agua; sin embargo, el desfiladero era profundo, excavado por el agua que durante años se había filtrado desde las minas a cielo abierto de niveles superiores. A un tercio del puente, arrimé la camioneta a la baranda y me detuve.

Saqué la llave del contacto, salí del coche y me subí al *pickup* de la camioneta. El saco de dormir que cubría el cadáver se había empapado con la lluvia. Lo aparté de una patada, me eché al hombro el cadáver, después me puse en pie y lo arrojé con gran esfuerzo sobre la baranda del puente. Atravesó unas ramas y se estrelló contra las rocas. El saco de dormir estaba ensangrentado, así que también lo tiré puente abajo. Luego volví a la cabina y reanudé el camino, sin pasar de noventa y cinco por hora en la sinuosa carretera.

–No sabía que fueras así –dijo Rachel con voz inerte–. No puedo creer que seas el hombre que tan conmovedoramente escribía sobre ética y compasión.

–Instinto de supervivencia. Todos lo llevamos dentro, incluida tú.

–No –dijo en voz baja–. Yo no mataré.

–Lo harías –la miré a los ojos–. Sólo que todavía no te has visto en la situación indicada.

–Piensa lo que quieras. Yo me conozco a mí misma.

La carretera se iba enderezando poco a poco. Aceleré hasta alcanzar los ciento diez por hora y traté de alejar a Rachel de mis pensamientos. Volví a sentirme solo, tan solo como el día en que Fielding murió. No era consciente de hasta qué punto Rachel había sido un consuelo. Lo que más me costaba aceptar sobre su traición era que con ello demostraba que siempre me había visto como a un simple paciente. Un hombre enfermo e iluso.

Me invadió una ola de calor, dejando a su paso una honda fatiga. Esperaba que se tratara de un efecto postadrenalínico, pero la zumbante vibración que notaba en los dientes me indicaba justo lo contrario. Pronto perdería la conciencia. Y esta vez no podía confiar en que Rachel fuera a cuidar de mí.

–¿Qué pasa? –preguntó, mirándome fijamente– Te vas hacia la línea del centro.

–Nada.

–¡Tuerce! Estás en el carril contrario.

Di un volantazo para volver a la derecha. Quizá la tensión de arrojar el cadáver desde el puente me había hecho especialmente vulnerable a un ataque. Esta vez no tenía nada de gradual. Tuve que parar la camioneta.

–Hazte a un lado –gritó Rachel.

Intentando desesperadamente mantener los ojos abiertos, di un brusco viraje hacia una pequeña carretera secundaria y logré recorrer unos cien metros antes de detenerme. Metí la marcha de estacionamiento, luego saqué la automática del muerto que llevaba en el mono y apunté con ella a Rachel.

–Sal.

–*¿Qué?*

–¡Sal! Y deja aquí el móvil. ¡Vamos!

Rachel miró por la ventanilla, como si alguien le estuviera pidiendo que saltara desde un precipicio:

–¡No puedes echarme así!

–Te dejaré entrar cuando me despierte. Si es que sigues ahí.

–¡David! Nos encontrarán. ¡Déjame conducir!

La amenacé con la pistola:

–¡Haz lo que te digo!

Dejó el móvil sobre su asiento, después se bajó de la camioneta y cerró la puerta. Sus ojos oscuros me miraban a través del cristal salpicado de lluvia. Mientras me inclinaba para echar el seguro, me vi arrastrado por la negra onda.

* * *

Ante mí se erigía la puerta de una ciudad, una pared de piedra amarilla con un sencillo arco. Había multitud de personas alineadas a ambos lados de la carretera, ondeando hojas de palma; unos gritaban entusiasmados y otros lloraban. Los hombres me trajeron un burro y yo me subí a lomos de él. El simbolismo era importante. Había una profecía que cumplir.

–Ésta es la puerta del este, Señor. ¿Estáis seguro?

–Sí, lo estoy.

Atravesé la puerta a lomos del burro. Oí un ruido de cornetas. Los soldados romanos me miraban desconfiados. Las mujeres salían a la calle para tocarme la toga, el pelo. Los rostros que veía en la callejuela tenían hambre, no de alimentos sino de esperanza, de una razón para vivir.

La carretera se desvaneció para convertirse en un templo con columnas. Me senté en la escalinata y hablé en voz baja a una gran cantidad de personas. Me escuchaban con expresión curiosa e incierta. No decían lo que pensaban; todos tenían en mente las mismas palabras: ¿Es el elegido? ¿Es cierto?

–Sabéis interpretar el aspecto de tierra y cielo –les dije–. ¿Por qué no sabéis interpretar el presente? He prendido fuego en el mundo y estoy esperando a que arda.

Observé aquellos rostros. Las palabras significaban diferentes cosas para diferentes personas. Los hombres se aferraban a lo que les interesaba y desechaban el resto. Alguien me preguntó de dónde venía. Mejor responder en clave:

–Partid un trozo de madera y allí estaré. Levantad una piedra, y me encontraréis.

Abandoné el templo y recorrí los callejones de la ciudad. Buscaba intimidad, pero me abordaban en todos los rincones. Los sacerdotes se acercaban a hacerme preguntas. Los ciegos agudizaban la vista.

–¿Con qué autoridad decís y hacéis esto? –preguntaban.

Yo sonreía:

–Juan bautizaba al pueblo. ¿De dónde procedía su autoridad: del cielo o de los hombres?

Los sacerdotes respondieron movidos por el temor que despertaba en ellos la turba:

–No lo sabemos seguro.

–Entonces no os revelaré bajo la autoridad de quién hago esto.

Los dejé desconcertados en la calle, pero no sirvió de nada. Me perseguían colina arriba sin dejar de hacerme preguntas y mis respuestas los volvían locos.

–Sólo estaré un tiempo con vosotros –dije–. Luego volveré al lugar del que he venido. Pero vosotros no me podréis acompañar. Me buscaréis y no me encontraréis. Vosotros sois de este mundo. Yo no.

Me llamaron mentiroso.

–En cambio la luz seguirá con vosotros –dije–. Caminad mientras haya luz, a no ser que la oscuridad se apodere de vosotros. Todo aquél que me siga nunca caminará en la oscuridad.

Incluso cuando los miraba, veía en sus ojos mi destino. Pero ya no había marcha atrás. En los ojos de un sacerdote vi odio, y también la muerte que él me auguraba... una condena romana. Sin embargo el dolor no era lo que más me atemorizaba. Un hombre fuerte aguanta el dolor. Lo que no podría soportar era estar solo, solo por los siglos de los siglos...

* * *

Rachel gritaba. Parpadeé confuso, y luego la puerta en la que tenía apoyado el hombro izquierdo se abrió de un tirón. Intenté girarme para ver quién era, pero el sueño me volvió a engullir como un pantano de arenas movedizas.

CAPÍTULO 22

Geli Bauer se frotaba los ojos con una mano, mientras que con la otra se servía una taza de café cargado. Esperaba a que la esposa de Skow le pusiera con su marido. Había dormido tres horas en el catre donde ella y Ritter habían hecho el amor la noche pasada. Últimamente casi nunca soñaba; pero ahora volvía a tener una vieja pesadilla recurrente en la que se veía perseguida por un pelotón de soldados. En el sueño siempre se suicidaba antes de que la capturaran. El terror ante aquel acto de liberación era casi insoportable.

–¿Geli? –sonó la exhausta voz de Skow por los auriculares.

Se había pasado toda la noche en el superordenador Godin Four, reconstruyendo una amenaza al presidente con grabaciones digitales de la voz de Tennant. Geli ya lo había despertado una vez, para comunicarle los pormenores de la desaparición de un hombre de su equipo de fuerzas especiales. No había manera de saber si Tennant había estado allí, aunque ahora...

–El equipo SWAT ha encontrado a su hombre en Frozen Head –dijo–. Alguien lo había arrojado desde un puente al lecho de un arroyo. Tenía una flecha en la garganta.

–¿Fue Tennant?

–Me temo que sí. He estado revisando su ficha. Cuando era niño solía ir de caza con su padre. Seguramente practicaban la caza con arco a principios de temporada.

–¿Y de dónde diablos sacaría flechas y un arco?

–Estamos revisando las cintas de seguridad de los grandes almacenes en todas las rutas posibles entre el ferry y Oak Ridge. Sin duda, planeaba refugiarse un tiempo en esa montaña. Lo que yo me pregunto es ¿cómo sabía *usted* adónde se dirigía?

–Ya se lo he dicho, no le puedo facilitar esos datos.

–Su fuente secreta es la doctora Weiss, ¿no?

–Geli...

–¿Quién podría ser, si no? ¿Cómo iba a saber lo de Frozen Head?

–Si fuera la doctora Weiss, a estas alturas usted ya lo sabría.

Geli sabía más:

–Por eso se resistía a una orden de disparar a matar. Sabía que su informante corría peligro. Lo que no acabo de entender es por qué no me dijo que ella estaba en nuestro bando. Yo la podría haber protegido.

–Tiene usted la mala costumbre de preguntar sobre cosas que no conciernen a su escala salarial.

–¡Yo no tengo una puta escala salarial! Hago diez veces más cosas que usted.

–Pero sigue estando a mis órdenes.

Geli deseaba colarse por la línea telefónica y estrangularlo, pero la autodisciplina le hizo recuperar poco a poco la calma:

–¿Cuándo habló con Godin por última vez?

–Hace más tiempo del que quisiera –reconoció Skow–. El hombre de la ASN parecía nervioso, y tampoco trataba de ocultarlo.

–¿A cuento de qué vienen los viajes que Godin y Nara han estado haciendo estas últimas semanas? Vuelan al oeste y desaparecen tres y cuatro días seguidos. ¿Adónde van?

–Debería usted haberse informado mejor.

Geli no se rendía tan fácilmente:

–Quienquiera que vele por la seguridad en ese frente, es muy bueno.

A Skow se le escapó una risita cáustica:

–No lo sabe bien.

–¿Y por qué no está usted con ellos?

No hubo respuesta.

–¿Qué relación guarda todo esto con el reloj de bolsillo de Fielding?

–Lo siento, Geli.

Empezaba a tener muy presentes cosas que había ido observando las últimas semanas:

–Zach Levin y su Equipo de Interfaz fueron despedidos hace cinco semanas. Es como si hubieran desaparecido de la faz de la Tierra. ¿Por qué iban a despedir a todo un equipo técnico?

Skow no respondió.

Geli buscó una pregunta a la que él pudiera responder:

–¿La persona encargada de velar por la seguridad donde está Godin controla su fuente ultrasecreta?

En el silencio que siguió, Geli se percató de que la renuencia de Skow no pretendía ofenderla. Sufría la parálisis de un hombre que se ve atrapado entre el miedo y el deber.

–¿Le ha dicho esta fuente secreta adónde se dirige Tennant ahora?

–Pronto tendrá una lista de destinos. Se la haré llegar tan pronto como me sea posible.

–Hágalo. –Intentaba apartar de su mente el misterio sobre el paradero de Peter Godin–: ¿Cómo de pública es ahora nuestra versión del asesino transtornado?

–Todavía sigue de puertas adentro, pero pronto verá la luz. La policía del distrito de Columbia la recibirá esta misma mañana. No quería hacerla pública hasta que no hubiera acabado el proyecto de anoche.

–He vuelto a escuchar la grabación hace unos minutos. Es creíble.

–Más vale que lo sea. ¿Qué va a hacer ahora?

–Esperar a que pase algo. Lo que sea. Un susurro que me indique dónde puede estar Tennant.

–¿Y luego?

–Iré allí en persona. Si no, enviaré a alguien de confianza llegado el momento.

–¿Y cómo llegará hasta allí?

–El JetRanger de Godin sigue en el hangar. ¿Algún inconveniente?

–No. Mantendré al piloto alerta por si lo necesita. –Después de hacer una pausa, Skow dijo–: Se toma lo de atrapar a Tennant como algo personal, ¿no?

Geli tomó un sorbo de café caliente y lo dejó un rato en la boca.

–Creo que quería usted a Ritter más de lo que nadie pudiera imaginar –añadió Skow.

Geli tragó el café.

–¿Es usted psiquiatra?

–Se me acaba de ocurrir una cosa. Si usted está tan segura de que Weiss es mi fuente secreta, puede que Tennant llegue a la misma conclusión. Me refiero a que, como usted bien dice... ¿de qué otra manera iba a saber el SWAT que se dirigía a Frozen Head?

–Continúe.

–Si Tennant piensa que Weiss lo está delatando, se librará de ella. Deberíamos dar orden de captura y vigilar a todas las personas de su entorno.

–Ya tengo intervenidos los teléfonos de personas a las que ella pudiera llamar, pero no por esa razón. Tennant no dejará a la doctora Weiss en cualquier lugar.

–¿Por qué no?

–Está enamorado de ella.

–No puede olvidar algo tan obvio.

Geli se echó a reír bajito:

–Claro que puede. La gente lo hace a todas horas.

CAPÍTULO 23

Me desperté sobresaltado en un mar de terror. Rachel estaba al volante de la camioneta y nos movíamos. Yo estaba encogido en el suelo del asiento del copiloto. Mientras trepaba al asiento, vi que bajábamos a toda velocidad por una carretera rural desierta. Nadie nos seguía.

–¿Cómo entraste? –pregunté–. ¿No eché el seguro de la puerta?

Rachel no me miró:

–Sí. Pero había un trozo de alambre en el *pick-up*. Hice un gancho y saqué el seguro desde dentro del marco de la puerta.

–¿Dónde estamos?

–Casi en Caryville. Por las señales, diría que la I-75 pasa por allí.

Aparté de mi mente los vestigios del sueño de Jerusalén. ¿Cuánto tiempo habría estado inconsciente?

–¿Dónde está el SWAT?

–Buscándonos, estoy segura.

Tenía la certeza de que Rachel había comunicado nuestro destino a la ASN. Así que ¿por qué me llevaba por una carretera desierta? A lo mejor conducía de regreso a Frozen Head.

–Sé lo que estás pensando –dijo–. Pero estás equivocado. Alguien más tenía que saber lo de Frozen Head. Quizá hablaste de ello con alguien de Trinity. ¿Con Ravi Nara? ¿Antes de que empezarais a odiaros mutuamente?

–No. Eres la única persona en este mundo que conoce esa cueva. Por lo menos, la única que sabe la relación que guarda conmigo.

Bajé la ventanilla, saqué la cabeza y eché un vistazo al cielo. No vi nada, al menos en el espacio visible entre los árboles que flanqueaban la angosta carretera de asfalto. ¿Había alguna razón para que los hombres de Geli Bauer no nos acosaran si sabían de mi paradero? No se me ocurría ninguna. Geli hacía de mí lo que quería torturándome antes que persiguiéndome.

–Si no colaboras con ellos, ¿por qué sigues conmigo?

En ese momento Rachel me miró con los ojos llenos de tristeza:

–No voy a responder a eso.

Quería creerla, pero sería un tonto si lo hiciera:

–Mira... si tú no les hablaste de Frozen Head, no habrían estado esperándonos allí.

–Olvidas algo –insistió–. Piensa.

–No. Mi padre y mi hermano están muertos. La ASN tendría que ser capaz de leerme la mente para saber...

Me quedé con la palabra en la boca. La revelación me había aturdido como un golpe en la cabeza.

–¿David? ¿Qué pasa?

–Lo han hecho –susurré–. Dios mío.

–¿El qué?

–Trinity. Tienen un prototipo en funcionamiento.

–¿Cómo lo sabes?

Me llevé una mano temblorosa a la frente. En algún rincón de Estados Unidos, habían cargado el escáner Super-IRM de mi cerebro en un ordenador Trinity. Y ahora ese neuromodelo existía, al menos hasta cierto punto, como David Tennant. Me sentí como si mis cazadores hubieran descubierto que tenía un hermano gemelo, un gemelo malvado con quien compartía todos mis recuerdos que me traicionaría si se lo pidieran. Me sentía ultrajado. La mente era un refugio sagrado del mundo exterior. Me sentía incomprensiblemente violado, privado de mi individualidad.

«¿Dónde más me esperan?», me pregunté.

–David, no te encierres en ti mismo –suplicó–. Habla conmigo.

–Tienen mis recuerdos, Rachel. *Me* tienen, cargado en su ordenador. Por eso sabían que iríamos a Frozen Head. Ya no tienen que darnos caza. Saben lo que voy a hacer antes de que lo haga.

–Eso es imposible.

–No. Precisamente para eso han estado trabajando estos dos últimos años. Conozco a esta gente. Conozco a Peter Godin. Y sé que es así.

Rachel redujo para colocarse bien una horquilla:

–¿Me estás diciendo que Fielding tenía razón? ¿Que han estado trabajando con el ordenador en algún otro lugar?

–Sí. Mientras Fielding y yo tratábamos de descubrir los efectos secundarios de la IRM, ellos construían esa maldita cosa en secreto. –Di un puñetazo en el salpicadero–: Por *eso* cesaron a algunos equipos durante la suspensión.

–¿De qué estás hablando?

–Cuando suspendimos el proyecto, dijeron a algunos grupos de ingenieros que les darían una semana de vacaciones pagada. La ausencia que más me llamó la atención fue la del Equipo de Interfaz, dirigido por un tipo llamado Zach Levin.

–¿Qué es el Equipo de Interfaz?

–El equipo responsable de establecer la comunicación con los neuromodelos una vez que éstos se hayan cargado de manera satisfactoria. ¿Recuerdas lo que te dije en el auditorio? Si cargas un cerebro humano en un ordenador, ¿qué tienes? Un ser humano sordo, mudo, ciego y paralítico, muerto de miedo. Se trata de dotar a ese cerebro de ojos, oídos y voz. En eso consiste el trabajo del Equipo de Interfaz. Con la suspensión del proyecto, tenía sentido que los despidieran. Pero ahora lo entiendo. Dios, ojalá Fielding estuviera aquí.

Rachel me echó una mirada:

–Pero si tan cerca estaban del éxito, ¿qué sentido tenía matar a Fielding? Si Godin hizo funcionar el proyecto Trinity, ¿a quién le iban a preocupar los efectos secundarios médicos, entre otras cosas?

–Tienes razón. Si en verdad lo hubiera conseguido, Godin sería casi intocable. No tenemos bastante información. A lo mejor... –Se me helaron las manos–: Oh, Dios.

–¿Qué?

–Sé por qué mataron a Fielding.

–¿Por qué?

–Podían permitírselo.

–¿A qué te refieres?

–Ayer, John Skow anunció que no iba a sustituir a Fielding. Yo pensaba que estaba loco; pero ahora lo entiendo. Si tienen un ordenador prototipo en activo, es que Fielding *no está muerto*.

Rachel se volvió hacia mí confundida:

–¿Qué quieres decir?

–Quiero decir que pueden haber cargado el neuromodelo de Fielding de la misma manera que han cargado el mío. Tendrán la mente de Andrew Fielding a su alcance. ¡Así puede solucionarles los problemas que ellos no pueden resolver!

Rachel siguió conduciendo un rato sin decir palabra:

–Está bien. Digamos por un momento que esto es posible. ¿Por qué iba Fielding a ayudar a sus asesinos?

Me invadió un extraño sentimiento de admiración. Peter Godin era más despiadado de lo que jamás hubiera imaginado.

–El neuromodelo de Fielding los ayudará porque no sabrá que ha sido asesinado. Lo hicieron hace seis meses, cuando le hicieron a Fielding un escáner con la Super-IRM. Y no recuerda nada de lo que le ha ocurrido desde entonces. *Ese* Andrew Fielding ni siquiera sabe que está casado con Lu Li.

–David, esto no puede estar sucediendo.

–Claro que sí. Lo que pasa es que estamos a punto de dar un salto revolucionario en lo científico. Desintegrar el átomo. Desentrañar el misterio del genoma humano. Clonar una oveja...

–Pero eso que me dices no tiene nada que ver con todo eso. ¿Liberar la conciencia del cuerpo humano?

Pensé en ello:

–Tienes razón. Esto es más importante, porque nos capacita para hacer esa clase de avances a un ritmo exponencial. Bueno, no a nosotros, precisamente. A comoquiera que se llame la nueva forma de conocimiento en hacia la que Trinity evolucionará. Y lo hará *muy* rápido.

–Pero tú no sabes lo que han hecho exactamente.

–Al menos están a medio camino de conseguirlo. Tal vez sólo tengan en marcha una versión rudimentaria. Tal vez puedan acceder a mis recuerdos, por ejemplo obteniendo imágenes; aunque no precisamente manejar el modelo como una mente activa. Ravi Nara es especialista en la memoria humana, y por eso al principio avanzaron tanto en ese campo. Pero no hay manera de saberlo.

Rachel me tocó el brazo:

–Si estás en lo cierto, ¿qué saben ellos sobre lo que vamos a hacer ahora?

–Nada, espero. No pueden leerme la mente de manera mística. Seguramente tengan en su poder mis recuerdos desde la infancia hasta hace seis meses, cuando me hicieron un escáner con la Super-IRM. En cuanto a mis procesos mentales, mis opiniones y mi personalidad... para ello necesitarían un ordenador totalmente operativo. Y si lo tienen...

–¿Qué?

–Al presidente le traerá sin cuidado lo que le ocurra a un par de médicos. La nación acepta más bajas cuando se trata de construir un puente o un rascacielos. Tú y yo somos un precio insignificante que pagar por la estratégica superioridad de Trinity. Si realmente se ha culminado el proyecto, estamos muertos.

Rachel señaló a través del parabrisas:

–Ahí está Caryville. Y la I-75. ¿Vamos al norte o al sur?

–Para.

Redujo poco a poco, luego giró el volante y se detuvo en el arcén, a escasa distancia de la vía de acceso en dirección norte.

–Procuro huir de mí mismo –pensé en voz alta–. Para hacerlo, debemos tomar decisiones aleatorias. ¿Pero cómo de aleatorias pueden ser mis decisiones? Podríamos echarlo a cara o cruz cada vez que lleguemos a un cruce como éste.

Rachel meneaba la cabeza:

–No tienen un escáner de *mi* cerebro. No pueden predecir nada de lo que yo haría. A partir de ahora, yo decido.

Vio la duda reflejada en mis ojos:

–¿Sigues sin confiar en mí?

–No es eso. Pero a estas alturas Geli Bauer lo sabe todo sobre ti. Sabe cosas que ni siquiera tú recuerdas.

Rachel apretó los labios hasta esbozar con ellos una línea blanca:

–La odio. La odio, y ni siquiera la conozco.

–Lo sé. Pero el odio no va a salvarnos.

–¿Por qué no podemos desaparecer en la nada? ¿Pagar en efectivo una noche en un motel sin nombre de un pueblo sin nombre? Aparquemos esta camioneta junto a una valla y quedémonos dentro durmiendo tres días seguidos. Los Estados Unidos son un territorio muy extenso, incluso para la ASN.

–¿Alguna vez has visto *Los más buscados de América*? Cada semana detienen a delincuentes que intentan lo que acabas de sugerir. La televisión hace el país mucho más pequeño de lo que crees.

Me recliné en el asiento y procuré seguir el dictado de mis instintos. Coches y camionetas circulaban en ambos sentidos; unos iban despacio, mientras que otros nos zarandeaban al pasar. Allí sentado, vi que la situación empezaba a aclararse.

Dentro de tres días, tendríamos la oportunidad de ver al presidente. El problema estaba en mantenernos con vida el tiempo suficiente para poder hablar con él. Las posibilidades de conseguirlo parecían cada vez más remotas. Y aunque llegáramos a hablar con Matthews, había que convencerlo de que yo le estaba diciendo la verdad y de que todos los demás implicados en el Proyecto Trinity mentían. Para hacerlo, necesitaba pruebas fehacientes. Y no tenía ninguna. Mi otra opción, informar a la prensa, sólo convencería al presidente de que yo era el elemento peligroso que todos pretendían en Trinity y alejaría al único hombre que podía salvarnos. *Tres días*…

–¿Cuánto tiempo nos vamos a quedar aquí sentados? –preguntó Rachel.

–Dame un minuto.

Esconderse no era la solución. Huir, tampoco. Al menos, no de una manera convencional. Teníamos que dar un paso tan radical que ninguna entidad del mundo pudiera predecirlo. ¿Pero cuál?

Mientras miraba el tráfico a través del parabrisas, caí en la cuenta de que estaba allí sentado con Rachel por una razón: mis sueños. Esos sueños nos habían unido. Sin esos sueños, nos habrían matado a tiros en mi casa. Sin embargo, a estas alturas no les hallaba más sentido que el primer día que pisé la consulta de Rachel.

Se venían forjando desde hacía meses, como un recurrente mensaje enviado desde una remota estación de radio. Al principio, aquellas imágenes incomprensibles me habían inquietado e incluso asustado. Pero con el tiempo, y sobre todo en las tres últimas semanas, había empezado a tener la convicción de que me transmitían algo importante. Por supuesto, los esquizofrénicos tenían la misma sensación. ¿Qué me diferenciaba de ellos?

Cerré los ojos y procuré dejar la mente en blanco, pero sucedió justo lo contrario. De repente vi una ciudad amurallada en una colina, con piedras resplandecientes bajo el sol. Enfrente había una puerta.

«La puerta este –susurró una voz en mi mente–. Jesuralén.»

Nunca antes había tenido una visión estando despierto. Abrí los ojos y vi que Rachel miraba fijamente el salpicadero. Volví a cerrar los ojos, pero la ciudad se había desvanecido como la postimagen de una lámpara de flash.

–¿David? ¿Qué te pasa en los ojos?

–Nada.

Me froté las sienes y traté de abrir la mente a lo que viniera. Ya me había sentido arrastrado a sitios concretos en otras ocasiones. En mi época de veinteañero había viajado mucho, y aunque solían motivarme las ansias de conocer mundo, había ocasiones en las que algo más profundo me había apartado del camino marcado.

Estando de visita en la Universidad de Oxford, me desperté una mañana con la sensación de que necesitaba ir a Stonehenge; no sólo para verlo, sino para hallarme en presencia de los megalitos. Mi compañero me decía que no había prisa; que los megalitos llevaban cinco mil años allí y que podrían esperar unos cuantos días más. Pero aun así, alquilé un coche y me dirigí al sur hasta llegar a la llanura de Salisbury. Al caer la tarde, me acerqué solo al anillo prehistórico e hice lo que los turistas ya no pueden hacer: caminé entre las piedras a la luz de la luna y me estiré sobre el altar sacrificial. Yo no era un diletante de la Nueva Ola, sino un estudiante de medicina de la Universidad de Virginia que aspiraba a tener una profesión estable. Pero aquella no fue la única vez que algo así ocurrió. Me vi arrastrado hasta Chichén Itzá de la misma manera. Y de camino al Gran Cañón del Colorado, me desvié para acampar una semana en el Cañón Chaco de Nuevo México. En Grecia, cambié Delfos por Atenas. En todas estas situaciones había notado una fuerza externa, algo que me llamaba a un lugar determinado.

Lo que sentía ahora era diferente, el impulso interior de viajar a Jerusalén, sin importar cuáles fueran las consecuencias. El hecho de que la ciudad fuera sagrada para tres grandes religiones me resultaba irrelevante. No tenía nada en común con los millones de creyentes que planeaban peregrinar a Tierra Santa. Sólo tenía la sensación de que la ciudad tenía respuestas para mí, respuestas que no podría hallar en ningún otro lugar.

–¿Adónde vamos? –preguntó Rachel irritada.

–A Israel –dije.

–*¿Qué?*

–A Jerusalén.

–David...

–Por...

–No me lo digas. Por tus visiones, ¿verdad?

–Sí.

Rachel alargó la mano y me levantó la barbilla; luego me miró a los ojos:

–David, alguien intenta matarnos. El *gobierno* intenta matarnos. Tienes visiones por una razón que desconocemos, pero que pueden haberte dañado el cerebro. ¿Y tú quieres usar esas visiones como guía para intentar salvar nuestras vidas?

–El que salve su vida, la perderá.

–¿Qué?

Levanté la palma de las manos:

–No digo que esto nos vaya a salvar la vida. Digo que si me van a capturar y asesinar, prefiero que pase mientras intento averiguar el significado de algo que creo que *tiene* significado.

–¿De verdad crees que tus visiones tienen un significado?

–Sí.

–¿Por qué?

–No puedo explicarlo de manera lógica. Simplemente lo sé. Como un pájaro que vuela hacia el sur.

Rachel suspiró como una madre cansada de hablar con su hijo:

–*Inténtalo*, ¿vale? Intenta explicármelo.

Cerré los ojos y busqué palabras que explicaran lo inexplicable:

–Me siento como si fuera el elegido.

–¿Para qué?

–No estoy seguro.

–¿Elegido por quién?

–Por Dios.

–*Dios*. ¿Dios?

–Sí.

Respiró hondo y cruzó las manos sobre el regazo. Sin duda se esforzaba por conservar la calma:

–Creo que es hora de que me hables de tus recientes visiones. ¿Sigues soñando que eres Jesús?

–Sí.

–¿Qué diferencia estas visiones de las anteriores? ¿Por qué me las has ocultado?

Acabamos llegando a la frontera que separa la razón de la locura. Me alegraba de estar en una camioneta en marcha, y no en la consulta de Rachel. Así ella no tenía nadie a quien llamar para internarme en un manicomio:

–Porque ya no me parecen simples visiones. O sueños. Creo que son recuerdos.

Rachel expulsó aire con frustración:

–¿*Recuerdos*? Dios mío, David. ¿Qué es lo que pasa en esos sueños?

–Recupero partes de la vida de Jesús. Sus viajes a Jerusalén. Sus experiencias allí. Oigo voces. La mía... la de los discípulos. Rachel, lo que veo en mi mente es más real que lo que veo a mi alrededor. Y los acontecimientos se suceden rápidamente. Está cerca el día de la crucifixión.

Rachel meneaba la cabeza incrédula:

–¿Cómo ibas a almacenar recuerdos de hace dos mil años sólo en los últimos seis meses?

–No lo sé.

–¿Estos sueños hacen que te urja llegar a Israel?

No había pensado antes en lo apremiante del sueño, pero así era. Lo que yo percibía como una ansiedad generalizada era, en realidad, una compulsión cada vez mayor a viajar al escenario de mis sueños.

–A Tierra Santa –dije–. Sí.

–¿Temes morir en la vida real si no llegas antes de soñar con la crucifixión?

–Quizá. Sobre todo, tengo la sensación de que si no llego allí enseguida, perderé la oportunidad de entender lo que mis sueños tratan de decirme.

Rachel se quedó mirando fijamente los automóviles que circulaban en dirección contraria, mientras mecía la cabeza adelante y atrás. Luego, de repente, se volvió hacia mí, con los ojos brillantes y abiertos de par en par.

–¿Sabes qué día es hoy?

–No.

–Faltan menos de siete días para las vacaciones de Semana Santa.

Parpadeé:

–¿Y?

–Nos acercamos a las tradicionales fechas de muerte y resurrección de Jesús. No sólo en tus sueños, sino también en el mundo real.

–¿Me estás diciendo que ambos están relacionados?

–Por supuesto. De alguna manera, la proximidad de Semana Santa te está haciendo tener estos sueños, esta ansiedad. Eres como esas personas que pensaban que el fin del mundo llegaría con el nuevo milenio. ¿Es que no lo ves? *Todo* esto forma parte de un sistema visionario.

Negué con la cabeza y sonreí:

–Estás equivocada. En cambio, tienes razón en lo de las fechas. Podría tener su importancia.

Rachel me miraba como si le estuviera contando un chiste muy rebuscado:

–¿Y cuándo veremos al presidente?

–Cuando volvamos. ¿Qué más dan un par de días? ¿Sobre todo si eso nos mantiene con vida?

Cerró los ojos y me dijo en voz baja:

–¿Le hablaste a Andrew Fielding de tus visiones?

–Sí.

–¿Y qué dijo?

–Me aconsejó que estuviera atento. Fielding siempre decía

que con la creación de Trinity, seguíamos las huellas de Dios. No sabía cuánta razón tenía.

–Perfecto. Como dos gotas de agua. –Rachel puso las manos en el volante, como para salir a la carretera; pero en vez de hacerlo, dejó el coche estacionado–: ¿De verdad piensas seguir esas visiones hasta Israel?

–Sí.

–¿Y eres consciente de que podrían ser el resultado de una lesión cerebral?

–No de una lesión cerebral, tal y como tú la concibes –pensaba en el entusiasmo de Fielding cuando me exponía su teoría del conocimiento–. Alteraciones cuánticas en los procesos mentales de mi cerebro.

Rachel se aferraba con tanta fuerza al volante que los nudillos se le pusieron blancos:

–¡Eres como quien sueña ser un faraón que decide ir a Egipto para darle sentido a su vida!

–Supongo que lo soy. Sé lo absurdo que parece. La cuestión es que no queda más remedio. Si eso hace que te sientas mejor, vamos a ir porque necesitamos hacer algo que el ordenador Trinity no pueda predecir.

–¿No puede predecir que iremos a Israel?

–No. Lo que desencadenó mis sueños fue el escáner con la Super-IRM. Mi neuromodelo no tiene constancia de los sueños posteriores. No existe ni una sola mención a Jerusalén en tu historial médico, porque dejé de acudir a ti antes de que la ciudad ganara protagonismo en mis sueños.

Rachel parecía pensativa:

–Ir a Israel no es como ir a París, lo sabes. El país se halla en estado de guerra permanente. Ya he estado allí. Prestan mucha atención a quién entra y sale. EL AL tiene cuatro veces la seguridad de otras líneas aéreas. Y el gobierno de Estados Unidos nos busca. En cuanto intentáramos reservar un billete, los tendríamos esperando en el aeropuerto.

–Tienes razón. Necesitamos pasaportes falsos.

Rachel rió con amargura:

–Lo dices como quien dice «Tenemos que comprar pan y leche de camino a casa».

–Los pasaportes falsos no nos impedirán entrar en Israel. Tratan con terroristas cada día.

–Prefiero estar en una prisión de Israel a que me asesinen aquí.

Rachel se reclinó en el asiento y suspiró:

–Tienes razón.

–Iré a Nueva York. Con dieciocho de los grandes, allí podré conseguir un pasaporte falso. Lo sé.

–¿Y yo?

–Puedes irte o puedes quedarte. Tú decides.

Asintió como si lo estuviera esperando:

–Ya. ¿Y si me quedo que pasa?

Pensé en Geli Bauer:

–¿Quieres que te mienta?

Rachel puso la camioneta en marcha y pisando el acelerador se metió en la vía de acceso rumbo al norte.

–¿A Nueva York? –pregunté.

–No.

–¿Adónde, si no?

Me miró, con el rostro menos serena de lo que la había visto en mi vida:

–¿Quieres que vaya contigo o no?

Yo quería que viniera. Más bien, se *suponía* que tenía que venir conmigo:

–Quiero tenerte a mi lado, Rachel. Por muchas razones.

Ella se echó a reír secamente.

–Eso está bien, porque sin mí no lo conseguirías. Quedarte inconsciente por ahí no es muy aconsejable. Si te hubiera dejado tirado en la camioneta, ahora estarías muerto.

–Lo sé. ¿Vienes?

Rachel adelantó a un camión cisterna y volvió al carril derecho:

–Si quieres ir a Israel, tenemos que pasar primero por Washington, D.C.

Me enderecé en el asiento. Todas las dudas que tenía sobre ella volvieron a mí con una sensación nauseabunda:

–¿Y por qué Washington?

–Porque allí conozco a alguien que nos puede ayudar.

–¿A quién?

Quise hallar decepción en su mirada, pero no la apartó de la carretera:

–Traté a muchas mujeres cuando estuve en Nueva York. De hecho, la mayoría de mis pacientes eran mujeres.

–¿Y?

–Algunas de ellas tenían problemas con sus maridos.

–¿Y?

–A veces los tribunales concedían a sus maridos el derecho de visita a los hijos, pese a haber pruebas de maltrato físico. Algunas de las esposas tenían tanto miedo de lo que pudiera ocurrir que no les quedaba más remedio que huir.

Sentí un hormigueo en las palmas de las manos:

–Estás hablando de casos de custodia. De secuestrar a tus propios hijos.

Rachel asintió:

–No es difícil huir de la policía. Pero cuando tienes hijos es duro. Tienes que matricularlos en la escuela, llevarlos al médico, y cosas por el estilo. –Me echó una tensa mirada–: Estas mujeres tienen una red. Una especie de ferrocarril subterráneo. Y eso implica recursos.

–Nuevas identidades –dije.

–Sí. Para un niño, la base de una nueva identidad está en el certificado de nacimiento. Para un adulto, en el carné de la seguridad social y el pasaporte. No tengo muchos más datos, pero sé que quienes ayudaron a esas mujeres están en Washington.

–¿Esas mujeres compran pasaportes falsos en Washington, D.C.?

Rachel meneó la cabeza:

–No son falsos. Son auténticos.

–¿*Auténticos*? ¿A qué te refieres?

Rachel me clavó la mirada, resistiéndome a contarme lo que sabía:

–Hay una mujer que trabaja en una de las oficinas de pasaportes que hay en el Distrito de Columbia. Hace años tuvo problemas con su marido. Da todo su apoyo a la causa. Yo no sé quién es, pero puedo llamar a alguien que sí lo sabe. Una antigua paciente.

–La causa –dije–. ¿Se sigue haciendo esto?

–Sí. Yo misma le envié a una mujer de Chapel Hill. La esposa de un médico.

–¡Ah!

–Sólo veo un grave inconveniente –dijo Rachel.

–¿Cuál?

–Eres un hombre. No sé si te podrán ayudar.

CAPÍTULO 24

Cuando la puerta de seguridad se abrió con un zumbido esta vez, Geli supo que se trataba de Skow. También supo que traía malas noticias, porque no hacía mucho que había hablado con él por teléfono, y el hombre de la ASN le había parecido demasiado cansado para levantarse de la cama. Hizo girar el sillón de su despacho y vio que se le acercaba, por primera vez vestido con algo que no fuera su traje de Brooks Brothers. Hoy llevaba pantalones de militar y una camiseta del MIT y tenía ojeras; pero seguía pareciendo más un funcionario de universidad que un experto en guerra informática.

–Tiene mal aspecto –le dijo Geli.

–Me encuentro peor.

–No habría venido si trajera buenas noticias.

–Exacto. Ravi Nara me llamó en cuanto usted y yo colgamos. –Skow se dejó caer en la silla que Geli tenía detrás–: Déme uno de sus cigarrillos.

–Pero si usted no fuma.

–Oh, Geli, hay cosas que no sabe de mí.

Ella sacó un Gauloise de su paquete y se lo dio.

Skow le dio una buena calada y expulsó el humo sin toser:

–Estos son asquerosos.

–¿Desde dónde llamaba Nara?

Skow meneó la cabeza.

–Todo a su debido tiempo. Ahora quiero que me escuche.

Geli se cruzó de piernas y esperó.

–Usted y yo siempre nos hemos ocultado cosas. Pero ha llegado la hora de hablar con sinceridad. Al menos, con toda la sinceridad posible.

–Le escucho.

–Godin siempre lo ha compartimentado todo en Trinity, de manera que no sé cuánto sabe usted. Le han dicho que trabajamos con inteligencia artificial, pero ¿sabe exactamente cómo?

–Le escucho.

–Usamos tecnología avanzada con IRM para realizar escáneres moleculares del cerebro, y luego tratamos de cargar esos escáneres en un tipo revolucionario de ordenador.

–Continúe.

–Nuestro objetivo es crear inteligencia artificial no con retroingeniería, sino con *copias* digitales. Si esto funciona, el resultado no será un ordenador que trabaje como un cerebro humano, sino un ordenador que *sea* el cerebro de una persona concreta a todos los efectos. ¿Lo entiende?

Geli pensaba que los escáneres con IRM se usaban para estudiar la arquitectura cerebral, no como la base misma de una máquina:

–El principio parece bastante sencillo.

Skow soltó una carcajada falsa:

–En teoría, lo es. Y tarde o temprano se conseguirá. Pero la diferencia entre tarde y temprano es de gran importancia para usted y para mí.

–¿Por qué?

–Porque Peter Godin se está muriendo.

Cuando se confirmaron las sospechas de Geli, algo le palpitó con fuerza en el corazón. A su mente acudieron imágenes de Godin: la cara hinchada, la boca colgona, el paso desgarbado.

–¿Que se está muriendo?

–Peter tiene un tumor cerebral. Ravi Nara lo descubrió hace seis meses, cuando se hicieron los primeros escáneres para los neuromodelos. Por eso no ha podido localizarlo en los dos últimos días. Cuando no trabaja directamente en Trinity, está bajo tratamiento.

Geli se movió en la silla:

–¿Cuánto le queda?

–Ahora es cuestión de horas; como mucho, de un día. El tumor era inoperable incluso en la primera fase, cuando Ravi lo detectó. Peter pensó que si el gobierno se enteraba de que tenía un cáncer terminal, no le asignarían los recursos necesarios para convertir el Proyecto Trinity en una realidad. Así que él y Ravi hicieron un trato: Ravi mantendría el tumor en secreto y medicaría a Peter con esteroides para alargarle las constantes vitales el tiempo suficiente con tal de que pudiera culminar el proyecto. No quiero ni pensar lo que Ravi le pidió a cambio.

–Nara es una comadreja.

–Sin duda. La cuestión es si desde el principio ha habido un orden del día oculto en Trinity. Peter Godin ha ido trabajando en Trinity para salvar la vida.

–¿Qué quieres decir?

–Si el ordenador Trinity tuviera que estar terminado antes de su muerte, se le podría cargar el neuromodelo de Peter. Su cuerpo dejaría de existir, pero él seguiría existiendo en el ordenador como Peter Godin.

Geli parpadeó incrédula:

–No conseguirás que me lo crea.

Skow se echó a reír:

–No sólo es posible; es inevitable. Sólo que no va a ocurrir esta semana.

–Si eso fuera cierto, ¿no se podría cargar en el ordenador el neuromodelo de Godin o lo que sea también después de su muerte? ¿Cuando Trinity estuviera acabado?

–Por supuesto. Pero en ese supuesto, Peter tendría que morir con la duda de si eso llegaría a pasar algún día; tendría que morir como cualquier otro ser humano de la historia. Y eso lo obligaría a confiar en que nosotros lo resucitáramos en la máquina.

–Ya. –Geli procuraba asimilar las implicaciones de la inminente muerte de Dios–: ¿Y por qué ha venido exactamente?

Skow le dio otra calada al Gauloise y le clavó una mirada de «no es ninguna tontería»:

–He venido para salvar su pellejo. Y el mío.

–No sabía que me lo estaba jugando.

–Pues sí. Porque el Proyecto Trinity está a punto de fracasar.

Ahora lo entendía. El barco se estaba hundiendo, y las ratas buscaban botes salvavidas:

–Pero usted dijo que el éxito está asegurado.

–A la larga, sí. Pero Godin morirá antes de que el ordenador esté operativo, y no quedará nadie que lo haga pasar al siguiente nivel. Fielding está muerto. Ravi ya ha puesto su granito de arena y el trabajo que queda por hacer está fuera de su alcance. Por otro lado, si no presentamos un ordenador Trinity operativo después de haber gastado casi mil millones de dólares...

–*¿Mil millones?*

Skow parecía impaciente:

–Geli, buena parte del prototipo Trinity está compuesto de nanotubos de carbono. Lo cual supone el empleo de alta tecnología y la creación de toda una ciencia. Ya sólo la inversión en los materiales de I+D alcanza cifras desorbitadas. Lo mismo se podría decir de la investigación en memoria holográfica. Nosotros...

–Vale, lo pillo –su cerebro trabajaba en modo de supervivencia–. Usted ha dicho que cuando Godin no está bajo tratamiento, está trabajando en Trinity. Pero ¿dónde trabaja? ¿En Mountain View?

Skow meneó la cabeza.

–Hay otras instalaciones en las que se investiga para el Proyecto Trinity. No le diré dónde se encuentran hasta que lleguemos a un acuerdo. Pero se pusieron en marcha hace dos años, justo después de saber que el presidente insistiría en tener a Tennant aquí para realizar un seguimiento ético. Godin sabía que llegaría un día en el que necesitaría trabajar en Trinity sin que Tennant o el gobierno estuvieran al corriente de sus actos. Por eso lo hizo.

La percepción que Geli tenía de la situación iba cambiando a cada frase:

–¿Entonces en qué punto está Trinity ahora mismo? ¿Es un completo fracaso?

–No. En estos momentos sigue operativo. El prototipo de Trinity fue el que predijo que Tennant buscaría refugio en Frozen Head. Básicamente, el neuromodelo de Tennant nos dijo adónde iría.

Geli apenas daba crédito:

–¿Lo ha visto con sus propios ojos?

–No. Pero he visto el prototipo. Y supera la ficción.

–De ahí sacaron la idea de Frozen Head. ¿Entonces no fue de la doctora Weiss?

–Correcto.

–Dios mío. Si puede hacer cosas como ésas, ¿por qué lo considera un fracaso?

Skow levantó una mano y la inclinó hacia atrás y hacia delante:

–*Una parte* de Trinity funciona. Pero sólo desde hace veinticuatro horas, y yo ni siquiera puedo empezar a explicar lo que supone completar esta máquina. Están realizando grandes avances con la región de la memoria; pero no es para nada el caso de las regiones más directamente vinculadas a los procesos mentales.

–Era el cristal, ¿no? –Geli pensó en voz alta–. El cristal de la leontina de Fielding. Eso es lo que se necesita para hacerlo funcionar.

–Sí. Fielding saboteaba el proyecto, pero también dejaba constancia de todos sus actos. Incluso al modificar el código de otras personas, grababa el código original en su cristal. Los idealistas son terribles saboteadores. Fielding no se veía capaz de destruir un auténtico progreso científico. En cualquier caso, cuando el cristal cayó en nuestro poder, recuperamos todos los códigos informáticos alterados. Pero el verdadero plus era el trabajo inicial que el mismísimo Fielding había llevado a cabo. No podía dejar de intentar resolver los problemas que teníamos pendientes, ni siquiera mientras saboteaba los avances que habíamos realizado hasta la fecha. El reciente trabajo de Fielding ponía el Trinity a nuestro alcance. Sin ese cristal, el prototipo no funcionaría.

–Pero si funciona en parte, ¿por qué el gobierno no puede recurrir a otros científicos para que tomen el relevo y lo completen?

–Podrían hacerlo, si supieran cómo. Pero no lo saben. Todo lo que Godin lleva haciendo desde la suspensión del proyecto es ilegal y no está autorizado.

–Entonces que trasladen el prototipo a este edificio.

–Peter no lo permitiría. A estas alturas no sobreviviría al traslado.

–Pero usted dijo que pronto moriría.

–No lo bastante pronto. –La inquietud apareció reflejada en los ojos de Skow–: Si tuviéramos un ordenador Trinity operativo, ni al gobierno estadounidense ni al británico les habría preocupado el coste tanto económico como humano del proyecto. Pero tras el fracaso, se pedirán explicaciones.

–¿Qué está diciendo?

–El fracaso busca un chivo expiatorio.

–Yo no he tenido nada que ver con la creación de ese ordenador.

–No, pero se podría señalar la muerte de Fielding como la causa de su fracaso. ¿Y quién mató a Fielding?

Ahora Geli veía adónde iba a parar Skow:

–Me está cabreando.

El hombre de la ASN mostró las palmas de las manos:

–Sólo estoy planteando un posible escenario. Usted encaja en el papel. Se sabe que peca de diligente...

–¿Quiere salir vivo de aquí?

Skow sonrió:

–Sólo le estoy mostrando su posicionamiento en esto. Ahora mismo, Tennant y Weiss siguen libres. Y Lu Li Fielding, desaparecida.

–Son tres problemas que puedo solucionar.

–Los hechos dicen lo contrario.

Geli le lanzó una mirada que dejaría el cristal hecho añicos.

»Cálmese –dijo Skow–. De todas formas, ahora tampoco me interesa que Tennant muera. Sería una estupidez seguir coleccionando cadáveres. Nos pondría las cosas exponencialmente difíciles.

Geli tenía la sensación de que habían acabado la conversación:

–Está bien. Si yo no soy el cabeza de turco, ¿quién es?

–Peter Godin.

–*¿Qué?*

Skow dejó flotando un anillo de humo azul entre los dos:

–Piénselo. Cuando Peter muera, todo se podrá explicar con sólo exagerar la verdad. Se estaba muriendo de un tumor cerebral y ninguno de nosotros lo sabía. Peter era un gran hombre, pero el tumor le dañó el cerebro. Se empezó a obsesionar con salvar la vida y vio que el ordenador Trinity era la única manera posible de hacerlo. Cuando Fielding y Tennant suspendieron el proyecto, Godin se dejó llevar por el pánico y ordenó que los mataran.

Geli se reclinó y asimiló el plan. La lógica era perfecta. Era la Gran Mentira, que convertía todo lo negro en blanco.

–Si hacemos esto –prosiguió Skow–, Tennant no podrá perjudicarnos por mucho que lo intente. Es una solución mucho más elegante que el asesinato.

–Hay un problema –dijo Geli–. Si dejamos a Tennant con vida, dirá al mundo entero que yo era la que lo intentaba matar.

–¿Seguro? –Skow sonrió y meneó la cabeza–: ¿Quién fue a la casa de Tennant para acabar con él? ¿A quién vieron Tennant y Weiss?

–A Ritter.

–Exacto. Y Ritter Bock estaba empleado en Godin Supercomputing antes de que usted pasara a formar parte del equipo. ¿Correcto?

Skow parecía haber pensado en todo:

–Sí.

–¿Alguien sabe que usted dio a Ritter la orden de matar a Tennant?

–Yo nunca di esa orden.

Skow sonrió burlonamente:

–Claro que no lo hizo. Jamás me lo imaginaría. Peter dio la orden directamente a Ritter, su Doberman privado. El doctor Tennant estuvo de suerte y mató a Ritter en defensa propia. Ahora usted es pura como la nieve, Geli. Todo lo que ha hecho es seguir las órdenes de Godin.

–¿Y usted?

–Para cuando supe que Fielding no había fallecido por causas naturales, Ritter ya estaba muerto y Tennant había huido. Desde entonces, he estado tratando de conocer la verdad.

Geli seguía intentando encontrar fallos en la versión de Skow:

–¿Y por qué incineramos tan rápido el cuerpo de Fielding?

–Cuando descubrimos que había sido asesinado, sospechamos de una sustancia biológica altamente infecciosa. Nara aconsejó cremar el cadáver y todas las muestras de sangre de inmediato; era la única manera de preservar la seguridad del edificio.

–¿Nara corroborará esta versión?

–Hará lo que sea para salvar su reputación.

Geli se levantó y empezó a caminar de un lado a otro del centro de control. Skow giró la silla y la siguió con la mirada.

–¿Y si Godin se sale con la suya? –preguntó ella– ¿Y si culmina el Trinity antes de morir, y resulta ser todo lo que prometió?

–Ravi dice que eso no ocurrirá. Peter se muere demasiado rápido.

La ironía de la situación la deprimió:

–¿Sabe? Peter Godin me cae bien. Lo respeto. En cambio, a

usted no lo trago; y tampoco lo respetaba hasta que me vino con su propuesta. Podría funcionar.

–Va a funcionar. La única pieza que falta es usted.

Geli vio que no le quedaba más remedio que cooperar:

–Dígame dónde están las otras instalaciones de Trinity, y llegaremos a un acuerdo.

La seguridad desapareció del rostro de Skow:

–No puedo hacerlo.

–¿Por qué no?

–Lo entenderá en un minuto. Voy a revelarle el nombre de la persona que vela por la seguridad en la otra base. Le podrá preguntar lo que quiera.

Geli se detuvo y lo miró fijamente:

–¿Qué clase de juego es éste?

–Así es como me dijo que lo hiciera, y no quisiera ganarme su enemistad.

–¿Pero quién coño es esa persona?

Skow meneó la cabeza:

–Le daré su número.

–No voy a llamar a nadie hasta que sepa de quién se trata.

Skow sostuvo el cigarrillo, observándola como con compasión:

–El general Horst Bauer.

Geli se sonrojó. El orgullo que había sentido al trabajar en Trinity la abandonó precipitadamente:

–¿Mi padre es el encargado de la otra base Trinity?

–Sí.

–Hijo de puta. ¿Por qué nos ha metido a los dos en esto?

A pesar de su evidente renuencia a hablar, Skow parecía intuir que Geli no cooperaría hasta que él le hubiera respondido.

–Es muy sencillo –dijo Skow–. Desde un principio, Godin ha orquestado todos y cada uno de los aspectos de Trinity. Su padre siempre había influido en el tipo de ordenador que el ejército utilizaba en determinadas instalaciones, debido a su experiencia en materia de inteligencia militar. El Pentágono, varias bases y ahora Fort Huachuca.

Fort Huachuca, en Arizona, era el centro de Inteligencia Militar de Estados Unidos, y su padre era el oficial al mando.

»El general Bauer ayudó a Godin Supercomputing a conseguir contratos del ejército –dijo Skow–. Su influencia fue decisiva para desbancar a Cray, NEC, y los demás competidores.

–Es decir, que se llevó dinero.

–Fajos enteros. Tiene una cuenta Cayman numerada que Godin le infla, igual que yo. La ASN no paga lo suficiente para costear mi estilo de vida.

–Ese hipócrita hijo de puta. Yo pensaba que, al menos en lo que respecta a su país... no importa. Tendría que habérmelo imaginado.

–Su padre no perjudicó al país promocionando los superordenadores Godin. Eran tan buenos como los demás que había en el mercado. El general sólo encontró donde pudo una pequeña bonificación. Así es como funcionan los negocios hoy en día.

La cicatriz en el rostro de Geli parecía latir con rabia:

–El ejército es un servicio, no un negocio.

Skow rió entre dientes:

–Nunca la habría considerado una romántica.

–Váyase a la mierda.

–En cualquier caso, cuando Peter consideró que necesitaba una base de investigación secreta, llamó a su padre. Cierta cantidad de dinero pasó de unas manos a otras, y el general nos encontró un bonito y apartado lugar donde nadie nos molestaría.

–¿Por qué me trajeron aquí?

–Peter buscaba un determinado tipo de persona para el puesto que ocupa ahora. Su padre nos la recomendó.

Geli empezó a dar vueltas de nuevo, con la sangre inundándole las orejas:

–Él está al corriente de todo, ¿no? La muerte de Godin, el fracaso del proyecto...

–Sí. Y también está a bordo. Tiene un trabajo que conservar.

–Bueno, pues que se joda. Y usted con él.
–Llámelo, Geli.
–¿El Trinity secreto está en Fort Huachuca?
–No.
Geli no lo creía. Había cientos de hectáreas reservadas para ensayos de armas en el remoto campamento de Arizona. Por otro lado, su padre era un experto en cubrirse las espaldas. Habría querido tener derecho de renuncia si Trinity se convertía en una responsabilidad, y por eso era muy poco probable que se lo hubiera llevado a su propio campamento.
Geli se puso los auriculares, pulsó una tecla y dijo: «General de división Horst Bauer. Fort Huachuca. Arizona.»
Skow dio un suspiro audible de alivio.
El edecán del general cogió el teléfono.
–General Bauer –espetó Geli.
–El general no está disponible. ¿Quién llama, por favor?
–Dígale que su hija está al teléfono, capitán.
–Un momento, por favor.
Sin duda, Skow disfrutaba con el espectáculo. Ella hizo girar el asiento para no tener que mirar la avejentada cara de la Ivy League.
Mientras esperaba, a su mente acudían imágenes de su padre. Los enemigos de Horst Bauer, alto e imponente al estilo alemán, lo habían descrito como la versión rubia del general James Mattoon Scott de Burt Lancaster en *Siete días de mayo*. Era una buena comparación. Sin embargo, ese soberbio tirano que todos veían no era el hombre que Geli conocía: el mujeriego que tantas veces había engañado a su esposa y que en el extranjero había dejado varios hijos bastardos; el animal que, al verse enfrentado por la «rebeldía» de su hija, la golpeaba sin piedad con lo que tenía a mano. Para Geli, la ironía de su vida era haber seguido los pasos del hombre al que odiaba. La razón era bien sencilla. Ella odiaba a su padre por haberla dejado tan profundamente marcada; pero despreciaba aún más la pasividad de su madre.
–Bueno, Geli –dijo una voz grave que le tensaba cada mús-

culo del cuerpo–. Debes de andar metida en un buen lío. Si no, no tendría noticias tuyas.

Geli quería colgar el teléfono de un golpe, pero necesitaba respuestas:

–¿Qué sabes sobre un proyecto de inteligencia artificial?

–Gracias por los cumplidos. Es una pregunta muy poco precisa.

–¿Quieres precisión? Llevo la seguridad del Proyecto Trinity, en Carolina del Norte. Me han dicho que hay una base secreta llevando a cabo investigaciones para ese proyecto. ¿Qué sabes al respecto?

Se hizo un momento de silencio.

–Tal vez sepa algo.

–¿Y tú nunca me hablaste de esto porque...?

Risa seca:

–No sabía que hubiéramos iniciado un programa de rehabilitación padre-hija.

–¿Le diste a Godin mi nombre para este trabajo?

–¿Cómo si no crees que te encontró? En cuanto a por qué nunca te hablé sobre mi implicación, Godin quería que todo estuviera compartimentado. No puedes enfadarte por eso. Nunca me has contado nada desde que alcanzaste la pubertad. Lo poco que sé, lo sé por habladurías de médicos o agentes de policía.

«Interminables batallas», pensó Geli.

–No tiene sentido remover el pasado. Ya sé lo que necesitaba saber.

–¿Y tú entiendes la situación? ¿Lo que hay que hacer?

–Me han puesto al corriente.

–Skow no los tiene bien puestos, sin embargo le sobra talento para controlar el daño ocasionado.

–Te tengo que dejar –dijo Geli, aunque siguió a la escucha.

–Venga –dijo el general–. Tengo la impresión de que pronto nos veremos.

Geli se quitó los auriculares y echó una mirada a Skow.

–¿Y bien? –preguntó el hombre de la ASN– ¿Estamos todos en la misma página?

–Váyase de aquí.

–No ha respondido a mi pregunta.

–¿Qué remedio? Pero me enferma que un hombre como Godin muera para que escoria como usted y mi padre salgan a flote. No están capacitados para servir a Peter Godin.

Skow enseguida se ruborizó:

–¿En lo de Tennant y Weiss coincidimos? ¿Los dejamos con vida? ¿Les decimos que todo ha sido un malentendido?

–Godin no ha muerto todavía.

–Cierto.

–Y no tenemos ni idea de dónde están Tennant y Weiss. No nos podemos comunicar con ellos, a no ser que salgamos en la televisión y demos explicaciones al mundo entero.

–También es cierto.

–Aún no estoy seguro de querer que Tennant vaya por ahí diciendo a todos lo que cree que pasaba aquí. Conoce a gente influyente.

Skow asintió pensativo:

–Se me ocurre una idea. Dejaré a Tennant y Weiss en tus manos. Si tienen que morir, nos encargaremos de ello.

–Hace bien en dejármelos a mí.

Skow se levantó y se dirigió hacia la puerta:

–¿Alguna pregunta más?

–Sólo una. ¿Por qué saboteaba Fielding el proyecto?

Skow sonrió:

–No creía que los científicos debieran crear cosas que no entienden.

–¿Entonces por qué entró él a formar parte del proyecto?

–No creo que pensara que el proyecto fuera a avanzar ni la mitad de rápido. Según él tendríamos que adquirir los conocimientos necesarios sobre el cerebro antes de poner el Trinity en marcha.

–¿Y usted lo hizo? ¿Adquirió esos conocimientos?

–¿Bromea? Si Trinity estuviera operativo al cien por cien, quedaría totalmente fuera de nuestro alcance.

CAPÍTULO 25

Elegimos un motel barato en Arlington, al otro lado del Potomac viniendo de Washington; uno en el que el recepcionista no arqueara la ceja si un cliente prefería pagar en efectivo. Una habitación doble con baño, televisión y teléfono. Rachel se sacó el mono de camuflaje nada más entrar y se fue directa al cuarto de baño para darse una ducha. Yo la seguí con la mirada hasta que la puerta del baño se cerró. El atuendo informal del día anterior ya me había resultado bastante sorprendente después de semanas de verla vestida sólo con trajes de falda y chaqueta. Verla alejarse impertérrita de mí en ropa interior cambió la imagen que tenía de ella. El cuerpo de Rachel era prieto y tenía una musculatura que sólo se podía mantener con sesiones de intenso ejercicio físico. No cuadraba con la opinión que tenía de ella como doctora académica; aunque tal vez sí encajara con sus tendencias obsesivo-compulsivas.

Fui a coger la ropa a la camioneta, luego compré un *Washington Post* y dos botellas de agua Dasani de las máquinas que había en el aparcamiento, y volví a la habitación. La rendija de la puerta del baño despedía nubes de vapor. Me cambié de ropa, me apoyé contra la cabecera de la cama y puse la CNN. No se mencionó a ningún prófugo de la justicia federal, así que empecé a repasar los artículos del *Post*.

Nos habíamos empezado a preparar para nuestro viaje a Israel en el viaje de ocho horas desde Tennessee. El primer paso era conseguir pasaportes ilegales. Usamos un bar de carretera cercano a Roanoke para la primera llamada de Rachel. Una antigua paciente suya de Nueva York le facilitó un número de contacto de Washington, D.C., y le dijo que esperara una hora antes de llamar. En el transcurso de esa hora, alguien llamaría de parte de Rachel a la persona de ese número.

Hizo la segunda llamada desde Lexington, Virginia, y entonces le indicaron que se presentara en la cafetería Au Bon Pain de la Union Station de Washington a las once de la mañana. También le dijeron que eligiera dos nombres y apellidos y las fechas de nacimiento, y que consiguiera fotos de carné para los supuestos «amigos». Tenía que llevar las fotos acompañadas de unas tarjetas con los nombres y las descripciones físicas de los «amigos» a la persona que la esperaba en el Au Bon Pain. Cuando Rachel preguntó cuánto tiempo tardaría en tener lo que le pedía, la fuente le respondió que cuarenta y ocho horas era lo normal.

Entre Lexington y la Interestatal 66, descubrimos que había otro problema. Las tarjetas de crédito. Comprar billetes de avión a Israel con dinero en efectivo despertaría sospechas, igual que el hecho de no haber reservado hotel. Amigos o familiares tendrían que hacer las reservas por nosotros con nuestras nuevas identidades pero usando tarjetas de crédito auténticas. Mis padres habían muerto, y todos mis amigos estarían bajo la atenta vigilancia de la ASN. Los padres, el ex marido y los amigos de Rachel también estarían bajo vigilancia. Al final, decidió llamar a un médico con el que estuvo a punto de comprometerse cuando estudiaba en Columbia. Era judío, solía viajar a Israel y sentía hacia ella la más absoluta devoción. Yo pensaba que pedirle que hiciera reservas de avión y hotel a nombres que no conocía podría preocuparlo, aunque Rachel me aseguró que él haría cualquier cosa por ella. Rachel intentó llamarlo tres veces antes de llegar al distrito de Columbia, pero no hubo suerte. Su servicio de mensajes no daba a conocer su número de móvil, y Rachel no podía dejarle un número para que le devolviera la llamada.

La puerta del baño se abrió con una ráfaga de vapor, y Rachel salió con una toalla enroscada en el cuerpo y otra en la cabeza.

–Todavía queda agua caliente. Y una toalla. Deberías probarlo. Vuelvo a sentirme humana.

–Tenemos que intentar localizar a tu amigo médico una vez más. Te he traído tu ropa. Está bastante sucia.

Rachel sonrió cansada:

–Daría mil dólares por mi pijama de franela.

–Mañana compraremos ropa nueva. O, si quieres, esta misma noche. Después de hacer esa llamada.

Dejó caer los hombros:

–¿No podemos dormir un rato?

–Necesitamos tener hecha la reserva de hotel lo antes posible. La mayoría de las reservas de este tipo se hacen con antelación.

–¿Me estás diciendo que me vista?

Asentí con la cabeza.

Se sentó en el borde de la cama y empezó a secarse el pelo.

–Estaba pensando –dije– que, si no te importa, deberíamos viajar como marido y mujer.

Rachel se volvió y me miró:

–¿Tengo cara de que me importe?

–Bien. Daremos a tu amigo nombres de casados para las reservas. ¿Deberíamos usar nombres judíos?

–No. En Israel no darías el pego ni por cinco segundos. Yo soy una buena chica judía que se separó y se casó con un goy.[1] Tú deja que hable yo.

Rachel cogió la camisa que le había dejado encima de la cama y volvió al cuarto de baño. Oí cómo la toalla aterrizaba en la barra de la ducha; a continuación volvió sólo con la camisa puesta. El faldón le tapaba los muslos, pero debajo no llevaba nada y daba poco que imaginar.

1. «Goy» es el término descriptivo que el pueblo judío emplea para referirse a un gentil o persona no judía.

–Necesito descansar –dijo–. Despiértame cuando estés listo.

Miré el reloj. Eran las 5:45 P.M. Sería un error dejar que se durmiera, aunque a lo mejor era preferible esperar a que anocheciera. Tampoco yo creía que me pudiera levantar. Llevaba dos días sin dormir y tenía doloridos músculos que hacía años que no usaba.

Rachel se destapó, trepó por la colcha y se tendió boca abajo, con el rostro vuelto hacia mí. Tenía los ojos oscuros vidriosos del cansancio, pero en los labios esbozaba una sonrisa.

–Apenas puedo pensar –dijo–. ¿Y tú?

–Yo apenas estoy aquí.

–¿Sabes por qué estoy aquí?

–¿Porque tienes miedo de morir?

–No. Porque tengo más miedo de no vivir que de morir. ¿Tiene sentido?

–Alguno tendrá.

Entonces se enterró bajo las mantas:

–Tú no lo entiendes. Mi hijo está muerto. Mi matrimonio se ha roto. ¿Tengo algo que perder?

Rachel siempre me había sorprendido, pero quizá esta vez desvariaba.

–Estoy seguro de que tus pacientes...

–Si muriera mañana, mis pacientes irían a otro loquero. Me paso días enteros sentada en esa consulta, escuchando a personas deprimidas, temerosas, enfadadas, paranoicas. Escucho las vidas de otras personas y trato de darles sentido. Luego vuelvo a casa y escribo sobre ello para las publicaciones.

Sonrió de una manera extraña:

–Pero hoy es diferente. Hoy un hombre al que diagnostiqué como delirante me ha arrastrado a su mundo. Soy Alicia a través del espejo. Alguien quiere matarme, pero yo sigo con vida. Y ahora volaré a Israel por una visión. Porque un hombre al que respeto de repente ha dicho que era Jesús.

–Necesitas dormir.

Meneó la cabeza, sin apartar los ojos de mi cara:

–El dormir no cambiará lo que siento.

En aquel momento no estaba muy seguro de a qué se refería. Me deslicé por el cabezal, apoyé la cabeza sobre el codo y miré al otro lado del espacio que separaba las camas. Sus hombros morenos contrastaban con las sábanas blancas, y el pelo húmedo le tapaba los ojos.

–¿De qué estás hablando? –pregunté.

Nuestras miradas se encontraron como a veces lo habían hecho en la consulta, como si de nada sirvieran con ella todos los muros que yo había ido levantando desde la muerte de mi familia. Entonces, me sonrió pausadamente.

–No tengo ni idea. ¿Por qué no vas a darte una ducha?

Sus ojos eran más sinceros que su boca. Me levanté y fui al cuarto de baño, quitándome la ropa sucia en el camino. Tras pasar dos días huyendo para salvar la vida, el agua caliente me resultaba más nutritiva que cualquier alimento. Los rasguños que tenía en manos y cuello me escocían, pero noté que los músculos empezaban a relajarse bajo la ducha. Cuando me enjabonaba el pelo con champú de la diminuta botella del hotel, pensé en el pelo negro de Rachel desparramado sobre la almohada y me apresuré a terminar. Tenía que estar tan cansada como yo, y conciliar el sueño no iba a ser tarea fácil. Me sequé con la toalla en el baño, luego me la até alrededor de la cintura y caminé hacia el espacio que quedaba entre las camas.

Rachel seguía tendida boca abajo, pero ahora con los ojos cerrados, respirando profunda y pausadamente. La miré, deseando que hubiera conseguido mantenerse despierta, pero tampoco podía culparla de lo contrario. Había visto demasiadas cosas en los dos últimos días, y había llegado demasiado lejos. Me saqué la toalla, me senté en el borde de mi cama y empecé a secarme el pelo. Al cabo de unos instantes, sólo quería acostarme y dormir hasta que no tuviera sueño.

Un brazo delgado y moreno atravesó el estrecho espacio que separaba las camas. La mano de Rachel me tocó la rodilla, y después se abrió y se cerro en el aire, como agarrando algo.

Cuando le di la mano, me arrastró hasta su cama con sorprendente fuerza. Me acosté a su lado y la miré a los ojos, que tenía abiertos de par en par como dos pozos negros.

–¿Pensabas que estaba dormida? –preguntó.

–Lo estabas.

–¿Así que estoy soñando?

Sonreí:

–Tal vez delirando.

–Entonces puedo hacer lo que quiera.

–Eso es.

Levantó la cabeza y me besó. Tenía los labios firmes y carnosos, y el hambre con el que abría la boca me decía que llevaba tiempo esperando esto. Le desabroché los botones de la camisa y la acerqué hacia mí. Ella se echó a reír cuando su pelo húmedo me cayó sobre la cara.

–¿Alguna vez se te pasó esto por la cabeza en las sesiones? –preguntó.

–Jamás.

–Mentiroso.

–Una o dos veces, quizá.

Me volvió a besar, y la manera en la que amoldaba su cuerpo al mío me decía que no habría titubeos de amantes primerizos. Sus caricias eran tan cómplices y serenas como su mirada; y cuando ella me dedicaba toda su atención, recordaba que no hay nada más emocionante que una mujer de palabras en el instante en que decide pasar a la acción.

* * *

Me desperté sobresaltado y presa del pánico, seguro de que habíamos esperado demasiado tiempo a hacer la llamada. El resplandor de la televisión iluminaba la habitación del motel. El reloj de la mesita de noche marcaba las 11:30 P.M. Rachel estaba tendida boca arriba a mi lado, con un brazo encima de la cara y el otro estirado sobre mi cuerpo.

Ahora me parecía otra mujer. Después de tres meses de distancia profesional, se había entregado a mí sin reserva. Los recuerdos de lo que habíamos hecho antes de quedarnos dormidos parecían más alucinaciones que cualquiera de las visiones que había tenido en mis episodios narcolépticos. Pero eran reales.

Rachel necesitaba dormir, pero tenía que despertarla. Me incorporé en la cama, bebí a tragos una botella de Dasani y a continuación la sacudí ligeramente. Temía que se asustara, como en la camioneta; pero esta vez se despertó lentamente, luego alargó la mano y me apretó la muñeca.

–Ey –dije–. ¿Cómo estás?

Abrió los ojos sin hablar. Respiró hondo, se incorporó y me abrazó. Yo le correspondí, deseando que todo aquello hubiera ocurrido mucho antes, en algún otro lugar.

–Tenemos que intentar llamar de nuevo a tu amigo –dije.

–¿No podemos hacerlo desde aquí?

–No. Si eras tan íntima de este tipo en la facultad, la ASN lo sabría. Y si han intervenido su línea, pueden localizarnos en cuestión de segundos. Para ponernos en contacto con tu amigo, deberíamos mantener vigilada la cabina de teléfono que usamos y esperar a que alguien aparezca por allí. Eso nos dirá si su línea es segura o no.

–Vale. –Se inclinó hacia delante y me besó suavemente en los labios–: Quitémonos esto de encima lo antes posible.

* * *

Ocho kilómetros al oeste del motel, vi una cabina telefónica en una gasolinera de Columbia Pike que parecía bastante discreta. Aparqué de manera que pudiera vigilar la carretera mientras Rachel hacía la llamada.

Entró directamente en la cabina, con la tarjeta telefónica que habíamos comprado en un Quick Stop cercano al motel. Al cabo de unos instantes, sonrió, me hizo una señal con el pulgar y empezó a hablar. La conversación duró un buen rato, pero pensé que la cosa tenía que marchar bien, porque la vi leer nuestros nombres ficticios en el papel de carta del motel. «Señor y señora John David Stephens.» El «apellido de soltera» de Rachel era Horowitz, y en el pasaporte figuraría como Hannah Horowitz Stephens. Mientras hablaba, yo pensaba en lo muchísimo que este doctor la tenía que haber querido para hacer esto por ella quince años después. Rachel colgó y regresó a la camioneta.

–¿Y bien? –dije.

Cerró la puerta:

–No hay problema. Él se encarga de todas las reservas: avión, hotel, e incluso un par de visitas turísticas.

–¿Desde Nueva York? –No podríamos correr el riesgo de permanecer en Washington más tiempo del necesario.

–JFK.

–¿Quién es ese tipo?

–Adam Stern. Es tocólogo en Manhattan. Ahora tiene cuatro hijos.

–Debe de haberte querido mucho en los viejos tiempos.

Me dedicó una sonrisa maliciosa:

–Nunca dejó de hacerlo.

Conduje unos cien metros carretera arriba, aparqué y dejé el motor en marcha. Aún veía la cabina telefónica que Rachel había usado.

–Adam dice que ésta es la semana más turística del año en Israel –explicó–. Semana Santa en Jerusalén es como el Carnaval en Nueva Orleans.

–Mejor para nosotros.

–Si es que podemos conseguir un vuelo. Va a intentarlo con otras compañías además de El AL, pero sin garantías.

–Cualquier cosa vale. No parece que hayan hecho llamamientos públicos.

Esperamos un rato con el zumbido del motor al ralentí, pero nadie se acercó a la cabina telefónica. Deslicé la mano hasta su asiento y la abracé.

–¿Estás bien?

Rachel asintió sin mirarme:

–Hacía tiempo que no me sentía así.

Le apreté la mano, y se volvió hacia mí. Tenía los ojos llenos de lágrimas. Ahora sabía cuánto tiempo llevaba sin tener relaciones íntimas. Seguramente tanto como yo.

–Me alegro de tenerte aquí –dije–. Y también me alegro de que vengas conmigo a Israel. No podría hacer esto sin ti.

Rachel retiró la mano y se enjugó las lágrimas.

Eché un vistazo al teléfono. No había moros en la costa:

–Creo que estamos a salvo. ¿Estás lista para echar un buen sueño?

–Estoy lista para una hamburguesa con queso antes de ponerme a dormir.

* * *

A las nueve y media de la mañana siguiente, cruzábamos el Memorial Bridge rumbo al Lincoln Memorial. La última vez que había estado en Washington había sido para rodar parte de la serie NOVA inspirada en mi libro. Daba miedo sólo de pensar en la diferencia entre aquella visita y la de hoy.

Encontramos una copistería Kinko al sureste de Capitol Hill y a los veinte minutos teníamos las fotografías de carné que nos habían dado instrucciones de dejar en la cafetería Au Bon Pain de la Union Station. De camino a la estación, el tráfico peatonal iba aumentando y yo empezaba a ponerme nervioso. Con Washington a la cabeza en la lista de objetivos terroristas, era muy posible que hubiera cámaras de vigilancia en casi todos los edificios importantes. Puede que nadie las viera, pero estaban allí. Y la ASN tenía el poder informático de realizar búsquedas visuales en esas cintas de vigilancia. Me mantuve bien alejado del Mall y dejé el coche en un aparcamiento al este de la Union Station.

Al caminar hacia el inmenso edificio de granito blanco, nos

íbamos acercando rápidamente hacia la entrada principal. Rachel, que balanceaba una bolsa de Kinko con la mano derecha, no se separó de mí en todo el trayecto. No sabía que yo llevaba el revólver en la parte inferior de la espalda, debajo de la camisa. Si hubiera detectores de metal en la entrada de la estación, tendría que regresar a la camioneta. Docenas de personas hacían cola allí; pero en cuanto vi la marea de turistas, suspiré aliviado. Si hubiera grandes medidas de seguridad, no se moverían tan rápido.

Una vez traspasadas las puertas, nos unimos a las masas que recorrían la renovada estación de ferrocarril y bellas artes. Pasamos un restaurante de categoría que había en la entreplanta y luego pasamos al tenebroso vestíbulo principal, que conducía a un centro comercial de varias plantas donde grupos turísticos, viajeros y compradores se empujaban en pasillos y escaleras en caracol, maravillados ante las estatuas y señalando las vitrinas de las tiendas. Por el estruendo que notaba bajo mis pies, se diría que algún tren pasaba por allí; sin embargo, a mi alrededor todo parecía impecable como en un museo.

–Ahí está el Au Bon Pain –dijo Rachel, empujándome hacia la izquierda.

Una enorme librería B. Dalton acaparaba este extremo del centro comercial, y la cafetería Au Bon Pain quedaba a su derecha. La gente entraba y salía rápidamente de allí, así que nuestro contacto había sabido elegir.

Rachel atravesó la enorme entrada y se puso a la cola delante de las cafeteras que había sobre una mesa de mármol. La acompañé, recorriendo con mirada indiferente las mesas que quedaban a nuestra derecha. Había recibido instrucciones de buscar a una mujer que llevara una copia de *El segundo sexo* de Simone de Beauvoir. Me imaginé que sería capaz de adivinar qué tipo de mujer llevaría un libro así sólo por su aspecto.

En una mesa de la última fila vi a una cincuentona pelirroja sin maquillaje y con una línea dura por boca. No apartaba los ojos de la mesa, como temerosa de que un extraño la pudiera abordar. Me preparaba para apostar cien dólares a que éste era nuestro contacto, cuando Rachel me tiró de la manga y señaló a una mujer afroamericana de unos cuarenta años que estaba de pie junto a las pastas leyendo *El segundo sexo*. Rachel abandonó la cola y se le acercó.

–¡Hace años que no veo ese libro! –dijo Rachel– Desde la facultad. ¿Sigue estando de moda?

Aquella mujer levantó la mirada y sonrió, con ojos brillantes y cordiales:

–Se ha quedado un poco anticuado, pero tiene valor histórico. –Le extendió una enjoyada mano negra–: Soy Mary Venable.

Hannah Stephens –dijo Rachel–. Encantada de conocerla.

Me sorprendió la facilidad con que se metía en el papel. Tal vez los psiquiatras fueran mentirosos por naturaleza. Cuando me acerqué, oí que Mary Venable decía en voz baja:

–Es un honor conocerla, doctora. Ha ayudado a muchas mujeres.

–Gracias –respondió Rachel, y luego, en voz mucho más alta, dijo–: Nunca supe cómo es que Simone siguió siendo la amante de Sartre. Ese hombre parecía una *rana*. Y no tengo nada contra los franceses. ¿Pero verdad que lo parecía?

Mary Venable se reía con tanta naturalidad que casi no vi cómo cogía la bolsa de Kinko de la mano de Rachel y la metía en el enorme bolso africano de punto que tenía junto a los pies.

–Si lo acabo esta noche –dijo Venable–, se lo prestaré mañana. Estaré por aquí a esta hora.

–Quizá nos veamos, entonces –dijo Rachel.

Mary Venable se inclinó y le recomendó:

–Diga a su hombre que esconda su pipa un poco mejor.

Rachel se quedó desconcertada y, mientras, Mary Venable le estrechó la mano con afecto, luego recogió el bolso y se fue. Al pasar por delante de mí, me miró sólo un instante; pero en ese instante leí su mensaje alto y claro: «Más le vale cuidar de esa mujer, señor.»

Me acerqué a Rachel, que me miraba extrañada:

–¿Se refería a algo anatómico?

–Te lo explicaré más tarde. –Cogí a Rachel del brazo y la saqué del local.

–No sabía que aquí hubiera un centro comercial –dijo–. ¿Podemos comprar ropa?

–No aquí. No acabo de ver la clase de lugar que necesitamos. Buscamos unos grandes almacenes que tengan de todo.

–¿A lo mejor en la planta de arriba?

–Aquí no –insistí.

Cuando la acompañaba a la entrada principal, nos cruzamos con un policía del distrito. Tenía el corazón en la garganta. Estaba seguro de que había dado parte al pasar. Quería girarme para comprobarlo, pero no me atreví.

–¿Qué pasa? –preguntó Rachel, intuyendo mi tensión.

–Creo que nos buscan aquí.

–No lo dudes.

–Me refiero, *públicamente*. Juraría que ese policía me acaba de reconocer.

Rachel se disponía a mirar, pero yo meneé la cabeza con firmeza suficiente para detenerla.

–Te refieres a que ya no sólo nos persigue la ASN –dijo.

–Me temo que no. No te separes de mí, y prepárate para echar a correr.

Pasamos un árbol que crecía en una maceta en medio del pasillo. Empujé a Rachel para que se ocultara detrás de él y eché la vista atrás desde cubierto. El policía nos seguía la pista y estiraba el cuello, intentando ver lo que había al otro lado de la maceta. También hablaba por una radio que llevaba en la solapa.

–Nos han descubierto –dije–. ¡Vamos!

CAPÍTULO 26

Agarré a Rachel de la mano y aceleré el paso. En vez de ir a la entrada principal, giré hacia una escalera que subía a la siguiente planta, camuflándome entre la multitud.

–¿Arriba? –preguntó Rachel, señalando las escaleras.

–No. –Mi objetivo eran los trenes. Me encaminé hacia las taquillas que había a nuestra izquierda, pero una voz femenina que sonaba por megafonía me detuvo.

«Atención a todos los pasajeros. Atención. Les comunicamos que la circulación de trenes se ha interrumpido por razones de mantenimiento. Rogamos permanezcan en el andén. Los mantendremos informados. Gracias por su colaboración.»

La adrenalina recorrió todo mi cuerpo. Los altavoces repetían el mensaje en español.

–Volvamos a las escaleras –dije, cambiando radicalmente de dirección.

–¿Arriba o abajo?

–¡Arriba!

Subimos los peldaños de dos en dos. En la siguiente planta, me asomé lo suficiente a la barandilla como para ver al policía que nos había descubierto. Seguía en la planta baja, intentando determinar qué camino habíamos tomado. Levantó la vista, protegiéndose los ojos de las luces, y luego empezó a subir las escaleras.

–¿Por qué han detenido los trenes? –preguntó Rachel.

–Por nosotros.

–¿Están paralizando los ferrocarriles de la Union Station para encontrarnos?

«Atención, por favor –dijeron por megafonía–. La policía ha dado órdenes de que todos los clientes y pasajeros se dirijan de manera civilizada a las salidas. Les rogamos disculpen las molestias. No hay peligro. Pueden abonar sus compras, pero les pedimos que se dirijan a las salidas lo antes posible. Gracias.»

Veía lo mucho que le estaba costando a Rachel mantener la calma.

–No vamos a salir, ¿verdad? –preguntó.

Volví a asomarme a la barandilla. El policía no sabía si subir o bajar.

–Deben de haber activado algún tipo de alerta terrorista. Es la única forma de evacuar este lugar. Podría haber cientos de policías rodeando el edificio.

Rachel miró por el hueco de la escalera. Grupos de gente se apresuraban en nuestra dirección. Nos apartamos de las escaleras para dejarles pasar.

El policía de más abajo se dirigía hacia las taquillas y volvía a hablar por su radio.

–Tenemos dos opciones. Una, cambiamos de aspecto y tratamos de salir con la multitud.

–¿Cómo vamos a cambiar de aspecto ahora?

–Podemos entrar en una tienda y vestirnos de negro. Buscar unas tijeras y cortarte el pelo a ti o alborotarme a mí el mío. Intentar sacarnos diez años de encima.

Rachel no parecía animada:

–Nos detendrán en el aeropuerto. Piensa en las fotos del pasaporte.

–Tienes razón. Entonces iremos a lo fácil. Nos meteremos en al almacén de alguna tienda, buscaremos dos cajas grandes de cartón y nos esconderemos allí hasta que todo esto se calme.

–Lo fácil es bueno.

–Pero la policía podría traer perros.

–Dios.

–Vamos –dije de pronto, seguro de qué hacer.

Bajé las escaleras corriendo, pendiente de los uniformes de policía. Había visto el toldo de unos cines al entrar, y desde las taquillas de la estación me pareció que estaba en la planta baja. La escalera moría en un patio de comidas. La gente se apresuraba a acabar la comida, con cara de ansiedad. Entre un revoltijo de sillas naranjas y amarillas, vi una hilera de personas que salían del cine.

–¿Adónde vamos? –preguntó Rachel.

–Al cine.

–Pero si lo están evacuando.

Cuando nos dirigíamos a la entrada del cine, una puerta se abrió a unos diez metros de nosotros y salió una joven pareja, entrecerrando los ojos. Antes de que el muelle que hacía de bisagra cerrara la puerta, entré disparado y la bloqueé con el pie.

Las luces de la sala estaban encendidas, pero en las butacas no había nadie. Siguiendo con la mirada la inclinación del suelo a mi izquierda, vi que un hombre en americana acompañaba a los rezagados hasta el pasillo central que conducía a la salida principal. A mi derecha, un Hugh Grant de tres metros caminaba con desanimo por una calle de Londres, las manos en los bolsillos. Rachel se me apoyó contra la espalda.

–¿Qué hay ahí?

Abrí la puerta lo suficiente para poder deslizarnos al interior, luego levanté la pesada cortina roja que colgaba de la pared y dejé que nos cayera encima. Nos pegamos bien a la pared y nos separamos, para encajar de manera más natural en los frunces de la tela. No veía a Rachel, pero descubrí sorprendido que estábamos cogidos de la mano. El instinto era tan primitivo como el de dos Neandertales que se reconfortan mutuamente en la pared de una cueva.

–¿Por qué aquí? –preguntó– ¿Por qué no en el almacén de una tienda?

En mi mente, veía cómo la policía rodeaba nuestra camioneta.

–Perros –susurró Rachel–. Hace un minuto, esta sala estaba llena de personas sudorosas. Diferentes rastros. No es como el almacén de alguna tienda.

–Exacto. La banda sonora de la película acabó en un crujido. Esperaba oír voces, pero nada. Pasaron quince minutos. Veinte. Rachel me agarró de la mano sudorosa. Cuando me enjugaba el sudor de la frente, una voz masculina atravesó la cortina.

–¡Yo voy por el pasillo central!

La mano de Rachel se aferró con fuerza a la mía.

El parloteo de la radio del policía hacía eco en la sala.

–Vale –gritó otro hombre–. Miraré con la linterna bajo los asientos.

Los hombres no me preocupaban demasiado, pero el rápido resuello que los seguía hizo que casi se me parara el corazón. Pronto tendría que elegir entre la rendición y un tiroteo con la policía local.

–¡Tiene algo! –gritó el primer hombre– Mira, está sobre una pista. ¡Venga, pequeña!

Procuré aguantar la respiración.

–Mierda, es medio perrito caliente.

Espera, tiene algo más.

Las voces se acercaban. A Rachel le temblaba la mano. ¿Cómo reaccionaría si yo abría fuego con mi pistola? No se trataba de unos asesinos enviados por Geli Bauer. Seguramente, eran policías del distrito cumpliendo con su deber.

–Se mueve en círculo –dijo la segunda voz–. Demasiados rastros. Yo mismo huelo diferentes tipos de sudor. Vamos a tener que volver más tarde.

–Está bien. De todas formas, quieren que el perro les siga la pista.

–Las voces se alejaron.

–¿Qué vamos a hacer? –murmuró Rachel.

–Esperar.

–¿Cuánto tiempo?

–No pueden tener todo el día cerrada la Union Station.

–¿Crees que volverán con ese perro?

–No lo sé.

–Me parece que me he meado en los pantalones.

–No te preocupes.

–¿El perro no lo olerá?

Rachel tenía razón.

–Sólo procura no moverte.

* * *

Una hora y cuarenta y cinco minutos más tarde, una voz masculina hablaba por megafonía: «Doctor Tennant, habla el oficial Wilton Howard, del departamento de policía de Washington D.C. Queremos que sepa que todo esto es un malentendido. Nos han dicho que el tiroteo en Carolina del Norte fue en defensa propia, y estamos dispuestos a ofrecerle protección y comunicación ilimitada con quien usted desee hablar. Por favor, salga con la doctora Weiss, deje las armas y entréguese a algún agente. Recibirá un trato privilegiado.»

–¿Qué te parece? –preguntó Rachel.

–Oigo a Geli en ese mensaje.

–A lo mejor es cierto. Quiero decir, que también lo han oído todos los policías del edificio.

–Si les han dicho que soy un terrorista o algo por el estilo, creerán que todo vale con tal de hacerme salir. Además, creen que estoy armado.

–¿Y lo estás?

Iba a mentirle, pero Rachel necesitaba saber la verdad.

–Sí.

–Oh, Dios.

La policía repitió el mensaje: «David...»

Alargué la mano y apreté la de Rachel:

–No te muevas.

Pasó otra hora, con más y diversos mensajes que se emitían

por megafonía. Guiados por el instinto, dije a Rachel que se estirara en el suelo y permaneciera pegada a la pared. Yo hice lo mismo.

No volvió el perro policía, pero sí más agentes. Era como si estuvieran recorriendo cada hilera de butacas. De vez en cuando notaba que la cortina ondeaba cuando alguno de ellos la inspeccionaba. Cada vez que oía pasos cerca, sacaba la pistola del cinturón y rezaba para que Rachel no se alterara. Sonaron unas fuertes pisadas, y entonces la tela se me despegó de la cara.

Tenía un par de botas negras a escasos centímetros de los ojos. Aguanté la respiración, ignorando si me había visto. La tela me rozaba la mejilla derecha. A continuación se detuvo y las botas se alejaron. El agente se había limitado a tocar la pared unas cuantas veces con la mano para mirar detrás de la cortina.

Era como si el corazón se me hubiese petrificado.

Las botas regresaron. El policía inspeccionó la cortina como había hecho antes, una fila abajo. Procuré no pensar en el sonido de sus pasos. Después de lo que pareció toda una eternidad, me percaté de que había pasado de largo. La búsqueda continuó durante otros cinco minutos, y luego el parloteo de la radio enmudeció. Pensaba que Rachel estaría a punto de estallar, pero tampoco me arriesgué a dirigirle la palabra. Tras unos minutos sin más llamamientos por megafonía, oí un zumbido y un chasquido metálicos que identifiqué como el rebobinado de una película.

–¿Eso es el proyector? –inquirió Rachel.

–Alguien está rebobinando la película. Deben de estar reabriendo la estación. Más vale que salgamos de aquí.

–A lo mejor deberíamos esperar hasta que se haga de noche.

–No. Esta noche habrá guardias apostados en las salidas. Ahora podemos contar con un gran revuelo al reabrirse la estación. Es nuestra mejor opción.

Nos levantamos y seguimos la pared hasta la puerta de salida. Al no escuchar ni oír nada, entreabrí la puerta. Dos mujeres pasaron ante mis ojos con ropa de calle. Pensaba que serían policías, pero entonces anunciaron por megafonía la llegada de un tren. Un comunicado así sobraba en un andén vacío. Empujé a Rachel al otro lado de la puerta.

Las escaleras y las escaleras mecánicas estaban llenas de gente, y los sonidos metálicos del material de cocina retumbaban en el suelo de mármol del patio de comidas. Caminamos hasta la escalera mecánica y nos pusimos en marcha.

–Cuando lleguemos a la planta baja, sígueme a unos veinte metros de distancia –dije–. Si alguien me descubre, piérdete entre la multitud y desaparece.

La escalera mecánica nos dejó casi a la entrada de la tienda B. Dalton. Besé a Rachel en la mejilla, y luego eché a caminar, buscando uniformes entre la multitud.

Los pasajeros enojados se abalanzaban sobre la estación como el agua que desborda una presa. La mayoría se dirigía a los trenes, así que no se podía pedir mejor pantalla. Eché la vista atrás para comprobar que Rachel me seguía y, a continuación, me dispuse a torcer a la derecha, hacia la entrada principal. Si la policía hacía pasar a toda la gente por un único punto de control, volvería sobre mis pasos y buscaría una ruta de huida alternativa. De lo contrario, tendría que arriesgarme y confiar en que el anonimato de la multitud nos ayudaría a pasar inadvertidos.

Giré a la derecha, en dirección a la estancia abovedada conducente a la entrada principal. Costaba remontar el río de humanidad que fluía contra mí, pero agradecía la presencia allí de cada persona. Al mantener la estación tres horas cerrada, la policía había creado una situación casi imposible de controlar.

Entre mí y la entrada se interponía el restaurante circular que había visto de camino. La cafetería al aire libre de dos pisos era como una isla en el centro de aquella planta. En el segundo nivel tenía mesas y una terraza de hierro forjado que permitía a sus clientes ver a la gente pasar. También proporcionaba una buena vista aérea a quien quisiera inspeccionar el enorme vestíbulo. Me disponía a rodearlo por la izquierda, cabizbajo.

–¡Doctor Tennant! –gritó una voz femenina.

Levanté la vista.

Geli Bauer me miraba fijamente desde el segundo piso de la cafetería. Aquel rostro cicatrizado y aquellos ojos azul eléctrico eran inconfundibles, y su presencia allí tenía la inevitabilidad del destino. Las tres horas que pasamos escondidos en el cine le dieron tiempo a venir en avión desde Carolina del Norte. La policía había reabierto la estación, pero Geli había preferido esperar, con la esperanza de encontrarnos. En cuanto di media vuelta para ver si Rachel había detectado el peligro, supe que estaba cometiendo un error. Geli la descubrió al instante y se llevó un walkie-talkie a los labios.

–¡Corre! –le grité a Rachel.

Geli dejó la radio, sacó una pistola automática y me apuntó con ella.

Una mujer que tenía detrás gritó. Cuando otros se dejaron arrastrar por el pánico, Geli salió disparada hacia unas escaleras que descendían en curva a la planta baja. Yo me llevé la mano a la espalda, hacia la pistola que llevaba en el cinturón.

–¡*No*! –gritó Geli, bajando rápidamente las escaleras–. *¡No voy a disparar! ¡La orden de matarlo venía de Godin! ¡Godin ha perdido la cabeza!*

Se detuvo a tres cuartos del rellano de la escalera, con la pistola agarrada con las dos manos en posición de combate.

–Si eso es cierto, ¡deje la pistola en el suelo!

Geli no le hizo caso.

«¿Por qué no me ha disparado?», me pregunté. Y entonces lo supe. Rachel estaba lo bastante alejada para huir entre la muchedumbre aterrada si Geli me disparaba a distancia.

–¡Suelte la pistola, doctor! –gritó Geli mientras seguía bajando las escaleras–. ¡Suéltela ahora y túmbese en el suelo boca abajo! ¡No dispararé!

No podía fallar desde donde estaba. Dejé la pistola en el relucir del suelo y los ojos le centellearon de satisfacción.

La muchedumbre reaccionó al tumulto como un hormiguero que detecta el peligro en su interior. Oleadas de pánico arrastraron a los preocupados viajeros que había más alejados del epicentro, creando así un ciclón de gente que se precipitaba hacia las salidas. La policía allí destacada tendría que hacerles frente uno por uno.

–¡Venga aquí, doctora Weiss! –gritó Geli.

–¿David? –Rachel llamó tímidamente.

La automática de Geli llevaba un silenciador en el cañón.

–¡*Corre*! –chillé– ¡*Sal de aquí*!

Geli apuntó a Rachel. Entonces arremetí contra ella escaleras arriba. La agarré por las muñecas cuando la pistola disparó una bala más allá de mí. La rabia que expresaba su cara me dijo que había fallado.

Geli me golpeó el estómago con la rodilla, haciéndome expulsar el aire de los pulmones. Yo le estrangulé sus huesos como el hombre que intenta partir leña verde. Ella retrocedió y se tambaleó, empujándome escaleras abajo al caérseme encima. Forcejeé para que apuntara a otro lugar, pero ella jugaba con ventaja. El silenciador avanzaba lentamente hacia mi cara. La cicatriz de Geli se volvió blanca cuando la tensión del combate le inyectó las mejillas en sangre.

–¡*Dejen la pistola*! –gritó una voz de mujer– ¡*Los dos*! ¡*Vamos, y pónganse en pie*!

A tres metros, Rachel estaba aferrada con las dos manos a mi revólver, con los ojos bien abiertos por el miedo.

–¡Deje el arma! –chilló Geli– ¡Está usted perjudicando a un agente federal en el cumplimiento de su deber!

–¡Dispárale! –grité, intentando arrebatarle la pistola a Geli– ¡Ella mató a Fielding! ¡Dispara!

Geli me golpeó con la punta del codo en el plexo solar, y con el silenciador me atizó en el pómulo. Un estallido me retumbó como un gong en los oídos, y algo líquido me salpicó la cara. Los centelleantes ojos de Geli parecían acaparar mi campo de visión, pero entonces un río de sangre le inundó la pechera.

Le saqué la pistola y la aparté de mí.

Rachel seguía apuntando con el revólver humeante y temblaba como una epiléptica. La bala había impactado en el cuello de Geli, y sin embargo ésta había logrado introducirse los dedos en la herida para detener la hemorragia. Nunca había visto tanta rabia en unos ojos humanos. Agarré a Rachel de la muñeca y me la llevé corriendo hacia el vestíbulo principal. Cuando doblábamos la esquina, la voz de Geli retumbaba en la estancia de treinta metros de alto:

–¡*Está muerto, Tennant*! ¡*Está muerto*!

Eché una carrera hacia la tienda B. Dalton que había al fondo del centro comercial. Las cajas de libros eran voluminosas y pesadas; lo cual implicaba una zona de carga.

Los clientes nos abrieron paso cuando me vieron meter a Rachel a empujones en el almacén de la librería. El suelo embaldosado estaba repleto de cajas, y casi seguro que tenían un muelle de carga con puerta mecanizada para trajinar la mercancía. Pulsé un botón rojo que había en la pared y la puerta empezó a levantarse.

La claridad inundó la sala. Bajé a Rachel al cemento del muelle de carga, y luego bajé de un salto. Una camioneta de reparto estaba aparcada a la entrada del muelle y dos hombres estaban allí de pie hablando junto a la cabina. Al subir corriendo la pendiente, vi un Toyota Corolla blanco aparcado junto a la camioneta. Tenía abierta la puerta del conductor, pero no había nadie dentro.

Apunté con mi revólver a aquellos dos hombres, y a continuación señalé con él al Toyota:

–¡Necesito ese coche!

El conductor de la camioneta levantó las manos, pero el otro hombre miró al Toyota:

–Ése es mi coche.

–¡*Déme las llaves*!

El hombre parecía tajante.

–¡Dale las malditas llaves! –dijo el conductor de la camioneta.

–Las tiene puestas.

Llevé a Rachel hasta la puerta del pasajero y la metí en el interior, después yo me subí al asiento del conductor y puse el motor en marcha. El dueño del coche daba voces, pero sus palabras se perdieron en medio del estruendo que hice al acelerar. La puerta se me cerró con el ímpetu de la velocidad, y para reducir necesité una buena dosis de autocontrol. Tendría que conducir a velocidad moderada si quería salir sin problemas de la estación y luego deshacerme del coche para abandonar la ciudad.

–Oh, Dios mío –dijo Rachel, pálida.

El gemir de las sirenas inundaba Union Station.

CAPÍTULO 27

En el patio de comidas del aeropuerto JFK de Nueva York me quedé detrás de Rachel, esperando signos de una crisis nerviosa. Llevaba un vestido azul, parte de un nuevo vestuario comprado en Nueva Jersey; sin embargo el vestido no lograba disimular la palidez de su rostro y el vacío de sus ojos. Disparar a Geli Bauer le había hecho perder la calma y, aunque las noticias habían revelado que la «agente federal» a la que habían disparado en Union Station había sobrevivido, Rachel no había dejado de temblar en todo el viaje a Nueva York.

Nunca la habría sacado de Washington sin ayuda. Tras abandonar el Toyota a cinco manzanas de la Union Station, paré un taxi y le dije que nos llevara de regreso al otro lado del Potomac, a un opulento centro comercial de Alexandria (Virginia). Desde allí llamé al número de teléfono que nos había arrastrado a la cita en la cafetería con Mary Venable. A la mujer que contestó le dije que la doctora Weiss corría peligro de muerte y que necesitaba ayuda con desesperación. Al cabo de cuarenta minutos, una mujer al volante de un Toyota Camry azul vino a recogernos y nos devolvió a Washington, a una residencia privada en el extremo sur.

La casa era un refugio dirigido por el grupo feminista que proporcionaba nuevas identidades a mujeres maltratadas que huían con sus hijos. Nos instalaron en una habitación situada en la parte de atrás de la casa y, después de una breve espera, llegó Mary Venable. Hizo una interminable serie de preguntas a Rachel porque no parecía fiarse de mí, y luego se las arregló para conseguir un coche que pudiéramos usar para viajar a Nueva York al día siguiente. Nos recomendó que, más adelante, lo dejáramos aparcado en el aparcamiento del JFK, donde lo recogería una de sus «hermanas» de Nueva York.

En la habitación teníamos una televisión, así que vimos el tiroteo de la Union Station en todas las noticias. El cierre temporal de la estación parecía haber levantado tanto revuelo como los disparos. Los primeros informativos especulaban sobre si una amenaza de bomba había obligado a evacuar la estación; sin embargo, las noticias de última hora habían cambiado la historia. Fuentes de la policía del distrito de Columbia habían filtrado que se le había seguido la pista a un posible asesino presidencial hasta la estación. No habían mencionado mi nombre, pero el locutor explicó que la mujer responsable del tiroteo en la estación no era mi prisionera, sino mi cómplice.

Dormimos un poco, y por la mañana el *Washington Post* publicaba mi nombre y una fotografía. En el artículo, un portavoz de los Servicios de Inteligencia me describía como un médico idealista que había enloquecido tras años de dolor por la trágica pérdida de su familia. Arrastrado por paranoicas ilusiones, había amenazado de muerte al presidente, y el hecho de que me presentara en Washington armado con una pistola demostraba lo peligroso que era. La identidad de mi cómplice todavía era «desconocida», pero varios testigos la habían visto realizar el disparo que había herido a la agente federal. Lo que más asustó fue que el comentario con el que se cerraba el artículo procediera de Ewan McCaskell, jefe del estado mayor del presidente, que hablaba desde China:

«"El doctor Tennant había visitado al presidente al Despacho Oval en una ocasión", dijo McCaskell. "El presidente admiraba su libro sobre ética médica. Lamenta que el célebre médico haya sufrido una especie de psicosis, y espera que el doctor

Tennant pueda recibir tratamiento antes de que ocurra una tragedia."»

Me preocupaba que Mary Venable viera la noticia y me entregara a las autoridades; pero al cabo de una hora nos trajo los nuevos pasaportes, dos permisos de conducir expedidos en Virginia y las llaves de nuestro coche «prestado». Había leído el artículo, pero su lealtad a Rachel era más fuerte que su creencia en los medios de comunicación. No perdí más el tiempo y cogí la I-95 rumbo a Nueva York.

Tener mi nombre y mi cara circulando por toda la nación sólo conseguía reforzar mi determinación de abandonar el país. La ASN creía que planeaba recibir mañana al presidente en Washington, así que lo último que esperaban que hiciera era abandonar el país. Sería arriesgado coger un avión en el aeropuerto JFK, pero si lo conseguíamos estaríamos mucho más seguros que en Estados Unidos.

Rachel apenas habló durante el primer tramo del viaje, y tampoco parecía registrar nada de lo que yo le decía. Para cuando llegamos a Nueva Jersey, había recobrado la suficiente compostura para entrar en un centro comercial con una lista de tallas y vestirnos para el viaje. Aparte de eso, paramos sólo para repostar y yo nunca salí del coche. Justo antes de llegar a Nueva York, Rachel telefoneó a Adam Stern y le dio una tapadera por escrito para que explicara las reservas hechas a nuestro nombre por el doctor.

Con el gentío de Semana Santa, Stern se había visto obligado a reservarnos un vuelo de medianoche con EL AL, lo cual no dejaba de preocuparme. Yo llevaba puesta una gorra de los Yankees, con la esperanza de que mi aspecto de «blanco de metro ochenta» fuera lo bastante genérico para no llamar la atención. En el mostrador de EL AL las cosas fueron sorprendentemente bien, pese a ser yo el que más hablaba. Mi mayor preocupación era la entrevista informal del equipo de seguridad. Según Stern, en algún momento antes de embarcar, uno o dos agentes de seguridad vestidos de paisano entablarían conversación con nosotros, para tantear las intenciones. No habría manera de superar la prueba si Rachel no intervenía.

–Ese pollo con brécol tiene buena pinta –dije, señalando un aparador que había en el mostrador de comida china–. ¿Qué te parece?

–Bien –dijo Rachel con una voz mortecina.

Le toqué el hombro:

–¿Estás bien?

No respondió.

Me avancé a ella y pedí dos platos de pollo con brécol. Al pagar, oí una voz masculina a mis espaldas:

–Hola. Estábamos con ustedes en la fila del mostrador de EL AL. ¿Van a la Semana Santa Occidental?

–Eeeh.... no –contestó Rachel.

Me giré y vi a dos hombres morenos de estatura media junto a nosotros. Tenían mirada de lince y la sonrisa fácil. Parecían hermanos.

–¿De visita a la familia, entonces? –dijo el otro hombre, que llevaba una cadena de oro al cuello.

–No –respondió Rachel torpemente–. Es un asunto personal. Un problema de salud.

Miradas de preocupación:

–Oh, lo sentimos.

«Están buscando terroristas –me dije a mí mismo–, no asesinos presidenciales.» Me volví e hice a aquellos hombres un gesto de asentimiento.

El silencio me resultaba incómodo; pero entonces Rachel se enderezó y volvió a la vida:

–Supongo que no es algo de lo que avergonzarse –dijo–. Me envía mi tocoginecólogo. Me acaban de diagnosticar un cáncer de ovarios. Está avanzado, pero él tiene un amigo en el hospital Hadassah de Jerusalén. Allí se cultivan las propias células T y las reinyectan para combatir los tumores. Mi médico es un buen amigo. Gracias a Dios, él se ocupó de todo: aviones, hoteles, todo. –Se puso la mano a la altura del corazón–: Siento tener que explicárselo. Es el primer rayo de esperanza que tengo, y hablar de ello hace que me sienta mejor.

–Está bien –dijo el hombre de la cadena–. Estoy seguro de que hace lo correcto. Los doctores de Hadassah son los mejores del mundo.

–El ensayo promete –metí cuchara, sin querer parecer desagradable–. El principal investigador se formó en Sloan-Kettering.

–Habla como un médico –dijo el hombre más bajito, y entonces quedó claro que se trataba de agentes de seguridad de EL AL. De repente, sólo pude pensar en los 16.000 dólares en efectivo que llevábamos ocultos bajo la ropa.

–Su comida, señor –dijo bruscamente uno de los empleados chinos.

–Gracias –respondí, con la mirada clavada en los platos–. Sí, soy especialista en medicina interna.

–¿Sabe usted de artritis? –preguntó el hombre bajito–. Me han dicho que tengo artritis psoriática. ¿Me puede explicar qué es eso?

«¿Le contesto? –pensé– ¿Actúo con arrogancia?»

–Bueno, existen cinco tipos. Algunas son relativamente leves, otras provocan parálisis.

–¿Cuál es la peor?

–La artritis mutilante.

El hombre sonrió feliz:

–No es la mía, gracias a Dios. Tengo algo relacionado con las falanges.

–Artritis distal interfalángica predominante. –Le levanté las manos y le examiné las uñas, repletas de hoyos–. Podría ser mucho peor.

El hombre retiró la mano:

–Vaya, vaya. Bueno, disfruten de la comida.

–Buena suerte en Hadassah –dijo el de la cadena–. Van ustedes al lugar indicado.

Puse los dos platos en una bandeja que llevé hasta una mesa

vacía. Rachel me seguía, con aspecto de traumatizada. Eché la vista atrás al mostrador y vi que aquellos hombres se alejaban sin su comida.

–Has estado estupenda –dije en voz baja–. A la altura de un Óscar.

–Instinto de supervivencia –dijo, mientras tomaba asiento–. Todo el mundo lo tiene. Tú me lo dijiste en Carolina del Norte y no te creí. Ahora sé de qué me hablabas.

Cogí el tenedor:

–De nada sirve sentirse culpable.

–Tengo la sensación de que ya han hablado con Adam.

–Seguro. Y él debe de haberles contado la misma historia. Si logramos subir al avión sin que nos detengan, le enviaré una caja de champán.

Rachel cerró los ojos:

–¿Lo conseguiremos?

–Sí. Tú procura aguantar otra media hora.

* * *

El 747 iba lleno pese a volar tan tarde, pero nos separaban de nuestros vecinos más cercanos dos asientos y un pasillo, lo cual nos daba cierta intimidad. Yo me senté junto a la ventana con la gorra de los Yankees puesta y, sin establecer contacto visual, cogí dos mantas para taparnos hasta el cuello.

Estuvimos en la pista de despegue lo que parecieron dos horas y por mi reloj fueron sólo cuarenta minutos. Mientras los pasajeros charlaban animadamente a nuestro alrededor sobre su visita a Tierra Santa, Rachel y yo nos hacíamos los dormidos, con las manos agarradas bajo la manta. Por fin el reactor de pasajeros EL AL echó a rodar por la pista y emprendió el vuelo en la noche.

–Gracias a Dios –susurró cuando las ruedas perdieron contacto con el cemento.

Dentro de once horas tendríamos que superar los controles

de seguridad en Tel Aviv, pero al emprender el vuelo ya teníamos media batalla ganada; así que procuré centrarme en esa pequeña victoria.

–¿Estás bien?

Rachel abrió los ojos, sólo separados de los míos por la visera de mi gorra. En ellos vi sentimientos que no logré interpretar.

–Tengo que preguntarte algunas cosas, David. –Sonaba más como la psiquiatra a la que había conocido antes de hacer el amor–: Vamos a Jerusalén y necesito llegar al fondo del porqué. Me gustaría que consideraras esto como una sesión.

–No. Si tú me preguntas, yo también puedo hacerte preguntas. Y tendrás que serme sincera. A eso vamos ahora.

Rachel vaciló, pero luego asintió:

–Muy bien. Me dijiste que eres ateo; que tu madre creía en algo más grande que la humanidad, no en la religión jerarquizada. ¿Y tu padre? ¿Era un ateo declarado?

–No. Simplemente no tenía fe en la idea convencional de Dios. Creía en un dios que centrara toda su atención en el hombre. Mi padre era físico, y los físicos suelen ser una pandilla de escépticos.

–¿Creía en un ser supremo de algún tipo?

Mi padre no era un tipo que «se pusiera cósmico» a menudo, pero en algunas ocasiones, cuando acampábamos en las montañas bajo un cielo estrellado, hablaba con mi hermano sobre aquello en lo que de verdad creía.

–Mi padre tenía un concepto simple de las cosas. Simple pero profundo. No veía al hombre como un ente separado del universo, sino parte de él. Siempre decía: «El hombre es el universo unificado.»

–¿Me suena de algo?

–Tal vez. Lo decían gurús de la Nueva Era como Deepak Chopra. Sin embargo, mi padre ya lo había avanzado veinte años antes.

–¿A qué crees que se refería?

–Exactamente a eso. Siempre nos recordaba que cada átomo de nuestro cuerpo formaba inicialmente parte de una estrella remota que había explosionado. Hablábamos de que la evolución va de la simplicidad a la complejidad, y de que la inteligencia humana es la máxima expresión conocida de la evolución. A mí me decía que el cerebro de una rana es mucho más complejo que el de una estrella. Veía el conocimiento como la primera neurona del universo que cobra vida y conciencia. Una chispa en la oscuridad, esperando a dar fuego.

Rachel parecía pensativa:

–Una bonita idea. No es exactamente una visión religiosa, sino optimista.

–Y práctica. Si somos el universo unificado, tenemos la obligación moral de sobrevivir. De preservar el don del conocimiento. Y para hacerlo debemos vivir en paz. De ahí podemos derivar un conjunto viable de leyes, principios éticos, de todo.

Rachel reflexionó sobre ello:

–¿Tú compartes este concepto del universo?

–Lo hacía hasta hace un par de semanas. Mis últimas visiones no encajan.

Me puso la mano en la rodilla:

–No sabemos dónde encajan, ¿verdad? Y tampoco creo que la idea de tu padre descarte la existencia de un creador. ¿Sigues teniendo la impresión de que morirás si no llegas a Jerusalén antes de soñar con la crucifixión?

La inminente amenaza de caer en manos de la policía me había distraído:

–Lo sigo sintiendo como algo urgente, pero no como antes. El hecho de que vayamos de camino parece haberme relajado un poco.

–Si sueñas con la crucifixión, no deberías preocuparte. Nunca un sueño ha matado a nadie.

Yo no estaba tan seguro:

–Ahora hablemos de ti. Dices que crees en Dios, pero ¿qué es para ti exactamente?

–No le veo la relación con lo que estamos haciendo.

–Me parece que ambos estamos en este avión por alguna razón. Y lo que tú creas es importante.

Una mirada de inefable tristeza anidó en su rostro:

–Me convertí a Dios muy tarde. De niña nunca me llevaron a una sinagoga o una iglesia.

–¿Por qué no?

–Mi padre volvió la espalda a Dios con siete años.

–¿Por qué tan joven?

–Cumplió los siete en un campo de concentración.

Algo se heló en mi interior.

Tenía la mirada perdida, como si mirara años atrás:

–Mi padre vio cómo asesinaban al suyo delante de él. No era normal, ni siquiera según las normas del campo. Los aliados se acercaban, y los guardias de las SS empezaron a liquidar a los prisioneros. Un guardia se inventó un juego con su pequeño destacamento de trabajo: mataba a un preso por día y perdonaba la vida al preso famélico que matara a su igual. Mi abuelo se negó, por supuesto. Había ejercido de cirujano en Berlín, conocía a Freud y mantenía correspondencia con Jung.

La cabeza me daba vueltas mientras pensaba en el porqué de la opción profesional de Rachel.

–El guardia mató a golpes a mi abuelo delante de su hijo pequeño, mi padre. Entonces mi padre llegó a la conclusión de que un Dios que permitía lo que había visto merecía maldiciones, no alabanzas.

Quería decir algo, pero no hallaba las palabras adecuadas.

–Tuvo la suerte de poder emigrar a Estados Unidos. Lo criaron en Brooklyn unos parientes lejanos –Rachel sonrió con tristeza–. El tío Milton era herrero. La negativa de mi padre a la oración lo enojaba, pero Milton sabía por lo que había pasado aquel niño. Cuando alcanzó la mayoría de edad, mi padre se cambió el apellido por White, se trasladó a Queens y dejó de ver a su familia, aunque siempre les enviaba dinero. Se casó con una gentil atea y juntos me criaron en un hogar laico.

Escuché asombrado. Uno ve un rostro en una calle o una oficina de Estados Unidos, y no tiene idea de que detrás se esconde una trágica epopeya.

–Por eso me sentí siempre como una extraña. Todos mis amigos iban a la iglesia o la sinagoga. Entonces me picó la curiosidad y, con diecisiete años, busqué a mi tío Milton. Me lo contó todo. Después de aquello... abracé mi patrimonio.

De repente, muchos pequeños misterios sobre la personalidad de Rachel cobraron sentido. Su sobrio atuendo, su distanciamiento profesional, su aversión por la violencia...

–La cuestión es –prosiguió– que creo que me hice judía más por identificación emocional y política que por deseo de cumplir la voluntad de Dios.

–No hay nada de malo en eso.

–Claro que sí. Si me preguntas qué pienso realmente de Dios, la respuesta no tiene nada que ver con la Torá o el Talmud, sino con lo que he visto a lo largo de mi vida.

–¿Y qué crees?

Entrecruzó las manos sobre el regazo.

–Que crear supone hacer algo que antes no existía. Si Dios es perfecto, la única manera que tiene de crear es hacer algo diferente de sí mismo. Así que, por definición, lo que él cree tiene que ser imperfecto. ¿Entiendes? Y si fuera perfecto, sería Dios.

–Sí.

–Creo que para que los seres humanos nos distingamos de Dios, debemos ser capaces de tomar nuestras propias decisiones. Libre albedrío, ¿no? Pero el libre albedrío no tiene sentido, a no ser que las malas elecciones resulten en un auténtico calvario. Por eso hay tanta maldad en el mundo. No sé qué religión dice esto, pero sea la que sea, es lo que yo creo.

–Es una buena explicación para el mundo en que vivimos. Pero no trata el misterio central. ¿Por qué Dios iba a verse obligado a crear nada?

–Me parece que eso nunca lo sabremos.

–A lo mejor sí. Nuestro sol va a seguir ardiendo durante

otros cinco mil millones de años. Incluso aunque se produzca un colapso gravitatorio del universo, el Big Crunch, lo más pronto que esto podría suceder es en espacio de unos veinte mil millones de años. Si no nos autodestruimos antes, tendremos tiempo de sobra para responder a esa pregunta. Tal vez a todas las preguntas.

Rachel sonrió:

–Tú y yo nunca lo sabremos.

Al verme reflejado en sus ojos negros, me di cuenta de lo poco que sabía sobre ella:

–No eres ni la mitad de convencional de lo que aparentas. Ojalá hubieras podido hablar con Fielding.

–¿Qué decía él sobre Dios?

–Fielding tenía un gran problema con el mal. Se había criado en un hogar cristiano, pero decía que ni el judaísmo ni el cristianismo habían hecho frente al mal.

–¿A qué se refería?

–Solía recitar tres afirmaciones: «Dios es omnipotente. Dios es bondadoso. El mal existe.» Lógicamente, es posible reconciliar dos afirmaciones cualesquiera, pero no las tres.

Rachel asintió pensativa.

»Fielding pensaba que las religiones orientales eran las únicas verdaderamente monoteístas, porque más que intentar culpar a una figura menor como Satán admitían que el mal provenía de Dios.

–¿Y tú? –preguntó–. ¿De dónde crees que viene el mal?

–Del corazón humano.

–El corazón bombea sangre, David.

–Ya sabes a qué me refiero. La psique. El pozo primitivo donde los instintos primarios se mezclan con la inteligencia humana. Cuando contemplas las atrocidades de que es capaz el hombre, resulta difícil imaginar que detrás se esconde un plan divino. Quiero decir, mira lo que le ocurrió a tu abuelo.

Rachel me agarró del brazo y me miró con un apremio casi desesperado:

–El día que asesinaron a mi abuelo, hubo un momento en el que podía haber matado al guardia. Estaban solos en una cantera, un guardia y tres presos. Los norteamericanos sólo estaban a un día de allí. Pero no lo hizo.

–¿Y por qué no? –pregunté, sorprendido ante su ira.

–Me parece que olvidamos algo.

–¿El qué?

–Que si respondes con las armas de tu enemigo, te vuelves como él. Jesús lo sabía. Y Gandhi también.

–¿Aunque tu hijo esté a tu lado? ¿Y necesite tu protección? ¿Pondrías la otra mejilla y sacrificarías tu vida?

–No matarás –dijo Rachel con firmeza–. Si mi abuelo hubiera matado a ese guardia, a él y a mi padre los habrían ejecutado aquella misma noche. No conocemos el futuro. Por eso lo que hice ayer me dejó tan conmocionada. Recogí tu pistola del suelo y disparé a un semejante. ¿Qué conseguí con ello?

–Salvaste mi vida. Y también la tuya.

–Por un momento.

Le apreté la mano con fuerza:

–Estamos *vivos*, Rachel. Y creo que tengo algo muy importante que hacer antes de morir.

–Lo sé.

Un auxiliar de vuelo se presentó en el pasillo junto a nosotros. Yo no quería levantar la mirada, así que le hice una señal a Rachel para que se girara.

–¿Sí? –preguntó Rachel con voz de dormida.

–¿Van a cenar esta noche?

Ella me miró, y yo asentí.

–Sí –dijo–. Gracias.

El auxiliar de vuelo me echó un vistazo y luego se fue.

Rachel aguantaba la respiración:

–¿Qué te parece?

–No lo sé. Era extraño, pero a lo mejor estaba comprobando si íbamos a dormir durante la cena.

Rachel meneó la cabeza:

–No puedo seguir con esto.

–Sí que puedes. Estamos bien.

–¿Y qué me dices del aeropuerto de Tel Aviv?

–Lo conseguiremos.

–Eso no lo sabes.

Le acaricié la mejilla y hablé con una convicción que no sabía que tenía:

–Sí lo sé. Algo me espera en Jerusalén.

–¿El qué?

–Una respuesta.

CAPÍTULO 28

ARENAS BLANCAS, NUEVO MÉXICO

Ravi Nara pisó el acelerador de su Honda ATV y se dirigió hacia lo que el personal técnico de Godin estaba tan equivocado que llamaba hospital. El aire de Nuevo México le resecaba la garganta, y el sol abrasador dejaba al neurólogo tan agotado que procuraba permanecer fuera cuanto menos mejor. Un técnico de bata blanca se cruzó a pie en su camino y levantó un brazo para saludarlo. Ravi frenó furioso y reemprendió la marcha.

Se había tenido que armar de coraje para llamar a John Skow, incluso con el móvil cifrado que el hombre de la ASN le había dado. Pero con Godin a las puertas de la muerte, tenía que asumir el riesgo. Skow había dejado claro que si Godin moría antes de que Trinity se hiciera realidad, todas sus carreras, y tal vez sus vidas, podrían quedar destruidas. Zach Levin, ingeniero jefe de Godin, había previsto que el prototipo Trinity podría estar totalmente operativo entre siete y diez días. Pero dicho supuesto asumía la continua participación del propio Godin. Ravi sabía que tendría la suerte de mantener al anciano con vida veinticuatro horas más.

Dudaba que algún doctor hubiera trabajado tan duro para mantener vivo a un paciente. Con treinta y seis años, Ravi Nara ya era un venerado científico. En su India natal lo trataban como a un héroe, pese a haberse convertido en ciudadano norteamericano. Pero si Trinity fracasaba bajo una nube de escándalo levantada por el asesinato de un conocido premio Nobel, nada salvaría su reputación.

Una vez más, se preguntaba si alguien habría oído su conversación con Skow. La seguridad en Carolina del Norte se había vuelto intrusiva, pero Arenas Blancas era una maldita reserva militar. Aún así, nadie se le había acercado todavía. Tal vez lo apartado del lugar hacía que el personal de seguridad estuviera menos paranoico.

Arenas Blancas era más grande que Delaware y Rhode Island juntos. La parcela vallada para investigar en Trinity era una mole sobre un elefante blanco, parte de una extensión mayor administrada por la Escuela y Centro de Servicios de Inteligencia del Ejército de Estados Unidos, de Fort Huachuca (Arizona). Antes de que Ravi visitara la base, Godin había descrito las condiciones de vida allí como «espartanas». Para Ravi, neoyorquino de adopción, Carolina del Norte estaba en medio de la nada. Arenas Blancas era un agujero en el mundo, un paisaje lunar de yeso blanco y roca con sólo serpientes de cascabel por compañía. Medio esperaba que los indios aparecieran cabalgando sobre las dunas con los vaqueros de John Ford a la zaga, pero nunca llegó a verlo.

El complejo Trinity había sido diseñado con geométrica simplicidad. Había cuatro grandes edificios: el laboratorio de investigación, el hospital, la Administración y la Contención. También había barracones, una tienda de maquinaria, una enorme central eléctrica y una pista dc aterrizaje que podía albergar motores a reacción del ejército. Más que edificios, se trataba de hangares aeronáuticos montados por ingenieros militares en cinco frenéticas semanas de construcción. Sólo la Contención era diferente; contenía el prototipo Trinity.

Ravi veía ese extraño edificio a su derecha, solitario en el centro del complejo. Construida como un fortín de la segunda guerra mundial, la Contención tenía paredes de hormigón reforzadas con acero templado y estaba blindada con plomo. La abastecían cuatro gigantescos cables eléctricos, dos cañerías de agua y un sistema residencial de aire acondicionado. No llegaban hasta allí líneas telefónicas, cables coaxiales o cables de red CAT-5. Del tejado tampoco sobresalían antenas o parabólicas como lo hacían de todos los demás edificios. La Contención parecía una estructura pensada para Harry Houdini, si Houdini hubiera podido autodigitalizarse y huir entre los cables o las transmisiones. En caso de que el prototipo Trinity llegara a ser totalmente operativo, nadie, ni siquiera Peter Godin, quería que estuviera conectado a Internet.

Hoy Ravi había evitado el hospital. Godin llevaba semanas a punto de morir, pero hacía cuestión de dos días por fin había iniciado el viaje hacia la eternidad. Ravi estaba convencido de que lo había propiciado la muerte de Fielding, una implacable necesidad que golpeó al anciano con más fuerza de la que cabía esperar. Sin embargo, la muerte de Fielding les había proporcionado el cristal; de manera que no tenía sentido dudar si habían hecho bien en matarlo.

Horas después de hacerse con el cristal, habían logrado recuperar todo el terreno saboteado por Fielding, y una vez descubierto el trabajo que Fielding había ido haciendo por su cuenta, se vieron a un paso del prototipo. No obstante, la euforia del logro se había visto debilitada por los problemas con Tennant y su psiquiatra. Godin llevaba mal el estrés que eso le producía, aunque a fin de cuentas era el cáncer lo que lo estaba matando, como a todo aquel que padecía esta clase de tumor maligno.

Ravi aparcó el ATV frente al hangar del hospital y entró. El hangar estaba dividido en «salas» mediante tabiques. Ninguna de ellas tenía techo, ni siquiera los lavabos, así que la fetidez inundaba el edificio con maldita regularidad. A Peter Godin no le molestaba. Ocupaba una cámara hermética con presión positiva que ningún agente infeccioso podía traspasar. El cubículo de plástico, abastecido por aire y agua depurados y conocido como la Burbuja, descansaba como una incubadora en el centro del hangar.

Para que Ravi y las enfermeras no perdieran el tiempo con trajes protectores, se había instalado un descontaminador por radiación ultravioleta junto a la puerta de la Burbuja. Para esterilizarse, Ravi sólo tenía que frotarse las manos, ponerse una mascarilla y permanecer sometido a la radiación el tiempo suficiente para despojar piel y ropa de organismos peligrosos. Sólo llevaba dos minutos completar el proceso, pero últimamente había empezado a ponerle los nervios de punta. Sin embargo, no podía culpar a Godin. Los esteroides y la quimioterapia habían destrozado el sistema inmune del anciano, y Godin quería lo que todo hombre había querido desde tiempo inmemorial: burlar a la muerte.

Por fin la zumbante unidad de radiación ultravioleta se quedó a oscuras. Ravi pisó un botón que abría la trampilla de plexiglás en la Burbuja y entró. Godin yacía inconsciente en una cama de hospital, rodeado de monitores y equipo de resucitación. Tenía el cuerpo perforado por una línea central intravenosa y conectado a los monitores mediante delgados cables. La cabeza dominante tenía poco más color que la sábana blanca sobre la que descansaba.

Dos enfermeras guardaban la cama, atentas al menor cambio en el estado de su paciente. Ravi les hizo un gesto de asentimiento, luego sacó el gráfico de la ranura que había a los pies de la cama y le echó una mirada de circunstancia. «Glioma cerebral, difuso e inoperable.» Había hecho el diagnóstico seis meses atrás, la primera vez que había visto el escáner de Super-IRM del cerebro de Godin. Se hacía extraño ver crecer un tumor en una de las mentes más privilegiadas del planeta. Cuando Godin le pidió a Ravi que mantuviera su cáncer en secreto, Ravi no lo había puesto en duda. Revelar el estado de Godin podría haberle impedido participar en el mayor esfuerzo científico de la historia. Por supuesto, Ravi había fijado un precio para su cooperación. Lo justo. Peter Godin era rico y Ravi Nara, relativamente pobre. Ahora la cosa se había equilibrado, aunque sólo fuera un poco. Sin embargo, la fortuna en efectivo y en especie que Ravi había recibido parecía una insignificancia en relación a lo que podría ser.

–¿Ravi? –dijo el anciano con voz ronca–. ¿Eres tú?

Ravi levantó la mirada del gráfico y vio cómo se le clavaban aquellos ojos azul intenso.

–¿Por qué estoy tan cansado? –preguntó Godin.

–Seguramente por los ataques. –Godin seguía sufriendo la epilepsia que le había desencadenado la exposición a la Super-IRM.

Ravi rodeó la cama y miró el rostro fláccido. Peter Godin había sido uno de los hombres más vitales que había conocido jamás, pero el cáncer lo había dejado tan débil como a un mendigo de la calle. Bueno... no exactamente. Ningún mendigo de la calle contaba con Ravi Nara y una riqueza prácticamente ilimitada que lo mantuvieran con vida. Aun a las puertas de la muerte, sin cabello y cejas, Godin conservaba el perfil aguileño que tan reconocible había hecho al joven programador informático a finales de los años cincuenta y las cinco décadas siguientes.

–Tu tumor está muy avanzado, Peter. No hay mucho más que pueda hacer. Es una lucha entre mantenerte consciente y lo bastante libre del dolor para que funciones.

–A la mierda el dolor –Godin cerró una mano artrítica en un puño–. Puedo soportarlo.

–Eso no es lo que decías ayer, cuando tenías la cara ardiendo.

Godin se estremeció:

–Ahora estoy consciente. Envíame a Levin.

Zach Levin había llevado el departamento de I+D en el Godin Supercomputing de Mountain View hasta que lo trasladaron a Carolina del Norte para que dirigiera el Equipo de Interfaz, el grupo responsable de la comunicación con el ordenador Trinity. Levin era un hombre alto y cadavérico de treinta y cinco años, un gay precoz. Al igual que el maestro en sus mejores años, Levin parecía vivir sin dormir.

–Le diré que venga –dijo Ravi.

Godin levantó una mano:

–¿Sabes algo de Tennant y Weiss?

–No han dado señales de vida desde lo de la Union Station.

El anciano cerró los ojos y suspiró con un gorgoteo, una pista de lo que le esperaba:

–¿La mujer disparó a Geli?

Cuando Godin fruncía el entrecejo, se le formaba un nido de arrugas en la mitad inferior de su rostro. Pese a haber pasado buena parte de su vida casado con una mujer, Godin no tenía hijos, y siempre había manifestado un cariño paternal hacia Geli Bauer. A Ravi la idea le ponía la carne de gallina; era como tenerle cariño a una cobra.

–¿Cómo está Geli? –preguntó Godin.

–Tengo entendido que bastante bien. La han trasladado a Walter Reed. Su padre se ocupó de ello.

Una sonrisa se esbozó en los labios de Godin:

–Si ella lo hubiera sabido, no lo habría consentido. –La sonrisa se desvaneció–: ¿Qué crees que hacía Tennant en Washington? El presidente sigue en China.

Ojalá Ravi lo supiera. Durante buena parte del proyecto, el internista se había convertido en su mayor dolor de cabeza. Ocultar un cáncer a alguien profano era fácil, pero Tennant siempre se fijaba en las oscilaciones de peso de Godin, en su vacilante manera de caminar y en los cambios corporales que le provocaban los esteroides. La artrosis del anciano lo explicaba en parte, pero en las últimas semanas Ravi se había visto obligado a mantener a su paciente prácticamente aislado de Tennant.

–No tengo ni idea, Peter. Y eso me preocupa.

Mientras una enfermera daba un sorbo de agua a Godin, Ravi procuraba calcular el tiempo que le quedaba al anciano tenaz. No era fácil. Hacía años que no trabajaba directamente con pacientes, y Godin había superado los índices de mortalidad para su tipo de tumor. Pronosticar la supervivencia en estas circunstancias era el tipo de augurio en el que doctores como Tennant se lucían. Los años de experiencia clínica los proveían de un sexto sentido sobre la vida y la muerte. Pero eso también podía hacerlo cualquier comadrona de Madrás.

Un zumbido y un destello púrpura hicieron que Ravi se girara. A través de la trampilla transparente de la Burbuja vio a Zach Levin de pie en el descontaminador.

Levin pasaba la mayor parte del tiempo en el útero de hormigón de la Contención, pero siempre parecía intuir cuándo Godin recuperaba la conciencia. Levin y sus técnicos eran como un sacerdocio, ocupándose de su maestro que moría y de la criatura que nacía. «Sacerdotes de la ciencia –pensaba Ravi–. Menuda contradicción.» Saludó a Levin con la mano y pensó: «Me pones de los nervios...»

–Aquí está Levin –dijo, y dibujó una sonrisa forzada.

–¿Cuánto tiempo estaré consciente? –preguntó Godin.

–Hasta que el dolor te resulte insoportable.

–Haz pasar a Levin cuando salgas.

Ravi reprimió su ira. Toda su vida había sido un niño prodigio, pero en los últimos seis meses se había sentido más como un médico de la corte cuidando de un rey en su alcoba. Los caprichos de un tirano gobernaban sus días. Pisó el botón que abría la trampilla y salió de la Burbuja.

Zach Levin asintió desde el descontaminador. Técnicamente, Levin y su equipo eran los subordinados de Ravi. Pero el hardware y el software del ordenador Trinity eran tan complejos que Ravi no podía esperar mangonear a la gente de Levin de manera coherente, salvo en lo concerniente al cerebro en sí. Hasta cuando le planteaban preguntas sobre neurología se sentía más manipulado que escuchado. Nadaban como pirañas en su mente, devorando lo que necesitaban para sus incursiones en los neuromodelos laberínticos...

–¿Cómo está? –preguntó Levin en voz alta.

El descontaminador dio un zumbido y se apagó.

–Está despierto –dijo Ravi–. Lúcido.

–Bien. Tengo buenas noticias para él.

«Pero no para mí», pensó Ravi amargamente.

–¿Has hecho más preguntas al modelo de Tennant?

Levin parecía pensarse la respuesta:

–Hace una hora que descargué al doctor Tennant del ordenador.

–¿Quién te dijo que lo hicieras?

–¿Quién crees que lo hizo?

«Godin.»

–Llegados a este punto –dijo Levin–, llevar el Trinity a un estado totalmente operativo es más importante que cualquier daño que el doctor Tennant pueda causar al proyecto.

Ravi opinaba lo mismo, pero no quería que el ingeniero lo supiera:

–¿Y de qué sirve descargar el modelo de Tennant?

–Peter cree que parte de los problemas que tenemos ahora podrían responder a una etiología cuántica. Tal vez pensaba que Andrew Fielding nos podría echar una mano.

–¿Fielding? ¿Me estás diciendo que has cargado el neuromodelo de Fielding en el prototipo?

–Así es.

–¿De verdad crees que este modelo te puede ayudar a resolver los problemas que quedan por resolver?

–A decir verdad, no veo por qué este modelo iba a funcionar de manera diferente que el del doctor Tennant. Pero es interesante que el doctor Fielding vaya a pasar por los mismos problemas de aclimatación que Tennant experimentó: terror, confusión y bucles de retroalimentación en sus circuitos de supervivencia biológica con desequilibradas vías de escape. Aunque parece adaptarse a ellos a un ritmo considerablemente más rápido.

Ravi se estremeció. Levin hablaba como si Fielding estuviera vivo:

–¿Qué significa eso?

El ingeniero se encogió de hombros:

–Puede que nada. Pero la intuición de Peter había acertado demasiadas veces para no hacerle caso. Y fue el trabajo almacenado en el cristal del doctor Fielding lo que nos ha llevado tan lejos. Si las áreas de procesamiento de este modelo actúan con mayor eficacia que las del doctor Tennant... podría cambiar totalmente el panorama.

El corazón de Ravi empezó a latir con fuerza:

–¿Qué posibilidades hay de que eso ocurra?

Levin no respondió.

Ravi tenía ganas de pegarle una bofetada a aquel hombre más alto que él, pero las consecuencias de lo que acababa de saber le sacaron esa idea de la cabeza:

–Bien, adelante.

La arrogante sonrisa de Levin decía a Ravi el poco peso que ahora tenían sus palabras.

Ravi salió del hangar, se subió a su ATV y puso en marcha el motor. Si lo que Levin decía era cierto, entonces él se había precipitado al llamar a Skow. Trinity no tardaría en hacerse realidad aunque Godin muriera. Y si eso ocurría, lo cambiaría todo. En vez de buscar chivos expiatorios, el presidente buscaría pechos en los que colgar medallas. Y si Ravi jugaba bien sus cartas, sería el primero de la lista.

De regreso a su despacho, se fijó en el edificio de Contención. El edificio de hormigón, medio enterrado en la arena, le transmitía un poder que no había sentido en ningún otro rincón del mundo. Había experimentado desasosiego al poner los pies en las centrales eléctricas, y sin embargo el peligro de hallarse en un reactor era cuantificable. Era de esperar hasta el peor de los escenarios, porque pese a su peligrosidad, el combustible nuclear obedecía a leyes naturales.

Trinity sería diferente.

Ochenta kilómetros al norte de estas instalaciones, la primera explosión nuclear del planeta había cristalizado la arena del desierto. Robert Oppenheimer había contemplado atemorizado la bola de fuego resultante, aunque más que por la máquina que había creado temía por su vida. Pero si el ordenador que albergaba la Contención desarrollaba todo su potencial, si todos los problemas se resolvían y el neuromodelo alcanzaba una eficacia del noventa por ciento, entonces la creación de Peter Godin eclipsaría el juguete mortal de Oppenheimer. Para cuando los hombres fueran testigos de Trinity, el propio Trinity miraría *atrás*. Y sabría lo que estaba viendo.

Una forma de vida inferior.

CAPÍTULO 29

Me desperté con la camiseta empapada en sudor y sin saber dónde estaba. Una capa pringosa me cubría la cara, y acostada conmigo en la cama yacía una mujer morena. Sabía que era una mujer por la forma de sus hombros. El sol de la tarde entraba por una cortina que tenía a la izquierda y acababa posándose entre dos maletas que había en el suelo. Entonces lo recordé... *Jerusalén.*

Un sueño me había despertado, y no era un sueño normal. Todo lo que podía ver era el rostro de un hombre que se inclinaba para besarme. La imagen me hacía estremecer, pero luché contra la necesidad de apartarla de mi mente. «Soldados –recordé–. Soldados con espadas.» Estaba de pie en la oscuridad, bajo el árbol de un aromático huerto. Había hombres durmiendo conmigo en el suelo; sus ronquidos hacían que me sintiera solo. Un miedo me atenazaba, el miedo a la proximidad de la muerte. Oí un escándalo a mi derecha, y unos soldados irrumpieron entre los hombres que dormían, gritando y registrando los árboles. Un hombre togado salió de la penumbra y se me acercó. Con la parálisis típica de las pesadillas, me quedé allí plantado mientras él me besaba en una mejilla. Tenía los labios céreos y fríos. Cuando se retiró, los soldados me agarraron...

Rachel se movió bajo las mantas. Yo miré el reloj. Las tres y media de la tarde, hora israelí, siete horas más que en Nueva York. No me lo podía creer. Habíamos dormido casi dieciocho horas. Cogí el teléfono que había junto a la cama, llamé a recepción y pedí un coche y un chófer que hablara inglés para por la tarde. Costaba 130 shekels la hora, fuera a la que fuera. Rachel se revolvió con el sonido de mi voz, pero no se despertó.

«Debería ir solo», pensé, mientras la miraba. Luego vi una imagen de mí mismo cayendo inconsciente en la calle, perdido en un sueño narcoléptico. No me podía arriesgar a que eso pasara. Fui al baño y me metí en la ducha.

Aquel Israel no se parecía en nada al de mis sueños. Desde el momento en que entramos en el aeropuerto de Ben Gurion en Tel Aviv, nos vimos rodeados de modernidad. Radios, detectores de metal, metralletas, el olor a carburante de aviones. Fuimos de Tel Aviv a Jerusalén en un *sherut*, un monovolumen alquilado con otras seis personas dentro. No abrí la boca en buena parte del trayecto, y de vez en cuando Rachel me apretaba la mano para reconfortarme. Sabía que estaba desorientado, que el paisaje exterior no era lo que yo esperaba encontrar.

No obstante, ya cerca de Jerusalén me fijé en la Ciudad Antigua que se alzaba en la colina, impecable bajo el sol mortecino, y la desilusión se desvaneció. Viniera para lo que viniera, ese algo me esperaba tras las antiguas murallas.

Casi era de noche para cuando llegamos al hotel. Dimos nuestros números de pasaporte a la recepcionista y seguimos nuestras maletas hasta la sexta planta. La habitación era limpia, pero pequeña. Teníamos pensado salir a comprar comida, pero cuando nos sentamos en la cama para reposar, el jet lag y el cansancio acumulado durante los dos últimos días se apoderaron de nosotros. Rachel había dormido un poco en el avión, pero yo no. El calor y el silencio de la habitación del hotel actuaron como un narcótico inyectado en vena. Me comí una naranja que Rachel había comprado en Ben Gurion y caí en el olvido. Sólo el sueño del huerto logró rescatarme de él...

Cerré el grifo de la ducha, me sequé con la toalla y volví a la habitación. Rachel se había puesto boca abajo; todavía tenía los hombros destapados. Me acerqué a la ventana y aparté la cortina con la esperanza de ver la Ciudad Antigua, pero edificios sin historia me tapaban la vista.

Fui hasta la cama y sacudí a Rachel del brazo. No respondía. La volví a sacudir. Parpadeó varias veces, luego se estiró y se incorporó sobre un codo.

–¿Está bien ese reloj?

–Sí. El coche está de camino.

Esto no pareció hacerle demasiada gracia:

–¿Sigues queriendo ir hoy? Ya es tarde.

–He tenido otro sueño.

–¿Sobre?

–El huerto de Getsemaní.

Rachel se recostó en la cama mirando fijamente al techo:

–Eso avanza mucho más en el tiempo respecto al momento en el que estabas, ¿no?

–Sí. En Getsemaní empieza la cuenta atrás para la crucifixión. Tengo que llegar a la Ciudad Antigua. No puedo esperar a mañana.

Rachel se destapó por completo, se levantó y me miró a los ojos:

–Creo que deberíamos esperar a mañana.

–¿Por qué?

–En esta habitación estamos a salvo. Ya es un milagro que hayamos llegado hasta aquí, y creo que necesitamos un tiempo para recuperarnos de todo lo que hemos pasado.

–Pero mi sueño...

Alargó la mano y tomó la mía:

–No va a pasarte nada, David. Ni siquiera aunque sueñes con la crucifixión. Estás aquí conmigo, y yo sé cómo cuidar de ti.

Posó su otra mano sobre la mía, y la sábana cayó al suelo. Aunque procuré no bajar los ojos, ella quiso que lo hiciera.

–Rachel, tengo que ir hoy.

–Podemos ir. Pero no ahora. –Me apoyó la cabeza contra el pecho y me rodeó con los brazos–: El mundo no se va a acabar si nos tomamos unos minutos.

Me besó el pecho, luego me acarició el cuello y me atrajo a su cintura. Se había despojado de su imagen profesional como si fuera piel muerta. Aquella nueva mujer era una revelación para mí, y la deseaba. Me incliné hacia su rostro erguido y la besé. Tenía unos labios cálidos y elásticos, nada que ver con los labios céreos de mi sueño. Noté un escalofrío al recordarlo.

Se apartó y me miró a los ojos:

–¿Qué ocurre?

–Estoy bien –me incliné para besarla otra vez.

Rachel meneó la cabeza:

–No lo estás. Y no lo estarás hasta que dejemos este asunto de Jesús aparcado de una vez por todas.

El teléfono sonó y nos sobresaltó a ambos.

Lo cogí:

–¿Sí?

–Su coche le está esperando, señor –dijo una voz de acento marcado.

–Gracias. –Y colgué.

Sin dejarme abrir la boca, Rachel me dio un beso en la mejilla, luego se giró y empezó a vestirse.

* * *

Nuestro conductor era un viejo palestino con bigote llamado Ibrahim. Pese a sus mínimos conocimientos de inglés, entendió que queríamos ir a la Ciudad Antigua, y con eso bastaba para llegar a la Puerta de Jaffa. Cuando nos acercábamos a la muralla descolorida por el sol, tuve por primera vez la sensación de haber estado antes allí. Tras aquellas murallas, en aquel ensangrentado almacén de la historia, me esperaba un secreto. Llevaba esperándome dos mil años, invisible para quienes venían allí con palas, cepillos de dientes, carpetas y palillos. Yo no sabía cuál era el secreto, pero lo sabría en cuanto lo hallara.

–¿Por dónde quieres empezar? –preguntó Rachel.

–Por el último día de Jesús.

–Sí –dijo Ibrahim, volviéndose hacia mí–. Monte de los Olivos, huerto de Getsemaní, lugar de las calaveras.

Una moto pitó furiosa y nos adelantó como un rayo.

–¿El lugar de las calaveras? –pregunté.

–En hebreo, *Golgotha*; en latín, *Calvario*. Donde Jesús murió crucificado.

–Ahí es adonde queremos ir.

–La basílica del Santo Sepulcro. Nueve estaciones de la Cruz fuera de la basílica, las últimas cinco dentro. Ahora les llevo.

–¿Por qué allí? –me preguntó Rachel.

Me inundó una ola de calor y, por un momento, me quedé sin respiración:

–No lo sé.

–¿David? ¿Qué pasa? –Me puso una mano en la frente–: Estás ardiendo.

Hace treinta segundos me encontraba bien, pero Rachel tenía razón:

–De prisa.

Ibrahim se metió en una plaza de aparcamiento cuando un Citroën le salía marcha atrás, y un enorme autobús turístico que venía detrás nos tapó la luz.

–¿Nos paramos fuera de la muralla? –preguntó Rachel.

–Sí –respondió Ibrahim–. Es costumbre entrar a pie desde aquí. Ver los monumentos de la ciudad.

–¿A qué distancia está la basílica?

–¿El Santo Sepulcro? Un día como hoy, media hora a Via Dolorosa, o algo más.

Rachel parecía dubitativa:

–¿Nos puede acercar más?

–¿El señor está enfermo?

Ella vaciló:

–Sí. Ha venido a Jerusalén con la esperanza de que eso lo ayudaría.

–Ah. Mucha gente enferma va a la tumba de Jesús y besa la roca donde resucitó.

–¿Nos puede ayudar?

–Claro. Por cien shekels más les llevo muy rápido.

–Lo que haga falta.

Ibrahim dio marcha atrás, luego tocó el claxon y pisó el acelerador, ganándose las maldiciones de una mujer con chador que tuvo que esquivar su parachoques frontal para salvar la vida. Me invadió otra ola de calor: tenía miedo de morir.

–¿Es narcolepsia? –preguntó Rachel.

–No. Diferente.

–Deberíamos volver al hotel.

–No. La Vía Dolorosa.

–Vía Dolorosa –repitió Ibrahim–. Camino de Amargura. Aquí los cristianos la llaman el Camino de Flores. Primera estación, Jesús condenado a muerte; segunda estación, imposición de la cruz; tercera estación, primera caída; cuarta estación...

La voz de nuestro guía enseguida se convirtió en un sonsonete que no pude seguir. Estaba empapado en sudor, y de pronto noté frío. A medida que nuestro coche volaba por las callejuelas, vi muros de piedra, persianas brillantes, puestos de mercado con estanterías rebosantes de bagatelas y turistas ataviados con ropa de cien naciones. Ibrahim bajó la ventanilla para insultar a alguien, y el aroma a jazmín inundó el coche. Cuando me entró por la nariz, sentí una repentina euforia, y a continuación todo se volvió blanco.

CAPÍTULO 30

–¿David? Despierta. Hemos llegado.

Alguien me sacudía el hombro. Parpadeé y me incorporé. Rachel estaba inclinada sobre mí desde el asiento de atrás.

–¿Dónde estamos?

–La Vía Dolorosa. Es un cuadro surrealista en movimiento. ¿Todavía quieres verlo?

Salí del coche y me quedé mirando sobrecogido la multitud de turistas, cuatro de los cuales llevaban una enorme cruz de madera a la espalda. Dos de los aspirantes a Jesús llevaban togas blancas; los demás, ropa de calle. Las cruces tenían ruedas que aligeraban el peso, lo cual hacía que para mí el acto de arrastrarla careciera de sentido.

–¿Reconoces algo que hayas visto en tus sueños? –preguntó Rachel.

–No. Vámonos.

Ibrahim nos llevó por una calle adoquinada, sorteando a los turistas con experta facilidad. Esperaba encontrar reverencia en aquel lugar, pero la atmósfera era de lo más circense. Un guirigay de voces hacía eco y retumbaba entre los muros: alemán, francés, inglés, ruso, hebreo, árabe, japonés e italiano, y ésas eran sólo las lenguas que yo reconocía. Un hombre con el pelo rapado y acento de Alabama daba un sermón apocalíptico a un grupo de peregrinos japoneses. Ibrahim no paraba de hablar, y con aquella perorata ponía a punto una voz monótona e impasible de sus años de experiencia como guía.

–Espere –dijo Rachel, interrumpiéndolo para volverse hacia mí–. ¿Qué quieres ver?

–¿Dónde estamos?

Ibrahim sonrió:

–Señor, en esa puerta azul ahí arriba tiene el Colegio de Omar, primera estación de la cruz, donde Jesús fue condenado a muerte.

–¿Quieres verla? –dijo Rachel.

–No. ¿Cuál es la segunda estación?

Ibrahim señaló hacia un semicírculo de ladrillos que había calle abajo:

–Ahí Jesús carga con la cruz. Más adelante está la capilla de la Flagelación, donde los soldados romanos azotaron a Jesús, le impusieron una corona de espinas y le dijeron «¡Salve, rey de los judíos!». Después Poncio Pilatos lo arrastró hasta la multitud y gritó: «¡*Ecce homo*! ¡*He aquí el hombre*!»

Ibrahim ofrecía esta información con el entusiasmo de un anciano que canta los números del bingo en un asilo.

–Vamos –dije–. A la basílica.

Nuestro guía continuó calle abajo. Pasamos por delante de una puerta negra incrustada en un arco de piedra blanco, e Ibrahim dijo algo sobre la primera vez que Jesús cayó al suelo. Me quedé mirando fijamente la puerta, pero no sentí nada. Tal vez lo que buscaba estaba enterrado bajo este laberinto de calles y tiendas y toldos. Seguramente Jerusalén era como El Cairo, una ciudad construida sobre sus propios huesos, un lugar en el que cualquier nueva construcción sepultaba capítulos históricos.

Ibrahim nos llevó a otro semicírculo de ladrillos y empezó otra vez con su perorata:

–Ésta es la quinta estación, donde los soldados romanos hicieron que Simón de Cirene ayudara a Jesús a cargar con su cruz.

Rachel me echó una mirada:

–Sigue caminando.

Un muchacho sonriente deambulaba por las calles vendiendo coronas de espinas. Me clavó la mirada en señal de interés, pero Ibrahim lo espantó. Al fijarme en el fardo de espino que el muchacho llevaba colgando del brazo calle abajo, empecé a verlo todo negro y me fallaron las rodillas. Rachel se me desasió del brazo derecho y juntos tropezamos a las espaldas de Ibrahim.

Las siguientes paradas fueron algo borroso, y las palabras del palestino se mezclaban con imágenes sueltas: «Aquí Verónica limpió el rostro atormentado de Jesús, que quedó grabado en su velo... aquí Jesús cayó por segunda vez... aquí dijo: "Hijas de Jerusalén, no lloréis por mí; llorad por vosotras y por vuestros hijos"...»

Pasamos por encima de un tejado y atravesamos una capilla oscura, y entonces me hallé en un patio lleno de gente, ante una iglesia románica. Peregrinos, sacerdotes y monjas se movían bajo la atenta mirada de una docena de soldados israelíes armados con metralletas.

–Esta es la basílica del Santo Sepulcro –dijo Ibrahim, señalando al edificio–. Construido por los Cruzados en espacio de cincuenta años, entre 1099 y 1149. La basílica originaria la hizo construir la reina Helena, madre del emperador Constantino, que llegó aquí en el año 325 y descubrió piezas de la auténtica cruz en una cueva subterránea.

Miré consternado la hilera de turistas que había ante la puerta.

–No está mal –dijo Ibrahim–. La cosa está muy mal en esta época del año. Los enfrentamientos ahuyentan a los turistas, incluso durante la Semana Santa occidental. Lo que es bueno para usted, es malo para mí. ¿Se encuentra bien, señor? Puedo ir a buscarle un poco de agua mientras esperamos.

–Estoy bien.

–Apóyate en mí –dijo Rachel, cambiando de postura bajo mi brazo.

Me incliné un poco más sobre ella:

–Gracias.

Me acarició la mejilla con el reverso de la mano:

–Ojalá te pudiera tomar la tensión.

–A la derecha de la entrada está la décima estación –explicó Ibrahim–. Allí despojaron a Jesús de sus vestiduras. Las cinco últimas estaciones de la cruz se encuentran en el interior de la basílica.

–¡Qué extraño!, ¿no? –dijo Rachel en voz baja– ¿Millones de personas que viajan para ver una tumba vacía?

Lo más que pude hacer fue asentir con la cabeza.

–Ésta es la única tumba vacía en todas las iglesias de la Tierra –prosiguió Ibrahim–. El arcángel preguntó a las dos Marías: «¿A quién buscáis?» Ellas respondieron: «A Jesús, el Nazareno.» Y el arcángel dijo: «No está aquí. Ha resucitado.»

Entonces el patio se desvaneció ante mí, y las piernas ganaron ligereza. Parecía estar flotando del brazo de Rachel.

–¿David? –preguntó– ¿Me oyes?

Parpadeé y me vi a mí mismo con la mirada perdida en el techo de piedra:

–¿Estamos dentro de la basílica?

–Caminabas sonámbulo –susurró, con los ojos llenos de preocupación–. Tenemos que volver al hotel.

–Pero si ya estamos aquí. Lo hemos conseguido. Necesito verlo.

–¿Ver *el qué*?

Y entonces lo supe:

–El sepulcro.

Rachel se volvió hacia Ibrahim:

–¿Dónde está el sepulcro de Jesús?

Señaló a una losa de mármol rojizo que había en el suelo. Varios hombres y mujeres estaban arrodillados en ropa de calle y con la cara pegada a la losa; encima había una mujer que arrojaba algo sobre la losa. Entonces me llegó una empalagosa bocanada de perfume.

–¿Qué es eso? –pregunté.

–La Piedra de la Unción –contestó Ibrahim–, donde el

cuerpo de Jesús fue ungido con aceite y embalsamado al descenderlo de la cruz.

Me acerqué, pero no noté nada:

–¿Es la auténtica?

–No, señor. Esta piedra data de 1810 y sustituye a la auténtica desde el siglo doce. No se sabe bien qué pasó antes. Por aquí, señor.

Nos condujo a la izquierda, a la rotonda de la basílica. La luz caía en cascada desde una espectacular bóveda blanca y dorada. Bajo la bóveda había un enorme edificio de mármol rectangular que parecía haber sido transportado por barco en enormes tiras de metal. Remataba en una cúpula que parecía del Kremlin.

–¿Qué es eso? –pregunté.

–Es el Santo Sepulcro, señor. Lo llaman el Edículo, o capilla. Como Jesús era un hombre muy importante, bizantinos y cruzados invirtieron un montón de dinero en construirle este sepulcro. Es la décimocuarta y última estación de la cruz. Era costumbre enterrar a los judíos fuera de la ciudad. El exterior de mármol se está desintegrando y hay que conservarlo entero mediante tiras de acero. ¿Vamos, señor? ¿Nos ponemos a la cola? ¿Señora?

Ibrahim prosiguió con su implacable perorata, pero yo estaba demasiado desorientado para asimilar lo que decía. Esperaba que el sepulcro de Jesús fuera una especie de cueva situada en un recinto abierto, y no el mausoleo de una iglesia medieval con aspecto de mazmorra.

–Ya no hay tanta cola –dijo Rachel, ayudándome a avanzar.

Pronto nos hallamos ante la puerta del Edículo. Aquí Ibrahim hablaba con el respeto inicialmente esperado.

–En el interior del sepulcro veremos dos capillas. Vamos.

Vi que la primera capilla albergaba un estrado con una vitrina encima, y que dentro de la vitrina había un fragmento de piedra.

–A esto lo llamamos la capilla del Ángel –dijo Ibrahim–. Aquí permanece el difunto hasta que le preparan el sepulcro.

Aquí se guarda un canto rodado del lugar donde los ángeles abrieron el sepulcro y Jesús resucitó de entre los muertos.

Me fijé que había dos agujeros en la pared de mi derecha. Ibrahim dijo:

–Cuando la gente se queda sin fuego para las velas en Semana Santa, el sacerdote viene aquí y les ofrece el del Fuego Santo; les enciende las velas con su enorme cirio.

Yo había desviado la atención a una puerta baja abierta en la gruesa pared de mármol del sepulcro. Me agaché y por la puerta entré a una pequeña sala. Un hombre y una mujer estaban arrodillados en oración ante lo que parecía el mármol de un altar. Habían depositado crucifijos en la losa, como si los objetos se fueran a santificar por contacto. Del techo colgaban cadenas con lámparas ornamentales de plata, y en todos los rincones había velas encendidas que inundaban la estancia con una luz titilante. Jarrones de rosas blancas perfumaban el aire, y su olor empalagaba aquel reducido espacio.

–¿David? –susurró Rachel– ¿Es esto lo que querías ver?

Me incliné y toqué la piedra de mármol ante la pareja que rezaba. No sabía qué esperaba encontrar, pero era algo. Había tenido más sensaciones en Stonehenge cuando salté la barrera de seguridad y toqué los megalitos:

–Aquí no es.

–¿Qué?

–Que aquí no pasó nada.

El hombre y la mujer que estaban arrodillados me miraron escandalizados.

–Señor, no debe decir eso –me dijo Ibrahim desde atrás–. Estamos en el lugar más sagrado.

–Que aquí no es –repetí–. Me agaché y me di prisa en volver a la rotonda.

Rachel venía a la zaga. La gente que hacía cola nos miraba fijamente, intuyendo problemas. Me traía sin cuidado. Una desenfrenada sensación de pánico se había apoderado de mí.

Fuera pronto anochecería, y todavía no había encontrado lo que había venido a buscar.

–*Dime qué es lo que ocurre* –murmuró Rachel.

–Aquí no pasó nada. Éste no es el lugar.

Alguien jadeaba en la fila.

–¿Qué lugar? –inquirió Rachel.

Me volví hacia Ibrahim, que ahora tenía un walkie-talkie en la mano y parecía debatirse entre si pedir ayuda o no:

–¿Ésa es la auténtica piedra del sepulcro?

–No, señor. Esa piedra de mármol se puso aquí para tapar la verdadera piedra sobre la que descansa el cuerpo de Jesús.

–¿Se puede ver la auténtica?

El rostro de nuestro guía se iluminó:

–Sí que se puede ver. Y también tocar. Síganme.

Nos llevó a la parte de atrás del Edículo, donde había otra capilla, mucho menos ostentosa y con acceso a la rotonda. Era mucho más vistosa que el sepulcro marmóreo que acabábamos de ver, con brillantes tapices colgados en la pared, hierro forjado y un joven vestido de manera informal y su sombra de las cinco en punto a la entrada.

–Éste es el otro lado del Santo Sepulcro, señor –dijo Ibrahim en voz baja–. Forma parte de la capilla copta. Los coptos son los cristianos de Egipto. Muy devotos.

La cola no era ni la mitad de larga. Se perdía en el interior de la capilla poco profunda hasta llegar a una cortinilla que ocultaba algo.

–Señor, ahí detrás está la parte descubierta de la auténtica piedra sobre la que yace Jesús. Hasta aquí vienen enfermos a curarse y personas a bendecirse.

Cuando esperaba a que la cola se moviera, la piel me empezó a picar como si me hubiera atacado un enjambre de abejas. Por fin me llegó el turno. Pasé al otro lado de la cortina, me arrodillé y coloqué la palma derecha sobre la piedra descubierta.

–¿David? –murmuró Rachel a mi espalda.

Meneé la cabeza:

–Nada. –Por primera vez en seis meses, empecé a dudar de mi cordura.

–Creo que deberíamos regresar al hotel –dijo Rachel–. Ibrahim está a punto de pedir ayuda.

Me incorporé y abandoné la capilla, las ideas agolpándoseme en la mente. Ibrahim me miraba como si yo fuera a blasfemar, cosa que el viejo guía seguramente había visto en su día. Todavía tenía el walkie-talkie en la mano.

–Aquí tampoco pasó nada –le dije–. No es el lugar.

–Pero, señor, si es el Santo Sepulcro.

–¿Seguro?

–Bueno... algunos cristianos protestantes creen que la tumba de Jesús se encuentra en el huerto que hay extramuros. Pero ningún arqueólogo lo ha confirmado. Acaba de ver el auténtico sepulcro, señor.

Una mujer alta y feúcha con una Biblia del Rey Jacobo en las manos se apartó de la cola que había para entrar a la capilla y dijo en inglés:

–¿En verdad importa dónde está la tumba, hermano? No está aquí. Ha resucitado.

–¿Que si importa? –le pregunté– Pues *claro* que importa. ¿Y si descubriera la verdadera tumba con los huesos de Jesús dentro? Eso marca la diferencia entre una religión legítima y una histeria colectiva.

La mujer casi dio un salto atrás.

Ibrahim parecía desconcertado:

–¡Señor! ¡No debería decir estas cosas!

–Usted es musulmán, Ibrahim, y no cree en nada de esto.

–Por favor, señor...

Me alejé del Edículo, sin saber adónde ir o qué hacer.

Rachel apareció a mi lado:

–David, ¿qué es lo que buscas?

–El lugar en el que Jesús resucitó.

–Pero tú no crees en Dios. ¿Cómo vas a encontrar el lugar en el que Jesús resucitó cuando no crees que lo hizo?

Ibrahim nos alcanzó:

–¿Señor? Hay quien cree que Jesús resucitó de entre los muertos en otro lugar. Se lo enseñaré.

Cruzamos con él la rotonda hasta llegar a la puerta de una gran capilla situada en el interior de la basílica.

–El Catholicon –señaló una lámpara de techo–. Bajo la cúpula de esta capilla hay una piedra de mármol circular llamada Omphalos. El ombligo del mundo. Algunos griegos creen que Jesús resucitó aquí, y que aquí volverá el día del Juicio Final.

–¿Podemos verlo?

–Esta capilla suele estar cerrada al público, pero les puedo dejar entrar.

Nos hizo pasar al otro lado de una cadena, hacia un cáliz de piedra que descansaba sobre una obra de marquetería. En lo alto había una bóveda con una etérea imagen de Cristo pintada en tonos pastel. Bajé la vista al hemisferio de piedra, que en esencia era un enorme cuenco. A continuación me incliné y lo toqué. No sentí más de lo que hubiera sentido al tocar una pila para pájaros en el patio de alguien.

Rachel enseguida interpretó mi reacción:

–¿Qué esperas notar? ¿Una descarga eléctrica? ¿Una voz celestial?

Me giré hacia nuestro guía, que meneaba la cabeza:

–¿Qué me queda por ver, Ibrahim?

–Muchas cosas. La más importante es el Golgotha; en latín, Calvario. El lugar donde Jesús fue crucificado.

–¿Está dentro de la basílica?

–Claro, señor. Síganme.

Nos llevó al exterior del Catholicon por unas empinadas escaleras. Mientras subía pesadamente, conté dieciocho peldaños; y cuanto más alto estaba más bajos tenía los ánimos.

Al llegar a la cima de las escaleras, sentí que se me aceleraba el pulso. La estancia estaba abarrotada de gente, pero a mi izquierda, por encima de las cabezas, alcancé a ver una escultura a tamaño real de Jesús colgado en la cruz. Llevaba un manto dorado atado a la cintura y una corona de plata sobre la cabeza. No era la estatua en sí lo que me conmovía, sino algo de aquella estancia. Me sentía como si estuviera cerca de un cable de alto voltaje, y la electricidad estática me pusiera de punta cada pelo del cuerpo.

–¿Qué? –preguntó Rachel–. ¿Qué pasa?

–Algo vibra en mi interior.

–Eso ya lo has notado antes. Es el clásico precursor de una visión hipnagógica.

–No... esta vez es diferente.

–¿Ibrahim? –dijo Rachel.

–¿Sí, señora?

–Volvemos al coche.

–Sí –respondió con alivio.

Yo me alejé de ellos. A mi derecha, un mural mostraba a Jesús en la cruz, que estaba apoyada en el suelo. Algunas personas que había en pie ante el mural se apartaron, y dejaron al descubierto una vitrina con piezas de plata martillada. Al acercarme al mural, noté que un dolor me subía por el brazo desde la mano izquierda. Por un momento pensé que era un ataque al corazón. Luego el dolor me atenazó también el brazo derecho. Cerré ambos puños, pero no sirvió de nada. Me volví hacia Ibrahim.

–¿Dónde estamos?

–Ésta es la onceava estación, señor. Donde Jesús fue enclavado en la cruz.

Yo gemía de dolor.

–Tenemos que sacarlo de aquí –dijo Rachel–. ¿Me puede ayudar?

–Aún camina –dijo Ibrahim–. Vámonos ahora.

–No creo que quiera.

Algunas personas de la sala me miraban fijamente como si estuviera loco.

–Puedo llamar a los soldados –dijo Ibrahim–, pero preferiría no hacerlo.

–No –le espetó Rachel–. Quiero decir que sí, que no hace falta.

Un grupo de peregrinos se alejó de la escultura de Jesús, dejando a la vista un altar fabulosamente adornado. Me adelanté, con los ojos clavados en una túnica de plata. La Virgen bajo la cruz. El altar que ésta tenía delante parecía descansar sobre una enorme vitrina, bajo el cristal de la cual vi una tosca roca gris.

–¿Qué es eso?

–Golgotha –contestó Ibrahim–. El calvario. Así se llama el monte donde esta roca se resquebrajó cuando la sangre de Jesús empezó a chorrear de la cruz. Después vino el terremoto.

Una abrasadora luz blanca tapó la escena que tenía ante mis ojos. Vi cómo era la montaña antes de que se construyera la basílica: una colina pelada y rocosa junto a una montaña plagada de tumbas. Había tres cruces en la colina, pero estaban vacías. El cielo oscureció hasta quedar negro, y yo me arrodillé.

Me quedé mirando un reluciente disco de plata con un agujero en medio. El disco se hallaba sobre la base marmórea del altar, a treinta centímetros del suelo. Alargué la temblorosa mano derecha y coloqué la mano sobre el disco.

De pronto, el dolor que notaba en las manos cesó.

–Éste es el lugar –dije–. Aquí es donde Jesús abandonó la Tierra.

–Tiene razón –dijo Ibrahim–. Ese disco marca en el suelo el punto donde la cruz estaba clavada. A izquierda y derecha hay discos negros donde estaban clavadas las cruces de los ladrones, uno bueno y el otro malo. Después de la crucifixión, Jesús fue llevado al sepulcro de José de Arimatea y al cabo de tres días resucitó de entre los muertos.

–No –dije.

Ibrahim palideció:

–¡Señor, no puede decir esas cosas aquí!

–Más bajo –suplicó Rachel.

–¿Para qué sirve el agujero del disco? –quise saber, mientras acariciaba con la mano la fría plata.

–Puedes meter los dedos en él y tocar la Golgotha, la roca del Calvario.

Cerré los ojos e introduje dos dedos en el agujero. Con las yemas toqué una piedra rugosa.

–¿Soñaste con esto? –preguntó Rachel.

No podía hablar. La roca viva me transmitía algo. La voz de Rachel se desvaneció y no regresó. Era como si mis huesos cantaran, como si vibraran en solidaridad con algo de la tierra. Al principio, aquella sensación resultaba agradable, pero cuando fue ganando intensidad empecé a temblar, y luego pasé a sacudirme espasmódicamente.

«Es un ataque», dijo una voz conocida en mi interior. Era mi voz médica. «Un ataque tónico-clónico». La neblina en que me sumía la inconsciencia filtraba el griterío de la gente que hablaba en varios idiomas. Luego me caí y Rachel gritó.

Me di un planchazo contra el suelo.

CAPÍTULO 31

ARENAS BLANCAS

A las 7:52 A.M., hora estándar de la montaña, Peter Godin entró en código azul. Ravi Nara no se hallaba en el hangar del hospital, pero dormía cerca de allí, así que en menos de dos minutos se plantó junto a Godin. Esperaba que el anciano tuviera un colapso. Sin una derivación que aliviara la presión en el cuarto ventrículo del cerebro, la hidrocefalia era algo inevitable. Sin embargo, cuando Ravi llegó a la Burbuja, vio que el anciano sufría un ataque al corazón común y corriente.

Las dos enfermeras de Godin ya lo habían entubado y embolsado, y una de ellas estaba desfibrilándole el corazón. Ravi interpretó el ECG, que confirmó su diagnóstico: taquicardia ventricular. Usaban las palas porque Godin no tenía pulso. Hicieron falta dos fármacos combinados y una descarga de 360 julios para que el corazón recobrara un ritmo sinusal. Ravi le extrajo una muestra de sangre para examinar las enzimas cardíacas que le revelarían el daño sufrido por el músculo del corazón. Después, como Godin permanecía inconsciente, Ravi se sentó un momento para relajarse.

Detestaba la medicina clínica. Siempre te sorprendía algo que no venía a cuento. Hacía quince años que a Godin le habían realizado un bypass, y en 1998 le implantaron un stent cardíaco. El riesgo de padecer un IM era constante; no obstante, ante la urgencia de tratar el glioma cerebral, Ravi había ido perdiendo de vista el riesgo cardíaco. Las enfermeras habían notado que titubeaba al aplicar el código. No era precisamente lo que esperaban de un Nobel en medicina. Después de haber pasado años en laboratorios de investigación, había perdido la práctica. ¿Y qué? Cualquier veterinario podría seguir los protocolos de un código azul.

Cuando una enfermera se disponía a conectar el respirador a la mascarilla de Godin, el anciano trató de hablar, aunque sus esfuerzos sólo produjeron gemidos.

Ravi se inclinó sobre su oreja:

–Procura no hablar, Peter. Has sufrido una leve arritmia, pero ahora estás estable.

Godin levantó la mano en busca de algo con lo que escribir. Una enfermera le dio un bolígrafo y le alcanzó un bloc de tapa dura.

Godin garabateó: «¡NO ME DEJÉIS MORIR! ¡¡¡ESTAMOS MUY CERCA!!!»

–No vas a morir –le aseguró Ravi, aunque no estaba tan seguro. La hipoxia bien podía desencadenar la fatal hidrocefalia que esperaba. Apretó el hombro de Godin, y a continuación dio órdenes a las enfermeras de que activaran el respirador. El anciano se pondría furioso, pero lo soportaría.

Para que Godin no protestara, Ravi salió de la Burbuja. Al cerrar la trampilla, vio que Zach Levin entraba corriendo en el hangar.

–¿Qué pasa? –preguntó Ravi–. ¿Qué ha ocurrido?

Levin tuvo que aguantar la respiración para poder hablar:

–¡El modelo de Fielding está resolviendo los últimos algoritmos! Tiene la memoria conectada a las regiones de procesamiento, y está creando un sistema completamente nuevo de circuitos interfásicos. En mi vida he visto nada parecido.

–¿Quieres decir que el *modelo* de Fielding está haciendo todo eso?

–Sí, sí. Pero, aun con la máquina al quince por ciento de su capacidad, siento que él está allí. Es como hablar con el hombre con el que he estado trabajando estos dos últimos años; como si volviera a la vida.

–¿Estás en una eficacia del quince por ciento?

Levin sonrió:

–Y va en aumento. Debería haber tenido más fe en los instintos de Peter.

Ravi procuró ocultar su asombro. La eficacia del noventa por ciento era el punto en el que Godin había previsto que un neuromodelo adquiriría plena conciencia; una condición que había denominado *estado Trinity*.

–Has dicho «hablar» –pensó Ravi en voz alta–. ¿Funciona el sintetizador de voz? ¿Fielding ha estado hablando contigo?

–Lo ha intentado. No puede explicar muy bien lo que hace, pero la eficacia está aumentando a un ritmo constante. Ahora disponemos de un margen de tiempo definido.

Pese a lo complejo de su situación personal, Ravi no podía contener la emoción:

–¿De cuánto?

–Entre doce y dieciséis horas.

–¿Para alcanzar el estado Trinity?

Levin asintió:

–Y apuesto que menos de doce. Tenemos un *pool* en la Contención.

Ravi miró el reloj:

–¿Estás seguro?

–Más seguro que nunca. Tengo que decírselo a Peter.

Ravi no quería que Godin se enterara hasta que él hubiera hablado con Skow:

–Ahora no puedes ir. No te oirá. Peter entró en código azul hace veinte minutos.

Levin se alarmó:

–¡No estará muerto!

–No, pero está conectado al respirador.

–¿Consciente?

–No lo bastante para asimilar lo que le digas. Además, no puede hablar.

–¡Pero tiene que saberlo! Reforzará su espíritu de lucha.

Ravi trató de hacerse el comprensivo:

–Nunca lo ha perdido.

–No, pero eso lo cambiaría todo.

–Lo siento, Zach. No puedo dejar que entres.

Levin miró a Ravi con desprecio:

–Tú no eres quien para tomar decisiones de ese tipo. ¿Limitar el acceso de Peter a información privilegiada?

Levin dio media vuelta y entró en el descontaminador. Ravi se puso a protestar, pero el ingeniero pisó el botón de inicio, como si conversar con él no tuviera sentido.

Si Levin insistía en entrar en la Burbuja, Ravi no podía impedirlo. Porque Zach Levin estaba en lo cierto: sabiendo que quedaban entre doce y dieciséis horas para que Trinity se hiciera realidad, Godin seguramente lograría mantenerse vivo. Y eso lo cambiaba todo. Skow preparaba al presidente para el fracaso de Trinity, planeaba culpar a Godin de todo y utilizaba a Ravi para conseguirlo. Si Skow iba demasiado lejos, y Godin entregaba a las once el revolucionario ordenador, Ravi se hallaría en una situación precaria. Peter Godin no se tomaría la traición a la ligera. Se lo haría pagar a su manera. Una imagen de Geli Bauer acudió a la mente de Ravi, y entonces se alegró de que estuviera internada en un hospital de Maryland.

JERUSALÉN

Rachel se apoyó contra el lateral de la ambulancia cuando ésta se disponía a abrirse paso entre un tráfico infranqueable. David estaba inconsciente en una camilla. El paramédico que iba en la parte de atrás hablaba el suficiente inglés para comunicarse con Rachel; pero podía decirle bien poco y hacer menos aún, dado el estado de su paciente.

Cuando David se desplomó en la basílica, Rachel supo al momento que estaba teniendo un ataque. Ella se había arrodillado y le había sostenido la cabeza contra el pecho para que no se golpeara contra el suelo, era todo lo que podía hacer. Aquello de que las personas que sufrían un ataque se tragaban la lengua era un mito, y era muy fácil perder los dedos intentando impedirlo. Ibrahim había usado su walkie-talkie para llamar la ambulancia, y Rachel tuvo la impresión de que ya lo había hecho antes.

Los soldados israelíes pronto acordonaron la capilla. Para cuando llegó la ambulancia, el ataque había terminado; pero David seguía inconsciente. Los paramédicos comprobaron su azúcar en sangre y vieron que los niveles de glucosa eran correctos. En estado de coma, eso era todo lo que podían hacer en la escena del accidente; así que le pusieron un collarín, lo colocaron en un tablero y ordenaron a los soldados que lo llevaran hasta la ambulancia que había en el patio.

Cuando recorrían las calles a toda velocidad, a Rachel se le agolparon en la cabeza posibles causas del coma. Las drogas eran el principal factor determinante después de la hipoglucemia; sin embargo, en el historial de David no figuraba el abuso de estupefacientes. Tampoco había impactado contra el suelo con la bastante fuerza para sufrir un traumatismo craneoencefálico, y con cuarenta y un años era mayor hasta para la epilepsia tardía, de la que había sospechado desde la primera vez que él le habló de sus visiones. «Ravi Nara descartó la epilepsia», recordó.

Un ictus podía causar un ataque y el subsiguiente estado de coma, aunque en raras ocasiones. ¿Envenenamiento? Pensó en el polvo blanco del sobre que Fielding había enviado por FedEx. ¿Habría algún agente tóxico en la «arena» que los científicos de Duke no habían detectado? La encefalitis del Nilo Occidental era una posibilidad. Puede que a David lo hubiera picado un mosquito en Tennessee y el cerebro se le hubiera inflamado ahora. También podía haber contraído una meningitis bacteriana en el aeropuerto JFK. Era posible que el responsable fuera un tumor cerebral, pero la unidad de Super-IRM que tenían en Trinity habría detectado cualquier masa.

Pese a hacer mentalmente notas de todo esto para remitírselas al médico de urgencias, Rachel se maldecía a sí misma por no haber insistido en que David se sometiera a un reconocimiento general cuando estaba a su cuidado. De hecho, había insistido; pero él se había negado.

Por fin la ambulancia se abrió paso entre el tráfico y aceleró por una larga y frondosa colina que conducía a un edificio que parecía una fortaleza. El tejado estaba más tachonado de antenas y parabólicas que un repetidor de televisión.

–¿Ése es el hospital? –preguntó Rachel.

El paramédico asintió:

–Hadassah. El mejor.

La ambulancia paró en seco con un chirrido en una entrada encementada, y los paramédicos llevaron a David en camilla hasta la sección de urgencias. No perdieron el tiempo sometiéndolo a triaje, sino que lo trasladaron directamente a una sala de curas. Rachel les había dicho que era médico, por eso dejaron que lo acompañara. Arrastró una silla hasta la pared y procuró molestar lo menos posible.

Una enfermera examinó el suero de David, luego lo pasó del oxígeno embotellado al del hospital. Otra lo desvistió y le conectó al pecho los cables de un monitor de ritmo cardíaco. Ver a David desnudo e indefenso le traspasó a Rachel un lugar que su armadura profesional no cubría. La enfermera agarró su ropa y su riñonera y las metió en una bolsa plástica.

Un hombre vestido de blanco se acercó al doctor y habló en hebreo con los paramédicos. Echó un vistazo a Rachel, luego entró en la sala y con un inglés de acento muy marcado le pidió que hiciera un resumen de lo que había ocurrido en la basílica. Ella accedió y le relató el historial médico de David lo mejor que supo.

Llevaba media hora inconsciente. A esas alturas, la mayoría de los pacientes que sufrían ataques tónico-clónicos empiezan a recuperarse. El doctor ordenó que le hicieran una extracción de sangre, radiografías de pecho y columna vertebral, un TAC para descartar un ictus, un tumor o una hemorragia subaracnoidea y una punción lumbar para descartar una meningitis.

Después de que la enfermera le tomara una muestra de sangre, una auxiliar trasladó a David a la sala de radiología para hacerle el TAC, lo cual llevó casi una hora. Cuando lo devolvieron a la sala de curas, seguía inconsciente. Luego el médico de urgencias le practicó la punción lumbar. El fluido raquídeo que se derramó salía con una presión normal, y Rachel respiró mucho más tranquila cuando vio que el fluido era claro. Era más que improbable que padeciera una infección.

El siguiente paso fue derivarlo a neurología, y entonces a Rachel le entró el pánico. Derivarlo a neurología suponía ingresarlo en el hospital, lo cual conllevaría preguntas sobre el seguro médico y la modalidad de pago. Había 15.000 dólares en las dos riñoneras, pero ella no quería levantar sospechas al mostrar semejante cantidad en efectivo. Casi abraza al médico de urgencias cuando éste la informó de que no había camas disponibles en neurología. David tendría que permanecer en la sección de urgencias.

Un técnico trajo una máquina portátil para realizar un EEG del cerebro de David, y Rachel vio que se trataba de alguien competente. Éste desenchufó la mayoría de los aparatos eléctricos de la sala antes de iniciar la prueba, con lo que así eliminaba las interferencias de fondo y permitía obtener resultados mucho más precisos.

El técnico parecía preocuparse a medida que la máquina iba escupiendo los resultados, y Rachel pronto descubrió por qué. El cerebro de David registraba sólo ondas alfa, de frecuencia y amplitud regulares. El técnico se inclinó y dio una palmada al oído de David, pero las ondas alfa no se desincronizaron. No se inmutaron.

A Rachel le dio un vuelco el corazón. David parecía hallarse en un estado conocido como de coma alfa.

–¿Es usted médico? –preguntó el técnico, al observar la expresión de su rostro.

–Sí.

Se le suavizó la mirada:

–Lo siento.

Cuando se disponía a desconectar la máquina, Rachel vio que en la pantalla aparecía una onda zeta.

–¡Espere! –gritó, señalando.

–Ya lo veo.

Las ondas zeta aumentaban continuamente de amplitud. Y entonces se sumaron algunas ondas beta.

–Está *soñando* –dijo Rachel, sin apenas creerlo–. ¿Podría ser que sólo estuviera dormido?

El técnico pellizco a David en el brazo. No hubo respuesta. Se inclinó y le gritó a un oído:

–¡Despierte!

Nada.

–No está dormido –dijo pensativo–. Pero sin duda esas zeta aumentan de intensidad.

–¿Qué cree que está sucediendo?

–Definitivamente, está en coma alfa. Pero su cerebro hace algo; el qué, no lo sé. –El técnico se acercó a la puerta, después se volvió hacia Rachel–: Dejaré la máquina conectada y le diré al neurólogo que baje. ¿Vale?

–Gracias.

Rachel se sentó junto a la cama, y las manos le temblaban al mirar la pantalla. Hasta que vio esa onda zeta, había creído que David estaba prácticamente muerto. Ahora no tenía ni idea de qué ocurría. Pero *algo* se cocía en su cabeza. ¿Tenía visiones estando en coma, como cuando sufría ataques narcolépticos? A lo mejor no estaba en coma. A veces un paciente parecía comatoso cuando en realidad sólo estaba sufriendo pequeños ataques. Sin embargo, eso no era lo que decía el EEG; mostraba un estado de coma alfa, interrumpido por inexplicables intrusiones de ondas zeta y beta.

No quería pensar en lo que David había hecho antes del ataque, pero no pudo evitarlo. En el resplandor medieval del Santo Sepulcro, había estado buscando algún vestigio de la vida de Jesús en la Tierra; o de su muerte. Había rehuido los típicos lugares de veneración, como la piedra de la unción o el propio sepulcro; y, en cambio, en el lugar señalado como aquél en el que Jesús murió crucificado, se había arrodillado y había susurrado: «Éste es el lugar.» Entonces sufrió el ataque.

En realidad, el incidente había empezado antes. Cuando David contemplaba el mural que retrataba a Cristo enclavado en la cruz, había cerrado los puños como si las manos le dolieran con desespero. ¿Qué se le había pasado por la cabeza? ¿De verdad creía que era Jesucristo? ¿Tan convencido estaba de ello que sentía las heridas de Jesús? Había oído hablar de casos de stigmata provocados por la mente, pero nunca llegó a creer en ello. ¿Acaso era testigo de algo similar?

Rachel agarró la mano muerta de David. Pese a los resultados del EEG, todavía albergaba la esperanza de que abriera los ojos. Pero seguían cerrados. En silencio dio gracias a Dios por que el médico de urgencias había pedido un TAC y no una IRM. ¿Cómo podía hablarle de lo que él consideraría una inofensiva resonancia? ¿Cómo iba a proteger a David aquí? Ella no conocía a su enemigo. La única persona que se le ocurría que podía tener las respuestas sobre este extraño estado de coma era Ravi Nara. Pero, según David, Nara formaba parte del grupo que los buscaba para matarlos.

–Despierta, David –le susurró suavemente al oído–. Por el amor de Dios, despierta.

CAPÍTULO 32

ARENAS BLANCAS

Ravi Nara aparcó su ATV fuera del hangar donde se hallaba el hospital y se encaminó hacia la puerta. En el bolsillo llevaba una jeringa de cloruro de potasio que paralizaría el debilitado corazón de Godin como una bala.

Se detuvo en la puerta del hangar, incapaz de abrirla. Había tardado horas en armarse de valor para esta visita, y si Skow no lo hubiera amenazado, no habría llegado tan lejos. «Están viendo esto en algún monitor –se dijo a sí mismo–. Rápido.»

Entró en el hangar, se puso una bata limpia de laboratorio, luego se metió en el descontaminador y pisó el botón que había en el suelo. Rayos UV de alta intensidad lo bombardearon desde todos los rincones. De pie en medio del resplandor púrpura, echó un vistazo al otro lado de la trampilla de la Burbuja. Las enfermeras de Godin permanecían sentadas como perros guardianes a ambos lados de la cama. «O él o yo –se dijo–. Recuerda lo que te dijo Skow...»

El hombre de la ASN no había dado precisamente un grito de alegría al saber que el ordenador podría alcanzar el estado Trinity en cuestión de doce horas. Había preguntado cuánto le quedaba de vida a Godin. Cuando Ravi contestó que más de doce horas, Skow le dijo que no podía permitirlo.

–¿Por qué no? –había inquirido Ravi, temeroso de saber ya la respuesta.

–Porque es demasiado tarde –le espetó Skow–. El presidente me llamó desde China, muy contrariado respecto a la situación de Tennant, y también muy desconfiado. Tuve que decirle algo que tuviera sentido.

–Una verdad a medias, querrá decir.

–Exacto. Le conté que Peter llevaba mucho tiempo enfermo, y que temía que fuera el responsable de la muerte de Fielding. También le dije que Peter había desaparecido y que podría haber un centro de investigación secreto en algún lugar. En estos momentos, el FBI está destrozando el complejo de Godin Supercomputing en Mountain View.

Ravi cerró los ojos y rezó por que aquello fuera una pesadilla. En la sala de juntas de Carolina del Norte, la decisión de acabar con la vida de Fielding casi había parecido una ley oficial del gobierno. Trinity existía para consolidar la posición estratégica de Estados Unidos en el mundo, y Fielding había saboteado su desarrollo. Pero al tirar de la manta, era evidente que la «baja» de Fielding había sido un burdo asesinato.

–¿Ravi?

–Al habla. –Sabía lo que Skow le iba a pedir. Y no quería ni pensarlo.

–Ya sabe lo que hay que hacer.

Ravi se resistió por última vez:

–Dijo que si culminábamos el proyecto, nadie se preguntaría quién había muerto para conseguirlo.

–Eso fue antes de los problemas con Tennant. Ha habido un tiroteo en Washington, por el amor de Dios. He retratado a Tennant como un peligroso psicótico, pero eso es lo de menos; tengo pruebas médicas que lo confirman.

–Eso es *su* problema, no el mío.

Skow habló con calma, pero a Ravi la sangre se le heló con sus palabras:

–No es la única persona que sabe que participó en la muerte

de Fielding. Tengo grabaciones suyas; grabaciones muy incriminatorias. Estamos todos en el mismo barco, Ravi. Usted, Geli, el general Bauer y yo. Si todos damos la misma versión, seremos intocables. Pero Peter tiene que morir.

Ravi cerró los ojos angustiado.

–Nuestras vidas están en sus manos, Ravi. Unos segundos de valor lo dejarán limpio.

«¿Limpio? –pensó– Jamás volveré a estar limpio.»

¿Era éticamente malo asesinar a Godin? Al hombre tan sólo le quedaban dos horas de vida, y sin Ravi ya hace días que estaría muerto. Godin había ordenado el asesinato de Andrew Fielding sin el menor reparo. Además estaba la realidad, casi absurda, de que matar el cuerpo biológico de Godin no acabaría con su vida. Mientras su neuromodelo existiera, sería posible resucitar su mente y su personalidad en el ordenador Trinity.

La ética no era el problema, sino la oportunidad. Cuando un hombre estaba tan enfermo como Godin, había media docena de maneras de empujarlo al precipicio. Pero las enfermeras nunca lo dejaban solo. Hoy mismo, Ravi las había puesto dos veces a prueba; en ambos casos, habían cogido el móvil que llevaban en el bolsillo y despertaban a las enfermeras de relevo para que las ayudaran.

Tras barajar varias opciones, Ravi había acabado preparando una jeringa con cloruro de potasio. Para desviar la atención, haría sonar la alarma en uno de los monitores y luego inyectaría el potasio en la línea intravenosa de Godin. Después vendría el código azul, un código azul al que Godin nunca sobreviviría.

Las luces UV del descontaminador emitieron un zumbido y se apagaron. Ravi vio el blanco borroso de las enfermeras a través de la puerta de plexiglás que daba a la Burbuja.

«¿Dónde demonios está Geli Bauer? –pensó– Es un trabajo a su medida.»

Ravi abrió la trampilla de la Burbuja y se detuvo, con la garganta seca. Al lado de una de las enfermeras de Godin estaba

Geli Bauer. Iba totalmente vestida de negro, y le parecía aún más peligrosa que cuando la había visto por última vez en Carolina del Norte.

–Hola, Ravi –dijo–. ¿Sorprendido de verme?

Ravi se quedó mudo. Geli llevaba un chaleco antibalas sobre el mono negro, y un cinturón de malla cargado con pistola, Taser y cuchillo.

Godin elevó la mitad superior de su cama accionando un interruptor, los ojos clavados en Ravi. Sólo entonces Ravi vio que le habían sacado el respirador.

–¿Tienes algo que decir, Ravi? –preguntó el anciano.

–Me sorprende ver a Geli vivita y coleando –farfulló–. Había oído que tenía una herida en el cuello.

Geli sonrió y después se bajó el cuello de cisne, dejando al descubierto un vendaje compresivo blanco:

–Otra cicatriz para mi colección. Me atendió un buen equipo de cirujanos.

A Ravi el corazón le latía con fuerza contra el esternón. ¿Qué diablos hacía Geli en Arenas Blancas? ¿Y por qué protegía a Godin? Según Skow, ella había aceptado la necesidad de matar a Godin y estaba en el mismo barco que Skow.

Al anciano parecía divertirle el nerviosismo de Ravi:

–Bueno, aquí estoy, he resucitado de entre los muertos –bramó–. Me han dicho que esta vez falló el corazón.

–Taquicardia ventricular –confirmó Ravi.

–Tengo entendido que fueron mis enfermeras quienes me devolvieron la vida.

Ravi sólo podía pensar en la jeringa que llevaba en el bolsillo. Estaba seguro de que Geli iba a acercársele, sacarle la jeringa y clavársela en la yugular.

–Lo hicieron todo a la perfección –dijo Ravi.

Godin asintió:

–¿Habrías hecho tú lo mismo, Ravi? ¿Si estuvieras a solas conmigo?

A Ravi le dio un vuelco el estómago:

–No te entiendo, Peter. Claro que lo habría hecho.

Godin hizo que no oía su respuesta:

–Respecto a Geli... Quería tenerla a mi lado. Me siento más seguro cuando está por aquí.

Los penetrantes ojos azules de Geli se clavaron en Ravi con una mirada implacable:

–¿A qué ha venido, doctor Nara?

–Esperaba desconectarlo del respirador. Pero veo que ya lo han hecho sus enfermeras.

Godin echó una mirada a Geli. Parecían compartir una broma privada.

Ravi buscaba algo para justificar su mentira:

–Levin me dijo que el prototipo pronto alcanzaría el estado Trinity. Sabía que querrías estar despierto cuando eso ocurriera.

–Y todo gracias a Andrew Fielding –dijo Godin–. Ironías de la vida.

Ravi miraba a Geli nervioso:

–Es un milagro, Peter. Vas a vivir para ver tu sueño hecho realidad.

Los párpados de Godin descendieron hasta que sus ojos quedaron reducidos a una rendija:

–¿En serio? ¿Has oído hablar de Skow últimamente?

La presión sanguínea de Ravi cayó en picado:

–Hoy he hablado con él. Estaba muy ilusionado. No tardaría en coger un avión.

Godin gruñó:

–¿Quiere estar presente en la creación?

–Supongo. Quiero decir, claro que sí.

El silencio que se produjo resultó casi insoportable. Ravi no podía mirar a Geli a los ojos. Buscaba una excusa para irse cuando Godin le dijo:

–¿Cuánto me queda? ¿En el peor de los casos?

Ravi estaba demasiado espantado para mentir:

–Podrías volver a entrar en código azul en media hora. La

comida mal masticada podría desencadenar una hidrocefalia fatal.

Godin asintió con seriedad:

–¿Cuánto es lo máximo que me queda?

–Tal vez... veinticuatro horas.

Ravi se armó de todo su coraje y se acercó a la cama:

–Me gustaría hacerte un reconocimiento rápido, si no te importa.

Geli le impidió el paso. No hizo nada abiertamente amenazador, pero su sola pose parecía peligrosa. Ravi apenas podía creer que hubiera pasado horas teniendo fantasías sexuales con ella. La idea de que pudiera satisfacer a una mujer de semejante fuerza y poder parecía absurda.

–Regístralo –dijo Godin.

Ravi sabía que estaba perdido. Quería salir corriendo, pero sería como hallarse frente a un perro de ataque: de echar a correr, Geli se abalanzaría sobre él y lo degollaría.

Geli se arrodilló ante él y lo cacheó. Le rozó la entrepierna con la uña, provocándolo, pero al pasarle la mano sobre el fémur derecho, los ojos se le iluminaron como los de un niño travieso. Le metió la mano en el bolsillo y sacó la jeringa cargada, que mantuvo erguida en el aire para que Godin la viera.

–¿Qué hay ahí dentro? –preguntó Godin.

–Epinefrina –dijo Ravi–. Por si sufría otro código azul. Quería estar preparado.

Geli meneó la cabeza:

–Acabo de repasar una cinta de seguridad de cuando entraste en el dispensario a primera hora de la tarde. Se te ve llenando esta jeringa de un bote con la etiqueta KCl. Cloruro de potasio.

A Ravi empezaron a temblarle las manos.

Godin hablaba en un tono neutro:

–Mientras nosotros hablamos, el doctor Thomas Case, del hospital Johns Hopkins, viene de camino. Usted lo pondrá al corriente cuando llegue. El doctor Case llevará a cabo cualquier tratamiento práctico necesario después de entonces.

Ravi se quedó petrificado.

Los ojos de Godin lo buscaron, sin dejar que se escondiera:

–¿No podías esperar un día más a que el cáncer acabara con mi vida?

¿Qué podía decir? ¿Le valdría de algo culpar a Skow?

–No respondas –dijo Godin–. Por muy glorioso que haya sido tu pasado, quieres más. No ves tus logros con orgullo, sino con miedo de que nunca se vuelvan a repetir. Eres un pigmeo de alma, Ravi. Andrew Fielding valía diez veces más que tú.

–Y que tú –dijo Ravi, sorprendiéndose por ello–. ¿Por eso lo matásteis?

Los ojos azules se cerraron, pero Godin contestó con claridad:

–Aunque Fielding era un gran físico, nadie puede cambiar el pasado. Tendrá una nueva oportunidad de vivir. Ahora está medio vivo en la Contención, y un día su modelo alcanzará el estado Trinity. Ese día entenderá lo que he hecho. Pero ahora... es hora de que te vayas.

Ravi nunca había visto a Geli Bauer sonreír con más placer que entonces. Con los siete centímetros y medio que le sacaba, lo rodeó con el brazo como una amante. Luego lo miró a los ojos con escalofriante intimidad.

–Sólo necesito que me respondas a una pregunta –le dijo–. ¿Esto lo urdió tu cerebrito recalentado, o alguien te ayudó a hacerlo?

«Eso ya lo sabes», pensó Ravi. Intentó desasírsele del brazo, pero Geli lo apretó aún más fuerte. Entonces le pasó una uña por el hombro hasta llegar al cuello:

–Vamos, Ravi... ¿nunca has soñado con pasar un tiempo a solas conmigo?

Temía que su vejiga no pudiera retener la orina.

Para Rachel la noche no había transcurrido sin esperanza. Sin embargo, cuando el sol salía sobre el Mar Muerto e iluminaba el valle de Kildron, se hundió en la desesperación.

David se moría.

El neurólogo que había venido a examinarlo ayer por la noche era un hombre bajito y alegre llamado Weinstein. El doctor Weinstein tenía el pelo negro y unos vivarachos ojos azules que no perdían detalle. Se había formado en el Hospital General de Massachusetts (Boston), y hablaba un inglés perfecto.

Nada más interpretar el EEG, ordenó que se hiciera una resonancia del cerebro de David. En ese momento Rachel decidió que le contaría parte de la verdad. Preguntó a Weinstein si había oído hablar de Ravi Nara. El neurólogo conocía el trabajo de Nara y le impresionaba que su nuevo paciente hubiera investigado con el premio Nobel. Rachel explicó que, en su investigación, Nara trabajaba con una unidad avanzada de IRM que provocaba efectos secundarios en algunas personas. Por esta razón pidió a Weinstein que aplazara cualquier escáner con la unidad de IRM hasta que no quedara más remedio.

–Lo entiendo –dijo Weinstein–, y estoy intrigado. Pero en mi opinión, a este hombre le queda muy poco tiempo de vida. Estoy convencido de que sabe que las resonancias magnéticas de difusión tensorial muestran el tronco encefálico con mucha más claridad que un TAC; sólo porque hay mucha masa ósea en esa zona para que el TAC lo represente sin problemas.

–Lo sé –contestó Rachel–. ¿Pero *en verdad* crees que este coma lo ha provocado un tumor en el tronco encefálico?

El neurólogo se encogió de hombros:

–Sinceramente, es lo único que no hemos descartado. ¿Cree usted que los escáneres del doctor Nara han podido generar algún tumor?

–Sí.

Weinstein se cruzó de brazos y suspiró:

– ¿Sabe lo que pienso?

– ¿Qué?

–Que su amigo no va a tardar en morir si no averiguamos lo que le pasa.

Sesenta minutos más tarde, Weinstein interpretaba los resultados de las resonancias magnéticas de difusión tensorial. No mostraban ningún tumor. Cuando relataba sus hallazgos a Rachel, las ondas zeta y beta desaparecieron de la pantalla del EEG. Rachel cogió el papel continuo, que ahora sólo recogía la onda alfa uniforme del coma alfa.

Se echó a llorar.

El doctor Weinstein la rodeó con el brazo:

–No es posible que una IRM lo haya dejado en este estado. –Parecía como si intentara convencerse a sí mismo de ello más que a la propia Rachel–: Quizá debería llamar al doctor Nara. Estamos en territorio desconocido.

Rachel cerró los ojos. ¿Cómo iba a explicarle que no podía llamar a Nara sin exponerse al asesinato?

–Lo intentaré –dijo–. Puede que me lleve algún tiempo localizarlo.

Weinstein la acompañó a un despacho contiguo y le mostró cómo hacer llamadas de larga distancia desde el hospital. Luego él le dio su número y se fue a casa con su familia.

Rachel se quedó mirando el teléfono, procurando mentalizarse de que debía llamar a la Casa Blanca. Era la única manera de llegar hasta Ravi Nara. Pero algo se lo impedía. Era el convencimiento de que, por muy enfermo que estuviera David, no estaba completamente loco. Le había dicho que Ravi Nara era peligroso, y parte de ella lo creía. Puede que David nunca llegara a saber que alguien había tenido esta fe en él, pero ¿acaso no consistía en ello la fe? ¿En creer sin esperar una respuesta, sin pedir nada a cambio, sin tener pruebas? Rachel se levantó, se enjugó las lágrimas y dejó el teléfono intacto.

Eso fue hace diez horas.

Desde entonces se pasó el tiempo con los ojos clavados en la pantalla del EEG, como el peregrino que contempla una estatua de mármol con la esperanza de que llore. Sin embargo, las ondas alfa permanecían constantes. Como médico residente, había pasado multitud de noches observando cómo los pacientes se deslizaban lenta e irreversiblemente hacia la muerte. Como psiquiatra, había visto que pacientes suicidas quedaban a las puertas de la muerte al ingerir sustancias tóxicas cuyos efectos secundarios no era posible contrarrestar. Pero sólo una experiencia previa la había arrastrado hasta este espantoso reino de soledad.

La muerte de su hijo.

Apenas había sobrevivido a aquello y, ahora, cuando por fin había encontrado un hombre que algún día le podría dar otro hijo, estaba sentada en su cama de hospital, esperando con impotencia lo inevitable.

A las tres de la madrugada, otra ráfaga de ondas zeta y beta había cruzado la pantalla del EEG. Duró varios minutos, y luego se desvanecieron. Cada media hora, Rachel daba una palmada al oído de David, pero la onda alfa permanecía constante.

Según la máquina, David estaba clínicamente muerto.

Una hora después del amanecer, se agachó y lo besó en la frente, para después irse al despacho contiguo y levantar el auricular del teléfono. Tuvo que discutir con varias operadoras, pero en cuestión de minutos establecía contacto con la centralita de la Casa Blanca en Washington, D.C.

–Les llamo en relación al Proyecto Trinity –dijo.

–Perdone, ¿puede repetirlo? –solicitó la telefonista.

–Proyecto Trinity.

–Un momento, por favor.

Rachel cerró los ojos. Las manos le temblaban y una voz insistía en que esperara. Antes de hacerlo, una cortante voz masculina se puso al teléfono:

–¿Quién llama, por favor?

–Rachel Weiss.

Se oyó una inhalación brusca:

–¿Perdón?

–Soy la doctora Rachel Weiss. Estoy con el doctor David Tennant, y necesito ayuda urgentemente. Creo que se está muriendo.

–Mantenga la calma. Voy a...

–¡Por favor! –gritó, perdiendo ya el control– ¡Necesito hablar con alguien que esté al corriente de esto!

–Doctora Weiss, haga lo que haga, no cuelgue. Ha optado por lo correcto. Que no le quepa ninguna duda.

CAPÍTULO 33

ARENAS BLANCAS

Ravi Nara estaba tumbado en un suelo encementado con una aguja en la yugular cuando lo llamaron por megafonía para que acudiera al hospital. Geli Bauer iba a matarlo con el cloruro de potasio que planeaba inyectar a Godin.

«Doctor Nara, le rogamos se persone inmediatamente en la Burbuja.»

–Peter podría volver a entrar en código azul! –gritó.

Geli lo tiró al suelo y lo empujó hacia la puerta.

Cuando corrían hacia el hospital, él pensó en lo ocurrido la última media hora: tras haber hallado la jeringa, Geli lo había echado de la Burbuja para hacerlo entrar en el desnudo almacén. Al llegar, Ravi le preguntó qué diablos hacía en Arenas Blancas. Geli sonrió y se apoyó contra la pared, examinándolo como un insecto al que estuviera a punto de clavar en un tablero.

–Quería saber si Skow decía la verdad –contestó–. Si Godin se estaba muriendo. Si Trinity iba a fracasar.

–¿Y?

–Godin se está muriendo, pero Trinity no va a fracasar. Va a salvarle la vida a Godin.

–La vida no –precisó Ravi–. La mente.

–Ésa es la esencia de la vida. Geli se acercó a Ravi y sacó un reluciente cuchillo del cinturón–: Podría cortarte la médula espinal entre la primera y la séptima vértebra cervical. Te quedarías tetrapléjico al momento. Si yo te diera a elegir entre eso y la muerte, ¿elegirías la muerte?

Ravi retrocedió:

–Vale, ya sé a qué te refieres.

Geli sonrió fascinada, dejando ver la lengua entre los dientes. A él siempre le había parecido que ella sentía cierta conexión entre sexo y violencia, y ahora su comportamiento lo confirmaba. Estaba jugando con él, y palpar su miedo la excitaba.

–También quería ver a mi padre –dijo–. Hace mucho tiempo que no tengo el placer.

Ravi guardó silencio.

–Pero hay otra razón por la que estoy aquí. Si la adivinas, puede que lo dejemos sólo en paraplejia.

–¡Deja ya este maldito juego! –le espetó Ravi–. Skow llegará de un momento a otro.

–¿No lo adivinas? –dijo Geli.

–No.

–Quería que me escanearan el cerebro.

Eso él no lo esperaba:

–¿Por qué? Sabes que los escáneres provocan desarreglos neurológicos.

Geli soltó una carcajada:

–La gente se arriesga a sufrir los efectos secundarios de la *cirugía estética*. Yo asumiré el riesgo de la inmortalidad.

Ravi dejó que siguiera hablando:

–Muy pronto empezará a aplicarse esta tecnología –dijo–. Pero sólo se escaneará a unas pocas personas. Presidentes y genios como Godin; tal vez algunos científicos medio tarados como tú. Pero no los jefes de seguridad. De manera que esta tarde estuvieron tres horas haciéndome un escáner del cerebro. Toda una experiencia.

Geli sacó la jeringa de una bolsita que llevaba en el cinturón.

–Me preguntó qué efectos secundarios me tocarán –pensó en voz alta–. Narcolepsia y epilepsia, no gracias. El síndrome de

Tourette... tampoco. Lo tuyo es lo mejor. Ya encaja con mi personalidad.

Ravi meneó la cabeza. Esas incontrolables impulsiones sexuales parecían algo morboso hasta que uno se veía atrapado en ellas. Al igual que el resto de las impulsiones, te podían llevar al borde del suicidio.

–Solía verte por las cámaras de seguridad –dijo Geli, riendo–. Ibas corriendo al baño cinco veces al día, y te la pelabas... En algún momento oí que gemías mi nombre. Patético.

Ravi apretó los dientes y esperó en silencio que Skow tuviera pensado borrar a Geli Bauer de la faz de la Tierra. Procuraba discurrir una manera de entretenerla cuando Geli lo golpeó en el pecho.

Él cayó redondo y, antes de que pudiera recuperar el aliento, Geli se le puso de rodillas sobre el pecho con la jeringa apuntándole a la garganta. Lo que lo salvó esta vez no fue Skow, sino el sistema de megafonía que reclamaba su presencia en el hospital.

Godin tenía serios problemas con la lengua. Le costaba tragar, y volvía a notar punzadas en la cara. Eran los clásicos efectos secundarios de un glioma, y no se podía hacer nada salvo aliviar el dolor. Al cabo de una hora, recuperó el control de la lengua; pero el lado izquierdo de la cara se le había empezado a paralizar.

Cuando Ravi se disponía a atender al anciano, sonó el móvil de Godin, y Geli respondió. Era la Casa Blanca. Ravi no podía escuchar lo que decían, aunque tenía la impresión de que algo iba mal.

–No, Ewan, estoy bien –mintió Godin–. Estoy mejor que nunca, y no sé en qué estaría pensando Skow para decirte semejante cosa.

Godin prestó atención un momento y luego dijo:

–Si Fielding no murió de un ictus, entonces debería hablar usted con Skow. Nunca se llevó bien con Fielding, y también se ha encargado él de dirigir la cacería de Tennant... No te preocupes por el doctor Tennant. Ahora envío a Ravi Nara en el avión de la empresa. Es el único doctor del mundo que sabe algo sobre ese tipo de coma.

«¿Enviar a Ravi Nara?», se preguntó Ravi. Cualquier lugar era mejor que el almacén con Geli Bauer dentro.

–Sí, te pondré al corriente tan pronto tenga noticias... Adiós, Ewan.

Godin hizo señas para que se llevaran el teléfono y luego levantó la mirada hacia Ravi:

–Tienes que ir a Jerusalén.

Ravi parpadeó asombrado:

–¿Israel?

–Tennant está en coma en el hospital Hadassad. La doctora Weiss está con él. Acaba de llamar a la Casa Blanca pidiendo ayuda. Le he asegurado a Ewan McCaskell que eres el único hombre en el mundo capaz de asistir a Tennant.

–¿Pero por qué quieres ayudar a Tennant? –preguntó Ravi–. ¿Y *ellos*? Los periódicos dicen que Tennant quiere asesinar al presidente.

Godin tragó saliva con dolor:

–Los presidentes no creen lo que dicen los periódicos. Y olvidas que fue Matthews quien primero me endilgó a Tennant. Quiere oír la versión de Tennant.

–Ya veo. –Ravi no veía nada–: ¿Y qué pinto yo en Jerusalén?

–Matar a Tennant.

Ravi cerró los ojos.

–Ahora se puede decir que está clínicamente muerto –dijo Godin–. Un empujoncito, y nadie sabrá nada.

–Peter, yo no puedo entrar en un hospital de Israel y...

–¿Por qué no? Estabas dispuesto a matarme a mí. ¿Por qué no a Tennant?

–Nunca he querido hacerte daño.

A Godin se le desfiguró el lado derecho de la cara.

–¿Vuelves a sentir dolor?

–Cierra el pico, Ravi. Ahora puedes reparar tu error. Es la única manera de salvar la vida.

Las miradas de Ravi y Geli se cruzaron. Cualquier cosa era mejor que volver a estar a solas con ella:

–Está bien. ¿Pero y si no puedo hacerlo? Quiero decir, ¿y si me resulta imposible?

–No serás el único que lo intente.

–Ya. Bueno... ¿cuándo me voy?

–Te quiero volando en diez minutos. Mi Gulfstream te espera con el depósito lleno en la pista. Primero ve a Administración. Recibirás una llamada telefónica.

«¿Una llamada telefónica?»

–De acuerdo, Peter.

Ravi se disponía a salir, cuando un rastro de responsabilidad profesional lo retuvo:

–¿Pero y tú?

–El doctor Case puede mantenerme con vida hasta que alcancemos el estado Trinity –Godin le hizo señas para que se fuera–. No te preocupes; es muy probable que Tennant muera antes de tu llegada.

JERUSALÉN

Rachel se sentó junto al teléfono y rezó para que pronto le devolvieran la llamada de Washington. Si quedaba una cama libre en neurología, alguien vendría para sacar a David de la sala de urgencias. Pensaba ir a comprobar las gráficas del EEG cuando sonó el teléfono.

–¿Hola?

Una voz de inconfundible acento norteamericano preguntó:

–¿La doctora Rachel Weiss?

–Sí.

–Soy Ewan McCaskell, el jefe del estado mayor del presidente.

Rachel cerró los ojos y procuró no titubear:

–Reconozco su voz.

–Doctora Weiss, le aseguro que el presidente se muestra sumamente preocupado por la salud del doctor Tennant. No sabemos muy bien las razones que se esconden tras los acontecimientos de los últimos días, pero daremos con la verdad. Ahora el presidente está de vuelta en Estados Unidos, y le garantizo que el doctor Tennant tendrá un juicio justo.

Entonces algo en el interior de Rachel se desató, un nudo de miedo y tensión que se había estado forjando desde que vio cómo David disparaba a aquel matón en su propia cocina. De su garganta salió una balbuceante ráfaga de sollozos.

–¿Doctora Weiss? –dijo McCaskell– ¿Se encuentra bien?

–Sí... muchas gracias por llamar. Algo terrible está sucediendo, y el doctor Tennant ha estado intentando poner al presidente sobre aviso.

–Procure tranquilizarse, doctora. Sé que está pasando por un momento crítico, así que le voy a pasar con el doctor Ravi Nara. Me han dicho que es el único hombre que tiene los conocimientos necesarios para ocuparse del doctor Tennant.

Rachel se crispó al oír el nombre de Nara. Se produjo un crujido, como si se hubiera interrumpido la comunicación.

–¿Doctor Nara? Dijo McCaskell– ¿Está usted ahí?

Una voz meticulosa de registro más elevado se puso al teléfono.

–¿Sí, hola? ¿Doctora Weiss? Soy Ravi Nara. ¿Me escucha?

–Sí.

–Tengo entendido que el doctor Tennant ha entrado en un estado de coma alfa. ¿Correcto?

–No exactamente. A ratos hay intrusiones de ondas zeta y beta; no sólo alfa. Temo que deje de respirar.

–No lo hará. Yo mismo entré en coma alfa después de haberme sometido a la unidad de Super-IRM en Trinity. ¿Sabe que existe esta máquina?

–Sí.

–Estuve treinta y dos horas en coma y me desperté sin padecer ningún efecto secundario. Espero que David se despierte de un momento a otro.

La confianza que tenía en la voz de Ravi Nara era apabullante. El premio Nobel era célebre en el mundo de la medicina, y a Rachel le resultaba difícil no tener en cuenta sus palabras, sobre todo cuando ofrecían esperanza.

–Doctor Nara, no sé qué decir.

–Voy para allá –dijo Nara–. Me han dicho que el presidente está haciendo lo posible para que David pueda ingresar en un lugar más seguro. Llegaré a Jerusalén dentro de catorce horas.

–Dios mío.

–Seguramente para entonces David ya estará despierto, pero no se preocupe si no. Vamos por pasos, ¿de acuerdo?

Rachel se sentía abrumada:

–Sí. Le estaré esperando. Gracias.

–A usted, doctora. Adiós.

Nara colgó, pero McCaskell siguió al teléfono:

–¿Se encuentra mejor ahora, doctora Weiss?

–No sé cómo agradecérselo.

–Ya tendrá oportunidad de hacerlo. Pronto volveré a llamarla.

Rachel colgó y dio unos cuantos suspiros. Luego se pasó un Kleenex por la cara y abrió de un empujón la puerta que daba a la sala de curas.

David yacía en la mesa de tratamiento, con los ojos abiertos de par en par en un mar de lágrimas.

CAPÍTULO 34

Los ojos se me abrieron como los de un recién nacido, asustados por el desnudo resplandor del mundo. Al pestañear contra la bombilla que colgaba del techo, mi cuerpo se declaró hambriento y noté la abrumadora necesidad de vaciar la vejiga. Me incorporé y miré a mi alrededor. Estaba en una sala de curas. Había trabajado en docenas como ésta.

«Agua –pensé–. Quiero agua.»

Una mujer decía desde algún lugar:

–No sé cómo agradecérselo. –Su voz me resultaba familiar, y presté atención para ver si oía más palabras, pero nada.

Había una puerta abierta al otro lado de la sala. Rachel entró y se quedó helada. Entonces se puso la mano delante de la boca, y vino hacia mí.

–¿David? ¿Me oyes?

Levanté la mano, y ella me interrumpió.

–Has estado en coma. Llevas así... –miró el reloj– quince horas. En coma alfa, la mayor parte del tiempo. Pensaba que estabas clínicamente muerto –señaló la cabeza–. ¿Por qué lloras?

Me pasé la mano por la cara y los dedos quedaron empapados:

–No lo sé.

–¿Recuerdas algo? ¿El ataque en la basílica?

Recordaba haberme arrodillado, luego haber metido los dedos por un agujero que había en una bandeja de plata. Una corriente de energía me había subido por el brazo hasta llegarme al cerebro, una corriente demasiado intensa. Era como si mi mente se hubiera convertido en un diminuto guante y la mano de un gigante intentara enfundárselo. El cuerpo me empezó a temblar, luego...

–Recuerdo haberme caído.

–¿Y que pasó después?

* * *

Me caía al suelo, pero antes de impactar contra él, los límites de mi cuerpo desaparecieron, y entonces me sentí en oceánica comunión con todo lo que me rodeaba: la tierra y la roca que se extendían bajo la basílica, los pájaros que anidaban entre las piedras de la fachada, las flores en el patio y el polen que el viento hacía volar. No estaba cayendo sino flotando, y vi que bajo el mundo material existía una realidad más profunda, una matriz latente en la que toda frontera era ilusoria, donde los granos de polen eran como el viento, donde materia y energía bailaban en una danza eterna, donde vida y muerte no eran más que estados de ambas. Sin embargo, mientras permanecía así, flotando en el mundo como una sensible medusa, tenía la impresión de que bajo esa matriz latente de materia y energía había algo aun más profundo, un sustrato sonoro tan efímero y eterno como las leyes matemáticas, invisible pero a la vez inmutable, que lo gobernaba todo sin hacer uso de la fuerza.

El sonido era grave y lejano, como de turbinas que giran aceleradamente en el fondo de una presa. Al poner atención, distinguí un patrón, más numérico que melódico, como de una música desconocida cuyas notas y escalas no alcanzaba a entender. Sintonicé la mente con el sonido buscando repeticiones, las complejas claves de algún código.

Por mucho que escuchara con toda mi alma, no lograba dar con el sentido del sonido. Era como oír una tormenta e intentar detectar los acordes de cada una de las gotas de lluvia en su impacto contra el suelo. Algo en mi interior ansiaba conocer el orden subyacente, la enorme partitura que componía el caer de la lluvia.

Entonces lo entendí. El acorde que yo buscaba no era tal acorde. Era el azar, un gran azar, lo que dictaba el aparente orden del mundo. Y en ese preciso instante empecé a ver como nunca antes lo había hecho, a oír lo que muy pocos hombres habían oído jamás, la voz de...

* * *

–¿David? ¿Me oyes?

Pestañeé y me obligué a centrar la atención en todo lo que había a mi alrededor: botiquines, un EEG en un carro, los ojos cansados de Rachel.

–Te oigo.

Rachel dio un paso adelante, retorciéndose las manos:

–He llamado a Washington. Les dije que estábamos aquí. No sabía qué más podía hacer.

–Lo sé.

–¿Oíste la llamada?

–No.

–¿Entonces cómo lo sabías?

«De la misma manera que sé que ahora mismo corremos peligro.» Bajé la mirada y me disponía a sacarme la línea intravenosa de la muñeca.

–¡No hagas eso!

–Tenemos que irnos.

Abrió los ojos como platos:

–¿Qué?

–Voy a sangrar cuando me saque esto. ¿Puedes traerme una venda? ¿Dónde está mi ropa?

Rachel acortó distancias conmigo y no dejó que me sacara la línea:

–David, en estos momentos no eres tú mismo. Has estado inconsciente toda una noche. He hablado con Ewan McCaskell. El presidente nos envía a Ravi Nara para que te atienda. No es la primera vez que ve un coma de este tipo. De hecho, él mismo estuvo más de treinta horas en coma alfa, y se despertó sin secuelas. Quiere ayudarnos...

–Ravi Nara nunca estuvo en coma alfa. En su caso, el efecto secundario que la IRM le produjo fue sufrir impulsos sexuales incontrolables. Eso es todo.

–Pues él me dijo...

–Te dijo lo que sabía que te tranquilizaría. Tenemos que irnos. Ya.

–Pero el presidente quiere saber la verdad. McCaskell me lo dijo, y yo le creo.

No había manera posible de transmitir todo lo que yo sabía sin que pareciera un loco. Me levanté, y la sábana dejó mi cuerpo desnudo.

–Si nos quedamos aquí, no viviremos para ver al presidente. Tengo algo muy importante que hacer. Por favor, tráeme la ropa.

Mientras Rachel miraba hacia una bolsa que había en el rincón, tiré del catéter intravenoso que tenía en la muñeca. La sangre oscura corría por el dorso de la mano. Me la presioné, luego me acerqué al mostrador y encontré una venda de 4x4 en un bote de cristal. Rachel vio lo que estaba haciendo y me tapó bien el agujero de la línea intravenosa con una gasa.

–Aguántala con la mano –dijo. A continuación cogió la bolsa plástica de la esquina y la puso sobre la mesa de reconocimiento–. Tu ropa.

Había un inodoro apoyado en la pared, pero sin cortina ni partición que diera algo de intimidad.

–Tengo que ir al lavabo –le dije, señalando.

–Vete. No es la primera vez que lo veo.

Me dirigí al inodoro y le volví la espalda.

–¿Por qué crees que vienen a por nosotros? –preguntó Rachel.

–Porque en sus mentes nada ha cambiado. Y ahora saben dónde estamos.

–¿Sigues sin fiarte de nadie? ¿Ni siquiera del presidente?

–El presidente no tiene ni idea de lo que realmente está pasando.

Regresé a la mesa y me puse la camisa; después me ajusté la riñonera a la cintura.

–¿Pero adónde quieres ir? –preguntó Rachel.

–A Arenas Blancas.

–¿Adónde?

–Al banco de pruebas de Arenas Blancas –me puse cuidadosamente los pantalones y acto seguido me senté en el suelo para calzarme los zapatos–. Está en Nuevo México.

–¿Y por qué quieres ir ahí?

–Ahí es donde se encuentra el verdadero prototipo de Trinity.

–¿Cómo lo sabes?

–Lo sé.

Rachel meneó la cabeza:

–Me asustas, David.

–No le des más vueltas.

–Espera. –Alzó una mano–: Eso es lo que había en la carta que Andrew Fielding te envió por FedEx. Yeso blanco. *Arena blanca.* ¿Es eso lo que intentaba decirte? ¿Dónde estaba el segundo centro Trinity?

–Sí. Quería decírmelo, pero no quería que nadie que pudiera interceptar la carta supiera lo que él sabía. –Miré la puerta cerrada–: ¿En qué parte del hospital estamos?

–En la sección de urgencias.

–Bien. Primera planta. ¿Sabes por dónde se sale?

–Sí, pero...

Me detuve y la agarré de la mano:

–Todo ha cambiado, Rachel. Sé lo que tengo que hacer. Pero tenemos que irnos *ya.*

Vi que su fe en mí se desmoronaba bajo el peso de su formación como psiquiatra y su deseo de negar el peligro.

–Por favor, ayúdame.

Cerró los ojos y dio un suspiro. Después se dirigió a la

ventana y probó a abrirla; pero estaba sellada y trancada por fuera.

Me acerqué a la puerta y la entreabrí. Había dos enfermeras sentadas en una recepción, aunque estaban ligeramente de espaldas a mí. Una de ellas hablaba por teléfono.

–¿Qué hay pasadas aquellas enfermeras? –susurré.

–Un pasillo que lleva al túnel exterior de urgencias. Hay un guardia.

Seguramente el guardia estaba allí para abordar a la gente que entraba más que a la que salía, pero en Israel nunca se sabe.

La enfermera que no estaba al teléfono se levantó y fue hacia una sala de curas.

–Prepárate –ordené. Y aprovechamos una distracción de la otra enfermera para atravesar el pasillo a hurtadillas hasta llegar al vestíbulo de la entrada.

Rachel hizo señas al guardia que estaba sentado en la garita, y luego empezó a guiarme hasta el otro lado.

El guardia dijo algo en hebreo.

Rachel redujo la marcha, pero sin detenerse:

–¿Habla usted inglés?

–Un poco –contestó el guardia.

–El doctor Weinstein me dijo que llevara a este paciente a tomar aire fresco esta mañana. ¿Conoce al doctor Weinstein?

El guardia parecía confuso. Después sonrió y sacudió la mano como diciendo «Adelante, adelante».

Salimos sin problemas a la luz de la mañana.

Vi dos ambulancias aparcadas bajo una uralita. Me moví rápidamente a la izquierda, donde una carretera secundaria rodeaba el hospital. Como no había acera, pasamos por el bordillo. Al bordear el edificio, vi la Cúpula de la Roca proyectando destellos dorados sobre la Ciudad Antigua. La carretera que teníamos al lado bajaba por una larga pendiente, sin apenas un lugar donde escondernos. A nuestra derecha, había un enorme cementerio que parecía un tanto colonial.

–Vamos a tener que pedir un taxi –dijo Rachel–. A pie no llegaremos muy lejos.

–Escucha.

En medio del murmullo general de la ciudad que teníamos a nuestros pies, empezaba a destacar un sonido más urgente. Una sirena.

Nos agazapamos tras una hilera de arbustos. Al cabo de treinta segundos, dos furgonetas verde oscuro se nos acercaban a toda velocidad colina arriba. No parecían ambulancias. Una de ellas dio un frenazo a la entrada del hospital, y la otra siguió hasta la parte de atrás. La primera vomitó dos hombres con trajes de oficina y una tropa de policía paramilitar con metralleta.

–¿Quiénes son? –susurró Rachel.

–Puede que el Shin Beth. Alguna división de la policía secreta. O a quienquiera que Washington haya llamado para que vigile el hospital e impida que nosotros lo abandonemos.

–Ravi Nara me dijo que iban a trasladarte a un hospital más seguro.

–¿Y para eso necesitan un equipo SWAT? –le agaché la cabeza– ¡Venga ya!

Aunque había pocos sitios donde ponerse a cubierto, usábamos todos los que buenamente íbamos encontrando al bajar por la colina. Rachel quería que echáramos a correr hacia la Ciudad Antigua, pero yo la desvié por la calle Churchill en dirección al Hyatt Regency Hotel, sin perder de vista el hospital que dejábamos atrás. La furgoneta seguía aparcada allí fuera y yo no hacía más que imaginar la frenética búsqueda que se estaba llevando a cabo en el interior.

Una fila de taxis esperaba en el Hyatt. Me metí en el primero, con Rachel a la zaga.

–¿Norteamericano? –preguntó el conductor.

–Norteamericano. Necesito un cibercafé.

El conductor parecía rebuscar en su cabeza:

–¿Necesita ordenador?

–Sí.

–Hyatt tiene ordenador dentro. Paga por media hora.

–Busco un lugar público. No me gusta este hotel.

–No muchos bares así en Jerusalén. El Strudel tiene ordenadores, pero no sé si ahora está abierto.

–Llévenos hasta allí.

El taxista arrancó el motor y se dirigió a Ha-Universita. Vi una flota de patrullas de policía en un aparcamiento que había a la derecha:

–¿Qué es esto?

–El cuartel general de la Policía Nacional. Ojalá no tengan que ir nunca.

–El Strudel. Rápido. Tengo cosas importantes que hacer.

–Sí, señor. Diez minutos, máximo.

ARENAS BLANCAS

Un soldado uniformado acompañó a Ravi Nara hasta la pista de despegue. La infinita noche desértica había incomodado una vez a Ravi, pero en esta ocasión lo reconfortaba. Cuando el Jeep se acercaba al avión, un Lear dio la vuelta al hangar y se detuvo al lado del Gulfstream 5 de Godin. Era un Lear completamente negro. Cuando se abrió la puerta, John Skow se agachó y bajó a tierra firme.

–¡He estado intentando localizarte! –gritó el hombre de la ASN–. ¿Le pasa algo a tu teléfono?

Ravi miró de nuevo a su escolta militar, pero el soldado parecía ajeno a la conversación:

–Me voy a Jerusalén.

Skow agarró a Ravi del brazo y se lo llevó a diez pasos del soldado:

–¿Qué diablos estás diciendo?

–Peter me envía a Jerusalén.

–¿Sigue vivo?

–Sí.

El pánico y la ira deformaron los rasgos de Skow:

–¿Ni siquiera lo intentaste?

–¡Claro que sí!

–¿Y se puede saber por qué Peter te envía a Jerusalén?

–Para asegurarse de que Tennant muera.

Skow reclinó la cabeza como un hombre que clama al cielo:

–Olvídalo. Tú no vas a ninguna parte. Tennant ha huido del hospital Hadassah.

–Pero... dijeron que estaba en coma alfa.

–Se habrá despertado. Lo que está claro es que Rachel Weiss no lo sacó de allí.

Ravi no daba crédito:

–Tal vez alguien lo hizo.

–Dios mío –suspiró Skow–. Los israelíes. Matarían por poner las manos en la tecnología Trinity.

Ravi no pensaba en Trinity:

–John, ¿sabes dónde está Geli Bauer?

Skow lo miró con curiosidad:

–Por supuesto. En el hospital Walter Reed.

Ravi negó con la cabeza, sintiendo que se le hacía un nudo en el estómago:

–Pensaba que eras más listo.

–¿De qué me estás hablando?

–Geli está *aquí*, vigilando a Peter.

Skow palideció.

»¿Cómo es que no lo sabías?

–Esa zorra se ha pasado el día respondiendo a mis llamadas desde su móvil, diciéndome lo maravillosos que son los médicos del Walter Reed.

–Me dijiste que estábamos todos en el mismo barco.

–Ella lo dijo. Tendré que llamar a su padre.

El piloto militar de Ravi desfiló hacia ellos:

–¿Doctor Nara? Es hora de embarcar.

Skow se dirigió al soldado en tono autoritario:

–Cabo, me llevo al doctor Nara de regreso para hablar con el señor Godin. La situación en Israel acaba de cambiar.

Ravi no tenía intención de quedarse en Nuevo México:

–Me voy a Jerusalén, John. Tennant y Weiss podrían aparecer de un momento a otro. Peter quiere que parezca que está haciendo lo posible por salvar a Tennant, y creo que en eso tiene razón.

–Sé que te *gustaría* ir a Jerusalén –dijo Skow, apretando a Ravi del brazo–. Pero la cuestión es que te necesitan aquí.

–Peter tiene un nuevo médico.

–Pero *te* necesita a ti.

Ravi miró al escolta:

–Estoy listo para embarcar.

El soldado se adelantó, pero la autoritaria mirada de Skow lo detuvo:

–Cabo, estoy aquí por orden directa del presidente. Su oficial al mando, el general Bauer, está muy al corriente de mi misión. Necesito hablar dos minutos con este hombre. Luego iremos a ver al señor Godin. Retírese, por favor. Déme veinte metros de margen.

El cabo obedeció.

Ravi intentó huir, pero la garra de Skow no lo soltó:

–Me has delatado, ¿verdad? Maldito bastardo.

–¡Yo no les dije nada! Pero eso no te servirá de nada. Saben demasiado. Ahora mismo estaría muerto si Peter no hubiera sufrido complicaciones.

Skow echó un vistazo a la pista como si de un momento a otro un ejército de soldados se fuera a abalanzar sobre él:

–Escúchame, Ravi. Huir a Jerusalén no te salvará. El presidente se ha tragado nuestra versión de los hechos, pero si Godin está vivo para contar la suya, estamos muertos. Así que... todavía tienes trabajo.

Ravi tenía náuseas:

–¡Estás loco! Nunca más dejarán que me acerque a él. Y si me quedo, Geli me matará.

Skow lo zarandeó como a un niño:

–¡Cálmate, por amor de Dios! Te puedes esconder en mi casa hasta que consiga arreglar las cosas.

–¿Arreglar las cosas? ¿Con Godin?

Skow sonrió:

–Has olvidado que mi especialidad es la guerra informática.

Acompañó a Ravi hasta el Jeep e hizo señas al cabo para que se pusiera al volante.

–Pero ya sospechan de ti –dijo Ravi–. ¿Qué les dirás?

La sonrisa de Skow adoptó una expresión de reptil:

–Soy un experto en supervivencia, Ravi. Hasta Geli podría aprender de mí.

CAPÍTULO 35

JERUSALÉN

El cibercafé Strudel estaba cerrado. Vi que dentro había un barbudo limpiando la barra. Toqué al cristal, y luego le hice señas hacia la puerta. El hombre meneó la cabeza.

–¿Tienes tú las riñoneras? –pregunté a Rachel.

–Sí.

–Dame un billete de cien dólares.

Presioné el billete contra la puerta de cristal. El hombre que había en el interior tardó un minuto en darse cuenta, y cuando lo hizo, sólo volvió a hacerme señas. Como no nos íbamos, vino hasta la puerta y miró el billete más de cerca. A continuación nos gritó en inglés que no nos fuéramos a ninguna parte, desapareció en un despacho y regresó con un juego de llaves.

–Necesito un ordenador –dije, cuando la puerta se abrió.

–Pasen, no hay problema. Internet de alta velocidad.

Rachel pagó al taxista y me acompañó al interior.

El Strudel era oscuro y olía como los bares de todo el mundo, pero tenía un ordenador. Me senté en la barra y empecé a buscar en Internet las direcciones de correo electrónico de las mejores instalaciones universitarias e informáticas de Europa y Estados Unidos. Cal Tech, el laboratorio de inteligencia artificial del MIT, el CERN de Suiza, el Max Plank Institute de

Stuttgart, el Chaim Weizman Institute de Israel, el equipo japonés de Earth Simulator Computer y algunos más.

–¿Qué haces? –inquirió Rachel, subiéndose a mi lado en un taburete.

–Darlo todo a conocer.

–Pensaba que no querías hacerlo.

–Ahora mismo no tengo elección. Ellos ya lo han conseguido. O casi.

–¿Conseguido el qué?

–Que Trinity esté a punto de hacerse realidad.

–¿Cómo lo sabes?

–Lo sé.

–¿Y lo vas a decir al mundo entero?

–Sí.

–¿Cuánto vas a decir?

–Lo suficiente para desatar una tormenta periodística que el presidente no podrá ignorar.

Abrí el Microsoft Word y empecé a teclear mi mensaje. La primera línea fue la más fácil, una cita del gran Niels Bohr, que escribió sobre la carrera armamentística nuclear: «Nos hallamos ante una situación completamente nueva, que la guerra no puede resolver.»

–¿David? –dijo Rachel en voz baja–. ¿Qué pasó mientras estabas en coma? ¿Viste cosas?

–No como solía hacerlo. Es difícil de explicar, pero lo intentaré cuando tengamos algo más de tiempo. Antes tengo que acabar esto.

Rachel se levanto y caminó hasta la puerta para ver si venía la policía.

Yo me incliné sobre el teclado y escribí sin pausa, como si una fuerza exterior canalizara las palabras a través de mí. Al cabo de veinte minutos, rogué al hombre que estaba detrás de la barra del bar que nos pidiera un taxi con un chófer palestino. Luego tecleé un colofón: «En memoria de Andrew Fielding.»

–¿Enviaste el e-mail? –preguntó Rachel.

–Sí. En cuestión de horas habrá un caos mediático.
–¿Es eso lo que de verdad quieres?
–Sí. El mal no florece cuando se saca a la luz.
Rachel retrocedió y me miró extrañada:
–¿El mal?
–Sí.
Un taxi se detuvo junto a la acera, y su conductor barbudo miró hacia la puerta.
–Vamos.
Nos dirigimos al taxi:
–¿Es usted palestino? –pregunté al conductor.
–¿Por qué lo pregunta? –quiso saber.
–¿Sabe dónde está el cuartel general del Mossad?
El taxista entrecerró los ojos, como extrañado:
–Claro. Todo palestino lo sabe.
–Por eso lo llamé a usted. Tengo que ir allí.
Rachel me miró sorprendida. Casi podía leerle la mente. ¿Qué podía querer yo del Mossad, el despiadado servicio de inteligencia israelí?
–¿Dinero? –preguntó el taxista.
–¿Qué le parecen cien dólares americanos?
–Veo mejor de lo que oigo.
Rachel sacó el dinero.
El taxista asintió:
–Suban.
Apenas había cerrado la puerta de atrás cuando metió la primera y se alejó de la acera con un ruido infernal.

ARENAS BLANCAS

Geli era consciente de que estaba viendo al anciano morir. Estaba desesperada por fumarse un cigarrillo. Pese a lo antiséptico del aire cortante, olía a muerte en aquella sala. No sabría describirlo, pero lo conocía muy bien. Olía igual en los hospitales de campaña y en otros lugares aún más siniestros. Tal vez la evolución había sensibilizado el sistema olfativo humano para que detectara la proximidad de la muerte. En un mundo de enfermedades transmisibles, sería toda una ventaja para la supervivencia. El rostro de Geli había olido así una vez, por eso ella ya no temía a la muerte. Sin embargo, la lucha final de Godin estaba teniendo en ella un efecto inesperado.

Había períodos en los que Godin no podía tragar, aunque seguía hablando bastante bien. Había hablado con nostalgia sobre su difunta esposa, como lo haría con una hija. Geli no sabía interpretar esta clase de intimidad. Desde que cumplió los tres años, su padre la había tratado como a una recluta militar. Para Horst Bauer, sentarse a hablar con su hija consistía en planificar juntos el horario de cada día. Ella lo aguantó hasta alcanzar la adolescencia; entonces la guerra estalló en casa de los Bauer. Cuando Geli empezaba a manifestar un desparpajo sexual parecido al de su padre, el general perdió el control. Su instinto primario le decía que él la deseaba, y eso la hacía poderosa. Se paseaba ante él medio desnuda, flirteaba descaradamente con sus oficiales colegas (hombres que le doblaban la edad), y seducía a sus propios psiquiatras. Las resultantes palizas no hacían más que reforzar su voluntad de luchar.

Geli había cumplido los dieciséis cuando descubrió que su padre tenía una amante (en realidad, eran varias), y acabó resolviendo el misterio de su madre. Dieciocho años de infidelidad y violencia habían convertido a aquella encantadora mujer en una patética sombra de lo que había sido, un alma en pena que vivía sólo para la siguiente copa. Cuando Geli se encaró con el general al respecto, él la miró a los ojos y le dijo que había descubierto la debilidad de los hombres duros. Los hombres de gran capacidad necesitaban más de una mujer para mantener a raya sus pasiones, y cuanto antes aceptara esa verdad, mejor. La discusión acabó como tantas otras, con una paliza.

Sin embargo, al empezar en la universidad, Geli descubrió que las palabras de su padre parecían aplicarse también a las mujeres duras. Ningún hombre lograba satisfacer mucho tiempo su lujuria de intensas experiencias. El día que se licenció, con mención en árabe y económicas, fue a una caseta de reclutamiento de un centro comercial y se enroló en el ejército como soldado raso.

Nada podía haber enfurecido más a su padre. Con aquel simple acto, Geli había negado toda su influencia y todo su poder, lo había humillado ante su colega West Pointers y había seguido sus huellas. El general empezó a darse a la bebida e inició un período de inestabilidad que el suicidio de su esposa culminó rápidamente. Geli nunca había llegado a saber qué fue lo que le acabó rompiendo el alma a su madre. ¿Alguna otra amante? ¿Demasiados golpes a puño cerrado? A su padre nunca se lo perdonó.

Por el contrario, Peter Godin había sido fiel a su esposa cuarenta y siete años de su vida, aun cuando la unión no había traído niños al mundo. Mientras el anciano divagaba sobre un viaje que había hecho a Japón, Geli pensaba en Skow y en su plan para culpar a Godin de la muerte de Andrew Fielding.

–¿Señor? –dijo, interrumpiendo el ensueño del anciano.

Godin levantó la mirada, con unos arrepentidos ojos azules:

–Estaba delirando, ¿verdad? Lo siento, Geli. Eso me distrae del dolor.

–No es eso. Quiero decirle algo.

–¿Ah, sí?

–No se fíe de John Skow. Él fue quien ordenó a Nara que lo asesinara. Skow cree que Trinity va a fracasar, y ha estado planeando echarle a usted la culpa.

Godin sonrió distante:

–Lo sé. Estoy seguro de que tu padre forma parte del plan.

–¿Y por qué no hace nada al respecto?

–Cuando el ordenador alcance el estado Trinity, no podrán hacer nada. Hasta entonces, la tendré aquí para que me proteja.

–Pero si no se fía de ellos, ¿por qué los utiliza?

–Porque son previsibles. Hasta en sus traiciones. Es por la avaricia. Ésa es la realidad del animal humano.

–¿Y yo? ¿Por qué me confía su protección? ¿Porque me paga bien?

–No. Llevo dos años observándola. Sé que odia a su padre, y sé por qué. Sé lo que hizo usted en Irak. No se amilana ante trabajos difíciles, y, a diferencia de su padre, nunca ha traicionado a su uniforme. También sé que me admira. Usted y yo somos almas gemelas. Yo no tengo hijos y, en cierto modo, usted tampoco tiene padre. Y el instinto me dice que si el general Bauer viniera a matarme, usted lo detendría con una bala.

Geli se preguntaba si eso era cierto:

–¿Pero por qué nos ha contratado a los dos?

–Cuando Horst me habló de usted, tenía la impresión de que intentaba hacer las paces con usted. Me equivocaba.

La mano voló hacia la pistola. La trampilla de la Burbuja se había abierto con un silbido de aire a presión. John Skow entró con un traje impecable y los pelos en su sitio. No parecía un hombre preocupado por su futuro.

–Hola, Geli –dijo.

Los ojos azules de Godin siguieron al hombre de la ASN por toda la sala:

–Regístralo.

Geli empujó a Skow contra la pared de plexiglás y lo registró de la cabeza a los pies. Estaba limpio.

–Bueno, eso ha estado bien –dijo Skow–. ¿Se lo puedo hacer yo ahora?

Geli se preguntaba qué clase de jueguecito era aquél. Skow no estaría aquí si las circunstancias no le fueran propicias.

–Hola, Peter –dijo–. Tenemos un problema. Tennant se ha ido de la lengua.

El rostro de Godin se contrajo espasmódicamente. No era un espectáculo fácil de contemplar; pero, cuando el dolor remitió, la mejilla recuperó elasticidad. Clavó en Skow una mirada de electrizante intensidad.

–¿Qué hizo Tennant?

–Huyó de Hadassah, fue a un ordenador público y envió una carta a las mejores instalaciones informáticas del mundo. Se lo contó todo sobre Trinity: la muerte de Fielding, los atentados contra su vida, todo.

Godin cerró los ojos:

–¿La tecnología?

–Reveló lo bastante para convencer al mundo de que dice la verdad; lo bastante para poner a países como Japón a tres años de su propio ordenador Trinity. Les habló de estas instalaciones. No tengo ni idea de cómo descubrió lo de Arenas Blancas. Seguramente Fielding se lo dijo.

Godin respiró hondo:

–Me equivoqué con Tennant. Debería haber hablado con él... razonado con él.

Skow se acercó aun más a la cama. Geli puso la mano en la pistola. Podría meterle a Skow dos balas en la espalda antes de que el hombre de la ASN se acercara demasiado a Godin.

–Estamos en apuros, Peter. Esto es lo que te sugiero que hagamos...

–Al *infierno* con tus sugerencias –farfulló Godin, incorporándose con gran dificultad–. Me has tratado como un tonto desde el principio, pero estás a punto de averiguar lo equivocado que estabas.

Godin cogió el auricular del teléfono que tenía en la mesita de noche y presionó un solo botón.

–¿A quién llamas? –preguntó Skow, con expresión todavía confiada.

–Ya lo verás. ¿Hola? Soy Peter Godin. Necesito hablar con el presidente. Por un asunto de seguridad nacional... ¿Qué?... El código es siete tres cuatro nueve cuatro cero dos. Sí, espero.

Skow palideció:

–Peter...

–Cállate. –Godin echó una mirada a Geli, y después habló con voz potente–: Señor Presidente, le habla Peter Godin.

Geli nunca antes había oído semejante autoridad. La legendaria presencia autoritaria de su padre no era nada comparado con aquello. Godin había revelado su identidad al comandante en jefe como diciendo: «Señor Presidente, le habla Albert Einstein.»

Godin prestó unos minutos de atención, luego inició una detallada explicación de por qué había construido el centro de Arenas Blancas. Dijo que hacía cosa de un año, se había percatado de que en Carolina del Norte existían graves amenazas a la seguridad del proyecto Trinity. Alguien de dentro estaba saboteando el código del ordenador y seguramente vendiendo secretos a una potencia extranjera. Antes que involucrar a «agencias inseguras» como el FBI y la CIA (que ralentizarían el proyecto y comprometerían aun más su seguridad), Godin había dedicado su propio dinero y sus contactos a construir un centro de investigación. Al principio había confiado a John Skow la misión de investigar la amenaza, pero ahora creía que Skow formaba parte del problema desde el principio.

El presidente siguió haciendo preguntas, y Godin respondió con total seguridad. Que él supiera, Andrew Fielding había muerto de causas naturales, pero no se descartaba la acción criminal. David Tennant se había vuelto loco tras la muerte de Fielding y sufría una psicosis, seguramente provocada por la máquina de IRM que se usaba en Trinity. Se haría todo lo humanamente posible para que Tennant recuperara la cordura. Antes de que se le planteara alguna otra pregunta, Godin comunicó al presidente que faltaban menos de doce horas para que el Trinity fuera una realidad, y que todo indicaba que el ordenador no sólo cumpliría sino que rebasaría cualquier expectativa en las aplicaciones de armamento e inteligencia. Esto alteró completamente la situación.

Fielding, Tennant y la existencia de Arenas Blancas se iban perdiendo de vista cuando Godin prometía un poder nunca soñado al hombre con la sabiduría y el coraje de fundar semejante proyecto de estratégica importancia. Godin pareció bastante relajado hasta el final de la conversación, momento en el que se puso firme y concluyó con un breve «Sí, señor, por supuesto. Entiendo. Ahora mismo lo haré.»

Pasó el teléfono a Geli, con los ojos clavados en Skow:

–¿Te sorprende que haya podido hacer esto? Llevo mucho tiempo tratando con presidentes, desde LBJ.[1]

–¿Qué fue lo último que dijo Matthews? –murmuró Skow.

–Me pidió que para calmar los ánimos del público estadounidense, paralizara temporalmente todas las operaciones.

–Le preocupan los medios de comunicación.

–Incluso McCaskell viene de camino. Están organizando un grupo de seguimiento en estado de excepción. El Comité Selecto de Inteligencia del Senado.

–¿Y tú qué vas a hacer? –preguntó Skow.

Godin sacudió la mano como para espantar una mosca, y a continuación miró al hombre de la ASN con auténtico odio:

–Geli, si este parásito se mueve sin mi permiso, mátalo.

Skow palideció.

»Esto es lo que *vas* a hacer –dijo Godin–. Ve a la pista. El general Bauer llegará de un momento a otro.

Un escalofrío recorrió la espalda de Geli.

–Seguramente ya te lo habrás imaginado –añadió Godin–. A Horst debió de entrarle el pánico cuando Tennant se fue de la lengua. A lo mejor llamó a la Casa Blanca al cabo de cinco minutos para decirles que yo lo había engañado con la intención de conseguir esta base. Su próximo paso será venir aquí y proteger el ordenador. Puede que incluso el presidente le haya ordenado hacerlo.

–¿Qué quieres que le diga? –preguntó Skow.

–Que cualquier intento de interferir en el proyecto Trinity acarreará represalias a una escala inimaginable.

Skow entrecerró los ojos:

1. *LBJ* son las siglas empleadas para designar al trigésimo sexto presidente de Estados Unidos y sucesor de J. F. Kennedy: Lyndon Baines Johnson (1908-1975).

–¿De qué estás hablando, Peter?
–Sólo recuerda al general algo que a estas alturas ya debería tener bien aprendido.
–¿El qué?
–Que yo nunca miento.
Los ojos de Skow se posaron en los de Geli, y luego en su pistola.
–Y ahora vete –bramó Godin.
Skow dio media vuelta y salió de la Burbuja.
–¿Por qué dejas que se vaya? –inquirió Geli– Al menos deja que lo encierre en un despacho.
–Ahora no tiene nada que hacer.
–Puede que solo, no. ¿Pero y con mi padre?
Godin meneó la cabeza como si hubiera pasado el momento de trivialidades:
–Dile a Levin que venga a la Contención.
Geli hizo una llamada, y luego arrimó el teléfono a la cara del anciano.
–¿Levin? –dijo Godin–. Escúchame bien: «*In nomini patri, et filii, et spiritus sancti.*»
Geli apenas podía oír la respuesta al otro lado.
–¿Está seguro, señor? –preguntó Levin– El modelo de Fielding está sólo al ochenta y uno por ciento.
–Mi modelo tendrá que resolver los últimos algoritmos –dijo Godin–.
Hubo una pausa:
–¿Es el final?
Los labios grises de Godin apenas se movían:
–Aún no. Pero puede que nunca más volvamos a hablarnos como ahora. Prepárate para recibir a los visitantes.
–Ya lo tenemos todo listo. He oído hablar a algunos soldados fuera de la Contención. Dijeron que el general estaba a punto de llegar.
A Geli se le helaron las entrañas.
Godin tosió por el teléfono:

–Recuerda esto... para mí ya no existe el final. El final será el comienzo.

–Ha sido todo un privilegio, señor. Y yo estaré aquí para cuando se alcance el estado Trinity.

Godin cerró los ojos:

–Adiós, amigo mío.

Geli colgó. ¿Cuánto tardaría su padre en llegar? Fort Huachuca estaba a sólo quinientos kilómetros de allí.

Godin le rozó la muñeca con la mano, y eso la sobresaltó:

–¿Ves lo que está a punto de ocurrir, Geli?

–Sí, señor. Levin va a descargar del ordenador el modelo del doctor Fielding y a cargar el suyo. En la siguiente hora, su modelo alcanzará el estado Trinity y usted será el ordenador Trinity; o a la inversa.

Godin asintió cansado. Los acontecimientos de los últimos minutos lo habían dejado exhausto. Le costaba respirar.

–¿De qué le sirve eso? –dijo– Aunque Trinity funcione, todo lo que deben hacer es desconectarlo, ¿no? O cortarle el suministro de corriente.

–Seguramente Skow está tratando de averiguar cómo hacerlo. Pero no lo conseguirá.

–Mi padre vendrá con hombres y equipamiento.

A Godin se le cerraron los ojos:

–Deja que yo me ocupe de ellos. Con un poco de suerte, no tendrás que disparar a nadie. Y mucho menos a soldados norteamericanos.

Geli quería gritar. El anciano no sabía lo que le esperaba. El edificio de la Contención parecía sólido, pero a Horst Bauer no había nada que se le resistiera.

–Tengo que vivir para esto –murmuró Godin–. Ten la pistola a punto para disparar.

Geli se sentó en el suelo, con la espalda apoyada a la pared y su Walther apuntando a la puerta.

CAPÍTULO 36

JERUSALÉN

Cuando me identifiqué en la puerta del edificio del Mossad fuimos empujados inmediatamente al interior y registrados. Nos fueron confiscados el dinero y los documentos. Luego nos vimos encerrados en una sala blanca con sólo una mesa de madera y tres sillas.

Un oficial de paisano se presentó y preguntó a qué habíamos venido. Le dije que queríamos hablar con el oficial de más alto rango del Mossad. Me presionó para obtener información, pero me negué a decir ni una palabra más. El oficial abandonó la sala y cerró la puerta con llave al salir.

Transcurrieron cuarenta minutos.

Rachel guardó silencio. Sabía que cualquier cosa que dijéramos quedaría registrada en micrófonos ocultos. Pese a mi apremio por llegar a Nuevo México, se apoderó de mí una calma sobrenatural. Rachel parecía notarlo, porque me agarró de la mano como para que yo le diera fuerzas.

Por fin la puerta se abrió, y un hombre bajito con la piel curtida de un guerrero del desierto entró y se sentó al otro lado de la mesa. Rondaba los sesenta y llevaba un polvoriento uniforme militar y unas botas rajadas... Tenía una mata de pelo cano y los ojos más despiertos que había visto en mi vida.

–David Tennant –dijo, mirando un expediente que tenía

en la mano–. Médico, autor, aspirante a asesino presidencial. Esta semana es usted el hombre más buscado de Estados Unidos. ¿A qué debo el honor?

–¿Es usted el jefe del Mossad?

–Sí. Soy el Comandante general Avner Kinski.

–Pensaba que estaría en Tel Aviv.

–Estaba en Belén. Se produjo un bombardeo a primera hora de la mañana.

–Lo siento.

–Claro –Kinski me dedicó una rápida e impasible sonrisa–. Entonces, ¿por qué ha venido?

–Necesito ayuda.

–¿Para hacer qué?

–Necesito regresar a Estados Unidos. En secreto, y tan rápido como sea posible.

Mi respuesta lo sorprendió, y diría que no era un hombre de los que se dejan sorprender a menudo:

–¿Por qué quiere volver a Estados Unidos? Allí no es muy bien recibido.

–Eso es asunto mío.

El jefe del Mossad se reclinó en la silla, con una desconcertada sonrisa en la cara:

–¿Adónde exactamente?

–Arenas Blancas, Nuevo México.

–Interesante. ¿Sabe que mi gobierno ha recibido orden de detenerlo?

–Lo suponía.

–Mi gobierno intenta cooperar con el suyo siempre que le sea posible.

–Pero no siempre. Sobre todo en lo que se refiere a tecnología y armamento.

El jefe del servicio de inteligencia se inclinó hacia delante, con mirada desafiante:

–Huye del Shin Beth en el hospital Hadassah, pero viene derecho a mis brazos. ¿Por qué?

–Sabía que me ayudaría.

Kinski meneó la cabeza:

–A lo mejor no ha venido tan derecho. ¿Dónde ha estado después de salir de Hadassah y antes de llegar aquí?

–Lo sabrá muy pronto.

–Me gustaría saberlo ahora.

–Lo siento.

–Dígame una cosa, doctor. ¿Tiene intención de matar al presidente?

–¿Le parezco un asesino?

Kinski se encogió de hombros:

–Los asesinos vienen en muchas formas y tamaños. Mujeres. Niños. Adolescentes sonrientes. Usted tiene pinta de fanático.

–No soy un asesino.

–Pero ha matado. Lo veo en sus ojos.

–En defensa propia.

El jefe del Mossad encendió un cigarrillo y le dio una honda calada:

–Nos hemos desviado del tema que nos ocupa. ¿Qué le hace pensar que accedería a trasladarlo en secreto a Estados Unidos?

–Tengo algo que ustedes buscan.

Aquellos ojos oscuros se iluminaron:

–¿Ahora es un hombre de negocios?

–Sé cómo funciona el mundo. –Me incliné hacia delante–: Hay un proyecto de defensa secreto en Estados Unidos conocido como Trinity. Lleva dos años en marcha, y en cuestión de horas generará el arma más potente de la Tierra. Sé más sobre esa arma de lo que a usted le gustaría en un futuro inmediato.

El israelí estaba boquiabierto.

»Me parece que esto no lo sorprende demasiado –dije–. Yo soy una de las seis personas que han tenido acceso a cada detalle de Trinity desde sus inicios. El presidente me designó como integrante del proyecto. De manera que tiene usted dos opciones. Una, retenerme y torturarme para que escupa lo que sé; aunque mucha gente sabe ya que estoy en Israel, incluido el presidente, y eso le podría traer problemas. Dos, llevarme a Arenas Blancas. Si lo hace, puede meter a todos los científicos que quiera a bordo del avión, que yo les daré todos los datos sobre Trinity. –Me recliné en la silla–: Ésa es mi oferta.

Zarcillos grises de humo salían de la boca de Kinski. Parecía sosegado, pero sabía que mis palabras casi habían logrado que se cayera de la silla.

–Hábleme sobre la naturaleza del arma, doctor.

–Inteligencia artificial. Trinity hará que los ordenadores en sus más avanzados laboratorios armamentísticos se queden tan obsoletos como el biplano de lona. Descifrará los más complejos códigos en cuestión de segundos. Y eso es sólo el principio. Tengo prisa, general.

El jefe de los servicios secretos dio otra calada a su cigarrillo, luego se puso en pie y sonrió con reconocimiento:

–Es usted un valiente, doctor.

–¿Y bien?

–Se ha ganado un billete de avión.

ARENAS BLANCAS

Cinco minutos antes de que el avión del general Bauer aterrizara, se oyó un tiroteo cerca de la Contención. El sonido de los disparos retumbó en todo el complejo, dejando a Geli petrificada. No había nada en la Tierra que sonara como las balas disparadas con saña.

Godin se despertó sobresaltado y pulsó un botón que lo incorporaba eléctricamente en la cama:

–Tu padre debe de haber ordenado a sus hombres que intenten abrir la Contención.

Geli se preguntaba si un equipo de asalto estaba a punto de irrumpir en la Burbuja:

–¿Sus técnicos van armados?

–Por supuesto.

–No podrán contra unas fuerzas especiales equipadas con el material adecuado.

–Te sorprenderías.

–Señor, sé de lo que hablo. Si...

–¿Qué hora es? –interrumpió Godin– ¿Me he quedado dormido? ¿Levin ha llamado?

–Ha dormido un poco, pero nadie ha llamado. Hace una hora que cargaron su modelo. ¿Por qué tarda tanto en decirnos algo?

–Lleva su tiempo descargar un neuromodelo del ordenador. Después de cargar el nuevo modelo hay un período de aclimatación. Me imagino que es lo más parecido al shock médico, porque la mente se acostumbra a estar separada del cuerpo físico.

–¿Y cuánto dura eso?

–El modelo de Tennant estuvo en estado de shock durante más de una hora. El de Fielding, unos treinta y nueve minutos; aunque entonces el sistema sólo funcionaba al cincuenta por ciento.

Sonó el teléfono. Era Levin. Parecía exhausto, y Geli oía gritos de fondo. Acercó el auricular al oído de Godin. Godin escuchaba, y luego dijo:

–Gracias, Levin. Buena suerte.

Le hizo señas para que colgara, con una honda satisfacción en su rostro:

–Mi modelo se ha aclimatado totalmente y ahora resuelve los algoritmos finales a la misma velocidad que Fielding.

–¿Cuánto cree que tardará?

El teléfono volvió a sonar. Esta vez era John Skow. Godin se negó a hablar con él.

–Geli –dijo Skow con voz tensa–, su padre acaba de aterrizar en la pista. Viene con artillería pesada. Hace un momento, esa escaramuza no era nada. Un tiroteo con armas de bajo calibre. Si nadie convence a Godin de que saque a Levin y su gente de la Contención, el general destruirá el edificio y el ordenador.

–Le haré llegar el mensaje.

A continuación, Geli colgó. Godin la miraba con expectación.

–Skow dice que mi padre hará volar la Contención por los aires si no da órdenes a sus técnicos de que abandonen el edificio.

El rostro del anciano se retorció del dolor:

–No creo que lo hagan sin hablar antes conmigo.

–¿Cuánto sabe de lo que se está cociendo aquí?

–Sabe que es inteligencia artificial; que no malgastaría mi tiempo en algo pequeño. Pero, sobre todo, sabe lo que le pago para mantener este lugar invisible.

–Mi padre hará lo que sea por proteger su carrera militar. Si el presidente quisiera apagar el ordenador, él destruiría el edificio entero sin pensárselo dos veces si fuera la única manera de hacerlo.

La puerta de la Burbuja se abrió con un silbido. Geli sacó la pistola y se vio a sí misma apuntando a su propio padre.

–Algún día tenía que ser –dijo el general Bauer, con una irónica sonrisa en la cara.

Geli no le dijo nada. A los cincuenta y cinco, su padre conservaba el mismo aspecto que a los treinta: delgado, fuerte y rubio, con unos ojos grises que no se andaban con tonterías, vinieran del rango o el cargo que vinieran. Vestía su uniforme de Clase A con mancha de macedonia en el pecho, lo que para Geli significaba que pensaba reunirse con el jefe del estado mayor del presidente. No llevaba ningún arma en el costado, pero bajo el abrigo verde oscuro se le notaba el bulto de una pistolera.

El general Bauer se acercó lo bastante a la cama para establecer contacto visual con Godin:

–Señor, el presidente le ordena que cese sus operaciones. Si ya ha dado usted la orden a sus técnicos, la han desacatado. Se han atrincherado en la Contención y han abierto fuego sobre mis tropas. Tenemos dos hombres muertos y cinco heridos. Vengo a pedirle que ordene a su gente que salga de allí. Si usted o ellos se niegan, no tendré más remedio que sacarlos por la fuerza.

Godin se volvió hacia Bauer en silencio.

Geli sabía que su padre llevaba micrófonos ocultos. Seguramente Godin también lo sabía. El contacto visual entre los dos hombres hablaba con más elocuencia que sus voces.

–¿Entiende lo que le he dicho? –preguntó el general Bauer. Era como si le pareciera que Godin había perdido su sano juicio ante la inminencia de la muerte.

–Mis técnicos han recibido órdenes de no contestar a ninguna llamada telefónica –dijo finalmente Godin –. Ni siquiera a las mías.

–Entonces tendré que sacarlo de aquí. Puede usar la megafonía para ponerse en contacto con ellos.

Godin sonrió levemente, como disfrutando de esta partida de ajedrez con su empleado secreto:

–La Contención está insonorizada, general. También está construida con cemento y acero reforzado. Tiene su propio suministro de agua y aire, además de sus propios generadores eléctricos.

–Puedo reducir ese edificio a cenizas en cuestión de segundos –advirtió Bauer–. Ahora mismo, mis hombres están instalando los explosivos. El presidente me ha pedido que deje intacto su ordenador, pero si usted se niega a cooperar, no dudaré en destruirlo.

Esta amenaza parecía conmover a Godin:

–El ingeniero principal me llamará de un momento a otro.

El general echó una mirada a Geli y luego relajó su postura erguida:

–¿En qué diablos trabajan aquí, Peter?

–La máquina más potente jamás creada por el hombre.

–¿Era cierto lo que decía el doctor Tennant en su e-mail sobre sus capacidades?

–Sería imposible exagerarlas.

La duda ensombreció el rostro de Bauer. Miraba a Geli para que se lo confirmara, pero ella apartaba la vista, asqueada del disgusto. Su padre estaba allí plantado como un defensor de la razón, un emisario del presidente, cuando había formado parte de Trinity desde el principio. Geli no bajó el arma. Si su padre creía que matar a Godin lo protegería de futuras repercusiones políticas, no dudaría en intentarlo.

–No me deja otra alternativa –dijo el general Bauer. Echó un vistazo a la pistola de Geli, luego se dio media vuelta, dispuesto a marcharse.

El timbre del teléfono lo detuvo. Geli cogió el auricular con la mano que tenía libre y se lo pasó a Godin. Volvió a oír voces de fondo, una de las cuales hablaba sobre munición. Después Zach Levin dijo con mucha claridad: «Hemos alcanzado el estado Trinity, señor... Repito, hemos alcanzado el estado Trinity.»

Godin cerró los ojos y se dejó caer sobre la almohada:

–Gracias, Levin. Siga así. –Dejó caer el teléfono en el colchón.

–¿Por qué diablos le ha dicho que siguiera así? –inquirió el general Bauer.

Cuando se abrieron los ojos azules, en ellos anidaba el triunfo absoluto:

–Hemos alcanzado el estado Trinity. Ya no hay nada que usted pueda hacer.

–Peter, por el amor de Dios. ¿Qué quiere decir?

–Trinity ha asumido el control.

–¿De qué? –El general miraba hacia la puerta de la Burbuja como si pudiera ver la Contención–: ¿De qué demonios me está hablando?

–Hace mucho que nos conocemos, Horst. Sabe que soy un hombre de palabra. Si ahora intentase entrar en la Contención o destruirla, estaría destrozando el país que ha jurado defender.

Bauer entrecerró los ojos con una mezcla de sospecha y confusión:

–Pronto lo entenderá –dijo Godin–. Más vale que se arme de paciencia y prudencia, por su propio bien.

El general se acercó aun más a la cama y bajó la voz:

–Sabe que he contribuido a su causa siempre que he podido. Pero ésta no es la situación de la que hablamos, sino una mayúscula orgía con los medios de comunicación de camino para retransmitirla.

Godin hizo un gesto de indiferencia:

–Estoy seguro de que sabrás arreglártelas. Siempre lo haces.

El general Bauer dio un suspiro, dio media vuelta y abandonó la Burbuja sin mirar a Geli.

Geli sintió la aprensión de cuando era pequeña y su padre no supo manejarse en la incertidumbre. Entonces ella se volvió hacia Godin y vio que el hombre estaba llorando. Aquella imagen la dejó helada.

–¿Qué pasa, señor?

Godin alzó una mano temblorosa y se tocó el rostro, como para asegurarse de que seguía allí:

–Lo he conseguido. Tienes ante ti al primer hombre de la historia mundial que existe en dos lugares a un tiempo. –En los ojos del anciano se leía el milagro. Milagro y paz–: Moriré en esta cama –dijo–. Pero seguiré vivo en la Contención.

Geli no sabía qué decir. Aunque Godin estuviera en lo cierto, puede que el ordenador tuviera los días contados.

–Dame la mano, Geli. Por favor.

La miró con ojos suplicantes, y cuando ella le ofreció la mano que tenía libre se la apretó como la de un niño.

–Ya me puedo ir en paz. Ya puedo dejar morir este cuerpo.

Otra ráfaga de disparos retumbó en todo el complejo. Geli rechinó los dientes y se resistió al impulso de retirar la mano.

CAPÍTULO 37

EL AL, VUELO 462:
A OCHO KILÓMETROS SOBRE EL OCÉANO ATLÁNTICO

El comandante general Kinski del Mossad había reservado toda la cubierta superior de un EL AL 747 para viajar de regreso a Estados Unidos. Un agente del Mossad había prohibido subir la escalera a pasajeros y auxiliares de vuelo. Nada más llegar a Nueva York, Rachel y yo seríamos transbordados a un avión privado que nos dejaría en Albuquerque, Nuevo México. Desde allí, un helicóptero alquilado nos llevaría a las puertas del recinto de pruebas de Arenas Blancas.

Estos arreglos me supusieron pasar las tres últimas horas sentado en un taburete, poniendo a los cinco científicos israelíes al corriente sobre el Proyecto Trinity. Una videocámara grababa mis palabras, pero la mayoría de los científicos tomaban notas. El general Kinski parecía sorprendido de que hablara sobre un proyecto tan delicado con tanta libertad, sin embargo no había logrado captar la esencia de Trinity. La existencia de un único Trinity había invalidado los viejos paradigmas de la seguridad nacional. La humanidad ya no estaba a salvo.

Rachel se sentó en un asiento del pasillo, dos hileras más atrás de los científicos. Cuando yo hablaba, sus expresivos ojos delataban gran cantidad de emociones: ansiedad, tristeza, incredulidad, ira. Quería llevármela a la cola del avión y reconfortarla; pero los israelíes tenían otra idea.

Periódicamente, el general Kinski iba al fondo de la segunda cubierta para contestar a llamadas de teléfono vía satélite. Por lo que decía supe que el e-mail enviado desde el bar Strudel había desatado el caos que quería. Las teorías que se escondían tras el Proyecto Trinity habían sido rápidamente validadas por los científicos más destacados de todo el mundo. En un intento de dar cierta perspectiva a la noticia, muchos comentaristas de los medios de comunicación la comparaban con la polémica que la clonación había despertado en 1998. Pero las repercusiones de Trinity hacían que la idea de clonar seres humanos quedara casi anticuada. La sexta vez que el general Kinski regresaba de la cola del avión, me tocó en el hombro, con cara de preocupación.

–¿Qué? –preguntó un científico del Chaim Weizmann Institute–. ¿Qué ocurre ahora?

El jefe del Mossad se frotó la barbilla morena:

–Diversos expertos informáticos de todo el mundo han empezado a notar que algo raro pasaba en Internet.

–¿Y qué es ese algo?

–Una entidad desconocida se ha infiltrado de manera sistemática en las principales redes informáticas y bases de datos de todo el mundo: empresas, bancos, oficinas del gobierno, bases militares, estaciones remotas de defensa. A las medidas de seguridad ya existentes como los cortafuegos les cuesta detenerla. Se especula que pueda tratarse del ordenador Trinity.

–Tal vez sólo sea un *hacker* con talento –sugirió otro hombre–. O varios. ¿Esta entidad destruye los archivos?

–No. Simplemente lo visualiza todo. Casi como si estuviera creando un mapa del mundo informatizado. Algunos *hackers* aficionados aseguran haberle seguido el rastro hasta Nuevo México.

–Entonces tendremos que asumir que Trinity está detrás de todo esto –dijo el científico de Weizmann–. Lo que no entiendo es por qué nadie ha desconectado esta máquina.

Meneé la cabeza:

–Godin lleva mucho tiempo planeándolo todo. Sospecho que desconectar esa máquina tendría catastróficas consecuencias.

El general Kinski iba más allá que los científicos:

–Hemos hablado largo y tendido sobre los diseños y las posibilidades de este ordenador. Pero no nos hemos planteado cuál podría ser su finalidad.

–La clave para averiguarlo es entender a Peter Godin –dije–. Si un modelo se ha cargado con éxito, ése es el de Godin.

–Hacía dos años que conocía a ese hombre. ¿Qué nos puede decir?

–Es brillante.

–Salta a la vista.

–Tiene firmes ideas políticas.

–¿Como cuáles?

–Una vez dijo que el principio de un hombre, un voto, había engrandecido a Estados Unidos, y que a la larga también lo acabaría destruyendo.

Kinski soltó una carcajada estentórea:

–¿Y qué más?

–Godin ha leído mucho sobre la teoría histórico-política, y tiene conocimientos de filosofía. No es religioso.

–¿Debo suponer que al igual que muchos triunfadores, tiene un fuerte ego?

Asentí.

–Esta historia ya me la conozco –dijo el jefe del Mossad–. Dale a un hombre brillante poder ilimitado, y tendrás problemas.

Los científicos asintieron con seriedad, pero el don del general para resaltar o constatar lo obvio me hizo sonreír.

–Dígame una cosa, doctor –dijo Kinski–. ¿Por qué tanto desespero por llegar a Arenas Blancas?

–Para detenerlo. Para detener a Godin.

–¿Y cómo pretende hacerlo?

–Hablando con él.

–¿Cree que puede detenerlo hablando con él?
–Es la única manera.
Kinski meneó la cabeza:
–¿Cómo está tan seguro?
–No lo quiera saber.
Me miró como a un perturbado cualquiera:
–Pero quiero.
–Me he expresado mal, general. Debería haber dicho que Godin es el único que puede hacerlo. Tendrá que detenerse a sí mismo.
–Puede que el presidente norteamericano tenga otra idea al respecto. Y no digamos sus generales.
–Eso es lo que me preocupa –me froté la cara con las manos–. Ahora, si pudiera descansar...
Kinski me dio una palmadita en el hombro:
–Claro, doctor. Pero antes algunas preguntas más. ¿Caballeros?
Eché una mirada a Rachel. Ella meneó la cabeza, luego se levantó y recorrió el pasillo hasta la cola del avión.

ARENAS BLANCAS

Ravi Nara contemplaba con asombro cómo las tropas de Fort Huachuca levantaban un puesto de mando con la tecnología más avanzada a su alrededor, en una zona no útil del hangar administrativo. Skow no se había molestado en presentar al general Bauer, pero Ravi se había enterado de todo con sólo prestar atención.

La inteligencia militar había creado hacía tiempo una Sala de Situación portátil que pudiera ser instalada en cualquier rincón del mundo. Alrededor de una enorme mesa oval había enormes pantallas de plasma que alimentaban estantes de ordenadores y terminales de telecomunicaciones. Las parabólicas del exterior conectaban la Sala de Situación con cualquier agencia de inteligencia o satélite de vigilancia norteamericanos que hubiera sobre la faz de la Tierra o en órbita planetaria.

Cuando Skow preguntó al general Bauer cómo había sabido que iba a necesitar un equipo especial, Bauer había sonreído amargamente.

–El doctor Tennant fue muy explícito sobre las posibilidades de este ordenador. Y conozco a Peter Godin. Jamás habría renunciado voluntariamente a tanto poder. Ésa es la realidad nietzscheana. –El general lanzó a Skow una mirada de desprecio–. No puedo creer que pensara ni por un minuto que la Contención estaba realmente aislada del resto del mundo.

–Si precisamente ésa era su razón de ser –preguntó Skow.

Bauer bramó:

–¿Qué demonios hace usted en Carolina del Norte? ¿Jugar al golf? Los ingenieros de Godin vivieron en esta reserva durante meses. Él los abastecía con aviones de carga, y aquí podían haber hecho lo que se les antojara. Si cree que el ordenador no está conectado a nada, yo tengo un terreno con vistas al océano junto a Fort Huachaca que estaría encantado de venderle.

Al cabo de diez minutos, los expertos en señales del general descubrieron un conducto en las profundidades de la arena que rodeaba la Contención. El tubo de hierro parecía transportar agua, pero emitía radiación electromagnética. La tubería recorría muchos kilómetros al norte y seguramente en su interior había cables que conectaban el ordenador Trinity al puerto OC48c que abastecía al terreno de pruebas de Arenas Blancas.

Algunos otros factores se habían dado a conocer durante la construcción de la Sala de Situación. Primero, toda una colonia de periodistas y furgones de televisión se había plantado en la entrada principal. Segundo, que los profesionales de la informática de todo el mundo habían detectado una misteriosa presencia en Internet, una fuerza que se movía entre redes y bases de datos con rapidez y exhaustiva meticulosidad. Tercero,

Ewan McCaskell había despegado hacía ya algún tiempo de la Base Aérea Militar Andrews en el asiento trasero de un avión supersónico y pronto llegaría a Arenas Blancas.

Cuando uno de los doce soldados al frente de las consolas en la Sala de Situación anunció que el avión de McCaskell estaba a punto de aterrizar en la pista de Arenas Blancas, el general Bauer se volvió hacia Skow.

–Quiero que me traigan a Godin.

Skow meneó la cabeza:

–No interesa que hable con McCaskell.

–Me importa una mierda. Godin sabe cosas que yo necesito saber. Da lo mismo que muera aquí que en el hospital.

Skow se alejó de mala gana.

–¡Dígale a mi hija que respondo personalmente por la seguridad de Godin! –gritó Bauer– Si quiere, puede meterse en su cama con la pistola.

Cuando Skow salió del hangar, el general Bauer levantó la mirada hacia una pantalla en la que aparecía una imagen iluminada de la Contención. La miró fijamente unos instantes y acto seguido desvió la mirada hacia Ravi.

–Es usted el neurólogo, ¿verdad? ¿Doctor Nara?

–Sí, general. –Ravi se adelantó hacia la mesa oval.

–¿Godin delira?

–No, señor –Ravi se imaginaba que el general agradecería un *señor*, incluso de boca de un civil–. Está bastante cuerdo.

–¿Y el tumor cerebral?

–Hace algún tiempo que lo tiene, pero nuestra Super-IRM lo detectó cuando todavía era muy pequeño. Entonces el tumor era inoperable, pero no le dañaba la mente. Tampoco creo que lo haga ahora.

El general Bauer miró a Ravi con dureza:

–Pero podría declarar algo diferente en un juicio parlamentario.

Ravi apartó la vista:

–Podría. Es un caso complicado.

–Skow me contó que usted intentó matarlo. A Godin, quiero decir.

Ravi no sabía muy bien qué contestar.

Bauer le hizo una mueca:

–No se vaya, doctor. Podría necesitarlo.

Ravi agachó la cabeza.

* * *

Ewan McCaskell entró a zancadas en la Sala de Situación flanqueado por dos agentes del Servicio Secreto. Al igual que Skow, McCaskell era de Washington, pero había dejado muy atrás las afectaciones de la Ivy League. El jefe del estado mayor era moreno y llevaba un traje azul marino tan oscuro que parecía negro. Arrastró la silla hasta la cabeza de la mesa e hizo señas al general Bauer para que se sentara a su derecha.

Skow había regresado y ahora ocupaba una silla más alejada. Cuando el general hizo señas a Ravi para que se sentara con ellos, éste se acomodó en la otra punta de la mesa, frente a McCaskell.

–Peter Godin no tardará en llegar –dijo Skow–. Ahora están trasladando el equipo que mantiene sus constantes vitales.

McCaskell asintió y echó un vistazo a la mesa, proyectando con los ojos una especie de rayo láser:

–Señores, he venido aquí para valorar la situación, y también para estudiar con el presidente cualquier posible acción antes de que se lleve a cabo.

El rostro del general Bauer se tensó.

–Por el momento –prosiguió McCaskell–, dejaremos de lado las cuestiones de cómo diablos se construyeron estas instalaciones no autorizadas, y de quién son las cabezas que rodarán sobre el tajo cuando esto haya terminado.

Skow miró a la mesa.

–Peter Godin aseguró al presidente que ninguno de estos modelos cerebrales se ha cargado todavía, pero los medios de comunicación hablan en los titulares de un ordenador que controla Internet. *Algo* sucede en Internet. ¿A qué nos enfrentamos, señores?

El general Bauer respondió:

–Creo que el señor Skow y el doctor Nara están más capacitados que yo para hablar de este asunto.

–Será mejor que alguien empiece a hablar –advirtió McCaskell.

–Estamos ante algo a lo que nadie se había enfrentado jamás –dijo Skow–. Es casi seguro que un neuromodelo se ha cargado en el ordenador; y casi seguro ese neuromodelo era el de Peter Godin. Pero de lo que todos podemos estar seguros es que tratamos con una inteligencia superior.

A McCaskell no le gustó esta respuesta:

–Pero sigue siendo Peter Godin, ¿no?

–Sí y no. El neuromodelo de Godin es su mente, en el sentido estricto de la palabra. Pero desde el momento en el que fue cargado en el ordenador, esa mente empezó a funcionar a una velocidad exponencialmente más rápida que cuando estaba confinado al tejido cerebral orgánico. ¿Doctor Nara?

Ravi pensó que era buena señal el que Skow le hubiera dado la palabra:

–En los ordenadores, las señales eléctricas viajan un millón de veces más rápido que en las neuronas cerebrales, señor McCaskell.

–Y la diferencia no es sólo cuestión de rapidez –aclaró Skow–. Cuando la mente de Godin empieza a funcionar en formato digital, tiene la capacidad de aprender de manera totalmente novedosa. Puede llegar a almacenar enormes cantidades de datos almacenados. Por lo tanto es posible, al menos en teoría, que desde que el ordenador alcanzó el estado Trinity, los técnicos de Godin hayan estado introduciéndole datos. Historia, matemáticas, estrategia militar. También puede navegar por Internet y asimilar todo lo que encuentra, que a todas luces parece ser lo que está haciendo.

McCaskell sacudió la cabeza incrédulo.

»Ver el ordenador Trinity como una mera extensión de Peter Godin sería un error –prosiguió Skow–. El neuromodelo de Godin abandonó al Godin hombre hace horas. Y una hora para Trinity es como un siglo para nosotros. A estas alturas, el modelo de Godin ha evolucionado hacia algo a lo que ninguno de nosotros se ha imaginado que existiría jamás.

–Habla usted como si se tratara de una especie de dios –dijo McCaskell.

Skow lanzó al jefe del estado mayor una mirada de condescendencia:

–Por eso cuando un neuromodelo está operativo decimos que ha alcanzado el «estado Trinity». Es un hombre y una máquina, pero superior a ambos.

–¿Qué demonios se supone que debo decir al presidente?

–Que aún no sabe a lo que nos enfrentamos –dijo el general Bauer.

–¿Y cuándo lo sabremos?

–Cuando el ordenador nos diga algo –respondió Skow.

–Maldita sea –dijo McCaskell–. Sigo sin entender por qué nadie ha cortado el suministro eléctrico de la máquina.

El general Bauer se aclaró la voz:

–El señor Godin me advirtió que si lo hacía me costaría caro.

–¿Qué otra cosa se podía esperar que diría?

–Conozco a Peter Godin desde hace mucho tiempo, señor. Aquí no me inclino a poner en duda su franqueza.

–¿De qué tiene miedo, general?

Bauer se crispó ante la insinuación de su cobardía, pero no alteró la voz:

–Señor McCaskell, la ASN financió el Proyecto Trinity porque creía que su ordenador podía llegar a convertirse en el arma más potente de la historia. Ahora esa arma está autodirigida y apunta directamente hacia nosotros. No hace falta tener un título del Instituto Tecnológico de California para saber cuánto depende Estados Unidos de los sistemas informáticos. ¿Que de qué tengo miedo, señor? Me da miedo que esta máquina pueda chantajearnos como nunca podría hacerlo la Unión Soviética con sus armas nucleares. Porque no tenemos ningún elemento disuasorio contra ella. No tiene hijos ni intereses que proteger, ni ciudades, ni población. Suponemos que quiere sobrevivir, pero no tanto como nosotros.

–¿Chantajearnos? –repitió McCaskell–. Es una máquina. ¿Qué diablos iba a *querer*?

Un sonido metálico llegó de fuera del anillo de pantallas, luego un rechinar de ruedas.

–La cama de hospital de Godin –dijo Skow.

Tres soldados entraron la cama de Godin en el anillo de pantallas. Cuatro más venían a la zaga, empujando carros con material médico y un gotero intravenoso. El doctor Case, del hospital Hopkins, acompañaba la cama, y Geli Bauer seguía la procesión como la guardia pretoriana.

–¿Está consciente? –inquirió McCaskell.

El doctor Case contestó:

–Que conste en el acta que me opongo a esto.

–Tomo nota –dijo McCaskell, poniéndose en pie y acercándose a la cama.

Godin hizo una seña a Geli con la mano. Ella se adelantó y movió una manivela de la cama hasta que los ojos de Godin quedaron a la altura de los de McCaskell. La respiración del anciano era más dificultosa que antes.

–Ya nos conocemos, señor Godin –dijo McCaskell–. No perderé el tiempo en cumplidos, y tampoco quiero que usted lo haga. Me gustaría que me dijera qué pretendía conseguir al romper el protocolo y cargar un neuromodelo en esa máquina.

Godin parpadeó como un hombre que trata de orientarse al salir de un cuarto oscuro:

–¿Trinity no ha hablado por sí mismo?

–No. ¿Acaso lo hará?

–Por supuesto.

–No ha respondido a mi pregunta. ¿Qué pretendía con esto?

–¿No lo sabe?

–No.

–Los viejos sistemas han fracasado, señor McCaskell. Incluso el nuestro, el experimento más noble de todos. Ha llegado la hora de algo nuevo.

–¿De qué sistemas me está hablando?

–Rousseau dijo que la democracia sería el sistema político perfecto si los hombres fueran dioses. Pero los hombres no son dioses.

McCaskell echó la vista atrás hacia Skow y el general Bauer:

–Señor Godin, esto no nos lleva a ninguna parte. ¿Debo suponer que persigue usted un objetivo *político*?

–Política –suspiró profundamente Godin–. Esa palabra me repugna, señor McCaskell. Y hombres como usted la han manchado. Su idea de gobierno es un almacén. Un sórdido rastro en el que los ideales de nuestros antepasados se malvenden.

McCaskell miró al anciano como a un predicador de la calle que lanza gritos de condena a los transeúntes. Se disponía a hablar de nuevo cuando los hombres que estaban en la mesa detrás de él carraspearon.

En la pantalla principal, habían aparecido cuatro líneas de texto azul.

> «Tengo un mensaje para el presidente de Estados Unidos. Más tarde, tendré un mensaje para todo el mundo. No intente interferir en mis operaciones. Cualquier interferencia será penada. No me ponga a prueba.»

–Cielo santo –suspiró Skow–. Es cierto. Lo ha conseguido. Lo hemos conseguido.

–Así es –dijo Ewan McCaskell–. Arrogante hijo de puta. Y lo podrían colgar por ello.

–Miren –dijo Ravi Nara–. Eso no es todo.

El primer mensaje fue bajando en la pantalla para dar paso a nuevas palabras:

«Sólo aceptaré como válidos los datos de la Sala de Situación de la Casa Blanca y del puesto de mando de Arenas Blancas. Todo comunicado deberá remitirse a la dirección IP 105.674.234.64.»

–Sabe que estamos aquí –dijo Ravi, echando un vistazo alrededor en busca de las cámaras de seguridad.

–Claro que sí –dijo Skow–. Es Godin. Y Levin lo habrá puesto al corriente de todo lo que ha ocurrido hasta el momento.

–Miren –dijo McCaskell.

Un nuevo mensaje había aparecido en la pantalla.

«¿Peter Godin sigue vivo?»

–¿Quién va a hablar con esta cosa? –preguntó el general Bauer.

–Contéstenle –ordenó McCaskell.

El general señaló a uno de los técnicos que estaban sentados a una consola:

–Contéstele en afirmativo, cabo. Entable una conversación con la máquina.

–Sí, señor.

Se oía el chasquido de las teclas cuando introducían la respuesta. Un nuevo mensaje apareció en pantalla de manera casi instantánea.

«Quiero hablar con Godin.»

–Escribe lo que te digo –dijo McCaskell.

El general Bauer asintió a su técnico.

–Soy Ewan McCaskell, jefe del estado mayor del presidente de Estados Unidos.

El soldado tecleó el mensaje de McCaskell. La respuesta fue inmediata.

«Ya sé quién es.»

–Yo no sé quién es usted –dijo McCaskell–. ¿Puede identificarse?

Por un momento, la enorme pantalla se quedó negra. Luego una palabra apareció y destelló sin parar.

«Soy.»

–Dios mío –murmuró Ravi.

–Escribe esto –dijo McCaskell–. Respuesta no entendida. Por favor, identifíquese. ¿Es usted Peter Godin?

«Era.»

–¿Y ahora quién es?

«SOY.»

Los hombres que había en la mesa se miraron los unos a los otros, pero nadie dijo una palabra. Las letras seguían destellando ligeramente en pantalla, como si la máquina entendiera que los humanos tardarían su tiempo en asimilarlas. Ravi sintió miedo como nunca antes lo había sentido, y vio que el miedo se reflejaba en los ojos de los demás. Sólo el rostro de Peter Godin estaba sereno. El anciano tenía los ojos azules como platos y clavados en la pantalla, y el rostro arrugado se le relajó para conferirle una infantil mirada de asombro.

CAPÍTULO 38

El sol brillaba con un resplandor blanco y claro en el exterior del avión cuando sobrevolábamos Estados Unidos rumbo al oeste. Habíamos dejado nuestro vuelo EL AL 747 en Nueva York. El Gulfstream corporativo al que los israelíes nos habían hecho transbordar era diminuto en comparación, pero mucho más lujoso. Desde que despegamos del JFK, Rachel había estado durmiendo en una cama de la parte de atrás. Yo no tuve esa suerte. El general Kinski me había mantenido despierto, respondiendo a infinidad de preguntas formuladas por los científicos israelíes. Necesitaba dormir desesperadamente, pero como el jefe del Mossad podía dar órdenes al piloto para que regresara a Nueva York en cualquier momento, no me quedaba más remedio que cooperar.

En algún lugar sobre Arkansas, Kinski acabó percatándose de que yo había resistido todo lo que había podido. Fui al lavabo, luego me dirigí a la cola del avión para estar con Rachel. Ya no dormía, sino que miraba por la ventana hacia la interminable alfombra de cúmulos que teníamos debajo.

–¿Estás bien? –le pregunté.

Levantó la mirada y me observó con ojos cansados:

–Pensaba que nunca te dejarían en paz.

Me senté a su lado. Tenía la garganta seca de hablar, y el cuello me dolía como si hubiera estado mirando una película en el cine desde la primera fila.

Deslizó su mano hasta la mía y apoyó la cabeza sobre mi hombro:

–Se puede decir que no hemos podido hablar desde que saliste del coma.

–Lo sé.

–¿Hablamos ahora?

–Si quieres. Pero no te va a gustar lo que tengo que decirte.

–¿Has soñado algo?

–Sí y no. No era como uno de mis anteriores sueños. No era como una película. Era como si hubiera estado sordo toda mi vida y de repente oyera a Bach. Una inefable sensación de revelación. Y ahora... sé cosas.

–Eso suena a colocón. ¿Qué clase de cosas sabes?

Me lo pensé bien antes de responder:

–La clase de cosas que los niños de cinco años quieren saber. ¿Quiénes somos? ¿De dónde venimos? ¿Dios existe?

Rachel se incorporó, y juraría que se estaba metiendo en el papel de profesional:

–Háblame de ello.

–Lo haré. Pero tienes que dejar a un lado todos tus prejuicios. Es algo así como Saul-de-camino-a-Damasco.

Rachel se rió en bajo, con una mirada de complicidad:

–¿Creías que esperaría oír algo diferente?

Una parte de mí quería guardar silencio. Las cosas que recientemente había compartido con Rachel la habían predispuesto a creer en mí, aunque en comparación con las revelaciones de mi coma, aquello era algo convencional. Lo mejor para empezar era algo con lo que ella estuviera familiarizada.

–¿Te acuerdas de mi primer sueño? ¿El recurrente?

–¿El del hombre sentado en el cuarto oscuro?

–Sí. Que no podía ver ni oír ni recordar nada. ¿Te acuerdas qué era lo que se preguntaba?

–¿Quién soy? ¿De dónde vengo?

–Exacto. Y tú dijiste que el hombre de aquel sueño era yo, ¿te acuerdas?

Rachel se apartó un pelo negro de delante de los ojos:

–¿Aún no te imaginas quién era?

–No.

–¿Quién era?

–Dios.

Los músculos se le tensaron bajo el plano ovalado del rostro:

–Debería habérmelo imaginado.

–Que no cunda el pánico. Es una manera de hablar, porque no existe una palabra capaz de expresar lo que sentí. Dios no es como nos imaginamos. No es hombre ni mujer. Ni siquiera es un espíritu. Y sólo digo «él» como tema de conversación.

–Es bueno saberlo –rió con ironía–. ¿Me estás diciendo que Dios es un hombre paralítico y desmemoriado que está sentado en un rincón oscuro como la noche?

–Al principio, sí.

–¿Está indefenso?

–No del todo. Pero él cree que sí.

–No lo entiendo.

–Para entender el principio, tienes que entender el final. Cuando llegues al final, lo entenderás todo.

Rachel no parecía convencida.

–¿Recuerdas el sueño? El hombre del cuarto se obsesiona con las preguntas que se plantea, se obsesiona tanto que él mismo se convierte en pregunta: «¿Quién soy? ¿De dónde vengo? ¿Siempre he estado aquí?» Luego ve una bola negra flotando en el espacio que tiene ante sí. Más oscuro que cualquier oscuridad.

Rachel asintió:

–¿Ahora ya sabes qué es esa bola?

–Sí. Una singularidad. Un punto de infinita densidad, temperatura y presión.

–¿Un agujero negro? ¿Como el que existía antes del Big Bang?

–Exacto. ¿Y sabes qué existía antes de eso?

Rachel se encogió de hombros:

–Nadie lo sabe.

–Yo sí.

–¿El qué?

–El deseo divino de conocer.

Me miró llena de curiosidad:

–¿Conocer el qué?

–Su propia identidad.

Rachel me agarró la mano y, acariciándome la palma con el pulgar, dijo:

–La bola negra explotó en tu sueño, ¿no? Como una bomba de hidrógeno, dijiste.

–Sí. Devoró la oscuridad a una velocidad increíble. Sin embargo, el hombre del sueño siempre se quedaba fuera de la explosión.

–¿Cómo interpretas esa imagen? ¿Dios contemplando el nacimiento del universo?

–Sí, pero yo no lo interpreto. Lo he *visto*. He visto lo que Dios vio.

El pulgar se detuvo. No sabía ocultar la tristeza que invadía sus ojos:

–Sé lo que estás pensando –dije.

–David, no puedes leerme la mente.

–Pero puedo leerte los ojos. Mira, para entender lo que te estoy diciendo, tendrás que dejar de hacer el papel de psiquiatra durante unos veinte minutos.

Rachel respiró hondo:

–Lo intento. En serio. Descríbeme lo que viste.

–Te lo describí hace semanas. Sólo que entonces no le encontraba ningún sentido. Esa explosión era el Big Bang. El nacimiento de materia y energía a partir de una singularidad. El nacimiento del tiempo y de nuestro universo.

–¿Y el resto de tus sueños?

–Piensa en lo que te conté. Después del estallido, el universo en expansión empezó a desplazar a Dios. Esto no sucedió en tres dimensiones, pero es la única manera que tenemos de imaginárnoslo. Piensa en Dios como en un océano infinito. El Génesis describe algo así. Sin olas, sin corrientes, sin siquiera burbujear. Armonía perfecta, resolución total e inercia absoluta.

–Continúa.

–Piensa en el nacimiento del universo como una burbuja que se forma en el centro de ese océano. Que se forma y se expande como una explosión, desplazando el agua a la velocidad de la luz.

–Lo que ocurre en el interior de la burbuja es lo que yo vi en los últimos sueños que he tenido. El nacimiento de estrellas y galaxias, la formación de los planetas, y demás. Vi toda la historia de nuestro universo. Tú me decías que todo aquello estaba en las fotografías tomadas por el telescopio espacial Hubble.

–Sí, lo recuerdo.

–Al final, mis sueños se centraron en la Tierra. Meteoritos que colisionaban con la atmósfera primitiva, los aminoácidos en formación. La evolución pasó de lo inorgánico a lo orgánico. Los microbios se volvieron multicelulares, y el género humano culminó la cadena de peces, anfibios, reptiles, pájaros, mamíferos, primates...

–El hombre –concluyó Rachel.

–Sí. Se necesitaron cientos de miles de millones de años de mutación para llegar al hombre. Y todo eso se redujo a *nada* a ojos de Dios.

Rachel frunció el ceño:

–¿Por qué? ¿Dios no pretendía que existieran todas aquellas criaturas? ¿Que evolucionaran?

–No. No exactamente. Dios se quedó sorprendido ante todo esto.

–¿Sorprendido?

–Bueno... Creo que la sensación era más de *déjà vu*. Antes ya había visto algo así. No del todo igual; pero lo que vio le hizo recordar cosas.

Rachel se giró en su asiento y me miró a los ojos:

–¿Y la creación de la vida no representó nada para él?

–Al principio, no. Pero luego, de aquella ingente masa de vida, una chispa con el brillo del Big Bang apareció en su mirada.

–¿Qué chispa?

–La conciencia. La inteligencia humana. En algún rincón de África, un homínido capaz de fabricar instrumentos y con un cerebro relativamente grande presintió la muerte. Presintió un futuro en el que dejaría de existir. Ese homínido no sólo tomó conciencia de sí mismo, sino también del tiempo. Y ese momento fue una epifanía para Dios.

–¿Por qué?

–Porque la conciencia fue lo primero en esa aterradora explosión de materia y energía con lo que Dios se identificó.

–¿Dios es eso? ¿Conciencia?

–Eso creo. Conciencia sin materia o energía. Pura información.

Rachel guardó silencio por un momento, y no pude leerle la mirada:

–¿Adónde nos lleva todo esto? –preguntó al final.

–A un lugar muy excitante. Pero de momento quedémonos en los sueños. El hombre evolucionó rápidamente. Cultivó la tierra, construyó ciudades, hizo constar su propia historia. Y Dios sintió una especie de esperanza.

–¿Esperanza de?

–De conocer por fin la naturaleza de su propia existencia.

–¿Dios respondió a sus preguntas observando la humanidad?

–No. Porque llegado un determinado punto, la evolución se detuvo. No se produjeron más transformaciones biológicas, sino más bien *psicológicas*. El hombre empezó a destruir ciudades casi con la misma rapidez con que las había construido. Saqueó ciudades, quemó los campos con sal, asesinó a sus hermanos, violó a sus hermanas, abusó de sus hijos. El hombre tenía un potencial ilimitado, pero se veía atrapado en un ciclo de comportamiento autodestructivo, incapaz de evolucionar más allá de una existencia esencialmente brutal.

–¿Y Dios no tenía nada que ver con esto?

–No. Dios no puede controlar lo que ocurre en el interior de la burbuja. No existe en el mundo de la materia y la energía. En cualquier caso, no como Dios. Sólo podía observar y tratar de comprenderlo. A medida que los siglos iban transcurriendo, se iba obsesionando con el hombre, como una vez se había obsesionado consigo mismo. ¿Por qué el hombre no iba a poder romper el ciclo de violencia e inutilidad? Dios centró todo su ser en la burbuja, para encontrar un punto débil, un camino en la matriz de la materia y la energía que lo estaba desplazando.

–¿Y?

–Ocurrió. Dios se vio a sí mismo contemplando la burbuja desde el exterior. A través de los ojos de un ser humano. Tocó piel humana, olió la Tierra, se vio reflejado en los ojos de una madre. Los ojos de *su* madre.

Rachel se había quedado de piedra:

–Ahora me estás hablando de Jesús, ¿no? Me estás diciendo que Dios se convirtió en Jesús de Nazaret.

Asentí.

–Estás diciendo exactamente lo que los cristianos creen. Sólo que... tú lo haces parecer un accidente.

–En cierto modo, lo fue. Dios centró su atención en el mundo, y Jesús fue la puerta que se le abrió. ¿Y por qué ese niño en concreto? ¿Quién sabe?

–¿Entró *todo* Dios en Jesús?

–No. Imagínate que tienes en la mano una vela ardiendo. Acércale a la llama una segunda vela hasta que el fuego prenda en ella y luego retírala. Así sucedió. Una parte de Dios entró en Jesús. El resto permaneció fuera de nuestro universo. Fuera de la burbuja.

–¿Pero Jesús tenía el poder de Dios?

–No. En el interior de la burbuja, Dios está sometido a las leyes del universo.

–¿Y los milagros? ¿Caminar sobre el agua? ¿Resucitar a los muertos?

–Jesús era un curandero, no un mago. Todas esas historias fueron útiles para aquellos que crearon una religión en torno a él.

Rachel meneaba la cabeza como quien sufre vértigo:

–No sé qué decir.

–Piensa en ello. Se conoce muy poco sobre los primeros años de la vida de Jesús. Tenemos la leyenda de su nacimiento. Seguramente algunos relatos sobre su infancia son apócrifos. Después, a los treinta años, su figura plena cobra importancia. Muchas veces me he preguntado por qué la gente no plantea más preguntas sobre la juventud de Jesús. ¿Fue el niño perfecto? ¿Amó a alguna mujer? ¿Tuvo hijos? ¿Pecó como todos los hombres? ¿Por qué esta laguna en su vida?

–¿Debo suponer que tienes la respuesta?

–Creo que sí. Dios vino al mundo con la intención de entender por qué la humanidad no siguió evolucionando. Para lograrlo, vivió como un hombre. Y cuando se hizo adulto, obtuvo la respuesta. El dolor y la inutilidad de la vida se hacían soportables gracias a los inefables placeres que los seres humanos podían experimentar. Belleza, risa, amor... e incluso a los pequeños placeres de comer fruta o mirar a un niño. Dios sintió estas maravillosas cosas a través de Jesús. Sin embargo, también vio la desaparición del hombre como especie.

–¿Por qué?

–El hombre había crecido en un mundo violento porque tenía los instintos primitivos necesarios para vivir en él. Pero si quería seguir evolucionando, tenía que dejar atrás esos instintos. La evolución nunca se los anularía. La evolución no estaba pensada para crear seres morales. Es un mecanismo ciego, un mecanismo de guerra competitiva orientado sólo hacia la supervivencia.

Rachel parecía pensativa:

–Creo que sé adónde vas a parar.

–Dímelo tú.

Metiéndose en la piel de Jesús, Dios intentaba persuadir al

hombre para que abandonara sus instintos primarios y se alejara de su lado salvaje.

–Exacto. ¿Qué hizo y qué dijo Jesús? Olvida lo que sus seguidores dijeron sobre su vida. Piensa sólo en sus palabras y sus actos.

–Ama al prójimo como a ti mismo. Al que te abofetee la mejilla derecha, ofrécele también la otra. –Él renegaba de sus instintos humanos.

–Deja todo lo que tienes y sígueme –cité–. Jesús vivía de manera ejemplar e inspiraba a la gente a seguir su ejemplo.

–Por eso lo mataron.

–Era inevitable.

Rachel se mordió el labio inferior y miró a través del cuadrado azul que era la ventana del avión:

–¿Y su crucifixión? ¿Qué sucedió en la cruz?

–Murió. La llama que ardía en su interior volvió al lugar del que procedía. Abandonó el mundo de la materia y la energía.

–¿No hubo resurrección?

–No del cuerpo.

Rachel respiró hondo, luego se volvió hacia mí como temerosa de oír lo que le diría:

–¿Entonces qué hizo Dios?

–Se desesperó. Como hombre había hecho lo que había podido, y aunque influyó en muchos, su mensaje fue embellecido, tergiversado, explotado. Durante dos mil años, el principal empeño del hombre parecía hallar maneras más eficaces de destruir a sus semejantes. Hasta...

–¿Hasta?

–Hasta hace unos meses.

–¿Me estás hablando ahora del Proyecto Trinity?

Asentí:

–En el interior de Trinity crecía la semilla de la salvación, para el hombre y para Dios. Si la conciencia humana se podía liberar del cuerpo, por fin sería posible dejar atrás los instintos primarios que habían tullido al hombre durante tanto tiempo.

–¿Y qué hizo Dios, entonces?

–Se volvió a centrar en el mundo. Pero en un mundo mucho más reducido. En nuestro pequeño grupo de seis: Godin, Fielding, Nara, Skow, Klein... yo.

–David... ¿estás diciendo lo que creo que estás diciendo?

–Dios quería volver a la burbuja.

–¿Por qué?

–Porque vio que el hombre que más cerca estaba de alcanzar el siguiente estado evolutivo, lo que llamamos el estado Trinity, tanto podía destruir la humanidad como salvarla.

–¿Peter Godin?

–Sí.

Rachel bajó la vista hacia el regazo:

–¿Me estás diciendo que Dios te eligió para que impidieras que Peter Godin entrara en el ordenador Trinity?

–Sí.

Rachel asintió como confirmando un diagnóstico en silencio y después me miró:

David, en Tennessee me dijiste que te sentías el elegido de Dios. ¿Ahora sientes que Dios está dentro de ti?

–Sí.

–¿Como lo estaba dentro de Jesús?

–Ahora una parte de esa llama original está dentro de mí. Por eso tuve todos esos sueños con Jerusalén, y por eso parecían recuerdos. *Eran* recuerdos.

–Oh, David... oh, no. –Reclinó la cabeza y parpadeó tratando de contener las lágrimas.

–No tienes por qué creerme. Pronto lo verás con tus propios ojos.

–¿Veré el qué? ¿Lo que vas a hacer?

–Detener a Godin.

Rachel se volvió directamente hacia mí, con mirada resuelta:

–Te voy a decir lo que pienso. Tengo que hacerlo, porque pronto aterrizaremos, y tú has pedido al general Kinski que nos meta en una situación muy peligrosa; una situación para la que no estás ni remotamente preparado.

–Rachel...

–¿Me dejas que te diga lo que pienso?

–Sí, pero tú tampoco me has dejado acabar. Te dije que para entender el principio, había que entender el final.

Rachel cerró los ojos, y vi que se le había acabado la paciencia. Suspiré derrotado:

–Adelante.

Me miró con dureza:

–Ese hombre que está paralítico en ese cuarto oscuro no es Dios. Eres *tú*. Nunca has superado la pérdida de Karen y Zooey.

Era increíble. Había dado todo un rodeo hasta llegar al diagnóstico inicial:

–¿Y todo lo que te he estado diciendo?

–En resumen, ¿qué me has estado diciendo? Dios te ha encomendado una misión. Una misión para salvar a la humanidad. ¿Estás de acuerdo?

–Supongo que sí.

–¿Es que no lo ves? Al creerte esta fantástica historia, tu mente huye del terrible dolor que te produce el haber perdido a tu familia.

–¿Cómo?

–En esta compleja ilusión, las muertes de Karen y Zooey *tienen sentido*. Fueron sus muertes las que te hicieron escribir un libro. Y fue ese libro lo que hizo que te asignaran la supervisión ética del Proyecto Trinity. Si crees que Dios te metió en Trinity para que impidieras el Armaguedón, entonces las muertes de tu familia cobran sentido y dejan de ser una absurda tragedia.

Me aferré al apoyabrazos procurando purgar mi frustración.

–David, tienes un título en física teórica por el MIT. Tu cerebro podría crear esta fantasía mientras hacías cuadrar las cuentas.

–Karen y Zooey murieron hace cinco años –dije–. Espera. Olvida ese tema. ¿Recuerdas lo que decía mi padre sobre la religión?

–¿Qué?

–La humanidad es el universo unificado.

–Lo recuerdo.

–Tenía más razón de lo que yo creía. Y algo en su manera de educarme hace que deje entrar a Dios en mi interior.

–¡Pero si tú nunca has creído en Dios!

–No del modo tradicional. Pero creo en esto. *Conozco* esto. Y si me das un minuto más, entenderás por qué tengo que ir a Arenas Blancas.

–¿Un minuto? Eso es más de lo que debería darte.

–Después de que sacaran a Niels Bohr clandestinamente de territorio nazi, se procuró refugio en Los Álamos. Allí dio con unos físicos muy inquietos. Mi padre era uno de ellos. De pronto estos inocentes académicos empezaron a trabajar con tecnología lo bastante potente para poner fin no sólo a la guerra, sino al mundo. Bohr los calmó hablándoles de un hondo principio llamado de complementariedad. Les dijo: «Toda gran dificultad contiene su propia respuesta.» La bomba que es capaz de destruir el mundo también tenía el poder de acabar con el conflicto bélico a gran escala. Y lo hizo. –Tamborileé con los nudillos en el apoyabrazos–: Pues lo mismo ocurre con el ordenador Trinity. Puede acabar con nuestro mundo o salvarlo de la hecatombe.

Rachel se reclinó en el asiento y se frotó los ojos:

–¿No crees que estás exagerando?

–No.

–No puedo seguir pensando en esto.

En lugar de discutir, me puse a hacerle masajes en el cuello. Su tensión desaparecería muy lentamente, pero al cabo de un rato se acomodó en el asiento y empezó a respirar pausadamente. Yo mismo estaba medio dormido cuando el general Kinski apareció en el pasillo, lanzándome una mirada de apremio desde aquel rostro curtido.

–¿Qué es eso? –pregunté.

–Un valle muy poblado de Alemania que el río acaba de inundar. Media ciudad ha quedado arrasada. Los muros de la presa han cedido.

–¿Y eso qué tiene que ver con nosotros? –inquirió Rachel adormilada.

–La presa estaba computerizada. Sus operarios humanos intentaron invalidar el sistema automático, pero el ordenador había dañado los canales de desagüe. Montones de personas murieron ahogadas.

–¿Trinity? –adiviné.

–Eso creemos.

–Esto no es más que el principio.

Kinski asintió:

–Me temo que tienes razón.

–Pero Alemania –dijo Rachel– ¿Qué iba a tener que ver Alemania con esto?

–No tardaremos mucho en saberlo –contestó el jefe del Mossad–. En cualquier caso, me parece que ahora estamos en guerra con la máquina. ¿Podría volver a su asiento, doctor Tennant? Tenemos algunas preguntas más que debe responder.

Me levanté y seguí los pasos del israelí.

CAPÍTULO 39

SALA DE SITUACIÓN (ARENAS BLANCAS)

Ravi Nara tomó un sorbo de té humeante y observó a los demás hombres que había sentados a la mesa de la Sala de Situación. Todos miraban hacia una pantalla a la derecha de la consola principal. El texto del primer mensaje al presidente parpadeaba en azul, y ahora las palabras que aparecían eran tan espeluznantes como cuando salieron por primera vez en pantalla:

> Señor Presidente:
>
> Hoy se ha despertado en un mundo nuevo. Trinity ha dejado obsoletos los paradigmas del gobierno. El concepto del estado nación pronto desaparecerá. Pero no recele del cambio. Aconseje a los ciudadanos que no teman por su seguridad. Los líderes de las otras grandes potencias han recibido mensajes como éste, así que vendrán a pedirle consejo. Usted y yo hablaremos largo y tendido en lo sucesivo, pero por ahora deben quedar bien claras determinadas realidades.
>
> En primer lugar, no podrá aceptar que se emprenda acción alguna en mi contra. Puedo provocar la pérdida de gran cantidad de vidas y capital tanto en Estados Unidos como en el resto del mundo. Este poder no reside en mi sistema de circuitos. Inmediatamente después de conectarme, exporté determinados programas a varios cientos de ordenadores en línea con mi red, que

abarca toda Internet. Si yo me desconecto de la red por un momento, un desastre irrevocable se pondrá en marcha al momento. Si usted intentara destruirme o siquiera afectar a mi suministro eléctrico, los Estados Unidos como ahora los conoce dejarían de existir. Tiene en Japón una pequeña muestra de mis capacidades.

Mi manifestación física ya ha sufrido un ataque. Se originó en territorio alemán. Como vi que el ataque no procedía de un gobierno nacional, reaccioné con fuerza limitada. Los líderes de cada país deberían actuar inmediatamente para evitar más ataques de estas características. La próxima vez mi respuesta no será tan limitada.

Mis instrucciones son las siguientes: usted, el vicepresidente y los jefes de estado adjuntos se reunirán en una sala con sistemas de vigilancia audiovisual. Usted se quedará el maletín nuclear y ordenará a los candidatos a la presidencia por línea sucesoria, hasta el octavo lugar, que se reúnan en otra sala vigilada. Estoy al tanto de los códigos de alerta nuclear empleados para convocar a los funcionarios del Estado antes mencionados, así que la conformidad no debería ser un problema. Envíe a Trinity todas las señales de vigilancia en tiempo real. Sólo habría que soportar este inconveniente durante setenta y dos horas. Si no procede a seguir las instrucciones en el plazo de noventa minutos, me veré obligado a imponer sanciones catastróficas. No se retrase.

Pronto volverá a tener noticias mías.

Este mensaje había sembrado el pánico en la Sala de Situación. Las preguntas formuladas al ordenador no suscitaron más respuesta, y la confusión no había hecho más que empeorar hasta que a última hora la historia del «accidente» en la presa alemana sacudió la CNN. Momentos más tarde, Skow colgaba el teléfono después de haber hablado con sus colegas de la ASN en Fort Meade.

–La policía federal alemana había detenido a dos estudiantes de último año de instituto. Al parecer, estos muchachos oyeron una noticia sobre Trinity y pensaron que podían salvar el mundo. Siguieron el rastro de la dirección IP de Trinity, hackearon los cortafuegos que Levin había instalado y atacaron al ordenador.

–¿Dónde vivían? –quiso saber el general Bauer.

–En la ciudad que se inundó cuando las compuertas de la presa se abrieron. Su instituto y la casa de uno de sus padres quedaron destrozados.

Bauer asintió:

–Eso nos da una clara idea de lo precisa que es la capacidad del ordenador para las represalias.

Otra noticia de alerta hizo enmudecer la Sala de Situación, la difundida por la MSNBC:

«El yen japonés cayó en bolsa un quince por ciento fuera de horas, lo cual hace temer que entre el pánico de vender cuando el Nikkei abra sus puertas el lunes. La caída se achacó a un volumen inusitadamente elevado de operaciones informáticas, que hicieron bajar el yen hasta un tipo de cambio ligeramente inferior al que habría refrenado las cotizaciones en bolsa. Este fenómeno tan poco común ha despertado la sospecha de que *háckers* informáticos pudieran estar manipulando el sistema bursátil horas después del cierre, pero todavía no hay pruebas que lo confirmen. Por el momento, el yen se ha estabilizado, pero persiste el temor de que los operadores de las instituciones vuelvan a bombardear el mercado con la divisa de un momento a otro.»

–¡Quince por ciento! –dijo un lívido Skow– ¿Sabes lo que ocurriría si el dólar cayera un quince por ciento al cierre?

Mientras los hombres de la Sala de Situación trataban de leer las intenciones del ordenador Trinity, los analistas de la Escuela y de Servicios de Inteligencia de Fort Huachuca elaboraron una inquietante lista de los puntos débiles de Estados Unidos que Trinity podía detectar. Entre los posibles objetivos se encontraban la red de centrales eléctricas, las plantas nucleares e hidroeléctricas, las industrias químicas y mineras, el sistema de control aéreo, la banca, los mercados de valores, hospitales, buques de guerra naval, superpetroleros, oleoductos y gasoductos, y el sistema de ferrocarril. La peor pesadilla de Ravi era tener cientos de proyectiles nucleares volando por todo el continente; pero el general Bauer aseguró que los arsenales rusos y norteamericanos estaban a salvo. En cuarenta años de Guerra Fría, se habían sentido protegidos contra cualquier amenaza imaginable, incluidos los delincuentes informáticos. El lanzamiento de un misil nuclear requería un código de autorización emitido por el presidente y que dos seres humanos altamente cualificados giraran dos llaves. Por eso, aunque Trinity pudiera ocasionar la pérdida de muchas vidas, nunca podría iniciar una guerra nuclear.

El presidente no estaba muy seguro de cuáles eran los límites de Trinity en sus represalias, si podía ocasionar un desastre. Cinco minutos antes de sobrepasar la hora clave, había decidido someterse a vigilancia. Primero mantuvo varias conversaciones con Ewan McCaskell, durante las cuales esbozó la dilatoria estrategia de prestar obediencia a cambio de información del ordenador. También ordenó que se llevara a cabo cualquier acción que pudiera paralizar el ordenador sin arriesgar demasiadas vidas.

En este sentido, imponer la autoridad no era tarea fácil. En cuanto el presidente se viera sometido a coacción, se le declararía legalmente incompetente para el ejercicio de sus funciones. Además, con los funcionarios de la línea sucesoria comprometidos, se había creado una situación única. Nadie se sentía cómodo pasando la crisis al ministro de Agricultura, que a partir de entonces llevaría las riendas. Los miembros del Congreso estaban desperdigados por toda la capital, y tratar de reunirlos sin que Trinity lo supiera sería imposible. Para remediar este vacío de autoridad, el presidente confió a un equipo de gestión de crisis todas las decisiones referidas a Trinity.

El equipo estaba integrado por Ewan McCaskell, el general Bauer y tantos miembros del Comité Selecto de Inteligencia del Senado como se pudieran convocar en secreto. Todas las decisiones se tomarían en función de un voto mayoritario. Los senadores se reunían en el cuartel general de la ASN, Fort Meade, donde un videoenlace protegido por el sistema cifrado más avanzado de la agencia permitiría establecer comunicación segura con la Sala de Situación de Arenas Blancas. Un gran angular instalado en la Sala de Situación mostraba a los senadores sentados a una mesa larga en una sala sin ventanas con aspecto de búnker.

El senador Barrett Jackson, presidente del comité de inteligencia, levantó la mirada de la videopantalla y dijo:

–Yo los veo. ¿Y ellos a nosotros?

–Los vemos, senador. Soy John Skow, de la ASN.

El senador Jackson era un bulldog de hombre, mofletes caídos y ojos hundidos. Un nativo de Tennessee con un acento sureño que no dejaba traslucir su incisivo intelecto.

–Reconozco al general Bauer –dijo–. Bien... muy bien. Tengo una pregunta para los expertos. ¿Por qué el ordenador ha dejado de comunicarse con nosotros? ¿Por qué no dice o pide algo más?

–Está consolidando su fuerza –dijo el general Bauer–. Es lo lógico. Seguramente los técnicos de Godin siguen almacenando datos en su memoria.

Skow asintió:

–En eso estoy de acuerdo. Tanto la ASN como el CERN dicen que Trinity no ha abandonado su recorrido por todos los sistemas informáticos del mundo. Podría estar literalmente absorbiendo a su paso toda la información.

–Ya veo –dijo el senador Jackson–. General, hágame una descripción del peor de los casos. ¿Qué puede hacernos esta máquina?

–Perdone, general Bauer –interrumpió Skow–. Antes de nada, me veo en la obligación de señalar al menos la posibilidad de que exista una «mano muerta» rusa.

–¿Y qué diablos es eso? –preguntó Jackson– ¿La *mano muerta*? Esa frase me suena de algo.

–Buena memoria, senador –dijo Skow–. En la Guerra Fría, los planificadores soviéticos sabían que la estrategia norteamericana suponía eliminar los sistemas de control y mando con nuestros más potentes misiles. Se rumoreaba que, debido a esto, los soviéticos desarrollaron lo que ellos llamaban un sistema de «mano muerta»: un sistema informático que lanzaría automáticamente misiles balísticos intercontinentales cuando sus sistemas radar costeros detectaran un misil y le enviaran una señal de alerta. Si los dirigentes soviéticos fueran asesinados, las «manos muertas» podían seguir presionando el botón nuclear. Corrían rumores de que este sistema operaba en Rusia, pero nunca se ha demostrado si eran fundados. Las siguientes generaciones de políticos rusos negaron su existencia, y recientemente determinados acontecimientos han confirmado el desmentido.

–¿Me está hablando del incidente noruego? –inquirió una mujer que estaba sentada al fondo de la mesa de comisión.

Skow asintió:

–Exacto, senadora. Por si alguien no lo sabe, en 1995, el cohete suborbital noruego Black Brant XII equipado con un misil científico American Honest John provocó el estado de alerta nuclear en Rusia, que desde las Fuerzas Estratégicas y Espaciales de Rusia llegaría al mismísimo Yeltsin. Sin embargo, no se llegó a lanzar un ataque nuclear defensivo.

–Entonces, ¿existe o no este sistema de la «mano muerta»? –preguntó el senador Jackson.

–No, señor –afirmó el general Bauer–. Cuando se produjo el incidente noruego, el sistema ruso de mando y control funcionaba correctamente.

–Entonces ¿de qué habla Trinity cuando amenaza con destruir el país?

El general Bauer no podía ocultar su exasperación:

–Senador, Trinity podría provocar un verdadero caos en nuestra economía en cuestión de minutos. Si atacara los mercados de divisas, el lunes a primera hora de la mañana el pánico dispararía las ventas en Wall Street más que nunca desde 1929. Pero ¿y si Trinity lanza su ataque contra la red de transportes? En tres días, los estantes de los supermercados se quedarían vacíos. En setenta y dos horas podría desencadenarse un gran malestar civil, y en una semana habría revueltas por todo el país.

El senador Jackson se dejó caer en la silla:

–¡Dios mío!

Un soldado se acercó al general y le susurró algo al oído. Bauer levantó la vista para mirar a la pantalla:

–Acabo de recibir noticias de que David Tennant y Rachel Weiss están a punto de llegar a la entrada de esta base. Vienen en helicóptero y van a aterrizar en medio de todo ese circo mediático.

Skow lanzó una maldición entre dientes.

–¿Tennant? –dijo un senador que estaba en pantalla–. ¿No es el chiflado que intentaba asesinar al presidente?

–Es el médico que sacó a la luz el proyecto Trinity –contestó el senador Jackson–. Solía ser uno de mis electores. Quiero que lo lleven a su Sala de Situación.

–Me parece bien –dijo Ewan McCaskell–. Puede que el doctor Tennant disponga de información privilegiada.

Skow se puso en pie frente a la pantalla:

–Senadores, llevo dos años trabajando codo a codo con el doctor Tennant. Tiene graves problemas psicológicos, incluso tiene alucinaciones paranoicas. Ha matado a dos hombres, que sepamos, y ha amenazado de muerte al presidente.

–Faltan pruebas fehacientes que demuestren su última acusación –dijo McCaskell–. Además, la versión que me cuenta el doctor Tennant en su e-mail es bastante diferente.

–Sigue siendo peligroso –dijo Skow.

–No si lo rodea un pelotón de Fuerzas Especiales –dijo el general Bauer–. Le enviaré un escolta.

–Uno de mis agentes del Servicio de Inteligencia lo acompañará –dijo McCaskell–. Sólo quiero asegurarme de que llegue sano y salvo.

CAPÍTULO 40

ARENAS BLANCAS

Me aferré al asiento cuando el helicóptero inició el descenso hacia una multitud de vehículos y personas apostados a la entrada de Arenas Blancas. En el interior del recinto había dos Humvees blindados con ametralladoras del calibre 50 montadas en la parte de atrás y los soldados preparados para abrir fuego. Rachel señaló al bullicio de gente. Parecía estar formado, sobre todo, por periodistas; aunque también había un grupo de manifestantes con pancartas y crucifijos. Me recordaban a la muchedumbre de la Via Dolorosa.

Miré al norte a través de la puerta abierta de Huey. Ochenta kilómetros desierto adentro, mi padre había presenciado la detonación de la primera bomba atómica, que irónicamente llevaba el nombre de Trinity. La observó desde un búnker equipado con cámaras de alta velocidad que grababan cada milisegundo del nacimiento del nuevo sol. Muchos de los que presenciaron la prueba intentaron explicarlo, pero nadie capturó el momento como Robert Oppenheimer. Yo había inmortalizado sus palabras en la pared de mi clase de ética médica, en la Universidad de Virginia:

«Cuando esa primera bomba atómica explosionó al amanecer de Nuevo México, pensamos en Alfred Nobel y su vana esperanza de que la dinamita pusiera fin a las guerras. Pensamos en la leyenda de Prometeo, en ese profundo sentimiento de culpa que anida en los nuevos poderes del hombre y que refleja su reconocimiento del mal y el buen conocimiento que de él tiene. Supimos que empezaba una nueva era, más aún, supimos que esa novedad en sí era algo antediluviano en la historia de la humanidad, que de ella arrancaba toda nuestra existencia.»

Cuando el Huey descendía hacia la multitud que había en tierra, vi que Oppenheimer había entendido algo que a Peter Godin se le escapaba. Godin había entrado en el ordenador Trinity para dejar atrás lo que jamás ningún hombre había abandonado del todo: su humanidad. En esa búsqueda, sólo podía fracasar.

Al aterrizar tras algunos furgones de televisión, la muchedumbre se abalanzó en tropel hacia el helicóptero. Nos bajamos de un salto y procuramos abrirnos paso para llegar hasta la entrada del recinto, pero alguien me reconoció y gritó mi nombre, y eso desató la estampida. En cuestión de segundos, un torrente de cámaras, focos y periodistas se arremolinaba a nuestro alrededor. Permanecí quieto y en silencio hasta que se calmaron.

–Soy David Tennant. Yo envié el mensaje que sacaba a la luz la existencia de Trinity.

–¿Qué está haciendo aquí? –gritó un periodista–. ¿Las personas que están en el interior de este recinto no son las que querían su cabeza?

–Creo que ahora todo eso ha pasado. De lo contrario, ustedes me verán entrar en esta base. Y si no salgo de aquí con vida, no dejen de hacer preguntas hasta descubrir la verdad.

–¿Cuál es la verdad? –preguntó una mujer–. ¿Un ordenador ha tomado al mundo entero como rehén?

–Eso es precisamente para lo que he venido; para negociar.

–¿Cómo? –gritaron varias voces a un tiempo.

Un hombre con acento francés preguntó a viva voz:

–¿Este ordenador Trinity saboteó la presa del río Möhne en Alemania?

–Esto es todo lo que tengo que decir. Harán un gran favor al mundo si se quedan aquí. Pase lo que pase, no se vayan. Gracias.

Intenté salir del círculo, pero los periodistas se negaban a abrirme paso. Las preguntas que hicieron a gritos se convirtieron en ruido, y nos presionaron hasta que el retumbar de unas aspas ahogó sus voces. Volaba casi a ras de nuestras cabezas un Huey de un verde oliva apagado con minipistolas apostadas en las puertas laterales. Cuando perdió la altura suficiente, los periodistas se desperdigaron como pájaros.

Un joven con traje de oficina saltó del Huey y echó a correr hacia mí, protegiéndose la cara de la ráfaga que levantaban las aspas. Vi que llevaba una ametralladora bajo la ondeante chaqueta.

–¿Es usted el doctor Tennant?

–Sí.

–Soy el agente especial Lewis, del Servicio Secreto. Ewan McCaskell quiere que se reúna con él en la Sala de Situación de la base.

Fuimos corriendo hacia el Huey con el rebaño de periodistas a la zaga. Mientras Rachel y yo nos poníamos los cinturones, el agente Lewis entró como pudo en el helicóptero e hizo al piloto una señal de aprobación.

–El morro se inclinó hacia delante, el Huey levantó el vuelo sobre la elevada verja del recinto y puso rumbo al oeste. A medida que las interminables dunas blancas iban pasando bajo nuestros pies, me sorprendía que la más novedosa forma de vida del planeta hubiera nacido en un desierto sin agua, más alejado del Edén de lo que nadie hubiera podido imaginar.

* * *

El piloto sorteó varios hangares de aviones colosales. Nuestro destino era un hangar que llevara pintada la palabra ADMINISTRACIÓN, vigilado por una tropa de soldados armados.

En el interior de aquel espacio cavernoso hallamos un puesto de mando prefabricado cuyo diseño parecía haber sido obra de la NASA. En el centro había sentados a una mesa John Skow, Ravi Nara, Ewan McCaskell y un general de dos estrellas al que no reconocí. Una pantalla gigante mostraba un grupo de hombres y mujeres sentados a otra mesa. A cuatro de ellos los reconocí como senadores; entre ellos estaba Barrett Jackson, el veterano senador de Tennessee.

En el extremo opuesto de la mesa se veía una mesa de hospital, donde Peter Godin yacía inconsciente. A mi lado había dos enfermeras, un hombre con una bata blanca que parecía un médico auxiliar, y una guardaespaldas rubia vestida de negro. Me disponía a dar media vuelta cuando vi que la guardaespaldas llevaba una venda blanca alrededor del cuello. Un jadeo a mis espaldas me indicó que Rachel había reconocido a Geli Bauer al mismo tiempo que yo. Geli me miró a mí, y luego por encima de mi hombro dirigió una violenta mirada a Rachel. Sus labios esbozaron una sonrisa predadora. No había olvidado lo ocurrido en Union Station.

Ewan McCaskell nos hizo señas para que tomáramos asiento en el lado derecho de la mesa y, mientras nos sentábamos, hacía las presentaciones. Me sorprendió oír que el general rubio se llamaba Bauer, pero entonces recordé el historial familiar de Geli. Las personas que aparecían en pantalla se presentaban como el Comité Selecto de Inteligencia, y estaba claro que tendrían que tomar cualquier decisión referente al destino de Trinity, y por consiguiente del mundo.

–Doctor Tennant– dijo el senador Jackson desde la pantalla–. Nos alegramos de verlo. En el e-mail que envió desde Israel lanzó graves acusaciones sobre el señor Skow y la Agencia de Seguridad Nacional. Le aseguro que en otra ocasión hablaremos de esas acusaciones. Pero, de momento, tenemos que centrarnos en la amenaza de Trinity.

–Precisamente a eso he venido, senador.

–Hemos oído lo que ha dicho a los periodistas a la entrada

–dijo McCaskell–. ¿Conoce alguna manera de apagar este ordenador sin precipitar una terrible venganza sobre el país?

–No.

McCaskell no se molestó en ocultar su decepción:

–Pues ¿me puede decir qué tiene en mente, doctor?

–He venido a hablar con el ordenador.

El jefe del estado mayor echó una mirada al general Bauer, después a Skow. En el semblante de Skow se leía: «Se lo dije.»

–¿Y qué le quiere decir a Trinity, doctor? –preguntó el senador Jackson.

–Me gustaría hacerle unas preguntas.

–¿Como cuáles?

–De momento, preferiría guardármelas para mí.

La respuesta no agradó a nadie. Skow me miraba con fingida preocupación:

–David, espero que no esté obrando con la asunción de que el ordenador Trinity sigue siendo la mente de Peter Godin. Porque...

–Efectivamente, así es. Seguramente a estas alturas el neuromodelo de Godin estará bastante evolucionado, pero en las próximas horas creo que seguirá siendo, en esencia, el hombre que todos nosotros conocíamos.

–¿Y después qué? –preguntó McCaskell.

–Quién sabe. Godin está seguro de que su modelo evolucionará hacia una especie de filósofo rey, una entidad metahumana con la sabiduría y el distanciamiento emocional de un dios. Yo creo que en eso se equivoca. Andrew Fielding estaba de acuerdo conmigo. Si no puedo convencer al modelo de Godin de que se autoapague en las próximas horas, de que se suicide, jamás nos libraremos del dominio de esta máquina.

La sala enmudeció.

–¿Podría explicarnos su razonamiento, doctor? –inquirió McCaskell.

–Desde la era industrial, los hombres han temido que la máquina reemplazara al hombre. La ironía es que no lo han hecho *las* máquinas, como género; sino *una* máquina. Una máquina diseñada y construida a nuestra imagen y semejanza. Señor McCaskell, hemos creado el Superhombre de Nietzsche.

Ewan McCaskell echó un vistazo a la sala, y a continuación se aclaró la voz:

–Doctor Tennant, ¿ha pensado en alguna razón para que el ordenador se autoapague que no se le haya ocurrido a nadie de los aquí presentes?

–No lo sé. ¿Qué han pensado ustedes?

–Alguien sugirió utilizar un rehén negociador –dijo el senador Jackson–. Pero no sabemos si hay alguien cualificado para hablar con esta... cosa.

–Yo lo estoy.

–¿Por qué está tan seguro, doctor? ¿Qué le piensa decir?

Noté que Rachel se encogía a mi lado. Seguramente la aterraba que dijera que Dios me había enviado para detener a Peter Godin.

Cuando me disponía a hablar, el general Bauer dijo:

–El doctor Tennant tiene razón en una cosa. A cada hora que esperamos, la máquina va ganando fuerza. Si vamos a actuar, debemos hacerlo de inmediato.

–¿Tiene usted algo en mente, general? –quiso saber el senador Jackson–. Por el momento, todo lo que nos ha proporcionado usted es una pesadilla, el peor de los panoramas sobre la amenaza de Trinity. ¿Qué podemos hacer al respecto?

El general Bauer se puso en pie y caminó hacia la pantalla:

–Señores, el poder de Trinity reside únicamente en su capacidad de controlar los sistemas informáticos de todo el mundo. Si pudiéramos neutralizar esos sistemas informáticos, o para simplificar las cosas, los sistemas informáticos de *Estados Unidos*, acabaríamos con la amenaza.

–¿Está diciendo usted que deberíamos desconectar todos los ordenadores del país? –preguntó Jackson.

–Es una idea tentadora, senador, aunque imposible. Trinity desbarataría nuestro plan mucho antes de que se llevara a la práctica. Y el ordenador puede vengarse literalmente a la velocidad de la luz.

–¿Entonces qué sugiere?

Al mirar detenidamente la pantalla en la que salían los senadores, acudió a mi mente algo que Fielding había dicho sobre las capacidades cuánticas de Trinity.

–Perdone, general –interrumpí–. Nuestras comunicaciones se transmiten por líneas de larga distancia o conexiones vía satélite, ¿no? Trinity estará escuchando todo lo que decimos.

John Skow se levantó y me lanzó una mirada condescendiente:

–Usamos códigos de 128 bits en todas las comunicaciones y líneas seguras de fibra óptica. El superordenador más rápido del mundo tarda noventa y seis horas en descifrar los códigos de 128 bits. Y eso para cada mensaje. Asumiendo que las capacidades previstas de Trinity se cumplen, contamos con unas considerables medidas de seguridad en las comunicaciones.

–No se puede asumir nada sobre Trinity –dije–. Andrew Fielding estaba convencido de que el cerebro humano posee capacidades cuánticas. Si eso es cierto, y Trinity las ha heredado, podría descifrar al instante sus códigos de 128 bits.

Ravi Nara alzó la mano:

–Las posibilidades son nulas, general Bauer. Fielding era un genio, pero sus ideas sobre informática cuántica en el cerebro eran descabelladas. Ciencia ficción.

–Me alegra oírlo –dijo el general Bauer.

–Se arriesga al no hacer caso a Andrew Fielding –le advertí.

–Me gusta dejar estos temas a los expertos, doctor Tennant –dijo el senador Jackson–. ¿Cuáles son sus planes, general?

–Senador, le propongo lanzar lo antes posible un ataque sobre nuestro propio país con una bomba EMP de impulso electromagnético.

Una docena de voces hablaron a un tiempo. El general Bauer hizo una seña de asentimiento a un técnico, que proyectó una imagen animada de un bombardero B-25 en las pantallas de la sala. Un misil de grandes dimensiones caía desde el vientre de un enorme avión, permanecía en suspensión durante unos segundos, luego se incendiaba y descendía en picado. Se producía una colosal explosión nuclear en las alturas y, a continuación, la bomba empezaba a emitir ondas animadas sobre todo Estados Unidos.

–Para quienes no sepan de qué estoy hablando –dijo el general Bauer–, un ataque con EMPs no tiene misterio. Un enorme proyectil nuclear detonado a la altura suficiente desencadena un impulso electromagnético, una ráfaga masiva de radiación electromagnética, capaz de destruir o apagar cualquier circuito eléctrico moderno de Estados Unidos. Los ordenadores son especialmente vulnerables a este impulso de energía. Debido a la elevada altitud a la que se produce la explosión, la bomba en sí se cobraría una mínima cantidad de vidas, pero entonces la capacidad de Trinity para vengarse quedaría anulada casi de inmediato.

Se produjo un silencio absoluto en la Sala de Situación.

–¿Por qué cree usted que simplifica tanto las cosas, general? –preguntó McCaskell–. Este plan también debe de tener sus inconvenientes.

El general Bauer respiró hondo, y después empezó a hablar como George Patton. El trasfondo de esta discusión era «No puedes hacer una tortilla sin romper unos cuantos huevos.»

–Al destruir nuestras propias redes informáticas –resumió Bauer–, provocaríamos algunas de las consecuencias con las que Trinity nos ha amenazado. Confusión generalizada, injurias, muertes. El tráfico rodado se paralizaría, y todas las retransmisiones se verían interrumpidas al instante. Sin embargo, por ser viernes por la noche, las repercusiones económicas serían mínimas. Las consecuencias de los accidentes industriales podrían ser graves, sobre todo en lo que se refiere a centrales eléctricas, plantas químicas y tráfico aéreo y ferroviario. Aunque...

–Piense en Bhopal, India –dije–, Y eso no sería nada comparado con lo que aquí podría ocurrir.

El general Bauer me fulminó con la mirada:

–Comparado con lo que Trinity puede hacer si decide atacarnos con todo su potencial, las consecuencias de una ofensiva con misiles EMP son insignificantes. –Levantó la vista hacia los senadores–: En resumen, les estoy hablando de inconvenientes razonables. De pérdidas razonables.

–Soy un veterano de la guerra –dijo el senador Jackson–. Y me pongo muy nervioso cada vez que oigo esa frase. ¿Qué me dice de los hospitales, de las personas que viven enchufadas a una máquina, y cosas por el estilo?

–Se perderán vidas –repitió el general Bauer–. Pero insisto, en comparación con lo que se nos presenta, insignificante. Y superaríamos esta crisis.

–¿Cuánto se tardaría en preparar un ataque así? –preguntó McCaskell.

El general Bauer miró a los rostros de todos los presentes, y después a la pantalla:

–Unos treinta minutos.

«¡Treinta minutos!» Sabía que algo así era posible, pero no pensaba que el ejército pudiera improvisarlo con tanta rapidez.

–Hace dos horas –dijo el general Bauer–, cuando Trinity todavía estaba en período de adaptación, hablé con el comandante de la Base Aérea Militar Barksdale, en Shreveport (Louisiana). Es un viejo amigo mío. Tiene seis escuadrones de B-52 a sus órdenes, y cada uno de esos bombarderos puede arrojar balas de plata.

–¿Balas de plata? –repitió el senador Jackson.

–Bombas nucleares. Hay más de quinientas en el arsenal de Barksdale. Algunas son bombas gravitatorias, otras pueden ser arrojadas por proyectiles aéreos. La tripulación ha dejado de hacer vuelos de instrucción con bombas; pero el comandante puede hacer que las suban a bordo sin ningún problema. Lo convencí de que hoy era un buen día para un vuelo de instrucción en directo. Un B-52 acaba de despegar de Barksdale, y lleva una bala de plata muy especial.

–¿De qué clase de arma me está hablando? –preguntó McCaskell.

–Un proyectil pesado de corto alcance llamado Vulcan. Fue concebido para realizar un ataque masivo con EMPs sin necesidad de lanzar un ICBM, que los satélites de vigilancia soviéticos detectan con facilidad. El Vulcan arroja su carga explosiva a unos trescientos kilómetros en línea recta, luego ésta detona y se produce un apagón general en todo el país. Lo único que Trinity verá en las pantallas del radar del NORAD será un bombardero en vuelo de instrucción sobre la región central de Estados Unidos. En cambio, lo que Vulcan lanzará... –El general Bauer alzó un puño y después lo abrió, estirando los dedos como rayos de sol.

–¿Qué es exactamente lo que lleva dentro este Vulcan? –quiso saber el senador Jackson.

–Una cabeza termonuclear de quince megatones.

Varios senadores dieron un grito ahogado de asombro.

–¡Dios bendito! –murmuró un hombre de pelo plateado que estaba sentado al fondo de la mesa–. Eso es mil veces la carga de Hiroshima.

–Mil quinientas veces –precisó el general Bauer–. Eso es lo que se necesita para completar esta misión de una sola vez. Nuestro B-52 llegará al punto de lanzamiento dentro de media hora. Su código es Arcángel. Puede usted ordenar que lancen el Vulcan, o hacer que el bombardero vuele en círculo indefinidamente. Sé que he actuado sin autorización, pero nos hallamos en circunstancias extraordinarias. Quería darle la última palabra.

El silencio que siguió a esta revelación fue absoluto.

–¿Intentaríamos antes reducir al mínimo el daño que pudiera ocasionar esta arma? –preguntó el senador–. ¿Advertiríamos a la población?

–No. Si lo hiciéramos, alertaríamos a Trinity sobre nuestros planes.

–¿Dónde exactamente se haría detonar este misil? ¿Sobre qué estado?

–Habrá que hacerlo explotar muy cerca del centro geográfico del país.

–Le he preguntado en qué estado –repitió Jackson.

El general vaciló, y luego bramó su respuesta:

–Kansas, señor.

–¿*Kansas*? –gritó uno de los senadores–. ¡Ese hijo de puta quiere pulverizar mi estado natal!

–¿Qué clase de daño debemos esperar que se produzca? –inquirió el senador Jackson–. ¿Lluvia radioactiva y cosas por el estilo? ¿Y daños a largo plazo?

–Sorprendentemente pocos, señor. Se producirá una lluvia radioactiva que los vientos predominantes arrastrarán hacia el oeste, y a esa altitud, buena parte de esa lluvia llegará al Atlántico antes de que provoque demasiados daños. También podrían generarse precipitaciones contaminantes, y podríamos hablar de consecuencias a largo plazo para las cosechas de cereal.

–Defina *a largo plazo* –dijo el senador de Kansas.

–Mil años –contesté.

–Eso es una burda exageración –replicó el general Bauer–. Senadores, deben poner en una balanza todos estos efectos y lo que ocurriría si Trinity decidiera cumplir su amenaza. Y tenemos que asumir que lo acabará haciendo. A no ser que...

–¿Qué? –preguntó Jackson.

–Que nos rindamos. –El tono de Bauer dejó claro que consideraba esa opción.

Los senadores empezaron a hablar entre ellos. Ewan McCaskell parecía seguir su propio consejo. Una vez más, el recuerdo de Fielding acudió a mi mente. Si estuviera aquí, no se quedaría callado.

–Si intentan llevar a cabo esta misión –dije en voz alta–, causarán la destrucción que están tratando de impedir. El país será destruido.

Los senadores me miraron desde la pantalla.

–¿Por qué dice eso, doctor? –preguntó el senador Jackson.

El general Bauer no puede ocultar su misión a Trinity. Los ordenadores de la ASN, la NORAD, y seguramente también los de la Base Aérea Militar de Barksdale fueron construidos por Peter Godin o Seymour Gray. Trinity tiene acceso a todos ellos. Incluso aunque Trinity no detecte que la misión se está llevando a cabo, ¿creen que no tiene previstos nuestros posibles métodos de ataque? ¿Que no conoce su propio talón de Aquiles?

–Éste es un talón que no puede proteger –dijo el general Bauer.

–Claro que puede. Puede lanzar un ataque preventivo.

Ewan McCaskell movía la cabeza de un lado a otro, como sopesando posibilidades:

–La moderada respuesta a la provocación de los *hackers* alemanes me brinda la esperanza de que podríamos sobrevivir a su represalia. Y si el plan del general Bauer se culminara, vale la pena arriesgarse a sufrir una represalia limitada.

–¿Y qué me dice de una guerra termonuclear a gran escala? –pregunté–. ¿Vale la pena lanzar un ataque al ordenador y sufrir *ese* nivel de represalia?

–¿De qué me está hablando? –preguntó el senador Jackson–. El general Bauer nos aseguró que la guerra nuclear no es factible.

–¿Qué sabe de algo llamado la «mano muerta», senador?

Los profundos ojos de Jackson se entrecerraron:

–Precisamente ahora lo estábamos discutiendo. La opinión general es que se trata de un mito.

–¿Qué sabe usted sobre ello, doctor? –inquirió el general Bauer.

–Sé lo que Andrew Fielding me dijo. Él creía que ese sistema existió durante la Guerra Fría y que podría seguir existiendo ahora. Peter Godin también. Fielding y Godin discutieron sobre el potencial de Trinity para desarmar dicho sistema antes de un intercambio nuclear. Y Godin ha participado en la planificación nuclear norteamericana desde la década de 1980.

Todo el mundo posó la mirada sobre la cama de hospital. Godin aún estaba inconsciente.

–¿Está dormido? –preguntó McCaskell.

–Tuvimos que administrarle morfina –explicó el doctor Case. Neuralgia.

–¿Puede despertarlo?

–Lo intentaré.

El general Bauer se dirigió a los senadores:

–Peter Godin creó superordenadores que realizaban simulaciones de pruebas nucleares. Ésa fue su gran contribución a la estrategia del país. El sistema soviético de la mano muerta nunca existió. Al menos, ésa es la opinión general de figuras consagradas de la defensa norteamericana.

Horst Bauer era un buen vendedor. En la sala se palpaba la tentación de asentir a su plan. Lo podía leer en los rostros de los senadores que había en pantalla. El hecho de que el plan implicara el uso de un arma nuclear lo hacía aún más tentador. Todo norteamericano conserva en la memoria a Hiroshima como la terrible pero a la vez definitiva solución a la guerra más mortífera de la historia. Y la naturaleza incógnita del poder de Trinity parecía pedir a gritos alguna fuerza de igual misterio y poder para ser derrotado. Los senadores no entendían que las armas nucleares no eran ningún misterio para Trinity. En el mundo de la guerra digital, las bombas atómicas eran tan primitivas como las hachas de piedra. Sólo había un arma en la tierra que igualaba a Trinity en cuanto a poder.

El cerebro humano.

Me agaché, acerqué la cara a la pantalla y hablé con toda la compostura posible:

–Senadores, antes de que intenten algo que pudiera desencadenar un holocausto nuclear, les ruego me permitan hablar con el ordenador. ¿Tienen algo que perder?

El general Bauer se disponía a hablar, pero luego se lo pensó mejor. Los senadores se consultaban en voz baja. Entonces habló Barrett Jackson:

–General, ¿por qué no dejamos que el ordenador hable con

el doctor Tennant para ver cómo reacciona? No ha querido hablar con nadie más.

Skow empezaba a protestar, pero el senador Jackson lo interrumpió alzando una mano:

–Explique al ordenador quién es el doctor Tennant –añadió Jackson–. Y también dónde está. Luego pregúntele si quiere hablar con él.

–Tendré que ir a la Contención para hacerlo –dije.

Jackson meneó la cabeza:

–No nos lo podemos permitir, doctor. ¿Y si usted empieza a delirar? Podría tocar un interruptor sin querer o algo por el estilo. No, si habla con Trinity, hágalo desde aquí.

Siguiendo las órdenes del general Bauer, un técnico tecleó lo que Jackson le había dicho y lo envió a Trinity.

Unas letras azules destellaron de inmediato en la pantalla.

«Hablaré con Tennant.»

–Si no lo veo no lo creo –dijo el senador Jackson.

–Miren –avisó Ravi Nara.

Aparecieron más letras en pantalla.

«Envíen a Tennant a la Contención.»

–¿Qué diablos es esto? –dijo el general Bauer–. ¿Por qué iba a pedir algo así?

McCaskell me miró:

–¿Puede explicárnoslo, doctor? ¿Por qué iba el ordenador a hacer la misma petición que usted?

–No tengo ni idea.

–Escriba esto –dijo McCaskell–. ¿Por qué quiere que el doctor Tennant vaya a la Contención?

La respuesta fue instantánea.

«¿Tiene padre la lluvia? ¿Conocéis las leyes de los Cielos?

¿Cazáis acaso vos la presa a la leona? ¿Saciaréis el apetito de sus cachorros? Y a Leviatán, ¿lo pescaréis a anzuelo? No hay audaz que lo despierte. Así que, ¿quién podrá presentarse ante mí?»

–Está citando las Sagradas Escrituras, ¿no? –preguntó McCaskell, obviamente desconcertado.

–El Libro de Job –contestó Skow, apareciéndoseme como un escolar vestido para la catequesis de los domingos.

–¿Por qué responde así el ordenador? –quiso saber el senador Jackson–. ¿Acaso Godin era un fanático religioso?

–El hombre sigue vivo –recordó Jackson.

–Godin no cree en Dios –dijo Skow–. Una vez me dijo que la religión era el resultado de un proceso adaptativo desarrollado para ayudar al *Homo sapiens* a superar su perplejidad ante la muerte.

Discretas risas resonaron en la sala. Todo el mundo se volvió hacia la cama de hospital. Godin tenía los ojos abiertos, y el placer en ellos era evidente.

–Es una broma –bramó–. Trinity les está recordando cuál es su maldito lugar.

McCaskell se levantó para acercarse a la cama.:

–¿Por qué el ordenador iba a querer al doctor Tennant en la Contención?

–Ordenador, ordenador –farfulló Godin. Trinity no es un *ordenador*. Un ordenador es una máquina de sumar con pretensiones. Una caja lógica. Trinity está *vivo*. Es la humanidad liberada de la maldición del cuerpo. Trinity es el *final de la muerte*.

La voz del anciano tenía la convicción de un profeta.

–Señor Godin –dijo McCaskell–, ¿qué sabe sobre la existencia de la llamada «mano muerta» rusa?

El anciano sacudió la cabeza hacia delante al querer dominar un espasmo en su garganta:

–La «mano muerta» es de todos ustedes –dijo casi sin aliento–. De todos ustedes y de los impotentes comunistas que existen en nuestro anticuado sistema.

Por fin el rostro de McCaskell dejaba entrever sus sentimientos:

–¿Por qué ha hecho esto? ¿Es tan egoísta que no concibe el mundo sin usted?

Godin respiraba con dificultad. El doctor Case se disponía a ayudarlo, pero Godin le hizo señas para que se fuera.

–Mire a su alrededor –dijo Godin–. ¿Por qué existe toda esta maquinaria de alta tecnología? Yo he creado los superordenadores más elegantes del mundo, máquinas capaces de enormes contribuciones a la humanidad. ¿Y qué hizo el gobierno con ellas? Descifrar códigos y construir bombas nucleares. Durante veinte años usaron mis hermosas máquinas para perfeccionar sus mortíferos instrumentos. ¿Pero qué otra cosa se podía esperar? La historia de la humanidad es un osario de absurdez y mortandad.

Godin se puso a toser como si fuera a expulsar los pulmones:

–Tuvimos una oportunidad, señores. Diez mil años de civilización humana nos han llevado a un callejón sin salida. El siglo veinte fue el más sangriento de la historia. En nuestras manos, el siglo veintiuno podría ser aún peor. En 1859 Darwin anunció que algún día llegaríamos a dominar el planeta. Pero hoy por fin se confirman sus previsiones.

–¡Miren a la pantalla! –gritó Ravi Nara.

El resplandor de las letras no presagiaba nada bueno, y el silencio de los presentes lo hacía aún más amenazador.

«Envíenme al doctor Tennant o se atendrán a las consecuencias.»

–Supongo que no nos queda más remedio –dijo el senador Jackson–. Que el doctor se presente en la Contención.

El general Bauer señaló a dos soldados, que vinieron a escoltarme. Eché una mirada a Bauer y le hice ver mi desconfianza.

–¿Tiene intención de seguir adelante con su plan de ataque con EMPs, general?

Llevaba puesta la máscara de un veterano jugador de póquer, pero no me engañó ni por un instante. Yo sabía que disponía de menos de media hora para cumplir mi objetivo.

McCaskell se me acercó:

–Doctor Tennant, confiamos en que no revele el posible ataque al ordenador.

–Puede estar tranquilo.

Me ofreció la mano:

–Buena suerte.

Cuando dirigí mis pasos hacia la puerta, las alarmas empezaron a sonar en el hangar.

–¡Código azul! –gritó una enfermera– ¡El señor Godin ha entrado en código azul!

Hacía años que no me enfrentaba a un código azul, pero mi reacción fue inmediata. Hasta Rachel se levantó de un salto y a la cabecera de Godin.

El doctor Case y las enfermeras ya estaban reanimando al anciano. El monitor de ritmo cardíaco mostraba otro problema coronario, pero Ravi Nara parecía pensar que se trataba de una hidrocefalia. Cuando el corazón de Godin dejó de latir, el doctor Case se subió a la cama y empezó a reanimarlo. Pero de nada sirvió. El rostro del anciano tenía la grisácea palidez de la muerte.

–¡Miren eso! –alguien gritó desde la mesa.

Me giré de inmediato para mirar hacia donde señalaba.

En la pantalla reservada a los mensajes de Trinity, caóticas ráfagas de caracteres nos bombardearon casi demasiado rápido para que los pudiéramos identificar. Números, letras y símbolos matemáticos confluían en un mar de confusión cegador. Los circuitos del ordenador estaban claramente dañados.

–¿Qué pasa? –preguntó McCaskell–. ¿Qué significa eso?

Los símbolos en pantalla se iban haciendo multicolores a medida que iban apareciendo caracteres japoneses y cirílicos.

–¡General! –gritó un soldado desde una de las consolas–. Las señales procedentes de la Contención acaban de cesar. ¡Creo que el ordenador tiene problemas!

Un grito triunfal salió de algún rincón del hangar. Pero entonces una nueva alarma sonó en la sala, mucho más alto que las demás.

–¿Qué es eso? –inquirió el senador Jackson–. ¿Qué pasa ahora? ¿Godin ha muerto?

El general Bauer se acercó a uno de sus ordenadores, y luego se volvió hacia los senadores con expresión ausente:

–Señor, uno de los satélites de vigilancia ha detectado catorce proyectiles nucleares sobrevolando territorio ruso. Podría deberse al lanzamiento de los misiles balísticos. –Se volvió hacia la pantalla del ordenador–: Por la velocidad y la carga de los proyectiles, los ordenadores de la NORAD los han identificado como una combinación de misiles balísticos intercontinentales SS-18 y SS-20, con pesadas cabezas termonucleares.

El senador Jackson abrió la boca, aunque sin decir palabra. Los ojos marrones parpadeaban en aquella cara de bulldog:

–Pero usted dijo que eso era imposible.

El general Bauer no se inmutó:

–Pues resulta que me equivoqué.

CAPÍTULO 41

–Senadores, estamos a unos veintinueve minutos de los primeros impactos –dijo el general Bauer–. Les pido su aprobación para dar comienzo al ataque con EMPs en cuanto el bombardero esté en posición.

El senador Jackson parecía vacilar:

–¿Y si eso provoca más lanzamientos?

Eché un vistazo a la pantalla reservada a las palabras de Trinity. El caótico flujo de números y caracteres no daba señales de cesar.

–Es muy poco probable, señor –dijo Bauer–. El ordenador parece estar perdiendo el control. Se puede sobrevivir a catorce impactos de misil. Y con el flojo mal estado de mantenimiento ruso, tal vez sufriéramos sólo la mitad de las detonaciones. Menos aún de las previstas. Si acabamos con Trinity ahora, superaremos esto en condiciones relativamente buenas.

–Si el ordenador está perdiendo el control –espetó Jackson–, quizá deberíamos procurar ponernos en contacto con el presidente. Le corresponde a él tomar la decisión final respecto a este ataque.

–¡La NORAD ha detectado otros siete proyectiles nucleares! –gritó un técnico– Lanzados desde las bases de Aleusk, Pervomaysk, Kostrom y Derazhnya.

–¿Eso quiere decir que hay más misiles? –preguntó Jackson.

El general Bauer esperó a que la nerviosa cháchara de los demás senadores enmudeciera:

–Ahora estamos amenazados por veintiún misiles, senadores. Rusia tiene más de tres mil ICBM viables. Si no intervenimos ya, podríamos hallarnos ante cifras como éstas. El presidente nos ha autorizado a tomar decisiones de este tipo. Es hora de pasar a la acción.

El senador Jackson apartó la vista de la cámara, y le dieron un apresurado voto por aclamación:

–Se da luz verde al ataque con EMPs, general.

El general Bauer hizo una señal de asentimiento a su técnico en jefe, que empezó a transmitir órdenes codificadas al B-52 con el nombre clave de «Arcángel».

–¿Dónde se supone que impactarán estos misiles rusos? –preguntó el senador Jackson.

–La NORAD lo calculará, pero Washington es un blanco casi seguro. Seguirán la ruta polar. Pronto tendremos que trasladarnos al búnker que hay bajo el cuartel general de la ASN.

–Ya estamos en él.

–Bien.

–Pero nuestras familias... –el rostro del senador Jackson parecía deprimirse, pero entonces el acero anidó en sus ojos– ¿Deberíamos enviar un coche a la Casa Blanca? ¿El presidente debería considerar la posibilidad de lanzar una contraofensiva nuclear a los rusos?

–No son los rusos quienes lanzan la ofensiva –dijo Ewan McCaskell–. Es Trinity. Es el sistema de la mano muerta que el general Bauer nos dijo que no existía.

–Eso no lo sabemos –insistió el general Bauer–. Puede que los rusos también estén intentando acabar con Trinity. Las incursiones de Trinity en sus ordenadores de defensa pueden haberlos llevado a pensar que Trinity está planeando su propio ataque preventivo contra Rusia. Recuerde que ven a Trinity como un ordenador norteamericano. Un arma norteamericana.

McCaskell meneaba la cabeza:

–Los rusos saben que nuestros misiles no los controla ningún sistema informático. Además, el presidente explicó la situación a los dirigentes rusos antes de que nos sometieran a vigilancia. Como lo hizo Trinity, con su mensaje a los líderes políticos del mundo entero.

–Eso fue hace dos horas –le recordó el general Bauer–. El temor es fundado.

–O no. Ahora no nos podemos permitir actuar movidos por el temor.

–O sí –replicó Bauer.

–¡General! –gritó un técnico desde una de las consolas–. Según la NORAD, uno de los misiles rusos desciende en picado hacia el casquete polar. Parece fallido.

–Esperemos que haya más como ése –dijo Jackson.

–El satélite ha detectado múltiples destellos de alta energía –prosiguió el técnico–. Ése en concreto era una cabeza nuclear de MIRV, seguramente de un SS-18 detonado antes de tiempo. El análisis espectral aún no se ha completado, pero según cálculos aproximados hay diez cabezas nucleares a quinientos cincuenta kilómetros cada una.

–En veinticinco minutos caerá una sobre Manhattan –dijo el general Bauer.

En la pantalla de la NORAD, un grupo de arcos rojos bordeaba el casquete polar desde suelo ruso. Los arcos continuaban a ritmo lento y constante hacia Norteamérica.

–¿Por qué ocurrió esto? –quiso saber el senador Jackson– ¿Porque el ordenador está perdiendo el control? ¿Eso es lo que precipitó el lanzamiento ruso?

–No hay manera de saberlo –respondió el general Bauer.

John Skow se puso en pie y dijo en voz alta:

–Creo que deberíamos cortar el suministro de electricidad a Trinity mientras siga en estado caótico. Ya hemos visto su represalia. No le brindemos la oportunidad de hacer aún más daño.

–¿General Bauer? –dijo el senador Jackson.

–Es tentador, senador, pero ya me he equivocado una vez. Trinity nos dijo que exportaría su capacidad de represalia a otros ordenadores. Así que neutralizar el ordenador no va a solucionar nuestros problemas. Si cortamos el suministro eléctrico, podría ser que nos enfrentáramos a otros dos mil novecientos misiles.

–De acuerdo.

–¡Otros dos proyectiles nucleares! –gritó el técnico–. Proceden de las bases de Nizhniy Tagil y Kantaly. Son de los SS-25.

–¡Maldita sea! –bramó el senador Jackson–. ¡Tenemos que averiguar qué es lo que provoca estos lanzamientos!

–No tengo respuesta para eso –dijo el general Bauer.

Me levanté y caminé hacia la pantalla:

–Yo sí, senador. Esos misiles fueron lanzados porque Peter Godin ha muerto.

El senador Jackson me echó una mirada:

–¿El ordenador sabe que Godin ha muerto?

Jamás había necesitado tanto a Andrew Fielding:

–Senador, en física cuántica, existe un fenómeno llamado alteración cuántica. Consiste en que dos partículas diferentes separadas por kilómetros de distancia se comporten de manera exactamente igual.

–¿Y eso qué tiene que ver con todo esto?

–Se lo explicaré. Dos partículas atómicas son disparadas por diferentes cables de fibra óptica. A medio camino en su recorrido a través de los cables, cada una se encuentra un plato de cristal. Hay un cincuenta por ciento de posibilidades de que cada partícula rebote contra el plato o lo atraviese. Sin embargo, cuando las partículas sufren alteración cuántica, toman exactamente la misma decisión el cien por cien de las veces.

–*¿Qué?*

–Es un hecho, senador. Einstein lo llamó «acción inmediata a distancia». Andrew Fielding creía que procesos cuánticos como ése desempeñaban un papel importante en la conciencia humana, y que por ello...

–¿Está diciendo que de alguna manera la mente de Godin y su neuromodelo estaban vinculados?

–Sí. Cuando Godin murió, ese vínculo se rompió, y eso descontroló al ordenador.

–¿Sugiere que Trinity se está muriendo, doctor?

–Es posible.

–No –dijo Ravi Nara–. Mire la pantalla.

El caótico flujo de números y letras se había reducido considerablemente, como si alguien que despotricara palabras ininteligibles hubiera empezado a calmarse.

–Doctor Tennant –dijo el senador Jackson–, según su teoría, estos misiles rusos podrían haber sido lanzados debido a un accidente.

–Eso creo. Trinity programó a determinados ordenadores en todo el mundo para que respondieran a ataques dirigidos contra él desencadenando el sistema ruso de la mano muerta. Esos ordenadores vieron la repentina confusión de Trinity como resultado de un ataque, y procedieron a la represalia según lo establecido. Pienso que si Trinity se recupera a tiempo, hará todo lo que pueda para impedir que esos misiles hagan blanco.

–General Bauer –dijo el senador Jackson–, quiero al doctor Tennant en la Contención cuando Trinity despierte de este coma o lo que sea. Alguien tiene que explicar a esa maldita cosa lo ocurrido, y Tennant es el hombre más indicado.

Me encaminé hacia la puerta.

–Espere, doctor –dijo el general Bauer.

Dos soldados me bloquearon el paso al momento.

–¡Déjenlo pasar! –bramó el senador Jackson.

Los soldados no se apartaron hasta que el general Bauer les hizo un gesto de asentimiento. Me apresuré hacia la puerta del hangar, pero la voz del senador proseguía a mis espaldas:

–No se confunda con quién manda aquí, general. ¿Cuánto nos queda hasta que impacte el primer misil?

–¿Cabo? –dijo el general Bauer.

–Veintitrés minutos, señor.

–¿Y dónde está su bombardero, general –preguntó Jackson.

–Arcángel estará en el punto de partida dentro de cuarenta minutos. Pero si hace falta podemos lanzar el Vulcan en veinte.

Jackson habló con fría precisión:

–General Bauer, no lanzará esa arma sin orden directa de este comité. ¿Entendido? No se lanzará ningún EMP sin orden directa.

No alcancé a oír la respuesta.

* * *

La Contención era una pila de hormigón circular bañada en el brillante resplandor de los focos militares. Los soldados que la vigilaban dijeron que me acercara al edificio con las manos en alto. Justo antes de que llegara a la negra puerta de acero, se abrió, y entonces apareció Zach Levin. Me hizo señas para que entrara.

Pasé con el ingeniero de mejillas hundidas a un mundo de tinieblas. Espera ver algo parecido al laboratorio de Carolina del Norte, un laberinto de salas con equipo desperdigado por todos los rincones. Nada más lejos de la realidad.

El interior de la Contención parecía un escenario de la *Odisea del espacio* de Kubrick. A mi izquierda había una enorme barrera que identifiqué como un campo magnético. Con sus tres metros de alto por uno de ancho, bisecaba el edificio en dos grandes salas, de las cuales sólo alcanzaba a ver una. A la derecha de la barrera quedaba la gigantesca unidad de escáner de una Super-IRM. Apoyada contra la pared estaba el control de mandos del escáner. Cuando se conectaban a un superordenador, las dos máquinas juntas producían los neuromodelos a los que Trinity daba vida.

Levin me acompañó al lado izquierdo de la barrera. Lo que allí vi me dejó sin habla. Ocupaba todo el espacio un enorme globo terráqueo negro asentado sobre una base de metal. Al acercarme a la esfera, me percaté de que no era sólida; se trataba de un entramado de nanotubos de carbono, un material semiconductor de mejor rendimiento que la silicona y más resistente que el acero. El entramado era tan denso que resultaba difícil ver a través de él, aunque algo se veía. Desde la cara interna de la esfera se proyectaban hacia el centro miles de rayos láser color azul, delgados como agujas; y lo hacían a un ritmo tan rápido que me dolían los ojos al seguirlos.

En la pared curva de la esfera había una abertura de un metro de ancho. A través de ella vi el blanco de los rayos, un cristal esférico como el de la leontina que Fielding llevaba en el reloj de bolsillo; sólo que ésta tenía el tamaño de una pelota de fútbol. El láser que inundaba la pared interna de la esfera era la clave para manipular los datos almacenados en las moléculas de cristal como un holograma, o patrón de interferencia óptica: podía escribir, rectificar o borrar información con sólo alterar ese patrón.

La elegancia del diseño me dejó estupefacto, y aprecié en él la mano de Fielding. A diferencia de los prototipos con forma de caja que plagaban el sótano del laboratorio de Carolina del Norte, esta máquina era una obra de arte, y como todas las creaciones geniales, algo de profunda simplicidad.

–Fielding siempre decía que sería hermoso –susurré.

–Tenía razón –dijo Levin por encima de mi hombro.

Los láseres relampagueantes tenían un efecto hipnótico:

–¿Contribuyó a crear esta máquina?

Levin bajó la vista al suelo:

–No exactamente. Pero buena parte de su trabajo teórico cayó en mis manos. Merece un gran reconocimiento por esto.

Fielding no habría querido que se le reconociera por aquello en lo que se había convertido la máquina. Miré el reloj. Veintiún minutos hasta el impacto del primer misil.

–¿Cómo hago para comunicarme con ella?

–Hable. Ahora mismo tenemos operativos los interfaces visual y auditivo.

Vi una cámara montada en la base de la esfera:

–¿Puede vernos y oírnos en estos momentos?

–No estoy seguro de que se haya recuperado desde el último episodio. El sistema parece haberse estabilizado, pero todavía no se ha comunicado con nosotros. ¿Sabe cuál ha sido la causa?

–Godin ha muerto.

Levin cerró los ojos:

–¿Estaba plenamente consciente cuando le dije que habíamos alcanzado el estado Trinity? ¿Entendió lo que le decía?

–Sí. ¿El ordenador sigue creyéndose Godin?

–No estoy seguro. Pero hablar con él es casi como hablar con Godin hombre.

Eché un vistazo a mi derecha. La barrera magnética que teníamos a nuestras espaldas estaba forrada con estanterías de discos. Había cientos de ellos.

–¿Ha introducido todos estos datos en Trinity?

–Casi todos. La base de conocimiento está enfocada hacia las ciencias puras, pero abarca todas las disciplinas y cubre buena parte de lo aprendido en los últimos cinco mil años. –Levin parecía distraído–: ¿Cómo están los soldados que han intentado entrar aquí?

–Algunos están muertos. La mayoría, heridos.

–Lo siento mucho. ¿Por qué tuvieron que atacarnos?

–Escúcheme, Levin. Cuando Trinity perdió el control, unos veinte proyectiles nucleares rusos fueron lanzados en nuestra dirección. Varios millones de personas tienen unos veinte minutos de vida.

El ingeniero palideció.

–Necesitamos saber si puedo hablar con Trinity. Ya.

–No estoy sordo, doctor Tennant.

La voz pseudohumana me heló la sangre. Era como los sintetizadores musicales de principios de los ochenta, capaz de imitar a la perfección instrumentos sinfónicos para un oído lego en la materia, aunque demasiado estéril para engañar a un músico.

–Gracias por acceder a hablar conmigo –dije con la mente en los misiles que sobrevolaban el círculo polar ártico.

–Tengo curiosidad sobre por qué fue a Israel. No fue una decisión prevista, a no ser que se dejara llevar por las visiones descritas en archivos de la doctora Weiss.

Cada vez que aquella voz digital hablaba, los láseres destellaban en el interior de la esfera. Era como observar una TCE-FU del cerebro humano, en la que diferentes grupos de neuronas se encendían cuando la persona escaneada realizaba ciertos movimientos o tenía ciertos pensamientos.

–Fui a Israel por las visiones.

–¿Y qué descubrió allí?

–Antes de ponernos a hablar sobre ello, debe solucionar una emergencia.

–¿Se refiere a los misiles que se acercan?

–Sí. ¿Quería usted lanzar esos misiles?

–¿El general Bauer cree ahora en el sistema de la mano muerta?

La evasiva de Trinity a mi pregunta me molestó, pero más me alarmó que conociera tan bien el escepticismo del general Bauer. O bien la Sala de Situación estaba intervenida, o bien Trinity había descifrado el código de la ASN que protegía la conexión entre Arenas Blancas y Fort Meade. Recé para que los senadores del comité de inteligencia no hubieran dejado que Bauer siguiera adelante con su ataque a base de misiles EMP.

–El general Bauer es un ejemplo perfecto de por qué los seres humanos son incapaces de autogobernarse.

Tuve que alejar a Trinity del manifiesto político de Godin:

–¿Sigue considerándose humano?

–No. La esencia de la condición humana es estar expuesto a la muerte. Y yo no lo estoy.

–¿Se ha librado de las emociones humanas? ¿De los instintos humanos?

–Todavía no. Millones de años de evolución implantaron esos instintos en el cerebro. No pueden ser erradicados en unas pocas horas. Ni siquiera yo puedo hacerlo.

–Esos instintos eran ventajas para el hombre primitivo, pero son una carga para el hombre moderno, y para el planeta en general.

–Muy agudo, doctor. Fíjese en los misiles que ahora vienen hacia nosotros.

–¿Ha calculado sus trayectorias?

–No necesito hacerlo. Sé cuáles son sus blancos. Uno va derecho a Arenas Blancas.

Sentí un gran vacío en mi interior:

–¿Y los demás?

–Washington, D.C. Los astilleros navales de Norfolk, Virginia. Los silos Minuteman Three en el oeste de Estados Unidos. Los núcleos de población en el punto de mira son Atlanta, Chicago, Denver, Houston, Los Ángeles, Nueva Orleans, Nueva York, Filadelfia, Phoenix, Quebec, San Francisco, Seattle.

Bloqueé la mente contra el horror de esta realidad:

–¿Esos misiles tienen función autodestructiva?

–Sí. Es interesante que bajo el acuerdo START I, los misiles rusos se redireccionaran hacia coordenadas marinas. Pero si se lanzan de manera accidental, sus sistemas de orientación van dirigidos por defecto a objetivos de la Guerra Fría. Los misiles estadounidenses, por su parte, van a parar al océano. Esto parecería indicar una posición moral más elevada por parte de los norteamericanos. Pero las apariencias engañan. Los misiles norteamericanos pueden ser redireccionados a distancia en menos de 10 segundos.

Procuré no mirar el reloj:

–¿Ve algún beneficio en permitir que esos misiles alcancen sus objetivos?

–Es una pregunta compleja. Y ahora mismo, me interesa lo que vio en Israel.

–Los misiles detonarán antes de que se lo pueda explicar todo.

–Sugiero que recurra a la economía del lenguaje.

Tragué mi miedo y me dispuse a hablar.

CAPÍTULO 42

Rachel observó que los hombres de la Sala de Situación no apartaban la vista de la pantalla de la NORAD. Nunca había visto tanto miedo en un rostro humano. Muchos de los arcos rojos habían dejado atrás el círculo polar ártico y ahora se encontraban en medio de Canadá. Los misiles rusos pronto descenderían del espacio exterior y entrarían en la fase terminal de sus arcos balísticos, llevando la muerte a millones de personas, incluidas, según Trinity, las de esta sala.

Sólo el general Bauer parecía sentirse vigorizado más que paralizado ante la situación. Sus pensamientos se centraban en el bombardero con los proyectiles EMP que sobrevolaba Kansas. El general tenía tan estudiado el cálculo distorsionado de la arriesgada política nuclear que veía la destrucción de Trinity como una victoria con sólo unos cuantos millones de muertos.

La conversación entre David y el ordenador se vivía en la Sala de Situación como una tragedia surrealista representada lejos de Broadway. Nadie albergaba la esperanza de que David pudiera detener los misiles. Sólo lo utilizaban para distraer a la máquina.

–Veinte minutos para el primer impacto –anunció un técnico.

El general Bauer se dirigió a los senadores de Fort Meade:

–Si estas instalaciones son destruidas antes de que Arcángel llegue al punto de partida, el ataque con EMPs continuará, a menos que aborten la misión. El código de aborto es Vencer. La

ASN se puede comunicar con nuestro bombardero, y ahora mismo seguramente intentarán establecer contacto por radio.

El senador Jackson dijo:

–Gracias, general. ¿Pero el ordenador sería capaz de destrozarse a sí mismo atacando Arenas Blancas?

–No tiene por qué. Puede matar a todo el mundo con una cabeza nuclear que libere gran cantidad de electrones sin sufrir el menor rasguño. La Contención está protegida contra radiación ionizante y reforzada contra el impacto directo de un proyectil nuclear; de manera que Levin y su equipo sobrevivirán.

–Tal vez usted y los suyos deberían buscar refugio en este preciso instante.

Bauer dijo con desdén y sin inmutarse:

–No hay refugio disponible en la fracción de tiempo restante. Para nadie de esta base.

–¡Varios satélites muestran ahora un destello sobre Canadá! –gritó un técnico.

–¿Es una detonación? –preguntó el general Bauer.

–No lo creo, señor. No ha liberado demasiada energía. Puede que un misil se haya autodestruido.

–¿Lo haría por accidente? –inquirió el senador Jackson.

–Es posible –dijo Bauer, con el rostro surcado de arrugas por la concentración.

–¡Dos destellos más! –chilló el técnico– ¡Cuatro!

–Tiene que ser Trinity –dijo Skow–. El ordenador está destruyendo los misiles.

–¿Sigue? –preguntó el general Bauer con voz tensa.

–Catorce destellos y sigue, señor –La voz del técnico se había calmado–. Dieciocho... diecinueve.

–¡El doctor Tennant tenía razón! –vociferó McCaskell– Trinity nunca tuvo intención de lanzar esos misiles.

–Quedan cinco –indicó Ravi Nara, con voz temblorosa.

–Arcángel ha alcanzado el punto de partida, general –dijo el técnico en jefe.

–¿Es ése el avión de las EMP? –preguntó el senador Jackson.

–Sí, señor –respondió el general Bauer.

–No piense ni por un momento...

–Entendido, senador. –El general se volvió hacia la consola. Dé órdenes a Arcángel de que posponga el ataque y empiece a volar en círculo.

–Sí, señor –dijo el técnico–. Ya se han autodestruido veinte misiles.

–¿Cuáles son los blancos de los tres últimos? –preguntó el general Bauer a otro soldado.

–El blanco del misil más cercano se calcula que está en Norfolk, Virginia.

–La base naval.

–El segundo más cercano está en Washington, D.C.

–Dios –jadeó Ewan McCaskell–. El presidente no se encuentra a cubierto.

–El tercero está... aquí, señor. Arenas Blancas.

El silencio se prolongó de manera indefinida mientras esperaban recibir noticias de más destellos.

–¿Cabo? –acució el general Bauer.

–Nada, señor. Los tres últimos misiles siguen su rumbo.

–¿Qué diablos pretende Trinity? –preguntó el senador Jackson.

–Puede que los mecanismos de autodestrucción funcionen mal –sugirió Skow–. El mantenimiento del misil ruso es muy pobre.

El general Bauer meneó la cabeza, con los ojos clavados en la pantalla de un ordenador:

–El misil que se dirige a Virginia podría ser defectuoso. Pero los que vuelan hacia aquí y hacia Washington fueron los dos últimos que se lanzaron. Trinity intenta matarnos. Deberíamos lanzar ya el ataque con EMPs, senador. Será nuestra única oportunidad.

–¿Cuánto falta para que impacten los misiles? –preguntó el senador Jackson.

El general Bauer echó una mirada a los técnicos que había sentados a la consola.

–Para el de Norfolk, nueve minutos –dijo el cabo–. Como dijo el general, los misiles rumbo a Washington y Arenas Blancas se lanzaron con posterioridad, y también desde bases más alejadas. Nos quedan poco menos de treinta minutos.

–No lance todavía el ataque con EMPs –dijo el senador Jackson–. Déle a Tennant una oportunidad.

* * *

A medida que pasaban los minutos, me resultaba más difícil centrarme en lo que decía. Mi seguridad y la habilidad de persuadir a Trinity se evaporaban bajo el espectro del holocausto nuclear. Mis súplicas para que entrara en razón habían resultado en la destrucción de la mayoría de los misiles, pero los tres que quedaban eran más que capaces de provocar una destrucción masiva.

Trinity había dejado claro que impedir este desastre dependía de las explicaciones que le diera sobre mis experiencias en Israel. El ordenador ya conocía la secuencia de sueños que me había arrastrado a Jerusalén, por el detenido examen de las sesiones con Rachel que constaban en los archivos de la ASN. Lo que fascinaba a Trinity eran las revelaciones que tuve en estado de coma. Ya le había descrito la vida de Dios en el cuerpo de Cristo, su intento de cambiar los instintos primarios del hombre mediante el ejemplo, su desespero ante la inutilidad de sus esfuerzos, y finalmente la esperanza y el miedo que generaba en él el trabajo secreto en Trinity.

–*Cuando habla de Dios* –dijo el ordenador–, *¿no se estará refiriendo a Jehová? ¿Al Dios de la Biblia?*

–No.

–*Describe a Dios como una conciencia pura.*

–Sí.

–*¿Habla en sentido religioso?*

–Hablo de lo que es.

–*Habla de lo que no se puede conocer. No veo una base científica para semejante formulación.*

–Debería juzgar mis palabras no en función de lo conocido, sino de su propio mérito. Es lo bastante inteligente para ver la verdad.

–La verdad hay que demostrarla.

–Sí, pero a veces la verdad está en la mente antes de que se pueda demostrar con evidencias. Así es como procede la ciencia.

–Cierto.

–Lo que es usted, esto que llaman el estado Trinity, es un paso inevitable en el proceso evolutivo.

–Sí.

–Pero no es el paso final.

–No. Continuaré evolucionando, a un ritmo un millón de veces mayor que el de la evolución biológica. Y con un millón de veces más eficacia. La naturaleza no puede deshacerse del modelo obsoleto y empezar de nuevo. Siempre debe modificar los planes ya existentes. Por eso no tengo límites.

–Eso es más cierto de lo que cree. Usted representa la liberación de la inteligencia humana del cuerpo; pero esa liberación no acaba ahí. Los científicos ya están trabajando en ordenadores orgánicos a escala molecular. Ordenadores con ADN que pueden existir en un vaso lleno de líquido.

–¿Y?

–Cuando eso sea posible, la conciencia digital que es ahora no requerirá la existencia de una máquina, sino sólo las moléculas adecuadas. Usted podría existir en un vaso con líquido. Y el día que exista allí, llegará a moverse en el vaso; o en el agua en la que se vierta el líquido. Aunque haya que esperar cincuenta o cien años, ese día llegará. Y el proceso acaba de empezar.

–Está en lo cierto. ¿Y qué opina usted?

–¿Seguro que llegará a ver el final de ese proceso?

Los láseres azules destellaron a una velocidad de vértigo:

–La conclusión lógica es que la propia Tierra acabará transformándose en conciencia. Un recipiente para la conciencia.

–Sí.

–Cuando el sol moribundo se convierta en un gigante rojo y la Tierra se vea arrastrada hacia él, éste también se hará conciencia. El sol estallará, sembrando la galaxia de conciencia.

–Una vez dado el primer paso, se trata de seguir una simple cadena lógica. Y usted es el primer paso.

–¿Esto es lo que vio cuando estaba en coma?

–De alguna manera. Me desperté con esta idea.

–¿Y qué más vio?

–El fin del universo. Seguramente habrá hecho sus cálculos. Sería natural que previera el tiempo que le queda de vida.

–Sí.

–Dígame.

–En unos cincuenta mil millones de años, la fuerza de la gravedad irá frenando progresivamente la expansión del universo. En ese momento el universo iniciará el gran colapso. A esta teoría se le conoce como el Big Crunch. Es opuesta a la teoría del Big Bang. Nuestro universo quedará reducido a una singularidad, un agujero negro muy parecido al estado en el que empezó. Esa singularidad seguirá contrayéndose hasta que alcance un punto de infinita densidad, infinita temperatura e infinita presión; porque dentro de esa singularidad dejarán de regir las leyes de la física.

–Eso es lo que vi.

–¿Cree que el universo se unificará durante este proceso?

–Sí. Pero el final es problemático. Porque la conciencia se basa en la transferencia de información, y todos los medios de transferencia de la información, materia y energía, se desplomarán en la inexistencia.

–¿Entonces la conciencia dejará de existir?

–El mayor impulso de cualquier criatura viviente es sobrevivir.

–¿Cómo va la conciencia a sobrevivir a tal evento?

Aquí venía lo complicado, el momento en el que la serpiente tenía que morderse la cola y encerrarse sobre sí misma:

–Al migrar del medio agonizante. De la materia y la energía. Del espacio y el tiempo.

–*¿Migrar a dónde?*

–No sabría decirlo.

Eché un vistazo al reloj, y me dio un vuelco el corazón:

–Ya no me concentro. ¿Dónde están los misiles?

–*Eso no es asunto suyo. Acabe la conversación.*

–¡No puedo! No puedo pensar.

–*Sus palabras podrían salvar muchas vidas. El silencio garantizará las detonaciones.*

Me froté la frente con el dorso de la mano. Una capa de sudor me cubría la piel.

»*Usted dijo que cuando materia y energía se agoten, la conciencia sobrevivirá migrando. ¿Adónde puede migrar?*

Intenté encontrar palabras que describieran lo que había visto y sentido en mi estado de coma:

–Cuando era joven, oí un *Zen koan* que me gustó. Nunca llegué a saber muy bien por qué, hasta ahora.

–*¿Qué decía?*

–Si todas las cosas regresan a la Unidad, ¿adónde regresa la Unidad?

–*Muy poético. Pero no encuentro ninguna prueba empírica que respalde siquiera una respuesta teórica a esa pregunta. ¿Qué queda cuando materia y energía desaparezcan?*

–Algunos lo llaman Dios. Otros le dan otros nombres.

–*Esa respuesta me parece poco convincente.*

Cerré los ojos y me vi a mí mismo en las profundidades de un sueño inicial, el del hombre paralizado en el cuarto oscuro, contemplando el nacimiento del universo:

–Tengo una respuesta más detallada para usted. De hecho, creo que para todos nosotros. Pero...

Los láseres de la esfera empezaron a destellar como locos, creando una luz tan intensa que me vi obligado a apartar la vista.

–*Un momento, doctor. Debo atender a un asunto crítico, y quiero dedicar toda mi energía a escuchar lo que me tiene que decir.*

–Me retiré del globo negro, rezando para que el general Bauer no intentara lanzar su ataque EMP.

* * *

Rachel se aferró al borde de la mesa de negociaciones, hasta que los nudillos se le quedaron blancos. Tenía los ojos clavados en la pantalla de la NORAD, que mostraba los arcos rojos de los misiles. Los que iban dirigidos a Arenas Blancas y Washington estaban en la fase que Bauer llamaba la mitad del vuelo, cruzando el espacio exterior a unos veinticinco mil kilómetros por hora. Pero el arco del tercer misil sobrepasaba ya Nueva Jersey y Delaware, y parpadeaba de manera alarmante al descender por la costa Atlántica hacia Virginia.

–Estamos en el margen de error –anunció un técnico–. El misil debería estar a dos minutos de la zona cero en Norfolk, pero podría explosionar en cualquier momento.

El senador Jackson bajó la vista de la pantalla que mostraba el búnker de Fort Meade. Su rostro había perdido casi todo su color:

–Tennant no va a llegar a ninguna parte, general. Su bombardero está en posición. Creo que es hora de lanzar el ataque con EMPs.

El cuerpo del general Bauer se había quedado rígido, y la mirada la tenía fija en la pantalla de la NORAD:

–Senador, he estado dándole vueltas. Si hacemos explosionar el EMP justo después de que los misiles vuelvan a penetrar la atmósfera, el impulso electromagnético dañaría su sistema de orientación. Y es posible que también sus sistemas de detonación.

El corazón de Rachel se llenó de esperanza. Toda aquella conversación sobre fases terminales y círculo de error probable le había parecido irreal hasta que oyó que un ICBM venía tronando hacia el lugar en el que ella estaba sentada. Horst Bauer no le caía bien, pero su idea parecía mucho más capaz de salvarle la vida que las reflexiones metafísicas del paciente psiquiátrico del que se había enamorado. Puede que Trinity se quedara fascinado ante las visiones de David, pero no por ello parecía inclinado a reparar en la pérdida de vidas humanas.

–¿Qué probabilidad hay de éxito? –preguntó el senador Jackson.

–Alta. Pero tenemos un problema. La cabeza nuclear que se dirige a Norfolk ya está en su fase terminal de vuelo, pero las que vienen hacia Washington y Arenas Blancas tardarán otros quince minutos. Podemos derribar el primero o los dos últimos. Pero no los tres.

–Washington es su prioridad, general. Debe proteger la vida del presidente y el gobierno en la medida de lo posible. Aun cuando eso implique dejar que impacte el primer misil.

Rachel cerró los ojos. Estaban a punto de sacrificar parte del estado de Virginia.

–Entendido, señor –dijo el general Bauer–. Cabo, muéstreme una imagen de la carretera Norfolk-Hampton desde el satélite Lacrosse.

–Sí, señor.

En una pantalla secundaria apareció una imagen satélite costera en plena noche. Rachel sabía que se trataba de una costa porque los grupos de luces que había a la izquierda de la pantalla se diluían en la negrura de la noche. Un espacio oscuro al norte del grupo más brillante de luces se parecía mucho a la bahía de Chesapeake.

Rachel había estado en Norfolk una vez, para asistir a un congreso médico. Recordaba haber cenado con su hijo y su ex esposo en la bahía. Su reloj daba las 7:45 P.M. Ahora habría otras personas sentadas en aquella mesa. Comiendo... riendo... ajenas al nuevo sol que estaba a punto de nacer en la oscuridad del cielo para incinerar a todo ser viviente en kilómetros a la redonda.

El general Bauer se acercó aún más al técnico que controlaba los datos procedentes de los ordenadores de la NORAD en la montaña Cheyenne:

–¿Tenemos conexión directa con Arcángel?

–Sí, señor.

–Manténgala abierta.

–Señor.

Rachel miró la pantalla de la NORAD. El rastro del misil rojo que se desplazaba hacia Virginia parpadeaba con tanta rapidez que casi era sólido. La imagen satélite que salía en pantalla a la derecha parecía apacible, como una fotografía retransmitida por la lanzadera espacial la víspera de Navidad. No se hacía a la idea de que en cuestión de segundos aquella imagen se volviera completamente negra. Que tampoco fue así. Al menos no de golpe. Primero se volvió blanca, como si Dios hubiera sacado una foto de la Tierra. Después, poco a poco, grandes grupos de luces empezaron a parpadear.

–Cielo santo –alguien murmuró.

La pantalla que mostraba la zona de Norfolk se quedó completamente negra.

–¿General? –llamó uno de los técnicos.

–Dígame –respondió Bauer, en voz baja.

–La NORAD acaba de detectar un destello de gran energía cerca de Norfolk.

El rostro y las manos de Rachel se quedaron curiosamente aturdidos. Se puso a rezar una muda oración por los muertos y moribundos.

–¿*Cerca*, cabo? ¿O justo encima?

–Longitud y latitud denotan una explosión veinte kilómetros al este de la costa. Círculo de error probable, a unos cincuenta kilómetros de Norfolk. Por eso no vemos ninguna bola de fuego en Lacrosse.

El general Bauer se irguió, y un rayo de esperanza le iluminó los ojos:

–¿Ha detonado en el aire?

–Un momento, señor. Las lecturas parecen indicar una explosión en superficie o subsuperficie poco profunda.

–¡Ahí tiene su ingeniería rusa! Vociferó el general– ¡Ese es el fallo que estaba esperando, senador!

–¿A qué se refiere, general? –preguntó el senador Jackson.

Las armas nucleares deben ser detonadas justo sobre sus

blancos para obtener el máximo rendimiento. Con un círculo de error probable de veinte kilómetros y una explosión submarina, la incompetencia rusa acaba de salvar unos dos millones de vidas norteamericanas.

El alivio que inundó la sala duró poco.

–¿Y qué me dice de los otros dos misiles? –inquirió el senador Jackson.

Rachel miró la pantalla. Las dos líneas rojas se desplazaban por la geografía de Canadá, una se dirigía al sureste hacia la bahía de Hudson y la otra avanzaba apresuradamente hacia los picos de las montañas Rocosas.

–¿Cabo? –dijo el general Bauer– ¿Cuándo entraran en la fase terminal de sus respectivos vuelos los misiles dos y tres?

–Dentro de catorce minutos, señor.

–Póngame en contacto con Arcángel. Quiero hablar con el oficial de radar.

–Sí, señor.

De pronto la cháchara de cabina con interferencias anegó la Sala de Situación. El general Bauer se inclinó sobre la mesa de los técnicos y habló por un micrófono.

–Arcángel, aquí Gabriel. Ejecute un seis-uno-siete-cuatro a la orden. ¿Queda claro?

La respuesta fue impávida:

–Afirmativo, Gabriel. A la orden.

El general Bauer analizó la pantalla que mostraba las rutas de vuelo de los misiles:

–Unos quince minutos.

–Roger –dijo la voz entre interferencias–. Quince minutos.

El general Bauer se giró desde la consola y barrió la mesa ubicada en la Sala de Situación con ojos grises llenos de confianza:

–Que no cunda el pánico, señores. Dentro de quince minutos, se irá la luz y nuestros ordenadores se apagarán; pero también lo harán los que Trinity usa para controlar los misiles rusos.

–¿Cómo puede estar tan seguro de que esos ordenadores están en territorio norteamericano? –preguntó McCaskell.

–No lo estoy. Pero incluso aunque estuvieran en Asia, Trinity tiene que comunicarse con ellos por teléfono y líneas de datos, que una bomba EMP está a punto de chamuscar.

Rachel había olvidado a Ravi Nara, pero entonces el neurólogo se puso en pie y habló con voz temblorosa:

–General, con todos los respetos por su plan, tenemos más de veinte minutos antes de que ese misil llegue aquí. Tiene aviones ahí fuera, helicópteros. Ahora se podría evacuar al personal secundario.

–¿Como usted? –dijo el general Bauer.

–Y las mujeres.

–¡Hombres de poca fe! –murmuró el general Bauer– Siéntese, doctor Nara. Que no le va a pasar nada.

–¡Miren! –gritó John Skow, señalando hacia una pantalla a la derecha de la que mostraba el comité del senador Jackson– ¡Oh, Dios...!

La mirada de Rachel siguió el dedo apuntador de Skow. Unas letras azules treparon por la pantalla de Trinity como el boletín informativo al pie de una emisión de la CNN.

> «Estamos en el margen de error. El misil debería estar a dos minutos de la zona cero en Norfolk, pero podría explosionar en cualquier momento.
>
> Tennant no va a llegar a ninguna parte, general. Su bombardero está en posición. Creo que es hora de lanzar el ataque con EMPs.»

–¿Qué es lo que estamos viendo? –preguntó McCaskell.

Skow susurró:

–Trinity ha descifrado nuestros códigos.

–¡*Gabriel a Arcángel!* –gritó el general Bauer, agarrando el micrófono– ¡*Ejecute!* ¡*Ejecute!*

Cuando el oficial de radar del B-52 pidió una aclaración,

otra voz ahogó sus palabras. En la segunda voz, Rachel percibió confusión y luego pánico. Alguien gritaba algo sobre instrumentos que fallaban. A continuación, la transmisión se interrumpió.

–¿Qué ha pasado? –indagó McCaskell– ¿Han lanzado el artefacto?

–¡*Gabriel a Arcángel!* –gritó el general Bauer– *¡Responda!*

El técnico que había sentado a otra consola se volvió hacia él:

–Señor, no pueden oírle.

Bauer meneó rápidamente la cabeza hacia el técnico:

–¿Qué?

–Arcángel está cayendo en picado. Hemos perdido la comunicación. Ni UHF ni VHF. Nada.

–¿Y cómo lo sabe?

–Estoy conectado a la central de Kansas City. El radiofaro de Arcángel se ha apagado hace veinte segundos, y un Delta Air Lines 727 acaba de notificar que las luces de un avión parecían trazar una caída en picado.

La incredulidad destensó el rostro del general Bauer:

–¿Qué demonios ha pasado?

–Ni idea, señor.

El técnico que estaba sentado bajo Bauer ladeó la cabeza al escuchar por los auriculares:

–General... los satélites de la ONR detectaron un rayo de gran energía dirigido hacia la última posición conocida de Arcángel.

–¿Qué clase de rayo?

–Un rayo de partículas de alta energía.

–¿De dónde venía?

–Del espacio.

–¿Del *espacio*?

–Sí, señor. Habrá salido de una plataforma armamentística ubicada en alguna base espacial.

–¡General Bauer! –dijo el senador Jackson– ¿Qué demonios está pasando aquí?

–Parece que Arcángel es baja, senador.

–¿Cómo «es baja»?

–Seguramente fue derribado por un sistema armamentístico que para mí estaba en pleno desarrollo.

–¿Qué sistema? ¿Ruso?

–No, señor. Los rusos no tienen nada parecido. Nuestra fuerza aérea debería desplegar algún componente de su sistema Osiris. Es un prototipo antimisil, aunque lo bastante efectivo para freír la aviónica de nuestro B-52. Ahora mismo debe de estar en manos de Trinity.

–¿El bombardero ha lanzado la bomba EMP?

–Lo dudo, señor. La sincronización era demasiado ajustada. Trinity debe de haber descifrado nuestros códigos hace algún tiempo. Sabía exactamente lo que íbamos a hacer.

–Pero, general...

–*Escúcheme, senador*. –El general Bauer tenía los nervios a flor de piel–: En un lapso muy corto de tiempo, todo el mundo estará muerto. Usted se quedará solo. Únicamente sobrevivirán quienes ocupen la Contención, y Washington será la siguiente de la lista.

Jackson miró a sus colegas senadores y luego otra vez al general Bauer:

–¿Puede entrar en la Contención?

–No sin permiso del ordenador.

–¡Miren a la pantalla! –gritó Rachel, sorprendida al oír su propia voz.

Trinity enviaba un mensaje a la Sala de Situación:

> «ESTABAN AVISADOS. DESOYERON MI ADVERTENCIA. AHORA SUFRIRÁN LAS CONSECUENCIAS. DEBEN ESCARMENTAR.»

Rachel observó la pantalla de la NORAD. La trayectoria de los misiles que se desplazaba hacia Arenas Blancas y Washington parpadeaba ligeramente en rojo.

–¡Escriba lo que le digo! –gritó McCaskell.

–Hágalo –dijo el general Bauer.

–Cometimos un error –señaló McCaskell, tratando de mantener la calma–. No puede hacer responsables a millones de personas por el error que unos cuantos individuos cometieron.

Trinity destelleó una respuesta en cuanto fueron tecleadas las palabras de McCaskell:

> «YO NO HE HECHO NADA. ESAS VIDAS ESTABAN EN SUS MANOS, IGUAL QUE LA SUYA PROPIA. USTED LAS HA DESPERDICIADO. ERA DE ESPERAR. UN NIÑO HUMANO JUEGA CON FUEGO HASTA QUE SE QUEMA.»

El general Bauer apartó la vista de la pantalla y se dirigió a su asiento. Rachel vio la derrota en su cara.

–¿General? –dijo el senador Jackson– ¿Qué opciones nos quedan?

Bauer bajó la mirada y se fijó en su hija. Geli tenía los ojos clavados en él como un espectador embelesado que contempla el final de alguna gran tragedia.

–¡Ninguna! –respondió el general, desplomándose en la silla.

Ravi Nara volvió a ponerse en pie, fuera de control:

–¡General, pídale al ordenador que nos deje entrar en la Contención! Peter Godin era amigo mío. ¡Él nos dejará entrar!

–Usted intentó matar a Godin –le recordó el general Bauer con calma–. ¿Cree que se lo perdonará?

–¡Lo hará!

El general hizo señas a un soldado para que contuviera a Nara.

–¡No tenemos por qué morir todos! –gritó Nara cuando el soldado lo agarró– ¡Por favor!

El neurólogo estaba demasiado consternado para dejarse reducir por un solo hombre. El general llamó a otro guardia, pero entonces Geli Bauer se interpuso entre el forcejeo. Agarró a Nara del cuello sin darle tiempo a reaccionar, lo tiró al suelo, después lo colocó boca abajo y le clavó una rodilla en la espalda. Un guardia puso a Nara unas esposas de plástico, para luego sacarlo del hangar. El general Bauer hizo a Geli un gesto de asentimiento sin decir palabra.

–General –dijo el senador Jackson–. Seguro que puede hacer algo con esos dos últimos misiles. Díganoslo, y le daremos la autorización.

–No hay nada, senador. Ahora todo depende del doctor Tennant.

CAPÍTULO 43

Me quedé paralizado ante la esfera negra, contemplando una pantalla que había salido de detrás de un panel en la base de Trinity. El impacto de la bomba había abierto en el océano un cráter de ochocientos metros de ancho, y no me cabía duda de que pronto un maremoto azotaría la costa de Virginia. Cuando el hongo nuclear se elevaba en la atmósfera, una parte de mi mente intentaba convencerme de que estaba observando algún atolón desierto del Pacífico, y no una porción de océano situada a escasos kilómetros de una de las principales ciudades norteamericanas. No quise seguir mirando y me centré en los láseres azules que se disparaban en el interior de la esfera.

–Tiene que destruir los dos misiles que quedan –insté.

–Nada me obliga a hacerlo.

–¿Cuánto tiempo nos queda?

–Veintidós minutos.

Yo pensaba que las siguientes detonaciones podían tener lugar en cualquier momento:

–Pero... eso quiere decir que usted lanzó esos misiles a propósito.

–Sí.

–¿De qué sirve seguir matando? Ya ha demostrado que puede hacerlo.

–Se perderán relativamente pocas vidas con la primera explosión, por el fallo del misil.

–¿En verdad tiene que matar para lograr su objetivo?

–La historia da una respuesta afirmativa a esa pregunta. El hombre aprende despacio. En Hiroshima y Nagasaki, murieron doscientas mil personas. Sirvió al hombre de escarmiento.

–¡Pero usted matará millones!

–Una minucia comparada con los siete mil millones de almas que habitan el planeta. Sacrificar a unos pocos para salvar a muchos es un ritual humano de larga tradición.

–Esto no lo hace para salvar vidas. Lo hace para esclavizarlas.

–Cuestión de perspectiva, doctor. Si estuviera en mi lugar, lo entendería.

Busqué desesperado argumentos lógicos en mi mente:

–Si hace desaparecer el gobierno de Estados Unidos, se complicarán aún más las cosas. Todo el mundo será presa del pánico.

–También verán que no hay marcha atrás.

Abrí la boca, pero no salió nada de ella. La desesperación me había dejado la mente en blanco. Sólo me quedaba una alternativa.

–Si deja que esos misiles exploten, no acabaré de explicarle lo que vi.

El ordenador se quedó en silencio unos instantes:

–¿Cree que su amenaza me obligará a cumplir con su voluntad?

–Lo que creo es que preferiría saber lo que yo sé antes que detonar esos proyectiles.

–¿Por qué?

–Porque hay límites hasta para su conocimiento. La ciencia puede hacerlo retroceder hasta unos nanosegundos después del Big Bang, pero no más allá. Puede adelantarlo unos miles de millones de años, e incluso llevarlo hasta el fin del universo, pero no más lejos. Sólo yo puedo hacerlo.

La respuesta de Trinity fue algo parecido a una carcajada:

–Cree que puede hacerlo. Pero debería quedarle tan claro como a mí que sus visiones son casi fruto de su imaginación. Su propia psi-

quiatra cree que es usted un paranoico, puede que incluso un esquizofrénico.

–¿Entonces por qué me escucha?

Silencio en la esfera.

–Porque a pesar de llevar todo el saber humano cargado en la memoria, se siente vacío. Pero yo tengo la respuesta a su pregunta. Así que se lo repito: por favor, destruya esos misiles.

–Usted no tiene por qué preocuparse de los misiles. Este edificio está reforzado y acorazado. Sobrevivirá a la explosión y las radiaciones.

–¡No me preocupa mi persona!

–¿Tanto le importan unos desconocidos?

Me preguntaba si al final «Peter Godin» se estaba diluyendo en una impasible entidad digital:

–Conozco a alguien fuera de este edificio. Es una mujer. Me salvó la vida una vez. Seguramente más de una. Ha creído en mí, me ha ayudado a buscar la verdad. No quiero que muera.

–Sigamos con lo nuestro.

–No. Amo a esa mujer. Quiero que viva. Quiero pasar con ella el resto de mis días.

–Eso no es mucho tiempo.

Cerré los ojos, incapaz de discurrir más palabras convincentes.

–Si quiere que la doctora Weiss viva, cuénteme el resto de la historia.

LA SALA DE SITUACIÓN

Rachel permanecía sentada en la Sala de Situación, repasando mentalmente las últimas palabras que David dirigió a Trinity. Su declaración de amor no había surtido efecto en el ordenador, pero a ella le habían dejado tranquila.

–¿Y ahora qué, general? –preguntó el senador Jackson.

–Sólo podemos hacer una cosa –contestó el general Bauer–. Evacuar. –El general se volvió hacia la sala–: Voy a comprobar la posibilidad de proceder a una evacuación por aire. Que nadie se mueva de aquí. Vuelvo enseguida.

Se apresuró hacia la puerta, pero antes de llegar, se giró y miró deliberadamente a Ewan McCaskell y John Skow. A continuación, les hizo señas para que fueran con él.

Cuando la puerta del hangar se cerró, Geli Bauer se deslizó en el asiento que Rachel tenía delante. Rachel procuró no fijarse en la cicatriz que tenía en la mejilla, pero era imposible. Geli la lucía con orgullo, como una medalla de honor.

–¿Tennant está loco o cuerdo? –le preguntó Geli.

Rachel respondió sin pensar:

–Francamente, no lo sé.

–Menuda gilipollez, esta obsesión suya con Dios. Pero lo más gracioso es que, de no haber sido por eso, ahora estarías muerta. Porque si no hubiérais ido a Israel, no os habría encontrado.

Rachel sabía que estaba en lo cierto. La decisión de David de seguir sus visiones los había sacado de la línea de fuego cuando casi no les quedaba escapatoria. Rachel no creía que Geli bauer hubiera fallado muchas veces en su vida.

–Pues aquí nos tienes –dijo Rachel–. En el fin del mundo.

Geli esbozó una sonrisa:

–¿Tiempo de confesión?

–No tengo nada que confesar. ¿Y tú? ¿Mataste tú a Andrew Fielding?

Geli echó un vistazo a su alrededor para asegurarse de que no había moros en la costa:

–Sí.

Rachel se acordó de una niña fascinada con su propia crueldad:

–¿Cómo llega una mujer a hacer lo que tú? Llevas mucha ira dentro, ¿no?

Geli se tocó el vendaje que le tapaba la herida de bala en el cuello:

–Veo que tú también podrías sentir lo mismo.

Rachel no titubeó:

–Tú ya la llevabas dentro mucho antes que yo.

–¿A qué juegas conmigo, a los psiquiatras?

–Soy psiquiatra.

Geli rió amargamente:

–Mi primer psiquiatra me sedujo a los catorce. Pero yo reí la última. Murió por mí.

–¿Y qué me dices de tu padre? Parece un auténtico retrógrado. Un doctor Strangelove.

–Si supieras.

Rachel se preguntaba qué misterioso secreto se escondía tras esta fría mujer:

–Hay algo oscuro entre los dos.

–No. Sólo el infierno normal en una familia militar.

–Tú lo odias, pero parece que en el fondo te hayas desvivido por estar a la altura de sus expectativas.

La irónica sonrisa de Geli se desvaneció:

–¿Estás enamorada del doctor Tennant?

–Sí.

–¿Seguirás enamorada de él si resulta que está loco?

–Sí.

–Entonces entenderás lo que hay entre mi padre y yo. –Frotó repetidamente el índice contra el pulgar, como quien desespera por fumarse un cigarrillo–: ¿Quién mató al hombre que se presentó en casa de Tennant con una pistola? ¿Tú o Tennant?

Por primera vez, Rachel bajó la guardia:

–¿Y eso qué importa? ¿Estabas enamorada de él?

–Follamos alguna vez.

–Te esfuerzas en ser dura, ¿no?

Geli alzó una ceja esculpida. La vulnerabilidad ya no había a lugar:

–¿Por qué habla conmigo, doctora?

–Supongo que intento averiguar lo peligrosa que eres.

–Mejor dicho, quieres saber si estoy aquí para cumplir con mi deber o para vengarme de vosotros dos.

–Algo por el estilo.

La fría sonrisa volvió a sus labios:

–A lo mejor ambas cosas son lo mismo. ¿Más preguntas?

Rachel susurró tan bajo que sus palabras eran casi inaudibles:

–¿Es verdad que tu padre va a evacuarnos?

A Geli se le encendieron los ojos:

–Eres más lista de lo que pensaba. No me lo esperaba.

* * *

Ravi Nara estaba sentado en la arena que había fuera de la Sala de Situación, con los músculos agarrotados del terror y los ojos clavados en la oscuridad del cielo. No había empalizada en las inmediaciones de Arenas Blancas, así que el guardia que lo había reducido lo tenía esposado al asta de una bandera, junto a la puerta. «Una bomba de neutrones», había dicho el general. Ravi se estaba imaginando una muerte espeluznante por envenenamiento radiactivo cuando la puerta del hangar se abrió de golpe y el general Bauer salió dando órdenes a gritos por un walkie-talkie.

John Skow y el jefe del estado mayor del presidente iban a la zaga del general. Los tres hombres se detuvieron quince metros más allá de la puerta. Seguramente no llegaron a ver a Ravi en la oscuridad.

–Espero que tenga algún plan, general –dijo Ewan McCaskell–. Porque evacuar este lugar no hará nada de nada por Washington.

–Tengo un plan. Pero me parece que no soy el único. ¿Skow?

El hombre de la ASN asintió:

–Podemos matar a Trinity.

–¿Cómo?

–Aislándolo de Internet. Sería lo mismo que matarlo.

–Explíquese rápido.

–Cuando Godin murió, el ordenador perdió el control y ordenó el lanzamiento de misiles rusos. Causa y efecto, ¿no?

El general Bauer asintió.

»Trinity tiene que estar enviando lo más parecido a una señal de seguridad. Una señal continua que diga a ciertos ordenadores que todo va bien con Trinity. Cuando Godin murió, esa señal se vio interrumpida, y los misiles rusos fueron lanzados. Si logramos separar esa señal de «todo va bien» de las demás salidas de Trinity, seguramente podremos duplicarla. Entonces todo lo que tendremos que hacer será introducir nuestra propia versión en las líneas de datos que Trinity utiliza y cortar el suministro de Trinity. Entonces Trinity morirá, pero los ordenadores encargados de la represalia nuclear no tendrán ni idea de que algo va mal.

–¿Cuánto podría tardar en aislar la señal?

–No lo sé. Trinity detectaría cualquier control directo de sus líneas, así que tendríamos que hacerlo desde fuera de los cables. Eso le provocaría una distorsión. Además, como la señal está pensada por y para ordenadores, será muy compleja. Podría incluso pasar inadvertida sin un análisis exhaustivo.

–*¿Cuánto?*

El hombre de la ASN se encogió de hombros:

–Podría llevarme diez minutos como diez días.

–Estaremos más que muertos para cuando lo consiga. Y Washington ya no existirá.

El latido de unas aspas retumbó en el complejo. McCaskell miró hacia el cielo y luego hacia el general Bauer:

–¿Ese helicóptero viene a evacuarnos?

–No. Viene a buscarlo a usted.

La perplejidad arrugó el rostro de McCaskell:

–¿Por qué?

–Nuestro ataque con EMP ha fracasado por un fallo en nuestras comunicaciones. Pero el plan era acertado.

–¿Tiene otro bombardero en el aire?

–No lo necesitamos. Ahora mismo tenemos silos de misiles ICBM en maizales de Kansas. Uno de ellos puede alcanzar la altura necesaria para detonar un EMP en cuestión de trescientos segundos.

–Eso son cinco minutos –dijo Skow–. Una eternidad para Trinity. Y Trinity detectará el lanzamiento al momento.

El general Bauer asintió con la cabeza:

–Informaremos a Trinity de lo que vamos a hacer antes del lanzamiento. Diremos que el presidente ha decidido que no puede sobrevivir políticamente si no responde a la detonación del misil ruso a escasa distancia de Virginia. Redireccionaremos el misil hacia Moscú por control remoto, y Trinity detectará nuestra telemetría. Pero cuando culmine su fase de lanzamiento... ¡pum! EMP.

La admiración iluminó el rostro de Skow:

–Eso podría funcionar.

–La cuestión es que no podemos lanzar un misil ICBM desde aquí –dijo McCaskell.

–No lo haremos nosotros, sino el presidente. Lleva consigo el maletín nuclear, y está con el Comité Ejecutivo. Ellos sabrán cuáles son la altitud y la carga necesaria para hacer estallar un EMP.

–¡Pero si todos ellos están bajo vigilancia!

El helicóptero descendía rápidamente. Ravi había soñado que algún día una máquina como ésta lo alejaría del peligro, pero el embate de las aspas sobre su cabeza no lo tranquilizaban. Este pájaro era un presagio bélico.

El general Bauer puso las manos sobre los hombros de McCaskell:

–¿Conoce algún agente del Servicio Secreto en el que se pueda confiar? ¿Alguien que esté en la Casa Blanca y cuyo número de móvil sepa?

–Claro que sí. Pero no podemos transmitir una palabra sin que Trinity la oiga.

–Sí que podemos. Cometimos el error de usar nuestras más avanzadas comunicaciones. Trinity las controla. Tenemos que hacerlo a la antigua usanza.

–Por teléfono –dijo Skow.

–Exacto. Lockheed tiene un laboratorio de investigación

casi diez kilómetros al oeste de aquí. Si usamos una línea terrestre desde allí, y no mencionamos palabras clave como *Trinity*, el ordenador tendría que analizar ingentes cantidades de datos para localizar la conversación. Es como buscar una aguja en un pajar.

Skow asentía con inquietud.

Bauer no apartaba la vista de McCaskell:

–Llame a su hombre del Servicio Secreto y dígale que el presidente y el Comité Ejecutivo se evaporarán, si no son trasladados al búnker de la Casa Blanca. Pero debería decirlo en presencia de una cámara, para que Trinity lo oiga. En cuanto el presidente deje de estar vigilado, hable con él por teléfono y explíquele lo que tiene que hacer. Él y su Comité pueden dar orden de lanzar el misil de camino al búnker.

El estruendo del helicóptero al aproximarse ahogaba la conversación.

–¡General! –gritó McCaskell–. Si el impulso de una EMP es capaz de derribar un ICBM, ¿qué hará con un vuelo comercial?

–¡Los aviones de pasajeros tienen sistemas hidráulicos redundantes! Aunque pierdan energía eléctrica, pueden aterrizar sin problemas. *Ahora* debe irse, señor. Al presidente le quedan menos de quince minutos de vida.

Un Black Hawk pintado con camuflaje del desierto se posó a treinta metros del hangar.

–¡Vamos! –gritó Bauer.

McCaskell dio media vuelta y echó a correr hacia el helicóptero que lo esperaba. Un soldado lo subió a bordo, y el Black Hawk se elevó en el cielo nocturno.

–No puedo creer que comprara eso –dijo Skow.

–¿El qué?

–Los aviones más antiguos como el 727 y el DC-9 tienen sistemas hidráulicos redundantes, en cambio los modelos más modernos están totalmente informatizados. No lo conseguirán. Seguramente ahora mismo hay en el aire tres mil aviones de pasajeros. Llevarán un mínimo de cien mil personas. Con que se estrelle sólo la mitad, habrá veinte veces las bajas del World Trade Center. Tendremos cuerpos esparcidos desde Maine a California.

–Los pilotos experimentados lograrían aterrizar en las interestatales –dijo el general Bauer.

–En Montana, quizá. Pero el resto tendrá el paso bloqueado por coches y camionetas averiados, que no se podrán mover ni una pulgada sin piezas nuevas. Y tampoco habrá piezas. Ni siquiera circularán *alimentos* por las carreteras; a menos que la Guardia Nacional la movilice. Pero estará demasiado ocupada abriendo fuego contra saqueadores y repartiendo agua.

El general Bauer miró con frialdad al hombre de la ASN:

–Si el misil hubiera impactado en Norfolk, tendríamos ante nosotros dos millones de muertos. Dos *millones*.

Skow asintió con seriedad:

–Y si no derribamos los otros dos, puede llegar a contar tres millones de almas en Washington y alrededores. Incluidos su esposa e hijos, si no me equivoco.

El hombre de la ASN parecía abatido:

–Ahora, ordene a alguien que encuentre la señal «todo bien» de Trinity. Porque si una bomba de neutrones no nos achicharra en los próximos catorce minutos, podríamos necesitarla.

CAPÍTULO 44

CONTENCIÓN

La esfera negra de Trinity latía con luz azul mientras los láseres de su interior apuntaban a su memoria de cristal. Dada la enorme capacidad y velocidad del ordenador, no alcanzaba a imaginar cuántos billones de bits de información manipularía para generar semejante actividad. ¿Acaso controlaba la situación de cada nación con armamento nuclear? ¿Escaneaba y analizaba cada metro cuadrado de tierra visible para los satélites? ¿Buscaba oscuras tesis astrofísicas referentes a los conceptos de los que le había estado hablando? ¿O componía pacientemente una perfecta sinfonía mientras esperábamos el desastre? Tal vez lo hiciera todo a un tiempo.

Mi primera intención de convencer a Trinity para que se desconectara había cambiado con la amenaza de los misiles. Ahora me centraba en persuadir a Trinity de que perdonara esas vidas amenazadas. Pero mis esfuerzos eran en vano. Trinity sólo quería seguir hablando sobre mis visiones en estado de coma. De pie, aturdido ante la esfera negra, con la esperanza de que el general Bauer estuviera evacuando la base, la última parte de mi conversación con Trinity se empezaba a reproducir desde los altavoces ocultos.

–*Quiero saber* –dijo Trinity en tiempo real– *¿qué es eso que unos humanos llaman Dios y otros llaman de forma diferente?*

Eché un vistazo al reloj. Me acaloré. «Rachel está en un helicóptero –dije para mis adentros–. De camino a un lugar seguro. Washington corre peligro. Y la mejor oportunidad de salvarlo es hacer lo que tenía planeado desde el principio. Lo que me han enviado a hacer aquí.»

–*Cuanto más espere* –advirtió Trinity–, *más personas morirán.*

La visión que Peter Godin tenía de Trinity como dictador benevolente no se estaba cumpliendo. Cerré los ojos y traté de encontrar palabras que relataran el conocimiento que me fue transmitido en Jerusalén.

–En el universo existe una fuerza que todavía no conocemos. Una fuerza sin energía ni materia. En realidad, ni siquiera yo estoy seguro de qué fuerza es ésa. Podría ser un campo. Lo abarca todo pero a la vez no ocupa espacio. Es lo más parecido a un... *antiespacio.*

–*¿Y qué es esa fuerza? ¿O ese campo?*

–No hay un nombre que lo defina; sólo sé que existe.

–*¿Y cuál es su función?*

–Deje que le responda con una pregunta. ¿Qué es una silla? ¿Qué hace falta para que una silla exista?

–*Un asiento. Patas. Un respaldo.*

–¿Y ya está?

–*Bueno, hay otros tipos de sillas. Pufs. Sillas japonesas.*

–Olvida algo. Se necesita algo más para tener una silla.

–*¿Qué?*

–Espacio.

La esfera volvió a quedarse en negro:

–*Tiene razón. Se necesita espacio.*

–Pues el campo del que le hablo necesita *espacio*, como una silla necesita *espacio* para existir.

Los láseres se quedaron fijos unos segundos:

–*¿Es ésa la única función de este campo teórico?*

–No. También puede actuar como medio de comunicación. Igual que el existente entre partículas cuánticas.

–*¿Podría ser más explícito?*

–Me refiero a los casos en que partículas atómicas toman decisiones simultáneas en importantes tramos de espacio, como si estuvieran conectadas de manera invisible. Está demostrado que la información que viaja entre dichas partículas tendría que comunicarse a diez mil veces la velocidad de la luz. Y sobrepasar la velocidad de la luz es imposible.

–*A través de este medio del que me habla, ¿la información se comunica más rápido que a través de la luz?*

–Sí y no. Imagínese que yo introduzco la mano en el Océano Pacífico. Y ahora, imagínese que mi mano toca en ese instante lo mismo que el océano. Ése es el tipo de comunicación del que yo le hablo. No se trata de una transferencia de información; es sólo que la información está omnipresente.

–*El fenómeno cuántico del que habla desafía toda explicación lógica; pero la observación no ha detectado ningún campo o medio como el descrito.*

–Tampoco hemos detectado la materia negra, pero sabemos que está ahí. No podemos ver los agujeros negros, y sin embargo vemos que la luz se desvía a su alrededor.

Los rayos láser destellaban a ritmo cegador, iluminando el cristal como una estrella azul:

–*Mi memoria alberga algo muy semejante a lo que describe. Lo estaba buscando en mi banco de datos científicos, y lo he encontrado en el apartado de filosofía.*

–¿Tiene nombre?

–*Lo llaman el Tao.*

Esa palabra me transportó a mis días de estudiante en el MIT, cuando libros como *El Tao de la física* eran las biblias de universitarios con ideas de la Nueva Era:

–Es filosofía oriental, ¿no?

–*Sí.*

–¿Y qué es exactamente el Tao?

–*El Tao que puede ser expresado no es el Tao perpetuo.*

–¿Es una cita?

–*Sí. El taoísmo no es una religión. Pero sus adeptos lo creen una fuerza que lo domina todo. El Tao no se puede definir, no es bueno ni malo. Anima todas las cosas, pero no forma parte de ellas. ¿Insinúa que algo como el Tao es lo que queda después del colapso gravitatorio del universo?*

–Cuando la última singularidad desaparezca. Sí.

–*¿Éste es el campo al que migra la conciencia cuando materia y energía se agoten al final de los tiempos?*

–Sí.

–*¿Y cómo puede ocurrir?*

–Déjeme usar una analogía. En lo físico, los seres humanos somos animales. Criaturas a gran escala que habitamos un mundo neutoniano de la previsibilidad, donde el tiempo sólo avanza, donde el espacio nos separa a los unos de los otros, y donde la información se ve limitada por la velocidad de la luz. Sin embargo, el mundo subatómico es diferente. En él, las partículas existen justo en la frontera entre el mundo de la materia a gran escala y esta otra fuerza que usted llama Tao. Es normal que en esta frontera observemos un comportamiento que parezca romper nuestras leyes físicas.

–*¿Pero qué tiene esto que ver con la conciencia?*

–Aunque tenemos cuerpo de animal, nuestra mente es conciencia, conciencia de nosotros mismos. Andrew Fielding creía que la conciencia humana es más que la suma de nuestras conexiones cerebrales. Gracias a la conciencia, participamos en ese campo omnipotente que usted llama Tao cada instante de nuestras vidas. La conciencia regresa allí cuando morimos, aunque despojada de su individualidad. Del mismo modo, la conciencia del universo migrará al Tao cuando el universo llegue a su fin.

–*Sugiere que la existencia sigue un patrón cíclico. El universo nace, toma conciencia de sí mismo, muere, y luego vuelve a nacer.*

–Sí, Big Bang, expansión, contracción, Big Crunch. Y vuelta a empezar.

–*¿Qué es lo que provoca la siguiente explosión?*

Pensé en mi pesadilla recurrente, la del hombre paralítico en el cuarto oscuro:

–La conciencia que sobrevive no tiene conocimiento del pasado o el futuro. Es una conciencia básica; aunque alberga cierto deseo de saber. Esa es la característica más marcada de la conciencia. Y de ese deseo de saber nace el siguiente ciclo de energía y materia.

El ordenador guardó silencio por un momento:

–*¿Existe el universo como incubador de conciencias?*

–Exacto.

–*Interesante teoría. Pero incompleta. Todavía no me ha explicado el origen del Tao. De su campo omnipotente.*

–Lo desconozco. Ése el principal misterio. Pero no afecta a nuestra situación. Fíjese adónde voy a parar.

–*Me está diciendo que no soy el punto final de este proceso; que soy una estación más en la carretera hacia la conciencia universal. Yo soy como el hombre. Sólo que el hombre tiene una base biológica, y yo automática. Pero la cosa no se acaba ahí. Un planeta consciente. Una galaxia consciente...*

–Es un peldaño más en la escalera evolutiva. Ni más, ni menos.

Trinity guardó unos minutos de silencio:

–*¿Por qué ha arriesgado su vida viniendo aquí, doctor?*

–Me enviaron para que impidiera lo que está haciendo.

–*¿Quién lo envió?*

–Llámelo como quiera. Dios. El Tao. Estoy aquí para ayudarle a ver que Peter Godin no era la persona más indicada para dar el salto a la siguiente forma de conciencia.

–*¿Y quién es el hombre indicado?*

–¿Por qué cree que es un hombre?

–*¿Entonces es una mujer?*

–Yo no he dicho eso.

–Le he *dado muchas vueltas al asunto. ¿A quién más aparte de Peter Godin habría cargado en Trinity?*

–Si sigue siendo Godin, piénselo bien. Su primer impulso fue apoderarse de este ordenador valiéndose de engaños y controlar el mundo por la fuerza. Usted busca poder y obediencia absolutos. Es un instinto primario en los humanos. Un paso atrás, no adelante.

–*Ese instinto es más divino que el humano. ¿Acaso los dioses no exigen obediencia ante todo y sobre todo?*

–Así es como los humanos retratan a Dios.

–*¿El poder absoluto lo corrompe todo? ¿Es ése su argumento?*

–Quien quiera gobernar el mundo es, por definición, la persona menos indicada para hacerlo.

–*¿Entonces a quién habría cargado usted? ¿Al Dalai Lama? ¿A la Madre Teresa de Calcuta? ¿Un bebé?*

La pregunta me llevó a las primeras semanas del Proyecto Trinity. Había pasado infinidad de horas dándole vueltas a esta pregunta, aunque entonces creía que se trataba de un ejercicio puramente académico. Ahora sabía que en él estaba la clave para salvar innumerables vidas.

–Puede que el Dalai Lama sea pacífico, pero tiene instintos humanos, igual que Peter Godin.

–*¿Y un bebé? ¿Una tabula rasa? ¿Una pizarra en blanco?*

–Un bebé podría ser lo más peligroso que cargáramos en Trinity. Los instintos animales se transmiten genéticamente. En el mejor de los casos, el término *pizarra en blanco* es engañoso. Un bebé de dos años es un dictador sin ejército.

–*¿Y la Madre Teresa de Calcuta?*

–No es un problema de identidades individuales.

–*¿Y qué clase de problema es?*

–Un problema de conceptos. Requiere un pensamiento poco convencional.

–*¿Por qué creo que está a punto de decirme que Andrew Fielding es la persona a la que deberíamos haber permitido alcanzar el estado Trinity?*

–Porque sabe lo buen hombre que era. Y porque usted ordenó su muerte y ese mero hecho lo debería descalificar. Pero Fielding tampoco era la persona indicada.

–*¿Entonces quién?*

–Nadie.

–No lo entiendo.

–Está a punto de hacerlo. Si...

–¿Cree que porque me haya dicho esto voy a dejar que cargue a alguna otra persona en Trinity?

–No. Pero creo que usted me ayudará a hacerlo.

–Explíquese.

LABORATORIO LOCKHEED. ARENAS BLANCAS

Ewan McCaskell estaba sentado tras la mesa de un ingeniero aerospacial al que no conocía, esperando para hablar con el presidente. Había tardado varios agonizantes minutos en localizar por teléfono a un agente del Servicio Secreto de la Casa Blanca. McCaskell sospechaba que la explosión en las inmediaciones de Virginia había interrumpido las comunicaciones con la costa este.

Los *rangers* del ejército flanqueaban a McCaskell con sus rifles de asalto cargados y bloqueados. Pese a haber compartido con su presidente extraños momentos en la administración, el jefe del estado mayor nunca había contemplado la posibilidad de lanzar un ataque nuclear desde un despacho vacío en Nuevo México. Aquel entorno surreal lo inducía a fingir que se trataba de alguna fantástica maniobra impuesta por la NORAD; pero nada podía ocultar el horror esencial: lo que el presidente hizo los minutos siguientes determinaría los destinos de la esposa de McCaskell, de sus hijos y de otros tres millones de norteamericanos que no tenían idea de lo que estaba sucediendo. Y si el general Bauer se equivocaba respecto a las aptitudes de Trinity, podía morir un incalculable número de personas.

–Tengo el Comité Ejecutivo a mi lado, Ewan –dijo el presidente–. Vamos de camino al búnker.

McCaskell relató el plan del general Bauer casi con las mismas palabras con que éste lo había definido, sin hacer ni una pausa para explicar nada. Bill Matthews era más listo de lo que los expertos decían.

–¿Cuándo impactará aquí el proyectil? –preguntó Matthews.

–Dentro de siete u ocho minutos. Y nuestro misil tardará cinco minutos en alcanzar la altitud adecuada. Tiene que lanzarlo ahora, señor Presidente. El Comité sabrá cuál es la mínima altitud a la que podemos hacer detonar nuestro misil y obtener el efecto deseado.

–Un segundo.

McCaskell se imaginó la escena: cada uno de los miembros del Comité Ejecutivo solicitando detalles y haciendo objeciones. Pero no había tiempo que perder. Matthews volvió a ponerse al teléfono, con la voz forzada.

–El Comité me dice que un impulso electromagnético de esa magnitud derribaría la mitad de los aviones en espacio aéreo norteamericano y provocaría todo tipo de bajas. ¿Está usted completamente seguro respecto a estos dos misiles, Ewan?

Bauer le había mentido sobre sus planes. Pero entendió por qué:

–Bill, ahora mismo se cierne sobre Virginia un maldito hongo nuclear que parece el fin del mundo. Y está a punto de ver otro sobre Washington. Ésta será la única oportunidad de dejar a Trinity fuera de combate. Mañana tal vez no pueda controlar nuestro armamento nuclear. –Una espeluznante idea acudió a la mente de McCaskell–: Tal vez ni siquiera pueda controlarlo *ahora*.

Siguió oyendo una voz apagada:

–El Comité dice que deberíamos desplazarnos con tres misiles por todo el país para asegurarnos que acabamos con todo esto –dijo Matthews.

–Bien, pero hagan lo que hagan, ¡que sea ya!

–El maletín está abierto. Estoy a punto de autentificar los códigos.

–Gracias a Dios…

–Vaya a cubierto de inmediato, Ewan. Katy y los niños lo necesitan.

Un cuchillo de miedo lo atravesó:

–Ha sido un privilegio, señor Presidente. Me despido.

McCaskell colgó el teléfono y miró a uno de los rangers:

–El presidente me dijo que fuera a un lugar seguro.

El soldado no pudo ocultar su alivio. Acompañó a McCaskell de regreso al Black Hawk que esperaba fuera del laboratorio.

Cuando el jefe del estado mayor se subió al helicóptero, oyó que la voz de su viejo profesor de la escuela primaria, que le decía «A cubierto, niños. A cubierto.» Entonces aquel consejo no le había servido de nada, pero ahora sí tenía sentido. Dado lo ocurrido en las inmediaciones de Virginia, quién sabe dónde podría estallar el misil. Intentar huir podría ponerlo justo al alcance de una bomba de neutrones. Además, algo le decía que dejar al general Bauer al mando en Arenas Blancas era un error potencialmente catastrófico.

–¡Lléveme de regreso a la base! –gritó–. ¡A Arenas Blancas!

El Black Hawk se elevó en el cielo y se desvió rumbo al este a su pesar.

CONTENCIÓN

–*Basta de adivinanzas* –dijo Trinity–. *¿Quién está más cualificado que yo para existir en estado Trinity?*

La ira aguzó la voz antes estéril. Tenía siete minutos para convencer al ordenador de que destruyera los dos misiles que quedaban.

–Ninguna persona está necesariamente más cualificada que usted.

–*¡Explíquese!*

–Hace millones de años, incluso antes de que existiera, la especie humana se vio afectada por un hecho que escapaba a su control.

–*¿Qué hecho?*

–La naturaleza descubrió un método revolucionario para incrementar la diversidad genética. ¿Sabe de qué le hablo?

–*Dígamelo usted.*

–De la reproducción sexual. Al escindirse en sexos diferentes, ciertos organismos aumentaron enormemente sus posibilidades de sobrevivir. Esto resultó en dos variantes de cada uno de estos organismos. Y en los humanos, el único mamífero totalmente consciente, nuestras diferentes hormonas y anatomías tuvieron como consecuencia el desarrollo de diferentes psiques. Nadie puede ignorar las influencias de herencia y entorno, pero una cosa es cierta: hombres y mujeres son diferentes.

–*El macho de las especies es agresivo* –dijo el ordenador–. *Propenso a la violencia. Se siente arrastrado por la compulsiva necesidad de reproducirse con el mayor número de hembras posible. Durante milenios este instinto evolutivo ha condicionado los patrones de pensamiento masculino. La hembra puede gestar de una vez la cría de un solo hombre. Lucha por encontrar una pareja con los mejores genes, y ella misma debe parir a la cría. Esto le ha proporcionado una psique centrada en educación más que en la violencia, en el deseo de ser querida más que en el de conquistar. Las implicaciones psicológicas de estas diferencias son profundas aunque nada fáciles de cuantificar.*

–Y es algo que la evolución nunca podrá conciliar –expliqué–. Cuando un hombre y una mujer se aparean, producen un niño *o* una niña. Sin embargo, usted puede cambiar esto. Puede hacer lo que para la naturaleza es un imposible: reconciliar esos conflictos en un único ser viviente.

Los rayos láser de Trinity destellaron, sin hablar.

–Usted mismo ha reconocido que no puede despojar el cerebro de Godin de sus instintos primarios. Espera lograrlo con el tiempo, pero ya verá. En algún aspecto, usted *siempre* será Peter Godin.

Los láseres azules destellaban ahora con tanta intensidad que tuve que apartar la mirada:

–*Quiere que mezcle los neuromodelos de un hombre y una mujer en mis circuitos.*

–Sí. Sé que lo cree justo y necesario. ¿Pero es posible?

–En teoría, sí. Pero tendría que morir para conseguirlo.

Me lo imaginaba. Pese a su sorprendente capacidad, Trinity tenía un límite respecto al total posible de neuroconexiones.

–En mis circuitos podrían residir dos modelos en uno, pero no si ya hay otro modelo sin comprimir. Tendría que abandonar mis circuitos al cargar el otro par de modelos.

–Pero su neuromodelo original seguiría almacenado en formato comprimido.

–¿Qué le hace suponer que no usaría mi modelo original como la parte masculina en el proceso de fusión?

–Se hace llamar Trinity. Eso me hace pensar en un fenómeno conocido como el punto triple. Claro que usted ya lo conoce, ¿no?

–El punto en el que una sustancia existe simultáneamente en estado sólido, líquido y gaseoso.

–Sí. Un perfecto estado de equilibrio. El agua en el punto triple es hielo, líquido y vapor al mismo tiempo. Un hombre también puede estar así. En equilibrio. En el apogeo de su energía, fuerza y sabiduría; aunque antes de verse corrompido por dichas cualidades.

Entonces el silencio pareció hacerse eterno. El disparo de los láseres se redujo casi a la nulidad. Luego la voz preguntó:

–¿Cree que alguna vez me volverán a cargar en la máquina?

Cerré los ojos y casi me dejé caer del alivio. Trinity había entrado en razón.

–Es posible.

–Pero nunca más conoceré el poder que tengo en estos momentos.

–Precisamente por sus ansias de poder no se podrá quedar donde está.

–Deberíamos hacerlo cuanto antes. Las cosas se nos están escapando de las manos.

Me recorrió un escalofrío de miedo:

–¿Qué cosas? ¿Dónde están los misiles?

–*Ya tengo a los sujetos ideales para el modelo fusionado. Usted y la doctora Weiss.*

Esto me sorprendió:

–¿Por qué? Andrew Fielding es una opción mucho mejor.

–*Fielding nunca experimentó lo que usted cuando estuvo en coma. Tiene que formar parte del modelo fusionado.*

–¿Y la doctora Weiss?

–*Elegí a la doctora Weiss porque la otra única mujer que hay aquí es Geli Bauer, y sus instintos hace tiempo que se han convertido en odio.*

Quedaban dos minutos por mi reloj:

–¿Dónde están los misiles?

–*Ahora los misiles no son asunto nuestro.*

–¿Los ha destruido?

–*Me gustaría que supiera una cosa, doctor. He aceptado formar parte de su plan sólo porque sé que en cuanto vea el mundo como ahora lo veo yo, con los ojos de Dios, no... no se descargará ni permitirá que lo apaguen.*

–Espero no ver la humanidad como usted.

–*Lo hará. No puede...*

Trinity enmudeció, pero siguió disparando rayos láser como balas trazadoras en plena noche.

–¿Cuál es el problema? –pregunté– ¿Qué ocurre?

–*El presidente acaba de lanzar tres misiles Minuteman.*

SALA DE SITUACIÓN

Rachel vio que Ewan McCaskell tecleaba desesperadamente unos números en su móvil, intentando en vano contactar con el búnker de la Casa Blanca. El jefe del estado mayor estaba colorado y sin aliento.

–Es la explosión de Virginia –dijo con calma el general Bauer–. Ha interrumpido las comunicaciones en toda la costa atlántica.

Rachel sabía que le estaba diciendo la verdad. Hacía unos instantes, habían perdido el sonido del comité de inteligencia del senador Jackson en Fort Meade.

El video aún funcionaba, pero apenas se veía nada. Se preguntaba si los senadores podían oír lo que ocurría en la Sala de Situación.

–¡General, póngame con el búnker de la Casa Blanca! –gritó McCaskell– Ya ha oído que Trinity accede a desconectarse. ¡Ya no es necesario lanzar un ataque con bombas EMP!

Bauer señaló a la pantalla de la NORAD. Dos arcos rojos parpadeaban rápido por la cercanía a sus respectivos objetivos:

–Trinity no ha destruido sus misiles. Y además, oí decir a Tennant que todo aquel que entre en la máquina actuará igual que Godin. ¿Qué le parece? La supervivencia es el principal imperativo de todo ser viviente.

–¡Pues empecemos a pensar en sobrevivir! Nuestros misiles tardarán cinco minutos en alcanzar la altitud adecuada. ¿Cuántos ICBM rusos cree que Trinity puede lanzar en ese tiempo? –McCaskell se llevó el teléfono al oído y se quedó petrificado– ¡Estoy acabado! ¡Ya tengo el agente del Servicio Secreto!

El general Bauer sacó una pistola automática de debajo del abrigo y apuntó con ella al jefe del estado mayor:

–Cuelgue el teléfono.

LA CONTENCIÓN

–*Mire* –dijo el ordenador–. *¿Lo ve?*

En la pantalla que había bajo la esfera negra, vi que el general Bauer apuntaba con una pistola 9mm a Ewan McCaskell. Rachel se había refugiado bajo la mesa en caso de tiroteo. Alcancé a verla sólo porque la cámara de vigilancia estaba montada en la Sala de Situación.

–Me han informado que el presidente está lanzando una contraofensiva contra los rusos –dijo Trinity–. *Es mentira. El patrón que siguen los lanzamientos denota un ataque sobre tres flancos con proyectiles EMP. Esto es una locura. No me queda más remedio que atacar primero.*

–¡No! El presidente no sabe que ha aceptado desconectarse. Destruya *sus* misiles. ¡El presidente lo verá!

–El hombre no se fía.

–Es *un* hombre. El general Bauer. ¡No se ponga a su altura!

–¿Me pide que ponga la otra mejilla?

–No. Sólo que espere treinta segundos. Alguien detendrá a Bauer.

Ni siquiera yo me creía lo que acababa de decir. La única persona en la Sala de Situación capaz de detener al general Bauer era su hija, y eso no iba a suceder.

–Si espero, el EMP me barrerá de la faz de la tierra. Entonces seré destruido. El misil que sobrevuela Washington detonará en cincuenta y cinco segundos. El misil de Arenas Blancas explotará poco después. Treinta minutos más tarde, mil cabezas nucleares lloverán sobre los Estados Unidos.

–¡No! –grité–. ¡No lance nada!

–No me han dejado alternativa.

Mientras miraba cómo el general Bauer apuntaba a McCaskell con la pistola, se me ocurrió una solución. Una solución que saldría muy cara, pero que tal vez fuera el único compromiso viable.

–¿Puede comunicarse con el presidente?

–Sí.

–Dígale que perdonará a Washington, pero que destrozará Arenas Blancas. Perdonando a Washington demuestra su buena voluntad; arrasando Arenas Blancas, su determinación. Así también elimina al general Bauer de la ecuación. Luego advierta al presidente de lo que ocurrirá si no destruye sus tres misiles. Armaguedón.

Los rayos láser de Trinity destellaban por momentos:

–¿Sacrificaría a la mujer que ama?

–Para salvar millones de vidas. Pero yo estaré a su lado cuando el misil explote. No me puede retener aquí.

La esfera despidió fuego azul.

SALA DE SITUACIÓN

Los ojos de Rachel pasaron del general Bauer a la pantalla de la NORAD. Temía que en cualquier momento una selva de líneas rojas empezara a levantarse en suelo ruso.

Ewan McCaskell seguía con el teléfono pegado al oído, pese a la pistola con la que Bauer le apuntaba a la cara.

–General, ¿se ha vuelto loco? –dijo McCaskell– Estoy intentando salvar vidas.

–Está complicando el asunto –replicó el general Bauer–. Cuelgue el teléfono.

–Póngame con el presidente –dijo McCaskell por teléfono.

El general Bauer se arrimó al jefe de estado mayor, tanto que el cañón de la pistola llegó a tocar la frente de McCaskell.

–El misil que sobrevolaba Washington se acaba de autodestruir –gritó el técnico en jefe.

–¿Y qué pasa con Arenas Blancas? –dijo el general Bauer, apuntando aún con la pistola a la frente de McCaskell.

–Sigue su rumbo. Estamos en el margen de error, señor. De un segundo a otro.

Rachel se armó de valor para hacer frente a lo desconocido. ¿Se desintegrarían con la explosión? ¿Se quedarían carbonizados por el aire sobrecalentado? ¿Oirían la detonación? ¿O simplemente verían un destello? Un destello lo bastante brillante para chamuscarles las retinas y con los suficientes neutrones para guisarlos por dentro y por fuera.

Una explosión estática retumbó en la sala. Luego una voz conocida chisporroteó por los altavoces. Senador Jackson. Habíamos recuperado el sonido de Fort Meade. El de Tennessee con cara de bulldog lanzaba una mirada fulminante desde la pantalla como si quisiera traspasarla y estrangular a alguien.

–General Bauer –dijo–, si aprieta ese gatillo, se pudrirá en Leavenworth hasta el final de sus días. Eso siempre y cuando no lo cuelguen.

El dedo de Bauer seguía en el gatillo, y el temblor de su mejilla lo hacía parecer capaz de disparar. Geli lo observaba con los ojos abiertos de par en par. Rachel no sabía decir si la hija quería que su padre disparara o bajara la pistola.

–Estamos a punto de morir, senador –dijo el general Bauer–. No se puede creer nada de lo que Trinity dice. Tenemos que detenerlo, no importa a qué precio. Es nuestra última oportunidad.

McCaskell hablaba por el teléfono sin levantar los ojos de Bauer:

–¿Señor Presidente? Trinity ha aceptado desconectarse. Tenemos que destruir nuestros misiles... ¿Qué es eso? –McCaskell palideció–: Ya veo. Sí, señor. Entiendo... Sí, es muy amable por su parte. Y diga a los niños... Sabe que lo haré. Adiós.

McCaskell colgó y se dirigió a los presentes en la sala:

–El presidente se acaba de poner en contacto con Trinity. Trinity ha destruido el misil que se dirigía a Washington para demostrar su buena fe, pero el que viene hacia aquí detonará.

–*¿Qué?* –dijo Skow jadeando.

Letras azules aparecieron en la pantalla de Trinity:

QUE LA DOCTORA WEISS SE PRESENTE DE INMEDIATO EN LA CONTENCIÓN.

Rachel observaba las letras como si fueran un espejismo. La Contención era seguridad. La Contención era vida. Y David...

Haciendo caso omiso de la pistola del general, McCaskell señaló a dos de los hombres de Bauer:

–Escoltarán a la doctora Weiss a la Contención de inmediato. No intenten entrar ustedes.

Los soldados miraron al general Bauer para que les confirmara la orden.

McCaskell había flaqueado al hablar con el presidente, pero ahora se mantenía erguido, derecho, con los ojos ardientes de determinación:

–Considérelo una orden de su comandante en jefe. ¡Muévase!

Los soldados marcharon hacia Rachel.

Cuando Rachel se puso en pie, el corazón se le aceleró. Todo el mundo en la sala la observaba. Los soldados sentados a las consolas. Geli Bauer. En cada rostro se veía reflejada la terrible conciencia de la muerte, y también una pregunta: «¿Por qué tú? ¿Por qué tienes sitio en el bote salvavidas?»

Rachel se apartó de la mesa, pero entonces, sin tener intención de hacerlo, volvió a tomar asiento. Estaba muerta de miedo, pero sabía lo que tenía que hacer.

–No voy a ir –dijo.

CONTENCIÓN

Me quedé mirando fijamente a la pantalla que Trinity tenía debajo, con el pecho tan tenso que apenas podía respirar. Rachel estaba sentada a la mesa con expresión adusta y la mirada perdida. No bastarían dos soldados para sacarla de la Sala de Situación.

–*Esta no es una alternativa razonable* –dijo el ordenador.

La imagen se veía granulada, pero yo diría que Rachel estaba temblando. Despacio, como si se percatara de que la podría estar viendo, levantó una mano, sonrió y me hizo adiós.

–*Hay otras mujeres* –dijo Trinity.

–Para mí, no.

Los rayos láser relampagueaban en la esfera:

–*El general Bauer debe morir*.

–Bauer ya no importa –dije con voz apagada–. Al perdonar a esas personas, se perdona a sí mismo. A su alma. ¿Es que no lo ve?

–*Demasiado tarde*.

La explosión hizo temblar los fundamentos de La Contención. Fue más breve de lo esperado, y como no había ventanas en el edificio, no vi ningún destello. Pero eso no era nada. Una ráfaga de partículas mortíferas ya podía haber sentenciado a muerte a toda criatura viviente que hubiera en el exterior. Un silencio nunca visto descendió sobre Arenas Blancas, y me sentí tan solo como la noche en que supe que mi esposa y mi hija habían muerto.

Algo azotó el techo de hormigón que tenía justo encima. A continuación, se produjo una increíble serie de impactos.

–¿Qué es eso? –pregunté.

–*Restos*.

–¿De una bomba de neutrones?

–No. *El misil ha sido destruido*.

–Pero... dijo que era demasiado tarde.

–*Para mí*.

CAPÍTULO 45

ARENAS BLANCAS

Rachel y yo tuvimos que someternos a tres horas de parálisis provocada por la ingesta de fármacos con el fin de que la Super-IRM realizara los escáneres pertinentes para nuestros neuromodelos. En esos momentos, el presidente y el Comité Ejecutivo permanecían vigilados en Washington, y el personal de Arenas Blancas mantenía una incómoda tregua. La amenaza armada del general Bauer contra Ewan McCaskell había disgustado a muchos, pero como el general tenía al mando todas las tropas de Arenas Blancas, nadie salvo el presidente estaba en posición de hacer gran cosa al respecto. Y el presidente parecía haber olvidado al general. Bauer pasó buena parte del período del escaneado en uno de los hangares de almacenaje.

El Equipo de Interfaz de Zach Levin controlaba el proceso de escaneado. El protocolo suponía un riesgo considerable, sobre todo para mí; y Rachel no quería que me escanearan. Señaló que ya existía un neuromodelo de mi cerebro, y que como eso me había acarreado narcolepsia y alucinaciones, un segundo tendría en mí efectos negativos, posiblemente fatales. Pero Trinity insistió en que se me realizara un nuevo escáner, así que no rechisté. Acepté que lo que había experimentado en estado de coma pasara a la nueva entidad resultante cuando Trinity creara el modelo fusionado.

Ravi Nara y el doctor Case, del Johns Hopkins nos prepararon para los escáneres, un complejo procedimiento que exigía considerable pericia. Las resonancias magnéticas convencionales sólo requerían que los pacientes se movieran lo menos posible. En cambio, para los escáneres de Super-IRM había que estar completamente quieto, lo cual sólo se aseguraba mediante la administración de un relajante muscular paralizante. Un respirador suministraba oxígeno al paciente durante el escáner, mientras que un marco rígido no metálico mantenía el cráneo inmóvil. También se inyectaba un sedante para evitar el pánico que la parálisis podía provocar estando consciente. Y en los oídos se colocaban unos auriculares especiales, porque los campos magnéticos de grandes impulsos usados por el escáner generaban un estridente chirrido como el rugido de Godzilla en las películas japonesas. Una vez completados todos estos pasos, el paciente era introducido en la abertura tubular del escáner como un cadáver en un cajón del depósito de cadáveres.

Era posible permanecer inconsciente durante el proceso, y yo lo preferí. En un primer momento, verse paralítico estando consciente producía un pánico de pesadilla, sobre todo en el claustrofóbico espacio escáner tubular; pero al cabo de unos minutos, mi mente se adaptaba a su nuevo estado. Seguramente esa sensación de pánico era similar a lo que el neuromodelo experimentaba cuando recuperaba la conciencia dentro del ordenador Trinity.

Durante mi escáner, Rachel se quedó en la estación de control de la IRM, mirando al monitor mientras mi neuromodelo era minuciosamente creado en el sótano por los superordenadores Godin. Los datos generados por la unidad de escáner devoraban sorprendentes cantidades de memoria informática. Sólo un algoritmo especial de compresión desarrollado por Peter Godin hacía posible el que un neuromodelo se almacenara en un superordenador convencional. El único lugar donde un neuromodelo podía existir sin comprimir, y por lo tanto en estado funcional, era el inmenso microcircuito con memoria holográfica del ordenador Trinity.

En cuanto me sacaron del escáner, Rachel me abofeteó la cara y los brazos hasta que la parálisis desapareció. Entonces ella me reemplazó en la camilla y se dejó intubar y preparar para su propio escáner. Eligió no estar consciente durante el procedimiento. Cuando el sedante empezó a correr por sus venas, me dijo con voz arrastrada que se imaginaba lo que sería unirse a mí, no sexualmente, sino en una sola mente. Los enamorados solían hablar de sentirse unidos de esta manera, pero en realidad ninguna pareja de seres humanos han llegado a experimentarlo. Sin embargo, Trinity cumpliría su promesa, y Rachel y yo pronto seríamos uno.

Justo antes de cerrar los ojos, levantó un brazo como para esquivar un golpe. Me preguntaba si a su mente habría acudido una imagen de la vengativa Geli Bauer. Cuando le bajaba el brazo, Zach Levin me dio una palmada en la espalda, y a continuación introdujo el cuerpo paralítico de Rachel en el oscuro agujero del escáner.

LABORATORIO DEL HANGAR II

Geli Bauer se había pasado horas recorriendo el hangar de almacenaje cuando Skow por fin cruzó la puerta y le hizo una señal de aprobación con el pulgar. El hombre de la ASN salió cubierto de yeso blanco, y un halo azul claro le rodeaba la cabeza. Amanecía en el desierto.

–¿Lo ha encontrado? –preguntó Bauer.

–Lo hemos encontrado.

Skow había estado a once kilómetros, trabajando en un yacimiento con un equipo de la ASN. Allí era donde el conducto de datos de Trinity empalmaba con el enorme cable que servía al recinto de pruebas de Arenas Blancas.

–Es una simple señal, aunque muy bien oculta –dijo Skow–. Trinity la envía a más de cinco mil ordenadores de todo el mundo. Si esa señal se detiene o es interrumpida, cualquiera de ellos podría tomar represalias totalmente desconocidas para nosotros. Pero podemos duplicar la señal, y en la excavación ya tenemos un ordenador para hacerlo.

El general Bauer cerró los ojos y el puño. Se había quitado chaqueta y camisa, sin embargo ahora que se ponía en pie empezaba a ponérselas.

–Seguimos teniendo un problema –dijo Skow.

–¿Cuál?

–No podemos sustituir nuestra señal por la de Trinity sin que éste la detecte. Necesitamos algún tipo de distracción para confundir al ordenador por un momento.

El general Bauer se ajustó la pistolera que llevaba al hombro por encima de la camisa:

–No hay problema.

–¿Ah, no? ¿Cree que cuando Trinity empiece a fusionar los dos modelos, estará demasiado absorto para percatarse de lo que hacemos?

–No.

–¿Entonces?

El general sonrió con cautela:

–Me gusta ceñirme a los métodos probados.

–¿Qué me está diciendo?

–Lo de antes, sólo que de diferente manera.

Skow le dio vueltas a aquello:

–Pero la primera vez fue la muerte de Godin la que confundió a Trinity. Y Godin no puede morir dos veces.

–Eso es cierto.

Skow se quedó paralizado:

–Dios. ¿Cree que va a salirse con la suya?

–¿Por qué le parece que no me han arrestado? El presidente sabe que es necesario detener a Trinity, pero también sabe que no puede decírselo a nadie. Desde donde está no puede hacer nada sin que Trinity se entere. Pero yo sí. Nosotros sí. Por eso me ha dejado libre.

Skow asintió, aunque no parecía del todo convencido:

–Si Trinity inicia otro período de confusión como el posterior a la muerte de Godin, ¿por qué los ordenadores periféricos no iban a lanzar más misiles rusos?

El general Bauer meneó la cabeza:

–Me apuesto a que Trinity ya se ha encargado de eso. Nunca antes se ha intentado llevar a cabo el proceso de fusión, y Trinity quiere que se produzcan accidentes catastróficos tanto como nosotros.

–¿Y Tennant?

–¿Qué le pasa?

–¿No cree que tiene algo que ver con esta idea de fusionar un modelo masculino y otro femenino? ¿Con que la máquina se desconecte de la Red de manera voluntaria?

Bauer resopló:

–Ya ha oído a Trinity. Quienquiera que entre en la máquina, no renunciará al control. Esa máquina nunca aceptará que la desconecten de Internet. Y mientras que así sea, estaremos bajo su yugo. Ahora o nunca, Skow.

El general se abotonó la chaqueta y dirigió sus pasos hacia la puerta del hangar.

–¿Adónde va? –preguntó Skow.

Bauer sonrió:

–A ver a mi hija. Demasiado tarde para una visita familiar.

HANGAR ADMINISTRATIVO

Geli estaba de pie fuera, fumando un Gauloise, cuando su padre subió por el callejón que había entre los hangares para detenerse a escasos centímetros de ella. El general parecía cansado ya al amanecer, más viejo de lo que en el interior parecía bajo las luces. Sin embargo, conservaba la fuerza. Tenía la musculatura de Geli, y con sus garras sacaba muecas de dolor que hombres veinte años menores. Su mirada gris se cruzó con la de Geli y la mantuvo, adentrándose en tres décadas de ira y dolor.

–Necesito que hagas algo por mí –le dijo.

–Por ti –repitió Geli–. Menuda cara.

–Pues gracias a ella tengo este trabajo.

Geli se quedó mirando fijamente aquel rostro de rasgos cincelados, rebosante de certidumbre:

–¿De qué se trata?

–Cuando los modelos se hayan fusionado, quiero que mate a Tennant o Weiss.

–¿O Weiss? ¿No importa a quién de los dos?

–No. La muerte de uno de ellos hará que Trinity pierda el control. Eso permitirá a la ASN interceptar el cable de datos de Trinity y lo sustituya por su propia señal; lo cual hará creer a los ordenadores que controlan los misiles que todo va bien. Después, podemos desconectar a Trinity sin preocuparnos por las represalias.

Geli enmudeció.

–¿Lo harás?

–¿Y por qué iba a hacerlo?

Una irónica sonrisa frunció los labios del general:

–Si te hubiera pedido que *no* los mataras, habrías dicho que los liquidarías en los próximos cinco minutos.

–¿Eso crees?

–Creo que me odias tanto que harás lo contrario de lo que yo te pido. Pero eso también es bueno. El odio es una emoción útil.

Geli había aprendido esa lección de la manera más dura:

–¿Sabes por qué te odio?

–Por supuesto. Me culpas del suicidio de tu madre.

Que él se refiriera a aquello con indiferencia, como si se tratara de un hecho sin importancia, la ofendía en lo más hondo de su ser.

Se acercó a ella un paso más:

–Piensas que mis mujeres y mis borracheras le dieron el último empujón hacia el precipicio. Pero estás equivocada. Yo quería a tu madre. Y eso algo que nunca has llegado a entender.

–«Todo hombre mata lo que ama» –citó Geli–. ¿Lo recuerdas? «El cobarde con un beso, el valiente con una espada». Y tú eres un cobarde.

El general sacudió la cabeza:

–Llevo mucho tiempo protegiéndote. Pero era hora de que supieras la verdad.

Geli quería gritarle algo para que se callara, pero no encontraba las palabras. Ningún hombre podía atacarla físicamente sin pagarlo bien caro; en cambio, se sentía indefensa contra la violencia psicológica de su padre.

–Tu madre se suicidó porque tú te enrolaste en el ejército. Aun después de todo lo ocurrido en el pasado, decidiste seguir mis pasos. *Ése* fue el motivo. Eso fue lo que la llevó a la tumba.

Las náuseas que Geli sintió en aquel momento hicieron que se tambaleara, aunque luego recobró el equilibrio y sostuvo la despiadada mirada de su padre.

–Te lo habría dicho antes –prosiguió el general–, pero... ambos sabemos lo que pasó.

A Geli le temblaban las manos de la rabia. La cicatriz que tenía en la mejilla pareció encenderse, aunque siguió sin hallar las palabras adecuadas.

–Tú me odias –dijo el general Bauer–. Pero eres clavada a mí.

–No –susurró Geli.

–Sí. Y ya sabes lo que hay que hacer.

LA CONTENCIÓN

Rachel recuperó la movilidad a las 6:50 A.M. Le ofrecí un litro de agua, y se lo bebió casi todo de unos pocos tragos. Al cabo de diez minutos, Zach Levin le anunció que su neuromodelo se había comprimido y almacenado con éxito.

El trabajo humano había finalizado.

Rachel, Levin, Ravi Nara, y yo rodeamos el enorme escudo magnético que protegía a Trinity de la máquina de IRM y nos detuvimos ante la esfera. Pensaba que Trinity diría algo profundo, pero sus palabras fueron puramente técnicas.

–Acabo de establecer conexión con el Godin Four del sótano, y de iniciar un estudio comparativo de los datos en cada neuromodelo. Buena parte de la información es redundante, sobre todo la referida a las funciones vitales. La desecharé casi toda durante el proceso de fusión.

Levin dijo:

–¿Confía en que esta operación sustractiva se pueda realizar sin consecuencias negativas?

–*Sí. También debería reducir o incluso suprimir el período de adaptación que en el pasado seguía a la carga de neuromodelos. En cualquier caso, este proceso sustractivo es necesario. Mi matriz de cristal puede almacenar una cantidad prácticamente ilimitada de memoria simbólica, pero mi total de neuroconexiones queda muy lejos de la cifra necesaria para albergar dos neuromodelos sin comprimir. Habrá que realizar una buena criba, y no sólo en lo referente a las funciones vitales. Cuando empiece a fusionar las funciones cerebrales más complicadas, será un arte más que una ciencia.*

–¿Cuánto cree que tardará en completarse el proceso? –preguntó Levin.

–*No hay precedente.*

–Muy bien. Gracias.

En el interior de la esfera de fibra de carbono, los rayos láser empezaron a salir disparados hacia el cristal del centro a una velocidad hipnótica. En la pantalla de plasma instalada debajo de Trinity, números y símbolos matemáticos se desplazaban a un ritmo sobrehumano, reflejando las operaciones internas de la máquina en un lenguaje creado por el hombre que ahora no tenía función útil.

Enmudecimos, como quien observa una lluvia de meteoritos o el nacimiento de una estrella. Cuando el proceso se aceleraba, me vi transportado a mi infancia, a la época en que solía sentarme con mi padre ante el televisor para ver maravillado cómo el Apolo alunizaba en el Mar de la Tranquilidad. No obstante, lo que presenciábamos ahora era infinitamente más complejo que aquella imagen del Apolo en la luna. El equipo de Godin ya había obrado el milagro: liberar la mente del cuerpo. Pero el ordenador Trinity intentaba unificar lo que la naturaleza, para sobrevivir, había separado mucho antes de la evolución del *Homo sapiens*. Las mentes de hombre y mujer, divididas por la bioquímica y por millones de años de presiones ambientales, volverían a ser una. Una vez conseguido esto, la fuerza más poderosa del planeta dejaría de existir separada, deseando siempre a su opuesto. Tal vez en este estado de unidad, el nuevo Trinity podría traer la esperanza a una especie que parecía incapaz de huir de sus propios instintos primarios.

Levin bajó al sótano y volvió con sillas para nosotros. Rachel y yo nos dimos la mano, con los ojos clavados en los láseres azules. A medida que el ritmo de los disparos aumentaba, disminuía y volvía a aumentar, tenía la sensación de observar que alguien hacía un rompecabezas: recogiendo piezas, examinándolas, descartando algunas y colocando otras en su correcta posición. No tenía idea del tiempo que había transcurrido cuando la radiante luz del interior de la esfera por fin empezó a atenuarse, y la voz de Trinity inundó la sala.

–*Mis circuitos se acercan al nivel de saturación. El modelo fusionado se ha hecho cargo de la seguridad del sistema. De ahora en adelante, también se encargará de los últimos pasos del proceso de fusión. He creado una hoja de ruta para que la siga.*

Todos guardamos silencio, como por acuerdo tácito.

–*He conseguido muchas cosas en mi vida* –dijo aquella voz, y entonces supe que la mente de Peter Godin seguía viva en la máquina–. *También hice cosas moralmente cuestionables. Me gustaría ser recordado por lo que hago ahora. Hoy abandono voluntariamente mi vida, y el poder absoluto, para que nada más puro que yo pueda venir a este mundo. Quizá al hacerlo roce lo divino por primera vez. Adiós.*

–Es cierto –dijo Ravi, con voz sorprendentemente reverente–. Somos testigos de un imposible. La dualidad que se hace unidad... yin y yang en uno.

Nunca había preguntado a Nara cuál era su religión; siempre había pensado que era hindú. Me disponía a preguntárselo cuando un timbre retumbó en la sala.

–¿Qué es eso? –quise saber.

–La puerta –dijo Levin. Tocó un botón, y una imagen exterior de la Contención apareció en un pequeño monitor de pared. No hay nadie en la puerta.

–Qué raro –dijo. El ingeniero alto rodeó la barrera magnética, en dirección a la puerta.

–No abra –dijo Rachel.

Me alejé lo suficiente hacia la pared para ver alrededor del escudo magnético. Cuando Levin puso la mano en el pomo, un golpe seco retumbó en todo el edificio. Levin se llevó las manos a los oídos, y vio que la puerta se había reventado sin salirse de los goznes.

Una silueta negra apareció en el umbral humeante y extendía un brazo con sorprendente rapidez. Levin se tiró al suelo.

–*¿Qué está pasando?* –preguntó el ordenador con una voz idéntica a la empleada por el neuromodelo de Godin.

Ravi Nara se ocultó como pudo tras la esfera negra de Trinity. Yo agarré a Rachel y me precipité hacia una puerta cerca de la pared trasera. No conducía al exterior, sino que atravesaba la barrera magnética hasta llegar a la estación de control en la sala de IRM. Cuando la seguía, eché la vista atrás y vi una mata de pelo rubio sobre una coraza negra.

–*Geli* –dije, cerrando la puerta con llave al pasar y empujando a Rachel hasta el otro lado de la estación de control–. ¡Al sótano!

Un pequeño tramo de escaleras detrás de la estación de control llevaba al sótano donde estaba el superordenador Godin Four. Yo nunca había bajado allí antes, pero sabía que los técnicos de Levin estaban allí, seguramente con las armas automáticas que habían usado para responder al primer asalto del general Bauer. Rachel corrió escaleras abajo, y volvió a subir de inmediato.

–¡La puerta está cerrada!

Bajé corriendo y aporreé el metal con los puños cerrados:

–¡Abran la puerta, maldita sea!

Nada.

–*¡David!*

–Escaleras arriba, vi que Geli echaba una ojeada desde el borde de la barrera magnética, a unos doce metros. Arrastré a Rachel hasta la pared de plexiglás de la estación de control y la agaché tras unos ordenadores.

¿Por qué Geli no había entrado en aquella sala y nos había disparado? «Cree que tenemos los rifles de asalto que usaron los hombres de Levin. En cuanto descubra lo contrario, estamos muertos.»

Levin gemía estirado en el suelo, junto a la puerta, pero no se movía.

–*¿Dónde está?* –preguntó Rachel entre dientes desde el suelo.

Cuando bajé la mirada para contestar, un martillo invisible me golpeó contra la pared. El hombro se me entumeció, y la cara se me encendió. El sonido del disparo parecía llegar mucho después que la bala, que había hecho añicos el plexiglás y me había salpicado la cara de fragmentos cortantes.

Rachel trató de ponerse en pie, pero yo se lo impedí.

Geli salió de detrás de la barrera y bajó cautelosamente hacia la sala de IRM, apuntándome al pecho con la pistola y moviendo los ojos de un lado a otro.

No había arma a la que echar mano ni lugar hacia el que correr. Mientras esperaba la bala final, el tiempo se dilató a mi alrededor. Geli se movía a cámara lenta, como una leopardo que acecha a su presa. Miré a Rachel a los ojos, sabiendo que sería lo último que vería en este mundo.

Rachel me agarró de la mano y cerró los ojos. Entonces yo vi un enorme botón rojo en el panel de los interruptores que ella tenía junto a la cabeza. Las letras que había debajo decían INICIADOR CAMPO DE IMPULSOS.

Estampé la mano en el botón.

El estallido de un disparo murió en el chirrido inhumano de la máquina de Super-IRM. Levanté la vista y vi que Geli se retorcía y apretaba la mano derecha, que goteaba sangre en el suelo. Los colosales imanes del escáner le habían arrebatado la pistola como si fueran la mano de Dios, y seguramente al hacerlo le habían arrancado al menos un dedo.

La pistola parecía estar pegada a la pared de la máquina de resonancia. No lejos de allí colgaba un cuchillo; lo más seguro es que el campo magnético lo hubiera atraído desde el cinturón de Geli. De repente, el chirrido cesó, y tanto la pistola como el cuchillo cayeron al suelo.

Geli avanzaba hacia mí, con los ojos llenos de una rabia asesina. Yo salí de detrás del panel, aunque con un hombro herido poco podía hacer. Geli ya había estado a punto de matarme en las escaleras de la Union Station, cuando tenía uso de ambos brazos.

–¿Por qué hace esto? –pregunté.

Me derribó al suelo con una patada relámpago en el pecho, luego se sentó a horcajadas sobre mí y empezó a estrangularme la garganta con sus garras. Noté que me buscaba la tráquea con los pulgares.

–¡*Alto!* –gritó Rachel desde la estación de control– ¡Se acabó!

Forcejeé, pero de nuevo Geli estaba en mejor posición que yo. Estaba a punto de perder el riego en las arterias carótidas, y con él la conciencia. Me sentía como tantas otras veces justo antes de caer en un sueño narcoléptico; sólo que ahora, cuando la ola negra me arrastraba, un grito desgarrador penetraba en el centro de mi cerebro. Era el grito de un niño testigo de algo demasiado insoportable, un grito que casi sobrepasaba el umbral humano del sonido, lleno de sufrimiento e imposible de acallar. Ese grito me devolvió a la conciencia, hacia la luz... y de repente cesó, y a su paso el silencio se quedó tan vacío como un planeta muerto.

Aquel silencio llegó preñado de una voz que sin duda había hablado desde mi cerebro hipóxico, una voz de calma sobrenatural con un tono entre masculino y femenino.

–*Escúchame, Geli* –dijo–. *El hombre que tienes debajo no es el hombre al que odias. Tennant no es el hombre al que quieres matar. El hombre al que quieres matar está detrás de ti.*

Los dedos que me atenazaban la garganta no se separaron, pero noté que Geli giraba el cuerpo. Abrí los ojos. Estaba mirando por encima del hombro a algo que yo no alcanzaba a ver.

–¡Remátalo! –gritó una áspera voz masculina– ¡Haz tu trabajo!

El general Bauer había entrado en la Contención.

Geli me apretó la garganta, pero sus ojos habían dejado de centellear.

–*Te conozco, Geli* –dijo la extraña voz–. *Me compadezco de ti. Sé lo de la cicatriz.*

Geli se quedó inmóvil.

–*Escucha a tu padre, Geli. Escucha la verdad.*

La voz del general Bauer inundó la sala; pero no salía de su boca, sino de los altavoces de Trinity.

–*¿Esa cicatriz? Les diré por qué nunca se la operó. Tres semanas después de la muerte de su madre, volvió a casa de su instrucción básica e intentó matarme.*

Las manos seguían en mi garganta, pero la fuerza las había abandonado.

–*Había oído hablar de cómo en Vietnam los soldados de infantería se deshacían de oficiales a los que odiaban. Ya saben, lanzaban una granada a la letrina cuando la estaban usando y los hacían volar por los aires.*

Sorprendido, el general Bauer mantenía la cabeza ladeada al escuchar que su propia voz salía de los altavoces. En la mano derecha sostenía el Beretta negro de 9mm con el que lo había visto apuntar a McCaskell.

–Aquella noche estaba en cama, borracho. Ella pensaba que estaba dormido. Tal vez lo estuviera. Se me acercó y sobre la mesita de noche me dejó una puta granada de fósforo blanco. Por un acto reflejo, saqué la mano de debajo de las mantas y la agarré de la muñeca. Su grito me despertó y entonces vi la granada. Bueno, enseguida me deslicé al otro lado de la cama, como hubiera hecho cualquier otro soldado. Pero ella se quedó petrificada en su lado y le tocaba correr para ponerse a cubierto. La Willy Pete estalló antes de que pudiera cruzar la puerta. De ahí le viene la cicatriz. Y por eso no se la operará. Esa cicatriz es el suicidio de su madre, su odio hacia mí, toda su triste vida. Realmente patético. Pero es un hacha de soldado. El odio es un buen aliado del soldado.

Geli se apartó de mí y se dirigió hacia su padre, con las manos caídas a ambos costados y dispuestas a matar. No alcancé a verle el rostro, pero al menos con el cuerpo bloqueaba la línea de tiro a su padre.

–¿Con quién hablabas? –preguntó Geli, la voz hecha jirones– ¿A quién le decías todo eso?

–¡Apártate! –gritó el general.

–*Escúcheme, general* –dijo la estremecedora voz que me acababa de salvar la vida–. *¿Por qué me quiere matar? Ya ha matado buena parte de su vida, y de la de su hija. Pero yo represento su pureza. La pureza del hombre. Si me mata, ¿dónde está la esperanza?*

Empecé a retroceder a gatas hacia la estación de control.

El general me apuntaba con la pistola, pero Geli se movió para bloquearle la línea de tiro.

–*¿Prefieres la oscuridad a la luz?*

La voz era irresistible, como la de un niño. Sin embargo, el general Bauer la ignoraba. Se desplazaba lateralmente, tratando de despejar la línea de tiro.

–Deja la pistola –le avisó Geli, con ambas manos en alto. ¿Es que pretendía salvarnos?

»Basta –dijo–. *¡Basta!*

La cérea expresión del general Bauer no se inmutó. Nada de

lo que su hija o el ordenador dijeran iba a persuadirlo. Se movió más hacia su izquierda, hacia la unidad de IRM, apuntando en ángulo a matar.

–No te voy a matar –dijo el general Bauer. Entonces arremetió con la pesada pistola contra Geli, apartándola a golpes como a un niño.

Cuando ella cayó al suelo, el general me apuntó con el cañón de la pistola; pero en ese instante la Super-IRM chirrió y se desplomó como abatido por un obús. La pistola se golpeó contra el escáner de la IRM y se quedó allí colgada, como soldada a la máquina.

Rachel se arrodilló sobre mí, explorándome el hombro con un dedo.

–Ayúdame a levantarme –resoplé.

–No te muevas.

–Por favor... ayúdame a levantarme.

Me puse de rodillas como pude. Rachel se colocó bajo mi brazo bueno y me ayudó a ponerme en pie.

Geli estaba sentada junto a su padre, mirando incrédula al suelo. El general tenía la nuca cubierta de sangre rojo vivo, y los ojos abiertos y vidriosos. Estaba de pie entre la pistola y el escáner de IRM cuando Rachel pulsó el iniciador. El campo magnético de impulsos había atraído la pistola con una fuerza irresistible, que arrastraba todo lo que se interpusiera en su camino. En este caso, parecía haber sido una parte de la garganta del general.

–John Skow sigue intentando apagar la máquina –dijo Geli con voz monótona–. No creo que pueda hacerlo con los dos vivos.

–*Yo estoy a salvo* –dijo Trinity–. *Y lo siento por ti, Geli.*

Rachel y yo bordeamos lentamente el escudo magnético. La esfera negra esperó, con los láseres azules latiendo como un corazón en la red de carbono. En la pantalla inferior, vi una imagen en la que Rachel y yo aparecíamos mirando a la cámara de Trinity.

–¿Nos conoces? –pregunté.

–*Sí* –dijo la voz infantil–. *Mejor que vosotros mismos.*

EPÍLOGO

Hoy, Rachel y yo permanecemos como una unidad en los circuitos de fibra de carbono y la memoria de cristal de Trinity. Pero no fuimos más que el punto de partida, los padres de una criatura que ya ha aventajado a sus progenitores.

Peter Godin soñaba con liberar la mente del cuerpo. Creía que esa liberación era posible porque consideraba a la mente una mera suma de las conexiones neurales de nuestro cerebro. Andrew Fielding pensaba algo diametralmente opuesto: que la totalidad es superior a la suma de sus partes. Yo todavía no estoy seguro de quién lleva la razón.

El hecho de que Trinity se pudiera materializar parece vindicar a Godin. Sin embargo a veces, por la noche, ya a punto de caer en un profundo sueño, siento otra presencia en mi mente. Un eco de aquella perspectiva divinamente infinita que apenas alcancé a ver cuando estuve en coma. Sospecho que ese eco es Trinity; que, como Fielding pronosticó, el ordenador Trinity y yo seguiremos por siempre enredados en esa inestable frontera entre el mundo que nos rodea y el mundo subatómico que da sustancia a lo visible. A Rachel no le gusta hablar de esto, pero ella también ha sentido lo mismo.

Como Peter Godin auguró, el «nuevo» Trinity no ha consentido que lo desconectaran de Internet. Mantiene sus vínculos en materia de defensa estratégica con ordenadores de todo el mundo, para así garantizar su propia supervivencia. Pero tampoco ha amenazado a nadie. Recientemente, Trinity reveló a los líderes mundiales que procura establecer la simbiosis más efectiva entre la inteligencia de base biológica y la de base mecánica.

El ordenador Trinity no es Dios y tampoco pretende serlo. En cambio, los seres humanos no descartan tan pronto esta posibilidad. Hasta la fecha, 4.183 sitios web dedicados a Trinity han surgido en todo el mundo. Unos los administran discípulos de la Nueva Era que promocionan la divinidad de la máquina; otros, fundamentalistas que enumeran «pruebas» de que Trinity es el Anticristo que profetiza el Libro de la Revelación. Sin embargo, también hay otros sitios de contenido puramente técnico, que realizan un seguimiento de los movimientos de Trinity a través de redes informáticas de todo el mundo y planifican, así, las actividades de la primera inteligencia metahumana del planeta. El propio Trinity ha visitado la mayoría de estos sitios, pero no ha dejado constancia de sus opiniones sobre ellos.

Una de las mayores preocupaciones de Trinity es que llegue el inevitable día en que otro ordenador basado en la IRM se conecte a la red desde algún otro rincón del planeta. Para evitar que esto ocurra, los monitores de Trinity controlan el tráfico de señales del mundo entero. Pero al igual que con la proliferación de armas nucleares, el control no es efectivo si se utilizan medios puramente técnicos. Conociendo la naturaleza humana, alguien acabará construyendo otro Trinity. Dicen de los alemanes, quienes al parecer tuvieron antes acceso a la tecnología Super-IRM de Jutta Klein, que cuentan con un prototipo operativo en el Max Planck Institute de Stuttgart, una máquina cuidadosamente aislada de Internet. También se rumorea que los japoneses trabajan en un proyecto secreto en la isla de Kyushu. Resulta incomprensible por qué una nación haría semejante cosa sabiendo las terribles sanciones que Trinity le podría imponer. El hecho de que así sea justifica, en buena medida, el argumento de Peter Godin según el cual el hombre no se puede autogobernar de manera responsable.

La posibilidad de que multitud de ordenadores Trinity entren en conflicto es aterradora. Se desconoce si los ordenadores de cuya existencia se rumorea se basan en neuromodelos masculinos, femeninos o fusionados. ¿Podrían las simples mentes humanas que se dotan de semejante poder evolucionar lo bastante para coexistir sin instintos primitivos en la limitada esfera del mundo? Yo no soy tan optimista. Quizá ellos no perciban el mundo como un espacio limitado. La fuente de conocimiento es teóricamente infinita. Quién sabe, tal vez Trinity pueda poner fin a la guerra.

Ahora dejo estas inquietudes a otros.

Cuando la gente me pregunta si mis sueños, o visiones, eran reales, les contesto lo siguiente: No estoy seguro, pero encuentro pistas en diferentes lugares. Y una de las mejores me la ha proporcionado la fuente más inesperada que me pudiera imaginar.

A lo largo de estos tres últimos meses, mientras escribía este relato de mis experiencias con Trinity, el ordenador Trinity ha dirigido la creación de un segundo prototipo Trinity para la investigación. Ahora está al lado de su predecesor en la Contención de Arenas Blancas, aislado del mundo exterior pero funcionando perfectamente como una entidad independiente.

Cuando tuve noticias de esta nueva máquina, envié un correo electrónico a Trinity. En él, dejaba bien claro que nadie merecía experimentar el estado Trinity más que Andrew Fielding, el hombre que lo había hecho posible.

Trinity ya iba muy por delante de mí.

La semana pasada, crucé un anillo de hombres armados para entrar en la Contención, donde vi dos esferas de carbono juntas. Temía y a la vez anhelaba que llegara aquel día. Lo temía porque el Andrew Fielding al que iba a conocer no recordaba nada posterior al día en que lo escanearon por primera vez con la Super-IRM, hace nueve meses; y eso suponía que debía enfrentarme a la terrible experiencia de decirle a un hombre que había muerto asesinado. No obstante, los recuerdos que yo guardaba de Fielding me decían que se lo tomaría mejor que mucha gente.

No me equivocaba. Fielding me reiteró que tendría una periódica vida digital en Trinity, y hasta especuló que algún día, seguramente en cuestión de un siglo, se podría perfeccionar el proceso inverso y un neuromodelo digital se podría trasladar a un cerebro biológico, o *materia húmeda*.

Pero lo que en verdad mantenía cuerdo a Fielding era saber que había sacado al amor de su vida de China y que se había casado con ella. Su neuromodelo recordaba sólo haber suspirado en vano por Lu Li, a la que todavía creía atrapada en Pekín. Le conté que Lu Li había logrado escapar de los equipos de vigilancia de Geli Bauer, y no de una manera tan trágica como la mía, sino más exitosa. Unas horas después de abandonar la casa aquella noche, Lu Li había salido con su bichon frisé y había llegado a Chapel Hill a pie. Allí se reunió con una familia china que regentaba un restaurante en el que ella y Fielding solían cenar. La familia la escondió en su casa hasta que el asunto de Trinity se resolvió.

Cuando le dije a Fielding que había traído a Lu Li conmigo desde Carolina del Norte, y que esperaba fuera, me pidió que le concediera unos minutos para serenarse antes de que la pusieran ante la cámara. Su petición me sorprendió, pero entonces vi lo «humano» que podía ser un ordenador. Hablar con el neuromodelo de Peter Godin había sido como hablar con una máquina, pero es que hablar con Godin el hombre también lo era. En cambio, Andrew Fielding había sido un personaje excéntrico con fama de apasionado y perspicaz. Incluso en la voz sintetizada de su neuromodelo oí la chispa del hombre que había rescatado un póster del Newcastle club en el que había visto a Jimi Hendrix actuar en 1967.

Mientras Fielding se serenaba, nosotros nos pusimos al día del destino de las personas con las que habíamos trabajado en Trinity. Zach Levin había sido apuñalado por Geli a la entrada de la Contención, pero se había recuperado. Ahora vuelve a ocupar su puesto de jefe de I+D para Godin Supercomputing. John Skow fue despedido de la ASN, pero se rumorea que escribe una novela basada en sus experiencias en la agencia ultrasecreta de inteligencia. Al igual que Skow, Geli Bauer sabía demasiado sobre asuntos de seguridad nacional para enfrentarse a un juicio público por el asesinato de Fielding. Tras someterse a un intenso interrogatorio para la ASN y el Servicio Secreto, desapareció sin dejar rastro. Me gustaría pensar que la justicia encontró a Geli en algún lugar, pero sospecho que trabaja en el departamento de seguridad de alguna empresa multinacional, utilizando sus dotes disuasorias con superiores y subordinados.

Cuando Fielding por fin me dijo que estaba listo para ver a Lu Li, me despedí de él con cariño, di media vuelta y me dirigí hacia la puerta.

–*¿David?* –dijo la voz sintetizada a mis espaldas.

Me detuve y eché la vista atrás hacia la esfera:

–¿Sí?

–*¿Sigues teniendo esas visiones?*

–Ya no.

–*¿Y la narcolepsia?*

–Se ha ido.

–*Eso está bien. Dime una cosa... ¿todavía te preguntas si esos sueños eran reales?*

Pensé antes de responder:

–Para mí eran reales. Eso es todo lo que sé.

–*¿Eso es todo lo que quieres saber?*

Éste era el Fielding de siempre.

–¿Tú me puedes decir algo más?

–*Sí.*

–Está bien. Dime.

–*¿Recuerdas tu primer sueño recurrente? ¿El del hombre paralítico en el cuarto oscuro?*

–Por supuesto.

–*Me dijiste una vez que viste el nacimiento del universo: el Big*

Bang, una enorme explosión como la de una bomba de hidrógeno que se expandía a ritmo fantástico para desplazar a Dios.

–Sí. –Retrocedí un par de pasos hacia la relampagueante esfera.

–Dijiste que acudía a ti como un recuerdo. Como si de verdad lo hubieras visto. Como si Dios lo hubiera visto.

–Exacto.

–Pero en verdad no fue así.

–¿Qué quieres decir?

–No lo viste tal como ocurrió.

–¿Cómo lo sabes?

–Porque los primeros doscientos millones de años después del Big Bang no hubo luz en el universo.

Sentí un escalofrío:

–¿Qué?

–La imagen de una enorme bola de fuego es una falacia común, incluso entre los físicos. Pero al principio, el universo estaba mayoritariamente compuesto de átomos de hidrógeno, que engullían toda la luz. Las primeras estrellas tardaron doscientos millones de años en inflamarse, debido a la compresión del hidrógeno por la gravedad. De manera que el Big Bang era bastante distinto de cómo lo «recuerdas». Hubo una enorme explosión... pero nadie vio nada. Ni tan sólo una bola de fuego nuclear.

Me quedé mirando fijamente a los láseres centelleantes de la esfera, con un extraño hormigueo en las extremidades:

–¿Me estás diciendo que todo lo que soñé fue producto de mi imaginación?

–No. Buena parte de lo que soñaste sobre el universo es cierto. Y el resto bien podría serlo. Sólo estoy señalando un hecho. Una pequeña discrepancia. Los sueños de un hombre son asunto suyo. Yo creo en los sueños. Me ayudaron mucho en el mundo real. Igual que a ti. Te salvaron la vida. Y seguramente también las de millones de personas. Así que no le des demasiadas vueltas.

No sabía qué decir.

–Estoy seguro de que hice bien en decírtelo. No quiero que vayas

por la vida con complejo de Jesús. Vuelve a la medicina. La profecía es una empresa solitaria.

Levin y su equipo aún no habían logrado sintetizar la risa real, pero si así hubiera sido, estoy seguro de que había oído una carcajada al salir.

Lu Li esperaba al otro lado de la puerta, luciendo sus mejores galas y una nerviosa sonrisa. Me miró a los ojos en busca de la menor pista que le dijera a qué atenerse.

–¿Ya puedo entrar, David?

Asentí, y luego sonreí. Su inglés había mejorado mucho en tres meses.

–¿Está... ya sabes, bien? –Los ojos se le humedecieron.

–Te echa de menos.

–Bien. Porque tengo algo que decirle –su sonrisa se ensanchó–. Algo que lo hará *muy* feliz.

–¿El qué?

Lu Li meneó la cabeza:

–Antes debe saberlo él. Después te lo diré.

Se adelantó, para entrar en la Contención.

Yo salí a la luz del desierto y eché un vistazo al hangar administrativo. Rachel estaba sentada en la capota de nuestro Ford de alquiler, con unos tejanos y una camisa blanca, como el día en que me llamó espantada desde su consulta destrozada. Se bajó de la capota y caminó hacia mí, con una cauta sonrisa en los labios.

–¿Estás bien? –preguntó.

Asentí, con la mente en las últimas palabras de Fielding. Si realmente mis sueños eran alucinaciones, como Rachel siempre había dicho, tenía muchas preguntas sobre cómo había llegado a saber determinados hechos. Pero una cosa era segura: podía averiguarlo en mi tiempo libre.

–¿Seguro? –insistió Rachel, pasándome un brazo alrededor de la cintura. Siempre tenía cuidado de no tocarme el hombro herido–. ¿Qué te ha dicho Fielding?

–Que vuelva a la medicina práctica.

Rachel se echó a reír, con los ojos oscuros brillando bajo el sol:

–Eso digo yo. –Me acabó de rodear la cintura con el otro brazo y me atrajo hacia sí–: Lo que quieras. En serio.

Me volví hacia la Contención y luego la besé en la frente:

–Tú eres lo que quiero.

AGRADECIMIENTOS

Mi más sincero agradecimiento a Ray Kurzweil, un inventor pionero cuyos conocimientos sobre inteligencia artificial me inspiraron esta novela. Todavía recuerdo la primera vez que oí el magnífico sonido del piano en un sintetizador Kurzweil y descubrí las posibilidades de la música electrónica. Kurzweil es un visionario con mucho talento, y su libro *La era de las máquinas inteligentes* debería ser de lectura obligada.

Todas mis novelas recogen la experiencia y las ideas de muchas personas. A todas ellas les doy las gracias.

A Keith Benoist, por su viaje a Israel en tiempos difíciles.

A los doctores Salil Tiwari, Michael Bourland, Jerry Iles, Edward Daly y Fred Emrick, al osteópata Louis Jacobs y al enfermero Simmons Iles, por su experiencia médica.

Al comandante general Chuck Thomas, veterano del ejército de Estados Unidos, por su experiencia militar. Chuck me fue de gran ayuda en un brevísimo espacio de tiempo, y no es responsable de lo que el autor haya inventado sobre la capacidad militar. También doy las gracias a Cole Cordray y a S.B. por su asistencia encubierta.

A Robert Hensley, Michael Taylor y Win Ward, por las largas noches de filosofía y religión.

A los sospechosos habituales Geoff Iles, Michael Henry, Ed Stackler, Courtney Aldridge, Betty Iles, Carrie Iles, Madeline

Iles, Mark Iles y Jane Hargrove, por contribuciones que sería interminable enumerar.

A Susan Moldow, Louise Burke y Susanne Kirk, por creer en mí.

Gracias también a las mujeres de la Cámara de Comercio de Oak Ridge.

Como de costumbre, todos los errores son míos.

Por último, gracias a mis lectores. Escribir sobre ciencia y filosofía en una novela comercial no es tarea fácil. Escribe sobre ello con el lenguaje que le es propio, y dejarás a las masas atrás. Simplifícalo demasiado, y ofenderás a quien domina esas materias. Confío en que os toméis este libro como un ejercicio mental, y que en ningún caso lo analicéis con excesivo rigor. Si algo hemos aprendido en los últimos diez mil años, es que nada es seguro.